意林

意林感动卷

幸福集结号

《意林》编辑部　编

吉林摄影出版社
·长春·

意林年度特刊

图书在版编目（CIP）数据

意林感动卷：幸福集结号 /《意林》编辑部编. --
长春：吉林摄影出版社, 2018.1
ISBN 978-7-5498-3455-6

Ⅰ.①意… Ⅱ.①意… Ⅲ.①故事-作品集-世界-现代 Ⅳ.①I14

中国版本图书馆CIP数据核字(2017)第318064号

意林感动卷：幸福集结号 YILIN GANDONG JUAN XINGFU JIJIE HAO

出 版 人 孙洪军
主　　编 顾　平　杜普洲
责任编辑 施　岚
丛书统筹 王立莉
执行编辑 韦　娜
封面图片 TPG 影像
设计总监 资　源
封面设计 李　倩
美术编辑 岳红波
发行总监 王俊杰
开　　本 889mm×1194mm 1/16
字　　数 500千字
印　　张 14
版　　次 2018年1月第1版
印　　次 2018年1月第1次印刷

出　　版 吉林摄影出版社
发　　行 吉林摄影出版社
地　　址 长春市泰来街1825号
　　　　 邮编：130062
电　　话 总编办：0431-86012616
　　　　 发行科：0431-86012602
网　　址 www.jlsycbs.net
经　　销 全国各地新华书店
印　　刷 河南文华印务有限公司

书　　号 ISBN 978-7-5498-3455-6　　　定　　价：33.90元

启　事

本书编选时参阅了部分报刊和著作，我们未能与部分作品的文字作者、漫画作者以及插画作者取得联系，在此深表歉意。请各位作者见到本书后及时与我们联系，以便按国家相关规定支付稿酬及赠送样书。

地址：北京市朝阳区南磨房路37号华腾北搪商务大厦1501室《意林》编辑部（100022）

电话：010-51908602

公元787年，唐封疆大吏马总集诸子精华，编著成《意林》一书6卷，流传至今

意林：始于公元787年，距今1200余年

意林®

一则故事　改变一生

CONTENTS

目录

念亲恩

爱的故事

锦年情事

生命颂

我爱我家

成长视窗

幸福讲义

恋爱秘笈

青春派

母爱的姿势

□乔兆军

喜欢王祥夫的散文《母爱》，文中有一段喝酒的描写让人感动："我才喝了三盅，母亲便说，喝酒不好，要少喝。我就准备不喝了。刚放下盅子，母亲笑了，又说，挺长时间没回来了，就再喝点儿。我又喝了起来。但才喝了两盅，母亲又说，可不能再喝了，喝多了吃粥就不香了。我停盅了。母亲又笑了，说，喝了五盅？那就再喝一盅，凑个双数吉庆……"

母亲一再让儿子喝酒，又一再阻止儿子喝酒，这种想让儿子尽兴又担心儿子健康的矛盾心理感人至深。

（孤山夜雨摘自《羊城晚报》2017年4月20日　图/麦小片）

家

□吴　越

如今，我们有很多机会见识别人的家。租房或买房都需要看房，直接可以走进人家的卧室里面。旅行在外住民宿，早上起来在人家的餐桌上吃煎蛋，离去时交还一把家门钥匙就行。

可我们还是想回到自己曾经的家，住过的屋宅。我母亲与姨妈们把臂同游的一个固定路线是：先坐地铁（以前是坐公交车）到淮海中路陕西南路，步行至陕南邨某号，默默凝视这栋沪上著名公寓的某个转角上的窗台——那是她们曾经的家，恍若一个一分钟的仪式，与昔日顾盼于窗前的酡颊少女交换了一些对生活的新看法。接着便转身离开，回到淮海路，去“哈尔滨食品厂”买点心，去妇女儿童商店试衣服，继续回到各自现在的家……

人人都有自己最珍爱的瞬间。我不由也想起我曾经住过的那些家：小学前，住在可以望得见长江支流的一个六楼的小家，阳台上开满月季花，我蹲在花旁专注地往下看，从犹如过江之鲫般骑着自行车下班的女性中准确地找出那一个，大喊一声“妈妈！”上小学后，搬进窗前栽种着大叶芭蕉的一楼的家，秋凉夜雨打芭蕉，躺在竹篾席上摊手摊脚，贪最后一点不会感冒的凉意入睡。

过了若干年，偶有机会回访。一个简单的事实是：那不再是你的家。在柏油马路牙子上，抬头看六楼的家，找那个阳台，看到被人家封了起来，又发现无数楼拔地而起，猜想在那屋子里再也听不见江声。或者是，潜入家属宅院，寻找一楼的家，敏感地发现窗框刷了别的颜色，接着房间里开了灯，影影绰绰有人说话走动……你醒过神来，该离开了。

一生很长，可能会有好几个家。有的虽然易主，但毕竟墙檐依旧可凭，有的风流云散，再也无迹可循。国庆长假前，美女同事突然决定买高铁票回老家看一看即将被拆除的祖屋。她从小是被祖父祖母带大，感情至深，还有那赣南乡间的秀美风土，庭院里的柿子树和板栗树，以及栖息在树上的叽叽喳喳的鸟儿。几年前，祖父去世，而后不久，祖母去世。美女同事非常不安，她问：我以后还能回哪里去寻找往日时光？我说：你只有多拍些照片，和自己的脑子一起努力，把记忆留得深刻些。

最后想讲一个关于家的小故事。2007年，日本喜剧演员田村裕出了一本名为《无家可归的中学生》的小书，书打开第一行字就是“没有家了”。时间回到1992年7月某一个炎热的傍晚，日本大阪吹田市一个13岁的男孩参加完初二第一学期毕业典礼回到家，发现家具被搬到家门外走道上，父亲以旅游巴士导游介绍风景名胜式的手势对三个孩子说：“正如各位所看到的，虽然十分遗憾，可是已经无法再进家门了。我知道今后将会十分辛苦，但是请各自努力继续活下去……解散！”解——散？就是每次远足后老师会说的那句解散吗？十几年后，田村裕还是无法理解父亲怎么说得出这样的话，并且说完就三步并作两步不知道上哪儿去了，扔下了兄妹三人。倔强、不想给人添麻烦的小男孩，相信自己能够在家以外的地方生存下去，他带着一点剩下的最后零钱，“住”进了公园的滑滑梯里，乞讨、捡食，甚至吃草，足足撑了一个多月，才被朋友发现，接纳到朋友家中寄住，最终，三兄妹再度团聚于好心人为他们付租金的小屋，并各自闯出一片天地……这本书迄今已经卖出200多万册。

许多人由此发现了“家”的真谛：只要珍惜人世间相亲相聚的缘分，“家”是不会失去的，那些存在和已经不存在的、过去的家，最后都重叠在了今天的家里。

（张建中摘自《新民晚报》2017年11月2日　图/关节熊）

猫鉴

□喻柔涓

我捡到一只流浪猫，起名皇宝。精心喂养数月，它果然脱胎换骨。身上多处溃烂结痂脱落，周身毛发光鲜，尤其是肚皮上大片雪白，触之如绸缎般顺滑，后背有棕黄色的隐隐虎纹，则显几分高贵威严。

皇宝成为皇宝后，渐渐就有些“忘本”，做派大不如前。主食猫粮尚能规矩啖食，其余的投喂，诸如肉条鱼丸小鱼干，它从不直接吃掉，而是视为玩具。先是试探性地用爪子勾几下，热个身，然后猛一发力，从碗里捞出来，视作猎物，继而兽性附体，踢开、追捕、扑咬，如此反复，东折西腾，食物沾裹尘灰，地上落下油渍。家人不免呵斥。呵斥也不扫其兴，叼起来，换个地方再玩，乐此不疲。

后来看到一则视频，视频里金发碧眼的养猫达人说，猫咪是擅长也享受捕猎的，所以如果你爱它，就不要让它轻易吃到食物。建议把猫粮放在“漏食球”里，让它一边追捕，一边吃从小孔里掉落的猫粮。如此寓食于乐，白天，猫咪独自在家便能很好地发泄精力，晚上也就更能够安静地配合主人同步休息。

看完这则兼具科普、广告和鸡汤的视频，为自己没能以正确的方式去爱皇宝而心生歉意。

在猫咪身上，我则看到了一种与之相反的伟大信仰——“大爷我生来就是个捕猎者，我不吃容易得到的食物！”我家皇宝那敏捷的身手，以及那“一只猫要像一名战士”的勇士气质，在我脑海里无限循环，我再也不觉得这是小猫的可恶淘气，而是猫儿美好天性的袒露哩。

（刘振摘自《扬子晚报》2017年11月7日）

梦中的父亲

□南派三叔

我曾做过一些很难过的梦。梦中我和我的父亲在河边钓鱼。

我大约5岁的时候就随我的父亲出去钓鱼，一钓就钓一整天，小孩子的精力不够，到黄昏的时候，我就会靠在爸爸的背包上睡觉。

等走的时候，往往是睡得最沉的时候，爸爸背上我，拿上钓竿和收获，骑着自行车往家里赶，到家我醒过来，正好吃晚饭。

趴在他背上睡觉，是很不舒服的，但却能安心。我爸爸童年的玩伴也都是玩命的主，喝酒时野得要命，据说老爸19岁的时候，是老家的十三太保之一，后来在供销社当领导的时候，运西瓜从运河下来，遇到有人抢西瓜，他一根竹篙打了一路，虽然西瓜还是没保住，但是留下了自己的威名。

梦中的父亲是现在这个年岁，甚至更老一些。我以前看过很多文章，作者讲的是父亲背小时候的自己，自己大了背老了的父亲，这种生命的交替，看似天然，对于个人来说，却往往有无法抵抗的悲怆。我们并不想承认父亲的老去，如同不想自己童年那安心的后背消失。

梦中的那一天我们钓完鱼，山路崎岖，父亲行走趔趄，行不了几步已经气喘吁吁。我看着父亲的背影，知道这一天终于来临，我们两个人的位置终于要调换。我蹲了下来，说出了之前任何一天，我都羞于说出的话：“爸，我来背你吧。”

我预料到很多回答，倔强的，无奈的，没有想到，梦中的父亲没有我想的那么顽固，他抬腿上来，我想背起我的父亲，然而他滑了下来，他又尝试了几次，都没有成功。

我回头看父亲，他说出了一句让我非常难过的话：“儿啊，你那么胖，我爬不上来啊。”

梦中的我泪流满面。

（郑林凤摘自作者新浪博客　图/鹿川）

诗剧

当秋风停在了你的发梢
在红红的夕阳肩上
你注视着树叶清晰的脉搏
她翩翩地应声而落
你沉默倾听着那一声驼铃
像一封古早的信
你转过了身深锁上了门
再无人相问

——叶蓓《白衣飘飘的年代》

理想的女儿

□林特特

就母女关系而言，《红楼梦》中，最幸运的当数贾敏。

林黛玉一进府，贾母便剖白：“我这些儿女，所疼者唯有你母。”日后，王夫人感叹，贾敏未嫁时，何等的娇生惯养、金尊玉贵，印证了贾母的话。

除了拥有母亲的爱，在女儿这儿，贾敏也得到了富足的情感。她病时，林黛玉“侍汤奉药，守丧尽哀”；她逝后，林黛玉“哀痛过伤”，“触犯旧症”。

要知道，不是每个女人，都有如此和谐的母女缘。比如，贾探春和赵姨娘，一个希望脱尽关系，一个巴不得对方接受命运的惩罚。

这与嫡庶制度有关，但我总觉得，她们矛盾的本质源于距彼此的理想都太远。

贾探春好强，她最敏感的是其庶出的身份，我不敢说，她只认得王夫人是其理想的母亲，但她数落赵姨娘时常用“不见人欺他，他也不寻人去”的周姨娘作比，可见识趣、安分是她肯承认的母亲底线。

探春呢？自然也不是赵姨娘理想的女儿。拉扯赵家、提携贾环、分生母荣光……探春全无份，所以赵姨娘每每生恨，隔几日便嚷嚷：“你还不是我肠子里爬出来的？”

几乎每个母亲心中都有理想的女儿，每个女儿也都曾为母亲设计过理想化的目标；理想越近，母女关系越好，反之，则矛盾丛生。比如，王安忆《长恨歌》中的王琦瑶母女。王琦瑶对女儿薇薇的爱有限，缘于薇薇不像她。

又比如，黄逸梵和张爱玲。据说，黄逸梵最初对女儿张爱玲的失望发生在抓周时，女儿抓了个金锭子，而黄逸梵一直想让女儿实现她的理想，做一个西方淑女。几度分合，几乎每一次长时间的相处，黄逸梵都未耽误过张爱玲的教育——她一直将女儿往理想的方向培养，但她又嫌张爱玲笨，夸女儿只有一句，“头圆”。

她嫌张爱玲不够好，这伤害了女儿。“看得出我母亲是为我牺牲了许多，而且一直在怀疑着我是否值得这些牺牲，我也怀疑着。”张爱玲写道。

“母亲始终是女儿最强烈感情的针对目标”，“女儿总在渴求母亲的爱恋、许可、支持、贤淑和保护”，作家菲利斯·切斯勒曾道。因此，来自母亲的不满比母亲的虐待更让人痛苦。张爱玲用文字宣泄着，她笔下的母女关系很少不扭曲。读到《倾城之恋》中白流苏绝望时忍不住喊“妈”，又发现其实“她所祈求的母亲与她真正的母亲根本是两个人”，我总疑心张爱玲写的是她对母亲的理想和现实本身。

有趣的是，张爱玲后来和姑姑亲厚，从某种意义上说，姑姑弥补了她在母亲身上未实现的温情和理想。

我的一个女友常回忆年少时，她的三姨——家族中最出色的女性每每夸她，“你和我一样”，她便自豪、感动顿生，这是她奋斗的动力。有意味的是，三姨只有一个儿子。这让我不禁想起杨丽萍和她的传人、侄女小彩旗，嘿，生育与否，有女儿与否，对女儿失望与否，根本不耽误女人寻找、挑选理想的女儿。

所以，年长女性对年轻女性最大的赏识就是有意无意将她比作女儿。

说说关于女儿，我读过的最凄凉的一幕吧。黄逸梵和张爱玲不睦，晚年想回转，但女儿已失去承欢之心，黄逸梵在英国收养了一个女儿——她失去了不够理想的女儿，她想重新再来。

（祁青摘自《视野》 图/点点）

诗剧

瀑布已经冰结，
寒鸦僵硬地蹲在池边。
我美丽的爱人双耳通红，
盘算着一个恶作剧。

——里尔克《冬晨》

我不支持你，但我依旧会陪你

/□巫小诗/

周末去听了一场演唱会，坐在我前排的是一对父女。女儿是中学生模样，全程热情很高，不是大声合唱就是不停挥舞荧光棒。一旁的父亲，头上戴着荧光蝴蝶结，膝盖上放着女儿的外套，认认真真地低头玩了两个小时手机象棋。我觉得这位父亲有点儿可爱，这大概就是“我反对你追星，但你非要去的话，我也会陪你”。在真挚的情感面前，反对往往是无效的，这种无效不是说我失去了自己的立场，而是，因为在乎你，所以愿意走进你的立场。

我读高中的时候，女生流行烫直发，头发烫直之后，又垂又顺，像瀑布一样，看得我也跃跃欲试。那时候我是一枚学霸，听老师话、听家里话，所以决定烫发之前，我先在饭桌上问问母亲的意思，她黑着脸说：“不行，高中生烫头发像什么样子，应该把心思放到学习上才对。”我说：“我周围的女生都烫了，不会影响学习的。”她继续坚持：“不行就是不行。”那天我特伤心，觉得自己母亲是老古董，觉得自己无法拥有平等的青春，吃着饭还哭起来了，然后一个人关在房里生闷气。

于是我做了一个叛逆的决定，我拿出自己攒的零花钱，决定自掏腰包去烫发，在我准备出门时，母亲问我去哪儿，我赌气说“不用你管”。毕竟是亲生的，我不说她也知道我要去干吗，她说让我等她一下，然后她穿上外套拿上钱包，跟我一起出门了。在路上时，母亲说：“有些理发店很黑的，看你是小丫头就宰你，或者给你用很差的药水，我陪着去会好一点儿。”后来，她就在理发店里，陪了我一个下午，那时候人们不怎么玩手机，她就什么也没干地看了我几个小时。我当时有点儿嫌母亲“为何不一开始就答应，弄得这么不愉快”，现在想来，还挺感动的，她自始至终都没有支持过我烫发这件事，但我非要去的话，她还是会陪我。

大学同学的闺蜜曾经去见过网友，当时同学劝她别去，说女孩子容易有危险。闺蜜说没事的，就吃顿饭、看场电影，彼此了解一下。同学还是对她不放心，闺蜜讲：“那你每半个小时，假装找我有事给我来个电话，这样就能确定我的安全了。”同学说：“傻瓜，你真遇上事情的话，我给你打电话也来不及了。”最终，见闺蜜执意要去，同学决定，假装路人甲，坐在同一个餐厅的不远位置陪闺蜜吃饭，闺蜜看电影的时候，同学就坐在大厅里玩了两小时手机，电影散场后，同学假装偶遇，这样子才把闺蜜从网友手中拉走“一起回家”。讲真，这样陪吃陪等的“电灯泡”，我做不来，大部分人应该也做不来。只有关心你到极致，才愿意冒着被嫌弃的风险，厚着脸皮在背后守护你啊。珍惜每个陪伴你的人，他们也许不支持你，但他们真的很在乎你。

（晓晓摘自微头条　图/小兔子妈妈）

诗剧

鸟儿倦了
飞到枝丫间
躲进了巢
祝你晚上好！
天鹅划过水面
藏进芦苇睡觉
愿天使与你同在
祝你晚上好！
树林静悄悄
泉水叮咚敲
花儿睡觉了
祝你晚上好！
月色正朦胧
梦幻把一切笼罩
和谐的世界
祝你晚上好！

——爱明内斯库《晚上好》

他笑容灿烂，他老泪纵横

□蔻蔻梁

个人旅行最惆怅的时间一定发生在晚饭时。眼睛、腿、脚都已经疲乏，思绪太满而肠胃落空。

初春的塞戈维亚的傍晚温度骤然就低了。我折入小巷里。斜坡的尽头是个小小的餐厅，只能坐下6~8个人，侍者已经无法转身。

我拿着满是西班牙语的菜牌，不知如何点菜。一直站在门外揽客的老头子进来了，他西装笔挺，已经开始谢顶的白发梳理得整整齐齐，有种老派绅士的风度。他递过一份英语菜牌，温柔地一笑，对我说：hola（西班牙语，你好）。

“我想坐75路公交车到火车站回马德里，请问是在这个广场上坐吗？”

我在他面前摊开地图，运用一点点英语，一点点西班牙语，以及大量肢体语言之后，他给我画出了车站的位置，我依然不懂。他迅速地跑回柜台里拿了张餐巾纸，用圆珠笔在上面画了辆小汽车，指指自己，指指我，做了个开车的动作，又指向了门外的远方——我真不愿意自作多情地认为这个陌生的餐厅老板或老侍者会送我去火车站，但他又是什么意思呢？我迷糊着点了点头，只想自己点的菜赶紧上来。

老头子认真地把手腕伸到我面前，指了指时针和分针，又站到门外去了。我明白他的意思是19：45的时候会来接我。到19：40了，我张望了一下，门外没有他的身影，我想我是误会了，买单走人——我可不想误了公交车。

游人稀少的广场上只有零星的灯火，风从雪山那边吹过来。8点已过，该来的班车还没有来。我紧着衣领，哆嗦着跺脚。一辆白色的吉普车停在我面前，司机伸长手臂打开靠我这边的车门，兴奋地挥手示意我上车。这个老头子竟然一路追到了车站？陌生人，黑夜，安全……很多词语在我脑子里跳跃，然而看着夜色中白发底下那张恳切的脸，又有点儿让人不忍心拒绝。

老头子快活极了，一边按着车里的电台寻找我可能会喜欢的音乐，一边端详我脸上的反应。“迪斯科，年轻人，跳舞？”他终于选了一个最吵闹的音乐，冲我快乐地扭扭身子。窗外的景色荒凉无比，没有车，也没有人，我心里有点儿不安，没有理他。他拍拍我的胳臂，问：“OK（好）吗？”我躲闪了一下，心里想着无数危险的可能，脸上却还是对他笑了笑。

我笑了，老头子更开心了。他拍拍我的脑袋，急促地跟我说了一大堆夹杂着英语单词的西班牙语，大意是他认为我是韩国人，而他20岁时的初恋女友就是韩国姑娘，他对她念念不忘，以至于——“瞧，起亚车。”他快活地拍拍方向盘上的汽车logo。窗外还是不像要到火车站的样子。“我是中国人。”我略带粗暴地打断了他的甜蜜回忆，考虑自己到底要不要中途下车以保安全。

正拿不定主意的时候，汽车往右一拐，一个光亮的大钟让我安了心，火车站到了。他开门把我放下，又叽里咕噜地说了一堆让人不明白的话。我只能客气地谢了他两句，转身就跑进了火车站。

火车站很大，我四处盲目地跑动着，寻找不到售票的窗口。正跑得一头汗，胳膊又让人抓住，一回头，气喘吁吁的老头子抓住我，往我手里塞了一张火车票，拉上我就跑。他一路把我拉到检票口，像塞什么似的把我塞到检票人的手里，我踉跄了几步站稳了回头，看到他在检票口外远远地冲我挥着手，快乐得像完成了任务。

“钱，给你钱！”我掏出火车票钱跑出去要还给他，他又使劲儿地把我连人带钱塞进了检票口，这回他连自己都塞进来了，跟检票员急促地解释了几句，紧紧地握着我的手晃了几下。我拥抱了这个善良的老头子，以及他汗津津的身体。

列车开动了，从车窗里再看他一眼，看见他笑容灿烂，且老泪纵横。

（秋刀鱼摘自《如果你在就好了》中国华侨出版社 图/兜子）

2002年的暖冬

□邹贤中

那是2002年冬天的早晨，风像刀子一样划过皮肤。

少年窝在被子里，母亲的声音从外屋传来："快起来，等会儿集上卖豆子的人多了，豆子就卖不出好价钱了。"

12岁的他极不情愿地爬起来，嘴里嘟囔着："这么好的豆子，还怕卖不掉？"

少年推着一辆26自行车，后座上绑着80斤（40公斤）豆子，母亲挑着30斤（15公斤）豆子跟在后面。

通往小镇的是一条结满冰碴儿的15里（7.5公里）长路，路面很滑，母亲不时提醒："小心点儿，别摔跤。"

两个小时后，母子俩终于到了集上。北头满是卖豆子和花生的村民。少年跑到其他村民那里看了看豆子，见那些豆子不大且有斑斑点点的杂色，于是更有信心了。自己的豆子颗粒饱满，色泽鲜艳，看上去晶莹剔透，不可能卖不掉的。

不知谁喊了声："贩子来了！"

叼着烟的豆贩子坐在副驾驶位上贼笑着，一出现即被村民包围："黄老板，您可算来了。"

黄老板把剩下的半截烟丢在地上，换上了一副哭丧脸："乡亲们，今年五谷丰登，你们的东西我要不了那么多啊。"

这句话犹如一颗炸弹，立刻在人群中炸开了锅，每个人的脸上都写满失望。少年仗着身材瘦小的优势挤到黄老板面前："你去年跟大家保证过，有多少要多少，现在怎么可以不要了？"

"你是谁家的孩子？我看看你卖的什么？"贩子心想，这毛头小子也太轻狂、大胆了吧！

母亲讪讪地迎上来："黄老板，小孩子不懂事，您大人大量别介意。"黄老板不答，拿起一颗豆子放在嘴里咬了咬，然后吐了出来："你这豆子不好，我不要。"一句话让母亲的心掉进了冰窖。

"黄老板，这是上好的大豆呀！您不能因为孩子的一句话……"黄老板不耐烦地挥了挥手，转身就看别人的豆子去了。只留下少年和母亲在那里发愣。

黄老板一路走过去，嘴里嘀咕着："你的1.2元一斤，你的1.1元一斤，你的……"

母亲走上去："黄老板，我那豆子真的不错，要不便宜点儿您就收了吧。"

黄老板头也不抬："再便宜也不要。"母亲尴尬地站在那里，少年几乎要哭出声来。

装完车，村民们拿着钱纷纷散去，黄老板也上了车。母亲仍在尽最后的努力："黄老板，您当真忍心让我们水都没喝一口再把一百多斤豆子扛回去吗？"母亲的声音透着无奈与悲凉。黄老板不接话，示意司机开车。这时，一直坐在驾驶室的司机开口了："老黄，你就把人家的豆子收了吧。这么冷的天，人家孩子穿的是胶鞋，耳朵上都生冻疮了。"

司机一直帮黄老板拉货，黄老板不能不给面子："这个嘛，装不下啊！"他说的也是实情，那个有顶盖的车厢已经装得满满的了。

司机看了车厢一眼，说："放驾驶室总行了吧？这样，这趟运费你少给点儿，豆子的价格你别亏了人家。"

见此，黄老板只得勉为其难地同意了。过秤、付钱，按最高价1.3元，一共143元。母亲向司机投去感激的目光。司机对母亲笑了笑："大姐，给孩子买顶帽子吧。你看这天多冷呀！"

那天，母亲给少年买了帽子、护耳，还有一双棉絮鞋。鞋子厚实着呢，穿在脚上，暖在心上。母亲还带他去了镇上唯一的包子店，买了四个热乎乎的包子。

那个记忆中最寒冷的冬天，因为陌生司机的一句话而变得温暖。那份温暖，足足温暖了少年一个冬天，甚至一生。

（林冬冬摘自《中外文摘》2017年第5期 图/兜子）

有人笨拙地爱着我

□张　瑜

每次从老家回来，我们的三餐就成了鸡蛋的盛宴：水煮蛋、荷包蛋、洋葱炒蛋、笋丝炒蛋……

有时候，他问我：“老婆，你知道我最喜欢你哪点吗？”我冲他傻笑，他指着这些鸡蛋，然后说道：“因为你会变着法儿做鸡蛋。”

好吧，我承认，我很会做鸡蛋。但有时候我会被这些鸡蛋打败，实在想不出该怎么解决这么多的“家伙”。就连我三岁的孩子，都替我想着该如何安顿这些东西。

见我从冰箱里拿出五六个鸡蛋，他开始嚷嚷起来：“蛋蛋，烧；蛋蛋，烧。”他只有19个月大，还不会说一句完整的话，但很多时候，他能听懂我要表达的意思。我问他：“这些蛋蛋，哪来的呀？”他把手高高扬起：“太婆，买；太婆，买。”

是的，他的太婆，就是我的奶奶，在我们每次离家的时候总会塞上一大袋这样的鸡蛋。

我的奶奶今年82岁，和我相差整整半个世纪，她的身高比以前缩短了8厘米，从前满头顺泽黑亮的头发也白了大半。那年大雪，她摔断了一条腿，从此走路就是摇摇摆摆的，而现在随着年岁的增长，她也很少外出了，一天之中最多的时间就是围着灶台、院子里的菜地、心里边的“阿弥陀佛”。

有时候我回去，看她一个人闷在房间里，转着手里边的念珠，就提议她：“奶，外面的阳光很好呀，你出来活动活动嘛。”她开始慢吞吞地搬上一把椅子，坐在太阳下，然后絮絮叨叨起来：“瑜啊，我走不动了，就懒得走出去，年纪大了，眼睛看不到，腿又走得不利索，走几步就要歇好久，真的不想出去。”

她是这样说的，但每到我要离开家的时候，却找不到她的人影了，有时候车子要发动了，她却一瘸一拐地从外面回来了，怀里揣着一包东西，见我要走，就猛地塞到我怀里：“这些鸡蛋，你拿去吧，是村上一些放养的鸡下的，吃着好一些。”

她总是这样，有几次我对她说：“奶，外面都能买到的，不用这样一家一家去问。”可是，她总是不听，像一头犯倔的老牛。

有时候，我在村道上走过，听那些妇女在我身后念叨。一个说：“她奶奶每次在她走前都要到我这边来报到的。”另一个附和道：“是啊，上个礼拜，我还把刚攒的鸡蛋卖给她了。”紧接着在那聊天的几个人开始感叹：“别看她走路一瘸一拐的，来买鸡蛋的时候可兴奋了。”

只是有一次，她从外面回来，空着手。她的裤腿湿漉漉的，上面沾上了一层厚厚的泥浆，悻悻地站在我的面前。我问她：“怎么，没有买到吗？”她哆哆嗦嗦地说：“我……我刚见你上车，以为你要走了，心里一急，就走了那条小道，结果，在那个田埂上滑了一跤，鸡蛋都破了。”她像一个做错了事的小孩，呆愣在一旁。

我赶忙走上去，让她走几步我看看，确定她安然无恙后，就告诉她：“奶，以后别去了，行不行？我在外面能买到的。”她看着我，然后说：“鸡蛋是好东西，孩子正在长身体，他们需要这些，我以后不走那条小路就是了。”

以后，她还是在我临走的时候，开始去挨家挨户地串门，问那个称一斤，问这户要两斤。

每次我们在餐桌上享用着鸡蛋做成的美味，我都不无打趣道：“这五年来，我奶奶送给我们的鸡蛋，如果排成一列长队，可以从雅戈尔动物园门口排到余姚了吧。”老公一边大快朵颐地吃着炒鸡蛋，一边嘿嘿地笑着。我想他无论如何是不会理解的。

我们的生命里，总会出现一个那样的人，她用自己的方式，也是最原始、最笨拙的方式爱着你，就像是冬日里的一道暖阳照进你的心里。不管人生怎样艰难，生活有多不如意，但只要想到那些暖，我们就开始变得温暖起来。

（大浪淘沙摘自微信公众号“翠脆生生”）

图/木木

小时候骗爸妈说没钱了，现在却总骗他们还有钱

□陈毛毛

--- 01 ---

报喜不报忧，是我们的漂泊病。

小时候，我们总爱撒谎，跟爸妈说自己没钱了，甚至有时候偷偷从爸妈口袋顺几张一块钱两块钱，去买一瓶饮料，买几样好看的文具，或者几张偶像的海报。

长大了，爱撒谎的毛病，还是一点儿都没有改掉，在电话里骗爸妈工作不累、工资不低……

独自在外打拼，成长是一个极其复杂曲折的过程，面对父母的牵挂与担忧，所有的酸甜苦辣都只汇成简单的一句话：“没事，我有钱呢。”

--- 02 ---

有个学霸同学，从小到大都是“别人家的孩子”，是爸妈挂在嘴边的骄傲。大学读医读了七年，毕业那会儿在一线城市拿5000块的工资，面对父母殷切的眼神，愣是掰成8000块，还说一年后转正能拿到1万元。自然，每年过年回家，感觉压力山大。

他苦笑说：“自己吹的牛，哭着也要演下去啊！”

大家跟着他一起笑，其实彼此心照不宣。面对父母，我们更多的是想要他们放心，不愿他们担忧。

阿铭前几天体检出一点儿问题，医生建议动个小手术，康复得彻底一些。他考虑了一整天，去医院拿了药就回家了。

“怎么？大男生还怕痛啊？”我开玩笑问他。

他不理我的揶揄，叹口气：“虽然是小手术，但是之后要在家卧床三四天，只有爸妈有空来照顾我，这不是不想让他们知道吗？还是不要让他们担心为好。”

经常碰见加班到深夜，拎着打包的晚饭的小白领，在电话里跟家里人说：“早就吃过饭了，要洗洗准备睡了呢。”强撑着最后一点儿兴奋讲完电话，长舒一口气，拖着满身疲惫往回赶。

明明很累，却不会跟爸妈透露只言片语。

“除了徒增他们的担忧，还能怎么样呢？”

对于父母来说，我们过得不好，会让他们烦恼；对于自己来说，父母的焦虑，甚至会成为压倒我们的最后一根稻草。报忧，真是一件百害而无一利的事情。

很多人会把父母设置在单独的分组，只有某些正能量的朋友圈可见，或者干脆将父母屏蔽在朋友圈之外。我们是真的不爱他们吗？并不是。

越长大，我们越习惯了只对爸妈讲他们爱听的话，只提供他们需要的情绪价值，其他的通通划清界限，关上门自己处理。

--- 03 ---

报喜不报忧，对于独在异乡打拼的我们，成了无奈的不二选择，宁愿“越长大越孤单”，也不愿意成为父母面前长不大的“麻烦鬼”。

“这才是体贴，这才是孝顺，这才是长大。”我们深信不疑。

可是，“长大了却总骗爸妈自己还有钱”这句话却不偏不倚地戳进我们的软肋，让我们湿了眼眶。这一份大无畏的理智和打不败的坚强，有多少强撑的味道呢？

人们常说，父母和儿女就是一场渐行渐远的修行。爸妈的缺席，也许是这个时代的步伐太快，也许是我们不愿长大了还让父母操心，也许是我们都习惯了报喜不报忧。

其实爸妈仍然希望能多参与到我们的生活中来，能多看到一个会哭会笑、真实的我们，能感觉他们仍旧被需要。

而自从染上这“报喜不报忧”的漂泊病，偶尔我也格外想念小时候心安理得地接受那一份热汤热水的温暖。

报喜，也报忧，才是最好的孝顺吧。因为无论是我们的“喜”，还是我们的“忧”，真正爱你的他们，一定都渴望去了解。

（秋水长天摘自豆瓣网 图/点点）

你的冷漠 暗藏暖意

□刘　同

刚参加工作时，我仍在大学附近租房子住。我住的小区有几家临街小饭馆，我选了老蔡的饭馆做长期食堂。在老蔡的饭馆包月，每餐一个炒荤菜3块钱，一荤一素5块钱。

老蔡热情憨厚，他的女儿小蔡聪明伶俐，相比之下小蔡妈妈略微吝啬。老蔡每次炒菜时，总有学生站在旁边喊："老板，多放点儿肉。"每次有人这么说，老蔡就尴尬地一笑，顺手多抓一把肉放进去。

这时，小蔡妈妈就会很生气地冲过来，对老蔡说："一个菜才3块钱，又要肉又要油又是免费米饭，我们还要不要做生意了？"老蔡辩解道："好啦，以后我们的女儿如果在外地上学，有老板这么对她，我们也放心，对不对？"

常有同学不能按时交餐费，他们总偷偷跟老蔡求情，老蔡也会勉强答应。但自从被小蔡妈妈发现之后，她就气哼哼地在店门口的黑板上写了一行字，"本店小本经营，恕不赊账"。

之后，赊账的人果然少了。我跟老蔡说："老板娘真是厉害，把问题放在面上解决，你看，果然没人赊账了吧。"老蔡呵呵一笑，说："她就是会做生意。"

有一次，连着几天，有两个男生总要打包一些剩菜，再装一大盒免费米饭，被小蔡妈妈撞见了，问怎么要打包那么多米饭，两个男同学很没底气地说，晚上当夜宵吃。小蔡妈妈脸一横，说："你们已经连着一个星期都打包剩菜带米饭回去了，我只是假装看不见而已。"

男同学脸红了，支支吾吾不知该说什么，小蔡妈妈也一直没有说话。过了一会儿，她问："以前和你们一起吃饭的小赵呢？你们每天打包剩菜回去，是不是给小赵吃？"

两个男生对视一下，道出实情："小赵爸爸打工摔伤了，家里寄不出生活费了，所以我们就商量出这个办法，对不起。"小蔡妈妈沉默了一会儿，说："你让小赵明天来，告诉他可以赊账，别吃剩菜。""谢谢小蔡妈妈，谢谢老蔡。"男生的声音因为感激而有些颤抖。

第二天，我再去吃晚饭的时候，看见两位男同学已经变成三位，估计有一位就是昨天说的小赵同学。黑板上依然大大地写着"本店小本经营，恕不赊账"，然而在右下角的位置多了一行小小的字，"如有问题，可找老板娘"。

不知怎的，我笑了起来，感到心里暖暖的。

等到隔壁桌男孩要走的时候，小蔡妈妈对小赵说："小赵，你明天把你的学生证给我复印一下，这样的话，大家都放心。"

小赵本来如释重负的脸瞬间尴尬起来，红着脸努力挤出一丝笑容说："好的好的，应该的应该的，谢谢老板娘。"

听到这句话，我很难描述当时的心情。我想，可以用一个词来形容——不爽，是那种面对心不甘情不愿但又必须接受的事情时的一种情绪吧。对于这件事我不爽了一小段时间，但后来想通了，也理解了。

后来，由于身体原因，我决定辞职考研。工资取出来交了房租、买了书后，我也面临着交餐费的问题。我想了很久，决定去找小蔡妈妈赊账。为了让她放心，我准备了身份证、以前的工作证，甚至带着自己发表的文章，以证明不久之后我就会有稿费。

我找到小蔡妈妈，还没说出长篇大论的腹稿，她立刻就说身份证复印件留下就好，其他都不必了。

考研那段时间吃饭，小蔡总是隔三岔五给我端一小碗西红柿鸡蛋汤或紫菜蛋花汤或丝瓜肉末汤。我说自己没点这个汤，小蔡说："别人点了，水放多了，一个大碗装不了，多出来的就给你了。"

现在想起这些细节，依然觉得很感动，可那时我只是很木讷地"哦"了一声，权当自己明白了。缺乏自信的我，总不能很充分、很及时地表达自己的情绪。

日子一天一天地过，离公布分数线的时间也越来越近。一天，同学来找我吃饭，总共三个人，我点了四道菜。四道菜上齐之后，又多了一大碗猪脚汤和一条红烧鱼。这两道菜是大菜，我从来都不会点的。我着急地问小蔡妈妈："是不是上错了，我没点啊，吃错了可赔不起。"

小蔡妈妈说："吃吧，当天每个人都会加菜，你朋友来了，就又给你多加了一个。"

"为什么？"我没懂小蔡妈妈话里的意思。

"今天27号，不是你生日吗？

人与人之间，总是存在着那么多莫名其妙的误解和那么多自以为是的理解。——天使

这里过生日的人当天都会加菜的，不只给你加，快吃吧。”

“你怎么知道我的生日？”话刚问出口，我就想了起来，小蔡妈妈那儿有我的身份证复印件。可身份证复印件不是为了避免我们拖欠餐费吗？谁能想到，小蔡妈妈会把每个人的生日都标记下来。

我叫了几瓶啤酒，喝了几杯，有点儿晕，我去敬小蔡妈妈，谢谢她。我举着酒杯告诉她一开始我特别讨厌她，觉得她没人情味，后来看见她同意小赵赊账，觉得她还不错。

小蔡妈妈听完之后，佯装生气，让我罚酒，等我喝完，她看着我和同学说：“没钱留身份证有什么用？收着你们的身份证复印件就是觉得你们一个个挺需要人照顾的，一般能把身份证复印件放在我这儿的人，都是老实孩子。”

“哈哈哈，老板娘说我是老实孩子。”我笑着对同学说，其中一个女同学眼眶都红了，我的眼眶也瞬间红了。

一个你以为是陌生的人，却突然用长辈的语气来评价你，再回想起这些年，他们对我的照顾，似乎早就有了家人般的感受。

之后，我去了北京。工作第三年，我特意回去看老蔡一家，却发现老蔡的饭馆已经不见了。听邻居说，老蔡的饭馆几乎每个月都赔钱。后来老板和老板娘商量，等当时第一拨包月的孩子大学毕业就收摊。

也许每个人都有一段被自己标注为灰色的日子，在那样的日子里，一点儿小小的关心都会暖上一整天，一些小小的善意也会让你对未来充满希望。我很感激老蔡一家人，我也常常想起“放水太多，所以才给你”的一碗西红柿鸡蛋汤。这样善意的谎言，让我们带着感恩前进，也让我们在未来的日子里，学着老蔡的样子，把这份雪中送炭的温暖，送给更多的人。

（聂勇摘自《向着光亮那方》中信出版社　图/张晓芳）

每个妈妈都是傻傻的

□张晓风

一位老邻居叫住我，要跟我说新邻居的事：

“你知道吗？我家楼下换了人啦！新搬来的这家也真好笑哩，”她说着，真的咯咯笑了起来，“这家妈妈自己跟我说的，她说她儿子去年联考没考好，今年重考，说不定就会考上台大哩！如果考上了，这间房子刚好离台大近，所以虽然贵，她也买啦！买了好让儿子上台大方便嘛！”

“唉！”她忽然脸色一沉，“你知道吗？日本有一个词，叫——”

“什么？”我一点儿也听不懂她叽里咕噜的一句日文是什么意思。

“这句话要是翻译出来，就是‘傻傻的妈妈’，世上就是偏偏有这批傻傻的妈妈——”

我忽然想起另一个朋友，他念哲学，他哥哥念物理，他的母亲有天一个人在家里发起愁来。

“她愁什么呢？”我还以为是愁两个儿子都念了冷门的科系。

“愁——哈！你猜——原来她愁如果有一天，我和大哥一同拿下了诺贝尔奖，记者要来采访她，那时她该说些什么才得体呢。”

据说后来她不愁了，因为那篇谈话她已经想好该怎么说了，有备无患，她开始安心等待那一天来到。

傻傻的妈妈，痴心的妈妈——但，这是上帝的旨意啊！如果所有的母亲都能清楚评估自己孩子的资质，我们还要母亲做什么用？她不过等于一个智商鉴定中心的职员罢了。

每一个孩子都是在“误以为是天才”的痴心奉献中才成长的呀！

（莫难摘自《风雨并肩处，岁岁看花人》作家出版社　图/小栗子）

诗剧

风过林梢
月亮升起如一首挽歌
众叶索索
向游客宣读一封诀别书之后
纷纷蝶飞而降
且堆成一冢
埋下了
夏日最后的蝉鸣

——洛夫《月亮升起如一首挽歌》

再见，妈妈 ZAI JIAN

□不良生

母亲病逝的那天中午，我俯身浅浅地抱住她，小心翼翼地问："妈，我可以亲亲你吗？"她点点头，然后把嘴唇噘起。我吻她布满皱纹干涩的暗红色的唇，就像小时候，她满含爱意地亲吻我一样。

这是今生今世与最亲爱的人，温柔的、痛楚的、告别的吻。

--触感--

母亲躺在灵堂中间，寿衣穿戴整齐，像个安详睡去的大红胖子。我木讷地望着白色挽联，心想：这毛笔字真丑，她看了一定也不喜欢。

守在母亲身边时，亲戚们不让我触碰她的身体，否则"会让她走得不安稳"。可与舅舅轮流守夜的那天晚上，我还是偷偷摸了一下她的手，触感冰冰凉凉。

母亲临终前，由于器官功能衰竭，血液循环变缓，手脚低温已是常态。此刻再摸着她的手，倒也不觉异样。只感觉她还在我身旁，还会用手温柔地摸摸我的后脑，像往常一样。

--白球鞋--

她走后的第三天，出殡。长辈叮嘱要穿白鞋子。我临时跑遍附近商场，最后买到一双白球鞋。我从不知道关于出殡会有那么多的规矩。"捧着遗像走出家门后，要一直走，不能回头。"长辈说。

出了家门，车开往殡仪馆。"快点儿，快点儿！"工作人员催促我们，他们的火化时间表排得满满当当。一个小时后，我目送母亲的遗体被缓缓送入炉内，脑子里像一道闪电炸过，我莫名大喊："妈妈，快些跑啊，快些跑。"快些跑，少受点儿火炙的疼痛。

只穿过一天的白球鞋，按照规矩，葬礼结束后要扔掉。可我将它用纸盒打包好，藏在了家中的鞋柜深处。

我就是穿着这双鞋，陪妈妈走完了最后一段路。

--宴请--

第六天，我在酒店里办告别答谢宴。来客中大多是我的亲友同事，父母那边的亲戚们早就回了老家。

她一生节俭，从未舍得这样去酒店用餐，可她走后，我却要以她的名义来宴请。宴席很热闹，可与她熟识的，寥寥无几。

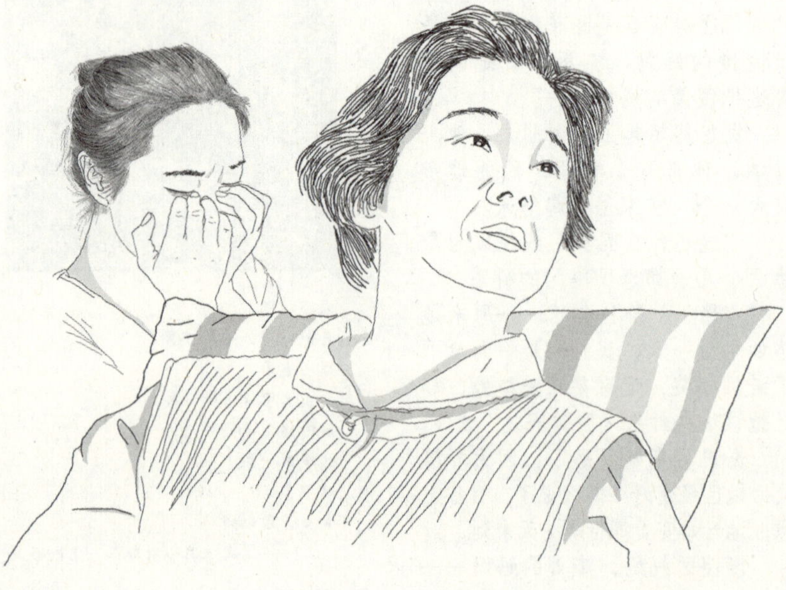

宴席开始前，我发表了一段简短的致辞，我说："那就借这样一个大多数出席者在打牌唠嗑、敬酒恭维、谈天说笑而其实没什么人伤心、没什么人在乎主题的时刻，让这个世间记得，这一晚，是为了我的母亲。让这个世间记得她来过，爱恨过，挣扎过，无悔过。"

--遗物--

仪式、人情，一切都结束，我终于要面对家里的后续工作。

还是那些规矩，逝者的遗物，该烧的要烧，该扔的要扔。我照做了。牙刷、毛巾……扔那些小物件的时候人有点儿木木的。而衣橱里的衣服，想了又想，我收回了手。

工作后，我只给母亲买过很少几件衣物。每次她都会生气，嘀咕我又花了些不必要的钱。她很少穿，却都件件细致地储藏在衣柜里。

买的衣服里，她最喜欢那件唐装棉衣，有好看的盘花纽扣、传统的牡丹花图案。那年大年初一早上，母亲将它穿上了一会儿，然后又不舍地换下了。"等你将来婚娶时我就穿这件棉衣参加你的婚礼。"她喜滋滋地说。

母亲走的那天，我将这件棉衣给她穿在了寿衣里。

我把给她买的几件衣物偷偷留了下来，藏到了我的衣柜里、发肤里、灵魂里。

--歌曲--

母亲走后，我写东西时听得最多的歌，是赵雷的《妈妈》。

几个月前我整理放小电器的抽屉，翻出了几年前送给她的一只MP3播放器。只是个劣质小玩意儿，但她很爱惜，一直未损坏，里面存放了许多他们那个年代爱听爱唱的歌。我听着，却猛然跳出几首孙燕姿、梁静茹的歌曲。那是我曾经喜爱的。

我想起第一次把MP3递给母亲时，教她插上耳机线，摁下播放键。我说："快，开始唱了，可以听了。"她手忙脚乱，用两只手抓起耳机歪歪斜斜塞到耳朵里。

音乐让她露出轻快的表情，苦难的人生中仿佛唯有此刻，可以只存留美好。

--母亲节--

母亲离开后的第60天，恰逢母亲节。

我早起出门，去以前常和母亲一起去的小超市买了些水果，再过一个十字路口，去花店挑了束百合。我决定去看她。

不是传统的扫墓日，陵园里十分安宁，我一块一块墓碑找过去。她住院时，我也是这样从病房间穿行过去，走着、望着，找到母亲的那间。

陵园里有鸟语声，初夏的阳光从天空铺下来，有的折射进树林，有的沐浴着我和她，就像前尘旧事从未远离。

--鸡蛋--

我和她聊起了鸡蛋。

谁会知道这一天就是倒计时中的一天呢？她生前最后一周，我居然还每天去上班。母亲奄奄一息地躺在小房间，对我说："去煮些鸡蛋吧。"

我煮了好几颗，端到小房间想剥给她吃。她虚弱地叹气："我哪里还吃得了鸡蛋呀，你每天早晨上班前都要记得吃一个。"

从前那么多年，每逢周末，她都要把供我下周吃的鸡蛋煮好。如今她病成这样，还只惦记着我，怕我嫌麻烦不给自己煮，才用这样"哄骗"的方式。

"早餐啊，无论吃什么，都要记得给自己多加一个鸡蛋。"

--百日--

6月17日，是母亲走后百日。

走在大街上，路过从前与母亲一起吃过饭的餐馆。火锅店、鸭血粉丝汤馆、吉祥馄饨、富春早点，都是些平民的小吃店，但当时母亲总舍不得花钱。我哄骗她说有折扣券，不用可惜咯，她才肯乖乖跟我去。

我从这些店门口路过，路过我们一起靠窗坐过的位置，路过她等我去锁电动车时，驻足过的树荫。

这么多承载回忆的店铺，却只剩下我独自记着。我矫情地想：我不会再光顾你们了。

--玉米--

8月，又到玉米成熟的季节。玉米是母亲生前最爱吃的。

可她舍不得买新鲜玉米，总要等晚几天过了旺季再去跟菜市场的小贩杀价。然后家里成日成日地沸腾着玉米的香气。

大舅的女儿与女婿去年来我家做客，母亲让我去路口买回一些水煮甜玉米。那种三块钱一根的，口感卖相都好。她给我留了一根，其他的都拉扯着给客人带走。母亲说，你们路上吃。他们客气推让，母亲跟着走出家门一段路，热情地硬塞过去，没给自己留下哪怕半根。

又到了玉米成熟的季节。可我再也看不到那个拎着一大袋玉米，笑盈盈地走进家门的母亲了。

--遗憾--

我渐渐不再执着于回忆。时间没法抚平伤痛，但可以淡去。可那天晚上我做梦，梦见她走的那天，凌晨三四点，她躺在医院急诊室里，说："我想喝点儿粥。"

那个时间哪来的粥呢？我便让大舅开车去肯德基，买捆了食盐和各类调味品的皮蛋瘦肉粥。可这一时慌张，我竟忘了母亲胸腹水严重而不能吃盐。喂母亲吃了两口，她就嗫嚅着说："咸，太咸，不吃了。"

母亲生命的最后时刻，想喝点儿清淡稀粥。我为什么没有跑回家煮粥呢？这个问题，我其实不那么想知道答案。

--永别--

母亲离开一周年。在那天清晨我告诉自己：从今天开始，我不要再那么想念她了。

思念是双向的电波，我这么天天想着她，生者的执念会打扰逝者的安宁吧。

我不想母亲像我念叨她一样，念叨着各种对未来的担忧。她该从亲情的枷锁中挣脱，得到自由了。

关于"永远"，从前有句话很文艺腔，"永远有多远？"其实我们都知道这个世界上没有什么是永远的，爱啊、恨啊、相聚啊、离散啊、拥有啊，都不会是永远的。

但我现在觉得人生是有"永远"这回事儿的。

比如，你走了，就永远不会再回来了。妈妈，再见。

（张甫卿摘自《恋爱婚姻家庭》2017年第2期 图/张艺馨）

奇妙的事

□一风堂

在我小的时候，我母亲每天控制着我，每天的发型、衣服，甚至放学到家的时间她都严格控制，对此我感到十分厌烦。

这样难缠的母亲在三年前和我肩并肩地坐在电视机前看马航失事的报道，当我听说赔偿金有千万元之多时，有口无心地说了一句，如果我在那架飞机上就好了，父母拿到这笔钱可以过上好日子。

母亲白了我一眼，良久才说："我们怎么可能过上好日子啊？"我随便一说，母亲竟然当真了。

直到现在我也无法忘记那天的情景。

真是奇妙，母亲严厉的时候，我恨不得一头碰死。我曾发誓有朝一日能够独立生活后，立马只身抱着猫离开这个家，再也不回来。然而许多年后，我依然和母亲生活在一起，离不开她。这不得不说，真是件奇妙的事。

（林冬冬摘自《少年文艺》2017年第5期）

32个未接电话

□张振斌

儿子在2000多公里外的南方上学，每个周六都要打个电话问问一周的情况。周六的中午，儿子打过电话，但因和妻子在山上挖野菜，风大，信号弱，听不清，约好回家后再联系。

吃过晚饭，七点多，连续给儿子打了两遍电话，能通但没有接。以前也有这种情况，儿子戴着耳机听英语或者习惯了上课调到静音，平时也免不了忘记调回铃声，一次两次听不见也常有。他过一会儿看见了就会打过来，因此我也没在意。

电视中没有喜欢的节目，便拿了两个靠背垫垫在沙发一头，斜靠着读路遥的《平凡的世界》，等儿子的电话。

春节后，儿子宿舍中的舍友，一个去了德国，另一个是生物学院的，搬回了本学院的宿舍。宿舍中只有儿子一人，我和妻子对儿子的安全不免有些担心。

妻子喜欢的电视节目已经开演。书，我也读了四章，儿子的电话还没有打过来。再打儿子的电话，不知为啥，说儿子的移动号不在服务区。又打儿子的联通号，电话无法接听，不在服务区、无法接通？于是，我就给儿子发了条短信：怎么不接电话，看到后迅速回电话。

电视剧演完一集了，歪靠在沙发上一个多小时，再加上白天在山上转了一上午，感觉确实也有些累。我对妻子说：“我去锁大门，先睡了。”

“你先睡吧，再看一集我就过去。”

上床，脱下毛裤，盖好腿。刚要脱上衣，想起儿子还没回电话来，便拿起电话又给儿子打电话，不说不在服务区了，有了“嘟——嘟——嘟——”的声音，一听挺高兴。打了两遍，仍然没能接通，不免有些沮丧。想起前几天，妻子曾通过QQ和儿子通过话，想通过QQ联系一下儿子，因为不太懂，捣鼓了老大一会儿也没行。一看手机上的时钟，还不到九点半，天还不晚。自己宽慰自己：儿子可能晚上补课……

没接到儿子的电话，睡意全无，又拿过书读起来。

电视剧演完了，妻子来到卧室，看到我没睡，有些惊讶。我沮丧地对妻子说：“一晚上了，孩子没有接电话。”

妻子说：“你们不是中午联系过吗？”

“说是回家后再给他打的，打了十几次就是不接。八点的时候联通号还无法接通，移动号不在服务区。”

“联通号早就不用了，移动号不可能不在服务区。你看，QQ上挂着手机呢。”妻子翻看着她QQ上的好友，确实儿子的手机挂在上面。

“你试试联系联系他，打一遍不通，打一遍不通，搞得人心慌意乱。”

“你就是事多，他能有什么事，可能调静音了，听不见。”妻子一边戗着我，一边开始打电话。书也顾不上看了，趄着身子，眼直直地瞅着妻子打电话，一遍不接，又打了一遍还不接，用QQ联系，仍然连接不上。妻子没有活现的神气了，担心和牵挂瞬间爬上了额头。像是在为刚才的发怒解脱，又像是在自我安慰，也像在劝我说：“可能在静音，我给他在QQ留了言：‘见信息马上回电话，甭管几点’。”

妻子的担心，并没有分担我的担心。我们俩谁也不说话了，关灯后，在黑夜中默默地苦想着能联系上儿子的方法。

淅淅沥沥的春雨，已经下了三四个小时，雨滴敲打在阳光板上，发出“啪嗒、啪嗒”的声音，空气也变得沉重而阴冷了。

想了一圈，没有儿子同学的电话，更没法找到管宿舍的阿姨。认识的老师到外地筹建新的校区，有个远房表姐在儿子所在的城市，但离学校二三十公里，况且快十一点了，也不好意思打扰人家。

在黑夜中攥着手机，靠在床背上，冥思着手机能亮起来，铃声能响起来。等不到，就拨打儿子的手机，“嘟——嘟——嘟——”声混杂着窗外“啪嗒、啪嗒”的声响，敲打着心脏，像一只猫爪子抓在上面，恐慌和焦虑慢慢在胸中升腾和蔓延。

前半夜怎么也睡不着。妻子时而翻来覆去，时而拿起手机翻翻看看，虽然都知道有电话、信息手机会亮灯或响起铃声，但我们谁也没有感觉这是无谓的多余。伴随着亮

男人的友谊

□冯雪梅

这是两个男人的故事。美国独立战争的奠基者：亚当斯和杰斐逊。

在亚当斯眼里，杰斐逊只不过是个“小字辈”，可他却因为起草《独立宣言》而名扬天下。这让亚当斯很是不爽，一直坚持认为7月4日不是真正的独立日，“《独立宣言》的通过，只是一件没有任何重大历史意义的装饰性事件”。

独立战争之后，两个老朋友也因政见不合而心生罅隙、屡有龃龉，甚至一度数年不再通信。而等到两人都离开了政坛，两位老朋友却逐渐恢复了友谊。“刚开始通信时，亚当斯对杰斐逊还有强烈的憎恨之感，因为杰斐逊在他当总统期间，发起了对他的诽谤。到了1823年，整个诽谤丑闻已经成了一种怀旧的笑话。”

在亚当斯和杰斐逊眼里，历史可能是完全不同的样子，而“只有当两个人结合在一起时，美国独立战争的碎片才能够拼合起来，形成一个整体”。

生命的最后时刻，杰斐逊依然得到了神助。1826年7月3日晚上，杰斐逊陷入了昏迷。他含混不清地问家人：今天是7月4日吗？随后，就一直处于弥留之中，直至4日的午后，撒手人寰。

同一天早上，亚当斯突然病倒在自己的书房。杰斐逊离世几小时后，他也告别了尘世。

男人的友谊，可以是相互信赖，彼此支持，比如德隆、梅尔维尔、安布勒；也可以是势均力敌，相厮相杀，比如诸葛亮和周瑜，汉尼拔和西庇阿，亚当斯和杰斐逊。

无论是彼此欣赏还是势均力敌，都有一种惺惺相惜之感。不管是朋友还是敌人，敬重对手，其实也是敬重自己。因为对方的命运，往往就是自己命运的写照。

在身陷绝境的孤独无依中，在战争的刀光剑影和政治的波诡云谲中，他们大约无数次地想起过老朋友吧？当他们在天堂的某个地方再度相遇时，又会说些什么？

（刘振摘自腾讯大家　图/张翀）

光的熄灭，妻子的阵阵叹息声，显得那样无奈。

后半夜，瞌睡终于压住了无奈的等待。迷迷糊糊中听见了自己断断续续的鼾声。妻子轻轻的翻动，常常让我从瞌睡中跌入精神迷乱，恍惚中幻想着：儿子的同学去四川参加雅思考试，还能坐飞机去了成都？儿子喜欢走路时戴耳机听英语，还能不小心发生了车祸？最糟糕的就是用电或者洗澡滑倒，发生重大意外，自己无法控制……不管怎样，明天早上再接不到电话，就要麻烦远房表姐或直接坐飞机跑一趟。

阳光板上的“啪嗒”声渐渐稀疏，窗外的雨可能停了。妻子翻动手机发出的蓝光，引得起夜的大黄狗“图鲁”在院子中对着窗子狂吠不止，更让人焦躁不安。大黄狗“图鲁”在妻子的呵斥声中安静了，我们没有开灯，没有言语，但凭借对方粗重的喘息声，就知道两人的思想都凝结在千里之外的儿子身上。这缔结于两个人的生命，总是看得比自己更重要，一晚上的担心，没有父爱、母爱的伟大和骄傲，更多的是伤感雨夜的漫长和等待的煎熬。

似睡非睡，似醒非醒，一直在初春的凄风冷雨中翻来覆去、渴望期盼。

5点17分，我的手机响了起来，抓过电话一看，真是儿子的电话，接通后传来儿子的懊悔声：“爸爸，对不起。昨晚和一个同学吃饭，感冒了。吃了药后，不到七点就睡了，困得我睡前看到我哥发的信息也没给他回。手机在静音上，一直睡到现在。打开手机一看有你和我妈打来的32个未接电话。”

长夜的迷惘，终因儿子的电话，看到了春天窗外的光亮，一身的紧张卸下来，感觉真的很累。

我对儿子说：“你没事就好，我们太累了，想睡一会儿。”

挂断电话，我安然入睡。

（从容摘自《散文选刊·下半月》2017年第4期　图/小兔子妈妈）

诗剧

亲爱的，没有别人会在我梦中安睡。
你将离去，我们将一同跨过时间的海洋。
没有人会伴我穿行过阴影，
除了你，
千日红，永恒的太阳，永恒的月亮。
——聂鲁达

妈妈并不是超人，请允许她偶尔『丧一丧』

□ Ms 姐

·1·

最近在看《妈妈是超人》，给我留下印象最深的不是从容的胡可，嗲嗲的伊能静，而是被骂得最惨的包文婧。两岁的女儿饺子大哭起来，她完全不知道怎么哄，一个劲儿讲大道理；给孩子擦大便，一边说“我真的受不了那个味儿”，一边直接把孩子泡在脸盆里洗屁股；孩子姥姥要离开的时候，她自己先哭起来，说“你就只担心饺子，不担心我……”

扫了一眼评论区，很多留言说“这妈妈太不合格”，可我倒觉得她很真实。再有经验的妈妈，还是会有很多无力和无能的时刻，崩溃想大哭的时刻吧，区别不过是，包文婧想哭的时候就哭了，更多的妈妈不允许自己哭，至少不允许自己在孩子面前、大家面前哭。

想起伊能静去医院看完眼睛，在回家的车上偷偷看着窗外抹眼泪的一幕。带孩子的时候，和家人在一起的时候，她表现得多快乐、多甜蜜啊，好像无忧无虑的公主一般。我想她是把压力和悲伤打包放在了一个更深的地方。

还有马雅舒，面对两个顽皮的孩子她明明急得想跳脚，内心也慌乱得没一点儿办法，却还要努力装出自己“搞得定”的样子。和同样养两个孩子的胡可交流经验，她问：“你也会崩溃吗？”听到一向淡定的胡可说“当然啊”，她才长舒了一口气。

一个朋友给我讲了她小时候的故事。有一次她妈妈因为什么事不开心，在家里大哭，念叨着“过不下去了要离婚”。朋友说她当时很生气，内心独白是：你怎么能哭呢？你可是妈妈啊！你怎么能没有办法呢……

现在她也做了妈妈，每次觉得委屈沮丧压力很大的时候，就躲在洗手间里，哭够了再出来，不让孩子看到。

这些妈妈，让我好心疼啊。

这几年，大家慢慢接受了一些新的养育理念，比如不限制孩子表达负面情绪，在他哭闹的时候抱着他，安慰、陪伴、不评价。可我们自己的负面情绪呢？

·2·

不知道从什么时候起，正能量鸡汤开始不招人待见了，负能量毒鸡汤则异军突起，比如：

如果你觉得自己又穷又丑、一无是处，不要绝望，至少你的判断没有错。今天遇到解决不了的问题，不要着急，因为明天很可能还是解决不了。

银行卡密码都不想设了，用六位数去保护个位数的存款，想想都心累。

一般标配是加一个或者一串微笑脸。是不是觉得挺眼熟的？你身边应该也有爱发此类朋友圈的“丧”朋友吧。

但我环顾四周，发现那几位朋友圈里最丧的朋友，其实真实生活过得一点儿都不惨淡，甚至生活品质颇高，精神世界也颇丰富。他们喝着丧茶，看着丧剧，发着很丧的朋友圈——将悲惨的事当笑话轻松地讲出来，是一种年轻人的时髦。

不是因为上了年纪的人不懂什么叫“丧”，只不过女人做了妈妈之后，忽然就不能再“丧”了。

在孩子面前，不能说丧气话，哪怕是开玩笑；不能做丧气的事，比方说哭。

人总是要有点儿精神的，尤其是妈妈。

想想看，一个少女说“人生好艰难啊”，我们觉得她是自嘲，是幽默；一个妈妈说“人生好艰难啊”，我们会觉得她可能真的过得有点儿惨。

一个少女时常哭泣，我们觉得那是一种风情，最多说她多愁善感；一个妈妈时常哭泣，则会被冠上更可怕的名词：产后抑郁、脾气不好、怨妇、更年期……

有个好朋友跟我说，她在家里感到难过的时候，不能说自己难过，只能说“我有点儿累，想休息一会儿”，然后一个人躲起来。对孩子、对老公、对父母都是如此。

“为什么不能直接说我很难过呢？”

“一大家子指望着我呢，”她笑着说，“难过不是逃避现实的正当理由呀。”

我们是不是太习惯于讴歌和赞

八哥不卖

□梁　凌

一楼的老王，孤身一人，无儿无女，是个鸟迷。老王养了许多漂亮的鸟儿，有虎皮鹦鹉、牡丹鹦鹉、画眉、鸽子等。不过，老王最钟爱的鸟，却是一只黑不溜秋的八哥。八哥的外表，实在比不上鹦鹉，两只细长的脚，头上还掉了些羽毛，斑斑驳驳的；但八哥能说话，且能模仿几种版本的声音，苍老的、稚气的、女高音、男低音……每天早上，当老王揭开蒙在鸟笼上的黑布，八哥会以哑哑的嗓音说：“喝水啦，吃药啦……”老王得到指令，会乖乖地喝一杯水，再吃上一粒降压片。

老王吃了药，照例提着八哥去公园遛鸟。草地上，早坐满了来遛鸟的人。老王的八哥一到，立马成为焦点。八哥会以女童清脆的嗓音唱歌：“早上起来空气好，噢噢……”那是楼下的一个小女孩儿天天对着笼子唱歌，久而久之，八哥就学会了。

一个大腹便便、老板模样的中年人，来晨练，经过笼前，看到这只八哥，叹为奇事，看得发呆，问老王：“你这只八哥，卖不？”老王说：“不卖。”“五千块，卖不？”老王摇头。“一万？”“多少钱也不卖！”老王加重了语气。中年人看了又看，悻悻地走了。

周围人说老王：“这价钱够吓人了，你干吗这样死心眼，你会驯鸟，再买一只驯驯不就行了吗？”老王不语，望着杨树垂下的扑穗儿发呆，一会儿，似自言自语：“又要七夕了……”

七夕那天，一大早，老王就提了几样点心，还有那只八哥，往墓园走。他去看望长眠的老婆。

老王的老婆，已去世四年了，墓前，老王亲手植下的柏树，如今，已长成一人高。

老王在墓前仔细地扫出一块净地，把点心果子摆上，喃喃地对老婆说：“吃吧，这都是你平时爱吃的。”

墓前掠过一阵清风，把铺在地上的纸吹得“呼啦啦”响。忽然听到那只八哥叫：“喝水啦，吃药啦！”是老婆的声音。老王看看那只八哥，再看看老婆的石碑，泪突然就流了下来：“喝了，吃了，你天天在提醒我，怎么会忘？”

老王血质稠，血压高，老婆在世时，每天早上都叫他空腹喝杯水，再吃一粒降压片。前几年，老婆病重，眼看要辞世，唯一让她放心不下的，是老王。老王记性不好，她走了，谁来提醒他喝水吃药？老婆往阳台上看，看见了那只巧嘴的八哥。于是，每天早上，一掀笼子，老婆就对着八哥说：“喝水啦，吃药啦。”看着八哥学会了说这两句话，老婆才安详地闭了眼。

老婆走了，但她的声音仍在，每天早上，会按时响起：“喝水啦，吃药啦！”

她以这种方式，在尘世，与他长相守。

（千百度摘自《羊城晚报》图/兜子）

颂这样勤劳朴实、坚强能干的“妈妈”了？可那不是妈妈啊，是一个全能女超人。对，“妈妈是超人”，多讽刺。

·3·

一个时常丧丧地说自己不想上班的年轻人，可能是公司里最努力上进的那个。

一个总是自嘲单身狗、爱无能的姑娘，也可能是倾尽全力爱过甚至爱着别人的人。

如果我们允许年轻人用“丧”这种方式，排解他们生活中遇到的痛苦，为什么我们不可以对妈妈温柔一点儿，允许她也偶尔“丧一丧”，把糟糕的境遇和心情说出来呢？

当她记错去幼儿园接孩子的时间，不要责备她说“你这个当妈的怎么这么粗心”，允许她发一条吐槽自己的朋友圈，把内疚感含蓄地化解，然后继续努力生活。

当她手足无措、沮丧难过的时候，允许她理直气壮地说两句丧气话，光明正大地哭上一会儿，哪怕过后再和她一起嘲笑她哭花了的妆。

希望有一天，无论是胡可那样的靠谱妈妈，还是包文婧那样的不靠谱妈妈，她们都不需要压抑内心的“丧情绪”，可以和所有人一样，尽情调侃自己的不靠谱、不努力、不快乐、不自由。

或许那才会是更大的快乐，更大的自由。

（刘振摘自微信公众号“妈呀我呀”图/关节熊）

中国的爸爸去哪儿了

□周 冲

美国有一部纪录片，讲述失父状态下孩子的成长。导演跟踪拍摄了8个孩子。这些孩子来自不同阶层，不同文化，不同的社会背景。唯一相同的是，从小都和母亲相依为命。

父亲在哪里？或以工作之名不回家，或离开，或有了另外的爱情和家庭，或浪荡在外……

8个孩子成长的辛酸、艰难与孤独，我们可想而知。

影片在一所学校放映。放映后，孩子们分享了对父亲的失望和愤怒。

但是，他们又需要一个父亲。怎么办？只有在生活中寻找父亲的替代品。

在这种状态下，长大后的女孩，当然会爱上一个“温暖的”“关心我的”大叔。

哪怕大叔已婚，哪怕大叔的孩子和自己的年龄一样大。能怎么办呢？她们对爱如此饥渴，只要碰上，就本能地抓住不放开。

而男孩呢？

男孩是不是就不用担心？

不。

父亲一生缺席，男孩一生“缺钙”。

他会充满不安全感，会紧张，会焦虑，情绪容易失控，产生攻击行为，甚至酗酒、纵欲、药物滥用，走上犯罪的道路。

他会比家庭幸福的孩子更容易患上心理疾病，性格缺陷更明显，更容易出现女性化特征。

缺少父亲的孩子，不自觉产生恋母情结，在心理上，终生与母亲病态共生。

因为不陪伴，儿子也好，女儿也好，一个接一个变得脆弱、自卑、不安，年长以后，亲密关系紊乱，安全感极度匮乏，自我价值感极低。

这就得不偿失了。孩子最需要的，是父亲的巨额财富吗？不是。

是限量版游戏机吗？不是。

是周末坐云霄飞车吗？不是。

他们要的，是爸爸的时间。

但太多父亲都做不到。

他们要么有心无力，要么有力无心。

总而言之，中国的家庭，渐渐变成“缺失的父亲+焦虑的母亲+失控的孩子”的病态共同体。

也许有人要问：我们该怎么办？

答案只有一个：爸爸多回家！

美国教育学家莎莉·路易斯在她的作品《唤醒孩子的才华》中写道：

“两年前，有人研究哪些因素促使孩子在学习能力测试上得高分。

“智商、社会条件、经济地位，都不及一个更微妙的因素重要。

“那就是，得高分的所有孩子都经常与父母一起吃晚饭。”

一家人，围着一桌美味佳肴，在轻松温暖的谈话氛围中，分享各自的悲欢与思考。

这种时刻，爱意流淌，彼此心灵打开，大家互相看见，互相听见，情感的需求都得到满足，这就是最好的心灵教育的时刻。

有了爱的满足，孩子的成长，就不会出现大麻烦。

即使有，在这样的家庭中，还怕解决不了吗？

美国前驻华大使洪博培说过：

“我最后的目标是做一个称职的爸爸，不然其他一切都没有意义。”

如果中国的爸爸们，也像洪博培一样，将家庭幸福也视为人生的一种成功，甚至是最重要的成功，也许孩子的教育问题，就不是问题了。

父母的陪伴，比父母的教育更重要。

爱，不是心理活动，而是实际行动。

爸爸，回家。

（婉莹摘自微信公众号“周冲的影像声色”
图/点点）

诗剧

美好的生活没有预告，
它经受住绝望的氛围，
然后出现，
步行而来，
不被认识，
不带来什么，
而你就在那儿。
——马克·斯特兰德《美好生活》

我们总在屏蔽父母后说想家

□丁维婕

现代人的“想家”，通常是受挫后突然爆发的一种脆弱情绪。

被欺骗被欺负了，感到孤独和委屈了，于是想家了，想回到自己最信任的人身边，想回到那个最让人有安全感的地方。

关掉手机哭一场；躺在又软又香的小床上；吃着妈妈给做的糖醋小排；被爸爸宠着，往沙发上一瘫，啥也不用干。

但是回不去。

只能抹抹眼泪，叹口气，发条想家的朋友圈，还要小心地建好分组，屏蔽父母。

在朋友圈说“想家”，朋友们通常会发来几个抱抱的表情，表示“我也是”。但父母不一样。他们会想，孩子一定是遇到大难题了。他们会心疼，对你说“钱还够吗？不够再给你打一点儿”，“在外面那么辛苦，要不然回家吧”。嘘寒问暖下，本来还能强撑着的情绪，瞬间崩溃。那天问我妈，如果我说“想家了”，她会有什么感觉？我妈想了一会儿，有点儿不好意思：“感觉你还挺需要我的。”

电视剧《请回答1988》里，正焕的妈妈要回娘家几天，临走前仔细叮嘱丈夫和两个儿子，直到他们不耐烦，她依旧一步三回头：“真是挪不开步啊，挪不开步……”妈妈一走，三个男人就撒了欢地在家折腾。后来得知妈妈要提前回家，三人又风卷残云般地拼命打扫。妈妈回来后，丈夫乐呵呵地说：“你看吧，你不在，我们也能过得很好。”妈妈却郁郁不乐，失落地躲回房间。

马薇薇说：“父母和孩子真正会发生矛盾的地方在于，父母感到自己在这个家里，不再被需要了。”

比起敷衍的“我很好”，皱着脸，撒娇地说一句“我想家了”，也许更能让父母开心。这句话能让他们感觉到，你还需要他们的保护。

我们常把家比作避风港，能活在爸爸妈妈的庇护下。而这个世界上，再也没有任何人，能像他们那样，爱你如生命，会永远关注你的一举一动。

某一期《奇葩说》里，肖骁说道：“为什么我两次打决赛，都要提到我妈？是那两个辩题真的和我妈有很大的关系吗？不是的。当我紧张，害怕，失措，头脑一片空白的时候，我第一个反应就是我妈。我讲她，能让我安静，放心，能让我觉得，这个坎儿，我咬咬牙就过了。我妈是我最后的安全感。”

电影里的小猪麦兜眼馋火鸡，妈妈麦太就每天努力变着花样地给他做，麦兜吃腻了，她就把买来没吃的火鸡丢掉。

麦太永远地离开后，麦兜说：“我不喜欢抢包山，但我还是很努力地练习攀爬，我不知道原因，很久以后我明白，我去抢包山，不是为了见姗姗，也不是为了得到世界冠军。是因为这是妈妈的梦想，是因为我爱我妈妈。”

可是最后，这世界上只有你自己知道，你究竟有多么爱她。外婆去世3周年，跟着我妈去磕头。她盯着墓碑上外婆的名字，跟我说：“以后我要是不在了你就会知道，无论生活多好，妈没了，心里总是缺点儿什么。”总是追着我们问“你饿不饿”“想吃点儿什么”的外婆离开了，也顺便带走了妈妈的一部分。就是在那一刻，我突然理解了“父母在，人生尚有来处；父母去，人生只剩归途”的意思。

累了想家，痛了喊妈，都是最自然的感情，一点儿都不丢人。“我就爱吃你做的红烧鱼，我自己在家怎么都做不好。”“这个挂烫机好难用，妈妈你帮我熨一下衣服嘛。”“我最近湿气好重，妈妈有什么食补的菜谱呀？”“最近好累，好想你们，想回家住几天。”想家也可以大声说出来。

你那一颗来自故乡的胃，最好的保养方式，永远是定期回家看看。

（张天宇摘自微信公众号“槽值” 图/关节熊）

一切美好莫过于与您一起度过

□章早儿

妈妈去世后第七天，我才哭起来，没日没夜地号啕大哭。

记得妈妈病逝那一天，我打通了姥姥的电话，把手机放在病床上。听着急促的呼吸声，姥姥拼命地在呼唤，我不停地重复着说：“妈妈，我爱你。”我想要抓住这最后时刻，让妈妈听到我对她的爱。

下午6时32分，在一阵一阵急促的呼吸声过后，仪器上所有的曲线，变成直线。陪伴我29年的母亲，流下最后一滴眼泪，永远地离开了我。

老人家说，你不能把眼泪流在妈妈身上，不然她也会把你带走。

那一刻，我还是把眼泪滴在妈妈身上，我多么希望，她也能把我带走。

医护人员走过来，把她装进一个铁柜，送去太平间。

短短的十几分钟，原本布满康乃馨，仍然充满生命气息的病房，变得无比冷清。这个我和妈妈度过最后一个月的地方，变得如此陌生，妈妈所有曾在这里生活的痕迹，被收拾得一干二净。

我曾在病床底下放了一双高跟鞋，是妈妈曾经梦寐以求，但是没有机会穿的一双鞋，它曾崭新地被放在病床底下，现在被拿走了；我曾在洗手间放了她的牙刷，早已陷入深度昏迷的她，未曾用过，也被拿走了。

此时此刻的病房，空空荡荡，只剩下紫色的光线，这是病房在消毒，它将以全新的面貌迎接下一个病人。

跟着被装进铁柜的妈妈，去往太平间，路上，峻叔一直拉着我的手，不停跟我说：“姥姥还在我们身边，你有没有感觉到？我一直都感觉得到。”

太平间就像一个很大的仓库，一座铁门将生与死相隔开来。

天色渐晚，其他人慢慢散去，医护人员把铁门锁上。亲人们劝我离去，明天再来。我说我要在这陪妈妈，我怕她孤单。

她和其他人被放在这个封闭的地方，一切肃穆而寂静，没有白天的哭泣，只有窗外的树叶作响。

这是我第一次，感觉到她很孤单。从小到大，不是她陪着我，就是我陪着她。小时候，她陪着我长大，我去哪儿，她在哪儿。当我离开家在异地读书，她怕我生活不能自理，辞职陪伴我；当我恋爱成家，她为我洗衣做饭；当我孑然一身，她陪着我照顾峻叔。生病后，我又陪着她，陪着她化放疗，陪着她到处求医；给她擦身，为她洗澡。

那一晚，我坐在太平间门口，在离她最近的地方，陪着她。峻叔说：“我也要在这儿。”我坚信，妈妈还在旁边。

那是一个漫长的夜晚。

第二天一早，灵车来了，他们要把妈妈送去殡仪馆。灵车上，司机让我们坐在前面，说我们不能跟尸体在一起。

我彻底愤怒了。

从病房到太平间，从太平间到殡仪馆，他们每个人都用“尸体”二字形容妈妈。躺在那儿的，可是我的妈妈。

我和峻叔执意要坐在妈妈旁边，我要陪着她。

妈妈在殡仪馆，整整待了48小时。我疯狂地认为，人身上所有细胞的死亡，是在48小时之后。

那48小时里，我一半时间在殡仪馆，一半时间在家里。在家中那整整一天，我坐在窗台前，望着外面车来车往，人去人来，不想说话，不吃不喝，时间仿佛一直停止在那一刻。

48小时之后，我在殡仪馆举办了一场悼念仪式。从我踏进殡仪馆的那刻起，我就很害怕见到妈妈。我仍然记得，妈妈从病房里被抬着出来时，鼻子、耳朵堵得死死的，不然会慢慢地流出浓稠的液体。妈妈这辈子都爱美丽，她怎么能在这最后时刻，如此不堪。

我看到躺在透明棺材里的妈妈，化着淡淡的妆，面色红润安详，就像睡着了一样，依然很美。在她身边，铺满了鲜花。

峻叔写了一张小卡片，他轻轻地抬起他外婆的手，把卡片放进寿衣里。卡片上写着：姥姥，我会照顾好妈妈。

终于，妈妈还是要被推进火炉。当我和峻叔一起把妈妈推进火炉时，峻叔哭得撕心裂肺。那一

是该难过一下了

□冯海鹏

看某一期的《朗读者》。

这一期的朗读者是著名的演员斯琴高娃，她读的是贾平凹的散文《写给母亲》。“人活着的时候，只是事情多，不计较白天和黑夜。人一旦死了日子就堆起来，算一算，再有二十天，我妈就三周年了。”音乐响起，舒缓而抒情。斯琴高娃，一个老太太，安静地坐在那里，优雅而庄重。朗读，很慢很慢，慢到让人的心也慢下来，让时光也慢下来，满脑子都是母亲，母亲的哭，母亲的笑，母亲的影子。

斯琴高娃的泪水悄悄地滑落，她叹了一口气，站起来，抽噎了一下鼻子。董卿走过来，拥抱着她，然后，失声痛哭。所有的观众，场内的，电视机旁的，都潸然泪下。顷刻间，我们感受到文章的魅力，艺术家的魅力。

但，其实都是情感的魅力，是母亲的魅力。

董卿把纸巾递给斯琴高娃，让她擦干眼泪，说了一句话：“对不起，让您难过了！”这句话，让我一下子看到了一种歉意，一种尊重，一种高贵。

斯琴高娃淡淡地回答道：“唉，是该难过一下了！”这一句，既是对董卿歉意的温暖安慰，也是她内心情感的真实流露。这个老人，此刻脑海中一定是一个比她更老的一个人，母亲的影子。是的，她想到了自己的母亲，那个说着“我不打扰你，我不打扰你”的母亲，那个说着“儿寒乎”的母亲，那个默默支持你、担心你又不忍打扰你的母亲。

两句对话，让我看到了两个人，两颗心，朴素真实而又高贵典雅。

（孤山夜雨摘自《新民晚报》 图/木木）

刻，他才真正意识到，姥姥不在了，永远都不在了。

一场火，将美丽了一辈子的妈妈，化为一盒骨灰。捧着骨灰时，我执意要打开骨灰盒，一摸，还是热的。

她的骨灰，被安放在墓地里。那一刻我觉得我的妈妈终于找到她最终的归宿了。这里是她的新家，我在墓地上种了青草，两旁种了青松，我想把这里打扮得漂漂亮亮的。我在附近的墓地烧了香，希望他们也能对我的妈妈好一些。

在这之前，我觉得妈妈是孤单无依的，从病房到太平间，从太平间到殡仪馆，从殡仪馆到火炉，她被迫四处“漂泊”。终于，她在这里，得以长眠。

然而从这天起，我却歇斯底里地哭了起来。我希望我的妈妈能回来找我，起码她要给我托梦，告诉我她还在我身边，只不过我只能在梦里看到她了。

我认为我用尽了所有的办法，想把妈妈找回来，但是她仍然没有回来，甚至连个梦都没有给我。

此时，我开始明白，没了就是没了，妈妈回不来了，永远都回不来了，纵使你多么爱她，多么想她，她再也不会出现在你眼前，拉着你的手，说：女儿，我更爱你。

在妈妈的坟头前，我曾很任性地在墓碑上刻了一句话：一切美好，莫过于与您一起度过。

我曾以为，我跟妈妈在一起30年。这30年，是我在这人世间最快乐、最美好的时光。因此，在妈妈去世后，我要继续告诉妈妈，我这一切美好，都是与她一同度过的。

但当我真正明白，我们来世间这一遭是为了什么的时候，我相信今后我的一生都会是美好的。因为未来的每一天，都有妈妈与我一同度过。

每个人的一生中，总会面临生老病死。

这个世界上最痛苦的事，莫过于至爱亲人的离开。当那个曾经养育你，曾经给你带来快乐，带来幸福的人，再也无法与你共同度过今后的每一个日子时，你悲痛，你愤怒，你怨恨。于是，你变得颓废不已，你觉得生无可恋。

但我想，把你带到这个世界上，给你幸福的那个人，她的心愿一定是，希望你能活得比她更好。要知道，你是她生命的延续，今后你的一切美好，都与她一同度过。

（山高摘自《你是我生命永远的主角》中国华侨出版社 图/小兔子妈妈）

找到父亲的《魔兽世界》账号，好像关于父亲的一扇门就要开启了。时隔四年，我终于又见到了记忆中的背影。

我操纵着父亲的角色，乘着飞龙经过“日歌农场”，看到了父亲辛辛苦苦在农场上种植的草药。它们的果实，在暮色中散发着微光。但收获它们的人已经不在了……

《魔兽世界》里的父亲

□小　七　易方兴

刚满16岁的我，跟父亲离世时相比，成熟了不少，我有很多话想说给他听。比如，一年前，我也开始玩《魔兽世界》，我想知道父亲曾经征战的“世界”是什么样子的，走一走他曾经走过的路，看一看他曾经见过的风景。父亲，你知道吗？我的个人团队输出排名有一次甚至排到了世界第一，如果你在，你一定会很高兴。我甚至幻想过，父子俩能在游戏里搭档，会有多棒。

现在回想起来，我小时候记忆最深刻的片段，就是站在父亲身后看他打游戏。他会扭过头来，异常严厉，用一种警告的眼神看着我，我只好溜之大吉，赶紧回去做作业。当然，如果作业完成了，在父亲旁边看一看是没什么问题的。

父亲享受游戏，打的时候专注又认真，而且从不抽烟，即便是冒险遇到困难，也不会像别人一样发脾气，摔键盘、鼠标，他都是默默收拾一下自己的包裹，检查盔甲和武器，准备再次尝试。记得有一次，他们被这些巨大的怪物虫子打得十分凄惨。不过父亲并不气馁，他告诉我，这三只怪物的外号叫“吉祥三宝”，还让我对着耳机唱《吉祥三宝》，和他一起作战的队友们都乐坏了。

大多数时候，我除了能看到父亲在电脑前的背影之外，还能看到他在游戏里那个角色的背影。那是个强壮的背影，红色的披风随风飘动，肩上铠甲的尖刺像剑一样刺向天空，父亲一手拿着红色长剑，一手拿着银色盾牌，常常大喊一声，就冲在了队伍最前面，一个人面对大型怪物，显得无所畏惧。

我那时还小，不懂冲杀的意义，父亲常常自豪地告诉我，他是“部落”阵营的，所以我很小就学会了一句话：“为了部落！”

别人的父亲都喜欢给孩子讲故事，我父亲也不例外，只是他讲的好多都是《魔兽世界》里的故事。我还记得，里边有个人叫“伊利丹”，这是个比较悲情的角色，为了国家和人民，为了自己的爱人，毅然决然地牺牲自己，最后甚至心甘情愿被利用，走上一条黑暗之路。父亲说给我听的时候，那种愿意为所爱之人牺牲一切的勇气，让我印象深刻。我觉得父亲喜欢这个角色，喜欢这真实世界之外的另一个世界。

多年以后，我自己真正进入父亲曾经征战的世界，才知道他玩的角色是兽人战士。兽人在游戏里以勇猛和坚强著称，他们因为战乱离开故土，来到了新的世界开辟家园，在一个团队里，兽人战士需要替身后的战友们扛下敌人的大部分伤害，用盾牌来保护他们。小时候，我也常常有这种感觉，父亲抱着我的时候十分有力量，他就是保护我的臂膀。

父亲是在四年前去世的，去世前几年，他就因为病重住院了。对我来说，那真的是一段灰色时光，我亲眼看到健壮的他变得瘦弱憔悴。平时看起来那么健康的父亲怎么会得胃癌？我当时真的难以接受这个事实，我经常在心中默默祈祷，希望父亲能够尽快康复。后来我才了解到，胃癌是很疼的，但父亲从来没在我面前喊过一声疼。

有时候他从医院回家，偶尔打开电脑，让我坐在他身后，看着他操作他的兽人战士，在那个世界里自由健康地征战。我当时心里就觉得，父亲肯定会好起来的。

我小时候跟随外公外婆在宁波的郊区长大，五岁时才回到父亲身边，到他去世，满打满算，也不过七年时间。七年对于一个人来说，实在是太短太短，但现在找到了父亲的账号，就等于找到他在另一个世界里清晰的踪迹。

父亲的兽人战士“绿箭”一直停留在90级，银行里还有当年的T3无畏套装、早已绝版的祖格哈卡莱双刀和团里第一把兄弟会之剑“AL”。对我来说，这些都有特别的意义。我想，苦闷的时候，我会再登录父亲的账号，来这片农场看看，看暮光里的成熟果实，看他当年的光辉战绩。

（秋天摘自百度贴吧　图/点点）

温暖

□蔡要要不吃药

经过一条小小的巷子，有一位年迈的老爷爷推着一辆小小的三轮车在卖烤红薯，味道也许并不那么好，可就是想要买一个，热热地握在手里，咬一口，一股暖流从嘴里一直烫到心里。

小时候的冬天要去上学，出门前，外婆忙不迭地端来一碗煮得热热的甜酒鸡蛋，放了很多糖，打上一个金黄的鸡蛋，飘着淡淡的酒香。外婆总是看着我一口气喝下去，再握握我的手，笑着说："嗯，这下暖了。"哪怕外面刮着刺骨的北风，也是不怕的。

和男朋友一起挤在沙发上看电影，外面飘着雪花，我们看一眼窗外，去泡一盒方便面，冒着热气的两个人你一口我一口地吃起来，电影演的什么早就已经忘记了，可是那盒面让我们记住了温暖，忘记了寒冷。

大多时候食物带来的温暖，会一直让你记住，像灿烂的太阳。

（花烛摘自豆瓣网　图/木木）

如果爱是不平等，让我成为爱得更多的那一个

□蒋方舟

你所见过的最不平等的爱情长什么样？

一位有名的女作家，同时也是电视编剧界的女王，漂亮勤奋，穿衣服潇洒。她每天下午三四点离开家，到恋人的住处。她的恋人N先生是一个比她大十三岁的有妇之夫——分居而不能离婚，男人不帅，胖胖的，和她一样高，身体不好，没有工作，生活拮据。

女作家给恋人做了丰盛的晚饭，两人聊天。有时女作家会因为太疲惫而睡着。她临走前，会为恋人准备好第二天的食物，晚上十一点左右回到自己的家，母亲和妹妹已经睡了，她一个人躲在玄关没有热气的地方写作，写到天亮。清晨时，写作的地方已经收拾干净，又变成连接玄关的冰冷空间。

女作家为母亲和妹妹做好饭，整理琐事，工作，去恋人家……周而复始。

女作家和恋人的爱情从她少女时期持续到中年，贯穿了她人生的黄金时期。恋人是她20多岁时工作的文化社的摄影师，在她年轻时或许有些作为前辈的光芒，但剩下的漫长岁月里都只是一个身体羸弱、精神脆弱的中年人，被盛年的女作家照顾着。

这是我见过的最不平等的爱情。

女作家叫向田邦子，被誉为“昭和民族的张爱玲”。看向田邦子和张爱玲的写作，确实有类似的地方，她们都爱写家庭与恋爱，都毒辣，爱写人内心的猥琐见光一刹那的窘，但两人还是有很大的不同。

张爱玲的小说总写“幻灭”，她的小说男主角总是留学生或者华侨：范柳原、佟振保、童世舫、章云藩……他们对于古老的中国有种幽幽的爱与怀念，爱投射到了女主角——“一个真正的中国女人”身上，交往之后，男人却发现那只是美丽的虚空，奢靡的残破，继而失望。

向田邦子的小说却是连一开始的希望都没有。她小说的主角大多数是大龄单身、平淡无奇的女性，有点儿虚荣，有点儿自卑，渴望被爱，渴望被触摸，并且为着这些渴望放弃所有的尊严。在爱情中始于失望终于失望，所有的温暖都是自己提供给自己的，她小说里的桃子说，“只要发现一点儿好笑的事，就想趁着能笑的时候赶快笑。她希望透过大笑来激励自己”。

——张爱玲宁愿让主角沉沦到底，也不会让她有这样令人绝望的乐观。

但是向田邦子必须乐观。她的父亲暴戾——外遇之后更加暴戾。她作为长女成了家中唯一的依靠，打理家庭，照顾弟妹，通宵写作，赚取家用。

按照偶像剧的路数，这样的女性应该被爱情救赎，家底厚实的伴侣握住她的手，接过她生活的负荷。但现实是，她的爱情秘密而隐忍，她没有被照顾，反而需要照顾的人多了一个。

我们总爱用“心疼”去形容自己无法理解的情感。心疼不婚的女性，心疼门不当户不对的婚姻，心疼苦恋十几年而无法结婚的情侣。

那我们能够心疼向田邦子吗？

我曾经好奇为什么向田邦子能够保持那么旺盛的创作力，一共创作了超过一千个剧本，超过一万个广播剧。仅仅是出于物质的压力，绝不可能如此勤奋，当我看到她拥有N先生这样的恋人，我似乎能够理解了一点儿。

她的恋人并不占据她的一点点生活。N先生的无能，反而成为一种馈赠。他每天的生活就是围绕着邦子，最幸福的时刻是两人在家吃晚饭时亲密地聊天。邦子睡了，他就在一旁默默地看着她，内心想：赶快振作起来，迷途的羔羊。邦子不在的早上，他就听着她的广播，露

妈妈的符号

□张君燕

这是一个略带悲伤但结尾却很暖心的故事。

一个小男孩四岁时，随着妈妈去城里赶集，拥挤的人群挤散了贪玩的孩子和忙着采购的妈妈。嘈杂的喧嚣，杂乱的人群，孩子像一颗掉入大海的石子，一旦脱离视线便再也找寻不到了。

寻子的道路艰难而漫长。一晃十年过去，妈妈依然没有找到孩子。

一次偶然的机会，妈妈到外省探亲。中午，和一大桌亲戚家的亲友围在一起吃饭。席间，总感觉有一道目光在自己身上来回移动，她抬起头，却找不到目光的来源。后来，当这道目光再次投射过来时，她及时捕捉到了。那是对面一个十四五岁的男孩子，他的目光是那么炽热，而且好像充满期待和询问。当他们的目光相遇时，男孩子索性不再躲闪，直直地盯着她看，而她似乎也在男孩脸上依稀看到了记忆里旧时的轮廓。

最后，男孩子走过来，问她是不是丢过一个孩子。这一刻，激动万分的她一下子泪流满面，她忙不迭地点头，然后紧紧握住了男孩的右手！她根本没有想到，兜兜转转了这么多年，竟然会在这样的时间、这样的场合找到自己的儿子！

后来，有人问男孩：“你怎么会想到她是你的妈妈？”男孩羞赧地笑了：“我也不知道，我就是看着她感觉很亲切、很温暖，而且她身上好像有一种特殊的东西深深地吸引着我。我想起了我妈妈，和幼时记忆中的一模一样！”是的，也许每一个妈妈的身上都有一种特殊的符号，即使隔着岁月的漫漫风尘，依然可以让孩子清晰地认出自己。

说起妈妈的符号，我突然想到看过的一个国外的视频。那是一个关于亲情的测试，研究人员找了六个三到十岁的孩子，然后把他们的眼睛蒙上，让他们在一群人中找到自己的妈妈。妈妈们似乎都有些紧张，可孩子们却显得镇定自若。测试开始了，孩子们依次走上前，摸着面前站着的人的头发、面颊、手。摇头，接着来到下一个测试者面前。而最终，这些可爱的孩子全部找到了自己的妈妈，包括最小的那个孩子！

当询问孩子找到妈妈的理由时，孩子们各有各的回答，其中一个孩子的回答非常奇妙：我摸到了妈妈的微笑！

大家在惊叹的同时，也不由得露出了会心的微笑。每个孩子心中都有一个独属于自己的妈妈，在妈妈身上会有一个特殊的印记，它是一种独特的心灵符号，甚至可以无形无色无声，外人根本无从探寻，子女却可以深谙于心，那里包含着一种深入骨髓的血脉与传承。

我突然想到了自己的妈妈，想起了她身上独特的符号，你呢？

（月月鸟摘自《儿童文学》

图/熊木木）

出微笑。

N先生在向田邦子生命中的意义，可以化作一道温柔的目光。

如果爱是不平等，让我成为爱得更多的那个。

如果向田邦子嫁给一个能干的男人，为他结婚生子，招待他的朋友，依附于他的生活。她也无法保持高产而专注的创作。

不必心疼不平等的爱情，因为爱情就是不平等的。

我喜欢奥登的一首诗：

我们如何指望群星为我们燃烧？

带着那我们不能回报的激情？

如果爱是不平等，

让我成为那爱得更多的那个。

向田邦子和N先生，是谁爱得更多呢？

N先生在40多岁时毫无征兆地自杀了，或许是因为越来越孱弱的身体让他觉得生命没有希望。

向田邦子那一年被父亲赶出门，自己租了很小的房子继续创作。

一个人的房间，只有猫做伴。

十几年之后，向田邦子在51岁那年得了直木奖，舆论有不满，认为她不配，向田邦子说：“我二十年来专注文学，牺牲了妻子的身份和孩子，一切都牺牲了。身边也有走投无路而自杀的文学好友。在外界略有了点儿浮名，审查员给了个普通的奖，就有人让我辞退，实在怒不可遏。”

可仍有质疑，认为她太过年轻。

次年，向田邦子死于空难。

（张建中摘自作者新浪博客　图/豆薇）

爱是那些微小细碎的时光

□张小娴

女孩在新加坡念书的那几年，她在上海的爸爸常常炖好她最爱吃的腌笃鲜，放在一个小锅里，裹得严严实实，交给一位空姐朋友从上海顺便带到新加坡给她，几个小时之后，飞机降落樟宜机场，这个馋嘴的女孩从空姐朋友手上接过那一小锅爸爸做的腌笃鲜，只要回家放到炉火上热一下，就能吃到家乡的味道了。那也是爸爸的味道。

女孩早已离开新加坡回家，也嫁人了，这么多年来，她和爸爸的故事依然感动着我。为了让所爱的人吃到好吃和想念的食物，你都做过什么？为了带美味的东西给心爱的人，你又能走多远？

你是我爱的人，多希望能够跟你分享这世上所有的美食。好吃的，总想给你留一份，而且是最好和最大的一份；可有时候，你却不在身边。

夏天没法给你送去冰淇淋，冬天又怕饭菜凉了，于是紧紧抱在怀里，用双手、肚子和围巾拼命把菜暖着，换了几次车，走了几十公里的路，唯一担心的是菜凉了，变得没原本那么好吃。送到你面前的那一刻，看到你惊喜和感动的目光，看着你吃得有滋有味，全都吃光，我竟觉得比你更幸福。

人间烟火，饮食男女，不过就是这些微小而细碎的时光，无论我和你后来有没有在一起，某一天，当我老些了，回头再看，那一刻，我是明白了爱情，也终究品味过爱情。

“曾经他为了买我喜欢吃的炸鸡，大夏天三十多摄氏度，自己没吃饭，在那儿排队一个多小时，给我送过来，又去办别的事，忙得自己一天没吃上饭，如果吵架时能多想想这些好，是不是我们就不会分手？”

“我想吃鸭脖，结果前男友从石家庄坐高铁到武汉买一堆，然后又当天坐高铁回来。”

“曾经为了让最爱的人吃到好吃的饭菜，我会把学校两层食堂的每个视窗都看一遍，如果给我盛得不好会倒掉重买，或者点一份小炒，在那些并不宽裕的日子里……”

“为了给他买一瓶茉莉蜜茶，在超市排了一个小时的队，后来他就被我感动了，我们后来在一起五年，今年他和我们的初中同学结婚了，还有了女儿。可我觉得青春就是这样义无反顾，一往情深。”

为了你，曾经万水千山在所不辞。

“从合肥到武汉，只为了她说一句想吃不二家。”

“只因为他喜欢我城市的瓜子，假期坐五个小时的客车去给他送。”

“开四十分钟车，只为送碗面。”

“他过生日，我们是异地，没有火车没有飞机，大巴十二个小时，我带了生日蛋糕，一直放腿上，下车的时候腿已经没什么知觉了。”

“往返六公里的路程，步行完成，回来之后换来的是一个欣喜的表情，很满足。”

“我们异地六年了，他说他想吃擀面皮，我就买了去喀什的机票飞行五个多小时，还要在乌鲁木齐转机。”

“为了给他买早餐，可以独自在寒冷的天气里走很多条街，一只手拿早餐，一只手还要骑车子，只为了他说句好吃，吃得真饱啊。”

“高中两年，爸爸每周两到三次送花胶汤来，因为那段时间胃不好，我家在广州，学校在顺德。虽然不是超级远，但爱满满的。”

“不算太远，记得有次半夜两点多他说想吃干锅牛蛙，立马出门买干锅牛蛙去，现在想想蛮佩服自己，真是个女汉子。”

“那一次他感冒了，我一大早就煲好香菇瘦肉粥，然后还是踩着他吃饭的那个点送到，从我家出发到他上班的地方大约两个小时，那天还下雨，而我还是很开心，因为为自己喜欢的人送吃的是一件很幸福的事。”

“在悉尼大半夜，我求室友开车载我去Eastwood，去烧烤店买了一堆烧烤，为了买一杯奶茶，跑了好几家店（那个点大多数店都关门了）送去某人家。某人当时惊呆了。我咧？潇洒地甩甩头发跟室友回家了。”

只要知道你喜欢，万水千山、百转千回也不远。两厢情愿的时候，你的幸福也是我的幸福。可惜，并不是每一次的万水千山也是带着爱回去的，有时候，带回去的，是孤单与荒凉。

“曾经执着地爱一个人，为了

给骨折的她买肯德基早餐，在零下三十摄氏度的齐齐哈尔每天早起，你永远也想不到一个十分怕冷的人有多畏惧严寒，每天在楼下寒风中等待，将早餐放入怀里，怕凉，送完了早餐，回到寝室，室友还在熟睡，而我的手已经冻得通红，脚心冰凉，最后女孩好了，对我说，我们不合适。”

“为了她说一句天热想喝冰莲子糖水，我连忙做好，用小锅细心包裹，隔了半个城送过去。然而，不喜欢我的时候，也只是一句抱歉而已。”

“从东区开车去市中心买糖水送到西区，明明不顺路却说顺路兜风，他也没拒绝地收下。可最后他还是感觉不到我的心意或者说他没意思和我发展下一步关系。”

“有一天他说他想吃臭豆腐，那天下了班就赶去市里给他买最正宗的臭豆腐，下着雨再赶回家，他说他吃好晚饭了吃不下。”

“曾经因为他说不想出去吃，我坐了快一个小时的车去给他打包饭吃，还不是他自己下来拿的，我连他的面都没见到。”

（张晓玛摘自《张小娴散文集》图/果酱的酱）

一碗面条的吃法

□孙道荣

小区边有家面馆，生意火爆。我也常去吃。

店里的桌子，都是那种四人座，两两相对。因为食客多，常常一座难求，陌生人不得不拼桌。

坐在对面的，是一对情侣。服务员将面条端来了，男的牛肉面，女孩的鸡蛋面。男的拿起筷子，将碗里的牛肉，一块一块夹到了女的碗里。女的一边说“够了”，一边将自己碗里的煎鸡蛋，夹到了男孩的碗里。然后，两个人才开吃，稀里哗啦，很幸福的样子。

还有一次，对面也是一对青年男女，男的是香辣牛杂面，女的是鸡汤面。两人各自捧着面碗，埋头吃。吃了几口，女的忽然把自己的面碗往男的面前一推，男的心领神会，将自己的面碗移到女孩的面前，两人埋头吃面。过了一会儿，女的一边嘘着气，一边将面碗又推到男的面前。男的将自己的面碗端到女的面前，接过碗继续吃。就这样，一碗香辣牛杂面和一碗鸡汤面，在两个人之间，击鼓传花一样，吃几口，换一下，又吃几口，再换回来。

一对中年男女，坐在我面前。面条上来了，两碗青菜面。女的将两只碗并在一起，用筷子从一只碗中捞起面条，夹到另一只碗中。另一只碗里的面条，堆得小山一样。男的说，差不多了。女的说：“我不饿，你下午还要上工地呢。”男的说：“那你多吃一点儿青菜。”说着，用筷子将面条多的那只碗里的青菜，全夹到了另一只碗里。

身边坐的是一家三口。孩子是大排面，大排很快就吃掉了，面却没吃几口。妈妈说：“你再吃几口面条嘛。”孩子摇头说：“我吃饱了。”妈妈夹起自己碗里的鸡块，说：“那你再吃几口鸡肉吧，很好吃的。”孩子不耐烦地嘟囔了一句：“你不要把你吃的东西夹给我好不好？这样不卫生，我不吃。”然后，便自顾自地埋头玩起手机来。爸爸抬头看了孩子一眼，将孩子的面端过来，“哗啦哗啦”吃起来。

傍晚，对面坐着一个姑娘。一会儿，她点的面条也端上来了，两碗，都是牛肉面。没想到，这样娇小的姑娘，一个人竟然能吃两碗面，我正暗自惊讶。姑娘拿起手机：“你快点儿啊，面条已经烧好了。”原来还有个伴。打好电话，姑娘拿起筷子，将一只碗里的牛肉，全夹到了另一只碗里。然后，开始吃面。一个小伙子气喘吁吁地跑来了。姑娘说：“快吃吧，面条都有点儿凉了。”小伙子兴奋地叫了起来：“哇，今天这碗面，这么多牛肉啊。”姑娘笑笑。小伙子说：“你又把你的牛肉都夹到我碗里了吧？”姑娘还是笑笑。小伙子夹起一块牛肉递到姑娘面前，姑娘笑吟吟地张开了嘴……

这是我家附近的面馆，它让我觉得，我们吃下的不仅仅是一碗面条，还是有滋有味的生活。

（伯仲摘自《杭州日报》 图/曹黑黑）

一生只爱一个人，一世只怀一种愁

□戴 军

YISHENG YISHI

买买提大哥是我在新疆交的第一位维吾尔族好朋友。

他四十多岁，黑黑壮壮的，不管你什么时候看到他，他永远都是一张憨憨的笑脸。我在饭桌上认识了他的太太菲儿。菲儿个子小小的，有一张圆乎乎、红扑扑的小脸，一对大眼睛忽闪忽闪的，不用说话，就可以表达所有的意思。菲儿的性格真的是活泼开朗。她在酒桌上大声地招呼着大家伙儿吃饭喝酒，那一口标准的普通话，入耳脆生生的。

我说：“菲儿姐，你这普通话，说得比我还好呢。”她乐得咯咯的，然后举起酒杯说：“你傻呀？你看不出吗？我是汉族人啊。”

说实话，她那大眼睛、长睫毛，比她老公买买提，还要像维吾尔族人啊。

那天，买买提开车送我去乌苏，我们聊了一路。我问他：“买买提大哥，你跟嫂子是怎么认识的？”

他扶着方向盘，扫了我一眼，然后得意地说：“你看不出来吧？以为菲儿比我小十岁八岁吧？其实，我和她是小学同学、中学同学呢。”

“那然后呢？”

买买提的眼睛看向了很远的地方。他说：“上中学的时候，她喜欢唱歌，我也喜欢听她唱歌，我们一有空啊，就骑车到城外去玩儿。”

那时候的新疆，每个城市都不大，他俩骑车走遍了每一个角落。每逢有三五天的假期，他们就会约好了坐长途车去南疆玩。

二十几年前的新疆，连接周边城市的，只有国道，没有高速公路。他们的城市紧挨着世界第二大沙漠，“死亡之海”塔克拉玛干沙漠，这长途汽车一坐，就是四五个小时。他俩挤在一起，颠簸着。把两颗好奇的小脑袋贴着车窗玻璃，看着无边无际的滚滚黄沙从眼前呼啸而过，车子驶过了一个又一个的戈壁滩。

买买提对菲儿说：“以后，等我有钱了，我会买一台好车，然后带着你，你想去哪儿我就带你去哪儿。”

买买提出生在库尔勒，地处欧亚大陆和新疆的腹地，就在塔里木盆地的东北边缘，北边是天山的支脉库鲁克山和霍拉山，南边是塔克拉玛干沙漠。自古，这里就是南北疆交通的重要枢纽。在维吾尔语里，“库尔勒”的意思就是“眺望”。

买买提最喜欢的事，就是和菲儿坐在博斯腾湖边，分享着脆如玉、甜如蜜的库尔勒香梨。他们面对着清澈见底的湖水，眺望着一望无际的芦苇，席地而坐。菲儿靠着他宽厚的肩膀，唱起各种各样的歌曲，听得买买提如痴如醉。买买提知道，不远的将来，他要娶的，一定就是身边这位美丽的汉族姑娘。

初中毕业后，买买提参军离开了库尔勒，而菲儿如愿以偿地考上了艺校，去了乌鲁木齐。

买买提果然拥有了一辆车，他在部队当上了驾驶员。部队驻扎在阿尔泰山脉，靠近祖国的边塞关卡，他每次开车出来，去哪儿，都是好几个小时的路程。当时，跑得最多的就是伊犁。一旦遇到要跑乌鲁木齐，他都会积极去争取，他不怕长途跋涉的辛苦，他只为了去看一眼那个有着一对忽闪忽闪大眼睛的姑娘。

买买提开将近二十个小时的车，进乌市办完事后，就会急匆匆地赶去艺校，就只为看一眼菲儿，然后递给她一大袋北疆的水果。接着，又开二十多个小时回部队。

我问买买提：“当时你觉得辛苦吗？”

他呵呵一乐，说：“当时年轻，喜欢嘛，就不觉得辛苦了。”

两个不到二十岁的新兵，开着一辆解放牌汽车，左手边是天山，右手边是戈壁，一路大声唱着歌，兴高采烈地踏上了归程。

菲儿艺校毕业后，进了乌市文工团。她形象出众，声音甜美，很快就当上了独唱演员。他们像大篷车队一样，开始在全疆各地巡回演出。整整一年时间，她都没有见到买买提。虽然见不到这个人，可不代表心里没有这个人。

那天，菲儿从和田演出完，风尘仆仆地回到团里，在宿舍楼底下的长椅上，她看到了一个黑乎乎的身影，他坐在那儿，已经抽掉了半包烟。

买买提复员了。

他站在菲儿的楼底下，等了她五六个小时，他说：“我回来了，你嫁给我吧。”

当时的菲儿，在团里正是当红的台柱，可以说，在乌市仰慕她的好小伙子可以组成一个连队。

买买提跟我说：“如果菲儿拒绝了我，或者是态度犹豫不决，我会转身就走，不会留在那儿磨叽，多说一句话。”

买买提就这么看着菲儿，天已经黑了，他看不清菲儿的表情，他只能看到菲儿亮晶晶的眼睛。菲儿拉着他坐回长椅上，她紧紧地挨着他坐了下来，然后把手上的行李递给他，顺势就把头靠在了买买提的肩膀上。

菲儿说：“我好累呀，坐了一天的车，有什么话，等会儿上楼再说吧。”

半年后，他们就结婚了，很快，就有了一个非常漂亮的女儿。

二十年时间就这么一下子过去了，女儿也长大了，她遗传了父亲的个头儿和母亲的歌舞天赋，成了一名优秀的舞蹈演员。

我认识买买提时，他已经是乌市一家大企业的老板，他实现了自己儿时的诺言，买了非常好的车，只要菲儿说去哪儿，他就开车带她去哪儿。

前几年，菲儿得了癌症，为了得到最好的治疗，买买提陪着她，来到了北京。他思念万里之外的家乡，焦虑着他的企业。可是，在他心里，这一切都比不过菲儿。

菲儿是他的全部，占领了他的整个世界和灵魂。

买买提开玩笑地跟我说：“北京没有肉吃，要是再不吃肉，我也会死的。”

但是，他还是坚持陪着菲儿，待在了北京。

菲儿的癌细胞扩散了，她说：“亲爱的，我们回家吧。”

他们生活在新疆，那片纯净的蓝天之下，不管一辈子是多久，但是，他们真真切切地活着。有时候，我们追求的不过就是，一生只爱一个人，一世只怀一种愁。

最伤感的莫过于，生来为了认识你，之后要与你分离。

我们最不愿意分离的这个人，往往就是我们的最爱啊。

（生如夏花摘自《该不该在一起》北京联合出版公司 图/李坤）

一幕难演的戏

□骆宾路

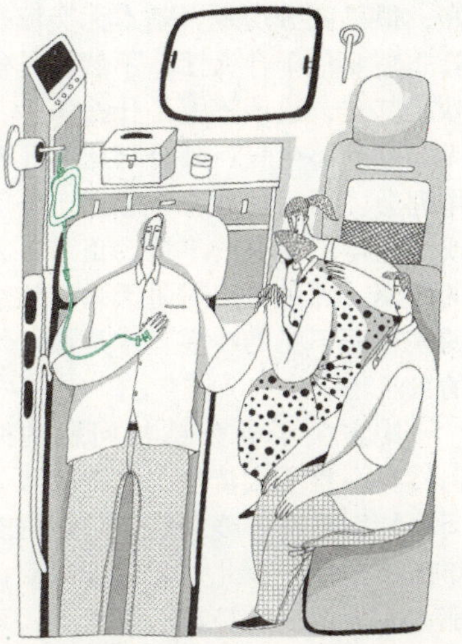

癌细胞以倍数的速度在他的体内扩散。

往常，女儿女婿是两星期来娘家一次。近来是一个星期来两次。他当然清楚个中的缘由。他们无非是想在他脱离尘世之前，尽量让做爸爸的有个愉快的“终场”。他心里当然也明白，怕引起他的多心，每次来，都有一个美丽的借口。“爸，沙田的烧乳鸽，你爱吃的。”或者是：“爸，台湾的无核西瓜。卖西瓜的说，今年台湾的西瓜特别好吃。”

今晚，女儿却提着一只烧鹅回来。

“爸，新井的烧鹅，你爱吃的。”

女儿带着说不出的悲伤心情在演一幕开开心心的戏。

当爹的想宽宽女儿的心，也在跟着戏路扮演一个开心的爸爸，于是也打起精神打哈哈，笑道：“什么时候把爸爸列入馋嘴一族啦？”

女儿指着丈夫也打哈哈，笑道：“他都馋嘴。”说罢，捡了只鹅腿给老爸，“刚出炉的，还热乎乎的呢。”

当爸爸的伸手接过来，装模作样地用鼻子嗅了嗅：“好香！”

可是，他没有半点儿食欲。他偷偷望女儿一眼，女儿像往日一样，笑得“甜甜的”。他对自己说，老头儿，你也要演得像样一点儿。尽管胃部在抗拒，他还是一大口一大口地朝那鹅腿上啃，还煞有介事地一口一句：“好香！”

为了掩饰胃部的抗拒，他放下烧鹅腿对女儿说：“找一天带你老妈一起去杭州的西湖走走。大家说的，上有天堂，下有苏杭。你老妈连飞机都没有乘过呢。”

说罢，他暗地里使个劲儿，把满口油脂的烧鹅腿一口吞下肚子里。装得像样点儿，不能有破绽，不能让女儿有所怀疑。他内心不停地提醒自己，千万不要流露出半点儿悲哀的情绪。

“好哇，说去就去，我明天去旅行社问一问。”女儿立即回答。

老妈却说：“跟着旅行团像赶鸭子似的，累人！”

“怕啥，我还很硬朗的。”

“妈，去吧。我和子钦也有两年没放过大假，趁机出去开开心。”

说到开心，老妈、老头子、女儿、女婿，四个人八只眼睛各朝各的方向，都避免接触到一块儿。

谁能强用笑脸来演一场生离死别的戏？

当老爸爸病情恶化，再一次抬入救护车时，老爸爸对身边的家人说：“没事，过两天就可以出院。”女儿也说：“没事的，我们还要去西湖呢。”

老妈妈没有说话，只是握着老伴那只冰冷的手，一只准备撒手西归的手。

救护车响着哀号朝医院夺路时，老爸爸还在说：“没事。”

无他，他想演好这最后的一幕戏。这是一幕难演的戏。

（露醉清秋摘自《神来之笔》四川文艺出版社 图/孙红岗）

外公的初恋

□糊糊大人

我曾经对人说，我喜欢老人。这是真的。人有了年纪，就有了智慧，能看透一般人无法了解的状态。老了会变得谦逊，得失也能看到另一个角度了。他们不是退化跟不上时代了，其实是进化了。我们常自作聪明。

自我记事起，外公的精神就有点儿问题。

对于外公的第一个印象就是，他坐在椅子上，一个人莫名其妙地就笑了起来。外婆和外公关系不好，很早就分房睡，基本无交流，除非是要他干什么活，不然就是争吵。其实，也谈不上是什么争吵，无非是外婆生气，外公却压根儿不作理会。而后，我常常思考，外婆或许觉得最悲哀的事情，正是外公的冷漠。那种可以对每天睡在枕边的人视而不见的冷漠，才是最可怕的东西。

其实关于外公精神问题的来源，我一直不太清楚，也不敢太过问，特别是在外婆面前。只记得多年前小姨生小孩儿，我们去探望，那天晚上很多人挤在一张床上，睡梦中，听到外婆和妈妈聊起。似乎是外公年轻的时候，在一家窑上做工，在那里爱上了一个送他西瓜吃的女孩，而后他对这个女孩魂牵梦萦，从此落下病根。那晚其实我一直醒着，妈妈必定是以为我睡着了。

后来我一直在猜想，那是怎样的女孩，可以让一个男人从此神魂颠倒，丢了自己。

关于外公的第二个印象，就是象棋。那时候每逢去外公家，就会见到他和舅舅下棋。舅舅只比我大五岁，和他同年纪的孩子那时候村里很多，每次家里都是络绎不绝冲象棋来的人。他们下象棋不太较真，纯属娱乐，可以悔棋，甚至会给对方出招。我外公还会吹口琴，据说还会拉二胡。在常人不太能理解的世界里，他把自己的日子过得津津有味。

我那疯外公虽说人糊涂点儿，但也落得清闲。他倒是对花草树木有特别的感情，外婆家屋后的柿子树，便是他当年的功劳。记得那时我和老弟淘气，把树上刚长出的柿子摘了不少回来，还很兴奋地全搬回家，理所当然挨了外公一顿训。如今，他已去世多年，但那棵柿子树依然每年开着花、结着果。有一阵他还迷上了养蜜蜂，把蜜蜂的蜂箱放在他房间的窗户边方便它们进出。蜜蜂的确是很聪明的动物，早出晚归，但“为谁辛苦为谁忙”，它们大概也是不计较的。我记得老弟曾被外公家的蜜蜂蜇过，但大部分时间它们很乖，人不犯它们，它们倒是不会主动攻击人。

外公是个疯狂的人。我们常人的确没办法理解他的作为，就像没法理解他整天莫名其妙地笑。他去世前的一段时间，突发奇想跑到山上的树林里自己做了张床，晚上就在那里睡。那时候天气还很冷，不多久他就病重，我妈带着我赶去的时候他已经躺在床上，奄奄一息，这就是最后一面。后来，他们一致认为是在山上睡的日子里着了凉，要了他的命。

外公从不关心人，从不理会自己之外的世界。他活在那个女孩美丽的笑容里，于是整个世界也笑了。

（青青草摘自《三联生活周刊》 图/点点）

诗剧

你没有如期归来
一次爱的旅行
简单
地下室空守着你
水仙花在暗中灿然开放
发怒、哭喊
所有的文字四散
我的座位号码
本次列车终点是你
——北岛《你没有如期归来》

用美颜相机的老男人

□赵　艳

单位的老王素来节俭，中规中矩兼老土，最近却弄了部最新上市的苹果手机，没事时就摆弄。衣裳行头也换得体体面面，居然还跟小妹妹打听，怎样下载美颜相机！他原来胡子拉碴不修边幅，忽然讲究形象了，有情况！

都知道他是个单干户，离婚好几年了。单身老男人开始注意仪表，肯定有问题……我们嘻嘻哈哈，说："老王，我来教你两招，包你追到美女！不过千万不要相信美颜相机哈，随便哪个女人一照，脸上都白璧无瑕，粉嫩，全是锥子脸大眼睛，马上年轻十岁！都可以成范冰冰了！一定要看大活人！"

老王说声"谢谢"。中老年二婚其实也没啥，只要看准了，就上不了当。可我们真有点儿为他担忧，他人太老实了，嘴巴不甜，干活是把好手，却多年还是个助理工程师。

这也是老王婚姻触礁的深层原因。前妻是他大学同学，漂亮，这段姻缘本来令人羡慕，可这么多年，看到周围的人个个都混得好，老王还是原地踏步，嘀咕来去，裂痕扩大。这当儿有第三者插足，有钱，嘴又甜，哄女人有一套……老王就这样被戴了绿帽，婚姻亮了红灯，最后离了。

这么不修边幅、生活简朴的老头儿，近来突然改换模样，肯定有情况！我们都心照不宣地观望动向，调侃他："老王，你的美颜相机效果怎样啦？"

老王进一步认真求教，要怎样编辑。他是精益求精的学究派，这大家都知道，小妹妹就耐心地给他讲解："王叔，你这次看上谁了啊，这么认真！"

老王说："嘿嘿。"他还向单位请了两个月的长假，破天荒呀！这个用美颜相机的老男人到底要玩个啥哟……

两个月后，我们看到老王一脸悲切地来上班，没敢多问，悄悄议论。"怎么回事，老王情况不太对啊。"

"嗯嗯，可能是吹了吧。"

"这个年纪就不要太多幻想了。"

"美颜相机该卸掉了……"

老王闷声不响了很多天后，忽然一天打开了话匣子，并且翻开手机相册给我们看。是个中年女人，经过美颜处理了，还是显得病容憔悴，但是她在笑，笑容很动人，看来憔悴之前一定是个大美女！

我们一看，小宋吐吐舌头："老王，这就是你的对象吗？"

老王说："这是我前妻，半年前查出了癌症，一个人孤零零在医院，这两个月我就是去陪她。"

"她男人呢？"我们愤怒地说。

"她病了，就不管了。"老王说。

"有这种龟儿子！"我们唾弃。

老王说："是啊，就有这种龟儿子，当初我看他对我前妻好，才同意离婚的，可事实怎样呢？她病了，就不管了。我去照顾她，每天给她做营养汤，给她讲笑话，给她照相，她很爱美，当年好多人追求她哦！"

她说："我老了，病了，很难看，你不要拍我好不好？"

"不，你很好看。"老王就用美颜相机给她拍，"咔咔"。"你看，是不是和以前一样年轻漂亮？"前妻就笑了。

两个月后，前妻弥留，对老王说："谢谢你的美颜相机，更谢谢你。"

老王说："其实不用这个美颜，你在我心底也是最美的女人。"

女人安详地去世了，嘴边还挂着一缕笑容。

我们听完老王的讲述后，忽然对美颜相机没那么大的恶感了。

（张建中摘自《羊城晚报》图/孙小片）

诗剧

时间跳动在我的太阳穴
重复着血液同样顽强的音节。

光芒将无动于衷的墙
变成一个个影像的神秘的剧场。

我在一只眼睛的中心将自己发现：
它没有看我，是我在它的目光中将自己观看。

瞬间在解体。我并未动身，
我留，我走：我是一个停顿

——帕斯《去留之间》

爱情武士道

□水木丁

日本一位已故女作家宇野千代，曾经留下一句关于爱情的名言：“对于离去的男人，我从不追赶和挽留，也不计较或拷问男人的负心，这是我的恋爱武士道。”不得不承认，“爱情武士道”这个说法听起来真是令人惊艳啊，但其实宇野千代本人一生恋爱无数，是个不靠谱的文艺女青年，倒是和武士道精神真的八竿子打不着。武士道精神其实是蛮讲究君臣戒律的，义、勇、仁、礼、诚、名誉、忠义、克己这些要求，所以在我读过的许多女人故事中，看上去更像具有武士道精神的，反倒是一位法国女人，叫朱丽叶·德鲁埃，伟大作家维克多·雨果的情人。

朱丽叶·德鲁埃其实是个可怜的孩子，她从小父母双亡，靠舅舅抚养长大，因为长得漂亮，也没什么机会念书受教育，19岁的时候就跑去巴黎当了人体模特。后来借着她第三任男朋友在剧院当经理的身份，成了剧院的演员。在一次演出中，她认识了伟大的维克多·雨果，那一年她26岁，雨果年仅30岁，是一位结婚已经8年、和妻子育有二子二女的有妇之夫，名冠当时的巴黎城，第一本诗集就获得路易十八的年金赏赐，已经出版《巴黎圣母院》。可想而知，一个名不见经传的小演员会爱上这样本身就充满人格魅力又前途无量、才华横溢的大作家，是一件意料之中的事。他的妻子阿黛尔管不住他，也不想管他了，反正也没有哪个女人能管得了这个男人，况且阿黛尔自己也和雨果的朋友搅和在一起过。朱丽叶本来也只不过是他众多花边情人之中的一个，但是令阿黛尔没想到的是，朱丽叶对雨果的这份执着竟然坚持了整整一生。

朱丽叶容貌出众，性格活泼可爱，是个有魅力的女人，其实她大可以找个男人去结婚生子，但是自从她和雨果在一起后，就很少抛头露面，虽然雨果在外面拈花惹草，但她对雨果极为忠诚。她喜欢诗歌，崇拜雨果的才华，经常是雨果的第一个读者，被感动得泪如雨下。雨果一生到处拈花惹草，哪怕是在流亡的时候也从不间断。有一次，朱丽叶得知雨果还有另一个情人，那是他们在一起的第18年，这位比她年轻许多的姑娘把雨果写给自己的求爱信寄给了她，这令她十分绝望和痛苦，但不能让她放弃对雨果的感情。

1851年，当雨果因为反对拿破仑被流放海外时，他的妻子阿黛尔不能随同，是朱丽叶陪伴着他离乡去国，这一走就是19年。在这19年里，她负责照顾他的饮食起居，充当他的秘书、助理，承担起为他抄写书稿等工作。她和雨果在一起整整50年，在这50年里，她几乎每天都要给雨果写一封情书。直到她77岁时去世，一共给雨果写了18000多封情书；而雨果也有一个纪念册，每年他们在一起的那一天的纪念日都会记录自己的心迹。这个纪念册以及这18000多封给雨果的情书，如今都被保存在法国的国家图书馆里。

朱丽叶对雨果的忠诚和追随，超越了男女之间的感情。50年矢志不渝，最后让雨果家人也只能承认她的存在。1864年，阿黛尔邀请朱丽叶一起和穷孩子过圣诞节，后来又去看望过她，再之后两个人就正式来往了。这时候朱丽叶58岁，阿黛尔61岁，我想这样的结局，没有人曾经想得到。

（刘振摘自《女友》2017年第1期　图/关节熊）

诗剧

夜来了，寂静笼盖周围，
大自然沉浸在梦乡。
明月洒下它的光辉，
给四下的一切披上银装。
——谢尔盖·叶赛宁《夜》

山上的人不要瞧不起山下的人，因为终有一天他们会上山取代你。上山的人也不要瞧不起下山的人，因为他风光时你还在山下。——陈道明

说爱你 5000只鸟儿

□汤小小

在去成都旅游的途中，他们乘坐的大巴翻下了高高的山崖，张震昏了过去。醒来后，他发现自己躺在乱石堆里，稍微动一下，一阵钻心的疼痛就袭遍全身。不远处，躺着一个年轻女孩，胳膊上的伤口正不停地往外渗血。他慢慢爬过去，忍痛将女孩扶起来，扯下自己的衣角，帮她把伤口包扎好。绝望和害怕让女孩忍不住哭了起来，他安慰道："放心吧，只要我能出去，就一定把你带出去。"

这句话让女孩找到了依靠，很快安静下来。更大的考验接踵而至，夜幕降临，两个衣衫单薄的人冷得瑟瑟发抖，只能相互依偎着取暖。尽管张震将女孩紧紧搂在怀里，第二天，她还是发烧了，嘴唇干裂，迷迷糊糊中不停地喊着"水"，附近根本没有水源，他也顾不了那么多了，只能用自己的舌头一遍遍地润湿她的嘴唇，他还把自己被露水打湿的衬衣脱下来，覆在她的额头上，帮助降温。

女孩终于挺了过来，此时已是第三天，张震想找点儿野菜给二人充饥，刚走了几步，剧烈的疼痛让他一个跟头栽在地上，晕了过去。

再醒来时，他已经躺在医院里，他们获救了，因他伤势严重，女孩伤得较轻，所以被送到了不同的医院。此时他才意识到，自己居然忘记问女孩的联系方式了，除了知道她叫王红，家住洛阳，其他，一概不知。

伤好后，张震对王红依然念念不忘，他发现，三天的生死考验，他已经深深地爱上了那个爱哭鼻子的女孩。

于是，张震只身来到洛阳，在报纸上登寻人启事，各个商场店铺寻找，眼看着身上带的钱快用光了，他忽然想到，王红曾经说过，爷爷爱养鸟，家里有好多会说话的鹦鹉呢。对，到花鸟市场去打工，教那些鸟儿喊王红的名字，它们最终会飞往全国各地，等于是自己的一批"特工"。

他很快在一家鸟店里找到一个打杂的活儿，没想到，他给三只八哥修了舌头，很快就死了两只，原来，他不知道要喂它们消炎药。面对老板的愤怒，他只能全额赔偿，而剩下的那一只，就成了他的实验对象，他教它喊"王红"，喊对了，就喂它一点儿东西吃。一周后，当这只八哥想吃东西时，就会一个劲儿地喊"王红，王红"。

这次成功，让他可以同时训练更多的鸟，为了提高效率，他不分昼夜，站在几十个鸟笼中间，不停地喊"王红"，不停地给每只鸟儿喂食，常常喊到嗓子嘶哑，双手举得酸痛发软。

为了让鸟儿表达得更清楚，他加大了训话的难度，从单一的"王红"到"王红，我爱你，我是张震"。这样，如果王红正好听到鸟儿说话，就很快明白是怎么回事了，不会感到莫名其妙。

除了驯鸟，张震还利用一切机会寻找王红的下落，慢慢地，整个花鸟市场的人都知道了他和王红的故事，大家深受感动，一有王红的线索，立即来给他通报。兜兜转转，时间已经不知不觉过去了一年，可是，除了那些真假难辨的消息，王红仿佛人间蒸发了一样，这让张震寝食难安，无论怎样，不找到王红，他绝不放弃。那天，他正端着鸟食，在一大堆鸟儿中间，不停地说："王红我爱你，我是张震！"鸟儿们也一遍遍地重复，声音嘹亮，很是壮观。他消瘦的脸上露出满意的笑容，一回头，却发现一个女孩不知何时站在身后，早已泪流满面。

原来，上次离别后，王红就回了家，家人逼着相亲，她都想办法推掉了，心里一直忘不掉那个体贴懂事的大男孩张震，也曾打过电话寻找，但都毫无消息。那天，她心情郁闷，在院中逗鸟玩，从鸟儿的口中听到了那句让她脸红心跳的表白，她没有想到，张震居然以这样的方式在找她，她既惊喜又心酸，一分钟都没有耽误，立即找了过来。

迄今为止，张震已经辗转了20多个花鸟市场，教会了5000只鸟儿说同样一句话。他的不屈不挠，他对爱永不放弃的虔诚，让本已熄灭的爱情之火重新燃了起来，两个失散了一年多、险些擦肩而过的人，在一群鸟儿壮观悦耳的表白声中，终于紧紧地抱在一起。

（刘清荣摘自《现代妇女》 图/豆薇）

父母之间的爱情

□刘同

“你知道自己的爸爸和妈妈是怎么在一起的吗？”

有一天同事开会的时候，突然聊到了这个话题，大家踊跃发言。而我，则陷入了沉思。

说实话，在我读初中、高中、大学，以及工作之后的很长时间里，都动过劝他俩离婚的念头。因为从我记事开始，我从未在父母身上看到过“爱情”这两个字，看到更多的是争吵。

我爸加班太久了，我妈会吵；我爸在外面打牌久了，我妈会吵；我爸总喝酒，我妈会吵；我爸钱包里的钱不对了，我妈会吵。

小时候，他们只会白天压低了嗓门儿吵，后来他们晚上也放开了嗓门儿吵。等我考上大学了，他们觉得生活需要变化，于是从早上七点就开始肆无忌惮地吵。

我爸是个寡言的人，工作能力强，人缘也很好。所以一年三百六十五天，他在家吃饭的时间不超过十天。每次我妈发飙说他太不在意这个家的时候，我爸就说：“让你们俩跟我一起出去吃饭，你偏偏不，然后回来还要发脾气。”我妈很气愤：“谁会像你一样，结了婚之后每餐出去吃，生了小孩儿之后，也每餐出去吃，哪里有家的样子？你在意过我吗？”

我爸不说话。我就开始和我妈吵：“爸爸都说了可以带我们一起出去吃饭，我们就一起出去吃饭嘛。”我根本没有家庭的概念，我只觉得馆子里的菜多好吃啊，一餐十几个菜，吃都吃不完。不像家里，因为只有两个人吃饭，菜少得可怜，甚至因为人少，我妈连菜的样子也不太在意，炒熟就行。

每当这个时候，我爸就跟我说：“你快跟你妈说说。”我妈就很生气地说：“那你每天跟你爸吃饭吧，我不管你了。”

而我则一副你爱管不管的样子。

我觉得他俩没有爱情。不然为何连吃饭都不愿意在一起？

初中的时候，每当听说有人父母离婚了，大家都会很震惊，觉得那个同学特别可怜。一开始，我也是这么想的，所以父母吵架一提到离婚，我就会呜呜地哭，不知所措，然后跟妈妈保证我以后再也不惹她生气了，我以后一定好好吃饭，我以后再也不站在爸爸那边了。这种戏码上演过几次之后，我再被妈妈搂在怀里时，看到了爸爸特别无所谓的样子，我突然就走神了。我想这么多年反反复复他俩都没离，我凑什么热闹啊。

离婚提多了，不仅伤感情，也让当事人和我都疲倦了。

直到有一天，我妈又说要离婚的时候，拿出了一张纸，上面写着离婚协议书。我妈把所有的条款写好，只差我爸签个字了。

我惊呆了，看来我妈真是铁了心要离婚，我又哭成了泪人，抱住妈妈死活不让她把离婚协议书给爸爸，然后趁他们不注意一把抢过来，撕掉！

我爸一看我把妈妈的离婚协议书撕了，突然大笑起来。我那时好恨我爸，觉得他根本没有任何想维护家庭稳定的意思，总是把维护家庭稳定的责任交给我。

此后，我再也不觉得别人父母离婚有什么大不了，也许唯一的可能就是他们家没有一个像我一样能稳定家庭关系的孩子吧。

我不止一次哀求过他俩，你们能不能一次吵架就把这个问题说清楚？不要黑不提白不提，吵累了第二天什么都忘了，下次又从头开始。你俩觉得没事，但周围的人听起来特别崩溃啊。

但慢慢地，随着自己越来越会观察事情，我发现我爸和我妈每次吵架都是我爸先惹事，然后我妈爆发，然后我爸丝毫不服软，然后我妈持续发脾气……然后再靠时间去掩饰一切问题……

我也发现了，每次全家一起逛街，只要我妈在某个服装店多停留一会儿，我爸就不耐烦地走很远，根本不会等我妈。

我曾经很严肃地问过我爸：“你爱我妈吗？如果不爱的话，为什么让她、让你都那么难受呢？何不离婚就好啊？”

我爸板着一张脸说：“别跟我扯这些没用的。”

我问我妈：“当初你为什么要嫁给我爸呢？”

我妈特别没出息，因为一提到往事，她便回归少女的羞涩。

那时我爸是一家医院的团委书记，管大家的作风纪律。我妈从小被外公娇生惯养，到了医院工作之后，每餐饭都打三四个菜，每个菜吃两口就倒了。我爸实在看不下去，就很生气地找我妈谈话，批评她资本主义小姐作风，太随意，太不尊重劳动人民的成果。

我妈年轻时挺美的，追求她的人也挺多，但不知怎的，因为老

遗容事件

□[日]川端康成

他掀开了白布。

妻子的遗容带着痛苦的神情，有点儿僵硬了。骤然消瘦的双颊间，裸露出变色的牙齿。眼睑干瘪瘪地贴附在眼珠子上。显露的神经，把痛苦冻结在她的额头上。

他纹丝不动地跪坐在地上，久久地凝视着这张丑陋的遗容。

后来，他颤悠地把双手放在妻子的嘴唇上，想让她的嘴唇合上。可他一离手，勉强合上的嘴唇又缓缓地张开。他再让它合上，又再张开。如此反复多次之后，他发现只有嘴周围的硬线条变得柔和了。

于是，他觉得热情仿佛凝聚在自己的手指尖上。他想让遗容的可怕的神经柔和下来，便使劲儿地搓揉起她的额头。手掌也搓热了。

他又纹丝不动地跪坐在地上，俯视着经过一番搓揉而焕然一新的遗容。

“坐火车够累的，用过午餐再歇歇吧。”

话音未落，岳母和小姨子已经走了进来。

“啊！”

岳母蓦地扑簌簌地掉下了眼泪。

“人的灵魂太可怕了。你旅行归来之前，这孩子不愿意断气啊。真是不可思议。你一照面，她的遗容竟变得这样安详……这就好了。这孩子也心满意足了。”

小姨子以这人世间所没有的美丽而清澄的目光，回顾了他那近似疯狂的眼神，然后“哇”的一声哭倒了。

（东风破摘自《爱人》 图/张翀）

被我爸批评，就对我爸产生了感情……

听完我妈的故事之后，我有点儿恍然大悟，原来从一开始他俩就是一个愿打一个愿挨。

我鼓起勇气继续问：“那我爸爱过你吗？我怎么觉得他一点儿都不在意你？”

我妈和大多数女人一样，没人提爱情的时候，她就拼命要对方用实际行动来证明。一旦有人质疑她没有爱情的时候，她就很得意地随随便便能举一堆例子。

所以你也不知道她心里到底在想些什么。

正如我写的那样，我爸我妈的关系，从一开始他们自己担心，到后来我担心，再到别人担心，再到今天没有谁再担心了。

当任何事成了常态，就失去了当初的伤害力。无论是好的，还是坏的。

换作以前，我一定信誓旦旦地说“只听过，没见过”。

27岁春节，郴州大雪封城，家里没有水没有电，路面上不是雪全是冰，很多人摔成骨折。我特别害怕爸爸妈妈会摔跤，每天都打电话提醒他们。我妈在电话里听起来乐呵呵的，一点儿都不因为没水没电而难过，想当年她会因为孤独而跟我爸闹离婚，现在没水没电她居然毫不在意，简直令我吃惊。

等到我除夕夜那天赶到家，从奶奶家吃完晚饭出来，我看见我爸和我妈并排走在前面，我爸拉着我妈的手，他走一步，她走一步。我妈每走一步，都伴着害怕的叫声靠在我爸身上，我爸就像小伙子一样咯咯地笑，嘲笑我妈的胆小。我爸还会假装去推我妈让她站不稳，特别幼稚。

那时，我终于明白我妈为什么开心了。

晚上回到家，我假装不经意地问我爸：“你今晚一直牵着我妈的手不放，平时逛个街连等都不等，是几个意思？”

我爸愣了一下，马上冷静地说：“逛街有什么好等的，有手有腿的，让人看见多不好。”

我扭头跟我妈说：“你看，他不是不等你，只是觉得不好意思而已，所以你别再抱怨他不爱你了啊。”

我妈看都没看我一眼，一边看电视，一边嗑瓜子说：“我知道。”

（刘振摘自《向着光亮那方》中信出版社 图/孙小片）

43顶女帽

□明前茶

小渊小时候，就很少见到一家团聚的日子。她的父亲在酒泉卫星发射基地工作了40年，母亲在上海石库门房子里照料一家老小，同时在一家街道小厂兼任会计。家累重，父亲的工资又不高，为了养家糊口，母亲还利用一切业余时间，做粗活来贴补家用。她刷洗过牛奶厂的玻璃奶瓶，为小旅馆搓洗那些粗重的窗帘与床单，还为煤墼厂打过煤墼。

小渊记得，打完煤墼回来，母亲洗头发能洗出一盆黑水来，指甲缝里都是黑乎乎的煤屑，剔都剔不掉。而此时，这位昔日纱厂老板的二小姐，已经干活干到十个指甲都劈裂了。

母亲毫无怨言。小渊小时候见识过同学父母的各种猜忌、计较、吵嘴，倍觉困惑——自家父母，是怎样在这样两地相隔、无所扶持的情境下，一直保持着安之若素的和谐的？

是父亲为母亲做的43顶帽子。小渊母亲在20世纪60年代末患上日光性皮炎，只要一晒太阳，脸上就会起红斑。偏偏她为养家承担的很多活计，都要顶着毒日头完成。父亲知晓后，一声不吭，很快托回沪探亲的同事为母亲带回一顶米黄色的草帽。那是父亲找打草帽的老乡学习，自己用青稞秆编织的。为了让母亲戴在头上更舒服，父亲把青稞秆浸水三次，捶软三次，又曝晒三次。

之后，父亲一发不可收，专门以一名航天工程师的智慧，为母亲做帽子。布帽子、粗麻帽子、竹丝帽子、软藤帽子……礼物源源不断从酒泉寄回，或者托人捎回，而帽子，永远是母亲一个人的。这让母亲在逐渐成年的女儿面前都有点儿不好意思。

然而，无病无灾的美好日子总是那么短暂。在父亲行将退休的那一年，母亲被诊断为阿尔茨海默病。

她还认得父亲吗？也许是认得的。至少，她对这个每天拉着她的手，带她一起去菜市场、去超市、去图书馆的男人，有着一股莫名的信赖感。她并不反感他在身边，絮絮叨叨把古诗词吟咏给她听。

父亲对母亲，已经迁就到女儿们都看不下去的地步。母亲抱怨过饭软饭硬、茶烫茶凉，抱怨过帽子太重、帽檐太大，帽顶太深，帽箍太紧。“你看我一戴上帽子，就像孙悟空被念紧箍咒。”偶尔清醒时，母亲还会这样开玩笑。为了母亲的舒适与平静，父亲想尽了一切办法。他已经70岁了，骑着自行车，跑遍了所有卖女帽的地方，不顾营业员的白眼，一顶一顶地试戴帽子。他对所有现成的帽子都不满意，最后，他终于在布料城买到一种类似《红楼梦》里提到的“软烟罗”的面料，自己画图，为母亲设计各种英式遮阳帽。

父亲得意地设计成功了。这种帽子，拿在手上几乎没有分量，表面却有无数反光点，可以最大限度反射阳光。它像一只小小的飞碟，或者鸟巢，驻留在母亲白发稀疏的头顶上。帽檐上盛开着手工卷制的玫瑰花，或者蹲踞着一只光彩熠熠的蝴蝶，这让母亲有点儿佝偻的身躯忽然散发出一点点美的光辉。邻居们见到“梁家阿婆”出门，会停下来，由衷夸赞她的帽子，夸赞她的气色与风度。母亲带着一点儿茫然的单纯表情，很受用地听着。邻居们有点儿困惑地对小渊父亲说：“阿婆依旧漂亮、有风度，不像一个病人呀。”

他做到了。他以43顶帽子，构筑了一个只有他们夫妻能懂的小世界，一个唯有他们携手搀扶的小世界。

（夕梦若林摘自《南京日报》

图/吴敏）

隐忍而伟大

□莫小米

少年黄舸是不幸的，7岁被确诊为先天性进行性肌营养不良患者，医界认为，得了这种病的他只能活到18岁。

黄舸得到很多好人的帮助，16岁那年，他觉得应该感谢帮助过他的人，怕再晚就来不及。在父亲陪同下，走过数十个城市，找到三十多个曾资助过他的人，只为当面说一声“谢谢”。因而成了感动中国人物。

21岁，黄舸离世。

七年后，青年王峰成了黄舸的“替身”。

黄舸是个孝顺孩子，很小就说过，如果我死在奶奶前面，一定不要告诉奶奶。于是年复一年，家人告诉奶奶，孙子在南方看病回不来。年复一年，吃年夜饭时电话铃响，已经失聪的奶奶拿起电话，大声叮嘱：“乖孙儿，好好养病……”

这一年，奶奶非要见见孙儿。于是一个主意被想了出来：征集志愿者。报名者众，外形条件基本相符的王峰被选中了。

王峰理了黄舸那样的小平头，学习坐轮椅，拄拐杖，要符合肌无力症状，手指必须是弯曲的，动作是颤巍巍的。黄舸手指的温度低于常人，王峰在见奶奶前，将双手浸泡在冷水里降温。之前王峰练习了很久，一个半小时的会面，总算顺利完成。

然而真的毫无破绽吗？虽然看不清听不见，但老人有老人的敏感，七年没见，她的心里一定有了预感。对于天上掉下来的“孙子”，她或许是将信将疑的，否则也不会突然发问：“你是不是长高了？”但奶奶最终拉着孙子的手，善意地选择了相信，给了“替身”王峰莫大的鼓励，戏得以完满落幕。

最了不起的，我想是黄舸的父亲黄小勇，儿子患病，他乐观面对；儿子要谢恩，他充当车夫，走遍中国；儿子走了，他完成儿子心愿，捐了儿子的眼角膜，费尽心思瞒过儿子的奶奶。他点点滴滴地教会志愿者王峰扮演黄舸，结束后王峰说今后会经常来看看奶奶，黄小勇却表示，这次会面已经很圆满了，不希望“绑架”志愿者太久，所以在告别时断然告诉黄舸的奶奶，黄舸将出发去美国治疗，这次是出发前的告别。

这个男人，虽不是当今社会一般意义上的成功者，但你无法不钦佩他，钦佩他的隐忍而伟大。

（郭旺启摘自《今晚报》2017年2月6日　图/小栗子）

一别一辈子

□张爱玲

有些人一直没机会见，等有机会见了，却又犹豫了，相见不如不见。

有些事一别竟是一辈子，一直没机会做，等有机会了，却不想再做了。

有些话埋藏在心中好久，没机会说，等有机会说的时候，却说不出口了。

有些爱一直没机会爱，等有机会了，已经不爱了。

有些人是有很多机会相见的，却总找借口推托，想见的时候已经没机会了。

有些事是有很多机会去做的，却一天一天推迟，想做的时候却发现没机会了。

有些爱给了你很多机会，却不在意、不在乎，想重视的时候已经没机会爱了。

人生有时候，总是很讽刺。一转身可能就是一世。

说好永远的，不知怎么就散了。最后自己想来想去，竟然也搞不清楚当初是什么原因把彼此分开的。然后，你忽然醒悟，感情原来是这么脆弱的。经得起风雨，却经不起平凡；风雨同船，晴天便各自散了。也许只是赌气，也许只是因为小小的事。幻想着和好的甜蜜，或重逢时的拥抱，那个时候会边流泪边捶打对方，还傻笑着。该是多美的画面。

没想到的是，一别竟是一辈子了。

于是，各有各的生活，各自爱着别的人。曾经相爱，现在已互不相干。

即使在同一个小小的城市，也不曾再相逢。某一天某一刻，走在同一条街上，也看不见对方。先是感叹，后来是无奈。

爱着的并不一定拥有。拥有的并不一定爱着。

也许你很幸福，因为找到另一个适合自己的人。

也许你不幸福，因为可能你这一生就只有那个人真正用心在你身上。

很久很久，没有对方的消息，也不再想起这个人，也是不想再想起。

（樱桃子摘自每日一文　图/点点）

你是我心里的一壶酒

□陈若鱼

很久以前，我在文章里写过一句话：世间最美好的一刻，莫过于告白之前。

从发现自己倾慕一个人，到把他放在心里酿成一壶美酒，而告白就像经年等待之后终于打开酒壶的一刹那，欢喜且悸动。

W同我告白的时候，是春天里一个有月亮的晚上。我们一起在环岛路的海边散步，他忽然跟我告白。

其实我并不意外，仿佛早已知道他会在这里表白，因为我们第一次遇见就是在这里。那之后我们留下联系方式，似乎一点儿也不像个陌生人，整日有说不完的话。

我知道我们会恋爱，但是在未说出“我愿意”的时候，仍有一种难以名状的紧张感。仿佛是在确定了恋爱关系之后，一切才算理所当然。那时候W还在念大学，但他每周都会来找我。我们和天底下其他情侣并无两样：看电影，吃饭，短期旅行。

那时我还不是自由撰稿人，但我的梦想就是一直写作，W很支持我。我曾问他支不支持我写作，毕竟在很多人看来，写作没什么前途，他直接说：“没事，我养你。”我笑得如三月春风。

他知道我喜欢花，记忆犹新的是3月里，岱仙山的油桐花开了，他开了20多公里山路带我去看花。我们牵着手从第一棵油桐花走到最后一棵，地上落满了花瓣，让我有一种走红地毯的怦然心动。

平日里也会吵架，但总是他先服软。我每次回家，他总是会去机场送我，每次归来也会早早等在机场。

刚开始流行抢红包的时候，他还特意给我俩建了一个群，名称叫作“给你发红包专用群”。我一不开心，他就会发个红包，而我总是手贱忍不住点开。

“你拿了我的红包，不能生气了哦！”

我吐出一口老血，终于明白建这个群不是为了给我发红包，而是别用有心。可是我还是一次又一次地“上当”。

W很高，而我很娇小，我们总是被朋友戏称为“最萌身高差”。因为W总是要低头跟我说话，以至于现在他已经严重高低肩了。

有一次，W一脸哀愁地说，这段感情对他很不公平。我问为什么，他说，每次都要俯身吻我，能不能换我主动一次。我朝他翻个大大的白眼，明明知道……我够不着！

他目的得逞一般仰头大笑，我看着他的下巴，无奈地跺脚。

W和许多男生一样不会拍照。我本来就不高，他俯身拍，显得我更矮，为此我们争执过好多次。经过我漫长的指导，现在他终于会趴在地上帮我拍出大长腿了。

有时候，我们一起躺着看电视，我会突然跷着腿尖叫：“你快看！我们俩的腿好像差不多长欸。”

W认真看了一眼我的腿，然后转头继续看电视去了……

恋爱四年多，我几乎没有问过W“爱不爱我”这类的话，他也没有问过我。爱就是这样，许多话都不用说出口，就像我从来不问W爱不爱我，一个人如果爱你，那你绝对能够感受到。

从前，我一直坚信在恋爱之后就不会再有悸动的感觉，因为两个人牵手和拥抱都太熟悉，可是在和W交往四年多之后，我忽然发现，只要有爱就有悸动。哪怕年深月久，哪怕地老天荒。

如今，W还是我心里的那壶酒，并没有因为岁月的消磨而变淡，反而日渐浓烈。

比如，一起看综艺节目的时候，W突然冒出一句，我最喜欢看你笑了；

比如，一起散步的时候，他叫我一声，嗨，小短腿快走；

比如，深夜下起雨的时候，他会悄悄起来关窗；

比如，分开一两天，问他在做什么，他立刻回一句，在想你呀；

比如，四年零八个月，我们从未间断过的“晚安”。

（青衫客摘自《恋恋时光》2017年第3期 图/张翀）

青烟袅袅

□俞敏洪

岳母突发脑出血，送医院抢救回来后就瘫痪在床，并且失去了语言表达能力。岳父便义无反顾地辞掉工作，回到家里一心一意照顾老伴。

精心照料持续了整整18年。在18年的六千多个日子里，除了到周围的菜市场买东西，岳父没有离开过家门一步，没有出去旅游过一趟，也没有睡过一次完整的觉。18年里，我们看着他从走路生风的军人变成了一个步履蹒跚的老人。一年又一年，他们两个人成了一个不可分割的整体，在苦难中变得谁都离不开谁，互相依靠，和死神进行着坚忍不拔、艰苦卓绝的抗争。

岳母再次被送进医院，医生做了全面检查后，说老太太能活到现在是个奇迹。不过，这一次奇迹没有再次发生。得到岳母病危的消息，我疯狂地往家里赶，但还是没来得及。回到家时家里已经布置成了灵堂，老太太的遗像，一张五十多岁时照的面带微笑的照片，放在灵堂的中央。在对遗像三鞠躬之后，我走进岳父的房间。正瘫坐在那里目光呆滞的岳父看到我进去，颤颤巍巍地站起来迎接我。我们的眼泪同时在眼眶里打转，在他的眼神中我看到的不是18年辛苦后的解脱，而是一种失去依恋的绝望，一种亲人永别后彻底的哀伤。岳父给我让座，一边说没事，一边坐下来给自己点烟。由于双手颤抖，点了三次都没点着。我接过打火机帮他点着烟，自己也拿起一根烟点燃。岳父说："你不是不抽烟吗？"我说："爸，我陪你抽一根。"岳父说："你不要抽，这样对身体不好。"说着伸手把我手里的烟拿过去，掐灭在烟灰缸里。我们俩一时都没有了语言，呆呆地坐在那里，看着他手里的香烟散发出来的青烟在房间里袅袅上升。

（檬男摘自《生命如一泓清泉》群言出版社 图/木木）

闵损芦衣

□李然

周朝的鲁国，有个姓闵名损，字子骞的人。在他很小的时候，母亲就不幸过世了。父亲娶了后妻，后妻又连续生了两个弟弟。人都有私心，因为不是亲生的，所以后母对待孩子就有很大的差别。后母平时对子骞很不好。严冬，后母给自己亲生的两个孩子穿着保暖的棉花做的棉衣，两个小孩子就算是在户外玩耍小脸也是红扑扑的。可怜的子骞却裹在一件单薄的芦花做成的衣服里。数九寒天，寒风刺骨，子骞经常被冻得四肢僵硬、脸色发紫。

在一个严寒的冬天，子骞的父亲外出办事，要子骞驾车。冰天雪地，子骞身上芦花做的衣服哪里能抵挡住冬天的严寒？双手被冻僵了，嘴唇冻紫了。一阵寒风吹过，子骞剧烈抖动的身体实在没法抓紧缰绳，一失手，驾车的鞍辔就掉了，这引起了马车很大的震动。

坐在后面的父亲身体猛晃，很是生气，心想：这么大了连马车都驾不好！便要下车呵斥。正要斥骂时，突然发现子骞脸色发紫，浑身颤抖。父亲很是奇怪，便上前拉开子骞的衣襟，顿时脸色大变，眼睛湿润：原来，子骞的"棉衣"里全都是一丝丝的芦苇絮，没有一片棉花的影子！父亲火冒三丈，没想到同床共枕的妻子竟然这样狠毒，当即决定把妻子赶出门去。子骞听后"扑通"一声跪在地上，含泪抱着父亲说："母亲在的时候，只有我一个人寒冷。可是，如果母亲不在，家里的三个孩子就都要受凉挨饿了。"

父亲非常感动，不再赶妻子了。看到闵子骞一点儿都不怀恨于心，后母感到后悔，后来也把子骞当成自己的孩子一样爱护。

当时，如果子骞的父亲一怒之下把后母赶走了，这个家庭从此以后就天伦不再。因为有这样一位孝子子骞，整个家庭才变得幸福温馨。这个力量只在一念之间，这一念就是纯洁之孝。

（黄明平摘自《山西农民报》）

狮子头情事

□伊　北

老太总说想吃蟹粉狮子头。七十多岁的时候提，八十多岁提，到九十岁了，还一直念叨。

老太是扬州人。当年姥爷姥姥由于工作原因来到安徽，她没办法，只好跟着儿子媳妇走。老太读过书，识字。姥姥生了六个孩子，老太也就帮着带了六个。后来姥爷出车祸死了，老太就跟着媳妇一起过，一过就是几十年。

多少年了，逢家族聚会，必做的一道菜便是蟹粉狮子头，家家轮流，谁也跑不掉，是为讨一下老太的欢心，也是帮姥姥解围。结果做来做去，老太大多尝几口，便放下筷子。

老太九十岁时恰逢端午，饭后，她坐在藤椅里，我坐在她旁边，有一搭没一搭地捏着她手背上的老皮。

突然我莫名其妙问一句："到底什么样的狮子头才好？"

老太眼眯成一条缝，头还是靠在藤椅背上，眼前赤白的天，她拖着扬州话，慢吞吞跟我说：

"十五岁的时候，我在裁缝店里学做衣服。对面是个饭馆，里面有个小伙计，比我大个把岁，老来找我。我不理，他还找。店里的小姊妹促狭，说你找秀英可以，得端一碗蟹粉狮子头来。小伙计说端是端不出来的，但可以请我去伙房，现场做。

"我年轻，好吃，真去了。

"我记得当时用的都是小螃蟹，一斤四五个，煮熟，然后开始拆蟹粉。是秋天，拣的都是母的，蟹黄又红又硬，盖子掀开，用筷子挑出来。然后去掉蟹百叶和蟹脐，掰成两半，用筷子剔除蟹肉，腿上的肉用筷子捅，一下就可以。肉是要用五花肉，肥的多一点儿，瘦的少一点儿，剁碎，石榴子大小。小伙子剁的时候很卖力，然后把肥的瘦的肉和蟹粉拌在一起，再杂七杂八用了些调料。

"小伙子怕我嫌热，让我出去站，我说没关系。我就那么站着看。是用砂锅煮的。他从大锅里捞出老汤，然后砂锅里一定要放青菜，都弄好了就炖在小火上。我们就在厨房后面的过道里说话。我要送他一条汗衫子，他不要，后来厨房里来了个人，他就叫我回去等会儿，过后直接来伙房吃就行。

"我在裁衣服，听到有人叫我，差点儿裁坏。我丢下剪子，跑去吃狮子头。吃到嘴里就不见了，好软好鲜……后来打仗了，小伙计据说被抓丁当兵去了，不见了。

"我再没吃过那么好吃的狮子头。"

老太九十三岁时，我请来个扬州老家的朋友，厨艺很不错，特地为她做蟹粉狮子头。老太吃了，说不错不错。四个狮子头，她只吃了半个。

老太一直活到九十六岁，她到底没吃到过那个味的蟹粉狮子头。

谁知道呢？那年秋天，那个人，那种滋味，像老电影一样永远定格，再也回不去。

（心香一瓣摘自《怀旧食堂》石油工业出版社　图/罗再武）

诗剧

有时你不在山前，
不和我在一起也不在我心间：
你已溶解在山间的云雾里，
委身于紫色的景观。
你以三点，用讽喻的声音
向我呼喊，而我在痛苦中破碎，
因为我的身体是你给的，
而你是一百只眼睛的水面，
是一千只手臂的风景，
再也不是爱恋着的情感：
青铜的结在哭泣中软化，
激动的心在另一颗激动的心上过。

——米斯特拉尔《神游》

好朋友之间的相处，重在坦率，重在舒服。我不希望他来找我借钱难以启齿，我也不希望我找他还钱的时候需要小心翼翼，这才是好朋友的相处之道。——肖骁

素食先生与吃肉小姐

□清　尧

素食先生信佛多年，只吃素菜，清汤寡水，荤腥不沾，两三滴麻油都会紧皱眉头。认识爱吃肉小姐是在两家公司的联谊晚会上。她穿一身黑色长裙，身材曼妙。但下一瞬间，素食先生却傻了眼。

联谊开始，吃自助餐，素食先生捧着一大盘小黄瓜紫甘蓝端坐，面前坐着爱吃肉小姐。她一面咀嚼牛排，一面对盘中的热狗虎视眈眈。蒙面舞会，抽签搭档，素食先生抽到爱吃肉小姐，小姐挑眉讪讪道："光吃草，跳得动吗？"话音未落，高跟鞋便不小心踩在了素食先生的皮鞋上。

"啊！"素食先生的尖叫声划破舞会长空。爱吃肉小姐红了脸。"别叫别叫，他们会误会我对你做了什么！"素食先生恶作剧心起，又轻声叫唤了两声。爱吃肉小姐狠狠一脚下去，素食先生听到"咯噔"一声。

爱吃肉小姐跟公司请了两天年假，挂断电话，望着脚上打着石膏的素食先生，一本正经："你是不是……在碰瓷？"

素食先生望着她忍俊不禁。

爱吃肉小姐只爱吃肉，一闻到菜味便会反胃，于是外卖点了三份炸鸡、两份海鲜至尊比萨，连配汤都是乌骨鸡汤。病床上的素食先生一句"阿弥陀佛"脱口而出。

没等素食先生的脚痊愈，爱吃肉小姐便倒下了。她的状况不容乐观，淋巴囊肿，症状有些严重。爱吃肉小姐舒了一口气："原来我脖子不是胖，是淋巴肿了啊。"同事们来探病时，素食先生靠着医院阳台的栏杆静静地看着爱吃肉小姐。这些日子他从探病的人口中听到不少故事。爱吃肉小姐从小家贫，又是家中长姐，因此不受待见，节衣缩食，常常青菜油炸、开水泡饭，久而久之便对蔬菜产生一种类似阴影的恐惧症，开始工作后还要承担弟弟妹妹的学费，为了能加更多的班，她变得特别能吃，大口大口的热量吃进胃里熬个昼夜颠倒。素食先生逼着她吃蔬菜，变着花样连哄带骗。把牛油果搅进肉中做成小丸子，在芝士鸡块的中间塞进蒜苗，在牛奶中混入胡萝卜汁，面色严肃："饮食和作息很重要，以后不许再这么折腾自己。"爱吃肉小姐望着他严肃的样子，"扑哧"一声笑了："你可真像我爸。"想尽花样制作健康美味食物的过程中，素食先生开了一个公众号，他分享着各类荤素健康美食的制作过程，分享着自己喜欢爱吃肉小姐的一点一滴。

素食先生的公众号被越来越多的人关注，评论里都在怂恿："快表白，快表白。"素食先生是有私心的，他要为她做520顿饭，再跟她说出自己的心意。

他有一日下班回去研制出一道新菜，迫不及待想要带给爱吃肉小姐。深夜10点，他开着车，步伐轻快。也就是这一次，他看到了不一样的爱吃肉小姐。

女孩孤独地坐在病床上，抱着素白的被子暗暗啜泣。等到病房门被推开，便立即抹了一把脸——爱吃肉小姐啊，她是一个天生的演员。她害怕病痛，又惧怕压力，琐事将她压垮，父母电话中一再催款让她突然觉得有些孤独。

"我想吃肉。"爱吃肉小姐呢喃，"不带一点儿菜的那种。"

素食先生不知哪来的勇气，走上前，抱住了爱吃肉小姐。

那个公众号后来停止了更新，最近一条发文被转了很多次，好多人追问"后来他们怎么样了"，可谁都不知道。也许素食先生和爱吃肉小姐幸福地在一起，他们改掉了坏毛病，生活得极其健康；也许，爱吃肉小姐还是爱吃肉，素食先生还是坚持老习惯。但所有人都不去想另外的可能。

爱是件多么美好的事情啊，美好到就算现实残酷，我们都愿意充耳不闻。

（星星光摘自《恋恋时光》2017年第5期　图/小兔子妈妈）

多想还能深情款款

□居经纬

阿菜告诉我，他喜欢上了一个女生，但是不知道怎么办，总觉得那个女生对他也有意思，但不太确定。

我说：“表白呀。追女孩三步骤，吃饭电影，水到渠成呀。”

阿菜说：“不知道怎么表白，口才不好，情话不撩，怕弄巧成拙。”

我说：“好的，你等我一炷香时间，我给你制订个详细方案，保证你万无一失。”

阿菜不相信：“确定万无一失？”

我说：“不确定，起码退可守进可攻，至少不会让你败得措手不及。”

阿菜没理我，我想他是做准备去了，后来我把方案发给他，祝他马到成功旗开得胜。

他回了一句，已经确认关系了。

怎么说的？我大吃一惊。

“就跟她说，我喜欢你很久了。然后她说，我也是。”

这恩爱秀得我无地自容。

一直以来我是把爱情看得太复杂了，有时候自己也困惑，爱情明明不是你死我活死磕到底，为什么要得失轻重权衡利弊，但事实往往真的这样。所以在每次开启一段新恋情之前，我真的做到了三思而后行。

这里想到一件年少时的蠢事。

初二的时候喜欢一个女生，不想让她知道，但想接近她，所以想了一个办法，我去追她同桌。打着打听她同桌的幌子买东西给她吃，跟她说话，目的虽然达到了，但进一步发展的可能性变得举步维艰。

后来，三五年后吧，我才知道她也喜欢我，只是她认为我喜欢她同桌，她只好跟我做朋友，帮我传字条，甚至偷偷收藏她同桌拒收的小摆件。

想到这一点，比起阿菜，我自愧不如。

青葱时期的爱情并不具有太大的参考价值，大家情窦初开，难免天真烂漫。后来我爱上文学，开始对更加具象化的爱情有了轮廓般的了解，但总觉得有些文学作品对于爱情的表现太过夸张了。

在张爱玲的小说中，香港的沦陷成全了一个女人的爱情，白流苏和范柳原这一对凡俗的男女，在战争的兵荒马乱之中，被命运掷骰子般地掷到了一起，于一刹那间体会到了一对平凡夫妻之间的一点儿真心。

同样在《霍乱时期的爱情》里，一场经历半个多世纪的爱情史诗，穷尽了所有爱情的可能性。或许最后男女主角算是在一起了，但可以说他们的一生还是充满了荆棘。

“船长看了看费尔明娜·达萨，在她睫毛上看到初霜的闪光。

“然后，他又看了看弗洛伦蒂诺·阿里萨，看到的是他那不可战胜的决心和勇敢无畏的爱。

“这份迟来顿悟使他吓了一跳，原来是生命，而非死亡，才是没有止境的。

“‘见鬼，那您认为我们这样来来回回的究竟走到什么时候？’他问。

“在五十三年七个月零十一天以来的日日夜夜，弗洛伦蒂诺·阿里萨一直都准备好了答案。‘一生一世。’他说。”

我不喜欢用“悲壮”一词来形容爱情，爱情可以是欢快的，是戏剧性的，是充满张力的，是一波三折的，也可以说它是无疾而终的，但牺牲与死亡绝不是爱情本身的属性。

我比较喜欢轻松点儿的爱情，就像我曾经在《幼稚情书》里写的那样，我写顾成和李小丢的久别重逢，完全没有苦大仇深的痕迹，就好像初恋初次约会一般——木讷却很甜蜜。

我说往事不堪回首，不提她了。

“李小丢，你不觉得你还欠我一个拥抱吗？”

“什么时候？”

“八年前，在你送我回去的时候，我们没有一点儿告别的仪式感。”

“所以现在要补上吗？”

“嗯。我是这么认为的。”

拥抱的时候，心跳像青草，像风铃，像晚秋熟透的果子坠落大地。

我的性格是挺接近男主的，不够主动但不放过任何“一招致命”的机会。这种男生挺坏的，不白白浪费一点儿气力，就能俘获心上人的心。

但更多时候，我缺乏“背水一战”的勇气。过分等待最佳时机的后果就是两手空空，什么也没得到。爱情这种东西，有时候考虑得太过周全，往往不是什么好事，起码说明一点，你还爱得不够彻底。

怎样才算爱得刚刚好呢？达到

你如果做某件事情，效果非常好，那你就应该尝试一下其他有意义的事，不要长久地停留在一件事情上，要经常想想下一步应该做什么。
——史蒂夫·乔布斯《追随你的心》

什么程度呢？

这个因人而异，我并不觉得死去活来是爱的最佳状态，当然得心应手游刃有余也不是。

我喜欢《挪威的森林》里面的一段，至今记忆犹新。摘出来一起分享：

“最最喜欢你，绿子。”

“什么程度？”

“像喜欢春天的熊一样。”

“春天的熊？什么春天的熊？”

“春天的原野里，你一个人正走着，对面走来一只可爱的小熊，浑身的毛活像天鹅绒，眼睛圆鼓鼓的，它这么对你说道：‘你好，小姐，和我一块儿打滚玩好吗？’接着，你就和小熊抱在一起，顺着长满三叶草的山坡‘咕噜咕噜’滚下去，整整玩了一整天。你说棒不棒？”

这是清新脱俗的恋爱风格，也有近乎痴狂的个例。

廖一梅在《恋爱的犀牛》中写道：你永远不知道，你是我渴望已久的蓝天，你是我猝不及防的暴雨。你永远不知道，你是我难以忍受的饥饿，你是我赖以呼吸的空气。你永远不知道，我的爱人。你也许永远不会知道，你是不同的，唯一的，柔软的，干净的，天空一样的，你是我温暖的手套，冰冷的啤酒，带着阳光味道的衬衫，日复一日的梦想。你是纯洁的，天真的，玻璃一样的，什么也污染不了，什么也改变不了，阳光透过你，却改变了方向。

不同的个体表达无法比较孰重孰轻，只能都代表真诚，我觉得都恰到好处。真诚是检验一段感情的试金石，至于用了什么语气，做了什么爱的行为，讲了什么样的故事，都无关紧要。你觉得那一刻，这个站在你身旁对你说“我爱你”的人，你觉得他是喜欢你的，而你又喜欢他，这就够了。

越发觉得年轻时候的爱情都胜在体力充沛天公作美，校园爱情更能体现这点，但美好皆是幻象，得以永存的实属少例。没办法，我只求在我完全熄灭之前，跟你来一次狭路相逢，期许一次终不能幸免。

但也总有蹒跚的时刻。

想起赵旭跟我说的，法国人可以为了一壶温度恰好的烧酒误一班准点的飞机，一直没有机会效仿，也没想过要效仿，虽说理性生活需要一个无须过问的感性前提，但很多时候却是相反，遑论中规中矩的偏颇、俗尘俗世的风月，不足挂齿。毕业之后，很多时候都是矛盾的，不像学生时代的决绝，更别提霸道了。

以前我说，如果有风，那一定是我在想你；如果有雨，那一定是我在追你。说完就风雨交加，你还能怎样，天意不可违。现在我嘶嘶嘴，嘀咕道：我记得你爱我，或者我记反了。你听清了算你的，听不清拉倒。

（果果摘自豆瓣网　图/小兔子妈妈）

脚尖的方向与感情深度

□［日］匠英一

公园的长椅上有一对情侣正在亲热地聊着什么。仔细一看才发现，虽然两个人聊天的时候彼此看着对方，但他们的脚尖分别指向不同的方向，这意味着什么呢？

人脸的朝向、面部表情等，都可以由本人的意志加以控制，而且控制起来也很简单。然而，膝盖和脚尖的方向很少有人留意。也正因为如此，膝盖和脚尖的方向往往能够比较真实地反映一个人的内心。

当与自己喜欢的人在一起时，人会很自然地把身体朝向对方。不仅仅是脸，就连膝盖和脚尖都会不自觉地朝向对方。可以说，这是防止其他人挤进两人中间的一个防御性姿势。

也就是说，如果一对情侣虽然笑脸相对、谈笑风生，但两人脚尖的方向总是各朝一方的话，就说明两人的关系实际上并不和谐，没准儿正面临分手的考验。

这个规律不仅适用于情侣之间，朋友、同事、团队内部成员之间也是同样的道理。如果大家合得来的话，集合在一起时，自然会把整个身体的正面朝向对方。

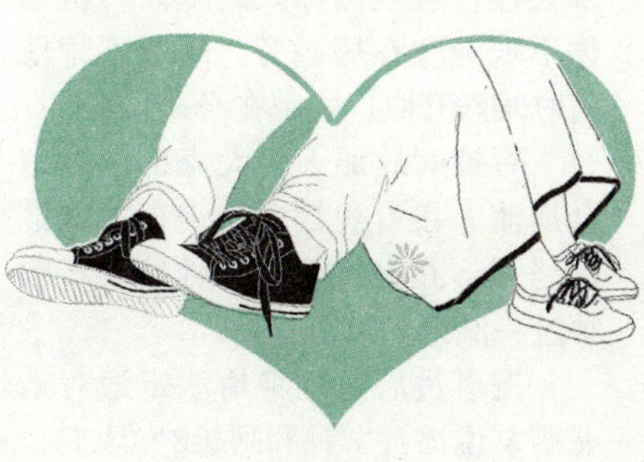

了解了这一规律后，对我们相亲也很有帮助。相亲时，如果我们喜欢对方，肯定会把整个身体的正面都朝向他（她）。刚开始时，对方也许扭着身子，只用脸对着我们说话，聊了一段时间后，如果对方也对我们产生了好感，就会不自觉地把身体扭过来，连脚尖也会对着我们。当然，如果一直没有兴趣的话，他们永远不会用脚尖对着我们。

如果聊天的过程中，对方的脚尖一直朝向其他方向，而且中途还会起身上卫生间的话，那肯定是对我们没兴趣了，我们就不用继续浪费时间了。

（露醉清秋摘自《每天懂一点行为心理学》江苏文艺出版社　图/木木）

雷响之后

□尤 今

阿雄被证实罹患第四期前列腺癌，大家都担心阿苑承受不了这个巨大的晴天霹雳。

阿雄和阿苑，是朋友圈中公认的理想配偶。

他们诞生于马来西亚南部城镇芙蓉，是青梅竹马。高中毕业后，一起负笈澳大利亚。学成归来，在新加坡落叶生根。

每逢别人问起他们有几个孩子时，阿雄总竖起三根手指，说：“我有两个儿子，一个女儿。”当他说这话时，阿苑总是小鸟依人般靠在他肩膀上，眯着眼笑；整张脸，像是一枚蜜饯。实际上，他们只有两个儿子，阿雄口中的“女儿”，指的是阿苑。他的的确确是把阿苑当成“掌上明珠”一样百般宠爱的。

工余之暇，如影随形。她去购物，他耐心陪她，替她拎东西；她爱听歌剧，他总是买最好的票，陪她观赏。婚前如此，婚后依然；年轻时如此，中年依然。不管什么情况下，都表现一致，是大家公认的好男人。

阿苑和娘家的关系很好，阿雄隔三岔五便驾车带阿苑回返芙蓉省亲。每次回去，总是把各类养身补品和名贵食材、各种厨房炊具和电器等，大包小包地往芙蓉搬；更不时把阿苑娘家的人接到新加坡来小住，招呼得十分周到。有一回，他的岳母罹患重症，阿雄坚持把她接来新加坡接受治疗，嘘寒问暖，无微不至。痊愈出院后，他岳母说想去台湾旅行，他便请了假，和妻子陪着岳母，足足玩了一个星期。大家都说，能够爱屋及乌的男人，是真正的好男人呀！

阿苑的母亲一提起阿雄，便笑得合不拢嘴，竖起大拇指，频频说道：“阿苑嫁得好，嫁得好呀！”

“嫁得好”的阿苑，其实也很努力地在经营她的婚姻。

阿雄不喜欢在外头吃饭，阿苑便苦练厨艺，天天确保阿雄一踏进家门，便能在氤氲的炊烟里吃上热饭热菜，而且，一个月内绝对不重复同样的菜肴。阿雄不时在家里宴请同事和亲友，阿苑一个人顶得上千军万马，花团锦簇的菜肴勾魂摄魄，让身为男主人的阿雄感觉八面威风。

阿雄病发后，两个移居国外的儿子无法回来照顾，阿苑成了一根擎天柱，表现出惊人的坚韧。她不休不眠地守在病榻旁，阿雄不管任何时候睁开眼，她都在身边。

阿雄病故那天，大家都以为她会崩溃，没有想到，她表现得比谁都坚强，在办丧事时，她始终不曾掉过一滴泪。

丧事过后，她神情淡定地对亲戚朋友说道：“我和阿雄8岁认识，共度60年好时光。他生病后，我四处打听，为他寻找最好的医疗方式，中医西医都试过了，但还是药石罔效。我想，这就是天意了。天意既不可违，我便倾尽全力照顾他，让他最后的日子过得舒服一点儿。能做的、该做的，全都做了，老实说，我心里一点儿遗憾也没有。”

顿了顿，她又说：“他离去后，我一直努力地回想他的种种缺点，设法让他在我的记忆里淡化。”可阿雄在我们眼里，是个“完人”呀！听到我们这样说，阿苑露出一个淡淡的微笑，应道：“世上哪有完人呢？又哪有一桩婚姻是十全十美的？瑕疵，我没说出口，不等于不存在啊！”

顿了顿，她又说：“也幸好有这些不完美，我才能度过这一段艰难的日子呀！”外表柔软如水而内心坚强如钢的阿苑，总能以积极的想法帮助自己爬出黑暗的洞口。

阿雄当可以安心瞑目了。

（潘烨摘自《联合早报》2017年5月10日 图/孙小片）

诗剧

当我把眼睛沉入你的眼睛
我瞥见幽深的黎明
我看到古老的昨天
看到我不能领悟的一切
我感到宇宙正在流动
在你的眼睛和我之间
——阿多尼斯《你的眼睛和我之间》

不必太纠结于当下，也不必太忧虑未来，当你经历过一些事情的时候，眼前的风景已经和从前不一样了，哪里会有人喜欢孤独，不过是不喜欢失望，愿你遇到一个成熟的爱人，一辈子不用长大。——村上春树

青春年少，有你便好

□郑　执

小时候的电视台很坏，故意将《圣斗士》跟《美少女战士》放在同时间播。月野兔每次脱衣变身都让我浑身打激灵，可我又实在好奇：一辉死了能复活几次？紫龙是不是装瞎？阿瞬到底是男是女啊……选择恐惧症的病根就是那时落下的。

直到我得知两全其美的秘诀：《美少女战士》每集的变身时间固定，刚好是《圣斗士》插播广告的空当……只看变身，即刻切回，星矢才刚戴好头罩。

秘诀是住一楼的孩子告诉我的。他跟我同岁，名字我早忘记，也或许我从未问过。印象中他的脸很白，头发因缺锌泛金黄。

“以后你就叫冰河。”我说。

“那我叫你什么？”

“星矢。二代圣衣的。”我补充道。首次对话，隔着冰河家的防盗铁窗。想不到，往后每次都是。

本来说好一起练拳，尽快升黄金圣斗士，他却永远被锁在那扇铁窗后。冰河的爸妈在他连青铜圣斗士还不是时就离婚了，他爸去了美国出劳务，他妈在南方做服装生意，只剩爷爷带他。爷爷年纪大，担心晚上不安全，干脆不放孙子出门。一起寻找黄金圣衣的计划，就那么搁浅着。

隔着铁窗，冰河问：“你会天马流星拳吗？”

我当即耍了一套，动作要领基本偷师每早在电视里喊“天天跟我做，每天五分钟”那个马华。

“钻石星尘拳你得抓紧练了。”我叮嘱。因为那招是最难的，胳膊要学鸟翼，波浪式地摆动，对身体协调性要求很高。

几天后，我跟三个大孩子围扇奇多圈，我赢了太多，他们耍赖，竟围殴我。

冰河站在铁窗前，大声喊：“快出天马流星拳啊！”我痛苦地望着他，心想，我不配当星矢。

预料不到，令人震惊的一幕出现了——冰河摆动起双臂，做出一个标准的钻石星尘拳pose（摆姿势），一股强大的、极具威慑力的气流隔着铁窗依然感受得很真切。三个大孩子果然被镇住，愣了足足三秒，才继续揍我。

我相信，如果没有铁窗，冰河一定会出手相救，这顿揍挨得不赔。

但我对不起冰河。他替我出头没几天，他不小心弄坏了我隔着铁窗借给他的擎天柱，我跟他绝交了。两个月后，他爷爷带着他搬走了。之后听邻居说，他被送去美国找他爸爸。

再往后，有过直接欺骗我的朋友，也有过形影不离又形同陌路的，志趣不合一拍两散。曾经最心寒的，是我觉得本该在某一刻站在我身边的人，选择躲得远远的。

我一度想不明白，友情究竟该如何节制，才不会让羁绊沦为拖累。

进入社会，渐渐也学聪明，交朋友的首要智慧是保持距离，话不说死，事不做绝，情分深浅心中自有笔账，只要有条不踩人上位的底线。危难时伸手的要记得还，睁只眼闭只眼的也不要记恨。

某一时刻，我总是想起冰河。我发过几条信息给他，是动图，兔斯基波浪式抖动双臂的那个，看起来很像冰河出钻石星辰拳的模样，隔着铁窗。始终没回应。

每个人的身体和意志，总有被现实的铁窗框死那一部分，想施展手脚就无暇自顾，很少有人能一边追求月野兔一边救朋友于水火。

毕竟我不是星矢。还好我有过一个朋友，叫冰河。

在最危难时，他无力拯救我，可作为我的朋友，他没让我丢脸。这样已经足够了。

（晓晓摘自《青春美文》　图/蛔菓猫）

爱上一个人，入场券比勇气更重要

一个喜欢你的人，才会把爱情入场券塞到你的手里

□多多黛

01

张小跳的本名不是叫这个，可当她进入大学的第一天，她告知周围的人，就这么叫她。

所谓人如其名，她是一个活蹦乱跳，特别活泼的女孩。除了她一路倒着蹦，室友们都是手拉手，而她不小心踩到了一个人，关键是那个人还拄着拐，脚上缠着绷带，随着室友们的惊呼和一声惨叫，张小跳简直是吓呆了，站在那里一动不敢动。

“你……”

被踩的男生扔掉了拐杖，坐在地上，疼得额头上直冒汗，一句话也说不出。接着他开始哭。

“你哭什么啊？”张小跳无辜地问。

“太疼了。”男生一边抽搭一边说。

缠在脚上的绷带开始渗血。张小跳慌了，她半蹲着跟男生说：“来吧，我背你去医务室。”

男生估计是疼傻了，他真的开始努力往张小跳的背上爬，而张小跳居然真的背起了他，“噔噔”地往医务室赶，惊呆了几个室友。

男生叫李大白，是中文系的学长。

打篮球时被对方一个球员给踩得骨折了。

什么脚啊，会踩骨折？肯定是有准备的。张小跳分析着，这李大白说了，是为了喜欢的女生去逞能的，那么，他盯上的肯定是别人的心上人。

李大白本来是不打算在大学里恋爱的，但是，寝室里刮起了一阵风，那就是追求系花，谁先成功，就可以享受其他室友免费洗衣服、买饭的伺候。为了这个待遇，李大白才想努力一下，谁能想到，刚一出手，脚就被踩成这样了。

“你这事不简单，我一定要查清楚。”

把李大白送到男生宿舍楼下，张小跳借口查明了真相好联系，要了李大白的手机号码、微信号和QQ号。

02

张小跳真的开始查四天前的一场篮球赛，被告知踩李大白的是化学系的一个人，一米八的大个子，阳光帅气。

化学系的帅哥直言不讳，说自己就是为了打击一下李大白，也不知道自己什么料，就敢追陈雪儿。

一日三餐张小跳都给他买，她就是喜欢不做作的男生。可当张小跳提出帮李大白洗衣服的时候，他坚决拒绝，说男女授受不亲。张小跳急了，说：“你吃了我的饭，早就授受不亲了。”

李大白怎么都不同意，使劲儿拽着自己的衣服，于是，李大白的一条裤子，在两个人撕扯下破了。

“你追不上系花，我又喜欢你，都是女生，你矫情个什么劲儿啊？”这是张小跳的告白，让李大白的一口饭来不及下咽，全部呛了出来，室友们那个爆笑啊。

张小跳长得挺好看的，只是，她喜欢穿中性服装，一头短发，看上去像一个假小子。

“你的裤子，我赔你，但是，你必须答应我。”

张小跳的倒追告白，一度成为室友们茶余饭后的谈资。没有谈过恋爱，难道没有看过小说和电影？一个女生怎么可以这么勇敢？可张小跳才不在意。

失眠的夜晚，张小跳就翻李大白的朋友圈。他给很多杂志和报纸写文章，赚的稿费比一个上班族的工资都要高，这明摆着是一只潜力股啊，自己不出手更待何时？

03

可不等张小跳享受爱情甜蜜，李大白就“劈腿”了。

劈腿的对象还是系花陈雪儿，张小跳揽了系里元旦晚会的策划一事，整天忙得根本没时间去见李大白，那天，好不容易抽出时间，结果李大白说他忙。

张小跳就和室友们去涮火锅，结果刚走出校门，就看见李大白提着大包小包，累得满头大汗，再看他身边呢，正是系花，脚步轻盈，一走三回头地问李大白“累不累”，再看李大白呢，就像是拿了钱帮人办事的殷勤劲儿，把头摇得跟拨浪鼓似的说“不累不累”。

张小跳这暴脾气，绝对不会等他们进了校门，各自散了，再去跟李大白索要解释的。她一蹦，拦住了李大白的去路，指着他的脑门儿问：“跟你说了，和我在一起，一定要恪守夫道，你这是怎么一回事？”

李大白刚想开口，陈雪儿走过来，朱唇微启，微笑着。这样的女孩，张小跳都觉得好看，何况是男生们呢。

“我和李大白说话，没有你什么事。”张小跳指着远处，那意思就是让陈雪儿先走。

当你不在意一个人的时候，哪怕一天擦肩而过三次你都不一定知道这个世界上还有这么一个人存在，可当你在意一个人的时候，他哪怕在地球的彼端，你都能听见他的呼吸声。——北倾《谁说我，不爱你》

李大白急得脸都白了，站在陈雪儿的面前，大有一副你有什么就冲我来的架势，张小跳二话不说，手一甩在李大白脸上就是一巴掌。

陈雪儿尖叫了一声，李大白就倒了。

张小跳又把他背到了校医务室，校医看到她，笑着说：“你一个女孩，还真的挺有力气。”

校医说，李大白是低血糖，输两瓶葡萄糖就没有问题了。

不知道什么时候，李大白醒了，他苍白着脸跟校医摆摆手说：“我不输液，我回去吃点儿好的就行。”

可刚走一步，脚下跟踩棉花似的，又倒在张小跳的身上。

“你好好照顾我哥，他是为了给你买衣服，才弄成这样的。”陈雪儿说完就走了。

什么情况啊？李大白是陈雪儿的哥，难道是那种干哥哥什么的？扒拉着李大白手里的袋子，里面的衣服果然都是张小跳喜欢的风格，这是什么情况啊？

据李大白说，陈雪儿的确是他妹，不过，从小就过继给了姑姑。两个人在同一所学校，他作为哥哥，好歹要照顾一下妹妹，就被那些追求陈雪儿的人误会了。

“你为什么要撒谎？”记得第一次见面，自己各种推测，李大白并没有说出实情啊。

“你不觉得跟一个能背得起来自己的女孩子在一起，是一件很有安全感的事吗？”李大白坏笑着，从小他体质就不好，爸妈就说，一个男孩这么体弱怎么办，李大白就开玩笑说：“我要找一个力气比我大的女朋友。”

自从跟李大白告白成功，张小跳一直都引以为豪，而事到如今，张小跳才明白，不是她足够勇敢才赢得了爱情，而是，一个喜欢你的人，才会把爱情入场券塞到你的手里，你勇敢也罢，你退缩也罢，他都会拉你上爱情这条船，随你怎么折腾，这是他对你的宠爱。

（婉莹摘自微信公众号“初芒”　图/蛔菓猫）

生活在自在和豁达的心境中

□俞敏洪

我最喜欢这样的四句话，第一句话是：爱的时候，要像从来没有因为爱而失望过一样。

人们很容易因为爱而失望。如果你爱过别人，又被你爱的人伤害，你就很难再爱第二次。我看到过一个说法，一个女人第一次失恋会痛苦六个月，第二次失恋会痛苦三个月，第三次就再也不痛苦了，因为在男人把她抛弃以前，她就已经把男人抛弃了。这种做法好像能使生活变得轻松，却是一种玩世不恭的做法。真正重要的是在一再被人抛弃、一再因爱而受伤害的时候，你依然能够真诚地去爱，在别人抛弃你的时候你依然能够尊重别人，也就是说你的爱不受外界环境的影响。若能如此，你就活得真诚而潇洒了。

第二句话是：工作的时候，要像自己不需要钱一样。

工作应该是因为工作本身给你带来乐趣，如果只是为了钱工作，工作的乐趣就会荡然无存。一心工作，到最后你一定会得到回报，不仅是财富的，而且是尊严上、友情上、地位上的回报。这些回报加起来，远远比你单纯计较钱的回报要大得多。世界上很多人没法理解这个道理。

最后两句话是：跳舞的时候，要像没有人在看你那样；唱歌的时候，要像没有人在听你一样。

不仅仅是跳舞唱歌的时候，生活中很多事情都是如此。如果做事情的时候担心别人的评判，希望得到别人的赞美，你就会非常拘谨，就会把自己伪善的一面暴露出来，别人就会更加看不起你。在尊重别人的自由和尊严的前提下随性自然，别人会对你更加尊重。要达到这两句话的境界，跳舞随性而跳，唱歌随性而唱，也是不容易的事情。中国的少数民族同胞跳起舞来，唱起歌来都非常美，那是因为他们在发挥自己的本性，在尽情表达自己真实的欢乐和痛苦。我们唱歌的时候，往往每唱一句都会担心别人到底怎么想，而这恰恰会使我们的生活变得忸怩而拘谨。

（孤山夜雨摘自《广州日报》　图/木木）

诗剧

相遇前
我们是一部小说
在各自的故事里
孤独地挣扎
相遇后
我们是一本诗集
你写青青的草地
我写朵朵的繁花

——阿紫《我们活成一个童话》

未遂的初恋

CHU LIAN

□方　刚

又一次自习课，懒散的我侧俯在课桌上，枕着右臂看书。无意间抬头，与她的目光撞到了一起，我的心被推到浪尖，立即慌乱地让自己的目光逃跑了。但是，那十分之一秒的震动，却已经深深地烙印在心底。

我的左侧有一个太阳，照得我目眩！

每逢自习课，我枕着右臂，面向左侧俯在课桌上。我伪装成读书的样子，却一直在积累着勇气，偷偷看她。每一次勇气积聚足了，看她半秒钟、一秒钟，那能量便会被消耗掉，我再让目光回到书上，开始一次重新积聚的过程。我发现，她原来还有两个小酒窝儿呢！

她无疑发现了我的偷窥。我们的目光便能经常交汇。几次之后，她也学我的样子俯在桌上，不同的是面向右侧，也就是说，与我面对面了。自从有了这相对的姿势后，我们彼此都在对方的余光范围内，我抬眼看她时，她也总是抬眼看我。她的大眼睛水汪汪的，像一潭水，里面有很多我尚无法理会，却足以为之心颤的内容。我们的目光一开始仍只交汇十分之一秒，后来一点点延长，六分之一秒，四分之一秒，二分之一秒……我感觉到我们都在渴望这目光的交汇，眉目传情时我的心狂跳着，身体似乎已经飘升。每次都是我慌乱地逃遁，我渴望那瞬间的辉煌，正因为过于辉煌了，便又脆弱到无法承受得太多、太久。很多年后读了马斯洛的心理学，知道一种叫做“约拿情结”的心理现象，人总是会逃离那些提升我们的高峰体验。

我终于确认：她也爱我。如果不是因为有爱情，她怎么会也有那温情脉脉的凝视呢？我决定初三毕业后便对她表白，我相信等到关键的中考结束再谈这件事，是对双方负责的表现。但是，我当时还想象不出自己会怎样表白。毕竟，那时甚至没有影视和文学作品让我了解别人如何求爱。

然而，意外发生了，半路杀出了夺美的英雄。初三开学不久，班里分来几个留级生。其中有一个很帅的小伙子，在那个年代便能做到衣冠楚楚，风流倜傥，待人接物十分老练，举手投足透着潇洒。他第一次进教室的瞬间，我的余光看到，坐在我左侧的那个天使先是一分欣羡，继而低下了头。十几岁的我已经本能地感到一种威胁。好在半年无事，到初三下学期，我发现那个男孩子也经常注视我的太阳，不同的是，他的目光充满野性，大胆而热烈。很快，我在课间看到他站在楼道里，同已经被我视为自己未来太太的那个女孩子私下交谈。兵临城下，我恐惧地感到，自己的爱情岌岌可危了。

我的内心开始搏斗。要保住自己的幸福，我应该立即向那女孩子求爱，首先占领她的心。但是，中考临近，我觉得谈感情还是要等到毕业之后。现在回想起来，我只不过是在以考试的紧迫为借口，而真正的根源还是我的自卑，缺少勇气，我仍然在逃避。还有我的罪恶感，担心这事被老师知道，我会成为坏孩子的典型。

最后，我给那女孩子写了封短信，说我如何如何地爱她，但是，因为要考试，所以：“请再等我两个月。”当时，已经是4月份了。

一天晚自习后，我一溜小跑，赶在她前面到了她家的楼下，在楼的转角处等着把那信交给她。早在初二时我便已经跟踪到过她家的居民楼。此时，一边等待，我一边调整着自己的心绪，想着如何对她讲。

远远地，她的身影出现了，越走越近了，我的心也越跳越快了。终于，她走到楼前，看到了躲在黑影里的我。

“啊！”她惊叫一声，“吓坏我了。你怎么在这儿？”

我的心慌乱地跳着，舌头发木，全身僵直，紧张地说不出话来。“我……我……”我结结巴巴地说，“我路过。”

这是我注定的表现，这才符合那个自卑、怯懦的男孩子的性格。人在少年时总会做很多后来追悔莫及的蠢事，我生命中的第一次求爱，便成为我日后的追悔。

我的天使微微一笑，声调极柔和地说：“那我先走了。”

“你走吧。”我说，表现得很随意。

那天夜里，注定失眠了！那是我人生第一次失眠！我的心好苦，年幼的我尚无法承受这一切。

我向一个平时觉得不错的男同学谈了自己的苦恼。我讲了一切，我如何喜欢那个女孩子，我们的目

氛围

□子沫

有一位朋友，深谙时装哲学，她这样说："脸上的氛围不好，穿什么都不会好看。听一段音乐，让表情柔和下来，再去试衣服吧！"她的穿衣理念是穿令自己舒适的衣服，让自己感觉爱自己、爱生活。由内而外，由外而内，我们往往忽略本质，而过分关注表象。

听一位友人讲她在普罗旺斯的日子。她从不习惯赶时间，即使旅行也是如此。起床，把音乐打开，再决定穿什么衣服。清晨哼着歌曲，有时歌曲没唱完，就走到大门口了，那么她会索性坐下来，唱完歌再走。她会为自己营造一种氛围，一种从心情到面容上的氛围。

心里的氛围不好，脸上的氛围也不会好，穿什么、吃什么、用什么都是无济于事的。想想人生也是很奇妙的事，一切最后还是都表现在了脸上，这也许是一种极致的公平。

正巧刚看完村上春树的一本书，记住了书中一个细节：一位曾经很美丽的女子，再见时依然漂亮，但失去了色彩和热度。"曾经这个内敛的女子，她的光和热从周身的缝隙中自动向外喷射"，可是再见到她时，这种东西已经消失，"简直像有人绕到身后，把电源插头给拔掉了"。书中还有一位女子也是如此，多年后再见，作者用了一句"显得色彩暗淡"。虽然外表几乎没有变化，照旧是个大美人，身材也好，但是跟从前相比，"色彩淡去很多。连脑子似乎也变笨了，说话索然无味，观点平庸至极"。美丽的外表反而让人一旁看着都心情沉重，"产生怯意"。

这是因为脸上的氛围变了，没有活力和热度，美变得凝滞，像是空心人。这与年龄无关，只与心境变化有关。

一位朋友五十岁才开始接触英文，她说自己像浑身毛孔都张开一样吸收新东西。她提到一个场景，令我印象深刻。她家有固定的咖啡时间，这个时间是她和先生用来读诗的。二十分钟，一杯咖啡，一首小诗，诵读谈论间，心灵得到滋养。这样的氛围总是令人感慨的，很容易做到，但很少有人去把一件小事变成一种仪式。

心里的氛围，脸上的氛围，细想想，真是令人感慨。

（潘光贤摘自《辽沈晚报》2017年9月11日 图/木木）

光如何经常对视，我如何准备了情书却未敢递交……讲述本身可以缓解痛苦，但是，我没有想到，那个同学很快把我的秘密告诉了别的同学，在短短两三天之内，一传十，十传二十。所有同学都在背后谈论我，我已经从一些同学的玩笑中感觉到了，却还未意识到事情已经到了何等严重的地步。

那是一天清晨的早自习课，没有教师，全班同学各自做自己的事情。坐在第一排的我，仍感受着左侧的太阳，心存幻想与温情。突然，那个女孩子掉过头来叫我，声音很大："方刚。"

我"嗯"了一声，转身看她。她的目光已没有往日与我默默相视时的柔情，而像一把冷峻的刀。

"方刚，你和咱班同学都乱说些什么了？"她硬硬地质问，我已经呆住了，僵在那里，说不出一个字。"你也不撒泡尿照照自己！"她的声音在静寂的教室里回荡，我能想象得到，所有的眼睛都在盯视着我们。"我警告你，如果你以后再乱说，我就把你的嘴撕烂了！"

我那纯净如一滴水的天使，你到哪里去了？我那静谧、斯文、淑贤的少女，你到哪里去了？我那幻想中痴恋，那照亮我少年情怀的太阳，还有我"未来的太太"，你们都到哪里去了？

我的初恋便这样结束了。那年，我14岁，她15岁。

（雪茹摘自《东方女性》 图/木木）

感情最毒是慈悲

□潘少拉

妙妙相貌平平，收入平平，胸口也平平，偏偏却成了十里八乡的烂桃花女王。

倒霉就倒霉在妙妙那张永远带着善意的脸上。比如和几个朋友走在一起，迎面过来一游客，径直就会走向妙妙问：“小姐，请问洗手间在哪里？”江湖人称“洗手间脸”。

妙妙的善意很容易吸引陌生人，可这种善良代价如此之大，以至于它根本不可能长久。夏天时楼下有小野猫，妙妙会拿剩饭去喂；秋天来了，妙妙给猫送纸箱毛毯；冬天来了，妙妙干脆把猫接回家伺候。可春天一来，猫咪的需求变得很复杂，妙妙慈悲得不想做手术，结果很快收获了一群小猫，最后实在无法忍受，不得不狠心把猫咪全家送去收容所。

妙妙处理陌生人的爱慕基本也是这个套路。起初的短信电话约饭电影她是不好意思拒绝的，无论对方多么唐突，能够委曲求全妙妙当然是不会伤人的。直到妙妙遇到小林。

小林是妙妙在回家路上捡到的迷路青年，因为妙妙担心他要去的地方太过复杂，干脆带了十分钟的路，然而就在这十分钟里，小林深深感受到妙妙的善意，于是祖籍电话单位毕业学校在这十分钟内都一网打尽。妙妙知道小林没有工作，在这城市没有亲人，没有朋友陪，就善良地陪他聊天，听他讲那些人生辛酸。可谁知越听越同情，越听越慈悲，一不小心当上专职的安慰员，成了小林的女朋友。

妙妙当然也觉得小林没什么魅力，可他需要自己呀，一个人漂泊在外，孤苦伶仃，没有人照顾怎么能行呢？小林不会做饭，妙妙可以学；小林工作不顺利，妙妙可以贴补；小林说父亲一直卧病在床，最大的愿望就是去世前能看到自己的儿媳妇，妙妙居然就以这理由和小林回家见了父母，订了婚。终于妙妙父母和朋友见到小林，大家惊恐地发现妙妙这回善心发到了令人发指的地步：这男人，不但笨而且懒，不但没钱而且没前途，不但没想法而且根本没在想。终于在所有人的质疑声中妙妙回头看看，自己对小林的感情果然就如同对猫咪，而在发展到自己生出小小林之前，恐怕最好的办法就是把小林自己送走。于是妙妙快刀斩乱麻，婚礼缺席，电话分手。小林爹一气之下病危，小林几欲自杀但终于含泪远走。像所有那些以为自己的善良可以拯救世界的人一样，妙妙就这样又一次下了狠手。

所以说爱情里最残忍的态度，就是善良，对一个不爱的人善良，无非是一种摧残毒害。到忍耐度终于爆表的那天，终究人还是会选择自己。

（鲁刚摘自《看天下》
图/豆薇）

诗剧

你的美眸灰中带绿，
像明媚的四月天，
当我俯身给它们一吻，
却闪烁着紫晶的微光。

你的秀发，我也从不曾编结，
它们总在放肆奔跑，
仿佛相互纠缠的太阳光，
一层又一层地叠加。

——[英]王尔德
《玫瑰与芸香》

好笑的是，时间一天天过去，好像什么也没改变，但当你回头看，一切都变了。

我一个人也可以

□张小娴

恋爱的人也会觉得疲倦。

疲倦的时候，我们会想："其实我一个人也可以呀！"

"我没有他也可以过日子！"

然后，我们觉得自己成熟了，潇洒了，而且能够忍受寂寞。

我们这样想，是因为我们现在根本不是一个人生活。

我们拥有爱情，所以才能够大方地说："我也可以没有爱情！"

我们被爱着，我们才有资格说："我不需要被爱！我自己爱自己也可以！"

我们不寂寞，我们才会得意地说："我不怕寂寞。"

当你没有爱情，你才不会说你不需要爱情。

被人爱着，也爱着别人，然后，偶然享受独处的时光，那才是最幸福的。没有人爱，独处的时光不免有点儿遗憾。

谁不可以一个人过日子呢？然而，谁又会想一个人过日子呢？

我们自以为不需要别人，我们自以为对方爱自己多一点儿。一旦失去了，我们才知道，我一个人也可以，但我不想。

（若子摘自《永不说再见》北京十月文艺出版社　图/蝈蕈猫）

LOVE YOU 我也爱你，很爱很爱你

□大牙秦

念书的时候，阿常剪着乖乖的学生头，到了大学，依旧顶着乖乖的学生头，戴着大大的黑框眼镜，穿着衬衫牛仔裤，背着大大的书包，穿梭于图书馆和教室。

阿常跟我说，她在大学有一段日子，特别想要谈一段恋爱。可是等啊等，一直到大学毕业，还是没能有人来跟她告白。所以每次想起来，总觉得这小半的人生里多了一份遗憾。

虽然没有告白可以怀念，但阿常的大学却有一个很让人烦恼的小角色。那是个很奇怪的男生，到她的学校游玩，却迷了路，随便在路上拉了个人问路，拉到的就是平日来去匆匆的学霸阿常。阿常生来一副热心肠，便很热心地为他指路，到后来，索性做了他的导游，带他进图书馆，陪他爬学校的假山，看广场的喷泉。一直从慵懒的午后，走到太阳下山。男生对她千恩万谢，分开的时候，男生向阿常要了联系方式。

那个男生又高又壮，不是特别帅，说话声音却很好听。只是生命中一个匆匆过客而已，对他，阿常没有半点儿小心思。而男生，却不甘愿只做阿常心里的这朵独自绽放默默萎谢的小野花，他想要做漫天的星空，在寂静的夜里，被阿常轻轻地想念。

男生常常发消息给阿常，漫无目的地瞎聊。他每次到阿常的城市，总会带着大包小包的零食来感激阿常的领路之恩。学校的每条路都被他们走过，天上那抹淡极了的云摇摇晃晃地便被风吹散，树顶上轻盈的风渐渐变得烦躁，叶子掉落，又有新的叶子慢慢生长。一个季节又一个季节。

他们成了不远不近的朋友，有时候，朋友们会开玩笑，觉得男生就是阿常的男朋友，两个人都很窘迫，却没有一个人会捅破那层窗户纸。阿常的心里，其实是有些期盼的，但她一直认为，男生喜欢一个女生的话，是一定会说出来的，如果他怎么都不开口，那一定就是不喜欢的。

男生经常主动联系她。每次都是问，吃得好吗？睡得香吗？校园里的各种月季是不是已经开好了？流浪狗的小宝宝们有没有长大？阿常心里恼火得很，她不开心，就不理他，他也不在意，过些天，还是把这些问题翻出来问她一遍。她觉得他很烦。

有一次，他又发来这样的消息，她就冷冰冰地开口：“我很忙的，如果你整天只说这些有的没的，我没有那么多时间可以浪费。”男生沉默了大半天，才回她一句小心翼翼的“对不起”，除此之外，再无其他。后来，男生果真就不再联系她，只是每天的空间访客里，总是有他，哪怕她已经很久不更新动态。

年初，雪地里映着大红的炮纸，看着分外喜庆，我吃着热腾腾的饺子，阿常火急火燎的电话打了过来。原来是她终于忍不住向男生告白，她得意忘形地笑着说：“我常姐姐一出马，哪怕是唐僧也能抱回家。”我想，阿常那一刻的心情大概就像是飞上天的烟火一样，愉悦迅速地膨胀，扩散，变成美丽的轮廓。

后来，阿常恶狠狠地拧男生的大腿问：“你为什么不向我告白？我可是个女孩子！”男生羞答答地说：“我问你吃得好吗，睡得香吗，只是想知道你过得一切都好，我问你花有没有开好，流浪狗的宝宝有没有长大，只是想要参与进你的生活，我对你啰里啰唆的每一句话，都是在向你告白。”阿常愣住了。

嗨，你。H（很）i（爱）ni（你）。这世界上很多话都有暗语。你对我说，好像从来没有听过我说爱你。可于我而言，每一句小心翼翼地删了又打的字，都是我爱你。

我那么懒，第一次走过那么远的路，是为了在人山人海里，遇见你。此后的每一次相逢，都是因为，我爱你。我会牵你的手，给你拥抱，背你回家，用一辈子的时光告诉你，我也爱你，很爱很爱你。

（闪闪摘自微信公众号“初芒”
图/果酱的酱）

爱情重口味

□鲁小莫

他们是在工作中认识的。第一次见到她，他眼前一亮，忽然间明白，自己苦苦寻觅的女孩，就是她呀！他把心意说给她听，她表面矜持着，心里大笑：见到自己而眼前一亮的男孩，多的是！而他，像颗小星星，实在不怎么起眼！

他千方百计打探她的喜好。有一天他忽然发现，她的一种习惯是他无法容忍的。

她喜欢吃榴莲。

她喜欢吃榴莲到了什么程度？可以用吃饭、睡觉、上网、打手机来交换。和她合租的女孩，就是容忍不了她总是带榴莲回来而退租的。

而他对榴莲是深恶痛绝的。记得小时候，母亲第一次带一只榴莲回家，一闻到榴莲那味儿，他的五脏六腑都跳出来抗议。榴莲放在家里，他连饭都吃不下。他觉得那种长得像刺猬一样的水果实在有点儿可怕。

现在，老天给他出了一道难题，他是该进还是该退呢？沉默了两天后，他去市场买回一只榴莲，看它，摸它，闻它，就是不敢打开它。他请心理专家帮忙，让自己"爱"上榴莲。他每天吃一小块榴莲，把它当成药片来吃。经过一段时间的训练，有一天他忽然觉得，榴莲吃在嘴里，真的是糯软香甜啊！

他请朋友们聚餐，当然包括她在内。他打开一只大榴莲，她眼前一亮。那天，他和她对着榴莲大快朵颐。有的朋友捏着鼻子跑远。她很哥们儿地拍着他说："爱榴莲这么久了，第一次找到吃友。"

以后，他们常常以吃榴莲的名义相聚，可也仅仅是相聚。她说："我不会因为榴莲爱上你的。"这话让他心里痛，很痛。痛定思痛，他决定离开这座城市。在家乡，有他们的家族企业，家里一直催促他回去。他是因为她才留下来的。

走的时候，他送给她一只大榴莲，还有一张带榴莲的卡片。他说："以后，这张卡片替我陪伴你了。"她笑了，随手将卡片扔了。

他不在的日子，她像往常一样忙碌。只是周末时，一个人对着一只大榴莲，吃得有点儿寂寞。有一回，一位朋友来看她，看着一大堆榴莲皮，忽然说："再也不会有一个人像他那样为你而改变了。"她问："他为我改变了什么？"朋友说："他吃榴莲，是因为你呀！"她笑了，问："他不是跟我一样，天生喜欢吃榴莲吗？"朋友摇摇头，讲了他吃榴莲的过程。她觉得不可思议，问："他以为喜欢吃榴莲，我就会爱上他吗？"朋友想起他的话，原原本本地告诉她："他说是为了以后跟你在一起，拥有一样的口味。"

她又笑了，可笑着笑着忽然停住，心里翻卷出千层浪花。这么多年，追求她的人，送鲜花，送首饰……每个人都很用心，每个人又都个性十足，从来没有人肯为别人而改变自己。只有他，为了区区一个榴莲，花费如此多的心思，忍住削足适履般的不适，只为跟她相处得更和谐。他看似平淡与傻气，却有着一份刻骨铭心的真诚与执着啊！她的心，忽然生起丝丝缕缕的疼痛。

她背起包，去了他的家乡。她坐在他面前时，他很意外。她不说话，从包里取出一只榴莲，大吃起来。他也不说话，拿起一瓣榴莲，津津有味地吃。吃着吃着，两人的眼里都流下泪水。他帮她抹眼泪。晶莹的泪花中，他分明闻到了榴莲的浓香。

（大浪淘沙摘自《只为与你途中相遇》清华大学出版社 图/麦小片）

我喜欢的人，撤回了一条消息

□桃啃笙

01

前些天我在网上看到一则帖子，是讲日本漫画的，想起之前和大雄先生聊起过这个，顺手就分享给他。没想到从不熬夜的大雄竟然秒回我。

“哎，你怎么还没睡？”

“天，你怎么还没睡？”

差不多是同时点下发送，我盯着屏幕嘿嘿傻笑，觉得我们之间的默契也是没谁了。

好不容易遇到他主动愿意和我谈话，我自然要抓住这个机会。我紧忙问：“你今天怎么熬夜了？”生怕回得慢一些他就下线了。

被我抓到的大雄先生说：“今天心情不太好，和同事出去喝了些酒。回家觉得没喝够，又把家里存的翻出来喝光了。”

“那现在是醉了，还是清醒的？”

“当然是清醒的……”

那趁你清醒，我和你告白吧。

这个可怕的想法一经脱出，就像冲破心闸的小鹿，在胸膛不停乱撞，我赶紧把手机放到身边，生怕自己一个不留神，就被指尖出卖了内心。

我这边半天不说话，他大概是以为我睡了，发了个兔斯基拉被子睡觉的表情。

“我——我还没睡，刚才……洗了把脸。”我撒个了谎，总不能说出自己在挣扎要不要和他告白吧。

“嗯，不过女生还是别熬夜了，安心睡觉吧。好梦。”

然后就再也没有回复，原本我想问问他，是不是有心事，或者有什么烦恼，我甚至还在纠结自己应该在午夜开启哪种模式。

比如说，也许我可以装得嬉皮笑脸，叫他“找个女朋友”，如果他有这个意愿，兴许我能自荐。如果他回绝了，我还可以给自己留个台阶，不至于那么尴尬。

但女孩子还是温婉些好，但……该怎么温婉不会显得像他妈？让他喝点儿醒酒的，也许人家但求一醉，这样不就是说废话呢吗？

我忽然觉得他不再回复，是最好的结果。就像我无数次想找他，最后却只是静静地围观他的朋友圈。

也许不产生交集，就是最好的距离。

02

我考完试后，收拾行李回家。坐车的路上，意外地发现了那家，和大雄先生曾经约好要一起去吃的参鸡汤店。

那还是去年的冬天，难得下雪的城市，下了很大的雪。我们早在半个月前就约好了那顿饭，但那天的雪真的是太大了，我穿了最厚的大衣，站在路灯下等他。依然冻得嘶嘶哈哈，不住搓手希望能够摩擦取暖。

我以为他不会来了，毕竟离约定的时间，只剩下不到五分钟。

我掏出手机，想给自己留个面子，毕竟女孩子被放鸽子太伤自尊了。

“我今天忽然有点儿事，不如饭局就取消吧。”

正这样想着，手机铃声响了，我看到广场尽头出现一个人影，哪怕没戴眼镜，看轮廓我也知道那是谁，嘴角抑制不住地扬起，趁着大雄先生离得尚远，我赶紧转过身背对他，激动地嘿嘿傻笑，又蹦又跳。

等他走近了，问我怎么不接电话，还有在那里一个人乱蹦什么。

我已经收起了笑容，装作酷酷的，把手插在衣兜里表示：“没什么啊，只是太冷了，我蹦两下热身。”

然后我看到大雄先生从衣兜里掏出两个大号的烤地瓜，还冒着热气。

他赶紧塞到我兜里一个：“捂好了，可别露出来。我早出来了，就是看到路边有卖烤地瓜的，结果烤了这么长时间，冻死我了……”

之前所有的负面情绪一扫而空，我装作不以为意的样子：“那你好傻哦，既然没有烤好的，你就不要买呀！”

大雄先生想说什么，但最后还是什么都没有说。只是跟着我傻笑，我俩一人兜里揣了个烤地瓜，捂在手里好像全身都暖和起来了。

03

那天我们到底没有吃到参鸡汤，最后冻得不行，随便找了一家火锅店就吃了。我往锅里下羊肉的时候，和大雄先生说：“可惜了，早知道打个车去，司机肯定知道路。”

大雄先生说：“没关系，又不会黄铺，以后有的是机会的。”

听他这么说，我又忍不住乐起来了，好像个神经病。我心里想的是，可以有更多和他独处的机会。喜欢一个人真是藏不住自己的情绪，哪怕面子上装得再云淡风轻，也总是会因为对方的一点儿小举动，立刻破功。

04

在大雄先生祝我好梦之后，我的确关灯拉被，打算睡觉了。往常头一贴近枕头，三秒钟立刻入睡。但今天我躺在被子里辗转反侧，也不知大雄先生的好梦是不是开过光。

反正也失眠了，我打开微信，从头开始读和大雄先生的聊天记录。第一条是去年的冬天，我们打算去吃参鸡汤。

原来他发了准确的地址给我，但我光顾着兴高采烈地和他聊天，没有注意到。

既然他知道，怎么会任由我往错误的方向走？

后面是他毕业离校那天，他说有些毛绒玩具问我要不要。我回复的是，我哪有那么少女心。但没注意到的是，他说的毛绒玩具，是我当时吵嚷着想买的那种兔子。

再往后看，虽然我们好久都不曾聊天，但他会在睡前，发一句晚安。时间都很早，照常理讲那个时间还在刷朋友圈、看视频，怎么会那么早睡觉啊！

我还嘲笑他是老干部作息……

但会不会这是他想和我聊天的引子，毕竟……我是说完“晚安”后，能再聊一小时的人。

手机忽然振动提醒，有新消息。我赶紧滑到最后……

大雄先生刚刚说：“你还没睡吧。”

“哦……看来是已经睡了。”

“那快翻个身吧，一会儿口水都要流到被子上了。”

“呃……也没什么事儿，我睡不着骚扰骚扰你。”

“其实我今天不是心情不好，但喝酒是真的。哈哈哈哈哈，你知道的，喝酒壮胆嘛。”

“我……很喜欢你。”大雄先生终于打下了这句话。

我盯着手机屏幕百感交集，眼泪已经先我一步做出反应。正不知道怎么回复，发现对方竟然把消息撤回了。

我忽然想起，在之前的聊天记录里，也有好多晚上撤回，我没看到的，这才恍然大悟。

“你白痴啊！撤回我就看不到了吗？”我发语音咆哮过去。

然后温柔又虔诚地加上三个字“我爱你”。

（蒲俊霞摘自新浪博客　图/李倩莹）

过敏

□马未都

过敏是个很普通的人体现象，很少有人一生从未过敏过。我二十几岁的时候经常莫名其妙地过敏，不知何时何因，身上一阵难过，马上出现一片风疙瘩，医学名叫“荨麻疹”。风疙瘩奇痒，痒得连脚都想帮忙去挠，痒到写此文时还无端地挠挠身上。

“荨麻疹”的名称来自“荨麻”，荨麻是一种植物，多年生草本植物，人的皮肤只要接触到就会刺痛刺痒，后来不知哪年哪月被医学引用，对于皮肤局部红肿块，来去都莫名其妙还不留痕迹的皮肤病统称“荨麻疹”，由于病因不明，有的地区还称之为“鬼风疙瘩”。

“荨麻疹”之荨字念qián（钱），至少在我当编辑时此字只念qián。但谁都错读为“寻”，连医生护士也不例外，那时我经常以老师的姿态告诉别人，此字读qián，荨麻乃一种植物，碰之即痒。谁知这几年字典居然改了，就按大众的讲法，改叫“寻”麻疹了，但在植物学上仍读“荨（qián）麻”，我感到匪夷所思，把一个单音字改为双音字，成心给大家增添麻烦。

后来我及壮年，再也没有任何过敏现象，看见别人过敏的痛苦也回忆不清自己奇痒的日子。可这几天突然又在腰部起了风疙瘩，虽不太痒，但也不能让你精力完全集中，我没吃任何药，任凭它自由来去，好在还不太严重。

我由此及彼地想了想，一个人的过敏可能与身体抵抗力强弱有关，强了抵御外界的侵扰能力就强，弱了反之。风疙瘩只是个表象，警告你身体内部出了问题。

（卧龙摘自作者的新浪博客）

年少时的爱情，一个冰淇淋就够了

□安妮宝贝

一个晴朗的黄昏，我在市区繁华的大街上，看到一架飞机飞过。

我看着它划过城市被建筑物分割的天空，一闪而过。很多时候，我们幻想自己能飞。飞到遥远的地方去，飞到爱的人的身边。在坚实的大地上，仰望自己的梦想。可是，我们过着无从选择的生活。

曾经有一年，我走了七座城市，从南到北。心里偶尔闪过一些零星的记忆。在杭州机场转机的时候，独自置身于陌生的人群，而灿烂的秋天阳光透过候机厅的大玻璃，洒在我的脸上。

飞机延时，我耐心地削一个苹果。一个绿眼珠的欧洲男人在用钢笔写明信片。是为了告别或是重逢。而我居然毫无牵挂。只是变换着手里的票根，在一场没有归宿的漂泊的路途中。

我记得下雨的上海，因为转机，我短暂地停留了半天。在地铁站台上，一个男孩子给我宣传资料，建议我参加一个读书社。我笑着对他说，我很想参加，但是我马上要离开这里。他愣了一下，说你去哪里。我说，我到很远的地方去。我知道他把我当成了学生。

我独自走完整条淮海路。喜欢描着花朵图案的白瓷杯子，喜欢暗色的设计简单的银耳环，喜欢缀着白色蕾丝的棉布褶裙，喜欢挪威的画家孟克的画册，喜欢德国一种取名叫KIDS的儿童用的淡香水。

黄昏时我来到以前来过的比萨饼店，要了生的蔬菜、水果片、玉米粒、葡萄干和冰冻的橙汁，独自坐在临街的座位上，看暮色弥漫的大街上潮湿的雨雾。一个男孩把怀里的女孩拎起来，走过一个水洼，然后飞快地亲吻了她的头发。让我再次为爱情的奢侈而轻轻发笑。

年少时的爱情，身边的人为自己买个冰淇淋就会快乐得雀跃。走在他的身边，以为会一直走到一起变老。

不知道流离失所的生活在时间的那端，可以把所有的诺言改得面目全非。

我伸手叫侍应生过来，叫他结账。年轻的男孩看着我背上庞大的登山包，表情惊异。

可是我已经很习惯独自在外面的时候，为自己付账，给自己背包的生活。独立得感觉不到自己的脆弱。

在冰冷的夜雨中，我踏上开往虹桥机场的班车，体会着一个异乡人的漂泊心情。从那时起，就在心里留下一个结。

几个月后，我又到了上海。那时在上海有了一个网上认识的朋友。朋友陪着我从汾阳路一直走到人民广场。也有细细的小雨点，轻打在脸上，温暖安宁。路过一个精致的小店铺，朋友买了一个天使木偶送给我做新年礼物。两个月后，他就结束了在上海好几年的闯荡，回到了他自己的城市。朋友说，上海不适宜外乡人。这不是个温情的城市。

可是我心里有一个结。

在地铁的玻璃窗上，我见一张花朵一样颓败苍白的脸。在黑暗的疾驰中，体会着生命飞掠过的微微的晕眩。

最早的一次旅行是17岁的时候，去黄山。

在杭州转长途汽车，是酷暑的天气。安徽在闹水灾，汽车开过的地方，能看见许多被淹没的稻田。

车开了整整6个小时。我看到女孩把脸枕在男友的手心上睡觉。一张脸洋溢着安宁的幸福。也记得自己强忍着睡意，提醒着自己不要把头靠在身边男人的肩上去。

沿途我看到泡在河水里面的猪的尸体和农民担忧的脸。感触深刻。

在黄山过的那一夜，床铺是潮湿的，我把雨衣裹在身上，听见夜风和松涛呼啸的声音。一早就起来去看日出。早上山顶上太冷。一个来自青海的男人把他借来的棉大衣给了我。

他说，每年你都要让自己看一次日出，让生命感受一下大自然的美好。

高高的悬崖上面，挂满生锈的情人锁。在一块岩石上面，有人用刀刻了“我永远爱你”。

但是人性的脆弱和复杂又如何去面对自然的沧桑呢？没有海誓山盟。只有一刻的感动。

那时我想着，如果我和我爱的人会到黄山，我不会去挂一把锁。那把钥匙扔得不管多远，离别还是在命运的手心里。

我只想静静地站在他的身边，看云飞云落。直到日暮。感激这一刻有他分享。

一刻就够。生活的艰难。爱情的无常。自然的恢宏。

去过的最北的地方是北京。父

我是单车猎人

□小　泰

共享单车大面积投放城市后，沐沐每天上下班都特别开心地骑行来往，直到有一天，她在小区楼下的车棚里发现了一辆小黄车。

沐沐一愣，共享单车不是要求停放到公共区域吗？停在有门禁的小区怎么让大家享受共享服务啊？正义感爆棚的她打开共享单车APP（应用软件），将车上的编码扫下来，标明地点并上传违停照片后，再将车放到小区门外。

接下来，她又在地下停车场、楼道等地发现了不少“违停”单车。沐沐不辞辛苦将车辆扫码解锁，骑到人行道上。不到一小时，她举报了10辆“违停”单车，累是累，可特别有成就感。

面对没有素质的使用者，沐沐吐槽连连，好在共享单车APP上设有举报入口，举报用户违停经核实有效，举报者可以获得1个信用分，而上一个使用车辆的用户将被扣除20分，信用分越低，租车费用也越贵。

过了几天，沐沐的心理受到了更大挑战，她发现除了违规停放外，不少共享单车的二维码被涂抹，被人为加锁，被喷漆改装，更有甚者，竟然在单车后座上安装了儿童座椅。

“这不是破坏共享的意义吗？”沐沐太生气了，她知道单凭一己之力难以遏制这些不文明现象。在网上一搜，发现和她同样有正义感的小伙伴不在少数，他们有个共同的名字“单车猎人”——来自各行各业的“猎人”努力寻找被隐匿、被破坏的共享单车，并将此称为“打猎”。

沐沐正式加入“猎队”，成为一名“猎人”新手。一有空闲，她就骑着单车在城市四处穿行，寻找“猎物”。每天两点一线的她，不光在“狩猎”过程中重新发现了城市的每个角落，还历经了一场场不同的历险：她从城中村里骑出过数十辆单车，在垃圾堆里拖出过被肢解的单车，和私藏单车的用户勇敢理论……看着自己的一点一滴影响到大家，沐沐觉得自己迅速成长了。

不久，沐沐和她的“猎人”小伙伴被媒体报道，记者采访时问道：“你成为一名‘猎人’无名无利，目的究竟是什么？”沐沐不假思索道：“当然是‘无猎可打’。”

（步步清风摘自《女友·校园版》2017年第7期　图/鹿川）

亲给了我三千块钱，说你该到祖国的首都去看看了。那年我22岁，即将毕业。

和我最好的朋友乔一起去。她在失恋，想到遥远的地方去尝试遗忘。

我们买了卧铺票，火车坐了差不多两天。

深夜我从睡梦中醒来，停靠着。我看见灯火通明的站台上，竖着南京的牌子。那时心里突然一片寂静。觉得自己以后肯定会去那座城市。而事实上，我后来去了南京，果然很喜欢它那种安静的气息。连大街两旁的树都是清朗朴实的。

少年时班上有个南京男孩，瘦瘦的，数学很好，笑起来眼睛是弯的。平时总是来逗我，把我逗哭后又哄我高兴。初中毕业时，班里组织看一场电影。他等我一起回家。两个人傻傻地坐着公交车绕了城市一大圈。记得黄昏灰紫色的天空，有鲜红的夕阳。他对我说他以后要回南京去。

乔说回去后就要过坚强的生活。可是在北京到上海的特快上，她就开始想念他。

但是，如果不回来呢？我有时想。没有什么感情是不能代替的吧。

曾经有个南方的女孩，为了忘记一个人，而跑到那么遥远的北方去。

北方，好像是心里一个解脱的地方。可以卸下过去，从头来过。

我后来一直没有去过再往北的地方。那是一段伤感的旋律。在心里可以轻轻地哼给自己听。后来我和乔也失去了联系。对离别我是个习以为常的人。也许心里早就沉寂。

冬天的南方城市灰暗潮湿。一场意外的大雪纷飞，一夜之后寂寞如初。

晚上很早就上床去，睡眠让我感到安全和快乐。也有失眠的寂静深夜，重新尝试阅读。不断地喝水。听音乐。回忆。那次看以前买的一本旧书，是个写诗的人写的小说。

她看着落日。列车路过大桥，桥下的河水一缕一缕的金黄。

她想，大自然是给游子最昂贵的补偿。漂流使人随时感到阳光的温度。那个作者写完三本小说后就此失踪，没有任何文字出现。而我是在书店的对折处理书架上面，把她破旧的书淘了出来。

有些美丽灵魂的声音是寂寞的，但是依旧会有人听到。

（露醉清秋摘自《中国日报网》　图/麦小片）

一颗苹果干的爱情

□岑桑

代号三星

2000年，苹果小姐15岁，一个人从石家庄来北京玩，住在老妈同学方阿姨家。方阿姨家里有一位小哥哥，对苹果小姐特别照顾。苹果小姐叫他华为。

这一天，华为家里晃进来一个帅帅的男生，手里拿着部三星A188。他一进门就问了：“还没开饭吧？”然后坐在沙发上谁也不理地看电视。

苹果小姐悄悄问华为：“他谁啊？”“蹭饭的，别理他。”

然而一个帅且不言不语的男生对女生会产生一种奇异的吸引力。那不是“别理他”三个字可以阻挡得了的。比如苹果小姐，就一眼一眼地偷瞄着那个蹭饭的，并起代号“三星”。

苹果僵尸

说起来，三星是华为家的邻居，父母做生意常不在家，十六七岁的少年，习惯独来独往。有时候饭店吃多了，就会跑到华为家来蹭饭。

一天，三星蹭饭来得早了。方阿姨买菜还没回来。他一屁股坐在看电视的苹果小姐身边说：“嗨，洗个苹果去。”

太近了！苹果小姐心脏扑通乱跳，可脸上却冷若冰霜，她说：“自己没手啊，这么懒。”

三星也不气，一个人去了厨房。回来的时候，扔给苹果小姐一只苹果。苹果小姐接住，没说话，心里却悠悠地生出一种莫名其妙的幸福感。

后来，那只苹果成了苹果小姐的藏品。她没吃，一直拿在手里，晚上，放进箱子，开学带回石家庄，擦一遍盐，系上绳子，挂在房间晒不到阳光的通风处，慢慢风干萎缩成一颗苹果僵尸。

没办法，世间只有少女长情，只为一个形象，或是一种感觉，就可以执着N年。

你好，坏脾气小姐

2004年，苹果小姐考上了大学。学校还好，关键是在北京。报到的第二天，她就去了方阿姨家。只是方阿姨动迁搬去了海淀。三星自然不知去向。

苹果小姐的大学在有名的学院路上，班里有个男生叫小米，个子不高，特别喜欢苹果小姐。

那段时间，小米总喊苹果小姐出去玩。有一次，他们去魏公村的一家攀岩馆。苹果小姐一进门，就看见了三星。他是攀岩馆里最年轻的教练，大冬天的，仍穿着一件运动背心，露出线条好看的肱二头肌和三角肌。

苹果小姐迅速把他和脑海中通过苹果干臆想出的三星匹配了一下，几乎完美重合，于是心中蓄藏的悸动全来了。

她走过去，说了声：“嗨。”

三星冷冰冰地问：“你谁啊？”苹果小姐的脸一僵，瞬间尴尬。可三星转瞬送来一抹笑容。他说：“你好啊，坏脾气小姐。”

落网的鸟

那大概是苹果小姐最勤奋的时光吧。每天下午，她都会骑着自行车去攀岩馆。三星一直陪着她，耐心讲解，淡淡鼓励，然后拽着安全绳等她掉下来。苹果小姐从不辜负他的期望，每次爬到一半一定掉下来。

说实话，苹果小姐不想爬了。可是喜欢一个人不就是要投其所好吗？许多年后，苹果小姐回想起来，都会佩服自己的勇气与毅力，有一点儿小说似的为爱奋不顾身。

有一次，苹果小姐问三星：“我是不是很蠢？”

他说：“还行吧。能意识到自己蠢的人就不算太蠢。”

苹果小姐捶了他一拳。

三星别过头，轻声一笑，然后紧了紧她身上的带子说：“再来一次。”

苹果小姐全身一颤，冒出触电般的酥麻。到底是大学生了呢，喜欢已经不仅限于美如画的瞬间，三星那双有力漂亮的臂膀更让人心猿意马。她被他用“五花大绑”的带子一提，像一只落网的鸟。她觉得自己逃不了。

醍醐灌顶

这一年，华为读大三，平时打

工赚钱已经用上了华为U526。

华为说："你知道他家的情况吗？他爸妈关系不太好，因为他爸外遇常常打架。前几年他妈自杀了。"

苹果小姐说："你是暗示我他会像他爸吗？没看出来你这么八卦。"

华为说："我不是八卦，我只是想告诉你，原生家庭对一个人的影响还是很大的。在这样家庭长大的孩子，通常会缺乏安全感。他们是不会爱上任何人的，因为他们不信任任何人。"

苹果小姐听着，有如醍醐灌顶般怔住了。

如果爱情可以分级，苹果小姐觉得，华为冷静客观的分析，让她对三星的爱上了一个层次。她一下理解了三星表面的无所谓，也理解了他内在的岿然不动。晚上，她骑着自行车去找三星。

苹果小姐在攀岩馆的门前堵住了三星。她说："你信不信，我可以每天到这里爬墙，直到你明白为什么。"

苹果小姐以为三星会用不在意的口吻问她："为什么？"

但他没有。他低了会儿头，抬起来说："你想好了，答应做我女朋友，可是一辈子的事。"

苹果小姐"啪"地扔掉车子，攀岩一样四肢并用，挂在了三星身上。她说："我发誓，只会更多，不会更少。"他用她期望许久的手臂，抱住了她，饱满、紧实。世界仿佛在那一刻炸裂了。

爱情的门锁

2008年苹果小姐毕业，她忙着培训，忙着工作，忙着见识更广阔的天地。她没时间每天去爬墙了，有时候3天一去，有时候是5天，最长的一次大概有16天吧。

苹果小姐总记得那一天，奥运之后的北京，还遗留着极度清澈的天空。她站在攀岩馆里，对着三星的同事说："他什么时候辞职的？他没说去哪儿吗？"

可她得到的答案，只有"不知道"。

华为说："这事不能怪你的。人总要成长的。你不可能陪着他。"

苹果小姐接受了他的解释。或者说，她也只能接受。从此，她成长了，长成无限接近华为的苹果小姐。

可苹果小姐觉得，也许是因为爱情的门锁，已在2008年扣上，从此身边换谁都是一样。

没有人可以留在神坛上

2016年11月，苹果小姐乘机从北京飞去海南开会。华为开车送她。他说："回来就把工作放一放。我不想再等了。"

苹果小姐沉默着，没有回答。那天安检的时候，机场里反复播报禁止携带三星Note7的通知。苹果小姐听着听着，心情就黯然了。

时间过得真快啊，离第一次见三星，竟已是15年了。

苹果小姐莫名地想起了公司里年轻的OPPO男，VIVO女们。心里忍不住感慨万千。其实，一个人无论怎么改变，终是要跟不上这个时代。只有那些固有的经典，才可能成为永恒。如今属于她的世界早已时过境迁，没有人还可以留在神坛上。

还好

2016年的苹果小姐托小米找找三星。

毕竟小米已是资深娱记，人面也广。

从海南回来那天，小米给苹果小姐发了微信。他说："有心理准备见他吗？"

"有。"

小米发来一张照片，里面立着一块小小的墓碑，上面刻着一句墓志铭——这样就算是一辈子了吧。

苹果小姐看了看，关了她的iPhone7。飘着淡淡雾霾的北京变得好安静。她下意识地伸手在背包里摸了摸。那里面放着一只塑封的苹果僵尸。她想，还好她还留着它，可以让她像15岁一样，用一颗苹果干，臆想一段不在世上的爱情。

（林冬冬摘自《女报·时尚》2016年第12期 图/小兔子妈妈）

网红食品 究竟有多少令人排队的理由

□小绿桑

不管卖什么都加上"网红"二字，总会有人相信。网红食品一定要充满视觉感，能拉丝的芝士，鲜艳的水果，密密麻麻的肉松，厚重的奶盖，集中摄像头的焦点，让人得出花费两小时排队真值的满足感。

但这种模式化的生产方式，让人怀疑，它是一种逆向思维过程，不再依靠时间的检验和工艺的提升，完全从人的从众心理出发，反向推导，什么会让人排队？是超高的性价比，是发朋友圈的虚荣心，还是人云亦云的"口碑"？这些经过商家的量身打造，必然能炮制网红爆款。

排队所承载的是一种愿意付出时间而获取的成就感，大家认为越是付出时间成本的东西越是好东西。本来这种时间成本既体现在制作者的长时间制造，也体现在购买者愿意花时间等待获取。但现在，只有购买者付出时间成本，制造者反而是批量生产，他们更多的时间花在营销，而非产品质量提升上。

至于味道、食品安全、营养配比，也就不再那么重要了。

从前从前，有个人爱你很久很久

HEN JIU HEN JIU

□恶 童

=====01=====

徐先生表白了，喜欢了一个女生十年之后，终于表白了，表白现场，徐先生选择放了一首周杰伦的《晴天》，而不是大家都以为的那首陈奕迅的《十年》。我很诧异地问他为什么，他微笑不语，面色红润，沉默许久后给我讲了他的故事。

初三，徐先生第一次表白，他紧张、激动、无所适从。出于自己学霸的身份考虑，也为了避免自己的表白落入中规中矩、毫无创意的俗套，徐先生玩起了高智商的套路，他自创公式，将密码数字深藏于九年义务教育数学课本中，利用九宫格、迷宫对接、三角函数以及勾股定理等知识，外加成语接龙、典故引用以及部分脑筋急转弯，倾力推出一道全方位综合性立体制的思考应用题，引得同桌女生大花一脸迷茫，前后桌的同学用了近一节课的时间也没能得出答案。徐先生做了一遍，发现此题果然存有争议，可以用两种思维方式来解题，分三种情况来讨论。后来大学毕业成为程序员的徐先生才知道，这道题考虑不周，存有bug（漏洞），最终此题和他无疾而终的表白一样陷入了无解的境地。

=====02=====

高一，徐先生吸取了教训，转而改用简单粗暴的方式来终止自己的相思之苦，这一日他来到隔壁班，叫出昔日的同桌大花。

“嘿，林大花，我们班有一个男生喜欢你！”

“瞎说什么呢？烦死了！长得帅不？”大花娇羞地抽打着徐先生的肩膀。

徐先生呆住了，林大花还不知道对方是谁呢，都说了是自己班的同学，那就表示一定不会是自己。大花问那个男生帅不帅，她居然问那个男生帅不帅，在明知道不可能是徐先生的情况下，这么说来，林大花是不喜欢自己了？

“林大花，你怎么这么不矜持呢？你要点儿脸行不行？”

“说谁不要脸？”林大花再一次抽打着徐先生，只不过这一次是脸。

就这样，徐先生的表白等到高二下学期还没有成功，他只是像普通同学一样对待林大花，偶尔趁午休凑到她吃饭的桌子上闲聊，偶尔帮忙给起床晚的林大花带个早饭，偶尔在林大花懒得动弹时把暖壶里的热水打好，偶尔去书店，把林大花说过感兴趣的书买来假装不借给她看，打着初三生死与共患难见真情的好同桌的旗号，徐先生的关心来得恰如其分，理所当然，丝毫没有引起其他任何人的怀疑。也是，徐先生这么好面子的人，怎么会把喜欢表现得那么明显？就连当事人林大花，也丝毫察觉不出来这“哥们儿”的用意，尽管徐先生的偶尔，正一点点地变成经常。

=====03=====

“林大花，你还记得我跟你提过的，我们班有个男生喜欢你吗？”徐先生在高二期末考试完事儿的那天放学回家的路上终于还是没能忍住，不是他不小心，只奈这真情难以抗拒。

“记得啊，你打算告诉我是谁了吗？”

“你好像一点儿都不好奇啊。”徐先生装作饶有兴趣的模样，实则为了掩饰内心的焦虑与恐惧。

“如果你答应的话，我就告诉你他是谁。”徐先生怕遭到拒绝自己脸上挂不住，想到了如此“妙计”。

“你傻啊？我都不知道他是谁，怎么答应？”林大花先是破口大骂，随后凑到了徐先生的耳朵根，神秘兮兮地说，“我啊，可不会随便答应别人，我呢，可是一个矜持的女子。”林大花学着徐先生的样子，随后意味深长地笑了。徐先生一时半会儿没能反应过来，也不知道林大花这是拒绝还是没拒绝，自己是该高兴还是该不高兴，他就卡在了那里，什么话都说不出来。

“大花啊，其实有时候呢，也不用太过矜持……”徐先生对着早已经远去的林大花的背影絮絮叨叨。

=====04=====

高三，徐先生收敛了很多，毕竟高考是压在所有人心头的不可动摇的大山，复习阶段尤为重要。

这一年，学习成绩还算不赖的徐先生拥有了平生第一部手机，智能的，上次考了全市第250名后爹妈奖励的，还能设置密码锁，登录QQ，晚上回家开着手机QQ一整晚，徐先生就感觉自己像是在网吧包宿过夜了一样兴奋和刺激。更让他兴奋和刺激的是，他加了林大花的QQ，成功地要到了林大花的手机号码。

“你猜我是谁？”通过认证后，徐先生开始以一个陌生人的身份嘚瑟起来。

“不知道，你是谁啊？”

“我是小徐的同班同学啊，喜

欢你的那个。不要问我的名字，因为我不会告诉你的。”

“噗……”

“我可是咱们学校的优秀干部、三好学生、植树节大队长……”

后面的内容林大花一点儿没看，跑到电视机前追剧去了，直到徐先生追溯到自己获得幼儿园“跑快快大赛短跑小能手”称号，林大花才最后望了一眼手机，闷头睡觉。

“在吗？在吗？林大花？林大花？还不想知道我是谁吗？难道你就不好奇？”

其实徐先生忘记了，今年学校植树节的大队长，全校只有徐先生一个人而已。

=====05=====

高考结束之后，林大花邀请徐先生来自己家吃饭，徐先生回绝了，实不相瞒，林大花的爸爸是菜市场杀猪的，虽然自己企图霸占他家闺女的事实几乎只有徐先生自己心里知道，但是徐先生还是害怕，晚上做梦林大花的亲爹提着菜刀追出自己好几十条街，去他家吃饭即使猪肘子管够也只好婉言拒绝。

然后林大花说：“放心吧，我们家今天就我一个人。”

“一个人？”徐先生开始思索。

“对啊，就咱俩，哦，加上大黄。”大黄是林大花家养的一条哈巴狗，知道今天要有好吃的了，使劲儿摇着尾巴。林大花已经在拉徐先生了，徐先生还是一脸茫然。

徐先生心里明镜似的想：我不能去啊，这不明摆着吗？你林大花什么时候做过饭？怕是家里大人都出门了没人做饭吃，你和你家大黄又不甘心煮方便面，就把我这种业余伙夫找过来受苦受累来了。鸡贼啊，实在是鸡贼！

徐先生转身要走的瞬间定格在了那里，思绪万千。

但是我姓徐的，可是给林大花买了这么多年早饭的男人，是林大花忘带钱了第一个想起来借的男人，是每天放学路上作为林大花护花使者的男人，像我这样的男人，又怎么能眼看着林大花煮方便面吃呢？即使是死皮赖脸，即使是被误会成傻子，我也得把这顿饭做了！说着，徐先生轻轻地敲响了林大花的家门。

=====06=====

而今天，徐先生表白了，他再也不是当年那个情商着急的愣头青了，徐先生终于从小屁孩变成了真正的徐先生，大学毕业后他顺利地成为一名软件工程师，成为我的同事，而他最想成为的，是林大花的男朋友。

“从前从前，我们班里有一个男生爱你很久很久。”徐先生声情并茂，手捧鲜花，音乐声响起那一瞬间，我的眼眶忽然不自觉地湿润了，我好像忽然明白了徐先生为什么要选择这首歌，徐先生不懂得浪漫，俗气，古板，甚至有那么一丝丝不可理喻，但是徐先生爱了一个女孩十年，没有哪一个男生的初恋是仅仅用十年就可以表达清楚的，没有哪一个男生不曾梦想着能和初恋一起走过一生中所有的岁月，那句从前从前，真的爱了很久很久，但是我们大多数人故事的最后好像都只是说了一句“再见”，然而古板的徐先生是执着的、深情的，也是幸运的。

从前从前，有个人爱你很久很久。但偏偏，风渐渐，把距离吹得好远。好不容易，又能再多爱一天。

（张秋伟摘自《文苑》2017年第1期　图/果酱的酱）

以色列的安全检查是出了名的。其他国际航班提前两小时到达机场就可以了，但是坐以色列的航班，你要提前四小时，而且专门有一群以色列人在北京的首都机场候着你。他们在机场早早准备了一个地方，没有中国人，全部是以色列人。他们经典的安检方式就是不停地问你问题，看起来问题没有什么针对性，左一句、右一句，但他们肯定有一套严格的评估体系，很多问题会被不同的人问好几遍，略有出入，他们就会揪住不放。所以要你提前四小时到，一点儿也不过分。

枪声与微笑

□刘　洋

我还是第一次到机场的行李房，像我这种行李里面带着稀奇古怪的工具的人，一定要被开箱验货。我问心无愧，倒也不在乎，但是我的一个小工具却总是触动报警装置，过不了安检。他们一定要截留我的工具。这个工具陪我走了很多国家，我一再解释：“我是你们政府邀请来的，没工具，我无法完成雕塑创作。”最后他们也没有通融，说要等工程师来打开机器，检查后无问题才可以过安检。他们让我留下在以色列的地址，他们会帮我快递过去。

以色列士兵枪不离身，即使是一些私人活动，也是长枪短炮。我们雕塑营工作的地方离黎巴嫩仅有十几公里，时常会看到战斗机从我们头顶飞过。武装人员遍地都是，但有一点很好，武装人员，无论是军人、警察还是保安，都有明显的制服，有安全感。

一边是全副武装、荷枪实弹的武装人员，一边是欢歌笑语、合家欢乐的游客；一面是冷酷刀兵，一面是火热生活。这种“兵火两重天”是以色列最大的不和谐，却也是最大的和谐。

（雪茹摘自《刀锋上的行走》中国水利水电出版社　图/罗再武）

十七岁那年，我在阁楼上偷藏了个女孩

□骆以军

在我十七岁那年，我曾把一个高中女孩，藏在我家二楼的那个小阁楼，瞒着我家人，像偷养一只猫一样。

这个阁楼很怪，它是从我家那鱼鳞瓦旧屋旁，突兀冒出的一个水泥小方形结构，其实有点儿像瞭望台。

但它又紧贴着一旁的一栋六层楼的公寓，这个小房间外侧有个小阳台，一旁是一间也是黑鱼鳞瓦老屋，但院子较大的私人幼儿园。

它和一般公寓的房间是不同的概念，它独立于我家一楼全部的空间，我只要跑上楼，锁上门，就能和下面的那个“家”隔绝开来。

但它也不是完全的秘境，因为我父亲每天会拿着洗好的衣服，爬上楼来，到那阳台上挂开来晾。

有一天，有一个女孩，出现在我家那个阳台上。

当时我从那纱窗看到外头有个人，背对着我，手扶着阳台的矮墙，我真是吓死了，我也是到后来，长大以后，看了宫崎骏的《天空之城》，那个穿着公主装的少女，因为脖子上的“飞行石”项链，缓缓从夜空降下，被那少年接住，我才有所领悟，啊！这是一件多么有诗意的事。

这女孩告诉我，她之所以出现在这里，是因为她逃家。

我看着那一旁公寓鳞次栉比的各家阳台铁栅、伸出的拖把头、一小簇盆栽的叶片、像腔肠的通风管、乱垂的电线、挂在一根晒衣杆上的衣架……如错综枝杈般，真的很像她是从舰塔某处，攀爬垂吊，从结构凌乱的凹凸与暗影，最后利落地跳进我家这小小的瞭望台。

我想我可以收容她，也就是把她藏在我家的这个阁楼中，但我脑中计算着唯一的麻烦——很遗憾我只是个高中生。

当我白天出门去上学时，我父亲可能会在某个时刻，拿着那些湿淋淋的衣服上楼来晾。

但我想好了对策，就是每当她听到楼下的门插销被拉开的声响，她可以躲进我们床旁边的大衣橱里。

当然我要先把那里面塞的冬衣和棉被，塞到另一个衣橱里。

只有这个时间是危险的，但其实我父亲上楼，到阳台晾衣服，然后下楼，这时间顶多十分钟吧。其他的问题就不那么难了，我会趁夜里下楼，从冰箱里偷一些吃的上来，甚至我可以把我妈给我带去学校的便当，留给她吃。我还拿了一个厨房的水壶盛水放在楼上。比较麻烦的是上厕所这件事，我后来拿了一个垃圾桶给她当夜壶。但可怜她就无法洗澡了。

我也下楼去偷了几件我姐的衣服，给她暂时替换。她翻爬跳进我家阳台时，穿的还是高中女校的校服呢。

但大约第三天吧，她又像蜘蛛人般攀爬那些楼面的铁窗、墙沿、水管，趁她妈不在时溜回家，带了一些她要看的书本和衣服，然后好好在她家浴室洗了个澡，再沿原路径攀爬下来。

所以在我十七岁那年，我曾把一个高中女孩，藏在我家二楼的那个小阁楼，瞒着我家人，像偷养一只猫一样。很多年后，我把这故事说给我妻子听。她眯着眼说：“这故事是你瞎掰的吧？”

我说：“是啊，其实我那时偷养在阁楼上的，是一只猫啊。我偷跑到楼下拿奶粉泡奶喂它，很怕它喵喵叫被我爸发现。后来终于是我父亲拿衣服上来晾时，发现了那只猫。他并没有如我以为的大发雷霆，只是叹着气对我说：你这样的个性，充满感性却不评估自己有没有能力，你长大后会为这吃很多苦头啊。”

（张晓玛摘自微信公众号“腾讯·大家”

图/蛔菓猫）

杭州小笼包

□周华诚

小笼包，在杭州算常见物。小笼包是典型的江南格局，如苏州园林的精巧婉转，如越剧与吴语的浅吟低唱。你看它的吃法，就很不一般：

一只好的小笼包，用筷子将其从笼内搛出时，便如水滴状，内里的馅与汤汁是沉甸甸的，把面皮拉长，悠悠荡荡，却并不会破。

吃小笼包，要配一碟好醋，最宜用浙江的玫瑰醋，味淡而甘，醋里切了几缕姜丝。把那水滴状的小笼包，入醋蜻蜓点水那么一蘸，然后凑在嘴边，在面皮上小小地咬开个口子，吸吮里头的汤汁，那汤汁充盈，味感丰富，一时间满嘴鲜香。然后，再把小笼包整个塞入口中，气势磅礴地吃肉，嚼面皮，一起下肚。

吃小笼包，讲求的是要趁热，一包汤汁要热得烫些才好。从来只有人等小笼包，没有小笼包等人的。小笼包凉了，皮子硬了，易掉底、跑汤。须是随吃随蒸，就笼上桌，食客早在桌边等候多时。

一只小笼包，居然连多少道褶子都有讲究。蒸熟上桌之时，小笼包的皮子，若婴儿的皮肤般吹弹可破，18道褶纹若隐若现。

隔着那半透明的皮子，丰腴的猪肉和虾仁丁，内里的馅料及汤汁居然也是隐约可见。

小笼包之所以多汁，全因为猪肉与肉皮冻的美妙结合。肉馅的肥瘦比例，须拿捏得好，而肉皮冻更是关键要素。肉皮要熬煮三四个小时，把皮里的胶质都煮出来，上去浮油，下去肉渣，只取中间清澈澄明的一段，冷却，放进冰柜，冻上一天一夜，制成肉皮冻。制作小笼包时，取出皮冻剁碎，与猪肉拌匀为馅。这样的小笼包，清爽宜口，多吃不腻。

那是一个微雨的早晨，我要从兰州坐火车去武威。看时间尚早，就去吃了一碗牛肉面。出得门来，见牛肉面的隔壁就是一个挂着杭州小笼包招牌的早餐店。

我问老板是哪里人。老板说，浙江的。浙江哪里。嵊州。嵊州我去过，越剧的故乡。后来才知道，杭州小笼包，之所以能闻名全国，是跟嵊州人有大关系。

有资料说，在内蒙古呼和浩特市新城区，打着“杭州小笼包”招牌的小吃店多达100家，但经营者几乎都是浙江嵊州人。在北京，嵊州人开的“杭州小笼包”有3000余家。

整个嵊州，有5万人在全国各地蒸着小笼包。最初的原因，是嵊州的“嵊”字太生僻，很多人不认识，便有老板写了“杭州小笼包”的招牌。果然，这还真引来了好生意，于是其他人纷纷效仿。而今，越剧式微，这美好的唱腔已经不太听得到了。我突发奇想，嵊州人那么会做小笼包子，何不在每一间店里播放越剧呢。越剧与小笼包的完美结合，是不是能带来文化上的奇妙反应，一如小笼包中的那团肉皮冻？

（莫难摘自《草木滋味》
广西师范大学出版社 图/曹黑黑）

诗剧

假如我能为你写一首
夏天的诗，当芦苇
剧烈地繁殖，阳光
飞满腰际，且向
两脚分立处
横流。一面新鼓
破裂的时候，假如我能

——杨牧《让风朗诵》

孤苦是不是最苦

□刘翠婵

在人世93年，祖母只有过两次远行，一次从海岛到山区，一次从大陆到台湾。

第一次远行长达20年，那年祖母60岁。1971年除夕前日，祖母随一家人被遣离乡，辗转来到一个叫丁步头的地方。寒冷的冬夜，稀疏的人家，没有一户可以一下子收留七口人。次日，好心的村人合计，把牛牵出牛栏，铲走牛粪，撒上草木灰，牛栏就成了遮风避雨之处。祖母和我们在牛栏里度过了异乡的第一个春节，从此他乡成故乡。

花甲之年经此周折，她的脾气变得更烈，以至至死不说异乡话。村人用当地方言呼她“阿婆”，她一概以福州话回应，村里人有点儿怕她，有时他们会善意地嘀咕：“阿婆真坏！”

为了一棵竹子，祖母让村里村外的人都见识了她的“坏”。1972年，在村人的帮助下，家里有了一座属于自己的小房子。父亲在门前屋后种下两丛麻竹。有阵子，竹子老被邻村的人偷偷砍倒做篾条。祖母气不过，有一天终于撞到砍竹人，她用故乡话直骂得那人灰溜溜地逃走。祖母一骂出名，自此竹子安全了许多。

祖母嗜烟，七十多岁时居然把烟戒了，由头是与父亲因抽烟起了争执。当时抽水烟，母子共用一个水烟筒。一次，父亲劳作回来，发现烟板抽没了，暴脾气的他顿时发了火。其实，那个烟筒并不是祖母和父亲专用的，过路的村人偶尔在家歇个脚，也会抽上几口。祖母听不得父亲的埋怨，撂下一句，“我这辈子再也不抽了”，之后便一口没抽过。至于酒，祖母一直喝到老，酒风也颇为硬朗。她不习惯小酌，喝时少与人言语，小半斤酒，几口饮尽。

祖母古稀之时，姑姑病逝。消息从海岛传来，祖母如常扫地喂鸡煮饭拔草，甚至没回海岛。偶尔她会一边喂鸡一边喃喃说：“人都死了，回去又有啥用。人要死有什么法子，早点儿死就少受罪……”她说给鸡鸭牲畜听，说给柴堆上的猫狗听，却独独不说给人听。有时，在昏暗的屋角，祖母会摩挲着姑姑买给她的发簪出神，在无人处抹去眼角的泪。

硬气的祖母八十多岁时，遇上台湾开放探亲，无论如何要去看大儿子。在山里过了20年，她的活动范围大抵是一百多米远的桥头、三十多米远的水井，但谁也无法阻止她人生中的第二次远行。那时还未直航，从霞浦到福州，福州到深圳，深圳过关到香港，香港飞台北，台北又基隆……山一程水一程，小脚的祖母一步也没落下。从深圳过关时，在汹涌的人潮中，她又硬上了，不让二哥背，执意自己走过去。苦过千山万水，这日思夜想的一步，祖母怎么也不愿被背过去。

不知孤苦是不是最苦。

大多数时候，祖母在山里一个人守着孤零零的房子。收音机成为她最好的伙伴。她喜欢听戏，黄昏时咿咿呀呀的唱戏声从匣子里传出来的时刻，就是她无人的世界里最热闹的场景。

晚年时，大哥好几次试探着问她：“如果不在了，回海岛吗？”“随你们，想把我葬哪里就葬哪里。”那时已经提倡火葬，大哥怕她有顾虑，安慰地说着火葬的好。祖母就一句话：“我这一世什么没经历过，烧就烧了。”

祖母名木菊，14岁嫁人，27岁守寡，三十多岁时大儿子被抓兵抓去台湾。我一直以为木菊不是花，好奇上网一搜，原来木菊又名木槿，是野生植物，亦可家养。它的花香有奇效，强烈的催眠作用会使人瞬间晕倒，有的甚至会连睡好几天，再自然醒来，所以又有“醉花”之称。自我有记忆起，祖母就是老的样子，绾着髻，穿着斜襟布衫，三寸小脚颤颤巍巍……从没把她与花联系起来。祖母故去十多年后，我始知木菊就是花，虽寻常，却有异质，如她风雨一生。

（星星光摘自《南方人物周刊》 图/豆薇）

被葱杀死的爱情

□辛子 IN 日本

芥川龙之介写过一篇短篇小说，名字叫《葱》，大致内容是这样的：

东京神田神保町的一家咖啡馆，有个叫阿君的女侍应。她“皮肤白皙，有一双明亮的眼睛”。美人阿君新交了一位男朋友叫田中。田中君“既会作诗，又会拉小提琴”。田中是个体面的美男子，梦想着跟美人好好谈一场风花雪月的恋爱。

田中君约阿君一起去看马戏。这是两个人第一次约会，两个人都做了一番精心打扮。沿着林荫道一起漫步时，田中君轻轻握住了阿君的手。

就这样两人不知不觉走到了一条狭窄的小街上。小街尽头有一座日式旅馆，右侧则有一家小小的蔬菜店。就在田中君暗暗惦记着旅馆时，阿君美丽的明眸突然绽放出炽热的光芒——她看到了小蔬菜店里的葱，还有立在葱堆上的价格牌，上面大大地写着“一把4分钱”。

在物价飞涨的年代，4分钱一把的葱真是极为难得。阿君情不自禁地在蔬菜店前停下了脚步，撇下目瞪口呆的田中君，用纤纤玉手指着葱堆，唱歌般地说“给我来两把”。

当阿君喜气洋洋地拎着两把葱，重新回到田中君身边时，田中君此前脑海里的各种清秀委婉浪漫的遐想，都在瞬间烟消云散。他像看着另一个人似的打量着阿君，“她提着两把共8分钱的葱站在那儿，清亮的眼睛里含着喜悦的微笑”。

在田中君全身血管里流淌着的浪漫爱意，被两把8分钱的葱一滴不剩地谋杀了，再也没有复活。

芥川龙之介这个短篇，其实确有其事其人。小说里的“阿君”，就是日本女作家宇野千代，而“田中君”则是日本的僧侣作家今东光。当时，美丽的乡村姑娘宇野千代在东京一家咖啡店打工。

但是，后来宇野千代和今东光并没有下文，原因就是那两把葱。“那时候芥川龙之介写了个短篇叫《葱》，小说的内容，是我和东光散步时发生的一件真事。芥川听说之后，就写成小说了。后来我曾在心里想：在那样的时候，奔跑着去买葱的自己，是多么不可思议，又是多么可怜啊！”

千代在晚年撰写文学回忆录时提及此事，这样感叹道。当时刚从家乡岩国乡下到东京不久的千代，就像当代中国那些北漂的文艺青年一样，一贫如洗，生活艰辛。在物价飞涨的东京，4分钱一把的便宜大葱，对于贫穷的千代，和眼前浪漫的爱情同样吸引人。

（从容摘自《中外文摘》2017年第6期 图/豆薇）

诗剧

在我的书中，苍老是
恶棍所要付出的代价，
那么，
不要抱怨，
虽然难以忍受：
只要你是善良的，
就会持续年轻。
——辛波斯卡《我致力于创造一个世界》

校花

XIAOHUA

□张嘉佳

1

我班有朵校花，学习成绩永远是年级第一。我的愿望是用法律制裁校花同学，枪毙，或者帮我考试，以上二选一。同桌的愿望是用法律制裁门卫，这样可以半夜偷偷溜到录像厅看片子，看到一半喊老板换片！几年后，同桌被法律制裁了，他在承德当包工头，偷税漏税拖欠工资，被判入狱三年。

当年我就知道这个同桌并非等闲之辈。一天约了我去城里打游戏，他居然还带了一个女生。

第二天一大早就出了状况，他们出房间时被楼下退休的老校长看见了。无奈天色不好，老校长也没有认出男生是谁，从我房间出来的肯定是我，太委屈了。班主任开始找我谈话，脸色凝重；教导主任开始找我谈话，脸色凝重；副校长开始找我谈话，脸色凝重。我正在绝望地等校长找我谈话，突然校长就不找我了，我好奇得三天没睡着觉。

某消息灵通人士私下和我说："你知道校花同学吧，是她跑到校长那边去，说那晚住在你房间的是她。"我大惊："这不玷污我的名声吗？"消息人士："滚，校花同学是咱们学校高考状元的唯一希望，是考取重点大学的唯一希望，哪个老师会碰她？她这么一说，自然就不追究你，事情就过去了啊。"

校花同学不但爆炸美丽，爆炸智慧，还爆炸伟大。但我后来没想到，校花同学不比我们江湖中人，她是施恩图报的。

从此，在校花同学的要挟下，我参加早操，参加早读，参加早课。但校花同学后来也没想到这么做的弊端。

2

校花同学："张嘉佳，我们一起报考××大学吧？"

我大惊失色："××大学？你以为我是校草？名牌大学，那是人上的吗？"

"啪"！我的左脸被抽肿。

校花同学："我们一起报考××大学吧？"

我："你给我一百块我就填。"

校花同学："给你一块。"

我："一块？你怎么穷得像小白？"

校花同学："小白是谁？"

我："我家养的土狗，我在它脖子上挂了个一块的硬币。"

"啪"！我的右脸被抽肿。

结果两个人都填了××大学。

结果我考上了，她没考上。

她服从第二志愿，去了天津。

天津为什么不是江苏城市，搞得电话全是跨省长途，一个学期下来，抽屉里一沓电话卡。

我消耗电话卡的岁月里，出现了姜微。

我很少接姜微电话，就算自己在宿舍，也要舍友说我不在。

因为我要等校花同学的电话。校花同学打来占线的话，还要解释半天。

可是校花同学突然再也不打电话给我了。打过去，她也永远不在。

我等了三个月。我想去天津。

我始终没有去天津，因为……要去也是校花同学来南京对不对？

3

学期末，熟悉的声音。

校花同学："你还好吗？"

我："你好久不打电话给我了。"

校花同学："呵呵，没有钱买电话卡。"

我："太穷了吧你，我有钱我分你一点儿。"

校花同学："不要分钱了，张嘉佳，我们分手吧。"

我："……还是分钱好了。"

校花同学："我说真的，张嘉佳，我们分手吧。"

我："……我要分钱。"

校花同学："有空多打电话给妈妈，她一定很想你。"

我："……分钱分钱。"

校花同学："张嘉佳，你想我吗？"

我："……分钱分钱。"

校花同学："不要哭了，记得有一天，我托人给你送早饭吗？我现在还不知道你吃了没有呢。"

我："……我吃了。"

校花同学："张嘉佳，记得吃早饭。对了，如果再让你报考一次，你会选什么大学？"

我心想，我什么地方也不选，我找个村姑，在那二层小土楼，种田浇粪，这辈子都不用买电话卡。

"张嘉佳，分手以后，你再也

不要打电话给我了。”

电话就这么挂了。

挂的时候，我已经忘记哭了，但是我好像听到她哭了。

4

五年里，我去过校花同学的家里三次。她的照片一直摆在客厅靠左的桌子上。

照片边上有本笔记，有一盆花和一些水果。

照片前还点着几炷香。我抽烟，她抽香，还一抽好几根。看她这么风光，可是我很难过。

我知道这笔记本里写着，她给谁送了早饭，她为谁背了黑锅，她要怎么样骗一个笨蛋分手，她真是个斤斤计较、施恩图报的小人。

笔记里还夹着病历卡。

我想，应该感谢它，不然我还要消耗电话卡。我想，应该痛恨它，否则我不会这么难过。每次我会和她妈妈一起，吃一顿饭。

每次我和她妈妈吃饭，都说很多很多事情，说得很开心，笑得前仰后合。

每次我在她家，不会掉一滴眼泪，但是一出门，就再也忍不住，蹲在马路边上，哭很久很久。如果我是这样，我想，那她妈妈也一定等我出门，才会哭出声来吧。

在很长一段时间里，我继续没有早饭吃。没有早饭吃的时候，我就想起一个女生。

送早饭的时候，校花同学和别人一样穷。

考大学的时候，校花同学和小白一样穷。

打电话的时候，校花同学和我一样穷。

听到收音机里放歌，叫《一生所爱》。

我没有抽一口，烟灰却全掉在了裤子上。

我没有哭一声，眼泪却全落在了衣服上。

（小黑豆摘自《从你的全世界路过》湖南文艺出版社 图/木木）

小葱人生

□潘玉毅

在诸多烹饪食材之中，葱姜蒜显得极不起眼，即便放在蔬菜堆里，它们也排不上号，更不要说与海鲜、肉类一争长短了。

葱姜蒜再多，也很难做成一道菜。它们最大的作用是作为作料，为各色佳肴“锦上添花”。以外形来论，葱姜蒜亦不出众，以小葱为例：一身绿衣，肚里中空，乍看之下，好似一个个腹中草莽的小圆筒。也许正是因为小葱的寻常，它的价格也很“平民”，甚至你去菜场里买菜的时候，让菜贩搭儿一点小葱，不太抠门儿的，都会免费送你一把。

然而，有些时候，最不起眼的往往最不可或缺。

尽管小葱其貌不扬，独自做不成菜，烧菜的时候却离它不得。中国的饮食讲究色香味俱全，若是没有小葱，菜品在色香上就难以做到完满。生活中，许多以“肉食动物”自居的人多半喜欢吃红烧排骨，而红烧排骨若没有小葱，就像一盆上好的兰花草未能开花一样，与野草无异，难以引起别人的注意。

对于美食爱好者来说，灶间大厨撒小葱的动作就好像传说中的点睛一笔，颇具魅力，厨师切葱成段、成末，将之撒在菜肴上，可以在瞬息之间让菜品提升几个档次。

小葱作用大，种养起来也容易。若是一顿菜做完还有剩下的小葱，只需将它扔在桶里，倒点水，就能储藏好多天，或者将鳞茎摘掉，将根埋入土里，你都不用施肥，吹过几日的风，淋过几日的雨，新的小葱很快又长出来了。

夏天是一个难熬的季节，受炎热天气影响，人们的食欲也会变得很差，此时，一碗小葱拌豆腐对于人们的诱惑力足以比肩满汉全席。这道菜的做法与那个家喻户晓的歇后语“小葱拌豆腐——一清二白”一样，清清楚楚，简单明了，大致步骤如下：将豆腐切成块状，放进锅里蒸三五分钟，端出来晾在一边，用调羹敲碎，将洗净的小葱切成末，均匀地撒在上面，加入食盐，淋入香油，搅拌均匀，即可装盘上桌。在这个吃什么都觉得腻味的季节，小葱拌豆腐显得清新爽口。

小葱虽小，犹有大用。尘世中的一颗沙子，一堆泥土，与之相类，看着不起眼，却是少它们不得。

（欣欣然摘自《安徽商报》 图/曹黑黑）

爱情就在掐指一“算”之间

□张盖伦

“1.住在我附近的女性有多少？2.多少人有可能年龄上适合？3.多少人有可能是单身？4.多少人有可能拥有大学文凭？5.多少人有可能有魅力？6.多少人有可能和我合得来？”

这是数学家巴克斯笔下的与爱情相遇。他发现，他愿意交往的女人，全世界只有26个。

爱情的规律如爱本身那样辗转迂回，但数学仍能为之提供独特的解释视角。汉娜·弗莱（Hannah Fry）的《爱情数学》一书，介绍了数学家眼中的爱情技巧。

当然，她在书的开篇就指明了自己的目的——“写这本书不仅是为了照亮你的感情生活，还能由此展现数学的美与价值”。

假期是结婚旺季，几乎每天都能在朋友圈刷到婚礼现场图。

朋友做了伴娘，我给她留言说：“你们这伴娘团颜值好高。”朋友回复说：“没办法，新娘子已经把她朋友里长得最丑的几个找来做伴娘了。”

友谊的小船说翻就翻。然而数学家表示，这种“小心机”其实大有用处，特别是在需要展示你个人魅力的场合。

在经济学中，这是所谓的“诱饵效应”，它会影响人的审美。数学家告诉你，选择一个和你外形尽可能相似但略逊于你的人一同出现，他们的存在会使你更具吸引力——此时，那个和你相像的朋友就是“诱饵”，成为你的加分项。

数学家不仅研究你要如何在爱情市场中胜出，他们还研究，人们如何在社交网络上找到心仪对象。

姑娘们把自拍的角度调了又调，对拍出的成片，又是磨皮又是滤镜，就是为了把“头像照片”这一社交网络的门面装点得更加完美。毕竟，在陌生人交友的情境中，“照片”直接决定了第一印象。

在过去几十年，数学家们一直利用交友网站上的用户资料数据，来研究人们在交友网站上的行为模式。一个比较出人意料而且相当有实用性的发现是——长相不能决定人气。

如果你是超级美女或者超级帅哥，那么不用担心，尽情“刷脸”，你就是社交网络上的明星。不过，如果你长得并没有那么惊为天人，就请注意，尽量让自己的照片有点儿个性。不要想着讨好所有人，你反而会在社交网络上收获更多关注。

此条似乎不仅适用于网络交友。仔细想想，在演艺市场，那些美得“不痛不痒”的艺人，似乎确实没有那些长得褒贬参半的艺人来得红火。

你该在什么时候结婚？数学家也列出了一个公式。这个公式告诉你，如果你一生注定会有10段恋爱经历，那么找到“那个他”的最大概率发生在拒绝4个恋人之后，这一概率为39.87%。

哦，可是这个方法并没有什么用。除非你能掐会算，否则你如何知道自己的桃花要开几朵？没关系，贴心数学家又换了一种运算方式，他们算的是恋爱时间窗口。数学运算更加烦琐，但是结论还是很有用：假设你从15岁开始谈恋爱，希望在40岁前把自己嫁出去，在前37%的约会窗口中，你要拒绝掉所有人；一旦过了拒绝阶段，你要选择下一个出现的比之前每一位恋人都好的那个人。

不过，这个方法无法保证你百分之百就能与“最佳伴侣”共度余生，事实上，这一概率也仅仅在37%左右。但这是恋爱的简单法则所能带给人们的最佳策略。所以，在数学家看来，嫁给初恋什么的有点儿太莽撞了。

当然，没人要求你原封不动照搬这套数学法则。如果你真的觉得眼前的人就是“对”的人，管它什么前37%，把幸福紧紧抓牢就好。

（冬雨摘自《科技日报》 图/果酱的酱）

匿名寄出桂花糕

□猪小浅

那是兵荒马乱的高三。

我和其他大多数人一样，整天顶着黑眼圈，埋头于题海。

有天课间，我正被一道数学题弄得心烦意乱，却突然听到同桌说，周延下个礼拜要去美国。

她说这句话的时候，像说明天要月考一样平常，我却趴在桌上，难以抑制地哭了起来。

周延并非多耀眼的男生，只不过他在我的眼里，一切都刚刚好。从眉毛到鼻眼，从发型到身高，全好看得恰到好处，也可爱得恰到好处。少一分乏味，多一分腻味。

不过很可惜，我和周延来自不同的世界。

周延家境殷实，父母都是高知，他从小看到的世界就比我的广阔。这些，让我在他面前自惭形秽，只能将那份喜欢藏在心底。即便同班两年，我和周延也几乎没有过任何交流。

闺蜜安慰我说："没关系，你可以像《初恋这件小事》里的小水那样，在接下来的日子奋发图强，努力让自己变得更好，然后在最好的时光和周延重逢。"

闺蜜却忘了，生活不是电影。

很多的久别重逢，都不过是物是人非。所以，即便闺蜜将未来说成了一朵花，我还是难过了很长一段时间，缓不过神来。

周延去了美国后，有一天，我看到他在班上的QQ群里说：好怀念小城桂花糕的味道。

有同学打趣他说：活该，谁让你非要漂洋过海？周延也不恼，在群里留了个地址，附上一句话和一个可爱的表情：改天谁有空，给我寄块桂花糕呗。

我毫不犹豫地拿起纸笔，在草稿纸上，记下了那个地址。

当时的我只有一个念头：无论如何，要让周延吃上桂花糕，缓解他的乡愁。

为了不被家里人怀疑，我只好去找旁人打听。弄明白费用及流程后，我有些沮丧。因为要想给周延寄桂花糕，我至少得攒够四百块钱。

四百块钱对那时的我来说，是个巨大的数字。除了父母给的零花钱，我还偷偷帮校外那家文具店拉生意。去邮局那天，犹豫了很久很久，我还是没有用自己的真实姓名。

不久，终于看到周延在群里说：哈哈，没想到，真有人给我寄桂花糕呢，只是某某是谁？我们班好像没这个人吧？

这话刚说完，马上有人起哄说：肯定是暗恋你的呗。

一群人七嘴八舌议论开来。

后来，周延说：虽然不知道你是谁，但还是非常谢谢你。

很多年后，我和周延终于在聚会上重逢。即便我很努力，也还是没有优秀到足够和他相配。有些东西，与生俱来，并不是努力就能改变其中的格局。就像有些距离，永远难以逾越。

所以，我和周延之间永远隔着时差，他的白天是我的黑夜。

自始至终，周延都不知道，我就是那个花三百块钱，给他寄一百块钱桂花糕的，傻傻暗恋他的女孩。我在他的记忆里，只不过是旧时光里一个平凡的女同学，仅此而已。

有人在歌词里写：暗恋是一种礼貌，暗地里盖一座城堡。当你喜欢的那个人，你永远不可能靠近的时候，不如就将那份小小的喜欢，打包封存，藏在旧时光里。对你喜欢的那个人来说，这是一种礼貌。

不打扰，是我们最初的温柔。

（惜茹摘自《幸福·悦读》2016年第10期 图/木木）

诗剧

至深的记忆但刻上凉悲，
就仿佛花鲜伴清泪。
桃花时节，
只感到、人生梦寐。
苦短的青春上枝头，
一地落花风而愁。

——蒙多《桃花泪》

一个朋友

□安妮宝贝

我认识的这个朋友有时候到处乱跑，纽约、香港、荷兰、意大利……几乎也不工作，不知道他靠什么谋生。拍电影没有红起来，写剧本也不是很有名，写小说也没出版过。但是他一直活得蛮好。拽拽的样子。后来他大半的时间就居住在大理。在那里花了很便宜的钱，买了一个两层楼有大露台的房子。写小说写剧本，在那里交了许多朋友。

一年里见到他的可能性，有时候一到两次。按照这样的见面频率，其实似乎连朋友都算不上。上一次打完最后一个电话是2月。8月的时候，又有电话来。打电话预定两次，然后还坐着出租车来接。让你感觉他想约你出来聊天，就是郑重其事的样子。对他所认为在结交的朋友，他会有认真的态度。

坐在出租车里面，就看到他晒得黑黑瘦瘦的样子。说在大理的半年，经常踢足球，还写了一部很长的小说。除此之外，大概也就是无所事事了。北京诡异闷热的午后，很远的路，特意去“798”一家偏僻的咖啡店，大概是他喜欢的小店，简洁，人很少，有白色的墙壁和黑色木头桌子，沙发旧旧的。叫来的果盘里有番石榴，清脆爽口，泰式柠檬汁也很好喝。在那里闲坐3个小时，他靠着长沙发，把半盒雪茄抽完。放松自在，略有睡意，又与我聊着电影、小说、音乐，种种。仿佛这个半年后才见的人，告别不过是前几天的事情。

他又带我去后海吃饭。路上堵车。吃饭的朋友有五六个，都是导演或者编剧。长相俊美，穿着悦目，且性格活泼。叫的菜也很奇怪，生鱼片一下子上来6盘。仿佛专门就是去吃生鱼的。想起来他上一次带我去见他的那帮朋友，是去年夏天的事。也是大手大脚地叫了大帮朋友聚会，每次聚会都调侃别人，然后商讨如何打牌。他的朋友们似乎都喜欢他，被他调侃从不还嘴。

他对朋友其实很好，经常会送礼物，看到好书好唱片都会买好几份送人。懂得付出。但同时又是一个外壳极其坚硬的人。最重要的是他聪明，他的内心，始终都像一个宫殿，道路曲折迂回，不让人接近，却又繁重。

总是很少与你联系，又总是会冒出来郑重地约见聊天。仿佛很远，又并不生疏。即使半年后再见，亦如同不过是前几天刚刚分了手。他对人的感情是不拖泥带水的，是说变就变的。讲话极其直率，有时候肆无忌惮。而且，性格这样桀骜和强势的男子，在某种格局上已经超越普通人的界限。他的朋友们亦和我一样，早就习惯他的胡作非为，根本就见惯不怪，无人当真。

他教给我的，带给我的东西，应该比他自己意料中的要多。那是一种无赖的强硬的气质，又有童真。不让人接近，却总是能控制住别人。有时阴郁坚硬并且锋利，却又懂得照顾和付出，所以能让他身边的人感觉很舒服或很不舒服。这是一个有巨大能量的人，感觉很像阴沉天空之中一轮炽热的大太阳。

来北京3年，认识这个人，是有趣的。

（张晓玛摘自新浪博客　图/麦小片）

诗剧

你独自在床上听它
在玻璃上执着
敲击，哭泣和呼唤
好像无助的迷失者。

然而不是它让你
无法入睡，是另一种力量
如今被困在你身体的牢狱，
还记得自己，曾经是自由的风。

——塞尔努达《风与灵魂》

比起魅力、财富、风度，男人最重要的是“担当”二字；比起美貌、修养、聪慧，女人最重要的是“眼光”二字。

每一个孩子都会被初恋改变

□查小欣

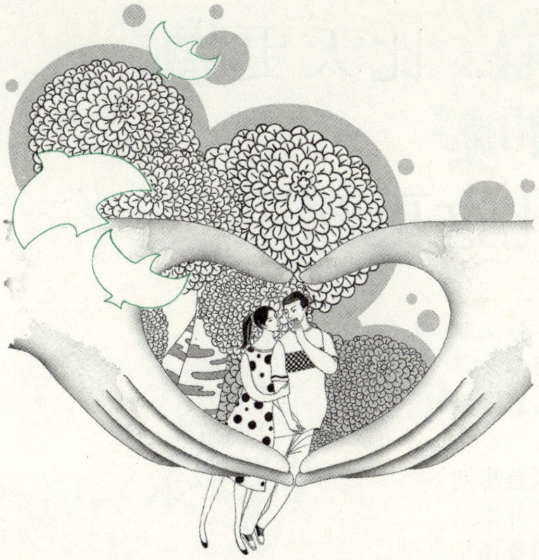

儿子入读香港国际学校，相当于本地中学五年级，需要参加中学会考，而会考成绩会影响两年后报考大学的成功机会。

发榜当天，我正在电台主持直播节目，儿子把成绩短信发给我，我瞥了一眼，把它转发给丈夫，继续忙。三个小时后，做完节目，短信收件箱留言爆满，都是祝贺儿子考得好成绩，我才仔细看儿子的成绩单，他考得9A的评分，其中3科打了星，即A+，不少长辈知道了都替他高兴，争相要送礼物给他和请他吃饭庆祝，我这才有时间致电恭贺他。

但那份兴奋喜悦很快被一股酸溜溜的醋意冲淡了——

发榜后的一天晚上，丈夫在客厅中向我透露，儿子向他私下透露正在拍拖，一股酸味从心里涌出来。

我身兼儿子的私人秘书、总务、跑腿，照顾起居饮食，任危机顾问、银行提款机、刷卡代行人，犹如艺人的经理人，任劳任怨，为奴为婢。他拍拖竟不给我第一手消息。

矛盾的是，我清楚地知道，男孩子在成长过程中要确定自己的男人身份，必定努力摆脱“裙脚仔”（粤语，整天跟在妈妈裙边的儿子，长不大的意思）形象，虽然早有心理准备，他一定不会向我剖白感情事，但当要面对这个事实时，仍是委屈得想哭。

此时，儿子从他房中走到客厅，走到我身边坐下来，把大手掌放在我的手上：“妈妈，我想告诉你，我拍拖了，她是C，其实我没什么要对你隐瞒的，我只是等会考放了榜，让你安心了，不用担心我会因约会而分心，所以到现在告诉你。明天我会正式介绍C给你认识，你不用不开心。”他像长了透视眼，看透老妈的脑袋。

C是儿子的同学，我早已认识，儿子坚持要正式以女朋友身份介绍给我认识，他觉得这是对我和C的一份尊重。第二天下午，我正在书房赶稿，他带C来我们家，敲门，我特地整理了一下衣装仪容才出去招呼。儿子尊重我，我尊重他女友，跟C像初相识般握手，气氛怪怪，我匆匆返回书房埋首赶稿。

C是个慧黠的女生，品学兼优，会考成绩比儿子棒，斯文有礼、开朗健谈、爱笑，有思想，有见地，有教养，儿子有这样的女朋友，近朱者赤，不用费神担心。

当时儿子16岁，从幼儿园至中学毕业，不曾要过零用钱，而他的零用钱来自农历新年得到的红包和长辈平日送他的买玩具钱，可是宣布拍拖后，他开始入不敷出，要问我和丈夫要零用钱，他解释：“我们出去都是各自负担自己的消费，但因出外吃饭次数多了，所以花多了。”

上天又给了我一个好机会教他理财，我告诉他凡事有个预算，要他定下每月零用钱的数目，经过小心盘算，他要求：“每4个星期，我需要2000元和充值卡充值500元。”我跟他约定，无须“多还”，但无“小补”，不够用就减少消费，有剩余可作私己，留为后用。儿子答应。

没过多久，他要求提早一小时上学。原来他女朋友C要竞选学生会主席，需跟另外几个竞选团角逐，儿子加入了助选团，要大清早在校门外派发宣传单拉票。儿子积极参与，更发挥他的设计天分，为团队设计制服T恤。向来寡言的他开始有谈兴了，态度更积极开朗，充满正能量。

每一个孩子，都会被初恋改变。

（田龙华摘自微信公众号“中国社会学”　图/孙小片）

诗剧

太阳，在沙滩上，哦，睡着的女斗士，
烧热了疲倦的浴水，你的金发
晒去了你故意的脸上的香气，
还把爱泉和眼泪互相混杂。
——马拉美《夏愁》

比海更深，比天更蓝，我对你的爱再不能比这更深了

□度公子

差不多快要6年了，他无数次地潜入深海，在黑暗无边的海中，寻找自己失踪的妻子。要怀揣着多深的爱意，才能如此坚持？

2011年3月11日，那一天是星期五，高松康夫和平日一样，开车送妻子高松裕子去上班，紧接着送岳母去医院做检查。他刚到医院的门口，9级大地震毫无预兆地袭来，而且持续了整整6分钟。

高松康夫立刻开车回去，一路通过收音机了解灾情，在外地上学的儿子发来了平安信息，女儿也在一处避难所被找到，唯独无法联系上妻子。

直到下午3点，康夫收到妻子的信息："你安全吗？我想回家。"由于当天道路被完全封锁，康夫无法去到妻子工作的银行。

第二天一早，他赶到避难所，目击者却告诉他，大家爬上楼顶，短短几分钟，海水就吞噬了大楼，所有人都被海啸巨浪卷走了。

"听到消息的那一刻，我整个人几乎无法站立，海啸带走的不只是裕子，还有我身体里的全部力气。"

一个月后，在银行废墟中，康夫发现了妻子的手机，里面还有一条没发出的短信："海啸好可怕。"

"你安全吗？我想回家。"每当看到妻子发的这条短信，康夫的心就蓦然作痛。尤其是当银行废墟中的尸体，一具又一具地被人们挖出来后，每一个"别人的死亡"，都像一把电钻钻入他的胸腔，把里面的悲恸和绝望搅在一起。

他不敢想象，如果下一具尸体，就是自己的妻子，该如何面对。那些天，他强忍着悲痛，同时怀揣着无限的希望，走过陆地、山林、海岸线，对所有可能的地点进行地毯式搜索，但妻子活不见人，死不见尸。

两人相遇时，裕子才26岁，那时的裕子美丽、温柔，喜欢古典乐和水彩画，两人接触时间没多久，康夫就毫无保留地爱上了她。

多年来，夫妻感情十分要好，虽然偶尔也会拌拌嘴，但在彼此的生命之中，不知给予了多少抚慰和支持。

在寻找妻子的过程中，康夫偶尔回想那些岁月，便一个人望着茫茫海面感叹："裕子，如若我没有遇到你，那样的人生该有多么无聊，我哪里会知道这世界上，还有那样幸福的瞬间。"

每当翻出妻子的手机，看到那条未能发出的信息，"海啸好可怕"几个字映入眼帘，康夫便能深深体会到妻子的想法。

"她当时一定想赶紧回家，见到我和女儿，无论事后如何，当时肯定只有这样一个心愿。"

康夫发誓要找到妻子。一次偶然的机会，康夫看到，日本海上自卫队的潜水员，在寻找失踪人员，他就想，"如果我也这样做，也许可以把裕子带回家"。于是他将目标转向海底。

2013年，56岁高龄的他，报名开始学习潜水。

他联系到潜水教练："我已经年过半百了，对潜水并没什么兴趣，只是希望找到我的妻子。"

跟着教练培训了3天后，他拿到了初学者潜水执照。在海里，他试着穿戴面罩，学着判断浮力，练习使用绳索……

但一切比想象中要困难得多，水下充满未知的危险，有许多禁区和渔区。由于海水的流动性，很多区域要反复搜寻好几遍，那些情况复杂的水域，必须请专业警卫队帮忙。

起初，他每月只能下潜一次，每一次深入这片悲伤的海域，在光线昏暗的海底搜寻，康夫内心的痛苦无人能够体会。

每一次下潜都怀着无限希望，每一次出水都满身疲惫和悲伤。随着时间的推移，他越潜越深，一年后，可以潜到80英尺（约24米），最深一次纪录是85英尺（约25.9米）。他在这个深度，可以坚持10分钟。在2014年，他获得国家潜水证，得以潜入海底清理废墟，寻找自己的妻子。

他学会了清理海上残骸，学会了如何救起海底溺水者，甚至学会了如何取回遗体。

每一次下潜，他都祈祷，哪怕能找到任何一件与妻子有关的东西也好。但是这微小的愿望从未实现，他只能一次次深入海底，从不放弃，不断寻找。

每次进入海底的一刹那，康夫仿佛进入了另一个世界，一个连接着死亡的灰色地带，在那里，他恍惚能听见失踪者的细语，也仿佛能感知到妻子的存在，一步一步向她靠近。

在寻找过程中，康夫认识了成田正明，一家鱼类加工厂的经理。正明已经57岁，女儿惠美和康夫的妻子是银行同事。

微笑和沉默是两个有效的武器：微笑能解决很多问题，沉默能避免许多问题。

海啸过去后，女儿下落不明，正明便决定与康夫一起潜入海底，寻找失踪亲人的遗体。妻子对此感到十分不安，担心丈夫在水下遭遇不测。

但成田正明告诉妻子："在找到惠美的遗体之前，我坚信女儿还活着，如果我也离去，请把我的骨灰撒在海里。"

妻子非常理解丈夫："我很感激我的丈夫，他一直没有放弃寻找女儿，我知道海下搜寻很困难，但是只要有一点儿线索，对我们来说都是希望。她是我唯一的孩子，今年应该31岁了。灾难虽然是不可避免的，但是惠美并不是生来就应该沉睡在冰冷的海底，我们至少该把她送到温暖的床上。"

她舍不得注销女儿的电话号码，这是她与惠美最后的联系，每天都还在给女儿发短信："对不起，妈妈对不起……"

就这样，两个老人，一个找妻子，一个找女儿，两人每个月潜入深海两次，截至2016年年初，康夫就累计潜水110多次。

总有新的遗体被不断地找到，看到认领家属悲伤的样子，康夫常常一个人躲在远处哭泣。

不止一次有家属对他说："能找到遗体已经不错了。但找到遗体后，仍然感觉痛苦。遗体没找着之前，我们一直抱有希望，现在就只剩下绝望了。"

希望也好，绝望也罢，康夫不愿意再细想什么，他只是一次次潜入海底，一去就是将近50分钟，不光寻找遗体，任何细微的东西，哪怕一把钥匙，一串珠宝，他都不会放过。

事到如今，他和正明心里都很清楚，人已经不在这个世界上了，但必须保持着找到什么的念头，如此才能够继续生活下去。

"我知道这有多么困难，"康夫说，"但这是我唯一能做的。我别无选择，只能继续找下去。我感到，潜入海里的时候，是我与她最靠近的时候。"

有一位法国作曲家，听了高松康夫的故事后，为他写了首曲子《高松裕子》，一段以他妻子的名字命名的钢琴独奏。高松时常拿出来听，无论是上网、运动、睡觉，都让这段旋律围绕在周身。

曾经有人问康夫："是不是听这首曲子，就会想起往日的时光？"康夫回答说："我没有想起往事，因为我从来就没有淡忘。"

闲下来时，他会翻出妻子的手机，看到那句"我想回家"时，身体又会充满勇气和力量，无论如何，要带妻子回家。

讲述这个故事时，在我的脑海之中，一直浮现着康夫潜水的身影。

那是何等孤独的身影啊，一个人被无边、昏暗的海水包裹，但因为有着强大的爱与决心，无论海底有多么不可预测的危险，还是毅然地、不断地寻找。

其实康夫苦苦追寻的，又何止妻子的遗体本身，更多的是作为一个幸存者，必须寻找的生活意义。

就像康夫自己说的："我没有办法，只能继续。"因为如果不继续寻找，生活的意义也几近荒凉。

哪怕明知可能一生都找不到，明知找到遗体会更加绝望，还是要以十足的勇气潜入深海，去寻觅爱人，一次又一次……

每一次潜入海面以下，追随的不只是比海更深的爱，也是自我前行的动力。

村上春树曾经说过："每个人终其一生，都在寻找一件极其宝贵的东西，即便它遭受了致命的损毁，也要努力寻找，否则，生之意义就不复存在。"

每个人，面对变幻无常的生命，都不得不拿出康夫这样的姿态，别无选择，唯有不断追寻。在追寻的路上，借爱前行，成就勇气、力量和决心。

这是抵抗绝望的最好方式。

（大浪淘沙摘自微信号公众号"一日一度"

图/小兔子妈妈）

25岁最"狡猾"

□袁　越

巴黎一家计算机研究所的研究人员通过实验发现，25岁是一个人一生中最"狡猾"的年纪。

科学家们招募了3400名年龄在4~91岁的志愿者，让他们和计算机玩游戏，互相比"傻"。这个游戏要求志愿者尽最大的能力假装自己不是人，在掷骰子、打牌和画图的时候尽力表现得像是随机程序，毫无规律可循。

这个算法的设计难度越大，说明志愿者的"装傻"能力越高，志愿者也就越"狡猾"。结果显示，一个人的"狡猾"程度在25岁时达到最高峰，然后逐年缓慢下降，到60岁之后下降速度会明显加快。

传统理论认为，一个人在做决定的时候，其实就是大脑在对各种可能的结果做出预判，从中挑出最优选择。有科学家不这样认为，如果每一个动作都是按照一定规律而做出的所谓"最佳选择"的话，那么一旦天敌找到这个规律，便可以轻松地占得先机。所以，这些科学家相信至少有一部分决定是随机做出的，因为这样的思维方式在进化上更有优势。这个结论可以很好地解释创造力为什么总是青睐年轻人。

所谓创造，其实就是不按常理出牌，不被规律所左右。另一方面，这种看似随机的想法并不是随便冒出来的，它要求创造者必须有意识地解放自己的大脑。这是一件极耗能量的事情，只有精力旺盛的年轻人才有劲儿去做。

（飘雪摘自《三联生活周刊》　图/曹黑黑）

郭靖和黄蓉，也有一段我们不知道的十年

□六神磊磊

~~~~~~一~~~~~~

郭靖和黄蓉，一说起来都很熟，五好家庭啊，人生赢家啊，事业爱情成功的典范啊，等等。

但其实，他们有一段婚姻生活，大约十年的时间，我们是不大了解的。

在《射雕英雄传》结尾的时候，他们历经艰难，终于在一起了。两个人都是十几岁，就像童话里说的：王子和公主从此过上了幸福的生活。

等到《神雕侠侣》开场的时候，他们都已经三十岁左右，一个是郭大侠，一个是黄帮主，意气风发，就像史诗里说的：国王和王后接受着万众的瞻仰。

可是，这中间有十几年，故事没有写。

这是不为人知的十年，是消失的十年，但是这十年太重要了。

他们后来婚姻的成功，人生的圆满，很大程度上都在于这十年。

~~~~~~二~~~~~~

“她性子向来刁钻古怪，不肯有片刻安宁，有了身孕，处处不便，甚是烦恼。”

对刚结婚的黄蓉，金庸只淡淡提了这么一笔，再没有说更多。总之，她嫁人了，怀孕了，很烦躁。

她正式开始上有老、下有小了。这个时候的她，大概觉得自己不再是小公主了，不能穿着白衣衫、头发上戴着金环、划着船唱着歌儿到处玩了，而要抱着郭芙喂奶。

金娃娃大概也不养了，小红马也骑得少了。她的心情很不好。

她有一个老爸，却完全靠不住，整天神龙见首不见尾，只会装帅耍酷，关键时刻找不到人。

别人都羡慕这样的老爸：哇，你爹是黄药师，帅呆了。可是，这样的老爸，谁有谁知道。

生郭芙的时候，黄药师并不在身边。按道理说，他“医卜星象，无所不能”，如果能在场守护一下，哪怕是象征性地，至少黄蓉会安心得多吧。可是他真的不在。

不但老爸靠不住，还有个师父洪七公也靠不住。

要论神龙见首不见尾的境界，洪七公可一点儿都不比黄药师差。自从丐帮的挑子撂下后，他老人家动不动一消失就以十年计算。

这可能也是黄蓉暴躁的原因。

~~~~~~三~~~~~~

家里的关系，也是让人烦。

柯大公公这个人，本质是好的，正直、仗义，黄蓉娘俩要是有危险，柯大公公大概愿意拿命来保护。

可是义气的人不等于好相处，对不对？柯大公公是个老顽固，脾气暴躁，又爱摆臭架子，再加上还有点儿不良爱好，喜欢赌个钱什么的。

后来黄蓉就说：“你在嘉兴的债主，我都给你打发了。”说起来轻描淡写，但将心比心，家里有一个债主一大把的老赌棍，说起来也闹心，对吧？

这些倒也算了，可是柯大公公还特别爱面子。你帮他的忙，还得小心照顾他的自尊心。

黄蓉的脾气性格本身也是带刺的，自带软猬甲属性，用金庸的话说，就是“向来刁钻古怪”，估计这些年和柯大公公少不了有些摩擦。

何况丐帮还有各种杂事。黄蓉本来就不是事业型的，属于有才能、无野心的女人，并不爱当职场强人。几万叫花子，事事都让人头痛，而且污衣派和净衣派还要搞内斗。

挺着个大肚子，抱着个奶娃子，还要处理臭叫花的事情，估计她想想都烦。

郭芙一天天长大了，黄蓉解脱了吗？并没有。书上说“这女孩不到一岁便已顽皮不堪”。

 没有强烈的爱，没有仁爱的心，没有以慈悲为怀为准则、以对世间众生的爱心为伟大的特征的上帝感激之忱，是永远得不到幸福的。——狄更斯《雾都孤儿》
~~~~~~

到了五岁那年，小丫头开始学武艺，桃花岛上的虫鸟走兽都遭了殃，不是羽毛被拔得精光，就是尾巴给剪去了一截，“昔时清清静静的隐士养性之所，竟成了鸡飞狗走的顽童肆虐之场”。黄蓉还得追着擦屁股。

~~~~~四~~~~~~

我们不知道黄蓉在那些年里的心路历程。

金庸没有详写，但是我们可以猜想她的心理状态。

孩子，带来的是无穷无尽的麻烦；婚姻，好像并没有想象中的美好；武功不想练了，事业成了负累，“丈夫”两个字的背后，是柯大公公等复杂的人际关系。

我觉得，郭靖和黄蓉从谈恋爱到现在，之前碰到的那些坎儿，不管是丘处机逼婚，还是华筝公主的事情，还是郭靖和黄药师的误会，都没有这一次考验人。

那个时候，有爱就可以走下去，有爱就有一切。可是现在，光有爱好像也解决不了问题。桃花岛上，不再是俏黄蓉和靖哥哥了，而是一个暴躁的年轻妈妈和一个情商不高的新晋爸爸。

像黄蓉这么刁钻的人，一旦任性起来，真的很要命的。

~~~~~五~~~~~~

可是，谁让黄蓉遇到的人是郭靖？

他不会猜人的心思，但是胸襟很宽广，口才不好，但是温和、长情，能够做好一件事——好好陪着。

她心情好的时候，不好的时候，天晴下雨，刮风打雷，他都陪着。

他“知道爱妻脾气，每当她无理取闹，总是笑笑不理”。

“若是黄蓉恼得狠了，他就温言慰藉，逗得她开颜为笑方罢。”

这些年，她一次次地恼，又一次次地被逗得展颜而笑。

黄蓉也真是幸运。遇见郭靖时，她十五岁，最叛逆的时候，连那么厉害的老爸她都敢反了，郭靖却一路陪过来了。

结婚之后，从武林公主变成孤岛孕妇，转为暴走模式，郭靖也陪过来了。

不知不觉，他们的婚姻持续了十年，两个人都到了三十来岁，终于都完成了二次成长，越过了山丘。

到这时，郭靖终于守到了他人生最好的礼物。他度过了最难的关卡，驶往了更开阔的水面，以后，再也没有什么风浪可以动摇他们的船。

很多年后，在襄阳城头，他手持长剑在城头督师，鬓边已经有不少白发。黄蓉站在背后望着他，“心中充满了说不尽的爱慕眷恋”。

这是郭靖得到的回报。

~~~~~六~~~~~~

所有人说起郭靖黄蓉，都觉得感情好、人生顺，但其实他们还有过这样一段不为人知的关口。

“人海之中，找到了你，一生便有了意义”，这其实是相对容易的。

相比之下，更难的是“逐草四方沙漠苍茫，哪惧雪霜扑面；射雕引弓塞外奔驰，笑傲此生无厌倦”，能够陪你去经历。

（刘振摘自微信公众号“六神磊磊读金庸”

图/李倩莹）

先戴好自己的氧气罩，再为孩子戴好

□［美］吉姆·罗恩　译/陈荣生

我经常被问到这样一个问题：“我怎样才能做到最好地帮助我的孩子、配偶、家人、同事、朋友？”

我的回答通常是这样的：“帮助他人的关键是首先帮助你自己。换句话说，能够为他人做出的最大贡献，就是自己的个人发展。如果我变得聪明10倍、强壮10倍，那么请想想看，这对于我作为一位父亲、一位祖父、一位同事，会给相关的人带来什么？”

真的，我所能给你的最好礼物是我不断的个人发展。要变得越来越好，越来越强壮，越来越睿智。我想，做父母的都应该采纳这个宝贵的哲学。如果父母一切都做得很好，你们的孩子就会有机会做得很好。所以，作为父母，做好个人发展，这就是你所能给予自己孩子的最好礼物。

如果你坐过飞机，那么你一定注意过位于每个座位上方的氧气罩，那里有明确的说明：“在紧急情况下，首先戴好你自己的氧气罩，然后，如果你带着孩子，再去为他们戴好氧气罩。”

首先是照顾好你自己，然后才是帮助你的孩子。如果我们把这个理念同样用到整个为人父母的人生中，那就是非常有价值的。

如果我学会了为自己创造幸福，如果我为自己和配偶创造了一种独特的生活方式，那将会成为一个很好的例子，可以用来教育我的孩子。

自我发展能够使你对身边的人、对你的孩子、对你的事业、对你的同事、对你的社区等更加有价值。

（大浪淘沙摘自《羊城晚报》

2017年8月3日　图/鹿川）
~~~~~

断弦的琴

□尤 今

清清楚楚地记得，那天下午，她是站在格丹斯克旅游促进局侧门的墙角处的。

微鬈的头发是银白色的。脑勺处用黑色的薄纱巧妙地梳了一个小花髻，髻上缀以细花。滑亮的白绸上衣不经意地闪着华丽的光泽；鲜红的窄裙剪裁合宜；黑色的丝袜、矮跟的高鞋，是刻意追求潮流的明证。

尽管装扮是这样的“年轻”，然而，那脸却不是年轻的。脸上一道一道轻轻浅浅而又明显的皱纹，还有那历尽沧桑的眼神都难以掩饰地泄露了她的年龄。

妇人艰涩地用有限的英语词汇来表达心中的意愿：“你们，睡觉的地方？我家有。”

她是波兰寻常百姓，想出租房间给游客以赚取外快。问她房租多少，她说：“一个人，四万兹罗提；两个人，八万。”

我默默地算了算，八万兹罗提，折合新币才十六元，实在便宜得不像话！

一谈即合，我们立刻随着她去搭乘公共汽车。只过了三个车站，我们便下车了。

眼前，是一条长长的泥路。泥路的尽头是一幢破落的公寓。

妇人住在三楼。

尽管门外的世界污秽破旧，可是，门内却是“另有乾坤”的。

布置雅丽，纤尘不染。

面积不大，长方形的厅、小小的卧房、窄窄的冲凉房，还有玲珑的厨房，就是屋子的全部“内容”了。

这里那里随意地摆放着的盆栽，恣意吐放出袭人的绿意。

靠墙处的矮柜上，整整齐齐地摆放着闪闪发亮的水晶器皿；还有两张放得很大、很大的照片。

一男一女，男的英气勃勃，女的妩媚漂亮。

见我盯着照片瞧，妇人以自豪的语气说道：“我和我丈夫。”

她指了指上面，在胸前画了个“十”字。原来是个孀居的寂寞寡妇！

到卧房去，房间和大厅一样，收拾得井井有条。向着房门的那道墙，挂着夫妻俩的合照。照片是他们很年轻时拍的，两个人都显得神采飞扬。琴瑟和鸣，余音绕梁；可是，现在，一根琴弦已戛然而断，妇人夜夜独听这“无声之曲”，能不泪湿衾枕吗？

她的丈夫任职于外交部，五十岁那年死于猝发的心脏病。她孀居至今，已有六个年头了。三个孩子全已长大成人。像世界上其他许许多多的家庭一样，母鸟含辛茹苦养大的雏鸟在羽翼丰满后离巢而去。

最近这一两年来，为了排遣寂寞的情怀，她开始把屋子出租给来自世界各国的游客。最“辉煌”的一次“成绩”是：她“接收”了一群来自美国的年轻人，总共十三人，把整间屋子挤得密不透风。

此刻，她得意地说，得意地笑，一屋子都是她的声音。

夜渐深，睡得天昏地暗。

醒来时，大片日光已经贴到床褥上了。

厅里飘来缕缕咖啡香，出来一看，妇人已经把早餐准备好了，美丽的小竹篮里，铺了镂空雕花的白布，里面放了长圆形的面包；米色的瓷盘上，有两条长约8寸（约27厘米）的香肠。咖啡、牛油、果酱，整整齐齐地排列成马蹄形。

面包硬如石，香肠冷若冰。

日胜建议：“你自己拿香肠到厨房去煎一煎吧！”

厨房里妇人独自坐着用早餐，很简单，就只有咖啡和面包而已。

我告诉她，我想煎香肠。她立刻便从灶底拿出了一个小小的平底锅来。锅底有一层薄薄的蜡状物，黄黄的、亮亮的。锅子一热，那一层蜡状物立刻熔化了。仔细一看，嘿，原来是油啊！想必她昨夜主炊时，锅里有剩余的油，不舍得洗，任由它残留在锅上。我用这“残油”，把切成薄片的香肠煎得香香的，美美地饱餐一顿。

然后，我们出门了。

我们把一整天的节目排得满满的。返回妇人的家时，已近子夜。

妇人倚门苦盼游人归，见到我们，一脸都是释然的笑意。她把我

年龄就好像耕地，事物的本质会逐渐被挖掘出来。可是只有当时日已过，我们已无力做出任何改变时，我们才拥有智慧，我们似乎是倒着生活的。——《爱，始于冬季》

们让进来，絮絮地说着一串又一串的波兰话，在这一刹那，我好似进入了时光隧道，时间的列车把我载返旧日的岁月中，此刻，我是个迟归的少年，俯首聆听母亲的训话。

妇人跟在我后头，拿拖鞋给我穿、为我开瓦斯炉烧水洗澡。洗澡时，我闻到外头飘来咖啡香，出来时，果然看到桌上端放着两杯咖啡。她坐在客厅里指了指咖啡，又指了指时钟，嘱我们快点儿喝，快点儿睡。第二天早晨六点半，我们便会离开这儿，搭乘火车到波兰的另一个大城波兹南去。时间太早了，我告诉她，明晨不必为我们准备早餐。

入房就寝，发现昨晚晾晒在阳台上的衣服，已经熨得平平直直的，整整齐齐地用衣架挂在墙上的钉子上。

我把行李收好，取出今天在市区买的五个桃子，放在桌上，准备明天送给妇人。水果在波兰是奢侈品，大大的蛋卷冰淇淋也只要一毛钱而已，可是这桃子，每个的售价高达六毛钱。

我看着桃子上散着的那一层淡淡的红晕，不由得想起了妇人的笑靥。这五个桃子，妇人应该会喜欢吧？

次日早起，可是，妇人比我们起得更早。

她给我们做了早点，每人两片面包，夹了香香的熏肉，放在塑胶袋子里给我。

我把五个桃子放在桌上，然后与她道别。

她用双手圈住我的肩膀，吻我的脸颊，一下、两下、三下。她的眼睛很亮很亮，薄薄地镀了一层水光。

蜻蜓掠水，痕过不留。我是她生命之湖里的一只蜻蜓，很轻、很小的一只蜻蜓，飞过时，有影无痕，可是，她竟动情。我想，她在潜意识里大约把我当成是她离巢而去的孩子吧？

妇人送我们下楼，站在楼梯口，目送我们远去。我们走到泥路的尽头，偶然回首，看到一团小小的黑影，好似一具伫立不动的化石，凝在那儿……

（李中一摘自《尤今散文》浙江文艺出版社 图/吴敏）

烂铁与珠宝

□尤 今

一对年过六旬的夫妇，在退休后，为了屋子问题产生歧见而时起勃豀。

妻子想要大事装修破落陈旧的老屋，丈夫执意不肯。

丈夫意兴阑珊地说：

“我们都已鬓发全白了，大兴土木，耗时费事，最多也只能住上区区的一二十年，何苦呢？”

妻子据理力争：

“正因为只剩下那么区区的一二十年，我才要把屋子弄得漂漂亮亮的，让每一个日子都过得舒舒服服的！”

他们的对话，让我不期而然地想起了两句话：

“悲观者提醒我们百合属于洋葱科，乐观者则认为洋葱属于百合科。”

当你“自我践踏”地把日子看成是破铜烂铁时，你的日子，当然也就是锈迹斑斑的；但是，当你“慎而重之”地把岁月视为金银珠宝时，那么，你所拥有的每个日子，都是晶光灿烂的。

上述那对夫妇，便拥有截然不同的人生观。丈夫将晚年看成是残余的岁月，得过且过，没有目标、没有憧憬，有的，只是消极地等待，等待那个“永远的约会”悄悄降临；然而，妻子呢，却把黄昏岁月看作人生另一阶段的开始，她要充分地利用、尽情地享受；可以预见的是，她的日子，每一个都是熠熠生光的。

夕阳无限好，黄昏又何妨！

（潘光贤摘自作者的新浪博客）

被遗弃的狗

GOU

□安斯提·格思里

“这只狗，”她轻声说道，完全不像在开始讲故事，“他的名字叫佩珀，他的样貌并不可爱，有一点点像那种凶恶的杂交狗。一直以来，他跟一个年轻人一起看守房子，年轻人是个单身汉，自己一个人住。他总是说自己不想结婚，因为他知道佩珀肯定很害怕，会大发雷霆。但男主人最终还是遇到了一位心上人，佩珀就被他置之脑后，他向她求婚，她也答应了。然后，你应该能想到，”说到这里，她脸颊上露出一个小酒窝，“他得回家把这个消息告诉他的狗。”

“蜜月回来后，”我的邻座继续说着这个故事，“他们搬进了一个很小的新房子，佩珀变成了这个家庭非常重要的一员，因为男主人要到镇上去做事，佩珀每天主要是陪着女主人。”

“一天，他的女主人病了，尽管他在她房间门外又抓又嗅，不停地呜呜地叫着，但人们就是不让他进去。有一天他趁人不注意偷偷溜了进去，终于又见到了他的女主人，他高兴得快要疯掉了，趴在她的膝盖上，不停地舔她的手和脸。但让他很震惊的是，女主人并不像平时看到他那么高兴（我说过佩珀是一只很敏感的狗），不过他很快就知道原因了——房间里有另外一只动物，一只新的宠物，几乎吸引了她全部的注意力。当然，你肯定猜得到那是什么——不过佩珀以前从来没有见过婴儿，他觉得自己受到了轻视和极大的冒犯。

“然后呢，最不能忍受的侮辱来了：佩珀的小毯子被拿走了——他的专属毯子，就为了给小宝宝腾出空间。

“这实在是太过分了，他终于忍无可忍！他们说他咬了宝宝，我也觉得他咬了，虽然并没有把她咬伤，但仍然把她吓得大哭起来。当然，从这一刻起，可怜的佩珀的生活就彻底完蛋了——他被当成了恶犬！

“当男主人晚上回来时，大家把这件事情告诉了他。

“他们给他做了最好的安排：为他在朋友那里找了一个舒适的家，等他们再次听说的时候，却是一个坏消息：这个朋友完全搞不定佩珀，只好把他绑在马棚里，而他对每一个靠近的人都龇牙咧嘴，整晚不停地哀号，他们真的很害怕他。

“在她差不多已经把这些事情都忘光了的时候，有一天，新来的保姆带宝宝出去玩，回来的时候说了一件可怕的事情：一只野狗袭击了她们，不停地想跳到婴儿车上，她不得不赶紧把车子推走。但女主人没有把这只狗跟佩珀联系起来，她以为佩珀很久以前就已经彻底消失了。

“但保姆下一次带宝宝出去的时候带了一根大木棒，以防那只狗再来骚扰。她才刚把婴儿车搬上台阶，那只狗果然又来了，她抡起棒子用尽全力打在他的头上。她透过窗户看到了这一幕，虽然这只可怜的狗狗已经瘦得不成样子，浑身脏兮兮的，谁也不会多看一眼，但她还是马上就认出了这是佩珀，还看出来他并不是疯了或者在做什么危险的事，而是在尽力跟宝宝示好。当她看到佩珀站在那里，傻傻地颤抖着的时候，她的心软了，她向他走过去，想对他有所弥补，告诉他自己已经原谅他了，他可以回来重新做她的狗狗，一切就跟从前一样！”

说到这里，她停顿了一会儿，我不敢偷偷看她，当她重新开始说的时候，我觉得她的声音有一点儿颤抖。“佩珀的女主人向他走过去，叫着他的名字。但，可能他脑子还是在犯迷糊，认不出她是谁，或者他的自尊心一下子涌上心头，可怜的家伙！我不知道。

“她很难受，就跟着他走，想让他明白自己真的很抱歉。但佩珀听到她的脚步声就开始跑起来，越跑越快，一直跑到消失不见了，她只好自己回来。我知道，她那时候很难过，哭得伤心极了。”

“它再也没回来过！”她轻声说，“这是他们最后一次看见和听说他。因为佩珀，我很爱狗狗，对每一只都爱。”

“我其实挺高兴他拒绝回来的。”我表明自己的态度。

她抗议道：“她从没想过要这样对他不好，都是为了宝宝啊！”

“你不会是想说，”我不情愿地嚷道，“你觉得她有什么特别理由吧？你应该不是站在宝宝那一边的啊！”

“但，我是的，”她的目光垂了下来，坦白道，“我确实是站在宝宝这一边的，正是因为我，佩珀才会被送走的，我从那时起就已经开始内疚不已了！”

我完全忘了晚宴上还有其他人在场，仿佛只剩下我们俩。我站起来，把椅子拉到后面，好让我的邻座通过。她抬起眼睛看了我一会儿，温顺地说：“我就是那个婴儿，你肯定知道了。”

（朱权利摘自微信公众号“译言”　图/麦小片）

燕子和乌鸦

□高　源

香港中文大学不忍心赶走栖息房下的燕子，宁愿不辞辛劳地天天冲洗地面；北师大不忍心赶走无家可归的乌鸦，拱手让出校园供它们“涂鸦”。北师大的“天使路”太多，北方水资源又紧缺，固然不能像香港中文大学那样讲究体面，天天洗地，但两所学校的包容和仁爱精神竟如出一辙。

黄昏时分，我走出图书馆，听到欢快交织的鸟鸣。环顾左右，屋檐之下徘徊着许多燕子的倩影，好像初进家门的小孩迫不及待向家人讲述一天的见闻。已是十一月的初冬，身处南方的我还穿着短袖和单裤，而北京的朋友却已把羽绒服从箱底翻出来了。料想此刻北师大的天空，依旧是暮鸦归巢的场景吧？而这次，我终于不再感觉凄惨悲哀。

燕子和乌鸦，都回家了。

（林冬冬摘自《少年文艺》2017年第11期　图/麦小片）

一头犀牛的拯救行动

□汪　洋

它是一头犀牛。在一望无垠的非洲大草原上，它和伙伴们在悠闲地散步。风吹草动，天高云淡，这般景致，让它心情非常愉快。它有些渴了，需要用水滋润干裂的厚嘴唇。距离水潭越来越近时，它被一阵急促的似乎受到惊吓的“赫赫”叫声惊动了。它有些好奇：那里发生什么事情了呢？它加快了脚步。

抵达水潭后，它看到了这样一幕：一匹身高约一米的小斑马，正在水潭边沿的泥沼里拼命挣扎，泥沼就要淹没到它的腹部。小斑马全身沾满泥浆，几乎看不出颜色，唯一能看到的，是那双溢满惊恐和绝望的眼睛。

让小斑马难以挣脱的泥沼，对身强体壮的成年犀牛而言，只是小儿科的事情。可其他犀牛一副事不关己的表情，将嘴伸进水潭痛快畅饮。这时，它做出了决定——飞快走到小斑马身边，想要将其从泥沼里救出来。对一头没有手的犀牛来说，想要救出陷入泥沼的小斑马，并不容易。它想到了一个在它看来最好的办法：用尖尖的犀牛角挖掘泥沼，让小斑马脱离泥沼围困。

它的尖角倾斜着插入了小斑马腹部的泥沼里，并触及其腹部。如此动作时，它的厚嘴唇几乎整个伸入了泥沼，拯救并不容易，但它还是坚持着。终于，它的尖角立功了，将陷入泥沼的小斑马挖了出来。但拯救还没有完，如果此时移开角，小斑马肯定会重新陷入泥沼。它又做出决定，在尖角顶着小斑马后，用力摆动了一下粗短的脖子，将小斑马抛起来。小斑马终于逃脱了泥沼围困。而躲在不远处、等待良久的摄影师，不断地按动快门。

在快门“咔嚓咔嚓”的响声中，摄影师没有想到，奋力施救的它也没有想到的意外发生了，重新获得瞬间自由的小斑马，又从空中落了下来，并重重地跌落在它的尖角上……摄影师傻眼了。

我们不知道，它，一头犀牛，在小斑马被它的尖角刺穿时到底是什么心情。

摄影师返回营地，在思考良久后，还是决定把这组图片发布出来。图片发布后，很多读者都被犀牛的拯救行动所感动。

（星星光摘自《通辽日报》　图/曹黑黑）

“苦”养与“痛”失

□李碧华

湾仔街道墙上有“寻犬启事”。失犬是松鼠狗。主人描述：“它浅啡色，十三岁，身上短毛，已没了两边大牙，所以舌头常向外伸出。名叫冬冬，五月廿四日走失，或被人偷走，后来有人发现它流浪街头。”

启事强调“冬冬很温驯，不咬人。如有好心人收养了，请交回，定当重酬3000元。好心有好报！”为什么主人非要把它寻回？他/她写道：“本人已苦养十三年。”

冬冬的主人也许是写错字了。不过从这个“苦养”，真的看到心焦如焚，欲哭无泪，又依依不舍的痛苦，生离死别是人生伤心事之一。不止人与人，若宠爱之生物、宝贝之死物，一旦失去了，千方百计遍寻不获，即使付出极大代价亦难如愿，局外人怎会了解这“苦”？

“苦”因为感情。

感情深厚因为岁月。

希望主人有与冬冬重逢的一天。

（秋天摘自《红耳坠》　花城出版社）

一味沉湎于过去是没有意义的，一直看着后视镜是很危险的。——伊坂幸太郎

狗与羊

□尤　今

在爱尔兰的一个牧场，我观赏了一场精彩绝伦的表演。

草原很阔很大，娇艳的绿色像潮水般无边无际地蔓延到天地的尽头。驯狗师毕黎丹把几十只羊从羊圈里放出来，羊儿闻到嫩草那清新的香味儿，便三三两两地伫立在草地上，欢天喜地地吃了起来。

这时，毕黎丹领了两只牧羊犬出来，羊儿全都警觉地抬起头来，圆圆的羊眼，闪出了惊恐之色。他吹了一声哨子，牧羊犬便朝羊群跑了过去。那一大群羊，立刻没命地朝同一个方向奔逃，逃到远方一个绿草茂密的地方时，毕黎丹喊道："坐！"两只牧羊犬立刻言听计从地坐了下来。我站在毕黎丹身旁，忍不住惊叹出声："那么远，牧羊犬居然听得到您所发出的命令！"毕黎丹应道："狗的听觉，比人类足足好上七倍呢！"等羊儿以自助餐的方式喂饱了肚子，毕黎丹又用不同的节奏吹了几声哨子，两只牧羊犬立刻站了起来，一前一后地朝羊群跑去，羊群吃惊，群起而奔，牧羊犬像两名神气的大将军，一只领前、一只殿后，有条不紊地把这一大群羊赶回来。毕黎丹早就把羊圈的小门打开了，这时，羊群便快快乐乐而又安安全全地回家了，一只也不缺。

毕黎丹娓娓说道："对于畜牧人家来说，牧羊犬是无价之宝。羊儿自诞生后的两个月开始，便跟随母羊到平原或高山上吃草，而驱羊上山下地，便是牧羊犬的责任。牧羊犬在经过特殊的训练后，不但听得懂简单的语言，也能服从哨子声所传递的命令。"

牧羊犬在四个月大时，便得开始接受特殊的训练了。毕黎丹指出，在狗儿任何既定习惯养成之前进行训练，那么，牧羊的工作就会自然而然地变成它潜在意识和生活习惯的一部分；如果等它个性形成之后再训练，就宛如在扭曲它的本性，事倍功半。

"牧羊犬到了一岁半时，随着心智的成熟，我便会把训练的层次慢慢提高，然而，不是每只狗都有接受高难度训练的意愿和积极性。"毕黎丹说，"实际上，狗就和人一样，每一只狗的习性、爱好和天分各有不同。我对此特别有感悟，因为小时我的父母老是希望把我培养成医生，可我对医学一点儿兴趣也没有，我只对动物有兴趣，为此，我可挨了不少的斥骂和责打。基于我本身所吃过的苦头，一旦发现狗儿没有接受深化训练的意愿，我绝对不会勉强它。"

初级训练包括六大口令的理解与服从，这六大口令是：坐、跑、领前、殿后、左转、右转；深化训练则包括：聆听与分辨变化有致的哨子声，跟随蕴含在哨子声里的命令而行事。

毕黎丹说毕，再次把两只牧羊犬领来，将羊儿从羊圈里放出来，为我们再表演一次。

在毕黎丹的口令与口哨声下，牧羊犬不折不扣地变成了傀儡，坐、跑、领前、殿后、左转、右转，一点儿也没误差地履行看羊、赶羊的责任。

毕黎丹解释着说："这种牧羊犬，样子凶狠，像足了狼，可是不具攻击性，不会对羊造成任何伤害。羊呢，天生怕狼，它们误以为在后面追赶它们的，是要扑杀它们的野狼，所以，吓得没命地奔跑……"

这狗，狐假虎威；这羊，草木皆兵。

此刻，像狼的狗狠狠地追赶着一群怕狼的羊，杯弓蛇影的羊，发足狠劲失魂似的奔逃……

表面上，这是牧场一场"狗与羊"的表演；实际上，我深切地感觉，我看到的其实是人生职场里日日上演的"剧目"，真实得令人心惊。

（飞雪摘自《走路的云》海天出版社　图/张驰）

诗剧

从霏霏落到了淋淋
从檐漏落到了江海
问你啊，蠢蠢的青苔
一夜的雨声说些什么呢？
——余光中《雨声说些什么》

真正有气质的淑女，从不炫耀她所拥有的一切，她不告诉人她读过什么书，去过什么地方，有多少件衣服，买过什么珠宝，因为她没有自卑感。
——亦舒《圆舞》

血驹

□格日勒其木格·黑鹤

四岁的血驹已经不再是马驹了，它矫健高大，比其他马足足高出半头。它已成年，并在不久前击败了那匹体形如炮弹般结实的强壮儿马，拥有了属于自己的马群，此时，头颈处还留着争斗时的累累伤痕。

今年，两个马群被圈到一处，便于打马印。

混群的结果就是两群的儿马轰然对撞。它们人立而起，雄踞于颤抖的马群之上，雄健的前蹄踢刨击打着对方的胸口，它们瞪圆了眼睛，似乎整张脸上只有眼睛，龇露出巨大的板牙互相撕咬。

但这些不足以给对方造成足够的震撼和伤害，它们又掉转了身体，以后尻部迎向对方，双方拼尽全力尥蹶子，以自己的身体作为巨大的弹簧，然后控制着腰腹的力量，用结实的后腿踢向对方。那是马在攻击时最有力量的一种，角质的蹄子相撞轰然作响。任何一匹儿马此时都会舍命相搏，绝不退缩，一旦示弱，那么将永远地失去对自己马群的控制权。

那一刻，它们不是马，而是暴怒的狮子。

很快，血驹就在与另一个马群中的那匹黑白花色的儿马的搏斗中显示出了自己的力量，对方被撞翻尚没有起身的时候，它一口咬住了花马的脖颈，死死不愿松口。

花马的劣势已经非常明显，还好，套马手们冲了过来，将它们分开。

不过，在血驹还在愤愤不平地打着响鼻的时候，它也意识到这些套马手正是为它而来。在为那些适龄的马打上印记之后，这已经成为他们期待已久的保留节目。

他们催马将血驹圈在中央，之后，随着响亮的吆喝，牧人们在一个方向让出了一条宽阔的道路，而在这道路的两边，十几个套马手骑着自己的杆子马，手持套马杆列成两排。

这是一次骏马与牧人之间颇为平等的对峙和角逐，双方都在展示自己的力量与技巧。

面对着十几根在风中抖颤的套马杆，血驹毫无惧色，它似乎也在期待着这一刻，它开始奔跑，冲向为它让出的这条道路，只要冲出去，它就可以回到自己的马群中，领着自己的马群奔向草原深处。

血驹奔跑起来拥有强大的力量，如同不可扼制的红色的巨浪，那从未被修剪过的黑色鬃毛高高扬起，仿佛巨浪上的波峰。

它以赴死般的激情冲了过来。

此时，是考验一个真正牧马人技艺的时候了。

套马手举起那些抖颤的套马杆在等待着血驹从面前冲过。

有些年轻的套马手技艺尚不老练，还没有反应过来，血驹已经如风般掠过，他们错过了机会；而一些套马手则准确地将套索套在血驹的脖颈上；只有那些技艺超凡的牧人，才能够让自己的套马杆上的皮绳准确无误地套住血驹的半个头颅。

但是仅此而已，仅仅套住是不行的，还要能够与血驹对抗，以自己的力量将它扯翻。

这些牧人双手攥紧套马杆，拼尽全力，也催动着自己胯下的杆子马。但这些准备在血驹那摧枯拉朽的气势中，显得毫无意义。

它梗着脖子，一冲而过，套马杆像松脆的芦苇一样被“噼啪”地折断。有些牧人，感觉手中的套马杆被猛地抽去，两掌间像是着了火，低头看时，掌心的一层皮已经被捋掉。

而此时，血驹已经冲出重围，脖子上挂着十几根套马杆，一路招摇而去。

它又一次成功了。

血驹至死，也未让人在自己的身上打下烙印。

（摘自“黑鹤动物文学系列”《血驹》第5章 接力出版社 图/蛔菓猫）

诗剧

阳光吻着我们。小调式的一个音
迷了梦地浮飘在枝丫间；
我们继续行走着，所有毛孔
都被清晨里的馨香充满。
——里尔克《冬晨》

 原来喜欢一个人，会没有勇气告诉她。那个晚上，我向流星许愿，希望她的愿望里，也有我。即使我知道，能让她快乐的，是另一个人。——《我的少女时代》

牵骆驼的人

□谭幼今

决定坐骆驼进入撒哈拉大沙漠的那一天，万里晴空，云彩全无。太阳，是千支万支烙红的毒箭，不分青红皂白地猛烈发射；风着火了，大地被熊熊地燃烧着、燃烧着。牵骆驼的，是个原住民，皮肤很黑，牙齿很黄，皱纹很多，话很少。白白的沙，烫得兀自冒着袅袅的烟气，而他，竟赤足。那双千锤百炼的脚，皲裂成比世界地图更为复杂的图形。

牵着骆驼，他低着头，走。

走进空旷而苍茫的、美丽而诡谲的沙漠。

空荡荡的大地，漾出一圈一圈金色的亮光，把干干净净的天映照得好似绸缎一般明亮，人置身其中，有一种虚幻的瑰丽感。

偶尔风来，我戴的帽子逃走，牵骆驼那人，便在齿缝间发出“咝咝”的声音，让骆驼驻足，然后，以比风更快的速度追。帽子追回后，他木然地递给我，混浊的眼珠，好似死鱼般呆板。

沙漠的景致，不是平平坦坦一望无际的空洞，更不是死死板板全无变化的单调。沙与风，是一对胡闹的伙伴，风一来，沙便飞舞，它旋呀转呀，变出千姿百态，幻成万种面貌。于是，在闪烁的金光里，我看到曲线玲珑的少女醉卧沙地；在荡漾的金波中，我见到巨大的鲸鱼搁浅沙滩。

撒哈拉大沙漠，就像是一缕充满诱惑的幽魂，把无数异乡人纳入它宽阔的“胸膛”里，让他们难以自抑地对它萌生爱意。

一路行去，啧啧惊叹。牵骆驼的人那张黧黑的脸，逐渐展现了些许笑意，原本死鱼般的眼珠子，也慢慢地有了一点儿亮光。

他为他的沙漠得到赞赏而自豪。

走着走着，也不知道到底走了多久，眼前突然出现了一片悦目的绿色。越近越绿，越绿越凉。啊，是沙漠的绿洲呢！这时，牵骆驼的人喉间忽然发出了“咔咔”声，骆驼屈膝、下跪。我从骆驼背上溜下来，他指了指那条潺潺流动的小溪，率先奔了过去，用手掌捧起清澈的溪水，洗脸，然后，抬脸望我，一脸都晃动着晶亮的笑意。

美丽的沙漠是他的自豪，清凉的绿洲是他的快乐。牵骆驼的这个人，把他整个生命揉进了沙漠里。

（田龙华摘自百度贴吧　图/兜子）

那块误人的糖霜蛋糕

□钟伟民

汤玛斯·内格尔写了本《哲学入门九堂课》。

有一篇讲“自由意志”的，举了个例子：假设你去吃自助餐，走到甜品区，不晓得该拿桃子还是有糖霜的巧克力蛋糕；蛋糕惹人垂涎，但你知道吃了会发胖，会变丑，会没人喜爱，受人歧视，成为减肥广告嘲笑的目标；然而，你还是喊一声：“肥死罢！”吃掉了蛋糕。

第二天，照镜子，量体重，又后悔了，暗想：“真希望没吃那块巧克力蛋糕，我其实是可以吃桃子的。”汤玛斯说：当时，在自助餐厅，你是有“机会”不拿蛋糕，拿桃子的。

他说的是“自由意志”，我关心的是“机会”：在我们的一生里，不管这一生有多么糟糕，上天肯定都曾经给我们几个机会，这就像上帝送来的几辆车，型号不同，性能各异，可能是自行车，可能是载人过桥登彼岸的巴士，可能豪贵，也可能寒碜；但有一个共通点：我们可以驾着这辆车远行，直开到我们想要去的地方。我们这辈子，一定是有过这样的机会的。

可惜，总是一而再地错过了；我们没看见上帝送来的车，觉得那只是一堆废铁；或者，开着这辆车，天天去撞墙。我有过这种天天撞墙的朋友，一边撞，一边怨，怨天地不仁，让他撞得头崩额裂，满鼻子灰；人家做同样的事，都有成就了，怎么他撞来撞去，越撞越见鬼？“车是你自己开的啊。你不这么开，就会开上坦途”，这么告诉他，不听，再撞，做到老，撞到老；不断糟蹋机会，不断怨怼。

为什么要这样？想不透。我们都有“自由意志”，但“命中注定”，总挑那块有问题的糖霜巧克力蛋糕。

（庄妃轩摘自《如何处理仇人的骨灰》北京时代华文书局）

愿我们像猫鼬一样坚强

□江 杉

BBC（英国广播公司）的纪录片《初生之犊》将实时野生动物片和独特的故事相结合，讲述一些世界上最特别的动物在生命最初最脆弱的几周里接受生活的终极挑战。

第五集讲述的是猫鼬的故事。

猫鼬是群居动物，擅长挖洞，夜晚休息白天活动。

胡须家族，是一支由25只猫鼬组成的强大队伍，家族老大是只雌性猫鼬——厄尼莉。

当时正值一年中食物最为匮乏的冬季，猫鼬遭遇了比以往更为恶劣的环境——滴雨未下，食物紧缺，猫鼬幼崽能活到两个月大的概率只有50%。

为了找到足够的食物来维持幼崽的生命，厄尼莉不得不冒险，带着全家进入沙漠。

纪录片中让我印象最深的是一只叫欧内斯托的猫鼬，它夜晚在洞穴里被黄金眼镜蛇咬伤。

一条黄金眼镜蛇的毒液，能毒死很多人，欧内斯托体重不到一公斤，却一直顽强地对抗着毒液。天亮时它挣扎出洞，呼吸逐渐变得困难。

胡须家族其他成员察觉到了欧内斯托的困境，却爱莫能助。

在荒凉的地方，猫鼬们各有各的难处，特别是要找到足够的食物。猫鼬们必须外出觅食，它们别无选择，只能将欧内斯托留下。

欧内斯托顽强挣扎着追赶大家，蛇毒发作后，它几乎丧失了视力，全身麻痹。后因体力不支渐渐落在了后面。

镜头聚焦在欧内斯托独自趴在洞口，场面让人心酸。解说说，这是猫鼬必须面对的残酷现实，它们生活在一个危险的世界里。每一天，它们都要面对毒蛇和其他致命天敌。它们之中，时不时就会有猫鼬丧命。

后来，欧内斯托再没出现，我以为，它已经死了，不由得难过。

两天之后，在纪录片快结束时，忽然不远处出现了一只公猫鼬的身影，镜头拉到近处时，摄像师欢呼起来，欧内斯托回来了。

虽然脸上留下了被毒蛇咬伤的伤疤，但它顽强求生，熬过难关，最终战胜了死神。

它是一个真正的战士。

你不知道，电视屏幕前的我，热泪盈眶，忍不住鼓掌喝彩。

猫鼬顽强的求生意志，是不是让有些人都会羞愧？

坦白来说，人生是由无数个艰难随机组合而成。这艰难里，有快乐，有幸福，有痛苦，有磨难。

恋爱失意、工作不如意、同事不友好、赚不到钱、买不起房、买不起车、养不起孩子、同学聚会与他人差距过大……

这种种挫折和困境，要如何解决？

拿生命当儿戏，以自杀来终结自己的年轻人，我一点儿也不同情。

我说的话残忍吗？可是你知道吗？现实更残酷，社会更残忍。

2008年汶川地震时，我在离家一个小时车程的封闭式高中复读。那天下午在学校门口的小店吃饭，看着电视里那些画面，揪心难过。

在自然灾害面前，我们多么无力渺小。

我们做梦都希望那些灾难永远不要发生，可是它还是真实发生了。

我清楚地记得，那个小店里聚满了人，大家紧紧盯着电视，静寂无声，心都在悬着，很多人都哭了。

有生还者被救时，集体欢呼。

我们本不相识，可是，那是生命，那是一条条鲜活的生命。

人生唯有一次的机会，你怎么舍得转手赠予死神？

活着是件多么美好的事，世界上还有那么多曼妙的风景和美好的人，值得我们去看，去感受，去遇见。

只有好好活着，才有机会，不是吗？

（华章摘自简书　图/张翀）

这么多年，我一直在学习一件事情，就是不回头，只为自己没做过的事情后悔，不为自己做过的事情后悔。人生每一步行来，都是需要付出代价的。我得到了我想要的一些，失去了我不想失去的一些。可这世上的芸芸众生，谁又不是这样呢？——桐华《那些回不去的年少时光》

一次失败的迁徙

□张爱国

蚁穴平静、温暖，却毫无征兆地剧烈抖动起来。

蚂蚁们紧急出动，侦察敌情，旋即赶回，报告蚁后：敌人是几台大机器，正以排山倒海的气势挖掘这座山丘。蚁后果断决定：迁徙！军令如山，蚂蚁们迅速集结，兵分两路：一路先锋，火速行军，负责清除迁徙路上的障碍；一路护卫，负责蚁后安全。

先锋部队出发不久就遇上了第一个对手：一截比筷子稍长的横亘在路上的树枝。蚁后即将到来，时间紧急，先锋部队不敢懈怠，再兵分两路，一路留下清理路障，一路绕过树枝继续急行军以应对前方未知的敌情。

先说留下的这一路。战士们分列树枝两侧，上下颚咬住树枝，同时发力，树枝缓缓移动。几分钟后，路障被成功清除。

这一路还未结束，那一路已经在前方打响了另一场战斗：一只白白胖胖的软体昆虫，有人的小指那么大，蠕动在路上。焦急的战士围着这个古怪的对手团团转，却无计可施。突然，像是谁的命令，几十名战士同时扑上去，虽然也被粘住，但感觉到异样的敌人立即在地上翻滚并随即全身沾满灰尘，失去黏性。战士们一哄而上，咬死它，丢到路边。

两路先锋又会合到一起，继续挺进。

一只螳螂发现了火急火燎的队伍，静静守候在路边，等被发现的时候，已有数十名战士成了它的腹中餐。迁徙大军没有思考的时间，扑上去，想找敌人柔软的腹部和翅膀攻击，但敌人只是轻轻振翅、弹腿，攻上的战士就四下飞溅。

短暂的失败后，迁徙大军改变了战术，直接进攻敌人的嘴。敌人一开始肯定很高兴，因为不需要它出击就有美味食物自动送进嘴里，可很快它就知道上了当——那么多蚂蚁塞在嘴里，根本不给它吞食下咽的机会！敌人还在试图将嘴巴从蚂蚁的尖齿利爪下摆脱出来，可背上、腹部、尾部、翅膀，特别是肢节处，几乎同时布满蚂蚁。转眼间，敌人的头颅被卸下，接着整个身子被大卸八块，丢弃在路上——等蚁后到来，成为它逃亡路上的点心。

一条河挡住迁徙大军的去路，这是此前未曾侦察到的——当然侦察不到，这是人类的施工队刚开挖的引水渠，宽度虽然只有两米，但水流很急。蚂蚁大军遭遇了大难题！

蚁后即将到来，回头和改路绝无可能，只有渡水，来一场破釜沉舟之战。

队伍旋即向后转，形成方阵。第一排，退进水里，抓咬住岸边的草根和泥土，再相互缠扣，宛如一条铁链。第二排，爬过第一排，同样退进水里，抓咬住第一排的腿脚，又相互缠扣，向水面铺排开去……当水面上黑压压地铺排到脸盆大的时候，又一批爬上去，堆叠到第一层上，形成第二层。再爬上一批……一层又一层，堆积成一艘战船。

蚁后到了，被稳稳地抬上战船。战船起航，驶向对岸。

终于，这支以减员百分之八十为代价的队伍，成功地将蚁后渡过了水。有蚁后在，不出一个月，它们就能将队伍恢复到以前的规模。目的地就在眼前，可是，这支历尽艰险，一路过关斩将战无不胜的大军，碰上了真正的对手。这是一位刚刚给他的庄稼喷洒了农药的农民，当他发现黑压压的蚂蚁大军的时候，恶作剧似的，轻轻按压他肩上喷雾器里残存的一点儿药水，一路走过……

他哪里知道，这支在他的恶作剧下转眼全军覆没的队伍，刚刚经历了怎样惊心动魄的战斗。

（紫柠檬摘自《天池》2016年第12期 图/兜子）

头狼的标志

□［美］卡尔·沙夫纳　译/孙开元

如果你观察过狼，可能会得出结论：没有哪种动物像狼这样，和人的行为方式如此相似。狼有它们的社会结构和地位追求，“alpha male”一词，在人类世界中指的是男性领导者，在狼的世界里指的是雄性“头狼”。我们说那些面对困难担当大任的男人为“阿尔法男”，形容这样的男人在家里说一不二，在外面吆五喝六、霸气十足。

不过，我们平时对于“阿尔法男”一词的理解，是对于真实情况的一种误解。

我在黄石公园观察了在那里自由生活的狼群，我发现，头狼并不是专制蛮横、飞扬跋扈、野蛮霸气地对待它的部族们。

我们在黄石公园观察灰狼时，专门研究狼的专家里克·麦金太尔告诉我：“头狼的主要特征是安静而自信、不怒而自威。它知道它需要做的事情，它知道怎样做对部族最有利，它以身作则来影响他人。它很舒服地这样做，从容不迫而又很有号召力。”

头狼不是很有攻击性，它们不需要那样做。“想想一个宠辱不惊的人或者伟大的冠军，他的成就已经证明了他的优秀，所以他才能指挥若定。”麦金太尔说。

“比如两个狼群，或者两个人类部落。”麦金太尔接着说，“一个团队能更好地合作，有福同享、有难同当，另一个团队互相攻击、尔虞我诈，哪一个团队生存力更强？这个问题不言而喻。”

因此，一只头狼在成功的狩猎过程中也许扮演着主要角色，但是战斗结束时，它也许会走开，去一旁睡觉，直到它的同伴们吃饱了肚子。

麦金太尔在黄石公园研究了20年的狼，他每天很早起床，用无线电遥测器定位狼群位置，然后用望远镜观察这些动物，仔细记录它们的行为活动。在这20年间，他很少见到过头狼攻击同部族其他狼。它们是一家，它们是它的伙伴、它的兄弟姐妹。

这并不是说，即使需要，头狼也不会采取强硬对策。黄石公园有一只狼编号为“21号”，科学家们称它为“超级狼”。这只雄性头狼在保护同伴时非常凶猛，在和其他敌对狼群的战斗中从没败过一次。然而在它自己的部族里，它经常做的事情是和幼狼玩耍。

“它最喜欢的事情是和幼狼玩耍时假装打架失败，幼狼踢它一下，它就倒在地上。”麦金太尔说。

一年，有一只幼狼得了小病。其他幼狼似乎有些害怕，不愿和它玩耍。一次，“21号”给幼狼送食物时发现了得病的幼狼。“21号”走过去，特意陪它玩耍了一会儿。

在麦金太尔讲的关于这只超级狼的故事中，这是他最津津乐道的一个故事。这只超级狼的强壮让我们感到震撼，但是给我们印象最深的是它的善良。

生物学家通常认为，雄性头狼是无可争议的头领。但是现在他们发现，狼群里有两个阶层在执行管理任务，一个是雄狼，另一个是雌狼。

黄石公园灰狼保护工程领导人道格·史密斯发现，雌狼在狼群的多数行动中扮演着决策者的作用，包括狼群去哪里旅行、何时休息、何时打猎。史密斯说，一个狼群的雌性首领的性格能给整个狼群定下行动基调。

显然，我们对于“阿尔法男”的固有定义也应该有个转变了。男人应从真实的狼群中学到一两个智慧：少一些吼叫，多一些安静的自信，以做出表率。以精心照顾和保护家人来树立自己在家庭中的威望，尊重异性，懂得与他人分享权力。这才是真正的“阿尔法男”应有的品质。

（图/点点）

幸福，不是长生不老，不是大鱼大肉，不是权倾朝野。幸福是每一个微小的生活愿望达成，当你想吃的时候有得吃，想被爱的时候有人来爱你。
——《飞屋环游记》

怕它孤寂

□张丽钧

他是个有意思的老人。他“赤裸着脊背”扶犁耕田，被他使唤的那头老牛疲惫不堪，消极的态度让他有点儿不满。他于是吆喝起来：“二喜、有庆不要偷懒，家珍、凤霞耕得好，苦根也行啊！”旁边的人听了纳闷——这头牛竟然有这么多名字？便拿这问题问老人。

老人说：“这牛就一个名字，叫福贵。”可是不对呀，刚才老人分明一连说了5个名字呀！老人神秘地向疑惑者招手，想悄悄告诉他个中原委，却欲言又止，因为他看到福贵正抬头看着他。他于是训斥那牛：“你别偷听，把头低下。”那牛便乖乖地低下了头。

这时候，福贵老人才压低声音告诉那人：“我怕它知道只有自己在耕田，就多叫出几个名字去骗它。它听到还有别的牛也在耕田，就不会不高兴，耕田也就起劲儿啦。”

这本是一头待宰的老牛。在新丰牛市场，面对一个霍霍磨刀的赤膊男人，它趴在地上，流了一摊眼泪。福贵不忍心看它哭，便顶着一群人的哄笑，用攒了大半辈子的钱买下了这头不中用的老牛，并和它共用了“福贵”这个名字。福贵老人把福贵老牛当成“伴儿”来对待，牵着它去水边吃草，就像拉着个孩子。老人憨痴地随口叫出离世家人的名字，让老牛觉得，在不远处还有5头干劲儿冲天的牛正在和自己比赛呢。

丹麦作家约翰尼斯·延森也写过一个人与牛的故事，跟余华笔下的这个故事可谓相映成趣。安恩是个老妇人。一天，她牵着她的奶牛来到了瓦尔普峡集市的牲口交易场。交易场上杂乱喧闹，安恩却多么“安闲”啊！她晒着太阳，旁若无人地织着毛袜。那依偎在她身边、用头温柔地蹭着她肘部的可是一头惹眼的“好奶牛”，它健壮结实、皮毛干净，“浑圆的乳房胀得鼓鼓的，软绵绵、毛茸茸地垂在肚皮底下”。

商人来询价了，她说这牛不卖；屠夫来询价了，她又说这牛不卖。人们有些蒙了，又问了她些“这牛已经有主了吗”或者“这牛是你自己的吗”之类的问题，安恩一一回答，而她的回答更加令大家气恼——既然这头牛属于你而又不曾卖出，那你为什么高低不肯卖呢？你带它来这里，究竟是为了出风头，还是想拿大伙儿开涮呢？

安恩老太太听了，神色慌乱起来，不得不向大家道出实情：“我的小村庄上就只有这么一头奶牛，它又没法同别的牲口在一起，所以我就想，倒不如把它带到集市上来，至少可以让它跟同类聚聚，散散心。”

应该说，福贵和安恩给过我太多的精神抚慰。年幼时读古书，不明白古人为何会将残鸷之人唤为“忍人”。后来慢慢懂了，原来，忍就是不动性、不动情、不动心，血液可以结成冰，肉身可以凝为铁。

其实，福贵的牛，杀了也就杀了；安恩的牛，卖了也就卖了。它们是不会抗议的，也不会变个鬼、托个梦来找那辜负了它们的人纠缠不休，但是，“不忍”的人会在心里跟自己纠缠不休的。我喜欢这两个疼牛的老人，喜欢他们站在牛的立场上去想。他们乐于揣摩牛的心思，怕它消沉，怕它孤寂，怕它忧伤，于是，他们就跟牛唠嗑，带牛散心，把这个世界的温暖传递到牛身上。

（刘清英摘自《青年博览》图/孙小片）

奔跑的野兔

□何君华

汽车已经在楚尔尼草原开出二十公里，那只野兔还在不知疲倦地奔跑。

我把头扭向正在开车的特斯勒：“你说的到底是不是真的啊？到底能不能撵死兔子啊？”

就在一个小时前，特斯勒坐在呼通穆羊肉馆向我这个初来乍到的外乡人吹嘘道，在楚尔尼草原有一大奇观，叫“猎兔不用枪”。“不用枪怎么猎兔呢？”我好奇地问特斯勒。特斯勒慢悠悠地解释说：“在楚尔尼草原，绵延千里都是一望无垠的平原，现在又是草色尚浅的初春，我们发现一只野兔后开车跟在它后面就行了。”

“野兔没有草丛可藏，只能没命地往前跑。整个草原都是无边无际的小草，野兔哪里知道脚下的路没有尽头呢？不出二十公里，野兔就会体力耗尽栽倒在地，到时候你踢它一脚它都不能动弹半步——它已经完全没有力气啦！我们这里管这个叫‘撵兔’。怎么样，你没见过吧？”

这简直太不可思议了！辽阔的楚尔尼草原多年前我就心驰神往，哪里知道神奇的楚尔尼草原上还有这番奇景呢？特斯勒绘声绘色的讲述戳动了我的兴奋神经。我腾地站起，拉着特斯勒带我去撵兔。

我们刚上车不久，就在忽尔楞草场碰到了一只又肥又大的兔子，特斯勒连忙开着车紧跟着它不放。特斯勒不时摁着喇叭，我发现兔子一听到喇叭声就会快跑几步。兔子一快跑，特斯勒就加速。特斯勒始终跟兔子保持着三五米的距离。我想开口问特斯勒干吗不直接把车开过去轧死兔子，特斯勒看出了我的疑惑，自己先开口说道：“你别以为能轧死它——兔子贼精了，你一靠近它就钻进车底下不知往哪个方向溜掉了。”

我只好闭了嘴，静静地等待那只野兔累死的时刻。

汽车已经开出二十公里，那只兔子却没什么动静，还在拼命往前跑。我坐不住了，拍了拍特斯勒的肩膀说：“老哥，你不是开玩笑的吧？”

汽车开出三十公里的时候，那只野兔还没有要停下来的意思。已经四十公里了，那只兔子还在没命地往前跑。

“奇怪了，不可能啊！我撵兔也有些年头了，从来没见过哪只兔子能跑出三十公里的。没想到这么肥大的一只兔子这么能跑！”

过了一会儿，特斯勒突然兴奋得大叫起来：“快看，兔子耳朵耷拉下来了！它快要不行了！”我探出头一看，兔子原本直立的耳朵果然耷拉了下来，像一朵被太阳晒蔫了的枯花一样疲软无力。

特斯勒话音刚落，那只兔子应声倒地。

我在穆拉河边生好火，心想着马上就能享用一顿纯天然的野味，竟忍不住像兔子看见了一片苍翠欲滴的草场一样流下了口水。特斯勒跟我说，撵死的兔子不像用猎枪打死的兔子，身上没有创口，肉质松软，入口滑腻，吃起来特别新鲜。特斯勒的话撩拨得我完全没有耐性再等了，我走近特斯勒，想看看有什么需要帮忙的，赶紧弄好让我饱餐一顿呀！

不料，特斯勒忽然“噌”地站起，将手中的刀狠狠抛向了河水中。我惊诧道：“特斯勒，怎么啦？”特斯勒不答话，兀自在河畔蹲了下来。我感觉有些不妙，走过去一看，才发现那只已经被剥掉皮的野兔肚子里的秘密——五只已经成形的兔崽儿挤在了母兔血色的子宫里。

怪不得它没命地往前跑！

自从那晚之后，再也没听说特斯勒撵兔。

（露醉清秋摘自《新周报》　图/点点）

流星坠入深海

□语笑嫣然

如果不是因为流星，郁芒的失眠大概还会持续。

流星不是一颗流星，而是一个人。

流星是郁芒的病友。

两个人都是大地震中的幸存者，死里逃生后，住在临时搭建的避震病房里。郁芒伤到了胳膊，流星伤到了腿。

郁芒的眼睛一直红肿着，直勾勾地盯着天花板。闭上眼睛就会看见颤动的大地，漫天的尘土，刀疤般的地缝，垮塌的城市。还有，死去的朝阳。

朝阳是郁芒的男朋友，高中三年，大学四年，她曾以为自己要和他天长地久。

但是，灾难把他们分开了。

亲眼看着朝阳被垮塌的天花板压住，只在废墟中伸出了一只手，有一瞬间，她觉得自己愿意随他走，碧落黄泉，同生共死。可她还是获救了。

郁芒在失眠的第五天终于能睡着了。也不知道是因为醒了太久撑不住了，还是因为有流星陪着她。

大概因为都是在生死边缘徘徊过的，所以觉得同病相怜、惺惺相惜吧，流星对郁芒特别照顾。知道郁芒喜欢吃肉，他就把自己分到的救济火腿肠都给她。郁芒天生手脚寒凉，他就用玻璃瓶装上热水，每晚睡前放进她被窝里。发生余震的时候，她吓得钻到床底下，哭着说会不会连避震房都塌了。他便也钻到床底下来，拉着她的手说："不会不会，你看我块头比你大多了，就算避震房塌了，也有我顶着。"她看着他，一瞬间失了神。

郁芒怀疑自己可能喜欢上流星了，这个怀疑令她抓狂。明明失去朝阳的痛还在，她怎么可能在短短二十天里就喜欢上别人呢？

可是，她情难自禁。

有时她甚至觉得，看见流星就像看见了朝阳，分明是两个不同的身影，却总是重叠在一起。她是把流星当成朝阳的替代品了吗？

就那样又过了半个月，一切逐渐稳定了，人们开始重回原来的生活轨道。

渐渐地，郁芒越发确定自己喜欢流星了。可是，她也越发清晰地回想起朝阳。

有一些关于朝阳的画面，总会毫无预兆地浮现在郁芒的脑海里，而且越来越频繁。因为那些画面，她几乎又要彻夜失眠了。有一夜，她好不容易睡着了，却突然从噩梦中惊醒，她想起来了！

为什么越是对流星心动就越会为朝阳心痛呢？因为流星就是朝阳。

医生说，郁芒的情况属于创伤后压力综合征，大脑的保护机制自动为她屏蔽了某些刺激的痛苦记忆。她终于想起来，地震发生的时候，天花板垮塌的瞬间，是朝阳丢下她，一个人逃走了。

大脑为她编造了一个假象，她以为朝阳死了。

死在她心灰意冷的世界里。

流星一直在寻思应该找一个什么样的机会来向郁芒坦白，向她忏悔自己在生死攸关的一瞬间爆发的自私和懦弱。那天，丢下郁芒独自逃生的他在冲出了家门以后，忽地怔在楼道里。

我在做什么啊？他如梦初醒，拔腿又往回跑。

他想回去找郁芒。可就在这时，楼道的天花板也倾斜了下来，把他埋住了。

流星知道郁芒迟早会发现真相，他不敢奢求她的原谅，他只希望能陪着她走过这段阴霾期。独自逃生的自己已经不配再和被伤害的郁芒在一起了。

后来，又过了很久，某一天流星在街上远远地看见了郁芒，她还穿着他们第一次约会时的那件白毛衣，毛茸茸的，他觉得她像只小兔子。小兔子在经过商店橱窗时，望着里面店老板家的小柴犬笑了。

于是他也跟着笑了，躲在一个她看不见的角落里。

（梁衍军摘自《花火》2017年3月A版 图/豆薇）

佛雅姑妈和她的苏菲猫

□译/邓 笛

佛雅姑妈和她的苏菲猫总是形影不离。事实上，佛雅姑妈没有孩子，苏菲猫对她来说就像亲生儿女一样。苏菲猫也确实不同寻常。它能够洞察佛雅姑妈的心情，知冷知暖，善解人意。佛雅姑妈晚上睡觉如果脚冷，它会爬上床蜷曲在她的脚边。佛雅姑妈常常称呼它为"热水袋"。佛雅姑妈的听力不好，如果有人来访，它就会跑到门边提醒她。

不过，苏菲猫越来越老了，佛雅姑妈经常会请我开车送它去兽医那儿看病。她对苏菲猫的关心胜过对她自己。她自己如果病了，一般是不会去医院的，顶多吃几片阿司匹林。然而，如果苏菲猫打一个喷嚏或者有点儿精神萎靡，我们肯定会立即在奔往医院的路上。

所以，那天我完全可以理解佛雅姑妈为什么会歇斯底里痛不欲生。她在电话里说："苏菲死了！我的小苏菲死了！"佛雅姑妈一边抽泣一边诉说："你知道，我的睡眠不好。昨天，我让医生开了一些安眠药，但我不喜欢那种药味，医生就叫我往药瓶里滴几滴香草精，好让安眠药闻上去如同糖果一样。可是，今天上午我在厨房里忙早饭，苏菲进了我的卧室，把我的药瓶碰翻了，也许那味儿太好了，它把药片吃得一片不剩。"说到这儿，佛雅姑妈哭得更伤心了。"你知道我和苏菲一起生活有多少年吗？"没等我回答，她继续说道，"整整12年了。昨天我才给它买了一种新品猫食，据说是专门给上了年纪的猫吃的……它的牙齿和我一样都开始掉了。你知道苏菲对我有多重要吗？"

我竭力劝慰她。"现在我该怎么办呀？"她哽咽着说。"我想，你也无能为力了。这样吧，将它的尸体装进纸袋里，然后丢到门口的垃圾箱里，环卫工人会处理的。""什么？"她厉声叫道，"把我的苏菲丢到垃圾箱里？它是我的孩子！自从你姑父去世之后，它就一直是我最亲密的朋友。我怎么能将它丢到垃圾箱里！""好吧，好吧，"我说，"我今天很忙，不能去帮你了。不过，如果你愿意，你可以打的去兽医那儿，他会帮助你找到一块宠物墓地的，所有的费用由我来结。"

她还在哭泣："我能常去看它吗？"

"当然可以。你什么时候想去看，我就开车送你。""我怎么把它送到兽医那儿呢？"

"找一个大小差不多的箱子吧。"

"举行葬礼吗？"

"哦，亲爱的姑妈，这倒不会，不过墓地的人接到兽医的电话，会将它放进一口小棺材里，然后带到墓地去。""只好如此了，"她心碎地说，"它会得到应有的尊重吧？""我想会的。"我答。她的悲伤让我也感到难过，但是我爱莫能助。

晚上六点钟左右，我在办公室接到了佛雅姑妈的电话。"阿罗德，我有话要告诉你。"我奇怪地听到她的声音中竟然露出了某种兴奋。"你去兽医那儿了？"我问。"我按照你说的做了。我把苏菲装进了一只箱子里，然后来到街上等出租车。后来我想乘公交车会更省钱一些，所以我放下手中的箱子，将手伸进口袋，看有没有零钱。这时，有几个小青年来到我的身后，其中一个人将我推倒，然后抓起我的箱子就跑。"

"哦，姑妈，你没有受伤吧？"

"擦破了皮，没有大碍。我喊警察，但没人过来。我还能做什么呢？也许我和苏菲的缘分就这样尽了，所以我只好回家。""真想不到，"我说，控制住自己不笑出声来，"那几个小青年打开箱子看到的是一只死猫会是什么表情呢？"佛雅姑妈也笑了起来："还有更有趣的呢，苏菲回家了。它没有死。或许是在路上被箱子颠醒了。我回到家时，它正在门口等我！我上午还祈祷它能上天堂呢！"

后来我去看望佛雅姑妈时，发现她家的门上挂了一块牌子，上面写着两个字：天堂。

（晓晓摘自《新民晚报》 图/麦小片）

鱼刺卡过喉咙你还是喜欢吃鱼，被狗咬过被猫抓过你还是热爱动物，满口蛀牙你还是嗜甜如命，他弃你于千里之外，你还是愿意为了见到他走遍千山万水。——喜欢，就甘愿

草木心

□黄亚明

仁心，慈心，草木心。

陕人贾平凹，文坛老狐仙，在《祭父》文中，写到院子里有棵父亲栽的梨树，年年果实累累，唯独父亲去世那年，“竟独独一个梨子在树顶”。无独有偶，章含之在回忆乔冠华时说，1983年，乔冠华逝世，次年春天，院子里其他树都忙着开花，唯独老梨树光秃秃，一朵花也不肯示给陌生人。

“但求同死”？草木无言，却胜过多少口蜜腹剑。

《聊斋志异》有篇《橘树》，写人与树的情谊：陕西刘公做兴化县令时，有道士送了棵小橘树，细得像手指头，他不想要，但六七岁的女儿喜欢、呵护。等刘任满，橘树盈把，刚开始结果。刘公不想把树带走，女儿抱树娇啼，家人骗她说只是暂时离开，以后还回来。小姑娘怕别人偷橘树，亲自看着它被移栽到阶下才离去。等姑娘长大，嫁人，丈夫赴任，恰好做兴化县令。“橘已十围，实累累以千计。”原来，刘公走后，橘树只长叶不结果，这是第一次结果。连结三年，第四年，“憔悴无少华”，“夫人曰：‘君任此不久矣。’”到秋天，果然不当这县令了。

草木之心，也是感恩之心。欢聚首，伤别离，不仅仅是人。

善待草木，以心察之，浑然一体，汪曾祺的“花园”才格外与众不同：“那棵龙爪槐是我一个人的。我熟悉它的一切好处，知道哪个枝子适合哪种姿势。云从树叶间过去。壁虎在葡萄上爬。杏子熟了。何首乌的藤爬上石笋了，石笋那么黑。……波——，金鱼吐出一个泡，破了，下午我们去捞金鱼虫。香橼花蒂的黄色仿佛有点儿忧郁，别的花是飘下，香橼花是掉下的，花落在草叶上，草稍微低头又弹起。”在这里，花，鸟，草，木，人，谁辨得清？虽然汪曾祺先生一生多写“掌心里的美”，但有此心态，倒是把生命之境抬高了几层。

日本作家珍重万物，认为草木有人格，而人，不过是行走的草木——人和万物是平等的，不分灵愚，休戚与共，情感相通。不难看出，这种哲学底蕴是老庄的，几乎与“刍狗”论同出一门。

在自然面前，无门无派，都是兄弟，舐犊情深。

（露醉清秋摘自《杭州日报》 图/曹黑黑）

我曾经问一位和母亲水火不容的青少年，为什么你感觉你妈不在乎你？

他说：“我讲话，她都不听，她都说她的，她对我很不耐烦。”

明明他的单亲妈妈，为了争取他的监护权，费了很大的努力，自己为生活的打拼也很卖力，任何人都可以看得出来，妈妈非常爱他，为了他吃什么苦都可以，然而，他只看到眼前一个“不耐烦”的妈妈。

不耐烦，最会吞噬爱。

“你明明很爱他，为什么要用不耐烦把他从身边推开？”我问他的母亲。

不是不爱，只是不耐

□吴淡如

“我哪有？”这位母亲并不承认，“我只是忙，我蜡烛两头烧，所以急！”

不能和颜悦色，就是不耐烦了。

孩子对于不耐烦很敏感。记得某次我正急着处理什么事，我的幼儿却也来不厌其烦地拿一个玩具，第十次来缠我：“妈妈弄这个，弄这个……”

我从不曾出言骂她，但是此时压不住烦躁的我，情不自禁地发出“啧”的声音。

她马上变了脸色，把手上的东西丢在一旁，哭了。

当然，我跟她道歉了，也告诉自己不再犯。我深知不耐烦伤人之深，不是吗？特别是对自尊心很强的孩子。童年阴影，多数来自父母的不耐烦啊。

那个“啧”，在小小的心灵中，听来是一句责骂，是一个拒绝。她不是真的不会弄，她只是来讨爱，而我竟给她不好的脸色看。

明明彼此是爱的，却用不耐烦对待着对方，破坏力好强。

要爱，就要耐得住烦。

（黄玉摘自微信公众号“每天一段经典文” 图/木木）

我不去喜欢“今天你对我爱理不理，明天我就让你高攀不起”的豪言壮语。“今天你对我爱理不理，明天我就把你忘记”，这才是快乐幸福的人生啊！
——我是MISS南

人与狼的故事

□张蓬云

这是五十多年前的事。当时我们在宁夏架设高压线，让农村也用上电。我们虽是工人，但因工作需要，编成了半军事组织。

这一天，工程前移，我们的连队也要跟着向前推进。眼瞅着线材都运走一大半了，可天也就要黑了。排长说："小张、小王和秋生，你们仨守着剩余的东西，明天一大早再运。"小张就是我，这样，我与小王、秋生就留下了。

就在我们三个全躺在麦草地铺上时，帐篷外有了点儿动静，像有人跑过似的。我和小王用手电筒向帐篷外一照，哎呀！我的妈，差点儿吓掉魂儿。就在帐篷外十多米远的地方，站着两只灰蒙蒙的大狼。

说实话，我和小王都20岁，秋生也不到30岁。我们在画报上、小人儿书上见过狼，现在面对活生生的两只大狼，咋办？秋生比我们大，他说："快敲打脸盆，狼怕声响。"于是，我们三个使劲儿敲盆。

这办法没有一点儿用，狼慢慢地向帐篷门口走来。我觉得我说话的声已经变调了。狼离帐篷只有六七步了，我忽然听到在帐篷内的两声"狗叫"，我立即有了灵感，莫不是我的"小狗"能助我们一臂之力？我麻利地打开木笼子，只见那"小狗"一下子就蹿了出去，它跑到门外的两只大狼面前，和它们好像相互"拥抱"了一下，然后，一阵风似的消失在夜色中。

第二天，秋生向连长的口头报告传开了，一百多号人全知道"小张养了只狼崽子，让两只大狼找上门来"。连长排长都批评了我，扣发了当月5元钱奖金。

从这以后，连队里谁见了我，都是"你的小狗养得不错啊"，取笑我。其实，我是挺委屈的。那是冬天里，正下雪的时候，我们班收工回来，在小山坡地上，我发现一只"小狗"，它左后腿受了伤，不能走动。眼瞅它冻死？我不忍心，就抱回帐篷，给它上些药，每天喂它。我觉得这"小狗"挺好玩的，可谁知它是小狼呀。

这件事过去有一年，我们的架线工作到了收工之时，工人分批撤回工厂。我们排最后走，要骑20多公里山路去县城坐车。

排长说他知道一条近道，山沟路不太好走，但近不少。于是，我们20个人离开乡镇，进入了荒无人烟的土道。就在前不着村后不着店的时候，只见前方500多米远的土道上，飞土扬尘，好像是什么东西迎面而来。排长在前面，他发现情况不对，喊话："快下车，前面是一群狼。左面100米有废弃的窑洞，丢下车子，上！"

20个人，个个惊恐，恨不得两条腿变四条腿。狼群已经到了山坡下，它们上坡的速度显然比我们快。有人哭喊，有人乱叫。

排长回话："快上快上，我来断后。"我刚好拿着把电工锤子，我说："排长，我和你断后。"

秋生说："对，排长，让小张在后面，他跟狼有交情。"

顾不了太多了。有十多只狼已经离我们只有20多米了。

排长抬头看见多数人已到了废弃窑洞，他喊："小张，你快上。"

我想上去，可我真的跑不动了。就在这时，一只大狼到了我身旁，它一张嘴就咬住了我的裤脚。我只觉得这次或许就完蛋了。可令人费解的是，这只狼把头在我的裤子上蹭了蹭。此时，我的魂又回来了，我看到在这只狼的左后腿上，还留有一些电工胶布。是我的"小狗"？我忽然想。

大狼不再看我，它转身向山坡下跑去，十多只狼也一同随它而去，只留下一阵尘土飞扬。

后来，我在北京上学时，把这段往事说给我的老师听。他说："狼终归是狼，但有的狼比人强。"

（暮春摘自《民间故事选刊》2017年第3期 图/兜子）

你不读书，成天把微博、百度上面的知识当成自己的知识，那你到时候只会被机器人取代，还会有什么价值？——作家陈文茜

赶走喜鹊

□沈石溪

春天一个阳光明媚的早晨，我的院子里飞来一对喜鹊，在那棵开满粉红色花朵的山茶树上筑巢。我十分欢迎它们来做我的邻居。喜鹊是吉祥与喜庆的象征，喜鹊登枝，不就意味着我将交好运了吗？因此，我削了一些短树枝，扔在屋顶上，为它们提供筑巢材料。

一个多月后，我站在山茶树下，听见树梢横枝那只椭圆形的鸟巢里传出“叽里叽里”雏鸟的叫声，啊哈，它们生儿育女了！

又过了一个多月，我能看见小喜鹊毛茸茸的小脑袋淘气地伸出窝沿，数了数，共有四只小喜鹊。这是一个兴旺昌盛的喜鹊家庭。我还按照它们的生理特征，给四只小喜鹊起了名，一只叫蓝眼睛，一只叫花翅膀，一只叫白脚杆，一只叫歪脖儿。

添丁增口，雄喜鹊和雌喜鹊自然十分辛劳，从早晨开始，就一刻不停地飞出去觅食，衔来小虫子喂养它们的孩子。

那天中午，我在山茶树下削竹篾编箩筐，突然，听见头顶的鸟巢里传来“叽叽呀呀”激烈的吵嚷声。雄喜鹊和雌喜鹊都外出觅食去了，我担心小喜鹊的安危，便爬到山茶树上，一看，没有什么外敌入侵，而是刚刚才长出一层绒羽的四只小喜鹊在打闹。它们虽然不能飞，也还站不稳，但它们打斗得异常火爆：个头儿最大的蓝眼睛把身体最弱的白脚杆从窝中央一直推到鸟巢边缘，发育最快羽毛油亮的花翅膀，头拱进羽毛稀疏的歪脖儿的肚皮底下，几乎要把歪脖儿抬了起来，还使劲儿往窝外顶。白脚杆和歪脖儿的头与小半个身子已被挤出窝去，大概是意识到生命危在旦夕，竭力挣扎着，呀呀哀叫。蓝眼睛举起稚嫩的翅膀，不断去打已岌岌可危的白脚杆，眼看就要酿成惨祸，我不得不出面干涉，把受欺负的白脚杆捧回窝中央。然而，蓝眼睛仍不肯罢休，我的手一拿开，又故技重演，开始向白脚杆进攻。

就在这时，雄喜鹊和雌喜鹊回来了，它们嘴里都衔着一条虫子，显然，是赶回来喂食的。

我放心地下了树，我想，雄喜鹊和雌喜鹊看到蓝眼睛和花翅膀以强凌弱，肯定会制止它们胡闹。奇怪的是，雄喜鹊和雌喜鹊却迟迟不进窝去，停栖在鸟巢外的一根横枝上，静静地站着，似乎在等待着什么。

这时候，不管是雄喜鹊还是雌喜鹊，只要朝前跳跃两步，轻而易举地就能终止这场危险的游戏。雌喜鹊扭头往鸟巢望了一眼，轻轻放下嘴里的虫子，竟忙着开始梳理自己的羽毛。雄喜鹊做得更过分，对就在耳边的求救声，仿佛根本没听见似的。

“叽——”一声尖叫，白脚杆从高高的鸟巢跌下来，呜呼哀哉。几秒钟后，歪脖儿也同样死于非命。这哪里是什么游戏啊，分明是一场你死我活的窝里斗！

到了这时候，雄喜鹊和雌喜鹊才停止整饰羽毛，重新叼起虫子，跳到鸟巢边。蓝眼睛和花翅膀同往常那样，急不可待地抻长脖子，“咿呀咿呀”讨食吃。雄喜鹊和雌喜鹊很温柔地将食物塞进它们的嘴里，那神情，就像是在犒劳一对有功的小英雄。

我震惊，迷惘。我赶紧跑去找寨子里最有经验的老猎人波农丁，请教究竟是怎么回事。他平静地笑了笑对我说，这种目睹子女坠巢而亡的陋习，其实是一种汰劣留良的自然现象；他说小喜鹊在窝里互相推搡，是要减少竞争对手，独霸食物；他说成年鸟这样做是为了减轻自己的觅食压力，为了集中有限的精力和有限的食物培养更强壮的后代。

一转眼到了秋天，蓝眼睛和花翅膀羽毛长硬会飞了。山茶树上，喜鹊闹枝，可对我却再也引不起任何美感，我趁它们外出之际拆了它们的窝，把它们轰走了。

波农丁说的或许有道理，它们消灭弱小，是一种迫不得已的生存技巧，我能理解，但我是人，永远也无法赞同这种残忍。

（继续前进摘自《大鱼之道》浙江少年儿童出版社　图/蛔菓猫）

遇熊

□王贵宏

在激情燃烧的岁月，上海知青初到东北林区，面对茫茫大森林，他们既好奇又恐惧，因为听过许多猛兽伤人吃人的故事，所以进山干活总是战战兢兢，草木皆兵，尤其害怕遇上黑熊。传说黑熊一旦遇到人就主动攻击，并且穷追不舍，逮住人按倒后用带刺的舌头将人脸上的皮肉舔掉，故事带着浓烈的血腥味，特别吓人。

听多了恐怖故事和传说的十八九岁的女知青住工棚子，晚上不敢到屋外解手，白天不敢走山路，总觉得密林中有一只只凶猛的野兽藏在草丛中窥视人，随时可能跳出来袭击人。天长日久，并未听说谁被猛兽所伤，大家的胆子才逐渐大起来。

一年春天，两个女知青给我们在山场伐木的工友送饭，她俩一个挑着馒头，一个挑着炖豆腐和开水，有说有笑地走在运材道上，眼瞅着再过一条小河就到作业点帐篷了，突然听到身后有动静，回头一看，吓得头发都快竖起来了。一大一小两只黑熊在身后不远处跟着她们呢。她俩吓得魂飞魄散，扔下挑着的饭菜，连滚带爬地跑到作业点。几个工友闻声从帐篷里跑出来，见两个姑娘脸吓得煞白，话都说不完整了。便招呼几个知青，拿上大斧扳钩向来路寻去。

在小河边，一大一小两只黑熊正围着箩筐不紧不慢地吃呢。估计它们是一对母子，刚结束冬眠爬出地洞，正饥肠辘辘地四处游荡找食物，可青黄不接的早春，实在难觅果腹的东西。正游荡间，嗅到饭菜的香味，便身不由己地跟了上来。知青们见自己的午餐被黑熊掠食，不知为什么，竟没人按常识用大斧敲击树干恐吓它们，也没人大呼小叫示威，只是好奇地像在动物园似的看着它们。此时，两只黑熊边咀嚼着馒头，边慢条斯理抬头向我们看了看，然后突然停下不吃了，大的转过身领着小的，慢腾腾地向林子里走去。在一个山冈上还回头望了望，然后上下左右摆了摆头，好像是表示感谢，又像是表示对不起。

我们近距离地观察着那对母子，发现它们丝毫没有人描绘的那种凶恶暴戾，倒觉得它们某些地方与家里的动物很相似，行动很温驯。从没把食物全吃掉的情况看，又觉得它们似乎通人性。有个知青说，他觉得这对黑熊母子在缺少食物的季节里生活一定很艰难，特别是那只又小又瘦的，看着就可怜，不知怎样空着肚子熬过这寒冷而漫长的冬天。

那顿午餐黑熊吃了一半，我们吃了另一半，虽然每人都只吃了个半饱，但没人表示怨恨它们，七嘴八舌的言语中却包含许多怜悯与宽容。三十年后，我回忆起那次遇熊的故事，眼前浮现的那些善良和纯真的面孔，依旧清晰而亲切。

（张秋伟摘自《甘肃日报》2017年4月18日　图/兜子）

生命是很残忍的

□倪匡

有时，分明夜已极深，人也极倦，这一天该做的事情做了，该想的事也都想了，剩下来唯一可做的事，就是上床睡觉。

可是，就是不想睡，硬撑着，不想睡。

睡觉本来是人的生活中不可缺少的一个组成部分，人人都要睡觉，似乎没有什么人可以例外，大家都以为理所当然，所以也很少有人想到，睡觉会形成一个十分可怕的现象，就是：只要一睡下去，就是这一天的结束，这一天，就宣告终结，就在你一生若干日的生命之中勾销，你的生命就少了一点！

这种现象，何其可怕！所以每当一想起，就不肯去睡，不睡，这一天就还能延续下去，至少在感觉上，这一天的生命还存在，而不是勾销了。

当然，用不肯去睡觉来和生命的逐渐消失来对抗，一点儿用处也没有，必然失败，但每当想到生命逐日勾销的可怕时，还是激灵灵地打寒战，不肯去睡，使一日的生命，做最后的残照。

有人说，生命是很残忍的，真是一点儿不假。

（孤山夜雨摘自《广州日报》）

微博是一群陌路人，天各一方却互相关注，渐成熟人；微信是一群熟人聚在一起，渐成陌路。微博是虚拟世界，上面的人原本不相识，唯有看文字，渐渐发觉志趣相投之处；微信是现实世界，上面的人似乎都认识，也是通过看文字，才发觉有些人其实压根儿就不认识，或者说不完全认识。

——对微博和微信最精辟的诠释

候鸟守护人

□明前茶

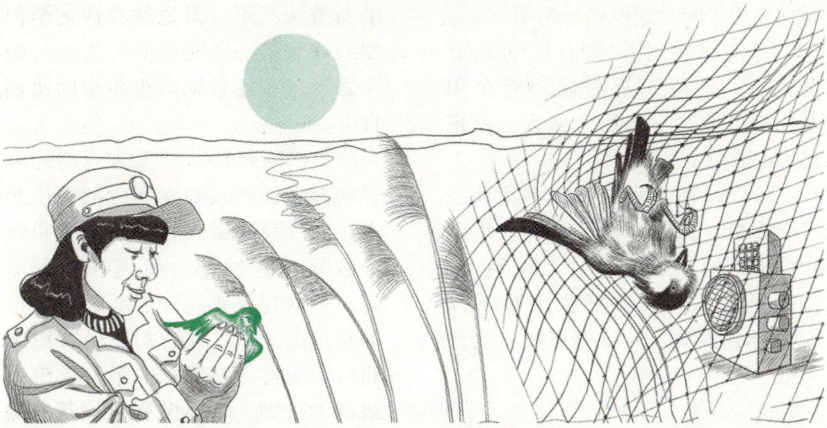

只要进入白洋淀的浅滩苇塘，走上十分钟，脚趾就麻木了。风吹拂芦苇的梢头，可以听见螃蟹攀爬时苇梢折断的声响，睡梦中的野鸭发出的模糊不清的“咕咕”声，就在这片杂乱的声音中，刘姐和小伙伴们，准确捕捉到一缕整齐的“嗡嗡呜呜”的声音，像一个“老烟枪”在打盹时喉管里发出的声音。来了！诱捕器已经打开！再等约十分钟，捕鸟人就撤到窝棚里睡大觉去了。刘姐低喝一声：“赶快动剪子！”

他们第一时间摸到了支网的竹竿子，开始动手拆网，并把绵延几十米的捕鸟网一点儿一点儿剪碎。拆了这一处，还有另一处，贪婪的捕鸟人真是无处不下手。拆到后半夜两点钟，刘姐发现刚拆下的网上，已经粘上了十几只鸟，一只小松雀鹰，还在奄奄一息地挣扎。刘姐赶紧把它们从网上解救下来，请一位伙伴捧着鸟儿，自己动手帮松雀鹰剪去翎毛上粘连的黑网。

鸟的伤不严重，刘姐打算把它们交由旅馆老板养两天，等“清网行动”结束后，找一片安全的芦苇荡，将它们放飞。为了解救鸟儿，刘姐他们也会去当地的野味餐馆，买下鸟儿放生。一次，餐馆老板仰面朝天，望着行将入锅的美味“呼啦啦”飞走，不解地问刘姐：“你们这伙人倒是心善，可你们忙活这些事儿有什么意义呢？”

刘姐一眼瞧见老板约10岁的儿子正伏在收银台上写作业，便高声应答：“怎么没有关系？晓得那首诗不？‘两个黄鹂鸣翠柳，一行白鹭上青天’，以后咱们的子孙要是问起，黄鹂长什么样儿？白鹭又是什么东西？咱也不能只给他们看博物馆里的图片和标本吧！”

刘姐说完就走了，那个收银台上的孩子，目光一直在追随她。

（兰兰摘自《杭州日报》图/小栗子）

长颈鹿的舌头舔过掌心

□毕淑敏

一片薄云遮住了骄阳，天气暂时凉爽了一些。长颈鹿忍不住又向我的手掌凑了过来，看来这食物的配方不错，颇得长颈鹿欢心。我赶紧受宠若惊地倒了一大把食物在掌心，谄媚地凑到了长颈鹿嘴边。

长颈鹿这一次认定和我比较熟识，立刻张开嘴，把它的长舌头探了出来，在我的掌心翻过来掉过去地舔舐，像一台小型推土机，把所有的食物风卷残云般地席卷而去。被长颈鹿的舌头舔舐是非常奇怪的感觉，像被巨大的、饱含水分的蘑菇冠盖轻轻拂过，软而稍带颗粒感。它温热的口水大滴地滴落在我的掌心，像半透明的胶水，黏稠温暖。吃完后，它用乒乓球大的眼珠看着我，好像在说：“还有没有了？不要那么小气，都拿出来吧！”

我倾其所有，将食物悉数捧出。

长颈鹿又一次用它紫蓝色的舌头在我的掌心卷过，将属于动物的温度传递给我，那一刻，我的心中突然溢满一种感动。

它一下一下地咀嚼，下颌肌肉有节奏地运动着，脸上的表情依然僵硬，看不出欣喜或是满足。我不知这是大智若愚，还是真的漠然。

长颈鹿脸上的肌肉很少，所以你看不出它的喜怒哀乐。

它很胆小，虽说它是地球上最高的动物，可是并不仗势欺人。

后来，我又到了一家范围更加辽阔的自然保护区，在傍晚夕阳的斜照下，看到了三只长颈鹿正在用长长的舌头掠食树上的叶子。

长颈鹿似乎没有发现我们，它们恬淡地吃着树叶，缓慢而平和。

（余娟摘自《非洲三万里》湖南文艺出版社）

在某个年纪之前，你可以靠透支身体、小聪明和老天给你的运气一直取巧地活着。然而到了某个年纪之后，真正能让你走远的，都是自律、积极和勤奋。——卢思浩

今天晚上不吃你

□一　君

很多年前，放学回来，如果看到在弄堂里踱步的鸡，我就知道，我们家今晚要吃鸡了。

有时候为了省钱，我妈会自己动手杀鸡。有一回不知道什么事，我妈当天没杀那只鸡，她把鸡抱到楼上来，放在木桶里，盖上盖子，露出一条缝来。我试探着去摸它的脖子，它就任凭我摸，偶尔犯两声嘀咕。我一下子喜不自禁，得寸进尺，跟它说起话来。到了傍晚的时候，我已经跟这只鸡建立了深厚的革命友谊。

第二天中午，我扭扭捏捏地靠近我妈。“做什么？阴阳怪气的。”我妈瞥我一眼。“妈妈，那鸡能不能养着下蛋？”“不能，等会儿我就准备杀掉了，下什么蛋？”

我喉咙一哽，“噔噔噔”地跑到楼上，我觉得特别无颜面对它。我把鸡抱在怀里，抚摸它的羽毛，它用嘴轻轻啄了我一下，我把它拢到我的身侧，轻声对它说：“我保证今天晚上不会吃你。”然后我把它放回桶里，盖上盖子。

印象中我去看我妈杀它了，它的脑袋歪在一边，脚一抽一抽，血沿着脖子汩汩地流出来。那么爱吃鸡的我真的一口未动，连看一眼那锅汤都觉得很难过。

有一次，我随便扒饭的时候，发现我妈做的炖蛋用的是鸭蛋。我没话找话，说了句：“今天是鸭蛋啊。”“乡下亲戚送的，自己养的。”这样有一搭没一搭地说几句话，我妈倒是忽然想到什么事，告诉我她年轻的时候也养过鸭子。

“就在小时候我们住的地方吗？”“对啊，那时候还有个阳台，就是你写字台那个地方，就把它养在那里。”

那只母鸭，我妈叫它鸭莉莉。我十分惊讶，我妈并不很喜欢小动物，更别说竟然还是一只鸭子。说到这鸭莉莉，我妈那张阴晴不定的脸出了太阳。“胖得要死，走路像小老太婆一样，我下班回来，老远叫一声，它就一迈一迈朝你跑过来，不要太好玩哦。”

鸭莉莉是外婆在本地乡下的表亲送的。本来是打算吃，但是这鸭莉莉特别会下蛋，外婆不舍得这么好的鸭子直接杀了吃，商量了一下，干脆就养起来了。家里的人要么插队落户，要么嫁了人搬出去，照顾鸭莉莉就变成了我妈的任务。

打扫鸭窝，帮鸭莉莉洗澡，每天起床第一件事就是去看它有没有下蛋。“一醒来就是跑到阳台，从窝里拿出一个鸭蛋，特别特别开心。”我妈这样说着，好像某个瞬间，少女的心境又重回到她的身上。要是一直把鸭莉莉关在阳台它也有些无聊，到傍晚四五点钟的时候，我妈就牵着鸭莉莉到楼下弄堂里玩，鸭莉莉就在弄堂里跑来跑去，在公用水槽边玩玩水。有的时候，我妈会盛一脸盆水让鸭莉莉在里面游泳，不过因为盆实在太小，鸭莉莉玩了一会儿就要爬出来。相比之下，它还是觉得在弄堂里比较自由。

“鸭莉莉！”只要是我妈的声音响起来，鸭莉莉立刻就把头抬起来，像一只骄傲的企鹅一样朝我妈慢吞吞地奔过去。我妈在弄堂里走，它就在我妈屁股后面跟着。也不知道是为了什么，我妈说，鸭莉莉有一天被弄堂里的一个男人狠狠地踢了一脚，当场没有死，但好像给踢蒙了。从那天开始，鸭莉莉就开始变得愣愣的，蛋也不怎么下了，过了几天眼神都不对了。我外婆一看，不好，撑不了几天了，只能忍痛把鸭莉莉给杀掉了。

“当时哭得一塌糊涂。”我妈说。

我想象少女时代的母亲抱住鸭莉莉的样子。岁月的画面在我眼前铺陈开来，伸出指尖，仿佛就能触摸到母亲皮肤上的温度。鸭莉莉一副很机灵的样子，偶尔徒劳地扑棱两下翅膀，摇头晃脑。它陪伴了我母亲曾经贫穷、单调的时光，成为她生命中的一部分。我能感受到她伤心的模样。你有没有吃鸭莉莉？我突然想问她这个问题，但是显然多此一举。她大概愿意用一辈子吃鸭子的权利去换鸭莉莉吧。

在我放下碗筷的时候，我妈尖锐的声音重新复苏，听得见碗“嘭嘭当当”扔在水槽里的声音。这个水槽已经不是十年前弄堂里的那个了，干净、敞亮。我回过头，就在那一瞬间，我好像看到了十年前在老房子里徒手打蟑螂、挥着臂膀“刺啦”一声剥蛇皮的母亲。在不远处，还有那个瘦弱的、轻盈地从远处奔向鸭莉莉的她。

就只是那短短的一瞬间，不知道为什么，我差点儿掉下泪来。

（张秋伟摘自微信公众号“one·一个”　图/张翀）

一只麻雀的艺术人生

□王小柔

时不时就会有人问我："你们家麻雀还没死呢？"我觉得，它为了争口气也得进麻雀长寿名录。

灰球是我捡回家的第二只麻雀。狂风暴雨里，一定会有小鸟从巢里掉出来，这是常识。我捡到的第一只麻雀晾干了羽毛，转天就放飞天空了。可灰球是从水坑里捞起来的，它身上羽毛没长齐，那点儿力气都用在瞎扑腾上了。

我找饭馆要了张纸巾把它裹起来。那个雨天，几乎所有看见我急急忙忙带着鸟回家的人都说："这东西养不活。"他们众口一词地给一只小鸟下了诅咒。

到家我翻出了一箱快过期的燕窝，包装极其夸张，里面就清汤寡水两小瓶，要不是因为包装太好早把它扔了。看了眼保质期，发现就差一天，直接拧开瓶子盖，"咕咚咕咚"嚼两下咽了，瓶子扔垃圾筐里，最管用的是包装！木头盒子里面塞满了高级稻草，我把灰球放进去，蒙上一块厚布，加热垫打开升温，再跑到社区医院找大夫要了个作废的针管。鹦鹉没吃完的进口鸟奶粉，每四个小时一次喂进去。

羽翼丰满几乎是一瞬间的事。灰球转着脑袋看家里的鹦鹉飞来飞去，扑棱几下翅膀就扎进了飞行队伍，跟几只色彩斑斓的鸟站在一起，连气质都不一样，它灰头土脸倒是特别自信，大概因为还没照过镜子的缘故。第一次放飞就跟粘在我身上一样，怎么扔出去怎么落回来，第二次只要一开门，立刻往屋里飞。

自打灰球认定了要当家庭成员，就过起了拟人化生活。饮食起居特别规律，尤其饮食这块儿，到中午就站在饭桌上等着。有时候我妈做完饭得喊我们好几次人才能齐，灰球不用喊，用实际行动鼓励做饭的人。

辣子炒肉一上桌，它叼住一片肉就开始甩，可你倒叼住了啊，经常把肉扔别人脸上，受害者能答应吗？后来我们干脆就禁止它上桌了。

事情暴露是因为有一天下午，我正看书，突然上面掉下来个东西，还在地上蹦。黑乎乎的麻雀只有眼睛能眨巴，毛都凝在身上了，跟个难看的怪物似的。我一把抓过来，毛贴身上了，翅膀粘住了，我把它嘴上粘住的壳抠下去嘴才张开。这一身稀饭啊！都不知道它什么时候扎稀饭里洗澡了，还洗那么彻底。古代米汤都能当胶水用，能不粘吗？我正一筹莫展，我儿子一把抢过去，打开水龙头就给它冲，冲半截忽然觉得拿凉水洗容易感冒，又换热水，好不容易洗透了，看着那可怜啊，又黑又瘦。拿毛巾一裹，开吹风机吹热风烘干毛。这一套都赶上外边美发店了。

搁一般鸟早就吓死了，灰球没事，只要不给扔洗衣机里它就坦然面对，吹干立刻飞鹦鹉那跟人家炫耀，被鹦鹉啄了一口。你说你有一次教训该收手了吧？可它以为我们家是温泉城呢。

我早晨刚喝完一碗奶它就飞过来了，浑身湿漉漉地站在我手背上。我说："你可真爱干净。"灰球翅膀白乎乎的，我把它放鼻子下面一闻，一股牛奶味儿！我回想起刚才那碗奶上面浮着点儿杂质，这叫一个翻心。

之后还眼睁睁看它在菜汤子里扑腾过一回，全家决定不能当着它的面吃饭，菜不端出厨房，扒拉到碗里藏屋里吃。就这样，它还自学了悬停，你在那儿嚼，它能一直在你嘴前面飞，就为了看清楚你背着它到底吃的什么。

你以为这只麻雀仅仅是为吃而来吗？不！它热爱艺术。只要我妈一掀钢琴盖，无论它在干什么，准第一时间落在琴键上等着你弹。就算你把它脚下那琴键弹得很响，它也一动不动，身上的毛都是陶醉的。如果正赶上它洗完澡你开音乐会，它非常知趣地卧在擦琴的布上，为了不把琴弄脏。只要音乐不停，它就不走。这只被所有人认为会死的麻雀，在我们家开始了属于它的艺术人生。

（心香一瓣摘自《北京晚报》2017年5月5日 图/张翀）

□格日勒其木格·黑鹤

一条狗与它的童年

看到手机上有一个未接来电。

是弟弟的。

因为我一般外出都是参加书展或者宣传活动，所以很少有时间能接手机。家中有事都会用短信或者微信与我联系。直接电话联系一般都是非常重要的事。

我几乎已经猜测到会是什么事，再将电话打回去，弟弟告诉我，我的中亚牧羊犬十蛋，已经永远地离开了。

这是又一次离别。

又一次。

这几年其实我的狗都在慢慢地离我而去，它们老了。

这是我必须接受的离别。

它们到来，参与到我的生命之中，以自己幼犬的柔软与温暖让我意识到这个世界尚存希望，让我的生命愈显充盈。它们离去，将我生命的一部分带走。它们留下的只有曾经陪伴过我的记忆。

十蛋是我的朋友李海州先生送给我的礼物。

当时，我已经养了九条猛犬，感觉再增加会降低所有狗的幸福指数。另外，这条小狗是亚格达狮的后代，过于贵重。所以，本想拒绝这个礼物。

但李海州先生执意相送，我打电话拒绝的时候，小狗已经被送上了来我这里的长途汽车。好吧，既然来了就接受吧。我的第十条狗。

它来的时候也就刚刚满月，很袖珍的样子，太小了。先放在楼里养了一段时间。它性格很好，沉稳而节制，而且有很强的领地意识，晚上就睡在我床边，楼梯间里稍有响动，就是起身一声怒吼。

它的毛色是那种看起来非常洁净的黑白相间，两种极致颜色的巧妙搭配，偶尔歪着头看人的样子真是萌呆了，带有一种令人心安的感觉。

养了一个多月了，它已经足够强壮，我就决定将它带到室外的犬舍。第一次领它去犬舍，面对犬舍里那些凶神恶煞般大狗的狂吠，它竟然无动于衷，异常镇定。

它很快就成长为一条漂亮的大狗，而且破坏性极强。

当时因为犬舍的笼舍不够，它没有专门的笼舍，就把它用铁链拴在外面。一般的链子根本拴不住它，降落伞用的挂钩它只需要扯一下就断，不得不去买最结实的链子。后来回想起来那链子结实得几乎可以拴大象。

当时是冬天，给它做了一个木头钉的小狗窝，结果它一眨眼就给拆了。冬天过于寒冷，在地面给它铺了块木板，它又把这块木板弄个粉碎，是非常彻底的粉碎。给它铺点儿别的东西，也是撕扯得粉碎。索性没有再给它铺什么东西，它就卧在水泥地面上。落雪之后，它把自己趴卧地方的雪直接焐化，就趴在那里，每次起身，那块水泥都直冒热气。

它就这样趴冰卧雪一个冬天，对寒冷似乎没有什么感觉。最后不得不给它定做了一个全部钢骨架的犬舍。

它是我的第十条狗，但它对我给它起的蒙古语名字“阿日乌”并不感冒，汉语“十个”也没有感觉，总之就装作听不见。后来它因为吃得太胖，每天像个肉蛋滚来滚去，所以就叫它十蛋。它倒是很中意这个名字，一叫十蛋，就屁颠屁颠地跑过来。看来狗也会选择自己的名字。

成年之后，十蛋肩高不过75厘米，与我养的其他猛犬相比有些矮，但身体异常粗壮匀称，强壮得几乎没有脖子，对其他犬的攻击欲望极强。我所有的狗它已经咬了个遍，连母狗也不放过。它一岁左右就跟狗群中的老大——肩高超过80厘米的白色高加索牧羊犬哈拉打了个平手，随后再打，基本上都是哈拉受到严重的伤害，而它自己几乎不受什么伤。哈拉因为两次被严重挫败，自尊心受到非常大的伤害，一直萎靡不振，体重上不来，无奈不得不送到朋友那里养了几天，才缓了过来。

我开始明白中亚牧羊犬为什么被称为咬狼犬。

刚刚出生不久就去掉尾巴和耳朵这些身体上易于被攻击的部位，这些位置上遍布血管，一旦被咬到就会大量失血，这些部位在幼年被去掉之后，也就减少了在成年之后驱赶野兽时受伤的可能性。而厚重的皮毛，特别是脖子上厚厚的颈皮，能够有效地起到缓冲的作用，减少被野兽攻击时受到的伤害，保护它们的咽喉。

这一点在十蛋的身上表现得尤为明显，在与其他的狗打斗的时候，它在让别的狗遍体鳞伤的时候，最多舌头被硌破一点儿，很少受伤。

而它的凶猛，仅仅表现在对其他的雄犬上，对于人类，它极为友好。

朋友的一条狗，重症急需输血，恳求我帮忙。确实，我这里有十几条大型猛犬，是很好的健康血源。

经过仔细考虑，我还是决定带着十蛋去了宠物医院，因为我知道，在我所有的爱犬中，只有它是最为稳定的。宠物医院，可以想象那里面充斥着各种犬的气味，而里面本身就有猫狗，我想我其他的那些爱犬，到了那里基本上就会疯狂。

十蛋表现得很好，尽管它从未去过宠物医院，但表现得异常坦然，在被抽血时也非常配合，甚至不需要绑定。

我想，第一是因为它对我的信任，第二是因为它性格稳定。我的其他任何一条爱犬，到了这里，一定会闹得沸反盈天。

后来，它还配合拍摄了一个我在伦敦书展上的小宣传片，同样表现得极为出色，据说这片子在现场放映的时候，所有人都惊呆了。我想那些观众并没有记住我这个来自中国的作者是谁，但是都记住了它，一条黑白色相间的中亚牧羊犬。

那天无意中拍下了十蛋与它的儿子小呼的照片，我发现，它们是如此相像。这是一条狗与自己的童年。

我只需几天就会回到草原，但十蛋终未等到我。似乎是宿命，我所有的狗都不会选择我在它们身边的时候离去。

十蛋，雄性，黑白花色中亚牧羊犬。身世在当年堪称显赫，父亲是最早进入中国的俄罗斯冠军犬亚格达狮，母亲是肩高超过80厘米的巨犬阿拉织。2008年9月出生，2017年6月25日殁，享年10岁。

我写下这些，只是想告诉那些养狗的朋友。

它们是犬，生命的周期与人类不同，我们永远无法追随它们老去的脚步。

所以，好好地善待它们。

（露醉清秋摘自微信公众号“格日勒其木格黑鹤营地”　图/麦小片）

一秒钟的交会

□林青霞

车停在高邮南门大街口，窗外下着蒙蒙细雨，一路上听的都是中国南征北战的历史故事。连日来参观许多古文化遗址，有时徘徊在千年古迹的赵州拱桥上，有时站在新石器时代的黄土墙边。

目睹殷墟遗址墓里被活活埋葬蜷缩在马车后的奴隶遗骨、正襟危坐毫无惧色自愿陪葬的将领白骨，感到震惊和无限的唏嘘。

我在古今的交错下，仿佛置身于时代的洪流里，对人生有不少的感悟和叹息。他日我们也终将变成历史的尘土，现在能够自在地一呼一吸已经是一件值得快乐的事了。

我深深吸了一口气望向窗外，感恩那细雨，令我们在酷暑的天气里仍能怡然自得地怀思古之幽情。刹那间，我被一幅画面所吸引。

一个只有四五岁的小男孩，两手扶着落地窗门，身上只穿着一件大红小领T恤衫，下面露着小弟弟。他两眼没有焦距地对着窗外，一、二、三、四、五、六……秒，就这样一直没有动过，那眼神不应该属于这个年龄的孩子。

他在想什么？是不是因为这个

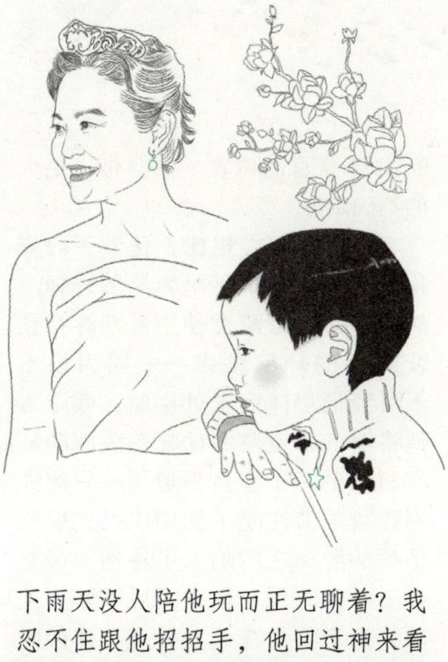

下雨天没人陪他玩而正无聊着？我忍不住跟他招招手，他回过神来看看我。我拿出逗小孩的看家本领逗他玩，这时他才恢复孩子般的神情，转身往后跑。我心想，他不会舍得不回头再看我一眼。后屋显然没人搭理他，他又急忙往回跑，想留住窗外的风景。

我努起嘴一张一合扮小鸟嘴，两只手在耳边呼啦呼啦扇。他又急忙往后跑，还是没有人肯跟他分享这风景。我在车窗里欣赏他心情的起伏、情绪的转变，他显得不知如何是好，把长窗关上，马上又再打开，又关上，再打开。最后他站在门边灿烂地笑了，笑得好纯、好真。

他开始接受我，向我招招手，这一秒钟我们成了朋友，我感觉我们两人的心灵都闪着亮光，就像两颗流星的光辉映照着对方。这时车子渐渐开始移动，下一秒我们的招手已经变成挥手道别了。

相信那晚我会成为那小男孩饭桌上的话题，不知道这话题会持续多久，也不知道这次的邂逅能在他小小的心灵里留下什么。但是他成了我文章的主人公，那么我们这一秒的交会或许可以变成永恒。或许有一天他看到我这篇文章，脑海里会浮现出他家门前那辆大巴士里逗他玩的女子。

（LOVE茹摘自《女士》2016年第12期　图/李倩莹）

在惠州搁浅的那头抹香鲸最终还是没了呼吸。

大型鲸类搁浅都是极难救助的，因为它太大了。庞大的身躯难以有效移动，甚至贸然接近都对人而言很危险。虽然鲸是哺乳动物，能在空气中呼吸，但是它们的皮肤无法适应日晒和干旱，会以类似严重烧伤的状态剥离脱落；而它们的内脏脱离了水的浮力也无法支撑自己，最后还是会衰竭窒息。搁浅而死，可能对于一头鲸是最痛苦的死法。

对于无法救治的鲸，许多救助人员会认同安乐死。然而，对大型鲸类执行安乐死却十分困难。如伍兹霍尔的海洋学家Michael J. Moore所言，固然是因为安乐死的需求总是缺乏预备、出乎意料地到来，但也是因为，和利润丰厚的商业猎鲸相比，没有收益的安乐死实在难以得到投资。

比如，在西澳和南非，安乐死是使用炸药的。一篇报告记录了4次安乐死的努力：Powergel炸药被放置在鲸的喷水孔后部，在鲸身上缠绳索、以推土机牵引来让鲸的位置稳定（推斗兼做防爆盾），两侧再堆上沙袋，围观群众退到500米之外，引爆炸药造成死亡。全部准备过程经常需要数天之久。

这听起来一点儿都不安乐。

然而就算这样的方式都不能保证成功：其中一次，一头长10.5米的大鲸在第一轮675克炸药引爆后并没有立刻死亡，使用.300温彻斯特麦格南射击后也没有死亡，又引爆第二轮1300克炸药才终于死去。

对较小的鲸，美国兽医学会允许使用枪械射击的方式，但是需要使用.50或者.577这样的大口径猎枪，准确地垂直穿透枕骨，才能有效破坏脑干，立即致死。这不但对执行者的枪法有要求，还需要他极为熟悉鲸的解剖结构，判断内部器官的位置——会带来更大的不确定性。

一头鲸的死

□ Ent

和这些方式相比，化学手段安乐死似乎看起来是更容易的选择。然而，对大型鲸类使用毒剂存在比较麻烦的环境顾虑——因为根本不可能把尸体完全处理掉，残留毒剂将对前来食腐的动物造成威胁。2011年的一个案例报道了一只澳大利亚牧羊犬在吃了使用戊巴比妥安乐死的鲸肉之后陷入了昏迷，最终经历两次洗胃，在三天后苏醒。美国的规定禁止在无法处理尸体的时候使用巴比妥类药物。

在这样的限制下，救护人员有时会选择在麻醉状况下进行手术安乐死。2004年的一例露脊鲸安乐死使用了一支35厘米长的针头在眼后注射了共计445毫升的不同麻醉药物，然后切开了尾部大血管。流血1小时4分钟之后，鲸才终于死亡。

2014年研究者开发出了一种新的方法：在麻醉后心肌注射大剂量氯化钾。然而这一方法需要能直接刺穿鲸躯体——这意味着必须专门生产长达1米、直径2厘米的巨型针头。因为鲸的搁浅无法预料，如果没有事先的准备是无法使用这一手段的。

而这些庞然大物依然在搁浅，大多数时候救助人员依然做不了什么。

一位参与过多次安乐死的兽医这样描述他的经历：“在沙滩上见到一头鲸，是一种全然不同的感受。你看到它在动，在呼吸，看到它淹没在水中时不能见到的全貌。你看到它的肌肉在几十厘米的鲸脂下抽动。你还常常能看到它遭受折磨的明显证据：螺旋桨的划痕，渔网纠缠的伤口，沉重的呼吸，巨大的皮肤水疱，消瘦的身躯，还有食腐动物留下的伤害……海鸥根本不会等它到死。”

到头来，虽然人类有数千年的猎杀鲸的经验，却连一种理想的让它安然离开的方式都没有找到。

（春眠不觉晓摘自果壳网 图/果酱的酱）

癞马传奇

□申　平

王成准备救那匹马的时候，南宋的天空残阳如血。

这时他的战友祝星对他喊："你不要命了？金兵就在后面……"

王成往前走了几步，他似乎听见那马低低地悲鸣了一声，他就停下来说："不行，还是救救它吧，咋能见死不救呢！"

这马，已经不像一匹马了。它瘦骨嶙峋，全身长癞，屁股上血肉翻出，正有几只乌鸦在上面啄食。看样子，它就要站不住了。

祝星瞪了王成一眼："救这么一匹癞马，值吗？要救你救，我先走了！"

半年以后，王成所在部队多了一匹人见人夸的战马。但是它的名字却很怪：癞马。和它的名字一样怪的还有它的性格：它不肯和其他马匹在一起吃草，下河洗澡，别的战马都由主人骑着下水，只有它要自己下水。

又要和金兵开战了。王成骑着癞马随部队再次来到边关，再次看到了金人的旗帜。王成的鼻孔里，似乎已经嗅到了一丝死亡的气息。

鼓声震天，杀声遍地，两边的马队开始冲锋了。癞马驮着王成，一马当先冲在前面。王成挥舞长枪，一连刺翻了几个金兵。可是很不幸，他们冲得太靠前了，几个金兵围上来，将王成也刺于马下。这一仗，宋军再次败退。

金兵打扫战场的时候，看到了感人的一幕：宋军的一匹战马守着一个战死的士兵刨地悲鸣。金兵在啧啧称赞之余，把它拉回了军营。但是它不吃不喝，更不让人骑。消息传到金兵主帅哈日胡那里，他亲自过来察看。一见那马，他立即喊了一声："好马啊！"他屏退左右，走上前对马说："我知道你是一匹宝马，非常忠于主人。可是你的主人已经战死了。你如果肯为我服务，我就厚葬你的主人，给你最好的待遇……"

说也奇怪，癞马听了哈日胡这番话，仔细看了他几眼，竟然安静下来，而且俯首帖耳地被哈日胡牵走了。哈日胡作战胜利，又得良驹，高兴得手舞足蹈，放言数月之内灭掉宋军。

哈日胡果然说话算数，他厚葬了王成，又把癞马养在最好的马厩里，经常骑着它外出视察，前进、倒退、转弯，那马对他的口令心领神会。营中有宋军俘虏，认得这是王成的癞马，纷纷叹息："畜生就是畜生，哪里有半点儿良心啊！"

却说宋军失利，挫了锐气，便在山上扎营，多日不敢应战。这天哈日胡骑着他的宝马，耀武扬威来到军前骂阵。

就在这时，谁也想不到的一幕发生了。突听哈日胡所骑的癞马一声长嘶，它奋起四蹄，直朝宋军营寨冲来。它迅疾如风，宛如一道黑色的闪电，就那么驮着金兵主帅冲向宋军鹿砦。哈日胡反应过来后，在马上拼命喊叫勒缰，可是那马越跑越快，根本就不理他。哈日胡只好抽出弯刀往马脖子和马头上乱砍，霎时血流如注。但是癞马并不停留，只管向前冲着、冲着……

宋军赶快移开鹿砦，将这一人一骑放了进来，祝星等人一拥而上，硬是活捉了金兵主帅。宋军主帅立即下令："全线出击！"失去主帅的金兵乱作一团，大败而逃……

却说癞马进了宋营，便一头栽倒，奄奄一息。但是它却总有一口气不肯咽下。直到祝星上前说："癞马，你放心去吧。你死后，我会把你和王成合葬在一起的。"癞马这才停止了呼吸。

战后，宋军从主帅到士兵多人受到嘉奖，祝星更是因活捉金兵主帅而连升三级。可是癞马却无人提起，它默默地被人掩埋了。

（祁青摘自《小小说月刊》图/罗再武）

黄昏，企鹅们蹒跚归来

□郭雪波

天渐渐暗下来了。海边风很大。从海豹岩下来时，西边的晚霞还在照耀海面，被风掀起的波涛如火球般在海面上翻来滚去，而那些追逐浪涛的海鸥更像是一只只火中精灵，勇敢地穿梭于大海和天际之间。

沙滩很柔软，有些潮湿，我们一排排坐下来，开始等待，静静地等待。

左前方的海面上空，不知从何时开始，悬挂着半轮弦月，似乎是从云层里刚露出的，抑或是刚才一直被霞光遮掩着无法显现——此刻，它已退去羞答答的样子，大大方方地洒下一片银白色的光。

尤其令我惊奇的是，距那轮弦月不远处，闪烁着一颗硕大的星星，金红金红的。那是金星！我差点儿失声叫起来。那是太阳西落后，最早出现在西南天际的一颗金色星体。此时此刻，在南太平洋的这座企鹅小岛上，置身于“金星凌月”的美景中，也算是人生幸事了。

拿喇叭的管理员告诉大家，昨晚有568只企鹅上岸。管理员再次轻声告知，企鹅岛的企鹅叫小企鹅，体积比南极企鹅小很多，岛上共有两万来只企鹅，每只都有特制的带着编号的金属片，但不一定每天每只都下海。小企鹅是一夫一妻制，每天下海捕猎的是夫妻中的一个，它们轮流劳动，经过一天或两天大海上的艰苦劳作，把胃填满之后再趁着傍晚涨潮之时登上岸来，回窝之后再把胃里的鱼虾吐出来喂给配偶。夫妻相携艰苦劳动，相濡以沫，相互喂哺着度过一生，这样的场景令人动容。企鹅的世界里，有着纯朴的爱和无私的相互付出，让人心生温暖。

此时有人悄悄说了一句：“上来了，上来了。”人们骚动起来，纷纷伸头张望。

我老眼昏花，依稀瞅见左前方从涌动的潮水中冒出几只企鹅，它们跌跌撞撞，站立在潮头，可是很快，一阵大潮涌来又把它们给吞没了。没过一会儿，它们再次从潮水中站立起来，蹒跚着上岸。昏暗中，它们警惕地观察四周，静立片刻，然后向海岸土崖方向梗着脖子狂奔。由于没有膝关节，它们只能直立着行走，即便狂奔也是左右摇摆，常有企鹅如球般跌倒，而后爬起再跑，憨态可掬，令人爱怜又捧腹。

接着，在我们的正前方也冒出一批。这拨儿有十多只，而且似乎训练有素，上岸后排成一行，井然有序地朝岸上巢穴而去。它们好比一排打靶归来的战士，个个挺着鼓鼓囊囊的胸腹，摇摇晃晃悄然而行，行走路线看起来十分熟悉。企鹅的窝，均分布在离沙滩数十米远的沿海山坡山岩上，有些是自然洞穴，有些则是人工搭的草巢。当然，每个窝里都有一只等候它们归来的伴侣，或嗷嗷待哺，或带着幼崽翘首等待捕猎者安全归来。

这时，不少人开始悄悄起身，向后方小步跑去，我和老伴儿也起身撤离，站在山坡的栈道上等候。我们下方的一条小径，是先期归来的小企鹅回窝时的必经之路。大家屏气凝神，不敢出声。管理员一再提醒，不能拍照，企鹅视力很弱，闪光灯会伤害它们的眼睛。大约五分钟后，第一批上岸的企鹅缓缓走来了，依旧步履蹒跚。到了这里，它们已是各走各的，前后无序，有的楚楚动人，有的从容不迫，有的因心急摔倒，最后都消失在栈道那头，奔向各自的家，家中的伴侣已暖好了窝。

离开企鹅岛时，海滩那边依然人影绰绰。企鹅们的回归，尚未结束。

我和老伴儿——两只“老企鹅”，倒是该回窝了。我们归家的路，更远。

我们将迎着金星飞，在遥远的东方和它相遇。

人生很多事，相约不如偶遇美妙。

（梅之傲摘自《辽沈晚报》 图/麦小片）

流浪狗的命运

□万金油

好几年前，我常去的烧腊店门口长期驻留着一条流浪犬。这狗是讨喜的，它嘴角的曲线恰似在笑。它吃食的模样，也没有一般流浪狗的馋相，但是，任何食物放在眼前，它都能吃得津津有味。街坊邻居多的便当，吃剩的、多煮的、过期的全往它这里送，好像看它吃得幸福，过日子的疲劳也就能稍稍缓解。

大家喜欢看它肥嘟嘟的样子，好像所有的烦恼都能随着它吞食的动作给忘光，没人注意到这狗越来越懒得动了，连吃食也是蹲着身，不站了，有时甚至是斜躺着，侧着头吃。“这狗怎么这么懒啊？哈哈哈。”

众人就当是个谐趣，说上几句，放下食物，又走了。

直到狗有一天吐了食物，腥酸的呕吐物之后是大量的血液。店主把它送去兽医院，医生讶异，怎么有这种食量的狗，能吃到把自己撑出病来。

店老板让狗住了几天院，康复后，狗回到店门口，又是一样的位置，食物来了，又是一样吃得津津有味，一副幸福的模样。

几次之后，它又住院了，只是这次没有熬过来，它怎么就把自己给吃死了呢？我猜想，也许它根本不好吃，对大家给的食物也并非全然欢喜接受。只是，作为一条流浪狗，它只能无止境地讨大家欢心，它知道大家爱看它吃东西的模样。

端上来的东西，就欢欢喜喜地吃，它必须吃，必须以一种欢愉的心情去不停地吃，把自己吃出了病，还不能停止。如果不能持续讨街上人们的欢心，那它就成真正的流浪狗了。

它唯有把自己吃死，才能躲避成为一条流浪狗的命运。

我们究竟在这条流浪狗身上看到了什么？约翰·伯格在《影像的阅读》里说：“人类在观看动物时，体会认识到了自身的存在。宠物更是主人的一面镜子，能照见任何其他所无法反映的部分。”我们在人畜之间的鸿沟，填入了许多想象，这些想象反映现实生活的价值和观感。

（秋天摘自《不存在的人》九州出版社 图/蝈蝈猫）

致命的温柔

□鲍海英

鲨鱼是海洋中的强者，几乎没有什么海洋动物能够伤害到它们。鲨鱼的凶悍，不仅在于高居食物链的顶端，通吃海中众生，更在于它们那戏耍已经到手猎物的本性。比如，当海豹、海狮和信天翁等动物不幸成为它们的猎物时，鲨鱼却不急于开吃，而是将猎物在水面上抛来抛去，戏耍一番，使得猎物在毙命前饱受煎熬。

那么，号称海洋霸主的鲨鱼，就没有天敌吗？如果有，那它又是怎么被吃掉的呢？食物链就是一个奇怪的系统。鲨鱼虽然强悍，但它也有致命的天敌，那就是盲鳗。

目空一切的鲨鱼，早就习惯了各色鱼族的追捧献媚，有的是心怀敬畏，有的是想捡拾残骨碎肉，有的是想借助鲨鱼之威吓退自己的敌人。所以，鲨鱼对活动在自己身体周围的小鱼并无提防。何况，盲鳗是以亲昵温柔的形式出现的，因此鲨鱼对它们的到来没有任何警觉，甚至和它们嬉戏。在嬉戏中，盲鳗用黏滑的吸盘吸附在鲨鱼身上，而将其中的利齿藏好，缓缓滑向鲨鱼鳃边。它那不断分泌黏液的吸盘，在皮肤上移动，想必是麻酥酥的，所以鲨鱼美滋滋的，很是受用，鲨鱼已然把盲鳗当作自己的朋友了。

这时候，盲鳗战胜鲨鱼已经是稳操胜券了，但盲鳗依然不紧不慢，在鲨鱼的鳃边停留了好一会儿，才在鲨鱼盯住一只海龟时迅速闪身而入，进入鲨鱼的身体。至此，它们将在这海洋霸主的体内一显身手，让稳居食物链顶端的鲨鱼尝尝这温柔杀手的厉害。鲨鱼本是海洋中的庞然大物，海洋中的霸主，可在弱小的盲鳗面前却败下阵来。盲鳗战胜鲨鱼的道理启示我们：再强大的对手，也有弱点，强敌好防，但是面对温柔杀手，往往是防不胜防。

（卧龙摘自《郴州日报》2017年6月16日 图/木木）

狗的哲学

□马　德

小时候，家里养了一头猪和一条狗。每当给猪喂食的时候，母亲就让我看着狗。怕它偷吃。

狗低眉顺眼地卧在一旁，一副与世无争的表情。但只要不注意，它就溜过去，迅捷地在猪食槽里舔上几口。等我回身过来，它又卧在一边，嘴唇上的食儿还没干呢，却装作若无其事的样子。

有一次，它又偷食，被母亲拦腰踹了一脚。骂曰：“你个狗东西，猪的食你也敢抢！”是的，那个年代，猪的地位是不可撼动的。一年到头，把一头猪养大了养肥了，然后卖掉，便是家庭的全部收入。

狗似乎对此没有异议。骂也好，打也好，待在家里，从不耍狗性子，或者玩什么离家出走。每次猪吃饱之后，一扭头，懒洋洋地走掉。石槽的边缘上，还残留少许米粒和糠末儿，母亲一瓢水倒进去，便是狗的食物。狗埋头舔食，把一槽泔水舔得音乐感十足，混个水饱后，一扭头也走掉。

狗是没有怨言的，依旧看家守院。有一年，有贼人到邻居家偷牛。狗觉得不管不行，叫声尖锐，咬个不休。三邻五舍的人都被惊醒了，扛着铁锹，举着镰刀奔出来。贼人走了空，临逃的时候，打折了狗的一条腿。狗拖着一条伤腿无精打采地过了一段日子。父亲每天往街里去一回，看有没有收狗的，有的话，好把它赶紧卖掉。

狗赶在屠户来之前，竟然不声不响地好了。

母亲每次从地里干活回来，狗总要欢天喜地地迎上去。猪呢，睡在那里，连眼皮都不抬。母亲把猪草丢给它，它先将鼻子凑过去，闻一闻，觉得不错，才懒洋洋站起来。我有点儿看不惯猪的德行，有一次它刚要站起来，我一脚把它踹躺下了。它就真的躺下了，连猪草也懒得吃了。我骂它，你真是头猪啊！大人们的看法总是跟小孩子有区别的，母亲就觉得猪这个样子好得不得了。

大人们的眼光真是有问题。

有时候，狗去偷吃猪食，我就假装看不见，睁一只眼闭一只眼。只有看到母亲出来，我才高声咳嗽一声。狗能听懂我的暗示，它赶紧撤身，卧在一边。有一回，母亲出来得突然，我来不及咳嗽，结果，我发现，狗居然也能全身而退。原来，狗根本无视我的咳嗽，它早已学会了辨别母亲的脚步。

狗活久了，都会有一点儿老谋深算。有一年冬天，家里跑来了一条小狗。大狗在它身上嗅了嗅，没有咬它——算是收留了它。小家伙来了之后，不知道天高地厚，有时候母亲连踹几脚，即便痛得叫声尖厉，但依然埋头跟猪抢食，而且不屈不挠。大狗卧在一边，眼皮微抬，有点儿不屑地看着它折腾。自从小狗来了之后，大狗有意让着它。它抢食的时候，大狗就卧在一边看。

狗大了，总会有一点儿风范的。

小狗最终被赶走了。原因是八个字：不顾廉耻，祸猪殃家。后来，整个院子又成了大狗的天下。它这儿转转，那儿转转，把院门看得紧紧的。院子里边，有个高高的草垛，有时候，它跳到草垛上，凝神端视着整个村庄。

这条狗一直在我家活了好多年。从小黑活成了大黑，从大黑活成了老黑，没等到活到黑老，它就死了。是老死的。它在家乡山岭间找了一个隐秘的地方，安静地死去了，没给家和村庄带来一丝惊扰。

父亲平时很少去评价什么。它死后，父亲说了这样一句话：“嗯，这是条好狗。”

（石头摘自《甘肃日报》　图/兜子）

诗剧

蜗牛的涎迹
在一株大黄的拱顶
露珠的放大镜
在旱金莲的伞中心
一只高脚杯的边沿
唇印
同样的颜色在一支扔弃的香烟上
一缕烟颤抖着从那儿升起。

——米歇尔·布托《一束微光》

最后的抚摸

□不良生

母亲的手，在她走的两天前最后一次抚摸过我的头发。

那时母亲已坐卧难安，整日闭着眼昏沉嗜睡却无眠。有一天她坐着，低头弓着腰身，呼吸短促困难，手脚和四肢都在发抖。母亲喃喃地说：“我怕是不行了。”我伏在母亲腿上搂住她，想给她一点儿稳定气息的力量。

母亲早已全没有了精气神，这时却抬起手，轻轻为我掸去头顶一小片不知从何处沾染来的毛屑。然后母亲又坐着闭上眼，恍惚睡去。

她太累了，却仍顾及要为孩子擦去最后一点儿灰尘。

（山高摘自《云上：与母亲的99件小事》新星出版社 图/李倩莹）

守护你的馋

CHAN

□项斯微

◆◆◆◆ 一 ◆◆◆◆

我非常喜欢的电影《浪客剑心》的最后，剑心在一片春色中对他的爱人熏殿下说：“你要和在下一起看看新世界吗？”我觉得一起打望新世界这事真是有范儿得一塌糊涂。于是，在夏初时节，从上海回家乡成都度假期间，我决定携全家包括92岁的奶奶一起坐Uber（打车应用）去吃海底捞火锅，向他们展示如今的新世界。

你们千万不要怀疑我奶奶吃火锅的能力，我奶奶除了素之外什么都爱吃，就是牙口差了点儿，只能吃软肉。去吃火锅的前一天我在家里欢快地啃着卤猪蹄，奶奶突然语重心长地对我说：“你到了70岁一定要把牙齿拔光！全部装上假的。”我一惊，差点儿没把猪蹄吓掉，然后奶奶接着说：“我妹妹就是这么干的。结果现在她90岁了还不是什么都能吃！我当时就是怕，胆小。”说完，枯坐在阴影里的她瞥了一眼我的猪蹄……

看来这二十年来没有硬菜的人生让奶奶很不痛快。夏初时节，成都的气温差不多二十摄氏度，奶奶上身穿无袖羽绒薄背心，下身穿着夏日长裙，我妈彻底被她的穿衣风格给弄蒙了，只有我知道，这是奶奶无师自通最跟得上潮流的一件事——这种搭配我在陈奕迅的老婆徐濠萦那里看到过。

我们出门吃海底捞去也。坐上Uber，奶奶始终都没有弄懂为什么有不认识的开着私家车的大好青年来我家楼下接我们去海底捞，关键是下车时还分文不取不用付钱，也丝毫没有垂涎她孙女（也就是我）美色的样子。“这世界已经这么美好了？”临下车时奶奶多次向该青年表示感谢，殊不知车费已经化成数字元宝插着小翅膀被划走了。

青年尴尬地收下奶奶的表扬，看也不看我，绝尘而去。

一到海底捞，笑容甜美的小妹就给奶奶送上了免费的蒸蛋羹以及爆米花，奶奶更加看不透这个世界了。然而姑姑已经爱上了跳面条舞的小哥，当我问她要不要也花上六元短暂地雇一位小哥时，姑姑鸡贼地对我一笑说：“我看隔壁桌好像又加了一份面条，我看他们的就行了。”

待桌上食物堆得满坑满谷，我已经吃到快产生幻觉的时刻，奶奶突然停下了筷子。“海参。”她喃喃自语，“但这里没有海参。”紧接着，她像是陷入了回忆一般，对周遭事物不再响应。那一刻，我和我爸爸心知肚明，她一定是想她男人了——那一位我们家族美食界的灵魂人物，在我3岁时便告别人间的爷爷。海参是他特别喜欢的食物，在没有淘宝没有顺丰的年代，他能够想各种方法让朋友们像传递火炬一般，带着他梦寐以求的海参从大连转很多趟火车和汽车来到成都。据我爸回忆：“打开层层报纸时，甚至能从干海参身上闻到浓烈的海洋味，飘荡到整个街区。”

◆◆◆◆ 二 ◆◆◆◆

我30岁生日的时候，爸爸慎重地给我打了一个电话，除了表达祝我生日快乐的主题外，他还特别向我强调了一件事：“我在30岁那年就告诉自己，你爷爷那么馋，我一定要比他好一些。我已经做到了。希望你30岁时，能做得比我更好，我们要一代更比一代强。”我不知道别人家的“一代比一代强”到底指的是些什么，赚更多的钱或者是拥有更加强势的家族地位？我只知道，我爸爸针对家族的馋鬼命运提出的这个宏伟的计划实在是有点儿难以实现，虽然爷爷的确是馋到天崩地裂，但是我爸爸……当真也好不到哪里去。

“好的，我们都不馋。对了，爸爸，那个红墙巷的卤鸭子你去看了没有？是不是像我在网上查的那样搬到隔壁巷子里去了啊？”我当时在电话里如此回应他。

“去过了！”一提到卤鸭子我爸爸的分贝立刻提高了，激动的心情像中了福利彩票。

我想我爸爸说的他没有爷爷那么馋，仅仅是指他对食物的涉猎范围没有爷爷那么广。想当年，他7岁的时候，被爷爷奶奶自东北带来四川生活，经过几十年的洗礼，他已经活生生变成了四川胃，不管我是带他吃日料还是吃上海菜，问他是否满意时，他都会礼貌且谨慎地回答：“加点儿辣椒拌一拌应该更好吃。”

但是我爷爷就不同了。从东北调到成都，别人都苦哈哈地想念家乡，唯有他日日带着家人上街上吃遍各大菜馆。那时候他们的收入全部都花在吃上，恩格尔系数和我如今在上海一样低。

◆◆◆◆ 三 ◆◆◆◆

据我爸回忆，爷爷真的是馋不由己。

命运总是不如人愿。但往往是在无数的痛苦中，在重重的矛盾和艰辛中，才使人成熟起来。——路遥《平凡的世界》

哭了看不清

□自　然

做“大了”（dàliǎo，天津方言，指婚丧嫁娶仪式的组织者），我最怕的还是遇到孩子的白事。有的老人都80、90多岁，已经算是老喜丧，但是小孩子不是，他们还没有看懂这个世界就离开。太可惜。

一个三岁的小女孩患有白血病。她父母都是普普通通的工人。她妈妈还算坚强，拿出一件米黄色的小裙子，自己给孩子换上。小胳膊小腿，瘦瘦的。梳着两个小辫子，辫子上扎着红色的绸子。眉心间点了一个红色的小点，淡淡的红色口红，粉色的小嘴巴。小嘴紧紧地闭着。她妈妈说：“孩子终于不再难受，不知道疼了。”

每次遇到这种情景，我都不知道该说什么好，也只有沉默。孩子是父母身上掉下来的肉，任何安慰的语言都显得多余。作为一个“大了”，我们只有多做少说。

这个孩子小名叫夏夏，她是夏天出生的。孩子的爷爷奶奶姥姥姥爷都还健在。四位老人坐在孩子身边，始终不肯离开，就是吃饭时，扶着他们走，老人也是坚持守着。奶奶说：“还有两天，夏夏就真的离开我们了。最后这两天，让我们好好陪陪孩子。”

做一个合格的“大了”，还有一个地方是最能体现他工作能力和作用的，就是在遗体告别见最后一面的时候。看到这四位老人，我就开始担心那个最考验我的环节，我不建议老人去火葬场参加追悼会，不希望有老人因为过度伤心而有意外发生，虽然他们一再坚持、一再承诺。因为我知道不伤心不难过，谁也无法保证做到。

我没有想到的是，老人们自己打车跟在灵车的后面，偷偷地到了追悼会现场，站在最后面。当我发现他们四位老人的时候，他们已经站在了孩子的面前。没有大哭大闹，戴着老花镜，贴着水晶棺材，像欣赏一件艺术品一样，静静地抹着眼泪。我让人上前搀扶，老人也平静地说：“让我们再看一眼夏夏，我不哭，哭了看不清。夏夏生病的时候都不哭，我们也不哭。”

那个镜头很长时间都留在我记忆里，怎么都忘不掉。

（尹吉摘自《今晚报》　图/小栗子）

他把奶奶给他买自行车的钱换成了两只缠丝兔带回家，撺掇全家一次又一次轮流排队去买羊肉，只为炒一大份葱炒羊肉好过瘾。

这世界上懂得爷爷的真经的人，已经所剩无几。唯一的一点儿DNA（基因），如今在我的血管里跳动着，却渐渐平庸。

爷爷在我3岁那年去世，肝硬化，当医生的妈妈说那是吃出来的，“当时医疗水平不高，查不出来，肯定就是吃出来的，肝癌”。每当我带爸妈去吃什么特别新鲜的玩意儿，比如做成提子状的鹅肝或者分子口感的冰淇淋，我爸就会感叹“要是爷爷在就好了，你就可以带爷爷来吃了”。

从小，我就继承了爷爷的血脉。据说我还在襁褓时，就能独自舔掉一整块金币巧克力。从我会走路起，家人总是千叮咛万嘱咐：“不要别人给吃的就跟着走哦！”

而终其一生，我最爱的一句话通常都是卖零食的大妈和我说的：“小妹妹，阿姨拿一块这个给你尝尝好不好？”通常在品尝了一块之后，我会没出息地称上个一斤以表示对阿姨定义我为“小妹妹”的感恩，这一点随着年龄的增长在我身上更加有效，虽然30岁之后听到“小妹妹”三个字我的灵魂深处也会抖上三抖。

我的段位比起爷爷，实在是差得太多了，我对那些凶狠的饭店老板娘卑躬屈膝，只求她能允许我追加一份红烧肉，而不能像爷爷那样昂着尊贵的头进店，和大厨还有老板称兄道弟。我还把自己活成了一个人体点评网，每天忙着在各个微信群里友情回答诸如“南京的小龙虾哪家好吃”“要在成都停留一晚只能吃一顿晚饭和一顿夜宵，推荐哪里”等浮于表面的问题。

我可以想象，年轻的爷爷穿着体面的大褂，兜里揣着全部的家当，奶奶新烫了头发，并肩和他走在大街上的模样。若是他们和我现在一般大，又遇上了这样的新世界，一定会隔三岔五在外滩吃上一块带血的牛排，准确说出一块黄油的产地，不怕苦不怕累地从欧洲背上几瓶好酒归来。他们会比我更加努力地工作，赚钱，花钱，只为活成自己心目中的那个人——而我，只能慵懒地蜷缩在郊区的家里，装模作样地喝上一杯手冲咖啡而已。

连一个梦想都实现不了。

其实，在我的回忆中，关于爷爷的印象只有一个片段，就是他坐在成都老家的床上，逗我玩。那时我还很小，听不懂他说话，也不记得他的声音，我只记得他对我笑，露出了缺了门牙的牙床。门牙的缺席格外醒目，像是一个黑洞把幼小的我吸了进去……仿佛在说，我们忙着生，忙着死，忙着吃，忙着拉，忙着现在，忙着你拥有的。

但此刻，他已不在。

但最后的最后，我还想说一句，放心吧，我会好好地守护我们家族的馋……不过，再胖下去，我可能就真的嫁不出去了……家族的血脉又要如何延续呢？

（婉莹摘自豆瓣阅读　图/孙小片）

扑通扑通

PU TONG

□陈晓舒

一

我有一条名叫扑通的小狗。三年前，它随我去了首都机场，在出租车上朝司机卖萌，在航站楼呼啸来呼啸去，玩累了趴在行李箱上和我玩自拍。扑通错认为这是一段美好的度假时光，但它很快就发现自己被塞进了航空托运箱，称完体重后沿着传输带渐渐远去，被陌生人拎起来，最后放置在机舱内一个黑暗角落。两个半小时后，它离开北京抵达我南方的家乡。

那趟旅程导致扑通落下了严重的心理疾病：只要坐上车就会浑身发抖哼哼唧唧，看到行李箱就尿裤子。

我把扑通送回了老家，这个决定实属无奈。那一阵子我出差实在太过频繁，扑通作为一条狗，却特别怕狗怕猫，甚至怕毛绒玩具。根本没办法放心把它寄养在外。

二

扑通从北京回到老家后，很长一段时间，我都在担忧它的安危。“我们家扑通可乖啦。”我每次问及扑通，妈妈都这么回应。

凭借它超高的情商，扑通似乎安全地在家里生存了下来。每天爸妈回家，它都像迎接久别至亲一样欢呼雀跃。妈妈一进门就开心得赶紧抱抱它，奖励一块狗饼干，吃完了还得再抱抱。爸爸在扑通无比执着的求抱抱面前，也不得不和蔼亲切地回应：“好好好，好了。”

爸爸在阳台看报纸，它叼着球就过去，耐心观察着。爸爸有扔球的意思它就开心地去叼球，否则，它就坐在边上的狗窝晒太阳。更多的时候，它喜欢趴在两个客厅之间的角落里，一边看着妈妈在厨房里浓烟滚滚，一边注意爸爸在阳台里的动静。

午饭和晚饭也不需要收音机陪伴了。扑通对三餐极为关注，可以以站立的姿势坚持看主人吃完整顿饭，让人也能感觉到食物更可口。刚开始，爸妈吃饭时注意力完全被扑通吸引，看它撒娇卖萌，拿前爪拍拍你，在确认无望得到食物后，

大吼大叫，表现得很不理智。

有一天早上，妈妈打电话来，动情地告诉我：“你爸爸和我说，从来都没养过小动物，也对小动物不感冒，但扑通改变了他的想法。”

前一天晚上，爸爸应酬喝醉了，回家蹲在马桶旁哇哇大吐。把扑通急坏了，来回奔波，一会儿跑去拍拍爸爸，一会儿跑去叫妈妈。喝醉的爸爸一直夸：“扑通是个好同志！”扑通的日夜陪伴渐渐被爸妈所接受。到后来，他们吃饭时仔细确认餐桌上哪些是扑通可以吃的，哪些是它不喜欢吃的。妈妈不得不每天炖扑通喜欢的牛羊猪肉，她常常盛满一碗饭，自己扒拉一口白饭，把肉捣碎拌匀，浇上肉汤后再倒进狗碗里。爸爸就在边上一直喊：“够了够了，太多了，这么小一个肚子怎么能吃这么多？”然后不断地挑出小软骨碎骨丢到扑通的碗里。

晚饭后，爸爸左叫右叫，扑通都假装是个聋子。以前从来不碰狗的爸爸只能把扑通提起来，像夹个狗皮包一样，夹在腋下出门遛狗去。扑通极其不愿意出家门，一天三次的外出拉屎，对它而言简直像受刑，而不是放风。

三

2013年，我所在的杂志社策划了一个专题“远方的父母”。一个同事写道：“在我劝说下，母亲养了条狗，很懂事，里外跟着她，她说自己睡觉都觉得踏实了……我发现她总是能和狗说上很久的话，家长里短的，不重样。”

自从扑通回了老家，我爸妈似乎也如此。每天晚上爸爸边看电视边给扑通按摩，妈妈则是左一个“宝”右一个“宝”问扑通：“在家有没有乖乖的？”“要奖励啊，好好有奖励。”她中午常坐在小沙发上给扑通梳狗毛，边梳边和它说话，扑通总是呜呜叫，妈妈又是批评又是鼓励，能说上一大堆。

很多时候，我和爸妈也说不了那么多话。

回到家以后，诸如饮食、作息此类生活琐事，我似乎总是有各种不适应。但扑通却早已适应了爸妈的生活节奏。每天晚上吃完饭，八点不到就乖乖地溜进狗窝里，一觉睡到早晨六点。爸爸对此非常满意，常常夸奖它是条作息规律的好狗。

每次我过年回家，似乎打破了扑通的规律作息。它常常不愿意我一个人坐在黑漆漆的客厅里，趴在边上陪我。爸爸喊它去睡觉，它极其不情愿又不得不服从命令地悻悻走开。半夜爸爸起来，发现倔强的扑通一直都没进狗窝，直愣愣坐在冰冷的大理石地板上。

以我的经验，爸爸肯定会一掌拍过去。但这一次他却跑出来叫我：“快让你家扑通进窝睡觉，怎么坐在外面？”

这完全不像我印象中那个暴脾气的父亲。我记得扑通刚回家不

久，他当着我的面打了扑通。那是在晚饭后，扑通也许认为自己在整个晚饭期间没有得到足够的奖赏，偷偷跑去厨房扒垃圾桶，叼了一嘴鱼骨头就往外跑。爸爸在客厅看见，大喝一声就冲了过去，吓得扑通赶紧吐掉。但爸爸还是不依不饶，拎起来打了一下。一掌下去，空气凝固。扑通低头认罪足足五分钟，爸爸自己也惊住了，站在那儿像雕塑一般。那是他第一次打扑通。之后，爸爸默默地坐在沙发上看电视，把扑通叫过去，给它按摩。

我也仿佛从来没有这么认真地去了解过我的父母。有次表哥来家里邀我们出门，临走时，他看到我那严厉又寡言少语的爸爸竟然蹲在狗窝边上，用带着地方腔的普通话和扑通商量着："扑通在家看家好不好？自己乖乖在家哈。"

"还用商量？"表哥捂嘴笑道。

爸爸对我的教育一直本着"无须商量"的态度，他是家里的一言堂。也不知道从什么时候开始，他早就对我采取不干涉的交流方式，从没要求我选择离家近的学校和工作，不逼婚不催产也毫不干涉我的生活。相比起来，我却是每年一度试图侵犯他们生活中那些固执的小习惯。

我曾经提出把扑通接回北京。妈妈敷衍我："扑通现在总是自己拿主意呢。"我只好说："那你问问扑通，它回不回来？"妈妈问了好几天，才磨磨蹭蹭告诉我："扑通说再看看。"

回家后，妈妈看到我天天抱着扑通，就摆出一副割爱的表情说："你这么喜欢，就抱回去吧。"我开心坏了，告诉扑通："你要回北京啦。"爸爸从报纸里抬起头问道："你说的是真的吗？"

我漫不经心地回应说："假的啦。"爸爸严肃地说："假的就不要乱说，扑通会想很久。"我说它是狗，哪里能听懂。

"每一句它都能听懂。"爸爸很认真。

四

离家的那天，爸爸妈妈带着扑通去机场送我。扑通在车里"呜呜"直叫，紧张得上蹿下跳。妈妈说："车里突然多了个姐姐，扑通不习惯吗？"抱着它使劲地哄。

过去十几年，从家里到机场的这一程总是很沉默，大家都想说点儿什么，但又都不知道说什么好，只能听着交通广播台一路走。但扑通回家后的这几年，这一段路程成了它的表演时间，紧张、不舍、害怕、担忧，我们总试图分析它这异常的反应到底代表了哪种情绪。

到了机场，爸爸依然跑去看北京的天气预报，扑通在妈妈的怀里，四处张望。"看，它在找你爸呢。"妈妈说。

我隔着安检门拍下外面遥遥招手的妈妈，她怀里的扑通难分难舍地"呜呜"直叫。爸爸远远站在一旁，假装毫不在意却伸长脖子注视我。相聚之日的镜头一个个闪过，有那么一刻，我觉得相互依靠生活的每个画面，都可以不断重复过上一万年。

（林冬冬摘自《正午故事》广西师范大学出版社　图/孙小片）

一个人的状态易失败

□佚名

一位名叫阿超的网友在论坛上谈起了自己的人生困惑，他说："本人男，26岁，一个人浑浑噩噩，该做些什么将来才不会后悔？"

看了阿超的提问，立刻有网友给出答案，建议他快快结束"一个人"的状态，并把自己母亲说过的一句话，送给了阿超："一个人的状态，总是最糟的。"其中的理由再简单不过：一人的吃穿住用，一人的度日过活，非常容易解决，也非常容易跌入谷底——高兴时，身旁无人分享；失志时，那种消极的状态，却只能一个人一再地"浸淫"……所以，要让自己振作，第一件事就是绝不要长期保持"一个人"的状态。

你可能暂时找不到伴侣，暂时难以成家，暂时无依无靠，你可能会因此难过得无以复加……

但即使是陷入这样的境地，你也要强迫自己不要只是一个人。就像侦探界"独孤求败"的福尔摩斯，也要珍视华生这个朋友兼助手；就像老电影里，独来独往的男主角阿兰·德龙，身边也要有只金丝雀为伴。

实在不行，就养条狗吧。这狗，每天都要逼你准时喂它，准时拉它出去运动。它病了，你还要带着它奔走求医。它是你的负担，也是你的责任。因为不是一个人，所以你荒唐不起来，也没办法浑噩度日。

只要你不是一个人，不是只为自己活，某种层面来说，你就永远不会失败。

只要不是只为自己而活，就不会失败，懂了吗？父母的唠叨、爱人的依赖、孩子的哭闹、朋友的牵绊，甚至是家里养的小东西用无辜的眼神向你默默求助，这一切，都不该成为你抱怨的理由，相反，这才是你不败的人生。

（飞花似梦摘自《广州日报》　图/木木）

残缺的小手指

□凌霜降

我的左手很完美，皮肤细滑，五指纤纤。但我的右手缺了一根尾指，并且断口的地方丑陋不堪。这是我二十年来最心痛回忆的见证，这与她有关。

我恨她，我很恨她

二十年前，我七岁。每天最常做的事情就是带着两岁的弟弟在村巷中来来去去地走。父母刚刚到县城里的医院工作，我们姐弟俩在老家由我奶奶带。

那时的奶奶守寡已经二十年了，她几乎不对我笑，偶尔会对弟弟笑一下，和很多重男轻女的农村妇女一样，她有什么好吃的是从来不会先考虑我的。

有一回，父母托人送回来一条花裤子。那么长的裤子，暖和的灯芯绒面料。这是我很久以前就渴望拥有的一条裤子，穿上它我背着弟弟出去转悠的时候就不会冷得两腿发抖了，但她并不给我穿。即便知道我那两条裤子已经变短，已经磨出了两个洞。她只是冷冷地扫了我一眼：“你还有别的裤子呢，这么暖和的裤子留给仔仔以后穿！”然后把裤子很郑重其事地锁入她屋内那个黑红色的柜子里。

我开始恨她。我才七岁，就要帮她喂猪、挑水、煮饭，还要看护着总是哭闹的弟弟，有时候我玩得忘记回家煮饭，她就很生气，她不打我，只用手在我的腰上、胳膊上拧，痛得我眼泪直打转，偏偏我又倔得厉害，从不认错。

晚上洗澡的时候，她在天井帮弟弟洗，逗弟弟玩，有时候会笑。我数着胳膊上的紫青，发誓我恨她，永远恨她。

我不能忘记那触目惊心的震撼

那一年冬天，我们那个小村落居然下了薄薄的一层雪。我从来没有见过雪，只觉得白晶晶实在很漂亮。她好像去了地里，那么冷还下田。村里的人称赞她勤劳。我带着弟弟去看雪，却不小心跌到了水沟里，衣服全湿了。幸好那水沟不深，我把弟弟拉上来，背起他飞快地往家里跑，我必须赶在她没有回来之前换上干净的衣服，不然她会拧死我的。

那天不知道为什么她没有锁那个黑红柜子，我把自己和弟弟里里外外全都换上了新衣服，当然我换上了那条灯芯绒裤子。真的很暖和，而且刚刚合身。

穿好衣服，我忽然发现弟弟有些不对劲。摸了一下他的脸，很红很热。弟弟发烧了！我急得不行，想去买药，但又没有钱。忽然想起上次弟弟发烧的时候，她曾经从黑红柜子里拿钱送弟弟去卫生所。房间里的光线很暗，我几乎探了半个身子在柜子里使劲地寻找。

“死丫头！我听二婶说你把弟弟掉到沟里了！你在干什么？……”这时，她刺耳的声音忽然在屋内响起，我一只手还攀在柜子里，另一只手则吓得把刚刚拿到手的东西掉在了地上。

“你这个不争气的死丫头，竟然做起小偷来了！你敢偷我的钱？”她吼道，一步冲了过来，狠狠地关上了黑红柜子的门。我的手还来不及抽开，顿时感到一阵钻心的疼痛。倔强的我不愿意在她的面前表露脆弱，我只是闷闷地哼了一声。而她很快察觉到弟弟的不对劲儿，一把抱起弟弟就往外面冲。我暗暗松了口气，弟弟不会有事了。

这时我才想起疼痛的小手指，右手的整个小尾指由于她用力关柜门的缘故，被绞在了柜门的缝隙之间，无论我怎么用力都抽不出我的右手，只知道那只手越来越痛，最后痛得失去了知觉。

醒来的时候，只有我一个人躺在床上，缠了灰色纱布的右手还在痛。

接下来的三天，我都很安静。第一次为伤手换药那天，父母终于从县城来到我们姐弟面前。妈妈小心翼翼地拆开我手上的纱布，我痛得厉害，不敢去看。当我的手感觉到冷冷的空气，听到妈妈“哇”一声大哭，我转过头，看到了我的右手。

我永远不能忘记那一种触目惊心的震撼。

我都残废了，要草药有什么用

我很坚决地要求离开那个煎熬了我足足七年的家，并且坚持也要弟弟一起走。

走的时候，我用一种很冰冷、很怨恨的眼神最后看了她一眼。她站在家门口的老树下，瘦而高，站得笔直。我决心，从此以后，要把她从我的记忆里清除，再也不要想起。

再一次见她，已经是十年之后。过去的十年里，弟弟常和父母一起回去探望她。而我，从来不去。在我十七岁那么自尊又自卑的岁月里，残疾的右手成为我心里最尖利的一根刺，刺得我和周围的人都伤痕累累。

我并不知道那个站在我家楼下的老太婆就是她。十年，我长大了，我不认得这个老太婆。我经过她面前，准备上楼。

“丫头。”我听到了她苍老的声音。接着我握紧右手的四个手

轮回

□黄竞天

母亲来香港的时候带了一只半人高的行李箱，里面装得满满的，重得我都提不起来。里面除了一小包日常用品，其他的都是我爱吃的东西。

“带这些东西来干吗？”我看着那些豆腐干和小点心说，“这里什么东西都有，你这么大老远背过来累不累啊？”

“你不是常常说这里的菜分量少，吃不惯吗？”她一边看着我的脸色，一边将那些我为了减肥早已不碰的小零食塞进我的包里，“怎么了？这些不都是你爱吃的吗？”

“哎哎，少放点儿，够了，够了。”我心疼地看着上个月新买的皮包被撑得变了形，又舍不得打断她。

几天过去，她要走了，拿着那张小小的机票走向了安检的那道门。走到一半，她突然转过头来，对着我招招手。

“怎么了？”我问她。

“没什么，就是想起那年我把你送出去上学，我就站在你的位置上。而现在，我们俩反过来了。”她笑着说。

我也笑了。

“好了，我走了，你回去小心点儿。”她又向我招了招手，径直走进了安检的那道门里面，然后很快消失在人群里。

我的笑容还在那里，可是眼泪却一下子落了下来。

年纪大了，我开始慢慢地懂得，这个世界上的感情以及大多数的缘分都是一种轮回。

她用温柔和爱护陪伴我成长，我用搀扶和帮助陪伴她老去。我们相互见证，分离而又重聚，不断地重复着那些事。原来她为我做过的，现在我为她做。

这种轮回的意义就在于，无论我的身和心飘得有多远，我都知道在这个世界上有一个地方，母亲就站在那里笑脸盈盈地凝望着我。

（檬男摘自《体面的普通人》江苏凤凰文艺出版社 图/木木）

指，心里那根刺开始扎我，扎得很痛。这个老太婆，她还有什么理由出现在我的面前？我想她甚至不记得我叫什么名字。我只是一个死丫头。

“你来这里做什么？你滚！”我大吼。因为这句话，从来很疼爱我的父亲给了我一巴掌。指着桌上那堆草药吼：“那是你奶奶，她六十五岁了！背着这堆给你的草药走了整整一天才到这里的！”

我满眼是泪：“我都残废了，要草药有什么用？”

您从来不知道，我也爱您

我只是不知道，十年前见她的那一面，竟然是最后一面。

当我跪在那堆黄土前，不知道为什么哭得停不下来。爸爸仿佛一夜老去，走到我面前拉起我，也扬起了手。如果可以，我宁愿他真的打下来。但爸爸最终没有，只是哭着骂我：“你怎么这么不孝呀？”

回到家里，他指着那个黑红的老柜子说：“你奶奶说，里面的东西全是给你的，谁也不给。”我摸摸我残疾的右手，发觉自己早不那么在意它的不完整。我打开柜子。然后，泪水再次随着周围人群的哗然而落下。那一柜子里面都是什么呀：满满的全是钱，一毛、两毛的，一块、五块的，都分类叠得整整齐齐。

“小妍啊，老太太也算是对得起你，这么多年来一直念叨的就是怕你伤了手嫁不出去呀，平时肉都舍不得吃一顿，没想到为你存下这么多钱……”爸爸悲声痛哭，扭了头不忍再看那些破旧却整齐的零钞。弟弟在我身后抓紧我的手：“姐，你原谅她吧。”

我已经无法形容心里的悔恨和悲伤。我原谅她，我怎么不原谅她呢？这些年，我从各个城市给她汇款，只是我从来不加只字片语，我只在心里想，给她钱，她自然会好好照顾自己。待我想通了，自然回去看她。

不知道如何面对，亦不知道如何找理由。我明明知道她想见我，她只想见我一面，我能做却都不帮她做到。

爸爸告诉我，那堆钱一共有556324元。柜子里还有一些我小时候穿过的衣服，洗得很干净，叠得整整齐齐。

我看着那个黑红色的木柜子，心里一直在问：奶奶，您听到我在叫您了吗？就像我觉得您不爱我一样，您只是从来不知道，我也很爱您。

（晓晓摘自《儿童文学》 图/吴敏）

妹妹小莲

□自　然　XIAO LIAN

~~~~~1~~~~~

我比小莲大五岁，关于小莲出生当天发生的事情，我是从姥姥那听来的，她一边讲一边叹气。

当时产科大夫把我妈的肚子拉开一个口子，把小莲弄了出来。是一个奇怪的女孩，简直就是一只小猴子：全身都是细细的黑色的毛，两只眼睛一高一低一上一下，死死地闭着，嘴是斜的，护士很为难地对我妈说："恭喜……是个女孩……"

很快我们全家都见到了我可怜的妹妹，医生说这是病，叫脑瘫，没法治也治不好。爷爷奶奶当时都哭了，爸爸只抽烟不说话，只有妈妈说："我可怜的孩子，以后就叫她小莲吧……"

那时，我还不知道，爸爸已经准备离开我和妹妹还有妈妈了。他接受不了妹妹，选择永远离开我们。

~~~~~2~~~~~

我妹妹五岁的时候还不会走路，只要我一把她放在地上，她就叫着哭。

她不会说话，却能可怜兮兮地看着我，两只眼睛充满透明的眼泪，大滴大滴地往下掉，就算这个世界上最狠心的人，也不忍心看她含着眼泪的眼睛。

没有办法，我只能做这个世界上最狠心的人，她站在地上，只要我把两只手从她身上拿开，她就顺势扑向我，如果我躲开，不伸手接住她，她就直接狠狠地摔在地上，无一例外，摔完以后一动不动地加大两倍音量哭吼。每到这个时候，我就赶紧找出两块糖，一起剥开塞进她的嘴里，马上小莲就对我咧着嘴含着糖，流淌着黏糊的口水笑起来。

我和妈妈都还清楚地记得，小莲第一次学会走路的样子。小莲不喜欢吃饭，却非常喜欢吃糖，我们找了一个透明的塑料罐子，在里面放满了糖。一个星期天的早晨，妈妈让小莲站在地上，我举着糖罐子，只要她轻轻走上一小步，只要一小步她就能拿到。小莲在没有妈妈扶着的情况下，左脚往前走了一步，她得到了罐子。当时妈妈就亲着小莲哭，我也高兴地哭……我的妹妹终于学会走路啦！

小莲在会走以后，还是不会说话，我们都很着急。姥姥是我们家的智多星，她发现了问题："我们每天教小莲说话，但我们教的都不一样，我让小莲喊姥姥，你让小莲喊哥哥，妈妈让喊妈妈，这么混乱小莲肯定学不会。我们每个人都统一，都教小莲说一个字——妈！这样容易。"从此以后，我们都让小莲看着我们的嘴形，大声地并且不停地说："妈……妈……"

但是慢慢地我们发现，小莲竟然真的把我们都当妈妈了。因为有一次，我正坐着哄她玩，突然她以闪电的速度，把我的衣服撩起来，嘴对着我的胸，找什么东西，把我吓得哇哇大叫。

小莲第一次说话，喊的还真是妈妈。那天妈妈一不小心滑倒摔折了腿，我不在家，姥姥也不在，妈妈躺在地上，老半天都站不起来。小莲可能是吓坏了，坐在地上看着妈妈哭，妈妈也不停地安慰妹妹说："小莲不怕！小莲不哭！"说的时候，妈妈却哭了，小莲突然喊了一声："妈……"在我妈还没反应过来的时候，她又连着喊了两声，还用手去抹妈妈的眼泪。

从那次以后，小莲就会喊"妈"了，再后来会喊两个字"妈妈"，会说三个字的时候进步最大——"哥哥糖"。

再大一些，我们都觉得小莲特别可怜，跟她同龄的人都跑着躲开

她，可是小莲从不伤心失望，每次看到同龄的女孩子，还是满怀热情地跑向她们。

小莲跑起来像一个僵尸，一边跑还一边发出高兴的吼叫。有的孩子被她追上，小莲就会伸出双臂拥抱她们，还用挂着鼻涕的脸亲吻她们。附近住的孩子，有一个直接被吓病。我妈带着水果去他们家探望，可人家没让我们进门，还把水果丢了出来。因为这件事，妈妈伤心了好长时间。

也有两三个胆子大点儿的女孩子，妈妈平时下班主动和她们套近乎，答应给她们买玩具还有好吃的小食品，邀请她们来我们家玩。有一个星期天，有三个还真的来了，女孩子们吃完薯条薯片水果，终于同意和小莲玩一种叫“谁也不许动一动”的游戏。就是当一个人说完“谁也不许动一动”以后，谁都忍着不动，先动的那个人要接受惩罚。这可把小莲乐坏了，她看到她们各种姿势一动不动，嗷嗷地大笑，可能太兴奋，她连尿带屎一起拉裤子里了。妈妈立刻拉着小莲往厕所跑，那三个女孩子慌张地开门跑了。从此以后，她们再也没有来过我家。

妈妈有一年过生日，我想送给她一个特别的礼物，最后决定教小莲唱《世上只有妈妈好》。她根本不能记住歌词，所以我把歌词改成两句：世上只有妈妈好，有妈的孩子像块宝。

妈妈生日那天晚上，我把小莲拉到妈妈面前，从口袋里掏出一块糖塞进她手里，轻轻地说：“唱吧！唱完就可以吃糖。”小莲看看糖又看看妈妈，站直了身体，用一楼都能听见的音量开始一个字一个字地朗诵：“妈妈！世上只有妈妈！好！妈妈！我是块宝！”

妈妈和姥姥果然被我们感动得猛擦眼泪。尤其妈妈，搂着小莲半天不松手，不断重复地说：“你就是妈妈的一块宝……你就是妈妈的大宝贝……”

让我们没有想到的是，小莲悄悄把糖剥了，放进自己的嘴里，突然她想到了什么，又从嘴里吐出那块糖，用手轻轻地放进了妈妈的嘴里。妈妈吃着糖，眼泪不住地往下流。我想那是妈妈吃过的最甜的一块糖，也是妈妈收到的最好的生日礼物……

~~~~~3~~~~~

我第一次把女朋友秀秀带回家的时候，小莲跟小蜜蜂围着一朵花似的，一会儿摸摸秀秀的头发，一会儿脸贴得很近地看看。秀秀对小莲比对我还好，差点儿把超市里所有的糖都搬我们家来。

吃完饭，小莲就嚷着要穿秀秀给她买的新衣服，那是一件米黄色带着红色小花的连衣裙，小莲穿上以后马上变了一个人似的，就是公主也没有她好看。秀秀还从包里掏出一包化妆品，我一看这是要给我们小莲化妆呀，小莲从来没有化过妆，这还是第一次。

化妆以后，我们全家都惊呆了，从来没有发觉原来小莲的眼睛这么大，高鼻梁，嘴虽然大点儿，但擦上粉红色的口红以后，不大不小的！仙女下凡也就是这个意思啦！

1998年秋天，我要和秀秀结婚，我们决定还和小莲、妈妈、姥姥生活在一起，方便照顾小莲。小莲已经和秀秀成了最好的朋友，那些日子，小莲比以前都更加快乐，只要我和秀秀一回家，她就马上拿糖给秀秀，亲自把糖纸剥下来，把糖放进秀秀的嘴里。

10月2日晚上，我和秀秀要出门看烟花，小莲哭着喊着也要跟着去，姥姥在出门前不停地嘱咐我们一定要照看好小莲。国庆节，马路两旁都挂满了花灯，人也非常多。小莲一只手拉着我，一只手拉着秀秀，看看这，看看那，不停地笑着。突然她看到马路对面有卖糖葫芦的，立刻嚷着要吃。我就让秀秀看着小莲，我去买。

我买了两串，举着要过马路的时候，小莲高兴地甩开秀秀的手，朝着我跑过来，她不知道什么是马路，也不知道汽车有多么危险。在我还有两步就要拉住她的手时，小莲被一辆来不及刹车的汽车撞倒了，当时就昏迷不醒。

我们叫来救护车，把她送往医院，医生说的什么我已经不知道了，我看着医生给小莲盖上了白色的单子，我听见一个声音不停地对我说：“你妹妹死了！小莲死了！”人生有些错误是可以弥补的，可有的一旦发生了就永远不能弥补了，就算是死也不能弥补。

有很长一段时间，我不能睡觉，我只要一闭上眼睛，眼前就闪出小莲被撞时我看见她的最后一面，就是被车撞倒的那一秒，她也还是笑着的。

小莲出殡那天，穿着一身粉红色的裙子，一双粉红色的绣花布鞋，手指细长细长的，没有一点儿血色，额头上的大口子被头发齐齐地盖住。我突然想起小时候，我哄着她，教她说话、走路、唱歌，我们一起去动物园，一起吃糖……一直以来我都以为是我陪着小莲，但当小莲离开以后，我才知道，一直都是她陪伴着我，她带给我的快乐，远远多于我给她的。小莲离开我们两个月后，姥姥也在一天深夜，突然脑出血去世了。我知道姥姥是不放心小莲一个人，去找她了。

（尹吉摘自第四届豆瓣阅读征文大赛　图/麦小片）

诗剧

我记得那美妙的一瞬，
在我的面前出现了你，
有如昙花一现的幻想，
有如纯洁至美的精灵。
在那无望的忧愁的折磨中，
在那喧闹的浮华生活的困扰中，
我的耳边长久地响着你温柔的声音，
我还在睡梦中见到你可爱的倩影。
许多年过去了，暴风骤雨般的激情。

——普希金《我记得那美妙的一瞬》
~~~~~

LOVE YOU

所谓爱你，就是一日三餐

□李野咪蒙

★★★★ 一 ★★★★

味蕾像是绳索，将人牢牢拴住。不管我出门走了多么远，还是会回家吃饭。

我妈这辈子唯一的本事，就是用美味征服所有人，不管你来自哪里。我爸不外如是。我爸姓丘，20岁从北方来到香港，因为身材发福，被香港人称为肥丘。南方人口味清淡，北方人口重。肥丘完全吃不惯香港本地的饭菜。因为吃饭，肥丘和人吵了无数次，直到遇上我妈。

我妈只是做了一道卤味饭，肥丘吃完，嘴里只蹦出了一个字，丢。“丢”是骂人的话，意思就是“操”，是肥丘跟香港人学的。但在这里，肥丘的意思是，太好吃了。我妈说，她一辈子都被人夸做饭好吃，但那句“丢”，是她听过的最高的赞赏。

★★★★ 二 ★★★★

肥丘和我妈在一起了。肥丘是修汽车的。那时候，无论在汽车修理厂工作到多晚，无论同事怎么邀请肥丘下班吃夜宵，肥丘都会回家吃饭。同事嘲笑肥丘，你就是一老婆迷。

肥丘说：“不是。”同事说：“那你怎么不和我们吃饭？”肥丘一本正经地说：“因为饭馆里面什么都好，就是菜不行。”

都说爱情有五味，酸甜苦辣咸。肥丘和我妈的爱情，就是一个字，馋。肥丘挣钱很少，和我妈挤在一处10平方米的小屋里。肥丘很有心计，总是说女孩子还是瘦一点儿才好，然后趁我妈愣神的时候，把桌子上面的饭菜一扫而光。

我妈埋怨他耍心计的时候，肥丘总是说：“吃你做的饭，代表‘我爱你’啊，把你做的饭一口气全吃光，一口也不给你留，代表‘我太爱你了’。”

肥丘不仅爱耍赖，还没钱。每到月末，房东来敲门催账，肥丘都急得要发疯。我妈便把灯全部关上，伪装出家里没人的假象。到了吃饭时间，我妈把饭菜端上餐桌，然后和肥丘静默地在黑暗中摸索着吃饭。

偶尔筷子轻碰，立刻移开，生怕发出一丁点儿声音，被人发现。我爸原以为，穷，也可以活得很快乐。但现在，他不这么想了。房东走后，肥丘朝着门外说：“丢你老母。”他跟我妈保证，将来有一天，会挣到很多钱，再也不让她过这种窝囊日子。我妈说：“丢，过什么日子，还不是得给你做饭。”

半年后，肥丘发了。把旧车零件拆下来，拼成新车，再以三四倍的价格，走私卖到深圳。据说，肥丘赚得最多的时候，一年可以赚到7位数，那是在遥远的80年代。都说人有钱了，就会变。

肥丘也一样，他回家越来越晚，甚至不回家吃饭了。我妈说，饭不能凉，时间长了，味道就不对了。她只是想让肥丘快一点儿回家。肥丘曾经计划过，要是自己挣了大钱，就把全香港的人都撵走，只剩他和我妈，在维多利亚港散步，挥霍。

现在，他真的挣了大钱，也真的把自己的誓言忘了。

★★★★ 三 ★★★★

三年后。

肥丘贷款盘下了当时香港一大半的旧车，打算走私到深圳，大赚一笔。结果，走私车运到深圳，被海关扣下了。肥丘输光了所有的财产，而且因为借的是高利贷，对方放出话来，要是他不还债，就让他活不过三个月。我妈当时已经怀上了我，每天大着肚子给肥丘做饭，希望能让他的心情好一点儿。

肥丘一口也吃不下。我妈把一口都没吃的饭，一盆盆倒掉。

我妈生我的当天，肥丘没有陪在我妈身边，在外面躲避仇家。陪在我妈身边的，是一群古惑仔。古惑仔找不到肥丘，转而守住我妈。生怕逮不到和尚，再丢了庙。都说孩子出生的时候，身边会围绕着一群亲戚，欢喜道贺。我出生的时候，同样身边围绕着一群人，只不过他们是黑社会。我姨来看我妈，被当时的阵势给吓到了。我姨偷偷跟我妈说，她有关系，可以偷偷把我妈送到美国去。

肥丘知道这件事，大怒，说我妈背叛了他。他要跟她离婚，让她赶紧滚。

离婚当天，我妈泪流满面，肥丘面色铁青。办完了手续，我妈说：“都生活这么长时间了，吃顿分手饭吧。”肥丘摇摇头，表情决绝。我妈上了巴士，快要开车的时候，肥丘忽然敲了敲车窗。

肥丘对我妈说：“咱们两个人，不能一起死，得有一个人活。离婚后，你去美国，好好带孩子，剩下的交给我。”

车开了一段距离，我妈忽然听到身后一个声音大喊：“丢！老婆我爱你！丢！老婆，我爱你！”

一周后，我妈坐飞机到了美国，和肥丘断了联系。不过，我隐瞒了一件事情。我并不是跟着我妈在美国长大的，是肥丘一手把我带大的。

我妈上飞机的时候，并没有带上我。

因为黑社会把我看得很紧，在他们眼里，那个已经和肥丘离婚的女人无关痛痒，但是肥丘的孩子不能就这么放走。我妈也不肯走。是肥丘让我姨，强行把她带去了美国。

之后，肥丘把我托付给他的朋友。他自己则游荡在街头，故意抛头露面，吸引黑社会注意，等待自己必死的结局。

半个月之后，警察因为另一件案子，逮捕了追杀肥丘的黑社会。肥丘从朋友那里把我接回家，作为一个单亲爸爸，独自抚养我。

我是在10岁的时候，才再次见到我妈的。我妈给我做了一顿大餐，排骨、叉烧、卤味饭。我妈说："尝尝看，不是你妈自吹，只要尝过我做的饭，都会心服口服。"我尝了尝，说："很平常啊，我从小在家吃的就是这个味道。"

★★★★ 四 ★★★★

肥丘在10年间，把厨艺练得很好。

作为一个事业失败的男人，一个单身爸爸，肥丘把原本应该投入卧室的精力，转而投入了厨房。肥丘一直对我说："给你做饭，是我这辈子最大的乐趣。"肥丘一直对我说："我所有的厨艺，都是你妈教给我的。"是的，把我养大的，是妈妈饭菜的味道。只不过，做饭的人，是我爸。

我一直以为，肥丘喜欢的是饭菜的香气，但其实他喜欢的，是和我妈在一起时，恬淡又平常的烟火气。

他经历了跌宕，经历了生死。惊心动魄的故事，最后也不过消弭在了一顿顿饭菜里。他想念她，用他们的专属方式。每次吃饭，肥丘对饭菜，比对我还要在意。在那片眷恋、深情又沉默的目光里，我总能穿过表面，看到那背后，有一个温柔坚定的女人。

她看似拴住了他的胃，实际拴住了他的心。

我妈终于回到香港的家，她走进厨房。

肥丘在准备饭菜，回过头来，对我妈说："回家了，一起吃饭吧。"

"一起吃饭吧。"这五个字，无非就是"我爱你"的另一种说法。

就像有人说的，所谓天荒地老，就是这样。一茶、一饭、一粥、一菜，与一人相守，足矣。

（大头菜摘自微信公众号"咪蒙"
图/果酱的酱）

我爸认识所有的鱼

□冯　唐

老爸走了，我现在赶去机场，回北京。

忽然想到，每次见到老爸，他都不太说话，都给我倒一杯热茶，眼泪下来，止不住。我知道，走得这么快、这么安详，像睡着了一样，是老爸的福德，也是他一生修行的见证。

前一个月，安排彻查了老爸的身体，排除恶性病变。老爸体重不到四十公斤，我搀着他，觉得他小得像个孩子，我小的时候，不到四十公斤，他也这样拽着我的手，去医院、去公园、去他单位玩耍。因为太瘦，老爸的静脉状况很差，做加强CT（计算机层析成像）需要的留置针都安不住。我还和他开玩笑："如果真生病了，要静脉注射，您就真有罪受了。"老爸进CT室之前，要卸下一切金属，他脱了手表、钱包、钥匙、手机、戒指、手链、香烟、打火机、假牙，我拿他的帽子盛了这些物件儿，小小一堆儿，很无辜地聚集在一起。

他一点儿罪都没受，睡着去了，在地球上他住过最长时间的北京垂杨柳，和平时午睡一样，张着嘴，手放在电脑上，眼睛闭着。他从来没有多于一万块的存款。他一直霸占厨房，给周围人做饭，认为任何厨神做的饭都没他做的好吃。他认为所有馆子的菜都太贵。他认识所有的鱼。他说，天亮了，又赚了。

反正老爸一辈子不太说话，他的小羽绒服还挂在门口的挂钩上，我认为他根本没走。老妈在老爸屋子里摆了一个简单的灵堂。我去上了香，看到他床空了，整整齐齐的，照片笑得像以前一样无邪，手表、钱包、钥匙、手机、戒指、手链、香烟、打火机、假牙等分列照片两边，我眼泪又流出来。

我见过的最接近佛的人圆寂了，留我一个人独自修行。圆寂不是离去，而是去了另一维空间。其实，人一起生活过一段时间，就没了生死的界限，除非彼此的爱意已经被彻底忘记。我这么爱老爸，他就走不了。其实，人比的不是谁能拥有更多，比的是谁更能看开。老爸一直没拥有过什么，一直看得很开。我努力向您学习，争取做到您的万一。

我在这一维空间里祝您在另一维空间里一切安好，认识那里所有的鱼。

（花烛摘自爱微帮　图/罗再武）

祖父的肉圆汤

□吴佳伊

傍晚回到家，门边又立着那只熟悉的白色饭盒。

我忙把它拿起捧在手心，饭盒温度已经几乎散尽，但我的心里全是暖意。我知道，是祖父又送来了我最爱的肉圆汤。

祖父在我心里，是十分高大的存在。他曾是一名新四军军医，多年的军旅生涯练就了他的一身硬骨。尽管已是杖朝之年，祖父依旧健朗，从不要人照顾，同岁的老人已经拄着拐杖无法行走时，祖父却仍每天自己骑着车买菜做饭，打扫卫生。

祖父的拿手菜肉圆汤是一绝。那肉圆紧致弹滑，软嫩鲜香，汤汁醇美浓郁。无论单喝，还是炖入蔬菜一同食用，抑或是拌入米饭、面条，都是极好的，吃多少都不会腻。做这道菜时祖父往往不像别人那样站在炉前，捏好一个肉圆就随即入锅，而是坐在桌前，备好圆勺和盛有凉水的大碗，将肉就着勺子的形状反复旋着搓成小球，然后逐个整齐放入碗中，所有的肉圆都大小均一，形状漂亮，表面光滑平整。待全部制好后再入锅一煮，光是那飘出的香气就足以让人胃口大开，更别说入了口，那浓香的味道，吃一次就定会回味无穷。这道经典的菜式，家里很多人都曾向祖父学习，但因为制作工艺虽不算复杂，却要求很高，必须认真精细，故至今没有人能做出如祖父一样完美的味道。

祖父这样的精心制作，必然是极耗时间的。但每次逢年过节全家聚餐，祖父总是会起个大早开始制作，那一大锅足足能有几十个。因为他知道我们全家人无一不爱吃他做的肉圆汤，而每次我总会分得最多的肉圆，祖父甚至会专门拿小缸为我另留些许。

祖父的肉圆汤一路伴着我长大。小时候我不爱吃肉，母亲常为此发愁。但每每祖父做的肉圆汤我却能吃上好多个。后来即使我学业渐渐繁忙，很少有时间回去，他也总会隔三岔五做上一锅为我送来。有时候白天来时无人在家，祖父就会将饭盒留在门边。久而久之，放学走到家门前是否会看到祖父的白色饭盒，已经成了日常愉悦的期待。这么多年过去，祖父的肉圆汤我从未吃腻；反之，它已经是我生活中不可缺少的一部分了。

直到祖父去年的一场大病，大病过后他的身体已不再像从前那样硬朗，变得瘦骨嶙峋。

然而有一天，我放学回到家，发现门外放着一个熟悉的白色饭盒。我疑惑地打开，居然是祖父做的肉圆汤！我忙拨通祖父的电话。“宝子啊，看到肉圆汤了吗？吃了吗？我给你说啊，我路上走得慢，要是凉了，吃的时候你再放到炉子上热一下，想加蔬菜的话让妈妈再给你放点儿冬瓜……”祖父的声音是大病后少有的洪亮与兴奋，听着那愉悦的话语，抱着沉甸甸的饭盒，脑海里浮现出祖父坐在桌前，站在炉边做肉圆汤的身影，我再也控制不住眼里涌出的泪水，一颗一颗掉落在怀里的白色饭盒上。从那以后，祖父又开始做肉圆汤，只是不再如以前那样总给全家做上一大锅，而是独独为我做上一小碗。后来的日子仿佛回到了从前，隔三岔五回到家，就能看到那只白色的饭盒。我们很担心，劝说祖父不要再下厨，但祖父态度坚决，甚至带着几分军人的强硬。他说：“没事，宝子爱吃啊，也不知道我还能给她做几回了……”

将来假期即使再忙我也要回去陪祖父。还有那没有人学会的肉圆汤，我一定要学会。因为这肉圆汤于我，已不仅仅是一道美味的菜肴了，它是一种美好的情怀，一份深切的爱。我想，这已经陪伴了我快二十年的肉圆汤的味道，我这一辈子都不能失去、不想忘怀。那是祖父的味道。

我打开祖父的白色饭盒，喷香的气味一如既往地扑鼻而来，里面躺着的是那诱人的浓汤、精致的肉圆。我舀起一颗放进嘴里，那最熟悉的、最美味的、我最爱的味道，伴着那汤和肉圆，入了喉，穿过肚，暖了心。

（本文由贵州省铜仁第一中学文学社提供
图/熊LALA）

母亲养蜗牛

□梁晓声

楼上人家赠予母亲几只小蜗牛。那几个小东西，只有小指甲的一半儿大，粉红色，半透明，可爱极了。母亲非常喜欢这几个小生命，将它们安置在一个漂亮的茶叶盒里，还预先垫了潮湿的细沙。母亲似乎又有了需精心照料和养育的儿女了。她经常将那小铁盒儿放在窗台上，盒盖儿敞开一半，让那些小东西晒晒太阳，并且长久长久地守着，怕它们爬到盒子外边爬丢了。它们爱吃菜心儿，母亲便将蔬菜最嫩的部分细细剁碎，撒在盒儿内。

母亲渐渐对它们有了特殊的感情。那种感情，是与小生命的一种无言的心灵交流。

八岁的儿子也对它们产生了浓厚的兴趣："奶奶，我想吃蜗牛！我还想喝蜗牛汤！我同学就吃过，说可好吃了！"

"可……它们现在还小啊……"

"我等它们长大了再吃。不，我要等它们生出小蜗牛以后再吃，这样我就可以一直有蜗牛吃了。奶奶你说是不是？"

母亲愕然。

我阻止他："不许存这份念头！不许再跟奶奶说这种话！"儿子眨巴眨巴眼睛，像受了天大委屈似的，一副要哭的模样。

母亲便说："好，好，等它们长大了，奶奶一定做给你吃。"

从此，母亲观看那些小生命的时候，儿子肯定也凑过去观看。

儿子问它们为什么还没长大，而母亲肯定地回答——它们分明已经长大了。

儿子确定地说，它们已经长大了，不是长大了一些，而是长大了许多。而母亲总是摇头——根本就没长。

然而，不管母亲和儿子怎么想，怎么说，那些小生命的确是一天天长大着。壳儿开始变黑变硬了，它们的头和柔软的身躯，从背着的"房屋"内探出时，憨态可掬，很有妙趣。

"奶奶，它们就是长大了吧？它们再长大一倍，就该吃它们了吧？"

"不行，得长到和你拳头一般儿大。你不是说要等它们生出小蜗牛之后再吃吗？"

"奶奶，我不想等了，现在就要吃，只吃一次，尝尝什么味儿就行了。"

母亲默不作答。

趁母亲不在家，我将儿子拉至跟前，对他讲奶奶一生多么不容易，讲自从爷爷去世后，奶奶内心的孤独和寂寞，讲那些小蜗牛对于奶奶的意义……儿子低下头说："爸爸，我明白了，如果我吃了蜗牛，便是吃了奶奶的那一点儿欢悦。"从此，儿子再不盼着吃蜗牛了。

一天晚饭时，母亲端上一盆儿汤，对儿子说："你不是要喝蜗牛汤吗？我给你做了，快喝吧。"我狠狠瞪了儿子一眼。儿子辩白："不是我让奶奶做的！"母亲朝我使了个眼色。我困惑地慢呷一口，鲜极了！但那不是蜗牛汤，而是蛤蜊汤。

其实母亲是把那些能够独立生活的蜗牛放了，放于楼下花园里的一棵老树下。她依然每日将菜蔬之最鲜嫩的部分细细剁碎，撒于那棵树下……

一天，母亲说："我又看到它们了！它们好像认识我似的，往我手上爬。"我望着母亲，见母亲满面异彩。那一刻，我觉得老人们心灵深处情感交流的渴望，令我肃然，令我震颤，令我沉思。

（余长生摘自《与生灵共舞》当代世界出版社 图/蝈蕈猫）

诗剧

当我在这个早晨醒来，
窗玻璃已经结霜，
而我发热于一场美梦。
火炉从它欣赏过的一块木材中
彻夜倾倒出温暖。

——奥拉夫·豪格《冬晨》

亲情也需要撩

□多多黛

二姥爷是我姥爷的哥哥。他结婚第二年，二姥姥因车祸不幸去世。在白发苍苍时，他依旧独身一人，说是心里住着二姥姥，跟谁都不来电，也不想耽误别人。

从我记事起，我就对二姥爷有浓浓的依赖感。他一辈子以手工活为生，给人做家具，编篮子、竹席。经过他的手，一堆乱七八糟的木头和竹子就变成一件件工艺品。

他的院子很大，堆了很多木头、竹子，还有一个大箱子，里面有各式各样的工具。别的孩子都去抓麻雀、逮蛐蛐，我偏偏喜欢打开他家那扇“吱吱呀呀”的门，蹲在他旁边，看他做活。

二姥爷从来不跟我打招呼，任凭我来去自如。家人都觉得他性格古怪，所以一般也极少去他的院子，逢年过节，也不去拜望他，因为他总是板着一张脸，让人很难靠近。

因为做木工活，他家里常有一些边角料。孩子们想拿那些三角形的木头当手枪玩游戏。可是，大家一走进大院，他就狠狠地瞪过去，吓得孩子们一哄而散。我不死心，拿了一些三角形的木头送人，他拦住我，说了一句：“那木头尖，戳到人很危险。”

上了高中，我去了县里，见识了更多好看的玩意，对二姥爷院子里的那些木工活渐渐失去了兴趣。于是，偶尔去姥姥家，我也不再去光顾那个院子。

有一年的中秋节，我和爸妈去姥姥家，在路上遇见二姥爷。爸妈都没有和他打招呼的意思，因为过去那么多年里，大家在沉默的他面前都只微笑一下，甚至私下说他不爱与人相处。

可能是因为小时候常去二姥爷的院子转悠，而他又从来不赶我，所以我一直对他心有好感，总觉得他不像是家里人说的那样。

后来，我遇到了现在的妻子阿秋。在一个夜晚，我和她交流童年往事。我发现，在二姥爷的院子里，他沉默地做着木工活，而我蹲在旁边看着，这竟是让我印象最深的童年风景。

阿秋的爷爷也是手艺人，可在她上高中时就去世了，她要我一定带她去看看我的二姥爷。

中秋节，我带着阿秋去姥姥家，主要目的是去二姥爷家。听姥姥说，前不久他生了一场病，病好了以后，见人都爱说话了。

阿秋背了一个包，她说里面全是她给二姥爷买的礼物，一打开全是一些酸奶，零食什么的，我说老年人根本不喜欢这个。阿秋质疑我说：“你怎么知道？”

二姥爷正在院子里编篮子。阿秋和他聊天，问他能不能给做一个小型的篮子，以当工艺品摆在家里。没想到二姥爷欣然答应，而且，对于阿秋带的那些零食，他很有兴趣，一再夸好吃。

阿秋在他的厨房里搜罗了一些食材，做了一顿简单的饭菜。她站在屋里，喊我们吃饭。二姥爷扭头，看着她说：“孩子，你找了一个好媳妇。”

吃饭席间，二姥爷像是阿秋的娘家人，问她怎么看上我的。

“他会撩妹啊。”阿秋笑弯了眼睛答道。二姥爷一头雾水：“撩什么？”

在我介绍完“撩”的意思后，他边吃着菜，边喃喃自语：“亲情也是需要撩的啊！”

阿秋说，二姥爷并非是一个古怪的人，他只是不想因为自己的固执，变成别人的负担。有时候，亲情也需要去撩的，多撩几次，他的担心也就没有了，也就和大家融为一体了。

“二姥爷，以后我们没事常撩你。”我临走前对二姥爷说。

老爷子点点头：“撩吧。”

（欲何依摘自《家庭百事通》
图/点点）

爷爷的饼干和秘密约定

□厚哼厚

小时候，爷爷的房间是个神秘的地方，有点儿像动画里阴云环绕的古老城堡，幽暗但是对我有致命的吸引力。

爷爷非常小资，没事就骑着自己那辆大大的二九自行车，筐子里放着布袋，然后戴上自己的帽子，赶场买小吃。

爷爷的打扮只分冬夏。夏天就是白色衬衫外面加一个紧一点儿的马甲，很多口袋的那种。冬天是秋衣外面配一件高领灰色毛衣，然后外面一件皮夹克，非常帅气。

市场上的人会说："黄老师！又来买东西呀！"爷爷会回答说："是呀！天气不错的呀！"

有一次我半夜摸摸自己"咕噜噜"叫的肚子，偷偷往爷爷的房间溜。那神秘幽暗恐怖的城堡，在我推开门的一瞬间，被打回原形。

只听见爷爷巨大的呼噜声，房间里混杂着话梅糖和草药的味道，书桌上摆着各种大小的本子，各种大小的钢笔。还有个大衣柜。

我走近爷爷，推了推他："爷爷。"爷爷一下醒了，惊讶地问我："你要做什么呀？""爷爷，我饿。"爷爷皱了一下眉头，指着离炉子更远的地方："你站在那里等一会儿。"

过了会儿，爷爷在秋衣外套好外套，回头对我说："我跟你讲，今天我给你的东西你不许跟你奶奶说的。"我点头。然后爷爷很调皮地一笑，随后转身拿着晾衣竿，用晾衣竿往衣柜最上面够，上面出现了一个铁盒子。天哪！一盒子的饼干！

我手里抱着个大饼干盒，吃得"咯吱咯吱"响。爷爷说："这个事情不许说的呀，侬千万记住的呀。"

我记住了。我记住了神秘铁盒，里面全是饼干。之后的第二夜，第三夜，第四夜，我都去找爷爷。我不知道饼干盒怎么说，就指着饼干盒说："芽、芽！"后来因为饼干盒的秘密，我和爷爷形成了一种互帮互利的合作关系。

后来就变成，每天爷爷骑着自己的二九自行车赶场。市场上的人都会说："黄老师！又来买东西呀！"爷爷回答说："是呀！我孙女是要吃的呀！"

每天半夜，爷爷都会被一声声"芽、芽"吵醒，但不厌其烦。

过了几年，我学会掌控自己的饥饿，也不会再半夜跑到那个神秘城堡要饼干。

但是爷爷还是会骑着二九自行车，去赶场。市场上的人都会说："黄老师！又来买东西呀！"爷爷会回答说："是呀！我孙女回来了！"

有一天白天，我进了爷爷房间，忽然闻见话梅糖的味道，我随口一问："爷爷，你还记得'芽'吗？"爷爷回头看我，有些惊讶，而后一下子从凳子上坐起来，用晾衣竿用力够着，够下来一个铁盒，打开，里面都是饼干。爷爷说："你不许说的。"我尝了一口，盖上盖子："好的呀，就是有点儿受潮了，不好吃了。"爷爷没说什么。转身随便把饼干盒放在了桌子上。后来我再也没见到过那个饼干盒。

爷爷去世后，整理他的遗物时，我忽然问我爸："爷爷有个饼干盒你们知道吗？"

我爸疑惑："没看到啊！"

我冲向爷爷的房间，找了根木棍，用力地往那个大衣柜上够。"吱啦"一声！我小心翼翼地把它拿下来。奇怪的是盒子很轻，像个空盒。摇一摇，能听见里面窸窣的声音。

我打开盒子，没有受潮的饼干，看见一个饼干袋，包装完整，在空荡荡的盒子里碰撞，我看了下日期。是我嫌弃饼干受潮的那个暑假。

那天我一个人，把自己锁在爷爷的房间里，坐在床上，安安静静地吃完了一整包过期三年、包装完好的饼干。

（石头摘自知乎日报　图/罗再武）

诗剧

把我的幻影和梦
放在狭长的贝壳里
柳枝编成的船篷
还旋绕着夏蝉的长鸣
拉紧桅绳
风吹起晨雾的帆
我开航了

——顾城《生命幻想曲》

外婆的葬礼

□李 娟

在外婆的葬礼上，主持仪式的人端着一张纸面无表情地念悼词：“……李秦氏同志，几十年如一日，积极投身边疆建设，为四个现代化和民族团结，做出了突出贡献……”

我站在人群中，听得浑身怒气鼓胀，恨不能冲上去把他的稿子夺过来撕得粉碎，再指着他的鼻子破口大骂：都2008年了，还四个现代化！还有，“李秦氏”是谁？我外婆有名字，我外婆叫秦玉珍！

外婆静静躺在旁边的棺材里。再也无法为自己辩护。然而就算活着，也无法辩护。她倔强而微弱。她全部的力量只够用来活着。此时，她全部的力量用完了。她躺在那里，全盘接受这敷衍了事的悼词的侮辱。

那人继续念：“……我们，要化悲痛为力量，努力学习和工作，建设祖国，维护稳定，以慰李秦氏同志，在天之灵。”仿佛我外婆白白活了一场，又白白死了一次，临到头被那个投身边疆建设的李秦氏顶了包。我外婆叫秦玉珍。

小时候，外婆带我去学校报名，填家长姓名时，她骄傲地报上自己的名字：“秦玉珍！”

对方问：“哪个玉？哪个珍？”

她更骄傲地回答：“玉珍玉珍，玉就是那个玉嘛，珍就是那个珍！这个都不晓得。”其实她自己才不晓得。她不识字。

我弄丢了钢笔，外婆认为我是故意的，破口大骂：“欺到我秦妹子头上了！哪个不晓得我秦妹子？哪个豁（骗）得倒我秦妹子？”在那个时候，我觉得她是永远的秦妹子。永不老去，永不会被打倒。

可她终究还是死了。

她一死，她的痕迹立刻被抹杀得一干二净。她的一生和那个司仪的总结毫无关系。并且她的死亡和前来参加追悼会的所有人也毫无关系。追悼会上的人我一个也不认识。我妈也一个都不认识。若棺材里的外婆这会儿坐起来，保证她更惊奇。她也通通都不认识。和在场的所有人相比，我和我妈还有我外婆三个更像是外人。

棺材合盖之前，我最后一次抚摸躺在棺材里的那个人，悲伤而疑惑。这个瘦脱了形的人，一动不动的人，任凭棺盖扣在头顶，既不反抗，也不挣扎的人，怎么可能是我外婆？

下葬的时候，他们立起了碑，碑上只有“李秦氏之墓”几个字。落款一长串亲属名字，其中一大半和外婆一辈子也没打过交道。剩下的一小半也很少打交道。唯独没落我和我妈的名字。

果然和我们三个都没关系。

当我很小很小的时候，外婆就已经很老很老了。那时她就已经为死亡做好了准备。当时我们在四川，她张罗了好几年，修好坟山，打好墓碑。又攒钱订下棺材，停放在乡下老屋。做完这些事，她心满意足，开始等死。

每当她生了大病，感觉不妙的时候，就会告诉我她的存折藏在了哪里。藏存折的地方往往绝妙无比。任我想破头也想不出来的。而每次她病一好，就悄悄把存折挪个地方重新藏起来。警惕性不是一般的高。

后来我又大了一些。她开始教我怎么处理她的后事。

她教我怎么给她穿寿衣。并反复嘱咐，快死的时候一定要把她挪到地上或拆卸的门板上，千万不能死在软床上，否则尸体会变形。又教我到时候要记得把某物放在她脚下，再把某物垫在她身下……

我从七八岁便做好了准备，学习如何面对她的死亡，品尝失去她的痛苦，并且接受终将独自活在世上这个事实。

再后来，她跟随我们来到了新疆。出发之前，我们哄她，说过两年就回来。然而她知道，以自己眼下的岁数来看，“过两年”的说法实在没个准儿。不止我们，也不止她，所有人都认为这一次她恐怕再也回不去了。一个佛教协会的大和尚专程约她去照相馆合影留念。

外婆骄傲地说：“师父说，要留个‘记忆’。”

到了新疆，天遥地远，没有了坟山，没了棺材，她惶恐不安，感到无着无落。

但有时又显得非常洒脱。她对我说：“我哪天要是死了，就把我一把火干净烧了。这是庙子上的师父说的。我们都是信菩萨的，不信那些请仙请神的……”

然而过了几天又反悔：“还是莫要烧的好，我怕痛。还是埋了吧……”

她的寿衣已经准备了二十多年。无论走哪儿都随身带着。我在很小的时候就已经无比熟悉它的存在了。可不知为什么，外婆到头来终究没能穿走。整理旧物时，我发现它们叠得整整齐齐，如最乖巧的猫咪一样卧在外婆乱七八糟的遗物中。这更是令外婆的死亡失去了一粒最重要的核心。

在她的葬礼上，人人都说这是喜丧，活到九十六岁算是寿终正寝了。可是我知道不是的。这是非正常死亡，是恶意的死亡。把外婆折磨致死的种种痛苦，往下还要折磨我。种种孤独，种种惊惧，挟持了外婆，也挟持了我。

都说“人死如灯灭”。可外婆死了以后，她的灯才慢慢亮起，慢慢照亮我们最真实的内心和我们往后的道路。

记得前两年的一次分别，临行前，外婆非要把她手上的银镯子抹下来给我。但圈子有点儿小，一时不好取。当时时间紧迫，另一边拼命催着上车。她不免着急起来。我赶紧劝她：“下次再说吧。反正冬天就见面了。”然而我们都知道，所谓“下次”其实是越来越渺茫的概念。

她一边拼命抹镯子，一边解释：“这是‘记忆’！庙子上的师父都说了，人要有‘记忆’。你二回（下次）一看到它，就记起我了……”四川老话里并没有“记忆”这个词，我猜她从来都不知道这个词是什么意思。然而那一刻，她表达得无比准确。那天，她最后还是戴着银镯子走了。带着没能为我留下任何“记忆”的遗憾，以及仍然拥有这只心爱镯子的微小庆幸。她实在喜欢它，那是她耄耋之年的唯一财产。

此时，她静静躺在棺材里，平凡的银镯子挂在她干枯手腕上。我趴在棺材沿上俯下身子，最后一次握住她的手。冰冷而僵硬。她下定决心要将镯子送给我那一刻的强烈爱意此时已荡然无存。

棺材一落下坟坑，还没开始埋土，我和我妈就离开下葬的人群，从这场尴尬的葬礼中提前退场。

我也为外婆写了一份悼词：

秦玉珍，流浪儿，仆佣的养女，嗜赌者的妻子，十个孩子的母亲。大半生寡居。先后经历八个孩子的离世。一生没有户籍，辗转于新疆、四川两地。七十多岁时被政府召回故乡，照顾百岁高龄的烈属养母。拾垃圾为生，并独自抚养外孙女。养母过世后，政府提供的六平方米的廉租房被收回，她于八十五岁高龄独自回到乡间耕种谋生。八十八岁跟随最小的女儿再次回到新疆。从此再也没能回到故乡。

（婉莹摘自微信公众号“大家”　图/张骈）

恋手

□蔡　澜

黄伯伯已经九十多岁了，头虽秃，但身体健壮。衣着随便，永远是白恤衫黑长裤，看起来像个退休的穷书记。每天早上散步六英里，人家见到跟在他身后的那穿白制服的司机驾驶着的那辆劳斯莱斯，才知道对他印象错误。

和黄伯伯聊天，发现每次有少女走过，他的视线不落在她们的脸或胸上，只是紧紧地盯着她们的手。

有天早上我忍不住问他：“为什么？”

这是黄伯伯的故事：

他九岁时父母双亡，被迫去卖甘蔗、橄榄。没钱念书，偷窥私塾窗口，整本《千家诗》硬背了下来，虽然已熟悉方块字，但还是要靠劳力为生，演傀儡戏、唱南管，甚至被雇抬死人棺材，赚了几个钱当卖货郎，他每天挑着两个大木箱，走三乡六里，接触过百家少妇，也见过千家少女。

“一天，我给雷击了，我看到

天下最美丽的一双手！

“我心里想：要是她肯让我摸一摸手，那我宁愿早死十年！

“她忽然间好像了解了我的心意，转过头来向我微笑答谢。只能在章回小说里出现的事，发生在我身上，但是贫富悬殊，亲事无法提起，我永远不能摸到她柔美的双手。

“我一气之下来了南洋，二十年奋斗下来，赚了不少钱，我又不死心地跑回乡下看她。

“‘鸡棚里哪有隔夜蚯蚓？’老朋友说，‘她早已嫁人。如今不生孙，也应生子了。’”

“我失望之余，想回南洋，但还是忘不了那双手。散了些钱，调查到那少女的住处。真是有缘，她刚好在井边洗衣，一见到我，也很高兴地迎上前：‘你不是去了南洋发财吗？怎么到现在还是白恤衫黑长布裤的？’”

“她一面说一面用围裙抹着她浸湿了的双手。我一看，天啊！那双手已浮上了杂乱的青筋。我不相信自己的眼睛，我也不相信已经没有办法再看到那双美丽的手！到现在，我还一直在找。有一天，我一定可以找到。”

（彼岸花开摘自《老得可以告别孤独》长江文艺出版社　图/木木）

我们终于忘记你了

□徐树建

小妹是在救一个留守儿童时被拖拉机撞的。

小妹看到了拖拉机，她飞身冲了过去，一把推开小孩，可拖拉机把她撞了个正着……年老的爸妈把小妹搂在怀里，拼了命地喊道："不要扔下我们啊！"

小妹留给我们最后一张如花的笑脸，然后说了最后一句话："立即忘了我……"

爸妈很快像入了秋的树叶一样衰老下去。半年过去了，树叶格外地摇摇欲坠，我急了，说："爸、妈，你们忘了小妹的嘱咐了吗？你们这副样子，她会心安吗？"

我哽咽着说出的这些话像惊雷一样惊醒了二老，他们互相看看，然后爸爸费力地用商量的口吻对妈妈说："要不，我们就把小妹忘了吧？"

妈妈点点头，像下了天大的决心似的说："忘了小妹！"

然后，他们把家里任何残留有小妹气息的物件全放到小妹生前的房间里，最后死死地锁上。客厅的墙上挂着好多张小妹获得的优秀教师奖状，二老小心翼翼完完整整地从墙上揭下来。

接下来的问题出现了：有好几次我发现他们手里拿着钥匙，站在小妹的房门口出神，显然正在犹豫要不要打开房门。

我说："爸、妈，不是说遗忘的吗？你们这样子哪能行？"

爸妈茫然地说："那你说怎么办？"

我一把夺过钥匙，走出门，使出全身力气一扔，随着一声水响，钥匙被扔进了河心。

爸妈一声惊叫，妈妈更是举起手作势要打我，可她的手在半空中停住了，因为她看到了我满脸的泪水。

可就是这样还不行，他们长时间地发愣，就像两尊雕塑一样，得找点儿事给他们做做。我想了又想，有主意了，说："小妹一直心疼那些留守儿童，她一直想办法帮助他们，爸妈为什么不帮她完成这个未了的心愿呢？这样小妹在那边一定会很快乐的。"

这句话就像强心针一样，爸妈一下子兴奋起来，说："对对对，只要小妹快乐，我们什么都愿意干，可是，我们能做什么呢？"

我说："现在咱村里留守儿童多，爸，您退休前是位老校长，妈是位老教师，二老何不办一个辅导班？在放学后、假期里把孩子们全集中起来，既传授知识，也传授做人的道理，这样小妹肯定最高兴了……"

我话还没说完，爸妈早已眼睛发亮地站了起来，简直激动得有点儿手足无措了，连声说："好好好，我们马上就干起来，给孩子们办一个一切免费的乐园……小妹，你开心吗？"

爸妈立即雷厉风行地干了起来。从此以后，爸妈就全身心地投入到他们的新工作中了，他们给孩子们讲课、讲做人的道理、讲爸妈不在身边的时候怎样保护自己。爸妈的脸色却渐渐红润起来。

我看在眼里高兴在心里，爸妈真的忘了小妹了，可是有一天发生了一件小意外。

有一天家里来了一个亲戚，亲戚带了一台相机，临走时要给我们拍一张全家福。于是我让爸妈坐好，我站在后面，正等着亲戚按动快门，爸爸忽然一举手示意亲戚停下来，然后四下转转头，一脸纳闷地说："咱家不是四个人吗？我怎么觉得好像还差一个人呢？对了，小妹呢？小妹呢？"

回答他的是妈妈突然爆发的大哭。

从此以后，我们家再不拍照。

（张晓玛摘自故事网　图/张艺馨）

你问我爱情是什么？是惊鸿一瞥的初遇，是羞涩而大胆的互相试探和靠近，还是无穷无尽的思念和爱抚？最后，是我握住你的手，看见天空之中，依然还会有繁星。——丁墨

谢谢你允我回报

□海 宁

探视之后，离开重症监护室，走出医院，我去到附近的商厦，我想给他买块表。

在国产品牌的一家专柜选中一款机械表，我确定他喜欢，价位适中，算不上昂贵，否则他会心疼钱；也不算便宜，否则我会心疼给他的不够好。这样的选择，可以让我和他都心安。

这是他手术后因肺部感染被送入重症监护室的第三天，状况并未有明显好转。家人都在做最坏的打算。但是，我却坚信他会醒过来。

那天下午探视时，贴近他的耳际，我轻轻唤他："爸。"清晰地看到仪器屏上，他的心跳突然加快。我甚至感觉，握在掌心里的他的手，轻轻动了动。

尽管医生说，是我的错觉，但我依旧确定，他会在哪一天的哪一刻醒过来，他还有心愿未了，比如，一块新腕表。而我，只想他醒来时对他说："爸，给，你要的手表。"

没错，这块腕表，是他入院之前要过的。半开玩笑地，在一次吃晚饭时他说："闺女，看我这表该换换了，年头太长，越来越不准了，每天不是快就是慢个两分钟。"

我不假思索，当即应允："买。"过了两分钟才反问："干吗又是我？怎么不让你儿子买？"

他呵呵地笑："你有稿费赚，比他有钱，舍得买好的。"

入口的米饭喷了一桌子，我哈哈大笑："爸，你也太偏心了。"

是啊！他偏心，明显的。不只偏心，还贪心，想要换手表，并且要好的。而最重要的，他有心计，知道我的软肋在哪儿，一戳就中。

我的软肋，当然是……连我妈都会说："就知道，出来混迟早是要还的。"

没错，我欠他的，在我成长的那么多年，仅是物质的亏欠便不计其数。

举个简单的例子，我读初二时，小城里有钱人家的姑娘流行骑那种彩色的酷酷的变速车，班里有了第一辆，我眼热不已。回来一说，我妈眼睛瞪得老大："那么贵，咱可买不起。"

他则半天不语，然后静静看向我又失落又不甘的眼神，只说了一个字："买。"

真就买了，为此，在长达两个月的时间里，全家人集体节衣缩食……

在我成长的物质并不丰盛的年代，他倾其所有，纵我为所欲为。用我妈的话说，他就是惯着我，没原则。

所以，早到了该还的时候了。

我妈坚定地认为他偏心，将他这种行为解释为"以前偏心闺女，现在想过来了，偏心儿子"。他从来不辩解，只是呵呵笑。我亦从来不在乎，跟着他呵呵笑。我没有告诉任何人，他开口索要的时候，我豪气应允的时候，然后我满大街地给他买衣服、买手机、买电动车……的时候，那种满足感，是任何一种快乐都不能代替的。

只是这一次，手表还没有来得及买，他被查出食管癌早期，很快入院手术。

他是在进入重症监护室的第六天醒过来的，医生都说，奇迹。我并不这样想。

回到普通病房后，我拿出腕表递到他眼前："爸，给，你要的手表。"

他抬起左手手臂，示意我帮他戴上——他采用的手术方式避开胸，在颈部和腹部各留了刀口，伤到了声带，暂时说不出话来。

我帮他戴好，他轻轻晃晃，咧开嘴笑了。

我看着他，76岁的勇敢的他，勇敢地醒过来，让我还可以继续偿还我的所欠，回报他的付出。

压制了许久的眼泪突然而至。

（刘名远摘自《品读》 图/陈明贵）

不要拿着父亲的钱，在KTV里唱着《父亲》

□曲一刀

前两天，在浙江大学新生开学典礼上，家长代表郭公礼的发言时那句“不要只在缺钱的时候，才说爸爸妈妈我想你了”，在网上引起热议。

这让我想起了之前看到过的一句话：“不要拿着父亲的钱，在KTV里唱着《父亲》。”

我们总是喊着“等我赚了钱就回家孝敬父母”的口号，却一次次忽视他们。

何炅在《奇葩说》里说：对父母，我们愧疚归愧疚，然而还是什么都不做。

很多时候，父母和梦想，很难兼得。于是，愧疚成为我们对父母最大的感受。

为了弥补内心的不安和亏欠，我们开始急于向众人展示自己对父母的爱。

每到母亲节、父亲节，妈妈生日、爸爸生日，回家前，离家后……我们习惯发朋友圈向父母密集示爱。有的是发自肺腑，有的是跟风从众。

我们还喜欢口头展示我们的孝心，当得知父母生病时，我们会用命令式的口吻告诉他们：赶快去医院，不要拖，去检查清楚比较好。按时吃药，好好休息！

放下手机，我们觉得自己真的挺孝顺，甚至被自己感动了。看，我对我爸妈多好，多知道关心他们啊。

然而，这样的关心并没有任何实质性的行动，甚至还会给自己的不作为找很多借口。

“我担心父母，可是，我爸妈说不需要我回去啊。”

“我担心父母，可是，我最近有个大项目要忙啊。”

我们对父母，只是做到了尽力而为，并没有全力以赴。

对待远在家乡的父母，我们总是抱有侥幸，总觉得坏事不会发生在自己爸妈身上。

可是，我们真的可以拿这件事去赌吗？

我高中的历史老师，曾在课堂上给我们讲过一个故事。

他是农村出身，家里砸锅卖铁供他读了大学，在进入大学的那一刻起，他便下定决心要让自己父母过上好日子，于是他在学校里非常努力地学习，毕了业拼命地工作，一年到头在外难得回一次家。

等他赚到买房的钱的时候，医院却通知他去给老父亲病危签字，他整个人都蒙了，在他的印象里父亲一直是有着结实身体、宽阔臂膀的汉子啊。

本以为可以让他们享天伦之乐的时候，一场疾病彻底摧毁了他的希望。

他太不了解父亲的身体了，母亲说他父亲早就这样了，因为怕他担心就一直没告诉他。

签字准备手术的第二天，父亲没熬过去，去世了。他对父亲的感激、愧疚也永远没办法说出口了……

昨天刷微博时还看到这样一则新闻，在抗击台风“天鸽”一线连续战斗四天四夜的消防员梁智豪，在探望受伤的队友时，竟意外遇到刚刚被检查出淋巴肿瘤异常出血的父亲。

为了不影响儿子工作，父母瞒着他，没有透出半点儿风声……

我们的父母是中国父母中最普通的代表，他们把最好的人生给了我们，再用剩下的人生用来守候。

为了报答父母，很多人一刻不停地奋斗，希望早一天“带爸妈和我一起去外面的世界看一看”，也希望有足够的物质条件去“满足爸妈年轻时因为我而放弃的梦想”。

可即使选择远行，也请记得一直在等待你回家的爸妈，因为，他们什么都不需要，他们只需要你。

（小九摘自微信公众号“曲一刀”
图/小兔子妈妈）

不管你遇到什么事，如果想不到别人，一定要来找我。虽然我不知道我能做什么，但至少可以陪着你。我不想你委屈自己，更不想你自暴自弃。——夏茗悠

为什么大公司开始喜欢去高校挖人

□罗振宇

投资圈里有一个名人，叫王冉。有一次，哈佛大学科学院的院长跟他说到一个现象：

原来到哈佛大学挖人的，都是其他高校，比如耶鲁、斯坦福，但最近有个变化，来挖人的都是大公司，什么苹果、谷歌、亚马逊之类的。

这个变化背后，其实是一个大趋势。过去，做学术和做企业应用，在知识上是高度分离的两个行当，但是现在要合流了。

这意味着什么？王冉说：

第一，大公司对世界的影响会越来越大，它们和政府之间的博弈会越来越复杂。

第二，科研成果转化为商业价值会越来越快，我们会看到越来越多的科学家成为巨富。

第三，这也是我最关注的。就是人类的学习方式，也会发生巨变，学校不再是唯一的知识圣殿。公司组织没准会演化出新形态的终身学习的大学。嗯，我们好好努力吧。

（火箭熊摘自微信公众号“罗辑思维”
图/李倩莹）

年轻时，每个人都觉得自己有才华

□沈奇岚

你问我，人有怎样的素质才可能成功。看来，你终于不再是那个无忧无虑的小孩了。你开始明白这个社会对于个人，有一种叫作“成功”的要求。而且，你想要它。

妹妹，有梦想总是好的。不管你想要怎样的成功，可你该如何去得到那些你要的东西？

对成功我没有标准答案，可普遍意义上的成功人士都具有两种素质：学习能力和平衡能力。

他们擅长学习和琢磨事情，无论是否有课堂，他们都可以从周遭发生的一切中获得养分。

具有学习能力的人，必须敏感，对一切和自己专业相关的事物有持续关注的热情。你每个周末都去画画，可是你拿到杂志就翻明星八卦，那杂志的封面设计，里面的图文搭配，你看都不看。

学习能力还包括给自己创造学习的机会，让别人给自己学习的机会。你还是太被动了。下周那个你崇拜的设计大师要去你们学校讲座，你说要去听讲座。妹妹，那样你就浪费了一次学习的机会。听算什么呢？除了听，你应当努力让他给你指点。你上次不是说对他新设计的广告有着自己的看法吗？那么去画出来，给他看。早点儿去讲座现场，抢第一排。总有那么五六分钟是给师生交流的。如果你真的主意够棒，那么他的认可会给你信心。而如果他觉得还可以修改，那么你将得到一次极好的指点。说不定，还有下一次。你说呢？不论他是否定还是肯定，你都要坚持。

关于平衡能力，其实是更重要的。

平衡能力，就是生活的能力。你或许要到工作时才能发现这能力的重要。因为做工作狂是相对容易的，而在工作和生活之间游刃有余反而是难的。

可是你现在连学习狂都是做不到的。你会觉得那样没有趣味。主要的原因是你觉得自己够聪明，因为在你的绘图班上你一直是成绩最好的。

妹妹，每个人年轻的时候，都相信自己的才华。可是人所有的成就，都要抵抗懦弱和懒惰的侵蚀。你想要那些亮闪闪的东西，你不能不付出。别敷衍自己，别自欺欺人。

你是否觉得自己足够好，所以所有的机会应该主动来找你？那么我问你，你有没有为你自己喜欢的东西真的付出些什么？真正的喜欢，就是你每时每刻都会去做而且不想回报，但你自己还是觉得愉悦。

世界上有两种道理，一种是物的道理，一种是人的道理。我们从小的学习，多偏重在物的道理上，拥有成功相对容易一些。因为那些规律和标准，从不因为人而改变，资本如何运作，市场如何反应，都是八九不离十的东西。你懂得学习，就会拥有。

人的道理就是你内在的标准：在给蜷在墙角的乞丐钱的时候，你会蹲下来轻轻放下硬币；你理解为何母亲会生气，而你可以拥抱她、宽慰她、说服她；你被人算计后你知道如何正当巧妙地讨回公正。

在人的道理上，你学会了平衡，才可能成功。一个成功的商人，可能是一个失败的父亲。在这个领域，没有绝对的标准，很难说什么是成功。这才诞生了所谓的“围城”。妹妹，我对你的建议也是如此。追求梦想是好的，但是要做好付出代价的准备。有得有失才是正常的。可是成功的人是否幸福，那就看你的平衡能力是否高超。不过，你还是先好好学习吧。

你跟我描述的都是所谓成功的光鲜的那一面。可是当台下的掌声响起时，台上的人心里都清楚，自己早已付出了一生与才华无关的苦功。

世界上有个叫作“成功俱乐部”的地方，里面的人都不愤怒。因为成功之前没有资格愤怒，成功之后没有理由愤怒。

所以，你别抱怨了，画画去吧。能够全力去做一件自己喜欢的事情，本身就是幸福的。

（鲁刚摘自《广州日报》 图/木木）

恋爱初期，不管对方条件如何优秀，都要把自己放在考官位，去跟对方接触看看他是否合适，一个人有太多面，要多去交往才知道他是怎么样的一个人。——F小姐

不要只和要结婚的人谈恋爱

□古 典

“我只和要结婚的人谈恋爱！”

Michalle是我的好朋友，她有一个原则，就是自己的第一个男友应该是自己的丈夫。生活中，或许许多女孩子都抱有这样的想法。

我告诉她，你这样子肯定找不到好男人！

这样子的选择方式只能遇到三种男人，天真到认为可以一见钟情的小男生、觉得结婚就行的老男人和觉得反正承诺又不上税的大忽悠。

三年过去，她跑过来告诉我说：“你完全说对了！我这三年就是遇到了三个一模一样的人！唯一不同的只是顺序是213而已。你会算命吗？”

我反问Michalle：“如果你是一个公司的老板，你只允许和你签订终身合同的人进入你们公司，那你会迎来些什么人？”

Michalle说，如果那样，也许只有三种人会来应聘：

1.天真懵懂，刚刚毕业，觉得自己会在一家公司干一辈子的员工。

2.身心疲惫，希望自己随便找一家公司干下去的老油条。

3.觉得反正先干着，大不了付一点儿违约金的员工。

Michalle说完恍然大悟：“难怪被你说中！”

我不会算命，我只是很熟悉Michalle的心智模式。一个心智模式一旦启动，你几乎可以预见它的结果。

就好像一个程序员敲下回车键的时候，他其实已经能够猜出程序最后的结果。

据说，好的人力资源师在你进来3分钟的时候，已经可以判断要不要你，因为他在见面3分钟的时候，已经了解到你的心智模式。

抱着“只和可以结婚的人谈恋爱”想法的人和“我只选择做要从事一辈子的工作”的心智模式一样，一旦启动，结果一定是没恋爱、无工作。

因为你的选择规则本身就把候选人删除了！

看下面这个故事：

有一个虔诚的基督徒，他每天走进教堂，对他的上帝祈祷：“主啊，我是一个好基督徒，我这一辈子从来没有做过坏事。我只有一个愿望，希望你让我中一张彩票吧！”他在世的时候天天这样祈祷，还是一无所获。

死后他上到天堂（这样也能上天堂？），见到上帝，于是很生气地质问上帝：“为什么我这么虔诚地祈祷，你却从来不帮我？”

上帝无奈地摇摇头说：“我愿意帮你，但你至少先买一张彩票吧？”

这个故事告诉我们：如果你只有确定能够中奖才去买彩票，上帝也帮不到你！

同样道理，对于我们大多数人来说，一下子就找到终身事业和中彩票概率差不多大，而如果你只有确定了一个所谓的终身事业才开始投入，你永远找不到自己的目标。

尝试总是冒险的，而不尝试是最大的冒险。

（张朝元摘自《拆掉思维里的墙》北方妇女儿童出版社 图/豆薇）

空气中的回魂

□李碧华

人同人之间，相处亲密，一切已相互适应，最不能以清洁剂“一喷一抹”去掉的，是习惯了的气味。

远远已经闻到，他走了还闻到，是空气中的一些回魂，是个人嗅觉上的记录，入了档案，成为烙印，成为忆念中，抽象得来又太具体的一部分。

所有的香水、香薰、沐浴露、古龙水——都是道具、工具，身体有独特的味道。爱一个人，往往接受他或她的味道。不爱，再昂贵的香气都没有反应。

一回家，是的，是这种味道了，把窗子全打开，也无法驱走。

——似乎与香或臭无关。

（阿拉蕾摘自《橘子不要哭》花城出版社）

『嗯』和『哦』杀死了我们的爱情

□咪蒙

“曾经无话不说，现在无话、不说。”

“男朋友没有给我买创可贴，我想跟他分手。”

看到这句话，你会不会觉得这个女生很作？

可是，我有点儿理解她。

网上有段话，我一直觉得特别扎心。

“其实分手不需要发生什么惊天动地的大事，感情的破裂从来都是细节打败了爱情，爱是积累来的，不爱也是。”

是啊，很多女生的分手理由，看上去都是为了一件小事，无理取闹。

其实这件小事前面，还有100件忍住了没有爆发的事，最后这件事只是压死骆驼的最后一根稻草而已。

今天我想讲三个故事。

她跟男朋友是大学同学，大一开始就在一起。

刚交往的时候，她为了装淑女，穿着一双高跟鞋跟男朋友逛街，结果脚后跟被新鞋给磨破了。为了维持女神形象，她强撑着继续走，不希望别人发现。

结果男朋友还是发现了，让她站在原地，自己跑了三条街去找药店，就为了给她买一片创可贴。

有一次，她发一个朋友圈，说加班到8点，还没吃饭。

20分钟后，男朋友就气喘吁吁地出现在她公司门口，提着她最喜欢的煲仔饭和咖喱鱼丸……

他那急切的表情，好像她一顿不吃，就会胃溃疡、胃出血，以至于香消玉殒，然后他就会抱憾终生……

她曾经觉得男友浮夸，但交往5年后，却想念起他的浮夸。

因为男友再也不为她大惊小怪了。

她晚上咳嗽咳得睡不着觉，他却睡得呼呼的。

她加班回家，饿着肚子，却发现餐桌上除了他没洗的碗筷，什么都没剩下。

最后分手那天，她穿着高跟鞋跟男友一起回家，还是一样磨破了皮，急需一片创可贴。

她和男友明明经过了一家药店，但男友没有任何反应。

她叫住男友，说：“我脚破了，好痛，你走慢一点儿。”

男友说：“那好，你慢慢走，我先回家，我还约了人组团打游戏呢……”然后，他就真的走了。

等她慢慢挪到家后，她跟他大吵一架。

她哭了。

以前，她眼眶一红，他就会过来，心疼她，哄她，伸手抱住她。

但现在，她哭了半个多小时，一直抽泣，男友一直玩游戏，无动于衷。

过了一会儿，他终于走向她，然后伸手——

拿走了她身边的手机充电线。

她不哭了。

她决定跟他分手了。

男友还很不爽，骂她不可理喻：“一片创可贴至于吗？”

不至于。

一片创可贴，一次饿肚子，一场咳嗽都不至于。

但这些细节，让她知道曾经他有多爱自己。

也让她知道，现在他有多不爱自己。

曾经他对你用心铭记
现在他对你总是忘记

她和他的爱情，开始于5包QQ糖。

他们刚认识的时候，她随口提了一句，我喜欢QQ糖。

第二天，他递给她一个袋子，打开一看，里面是5包不同口味的QQ糖。

他说：“昨天你说你喜欢吃这个，我不知道你喜欢的口味，就每种各买了一包。”

她随口一提，他就用心一记。

就这样，她为了5包QQ糖，把自己给卖了。

两人交往到第三年的时候，父母催两人结婚，她却犹豫了。

这几年，他升职了，加薪了，记忆力却越来越差了，特别是对她。

她的粉饼摔坏了，她很心痛，在他面前抱怨了好多天。

过了两天，刚好是她的生日，男朋友送她生日礼物，是一个化妆品，那个盒子，正是她粉饼的牌子。

果然，他记得。

她开心地拆开，里面是一盒面霜。

面霜也很好，只是，不是她最需要的。

有一次，她要一个人去印度出差。

那段时间，新闻经常报道印度有很多女生被强奸，她有点儿害怕，特别叮嘱男朋友，帮她买一个防狼警报器。

她想着，有这个，就安心多了，就好像他在身边保护她。

临出差那一天，他来送她。

过小而难的生活

□连岳

除了偶尔的朋友聚会和出差，我的生活非常简单：每天8点30分左右起床，喝茶，读，写，午餐；喝茶，读，写，晚餐（不是每天都吃）；健身（每周两三次），喝茶，读，深夜1点左右睡觉。

我认为能过简单的生活是幸运的，这为我提供了长跨度的时间计划。系统学习一门知识，或者掌握一项技能，都需要大量时间。有日本哲人把生活分成四种：大而困难的；大而容易的；小而困难的；小而容易的。大而困难的，总面临生死抉择，像玩轮盘赌，不是生就是死，这是少数人干的；大而容易的，比如巨富家的小儿子，有大笔遗产，又没有继承家业的负担，这是命好。

我们普通人得在后两种里选择。小而容易的和小而困难的，人的本能让你挑选前者，你碰到的大多数人也会如此建议，这不稀奇，因为他们就生活在小而容易的生活里。这种生活观是，生活的压力最好都由别人担，我要活得像个机器人，机械重复即可。这就是所谓“有保障”的生活，不需要你提升，你只要消磨时间。我建议你不要过这种生活，这是低等动物过的，吃、交配与繁殖，但一生只有这些。

我建议你选择后者，它看起来简单重复，但每天你都面临小挑战，有些小小的未知需要求索，你是你自己的主人，这回归到人类祖先的生存状态，一日不作，一日无食。不要被偶尔的孤寂打败，要知道，这才是一个人正常的生活。这种状态能持续到我们生活的终点，正是幸福快乐的标志啊！

（秋水长天摘自微信公众号“连岳”

图/木木）

她问男朋友：“你帮我选了哪种防狼警报器啊？”

结果他说：“什么防狼警报器？我忘了。”

她想爆发，但是忍了。

最近她工作很忙，连续熬夜，刚好又来了大姨妈，痛经太厉害，特别难受。

她趴在桌上，跟男友说，自己来了大姨妈，超级痛。

男友安慰了她几句：“多休息，多喝热水。”

过了半个小时，她说她好渴，让男友帮她倒点儿水。

当她接过男友递过来的水杯，她说：“我们分手吧。”

杯子里装的是一杯冰水。

一个人只会记得对自己最重要的事，很明显，她已经不重要了。

她不羡慕别人，她最羡慕的是，曾经那个从他那里收到5包QQ糖的自己。

曾经他和你无话不说
现在他和你无话可说

女生和男生曾经是异地恋。

当时，两个人每天晚上视频两三个小时，超级肉麻，成为周围单身狗们的一大公害。

他俩从今天吃了什么，讲到舍友的一个笑话，讲到网上打折的一对耳环……

那时，不管距离多远，他们无话不说。

他缠着她，一直聊到她手机没电，他还舍不得挂断，就连“拜拜”都要反复说四五次。

之后，两人终于到了一个城市。

交往两年后，她坐在他的对面，他却只会一直玩手机。

她主动地找一些话题：

“这个菜好好吃，你尝尝。”

“今天我妈给我打电话了，说要给我们寄特产。”

“你新换的工作怎么样，老板喜欢你吗……”

而他的回答却特别敷衍：

“嗯。”

“哦。”

“还行吧。”

在微信上，一页手机屏幕，可以截屏出他们一周的聊天记录，来回就只有几句话：

“回家了吗？”

“回了。”

“你先睡。”

“好。”

现在，不管距离多近，他们无话可说。

有一天，她发给他一条微信，说她要去上海出差。

等她收到他的回复，就两个字，“拜拜”，那已经是两天之后了。

这一刻，她提出了分手。

或者说，其实他们早已经分手了。

他不再想跟你分享他的快乐，不再想跟你倾诉他的委屈。

你不再期待他的回复。

当你们无话可说的时候，其实已经是陌生人了。

爱会不断生长，也会渐渐消磨。

当爱的生长速度，低于被消磨的速度，爱就会慢慢死亡。

大多数的爱，都经不起考验，敌不过时间，最后死在了路上。

但希望你们的爱，不是大多数。

（水果摘自微信公众号“咪蒙”

图/蛔菓猫）

没有一场考试能决定你的未来

□八月长安

我不记得我的高中生活是怎么结束的了。最后一堂课老师是怎么收尾的，我们有没有哭；我甚至不记得我在哪个考点考试，前后左右坐的陌生同学长什么样子，有没有发生任何好玩或惊险的事情……

最后一科铃响，全体起立，把卷子交给老师，那一刻的心情多么珍贵啊，我在想什么？

我竟然都不记得了。

但有两幅画面忽然跳了出来。

第一幅画面，是最后一科考完之后，我随着人潮在走廊上经过一间又一间教室，看到许多监考老师在封卷。

忽然在一扇门前听到了哭声。

一个女生几乎要跪下来，死死抱着监考老师的大腿，不断重复："你让我填上吧，求求你了，否则我的人生就要完了。"

我只经过这扇门短短几秒钟，可这句话我一直都记得。年轻的时候我也一样，在每一个错失的机会和每一次遗憾的失败面前痛哭流涕，轻易地认定：我要完了。

但我不想嘲笑曾经的自己和那位陌生姑娘。我说过的，以过来人的眼光看，高考不过是人生中的一个小土丘。但当时这个土丘离你足够近，也足以遮蔽你的全部视线。

谁能苛责我们呢？18岁，我们还不懂人生，自然以为它会特别容易完蛋。

就连我自己都写过日志，来记录自己考前忽然有过的自杀冲动（只是想想而已，刀还好好地挂在厨房里）。18岁的我觉得自己一路领先，但万一考砸了怎么办？凭什么人生要靠一场偶然性如此之大的考试来决定命运？凭什么？如果考砸了，一直以来的努力还有意义吗？

这个问题我一直在思考，直到今天。

名言警句，人生哲理，是先贤对世界的观察笔记，是前辈对规律的归纳式总结，描述的是概率。只是概率而已。没有任何一句箴言、一场考试能够百分之百地保证你的未来。

所以我们为什么努力？为了将赢面扩大一点儿啊。

被抱住大腿的中年女老师并没有骂那个女孩，也没有流露出不耐烦，只是安静地站着，抱着封好的卷子，平静地一遍遍重复："人生不会完的。"

我猜，那位和我同龄的陌生姑娘如果还记得这句话，她一定会赞同。

我们已经绕过了那个小土丘，后来又翻过了一些更高的山。成功了，便获得更多的选择权、更大的赢面；失败了，就收获一段经历，生长出更多的悲悯心，去滋养生命的丰实，然后继续努力，把收缩的赢面再扩大，最后赢取属于自己的人生。

知道吗？做一个成年人特别棒。我们很淡定，我们很自由，我们有特别多的选择权，有你们想要的一切。

所以，请努力、自信、谨慎地度过这两天的考试，然后成为我们中的一员吧。

哦，还记得我刚才说的是两个画面吧。第二幅画面是光芒。我高考的时候下了整整两天的雨，结束的时候天还是阴的，等我坐上车，车开起来，忽然看到前方的云散了。还没落下去的太阳，就这样绽放出一线光芒。

（林冬冬摘自乐读网 图/张翀）

爱和野心从来碰不到一起

□[印度]奥修

在你试图成为重要人物的时候，你无法爱。一个野心勃勃的头脑无法爱。那是不可能的，因为他首先必须实现他的野心。他必须为此牺牲一切。他将继续牺牲他的爱。你看那些充满野心的人——如果他们在追求金钱，他们总是要推迟爱。明天，当他们囤积了一大笔金钱的时候，然后他们才会堕入情网；现在是不可能的，这在任何方面都是不实际的；现在他们承担不起。爱是一种放松，而他们正追求某样东西——一个目标。也许是金钱，也许是权力、声望、政治。他们现在怎么可能爱呢？他们无法处在此时此地，而爱是一种此时此地的现象。爱只存在于当下，野心存在于未来：爱和野心从来碰不到一起。

你不能爱。而如果你不能爱的

人与人之间的矛盾大部分来源都是因为高估了自己在对方心中的地位，比如把陌生人当熟人，熟人当朋友，朋友当亲人，恋人当爱人，把爱人不当人。——茅盾

对方正在输入……

□李翊轩言

经常微信聊天的人，都应该遇到过这种情况：你打开他的对话框，看到名字那栏显示着“对方正在输入……”，你心里突然有些小激动，原来你想他的时候，他也在想你，而且已经编辑着文字要发给你。

于是，你把本来要准备发给他的消息，停留在空白的输入框里，期待着他会发来什么样的信息。

“对方正在输入……”闪现了好几次，和他的昵称在名字那栏不停地交替着。你的心情，从最初的小激动变成了有点不开心，有什么话要磨叽那么久还不肯说？你真心无语了，准备发条信息问他。

突然，名字那栏恢复了正常，只剩下熟悉的昵称，而你原本想要对他说的话，也没有心情再说出口了，你删掉了已经编辑好的信息。他，为什么不敢按下发送键呢？

微信窗口显示是交互的，你能看到他，他也能看到你。也许，他和你一样，也看到你的昵称显示“对方正在输入……”，也在等你先发送信息。

很多次，我们编辑了一大段话，却始终没有点发送，在心理学上，这种行为被形容成一种叫“聊天障碍症”的病。这种病的原因是：隔着手机电脑聊天，怕表述不清意思会让人误会，更怕得不到其他人的答复会令自己难堪，所以最后干脆选择不发送。那些早早就编辑好却没说出口的故事，最后都变成深藏心底满是遗憾的心事。

昨天同学聚会，聊起爱丽和俊文，以前我们班里的男才女貌组合。让我们感到很遗憾的是，他们却没有走到一起，直到毕业都没有表白。

其实，他们心里都互相喜欢对方。只是，没有人敢去捅破这层窗户纸。

这种遗憾就像“对方正在输入……”。这样的尴尬和纠结，还出现在分手以后的小情侣身上，人走了，但是心却依旧念着，无数句情话已到嘴边，最后却又无奈地咽回去。

你的微信，我屏蔽了，却始终没舍得拉黑，有好多话编辑好了，却始终没有勇气发送出去。怕被你的现任看到，然后说我这个前任真不要脸，分手了还不忘勾搭你！更怕确认发送消息后，系统提示“你不是对方好友，请重新添加好友”。

“对方正在输入……”，除了选择是不是要发送之外，其实还有另两个选择，要不要忘了那段情？要不要放下那个人不联系？

有什么想说的话，就面对面直说吧！别隔着手机聊天，望着屏幕一次又一次地落泪，却始终不肯点击发送，就算是不爱了也请好好道个别。

（董月摘自微信公众号“李翊轩言” 图/木木）

话，你怎么可能被别人爱呢？爱是两个准备好在一起的人、准备好全部投入当下而忘记所有过去和未来的人的深深的沟通——在当下，而不是明天；爱是忘记过去和未来，只记住当下——这个颤动的时刻、这个活生生的时刻。爱是当下的真实。

有野心的头脑不在这里，他总是在跑。你怎么能爱一个奔跑的人呢？他总是在比赛当中、总是在竞争当中；他没有时间。或者他认为在未来的什么地方，当目标达到以后，当他获得他所寻求的权力、他所欲望的财富以后，他就放松下来，开始爱。这种情况是不会发生的，因为目标永远达不到。

野心永远不会满足。满足不是它的本性。你可以满足一个野心；马上就有另外一千个野心从里面生出来。野心从来不会停止。如果你听懂我的话，如果你理解了，它就能够马上停止。但是如果你给它提供能量，你怎么可能爱呢？所以，那些试图成为重要人物的人才会这么烦恼——他们烦恼，因为他们没有得到爱；他们烦恼，因为他们无法去爱。

（星星光摘自《生命的真意》东方出版社 图/木木）

谢谢你，高锰酸钾

□黑天鹅

小时候我家在乡村，那会儿父亲做药材生意被人骗光了所有的积蓄，还欠了很多债，导致爸妈天天吵架，我和妹妹也免不了毫无征兆地挨揍。爸爸用最后的脸面借来一笔钱，大概有3万吧，去养殖场买了鱼苗在水库里养鱼。可想而知，这笔钱是多么重要，是爸爸孤注一掷后的希望。

6月的天气非常热。有一天，爸爸喂鱼回来，早饭都没吃，脸色比前一天更阴沉了。他瞥了我一眼，说："最近所有的渔户都在收鱼尸，坡上那户今天早上鱼死了一大半。我们家的也不知道能不能撑到下个星期。反正要死，今晚就吃一条活鱼吧。你初中读完就别读书了，去广州的厂里打工吧！"

看着爸爸被晒得黝黑的皮肤，我鼻子一阵酸，眼泪都快掉下来了。自从爸爸生意失败欠债后，他很少跟我单独讲话了。我真的很想给家里帮忙，但我一个12岁的女孩子，除了割鱼草和喂鱼什么都做不了。我没法安慰他，场面有点儿尴尬，我便随口问了句："鱼为什么会死掉呢？"我爸说："今年夏天太闷热，水里缺氧，而且现在水质也不好。"我绞尽脑汁，想起了化学老师做的一个实验，是用高锰酸钾制造氧气的实验。

第二天我便逃学了，进城"干大事"去了。我先去药店问有没有高锰酸钾卖，得知有，我心中一阵狂喜。店员问我买它做什么，我问高锰酸钾是不是可以制氧气，他白了我一眼说："这个一般是用来净化水质的。"我更高兴了，因为我的逻辑是，既然高锰酸钾能制造氧气，又能净化水质，那就是说没有毒。

回家后，算好爸爸傍晚喂完鱼的时间，趁着夕阳，我做了个火把，然后就坐着空油桶去了湖里的网箱。我是真的太害怕了，水库很深，最深处有20米，经常淹死人。我摇摇欲坠地到了网箱上面，把买来的高锰酸钾全部倒进水里后，我又把空瓶子拿回去扔到山洞里毁灭了证据。我很晚才回到家，当然又挨揍了，爸爸质问我跑哪里去了，我却不敢说实话。晚上屁股淤青地躺在床上，我翻来覆去睡不着。不是因为疼，而是害怕第二天一早爸爸去喂鱼时，要是发现一片白花花的死鱼浮在水面上……我一夜没睡。

早上我爸喂完鱼回来，脸色不算难看，跟我妈说："××家的鱼差不多都死了，我们家的鱼才死了十几条。"然后我就去上学了。放学回家后，我问爸爸今天鱼怎么样，爸爸说："今天死得不多。"我这才偷偷地让妈妈跟爸爸说了这件事。

这一次，我没有挨打。晚上我爸就问我原委了，虽然我也解释不清楚，但结果还是好的。这晚，我爸点了煤油灯陪我做作业，没错，那时村里的人为了省电，晚上都点煤油灯。那晚我做作业到12点，后来在椅子上睡着了。昏暗中看到爸爸疲惫的脸，那时我就暗自发誓：一定不当"学渣"，要努力读书。那个整天打我骂我、整天说读书没用、要我辍学去打工的爸爸，第一次陪我做作业，虽然他没说一句表扬我的话，但我懂。

从那以后，我爸每天都会陪我做作业，不管他多累、多困；他也再没有打过我，基本上家里的大小事都会用商量的语气跟我说。我记得最清楚的一句话是："家里再穷，爸爸卖血都要供你上学。"那次事件绝对是我人生中重要的转折点。

现在如果别人问："××还不嫁人啊？都这么大了，也该结婚了。"我爸妈的回答是："她有她的想法，我们家长不管的。"他们对我的态度是"过你想过的生活，去你想去的国家，你是个有主见的人"。而这一切改变，都是从高锰酸钾开始的。

（酸辣白菜摘自《中学生博览》2017年第12期 图/小兔子妈妈）

 去做一件事，正式迈出第一步后，困难才会真正找过来。之前的，不过都是测试罢了。——袁倩

姑娘，你坏一点儿吧

□周　冲

菲茨杰拉德在《伯妮斯剪发》中，讲了一个很现实的青春故事。

玛卓莉是一个光芒四射的女孩。她有一张童话般的面孔和一张能言善辩的嘴，在纽黑文的舞会上，她曾连翻五个筋斗，出尽了风头。她一下子出了名。往后的舞会里，假定没有她，几乎合座为之不欢。举座少年，固然为之倾倒，就是在场女生，见了她，也目眩神迷。

她是放肆的，也是狡黠的。玛卓莉当然算不上好女孩。但是，越“坏”，越魅力无敌。越不羁，男孩们越为她神魂颠倒。在她家，少年们一个接一个地敲门，渴望和她说些什么，或做些什么……

另一个女孩叫伯妮斯，也很美，家境也算显赫，但奇怪的是，连最黯淡的男生，都不愿意和她在一起。

她比一件老式家具还要沉闷。张口闭口，均是“我妈妈教我……”“我要去的学校……”“我们家有一个……”她在严肃的规矩中长大，生平最大的梦想，就是做一个好女孩。好女孩应该乖，所以她很乖。她被困在规矩之中，成了一个100%正确的女孩。

但是，100%正确的女孩，意味着生命力的受困，道德的绝对优越，与之相处，任何人都会感觉到这些不爽：1.她永远是对的，而我永远是错的。2.除了正确，她一无所有。这样的正确令人觉得好无聊，好乏味，好讨厌。3.她好木讷，像一个蜡像。

“为什么没人喜欢伯妮斯？”玛卓莉的母亲问。

“她一点儿都不快乐。男孩子们对她没有兴趣……”玛卓莉说，“有谁愿意那么无聊呢？把精力浪费在这样的一个笨人身上……”

“可她是一个好姑娘。”

“是的，所有不受欢迎的女孩子都是这么想的。酸葡萄！我敢打赌，如果能让几个男孩子意乱情迷，在舞会上每跳几步就有人切入，赔上十年生命她也愿意……”

玛卓莉说对了。

后来，伯妮斯为了爱与被爱，她挣脱缚身的过时礼教，打破了她的呆板、静怯、不自由，不再软弱、呻吟，她开始看到别人，她学着打扮，和男生跳舞时，身体向他们靠过去……

她终于变得动人，渐渐地，成了舞会上炙手可热的新星。

这两种截然不同的状态，哪一种令伯妮斯更快乐？

当然是后一种。

生命的本质在于流动。

当它被囚禁，整个世界里就只有一个“我”，她看不见别人，别人也看不见她。

只有等到她打破禁忌，与他人联结，生命才开始恢复生机，得到生的自由，爱的喜悦。

中国的女孩，大多数都是另一个伯妮斯。

整个社会，都在用这种控制，批量生产好女孩。只是这种“好”，往往约等于顺从、妥协、退让、息事宁人。

因此，好女孩的代价也是惊人的。它会让女孩压抑真实的自我，阉割独立与勇敢的个性，湮灭其可贵的创造力，使得她们从一开始，就渴望成为附庸，而非努力去实现愿望，拼自己的江山。

比如最近热播的《欢乐颂》里，曲妖精是典型的坏女孩。她谈过很多恋爱，骂过人，打过架，为人处世从不走寻常路。如果你用道德去审判她，她一无是处。但是，剧中也只有她，受到的赞赏最多。她可以独立撑起一个公司，可以一眼看穿渣男本质，可以路见不平抄起高跟鞋就开打，可以一出手就摆平无数麻烦。所以，观众对她不得不服。

大家在弹幕里评论说，社会我曲姐，人美路子野。实在太酷了。为什么酷？因为她自由。

（大浪淘沙摘自微信公众号“周冲的影像声色”　图/小兔子妈妈）

卡夫卡和他爸爸

□苗　炜

上高中的时候，我买了一本《卡夫卡短篇小说选》，大多数看不懂，但其中有一篇《判决》给我留下了深刻的印象。这篇小说的情节很简单，一个叫乔治的青年，给他一位远方的朋友写信，讲他要订婚了，写完信呢，乔治就和他爸爸谈话，开始还算平静，但聊着聊着，爸爸对他越来越不满，说，我判你死刑。乔治听了这话就出门跳河了，临死之前还在念叨：爸爸妈妈，我是爱你们的。

我当年并没有能力去分析卡夫卡小说中的父亲形象，只觉得胸口发闷，倍感压抑，及至后来，我算是总结出了一个抽象的父亲：他专横，垂垂老矣又强壮有力，他讲规则，但自己并不遵守规则，他不断地市恩沽义，要儿女对他感恩，他时刻让人紧张，给人压迫。面对这样一个庞大的父亲，卡夫卡变成了一个什么样的人呢？卡夫卡从不曾长久地离开父宅，不结婚，不建立家庭，不积攒财产，不认真地谋生计，否定责任和职业，终其一生都是个长不大的儿子。

卡夫卡是个敏感的孩子，动不动就会感到痛苦，比如他夜里看书，他爸爸让他睡觉，他就能感受到这种训诫带给他的痛苦。读书是他的独特性所在，学校和家庭生活都在努力消除人的独特性。卡夫卡他爸呢，多少有点儿浑蛋，有一次卡夫卡夜里调皮，不停地要水喝，他爸把他从被窝里拎出来，扔到阳台上，把门关上，卡夫卡穿着睡衣，面向关着的门，小孩子吓坏了。“那之后好几年，这种想象老折磨着我，我总觉得，这个巨人，我的父亲，终极法庭，会无缘无故地走来，半夜三更一把将我拽出被窝，拎到阳台上，在他面前我就是这么渺小。”卡夫卡他爸强壮，健康、好胃口、大嗓门、有口才、自鸣得意，爸爸又壮、又高、又粗，儿子又弱、又瘦、又细，父子在游泳馆的更衣室赤裸相见，儿子自惭形秽，他学不会游泳，更是自卑得要钻到地缝里去。一般而言，儿子过了青春期，能用拳脚说话时，就不会再畏惧这个父亲了，可怜卡夫卡，成年后还是弯腰弓背，歪斜着肩膀，耷拉着胳膊，到30岁还在说自己身体虚弱，个头太高，火力不足，精神不济。

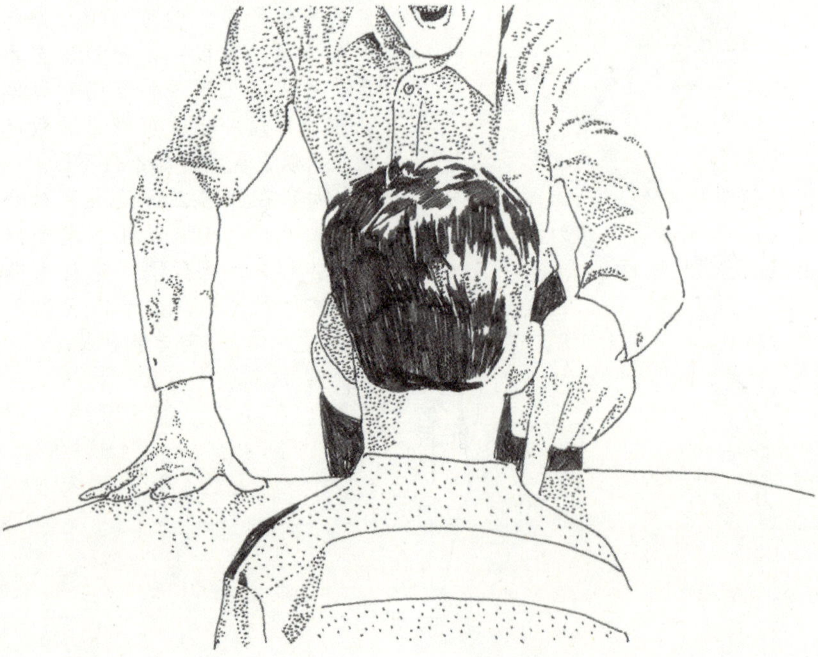

依我的经验来说，我们生活在一个巨婴之国，男人过了三十岁，心智上也未必成熟，父亲过了六十岁，也不一定能把孩子当成一个独立的个体来看待，但双方能达成一个谅解，相互客气，避免冲突，有些话避而不谈，不再寻求有效的沟通。可怜卡夫卡，老大不小还写了一封《给父亲的信》，翻出陈芝麻烂谷子对二人之间的关系详加辨析，所谓当局者迷，蛮横无理的人根本不知道“自省”两个字。

卡夫卡他爸是个日常生活中的暴君，他惯于发号施令，咒骂和讥讽他人，这些明显的错误行为，稍加注意就可以避免，但有一种错误行为，每个当爹的都可能忽视，那就是诉苦，说自己当年受了多大的苦，养育孩子多么不容易。卡夫卡他爸是个小商贩，后来开了商店，日子逐渐富裕，他总向儿子念叨——“七岁时我就推着小推车走街串巷啦”。“我们全得挤在一间屋子里睡。有土豆吃我们就高兴得不得了。”卡夫卡承认，换一种叙述方式，这些故事可能不失为极好的教育方式，会给孩子们打气，鼓励他承受父亲经历过的艰辛与困苦，但他爸爸说的话，使孩子深感羞惭。

有了孩子之后，当爹的总有动物本能，要让孩子吃饱穿暖，有更好的物质条件，但也会有忆苦思甜的本能，想让孩子珍惜并感恩，这个尺寸如何拿捏，才不致让孩子心生反感，需要当爹的细细思量。

（清荷夕梦摘自《新民周刊》2017年第1期　图/点点）

不要吝啬你的赞美和认可，人人都希望被认可、被认同，想想自己是不是也是如此呢？你是更喜欢那个经常赞同你、支持你的人，还是那个老爱打压你、反对你的人呢？——f小姐

请不要对直男抱有任何期待

□小五郎

《玛嘉烈与大卫》是一部微缩港剧，剧情很简单，旨在谈论现代男女关系。第一集就是个不愉快的开始，说每对情侣走过的路几乎都一样，浪漫过后就要面对现实。

现实是什么？对追求爱情的恋人来说，是爱意日趋减少，又好像没什么分手的理由。我周围大部分的女人，在爱情进入稳定阶段，最想发的牢骚，不是同住不习惯，也不是嫌男人管得太多，而是男人可真是靠不住啊。

一个朋友在公司加班，男友很好心地发了条消息：“要不要给你送个加班餐？”女人心中一阵感动，说：“好啊，我正好想出去买呢，你给我买虾仁炒蛋盖饭吧。”男人说：“嗯，我正好在附近，等我吃完就过来。”

这一等，就等了两个小时，等到女人饿得前胸贴后背，再一小时又二十分钟时，她主动走出办公楼，自己在便利店买了一个饭团，狼吞虎咽吃完才做出判断：男人果然是靠不住的。后来出现在门口的男生，拿着一份她不吃的羊肉炒饭。朋友问他为什么，他说：“虾仁盖饭要等，这个不用。”

当然不至于因为这件事情分手，但朋友从此主动降低了心中的预期值。

很多书上会说，你该对直男做出最简单的命令，比如，你需要的是一份××盖饭，如果没有，请及时跟我沟通，告知变更内容。又比如，生日想要的就是一个××家的××包，什么型号什么颜色。我以为男女要是走到这一步，不管什么节日，都像死乞白赖在要礼物。男女之间，要是得从情调走到下命令的程度，实在让女人有点儿难堪。

所谓男人不可靠的现实是什么？其实就是他再也不会像追求期时那样热情、认真、有求必应。他有时候只是口头应承一下。他答应的事，也可能在执行列表上被推到第三、第四、第五位。

女人最该死的脆弱，是会对男人有种依赖感，一找到真命天子，恨不得把所有事情都理所当然交给对方做，从修电脑、修家具到买车、加油、买房、装修。我认识一个女人，每年需要坐一百趟高铁，但因为懒，从没装过购票软件。老公偶尔一次不在线，失联，没给她买上票，她立刻觉得，要男人干吗，关键时刻还不是掉链子？

你渐渐变成了没有男人活不下去的类型，如果这个男人跑出来说，这件事情其实你可以自己做，你还忍不住跳起来告诉他：那我要你有什么用？

我有一个女朋友不知不觉有了种想法，如果交一个男朋友只会浪费她的时间、精力去约会、做家务，那她干吗谈恋爱？

世人现实久了，忘了恋爱原本是一件不计成本的事，只需要一个眼神，一个晚上的陪伴，就能让自己身心舒展、神采飞扬。你跟这个人在一起，不是贪图他有用，帮你打点世界上的一切，而是当时的一股热血让你情不自禁，想着就算地球毁灭，也要跟他牵上手。

男人在女人眼中，总是不知不觉间由一样百变多功能的家电，成为体积又大又无用的家具。你在很多时刻领悟到靠男人不如靠自己，逐渐把他赶到无用的角落，偏偏忘了当初他做过很多件让你欣喜若狂的事。

人间麻木不仁的爱情故事，无非是你忘了说谢谢，而他也懒得再去做什么。

（腾飞摘自《看天下》2017年第15期 图/张艺馨）

当医师要你出去玩时

□秦嗣林

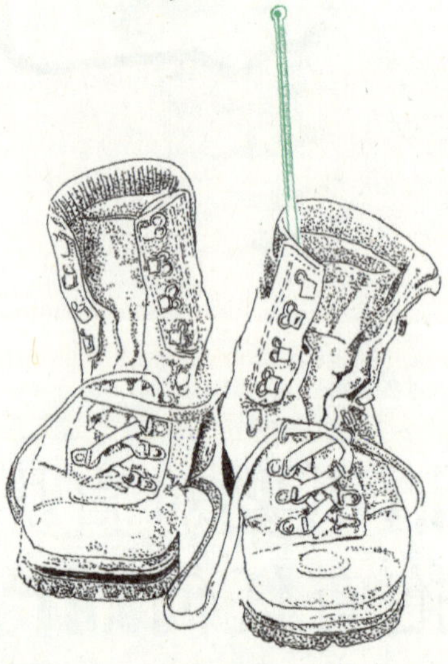

上当铺的人各行各业都有，我有一位客人关先生是从事餐饮生意的成功人士，已经在该行业摸爬滚打了二十多年，旗下好几间知名餐厅，生活过得优渥，是人生胜利者。话虽如此，他还是没有停歇的打算，仍旧不断地做生意，总是跟我分享最近又买下哪一家经营不善的餐厅，准备如何大展身手。

一般餐厅的休息时间在下午两点半到五点半之间，这段时间员工常在里头打麻将，关先生则出门逛逛街，来店里淘宝。除了常见的金银珠宝外，以前当铺常有些特别的东西，例如，古董照相机、怀表、发簪，甚至西洋针线盒等，他特别喜欢这一类有趣的古物。当然，他是生意人，下手前也会考虑保值。

有一回，他跟我说最近时局不好，想买金条放在家里。

我问他："你要买多少？"

他伸出一根指头说："不多，一公斤的买两条。"

"拜托，买两条这么大的金条要做什么？"

"嘿嘿，万一大局有变，我得离开台湾，左右的口袋各放一条就可以走了。"

关先生在店里一买就是十几年，久而久之我们也成了好朋友，可以闲话家常。某日他突然来拜访我，张口就说："今天我不买东西，想请你把我的东西卖一卖。"

这倒稀奇了，十几年来他从没当过东西，我问："为什么？可以留给家人啊。"

"唉，有些东西我女儿不要。"

"你才六十几岁，闲着拿出来研究研究不是很开心吗？是不是餐厅生意不好，缺钱周转？"

"正好相反，连锁餐厅的生意好得不得了，已经上柜了。"

"那你怎么看起来愁容满面的啊？"

他支吾了半天说："两年前我的小便就不太通，可是生意太忙，没时间看医生，从每次上厕所三分钟拖到十分钟，实在受不了才去医院，结果竟是前列腺癌，吃药没多大效果，就做了切除手术。手术后小便通了，可是没多久又不对劲，医生说只能照钴60治疗。这两年我跑遍各大医院，搞得全身难受，病情还是没起色。

"几个月前我到一间教学医院挂特别门诊，医生看了我的报告半天没说话，最后开口：'关先生，以现在的医疗技术来看，我们该做的都做了，这样吧，我开一些药，尽量减轻你的痛苦，你可不可以出去走走？爱去哪里玩就去哪里玩，试着接受它、面对它。'

"我听了傻眼，医生是在开玩笑吗？谁病入膏肓了还有心情玩？这几个月我都闷在家里，看山不是山，看水不是水，当初那些奇珍异宝，现在怎么看都没了乐趣，所以才兴起一个念头，哪里买的，就归哪里去，找你帮忙卖一卖。"

"金银珠宝我可以帮你处理，可是那些怪里怪气的宝物我也不懂，找拍卖行帮你卖一卖。不过，我认为你的病情没有那么严重。"

"什么？我都快挂了还不严重？"

"我跟你一样，这几年被晕眩症折腾得受不了，有时连下床都有问题，为了这个病，我看遍各大名医，有一天主治医师也跟我说：'秦先生，你能不能出去玩？'

"我听了当场就想站起来揍他，都已经晕眩了还能玩吗？可是气归气，不能真的动手，于是我站起来说声谢谢，离开诊间。可是回家以后，我想到医生讲的'你能不能出去玩'，其实深具含义。"

"这句话不就是宣判死刑了吗？还能有什么含义？"

"这里的'玩'，不是要你去游山玩水，而是'不要再玩原本玩的东西'，因为它已经让你生病了。当然，要放弃大好江山和功名谈何容易，但道理很简单，'即使别人玩得很开心，也不表示自己可以'。

"好比有些人的个性适合做生意，手下员工数以万计，每天甘之如饴地面对商场上各种权谋狡诈，但要是轮到我们管几万个人，愁都愁死了，哪有乐趣可言？所以有人可以继续玩，可是我们再玩就没命了。

"当我悟出这一点，才觉得医生叫我出去玩是好事一桩，最起码我得到一个启示：一生功名到此为止，有些执着该放下。第二次去看医生拿药时，我的心情轻松不少，反正我已不愁吃穿，现在可以去做自己有兴趣的事。

"刚好就在前天晚上，我遇见一位旅行社的导游，原本他在电子工厂当保安，某天却突然被开除，为了生计改行当导游，谁知道这一转行他竟如鱼得水。也许你在本行业做得很好，可是骨子里不适合这一行，当能量用完了就必须喊停，要不就会加倍消耗生命，这次的病正好告诉你，应该是放下的时候。"

关先生愣了半晌，点点头："我回去想想该怎么做。"

初次约会要吃自助餐

□苏 芩

情侣间的第一顿饭，不必吃山珍海味，甚至不必强调情调氛围，但这一顿饭，必须吃出互相了解。

在一次节目中，与某男星聊到了约会的主题。他回忆起自己对妻子的初次邀约时，说道：“我真的不太懂如何约会，也不知该选什么样的地方，那次见面便带她去吃了自助餐。”现场顿时笑声一片，我却不觉会心一笑。

时常有男孩子问：“第一次请她吃饭，该去哪种餐厅最合适呢？什么样的菜式最受女孩子喜欢呢？”我明白他们的苦恼，在还不了解对方饮食喜好的情况下，这第一顿饭确实不是那么容易吃的，于是常常建议他们：“那就带她去吃自助餐吧。”通常男孩们会诧异：“啊！自助餐厅，太缺少情调了吧？”可是男孩们，这第一顿饭，让对方吃饱、吃好，或许比单纯的情调氛围更能令她回味良久。这些年，我吃过不少次难以下咽的饭菜，不是饭菜质量差，是真的不合口味。

初次见面总是如此，很难吃到真正爱吃的东西，也很难聊到真正爱聊的事情。因为彼此不够了解，难免以自己的喜好来安排这接下来的一段时间，但这种安排，未必会给对方留下好印象，尤其是在情场上，可能反而会让对方想：原来我们真的不是喜好相近的两个人……

自助餐的形式恰恰很好地弥补了这一缺陷。自助型的用餐方式是个很好的收集信息的过程，对方的饮食喜好和避讳，你都能掌握。与此同时，因自助餐需要随时增添食物，彼此间的互动性会更强，也不会冷场。这样第一顿饭吃下来，至少气氛是热闹的，初次约会的尴尬会在最大限度上被克服。

同时，自助餐的用餐形式还可以帮你读懂对方的潜在性格。比如，只吃完初次端来的少量食物，便不再添加食物的人，性格羞涩内向，但对你有更强烈的好感，所以才会格外顾及自己在你心目中的形象，害怕给你留下饕餮的坏印象。

又比如，只要看到新鲜有趣的菜品便夹，不论能不能吃完，一概端来，满满摆上一桌子的人，个性中带有更多孩子气，消费观念也相对缺乏节制。

再比如，每次只添加自己爱吃的食物，对陌生和不熟悉的食物绝不轻易尝试的人，保守但可靠，个性的稳定性很强，会是比较务实的结婚对象，但生活情调方面会有所欠缺。

还比如，在用餐过程中，对方不断关注你餐盘内的食物，周到地为你服务，跑前跑后地为你添加食物，且不断为你推荐一些新菜品，这类型的人属典型的社交高手，极富异性缘，是让人欢喜让人忧的情人类型。

（秋天摘自《30岁前，最好的修行是恋爱》中信出版社 图/木木）

过了几个月，他打了通电话给我，说他卖掉几间餐厅，每天按时吃药，保持心情愉快，正在安排与另一半来一趟豪华邮轮之旅。他还邀请我和太太同行，可见已走出生病的阴霾，开始玩一些自己的东西。

每一个人的心灵都有不一样的形状，有些人天生是圆形，却在一个方形的框框里打转，即使外人看起来再成功，实质都是磨掉了原本属于自己的棱角，甚至赔上自己，所以才会在四下无人时愁眉不展，不断思考是否该离开与自己不是很契合的环境。

我们每一个人内心适合什么或喜欢什么，只有自己最清楚，唯有一面走、一面开创才可以发现，而这也是人生不间断的功课。人生的每个阶段会有不同的考验，这些都是让我们再成长的契机。

（刘振摘自《学上当》麦田出版社 图/点点）

我本来明明可以云淡风轻地走

□六神磊磊

（（（一）））

回应一个老问题：杨过是什么时候彻底击倒郭襄的？

有的人说，是听人吹嘘他英雄事迹的时候。还有的说，是一起去抓灵狐的时候；是改口叫“大哥哥”的时候；是看见他左手无敌的时候。

我倒觉得上面这些都还不算。郭襄真正中弹倒地，是两个人已经快要分别了，他忽然摘下面具，给她看脸的时候：

郭襄眼前顿时现出一张清癯俊秀的脸孔，剑眉入鬓，凤眼生威，只是脸色苍白，颇显憔悴。

杨过见她怔怔地瞧着自己，神色间颇为异样，微笑道：“怎么？”郭襄俏脸一红，低声道：“没什么。”最残忍的击倒，是让你倒在离开的门槛上。

在这之前，郭襄还是一个自由人。虽然他已经是“大哥哥”了，已经成了特殊的那一个了，但小姑娘的心还是有承受力的，各色人物见得多了，不要小看她。

如果就这样分手拜拜，让她云淡风轻地拎包一步迈出去，还会爱到后面那种地步吗？我觉得很有可能不会。

（（（二）））

所以杨过在潜意识里不答应。他本能地知道，自己还没有得到完全胜利。这是一种情圣的本能。

他可以察觉到，虽然自己占尽上风、予取予求，虽然小姑娘已经全系守势、败象已露，但却还有一股柔韧、绵长的抵御之力。

如果等她走掉，一个“马赛回旋”转过身来，就不好说了。“小东邪”的阵地，你一次进攻没能占领，以后红旗就插不上硫磺岛了。

她可以笑着摊手：我们有什么吗？那几天，什么都没有发生啊。

所以杨过做了那“多余的一步”，也许不是成心的，但在潜意识的驱使下，导演了一出“三枚金针”，把脸给她看。

这一刻，微笑终于变成了海啸。她全线溃败，鳞甲纷飞，就像是赵括的阵地终于被秦兵冲破，像是穆勒突破了马塞洛和大卫·路易斯，又或者是完颜兀术的铁骑过了黄河。

杨过温言笑问：“怎么了？”这歹毒的一问，其实是对战果的确认。她低声说“没什么”，内心的独白却是：完蛋了。她仿佛听见，身后有沉重的铁闸落下，自己一生都将关在里面。

（（（三）））

忽然想起了陆无双，另一个古灵精怪的小妖女。

杨过纠缠她，扮成“傻蛋”，脸涂得脏脏的，抱着她的腿大叫“媳妇儿”。他们打闹了一路。

到这个时候，我相信陆无双仍然是自由的。这个游戏她还有能力随时退出。他们一起经历了不少事，该闹的闹了，该暧昧的暧昧了，本来是分开的最好时候。

毕竟，对两个人关系的性质，女孩有最终解释权。人家乱叫过几声“媳妇儿”又算什么呢，杨大哥，我闹着玩的，你别多心。

可是杨过还是那一招，你看剧集里最明显，就在要分开的当口，他突然收拾干净了，扬着邪气的帅脸，向她坏笑——和后来对郭襄摘下人皮面具是一样的套路。

你不是嫌我脏吗，不是不和我一桌吃饭吗，现在呢？

一个脏兮兮，却还蛮好玩的“傻蛋”，就在你对他有了好感，但又自信绝对不会陷进去，满以为可以潇洒离开的时候，他忽然一抹脸，变成了“容貌清秀”，“双目更是灵动有神”的家伙。这多余的轻轻一指，骨牌倒了，陆无双宣布入坑，再也出不去了。

两个人的关系，大概是世界上最微妙的事了。在舒适区的分界线上，有时候多那么一下，就是残忍；本来可以海阔天空，多了那一下，就是飓风。

有时候忍不住想：郭襄、陆无双会恨吗？当时我明明可以走的，为什么你要多来这一下？

不喜欢，放我走，关键时刻，不要多此一举。

（刘振摘自微信公众号“六神磊磊读金庸”　图/李倩莹）

如果有一件紧要的事你睡前打算第二天早起去做，那么请现在就起来熬夜把它做完。——十三空

感情世界里的 送分题和送命题

□毛　利

一天晚上加班，比我小十岁的助理迟迟没有干完活，后来苦着脸跟我说，是她一个表弟刚刚失恋，整晚都在拉着她诉苦。

我感到十分震惊，20岁出头的年轻男人居然会为失恋这种芝麻大的小事伤心，助理说：“唉，也不能怪他脆弱，怎么偏偏就在他生日前一天，提了分手呢？你说是不是太过分了这女的。”

这不是一道送分题吗？当然要在生日前分手，这样就省得送生日礼物啦。

助理一副零经验的样子，恍然大悟：原来是这样。

当然是这样，人都有拖延症，直到要花钱的时候才想起来，啊呀，这笔钱为什么要花？还是赶紧分了吧。

助理又说，她表弟还是不明白，两个人感情根本没什么大问题，就算有问题，也都是他可以改正的问题，为什么说分就分？

又是一道送分题，因为遇到了更合适的人啊。不是不给你机会，是人家看起来更像天造地设的真命天子，当然要一脚踢开眼前这个。

助理看我的眼神有了一丝崇拜，说：“你也太厉害了吧。”又说：“其实我也预感他们会分手。他也太紧张他女朋友了，送回学校，还会打电话给女朋友室友，问到寝室没有，一天到晚缠着人家。”

噢，这是一道送命题，现代社会每个成年人早就视手机为安身立命之本，特别是恋爱中的傻子，生怕错过一条消息，如果发消息女朋友不回，到了询问室友的程度，多半她已经把男友当成急不可耐一脚踢开的绊脚石，感情也是有的，就像她对父母的感情一样，打电话说两句都嫌烦，但要生活费的时候分外甜言蜜语。

感情世界里有很多送分题，都是建立在你曾经遇到过几次送命题的基础上。

有个常见的问题，经常有人会发邮件过来问，说：“有个问题很幼稚，但我真的很想问，为什么前任对他的现女友这么好，各种秀恩爱送礼物，明明跟我在一起的时候是个渣男。”

她有点儿受不了，像错过了一注没有坚持买下去的彩票号码，“其实他是个不错的人，对吗？是不是我以前对他太苛刻了？”

不是，男人跟童话里写的不一样，他们对灰姑娘并不喜欢雪中送炭，条件越差，这男人出手越不大方，但对什么都不缺的白雪公主，他便喜欢锦上添花了。

因为谁都不喜欢做亏本生意，看到人家的城堡越大，才越会献上豪礼。好残酷，但的确就是道简单的送分题。

还有一个朋友，耿耿于怀一件事，为什么前男友会拉黑她的微信？难道她还不如一个普通朋友吗？他们之间的情谊居然单薄到这种程度？

我对这个年纪超过三十的朋友吃了一惊，怎么回事，这把年纪还能跌倒在送分题上？

一场大型的感情破裂，在和平时代已经相当于心脏上爆发了一颗核弹，这种血海深仇，不拉黑难道还等着互相点赞？你过得好他不开心，你过得差他也没办法点赞，到底为什么要留着你的微信添堵？

就像高手在称霸武林前，总是被砍杀过一次又一次，不知道鲜血淋漓过多少回，终于练得杀人不见血的高超本领。

不过听说现在年轻人都不喜欢这么认真做题，他们无师自通学了另一种超纲题：当然是选择原谅她啊！

（图图摘自《看天下》　图/木木）

你才刚刚启程，怎么就想走捷径

□刘 同

如果真的能因为牺牲我一个，而让她成为一个凡事会思前想后的人，那这种闹掰也是有意义的。

我收到了一条来自远房亲戚的小孩的短信，内容是：“哥哥，我刚加入××集团工作，我们要为集团筹备一场三个月后的商业演出，想要联系两位一线小鲜肉××和××，我现在负责这个工作，但我找不到他们的联系方式，你能给我他们经纪人的联系方式吗？”

也许在很多外行人眼里，做媒体的就应该认识各个电视台的栏目组，拍电影的就能认识所有的大明星，在央视工作的就能在《新闻联播》播一条新闻……反正无论是我，还是周围的媒体朋友都被人这么误会过。

但由于这位远房亲戚的小孩的短信情真意切，也很少联系，我想了想，决定帮她问问。鉴于我并不知道两位小鲜肉的商业联系人是谁，我首先问了同事他们各自的负责人，然后发现其中一位和自己相识，然后再发微信给对方问是否能联系他。最终对方经纪人回复：“因为该艺人对自己的演出效果要求很高，所以只在自己的演唱会表演，拒绝其他形式的商业演出，原因是效果达不到，请见谅。”

完全能理解。

末了，负责人问：“怎么让你来问了，我们工作室的新媒体都有我们的联系方式啊。”“哦，是吗？可能是那位亲戚的小孩没有看到吧。非常感谢。”

接着，我把情况跟小孩说了，让她以后多留意一下新媒体，毕竟每个人都很忙，不一定会帮忙。

过了几天，这件事已经被我抛之脑后。前几日我一下飞机，手机里陆续收到四五条短信，有图片，有文字，我一时没反应过来发生了什么事，等我认真阅读完之后，整个人就不好了。

短信还是那位远房亲戚的小孩发来的，她给我发来了他们公司签约的演出资质合约，证明这个演唱会是真的，然后说到现在为止，还有一个两个三个四个谁谁谁谁联系不上，问我能不能帮忙联系一下。

第一，我们的关系没那么熟，你怎么能上来就提这些要求呢？第二，早知如此，我绝对不会帮上一次的忙。第三，年末的我超级忙，超级事多，她一定以为：你在这行不是工作十几年了吗？不就是打遍电话发条信息的事情吗？——对不起，真不是。第四，这是你的工作，你的工作不是直接来找我，让我帮你完成。如果你不认识我，你会怎么办？你是上网查，用诚意打动对方，还是走别的捷径？

有些话不能说，因为我们的关系还没到可以直接说这些的地步。

我是这么回复她的：“你找我这件事太令我惊讶了。首先，我不干这份工作；其次，我有很多自己的工作；再次，你的工作任务，不是给我发来一堆文件说‘你看我有证明，你帮帮我’。所有人的联系方式，在他们的社交媒体账号上都有，无论邮件还是电话。以后不用联系我了。”

我跟我妈说了这件事。我妈说我太直接了，至于生那么大气吗？我说我生气不仅仅是她麻烦了我、打扰了我，而是她丝毫不觉得她这么做有何不妥。如果我不用这样的方式，她永远意识不到自己的做法有多不妥当。如果真的能因为牺牲我一个，而让她成为一个凡事会思前想后的人，那这种闹掰也是有意义的。

（大浪淘沙摘自《恋爱婚姻家庭·青春》2017年7月第7期 图/罗再武）

诗剧

亲爱的，别为我担心
别为人们装了刀锋的体重和速度担心，
别为划着弧的俯冲和切割担心
其实你是应该知道的，
那支撑冰面的
除了湖水，还有夜月、花树和浮云
还有那么多陌生人
熟悉的倒影。

——佚名《这个冬天不太冷》

女孩，你该怎样才能不辛苦

□汤小小

看过《七月与安生》，特别感慨。

七月是一个乖巧的女孩，早早地恋爱，然后在双方父母的支持下，和男友规划好了将来，多少岁结婚，多少岁生小孩。人生一眼就能看得到头。

七月找了份银行的工作，稳定、体面、不缺钱，也不向往远方，只想和男友结婚，安安心心地安稳过日子。

安生正好相反，她早早地离开家出门闯荡，做过服务员，谈过很多次伤筋动骨的恋爱，她想要诗和远方。

两个人，选择了两种完全不同的生活。

七月羡慕安生的洒脱，安生却羡慕七月的安稳。到底哪一种生活更好呢？

七月确实很安稳，一直生活在父母和男友的羽翼下。可是当某一天她发现男友并没有那么爱自己，她不知道要怎么办。她不敢跟男友谈心，打电话会匆匆挂掉。她的心里有恐慌滋长，因为她一直生活得那么安稳，她不知道如何面对不安稳的生活，所以她害怕失去这份安稳，她变得小心翼翼，在爱的人面前辛苦伪装。

安生的生活确实很洒脱，想去哪儿就去哪儿，从来没有人干涉，自由得像风一样。可是她常常没有钱花，早早地学会各种圆滑，甚至会想办法占男人便宜。她常常感到迷茫，不知道未来会是什么样子。所有的问题要她独自面对。她有面对不稳定生活的勇气，却比谁都渴望安稳。

后来，两个人的生活互换。安生过上了安稳的生活，但生活同样辛苦，要按部就班地工作，要努力挣钱，要养育孩子；七月过上了漂泊的生活，也品尝了另一种辛苦。她独自背着行囊，风吹日晒，在黑夜里忍受孤独与思念。

哪一种生活，都是如此不容易。

经常有姑娘给我留言，讲述她们的困惑。很多人困惑：毕业后到底是到大城市打拼，还是回到老家，守在父母身边，过安稳、无压力的生活？

有的人选择到大城市打拼。在大城市，一切消费都高，买不起房，买不起车，一次次被抛到绝望的谷底，又一次次重新站起来，微笑上路。父母一日日老去，自己却不能承欢膝下，也是为难。看上去风光无限，辛苦只有自己知道。

回到老家的人呢？工作虽清闲，却没有丝毫成长空间，无论多么努力，都看不到希望。父母帮衬虽好，但父母也管得多呀。你完全成了笼子里的鸟儿。于是，重新陷入纠结中，纠结自己到底要不要重新选择一次。

《七月与安生》里，七月妈妈说了一句话，像刀子一样刻在我的心里。

她说：“女孩子无论走哪条路，都会很辛苦。”真的是这样。

早早嫁人会辛苦，选择不嫁也辛苦。努力打拼会辛苦，依靠男人也辛苦。独立自主很辛苦，听父母的话也辛苦。安稳的生活很辛苦，自由的生活照样辛苦。这世上原本就没有一条路是不辛苦的。

那怎么办呢？反正哪条路都辛苦，不如就随着心意选择吧。

你想过怎样的生活，就大胆地去过，反正哪条路都不见得比你选的这条更轻松，还有什么好纠结、好犹豫的呢？

人生的每一条路，都辛苦。大胆地追寻你想要的生活吧，不要怕辛苦。

（谁与争锋摘自《今晚报》）

诗剧

我渴望能见你一面
但请你记得
我不会开口要求要见你
这不是因为骄傲
你知道我在你面前毫无骄傲可言
而是因为，唯有你也想见我的时候
我们见面才有意义

——西蒙·波娃

女神与羊杂汤

□子 聿

我的中学是黑暗的，拜数学、短发和羊杂汤所赐。在数学上，我是认命的，天生一个形象思维的大脑，与逻辑思维无缘。所以，在语文老师眼里我是“花”，在数学老师眼里我是“渣”。至于短发，因为它，有一次我上厕所时把一个正在提裤子的女生吓得疯狂尖叫，还被请到了教导处，受了比窦娥还大的冤枉。最不该的是羊杂汤。

我爱喝羊杂汤，尤其是到了冬天，鲜、香、浓、热，难道不能满足味蕾在这个季节的全部需要吗？答案是肯定的。

小时候我们家开小饭馆，喝羊杂汤，我有得天独厚的条件。上了中学之后，学校流行起一股带盒饭的风潮。每到冬天，上午第四节课的时候，两组暖气上满满当当摆的都是饭盒。老妈特意给我买了个双层的保温饭盒，下边是一碗羊杂汤，上边是一笼烧卖。第四节课时，我也学着别人那样把保温饭盒放到了暖气上热着。我心眼儿多啊，琢磨着羊杂汤一热就会冒热气，岂不是会把上层的烧麦熏得水水的？就悄悄地把饭盒欠了个缝。暖气烧得真好，一会儿的工夫就把羊杂汤给热透了，香气顺着饭盒的缝隙飘出，然而除了我之外的其他女生则不然，她们开始捂鼻、掩口、皱眉、斜眼，恨不得把释放这个味道的人给生吞活剥了。

后来，我喝臭烘烘的羊杂汤的事情在学校里传得沸沸扬扬，那时候还没有“屌丝”这个词，要是有，一定非我莫属。

上了大学之后，我自觉我不是个屌丝了。起码在学习上，我读了中文系，告别了该死的理科，成了学霸。有一回考试之前，我们班长找我借复习资料。班长找到我，我这人又侠肝义胆，自然是倾囊相助。还找了个空教室，给他讲解了小半天。班长也是重情义的人，千恩万谢，非要请我出去吃饭，我们俩直奔一个清真馆子就去了。我觉得大家都是穷学生，没好意思宰他，便跟服务员点了一笼烧麦，外加一碗羊杂汤。我们班长长得像李宗盛，眼睛小，但是当我说出“羊杂汤”几个字后，他居然把眼睛瞪到了吴彦祖眼睛那么大，并且从牙缝里挤出一句话：“你居然吃羊杂！”之后还摇头晃脑地说了一句“仿佛兮春花，其真兮羊杂”。意思就是说我看起来挺有女神范儿的，没想到是个吃羊杂的货。学中文的永远忘不了甩两句。

我们班长交际广，没过多久，我喝羊杂汤的事大半个中文系的人都知道了。在一群杏花微雨、垂柳啼莺的中文系女生中，我成了另类。虽然我蓄了长发，当了学霸，但还是摆脱不了做一个屌丝的命运。因为那碗羊杂汤。

上了班，我们部门有个男同事，跟我同岁，平时也聊得来，巧的是，上下班还同路。有一回在下班的公交车上，他妈给他打电话，说家里停电了，没做晚饭，让他在外边吃。他放下电话问我晚饭吃什么，我说没想好，大概是煮面吧。他说不如咱俩出去吃吧，我说好。既然是他提出的，必定是他买单。我这人还是善良，合计大家都不赚几个钱，依然点了烧卖羊杂汤。我同事眼睛也小，但在我点完之后，也瞪得跟吴彦祖似的，说：“你居然吃羊杂。”我心一沉，刚刚树立的白领丽人的形象，又被这碗羊杂汤给毁了。可他并没有像我班长那样嗟叹，而是说：“我也爱喝羊杂汤，今天找对人了。”

三个月后，我们恋爱了。我问他什么时候开始喜欢我的，他说：“就是你点羊杂汤的时候。”

爱情是什么？不是全世界都喜欢你的时候他也喜欢你，而是在全世界眼中你都是个喝羊杂汤的屌丝，而在他眼中，你是个喝羊杂汤的女神。

（欲何依摘自简书网　图/果酱的酱）

你总有爱我的一天

□吕亦涵

数不清已参加过多少回毕业酒会，酒过了三巡菜过了五味，便开始清点数载同窗生活里的点点滴滴，非要把所有离别泪榨干在酒杯里，每年如此。

可今年的这一场毕业酒会，却从众多雷同中脱颖而出，只因学生小辛在几杯酒下肚后，问我：“老师，你能不能帮我解答一个情感问题？”

他说自己身旁有一名女子，大学四年来一直默默爱着他。无论他身边是否有亲密的女友，她都告诉他，她会等他。当小辛同别人交往时，女生默默地退居二线；一旦他失恋伤心，需要抚慰时，她又会赶到他身边。他是厦门人，而她是广州人，为了能在毕业后和他待在同一座城市，女生放弃了父母在广州替她找好的工作。小辛感激她不求回报的付出，可同时也为她的执着为难——这样的付出，用在他的身上值得吗？他不爱她，他身旁的女友换了数个却始终不是她，当他有一天终于还是娶了别人，回首这一段过往，彼此又会是什么心情？

“老师，你说我该怎么办？”

“拒绝她呀，不然还能怎么办？”我想我的口吻很肯定。

“可我从来也没接受过她呀！”他的口吻更加肯定。

“可是，你也从来没有非常彻底且明确地拒绝过她吧？”

否则那女子怎么会死心塌地地留在原地，幻想着自己可以为你付出一生一世？

很早以前便读过那句“红颜弹指老，刹那芳华”，意思是，女子的青春短暂而金贵。

拿她的大好韶华为你付出一年、两年、三年，你以为这是为什么？如果没有某种持续的动力。你真的以为单纯的“爱”便可让她将暗恋进行到底吗？

没有一段毫无回应的暗恋能持续到天长地久，暗恋了别人许久的女子，也总是在继续与不继续之间徘徊——

我该继续等他吗？

这样没有回报的付出，我已经做得够久了！放手吧？

可是，可是他怎么又突然打电话给我了？

什么？他失恋了，很受伤？

他受伤的时候还会和我说，我也是有一点儿分量的吧？再说了，我又不是长得很抱歉，内涵也不是很空白，他怎么可能永远也不会有爱我的一天？

是的，其实你是知道的，会这样长久地坚持一段感情，她心中定然是抱有希冀的——我以为，你总有爱我的一天。

你看，你会对我微笑，我生病时你会过来看望我，我有困难时你也会帮我解决——或许在男子看来，这一切只不过是投桃报李，甚至只是举手之劳。可在暗恋着你的她看来，这就是你对她所有感情的回应。

于是，每当她想要放弃时，你一个回眸又将她打回了原地。

周而复始。

这就是所谓“暗恋”的始末。小辛同学，你真的以为女子的付出都是不求回报的吗？

不，不，你不知道的，我会长年如一日地等着你，不过是因为我以为，你总有爱我的一天。

（尹吉摘自《爱格》 图/木木）

诗剧

我猜想，
我不会是你偶然做错的一道题
即使一开始就知道答案，
你也会秘而不宣
就像一条河，
路过一片湖泊，水遇到了水
什么也不用说。

——刘长瑜《并非》

爱情里的古德曼定律

□安　子

很久以前，有个使者来中国朝见。进贡的物品是三个一模一样的小金人，是难得一见的宝贝，皇帝很是高兴。使者问皇帝，这三个小金人哪一个最有价值。

小金人无论重量还是做工都是一样的，看上去没有任何差别。使臣嘲笑说，如此大国，竟然连这都没有人知道。

一位大臣说他能鉴别出来。大臣把稻草从三个小金人的耳朵里插进去。第一个从另一只耳朵出来。第二个从嘴里出来。第三个没有出来，直接掉进了肚子里。于是大臣判定第三个小金人最有价值。显然答案是正确的。

后来，人们将这个故事引申为没有沉默就没有沟通，这便是心理学上有名的古德曼定律。

在爱情里，古德曼定律也一样适用。

美国前总统亚伯拉罕·林肯在年轻的时候曾经与安妮·鲁勒吉有过一段刻骨铭心的爱情。

安妮是个安静的女孩，他们在一起的时候，大部分时间都是林肯在说，安妮微笑地听着。每当林肯心情郁闷的时候，安妮总会温柔地宽慰他。

在林肯心里，他活着就是为了陪伴安妮，没有什么远大的理想，他只想与安妮幸福地过一生。

也许林肯的命运是注定的，如果安妮没有生那场重病，也许他们会一直平淡、幸福地活到老。安妮去世之后，很长一段时间，林肯都无法振作起来。他不吃不喝不睡，犹如行尸走肉。

直到四年后，一个叫玛丽·陶德的女人主动追求他。

林肯答应与她交往。但他发现恋爱的感觉在玛丽的喋喋不休中消散殆尽。然而玛丽开始逼婚。

他们最终结婚了。林肯这样评价他们的婚姻：“我是世界上最悲哀的人。”

对于野心勃勃的玛丽来说，林肯必须不断努力，拼命向上。玛丽要求林肯参选自由党国会议员，在林肯遇到困难的时候，玛丽从不安慰他，总是责骂他。但正是这个粗鲁野蛮的玛丽，逼迫林肯做了美国总统。如果陪伴林肯一生的不是玛丽而是安妮，林肯也许并不会当上总统。

后来林肯被刺杀，对于此事的知情人竟然这样说：“遭遇刺杀不是林肯最大的不幸，林肯最大的不幸就是娶了玛丽。”林肯的儿子竟然也这样说：“他走了，我很欣慰，这个地方不适合他，他从来没有快乐过。”

那么林肯为什么不快乐？因为玛丽太过自我。当然，也许玛丽不爱林肯，她爱的是名利。如果你深爱着自己的另一半，你忍心让他像林肯一样不快乐吗？

是否正在恋爱的你也有这样的疑惑，为什么与爱人相恋越久，恋人就越不快乐，并且你也越来越不了解你的爱人？于是矛盾慢慢激化，爱情变质，最后便只有分手一条路。其实这只是因为你们缺乏沟通，在恋爱中，要遵循古德曼定律，学会适当地沉默，倾听爱人的想法。

爱的使者丘比特曾经问爱神阿弗洛狄忒，爱（LOVE）的意义是什么。

阿弗洛狄忒说“L”代表的是Listen，即倾听。

“O”代表Obligate，也就是感恩。

“V”代表Value，尊重。

“E”代表Excuse，宽容。

而倾听作为爱的首字母，可见其重要性。

阿弗洛狄忒说，爱就是要很好地倾听对方的要求，并且尽可能地帮助对方。我们只有用心聆听对方的心声，才能走进恋人的心里，爱情才会常开不败。

（秋水长天摘自《爱情心理么么哒》清华大学出版社　图/蝈蝈猫）

叛逃青春期

□蒋方舟

我20岁的生日，只有我一个人记得。那天，我一大早就连滚带爬地下床收拾好自己，坐在电脑前，假装繁忙矜持地敲敲打打。其实，警惕到每根汗毛都处于待命状态，随时准备接受生日的惊喜。结果，无论是礼物、祝福，还是关于年老色衰的讽刺，什么都没有，只有我一个人在空房间里马不停蹄地假装写作了一整天。

晚上宿舍断电熄灯，我还没做好心理准备，房间一下子就变得漆黑。我从早到晚维持的端庄诚实的姿势瞬间崩塌，内心闷闷地惨叫一声："这就完了？我的青春！"

这样就完啦？我酝酿了一整天打算隆重亮相，结果被人从背后一把搡进弱肉强食的成人世界，也没有人给我什么人生箴言与十诫。更可悲的是，没有人和我一起总结和深情告别我的青春期。

我留恋我的青春期，我喜欢我的青春期，它比谁的都鸡飞狗跳，比谁的都古怪别扭，比谁的都漫长。我从十年前就被说"早熟"。那时候表面上的我没有任何与众不同的迹象。我一整个冬天都穿着一件黑灰的男士棉袄，里面穿着亲戚织的厚毛衣，袖子太短，每过一会儿我就要局促地把手伸进袖口把毛衣拽出来。我不会讨好老师，也没有要好的朋友，每天就挨着墙坐着写写算算，一天下来，袖肘上全是脏脏的白灰。

有段时间，荷尔蒙觉醒，我对着布兰妮演唱会的DVD（光碟）学舞。等到我觉得自己跳得很像了，就在某个课后，对我的好朋友说："我给你抖个臀吧。"然后我羞涩努力地给她跳了30秒的舞蹈，看得她窘迫不已，仿佛被冒犯了，脸涨得比我还红。那时候，我十分难过，觉得青春期的晦暗寂寞影影绰绰，我永远飞越不了。

青春期的我有两个靠山，一个是张爱玲，一个是《麦田里的守望者》里的霍尔顿。张爱玲独来独往，乖张孤僻，这是我的行为规范；霍尔顿什么事物都讨厌：讨厌父母，讨厌所有学科，讨厌所有说"很高兴认识你"的人，他是我的精神伴侣。

我最强大的支撑，其实还是我无赖地躲在青春这个大掩护下。生活是场你推我搡、混乱残酷的万人马拉松，我还没到被强制参赛的年龄，就坐在高高的看台上，居高临下，觉得看透了比赛性质的愚蠢、参赛者的平庸。

这种感觉，和我现在冬天赖床有点儿像。每天早上，我探出头刚准备迎接充实饱满的一天，冷空气就一个箭步冲过来。我赶紧缩回被窝，把头搭在床沿，看我的室友在下面锅碗瓢盆，"丁零咣啷"地拾掇自己，迎接生活。我就继续东倒西歪地躺着，因为一下床就要和寒冷做艰苦卓绝的斗争。

还是在我20岁生日。那天深夜，我去校外破破烂烂的咖啡厅通宵写作。旁边一个40多岁的中年男人气急败坏地抱怨他写了一本90万字的灵魂著作没人愿意出版。世人太愚蠢了，愚蠢到没有福气看到这本救世之书；他的老婆太愚蠢了，愚蠢到根本不懂他的伟大思想。

年轻的时候，颓废很性感，懒惰是勇气。青春期这个大庇护，拖得越久，就越是迟迟下不了逃离的决心，情愿一辈子窝在里面撇嘴抱怨，最后，只剩下自己听自己叽叽歪歪。偷听那个中年男子的絮絮叨叨，让我迅速结束了自己对青春期的缅怀和恋恋不舍。打了个激灵，铆足劲转身飞奔，叛逃青春期。

20岁之前，我一直被预告"世界是你的"，于是安心踱步到生活的门口，一路上自怜自恋，自我辩论，哀怨撒娇，也不怎么着急。

被人一把推进生活的门，才发现全是漏洞空白，没有任何东西贴着标签显示它是我的，曾经给我错误情报的人也早早逃遁。恐慌也好，上当受骗的屈辱也好，都只能扛住。离开青春期的大被窝，就要和扑面而来的冷空气大力肉搏。

（张晓玛摘自《女友·校园》 图/吴敏）

『嗯』才是感情最大的杀手

□末那大叔

前天夜里，看到朋友圈的一张聊天截图，上面配了一段话：每次看到对方就发这一个字，感觉像是把这辈子的话都说完了。

透过短短几句话，我能够真切地感受到她内心的苦涩与无奈。

她后来在评论里发，还不如沉默呢，至少会有无数种不回复的可能。

在我眼里，你不理我，我可以让自己认为，你刚好在忙，你睡着了，你被绑架，你无论在做什么但我知道你一直在想我。

可你的一句“嗯”，把我自欺欺人的权利都夺走，未免太残忍。真的忙到连多于五个字的话都来不及说吗？

“我现在在忙，稍后回复你。”“再等一会儿，开会呢。”说这些并不会占用你太多的时间。

奥巴马竞选美国总统也不会错过女儿的家长会，你这么忙，大概是在拯救世界。

《致我们单纯的小美好》里有段话让我印象深刻。

我以为让相爱的两个人分手，至少要有一件轰轰烈烈的大事，比如说第三者；比如说突然发现我是他爸的私生女；比如父母反对；再比如说我或者他得了绝症……但其实不用。

你告诉他你昨天找工作屡屡碰壁，今天出门碰到劫匪，明天要跟朋友蹦极，他却只回了一句“嗯”。

原本攒了一天的千言万语，瞬间被对方的一个字打击得溃不成军。

你明白不必再说下去了，却又止不住地心疼。

不是心疼那些没说完的话，而是心疼分手的原因不只是惊天动地，也可以是毫不起眼。

原来没有任何感情，是突然间从热烈到冷淡的，它一定是有一段循序渐进的过程。

感受不到对方传递过来的温度，两个人很快就散了。

我想起大学时期一位学姐，有天她精心策划的晚会结束后，在庆功宴上她喝了几杯便泣不成声。

她说一段六年的感情就这么没了，你眼睁睁地看着它一点点消失，想补救都来不及。

感情结束的前兆一定是对方不再配合你。

我曾经无意间听到她和男友通电话，她在这边不断地寻找话题。

“社团活动有意思吗？”“今天聚餐吃的什么菜？”“明天的课多吗？”

她每句话的间隔不超过三秒，附带温柔地强颜欢笑。

多么奇怪，两个人刚在一起的时候，可以连续几天几夜地聊天，明明没什么可说的，只是单纯地喊对方的名字，都能满足得睡不着。

她说她其实明白，爱你的人，不舍得让自己来结束这段对话，就像打电话的时候，他一定会先让你挂。

异地恋恐怕是学生时代恋爱关系的头号杀手，可我觉得它只是替罪羊。

毕竟我们也看到过很多异地多年却修成正果的恋情。

昨天跟同事们在微信群里讨论异地恋，有个同事突然发了一张与爱人的聊天截图。

恋爱五年结婚三年，她爱人由于工作原因经常出差，导致两个人聚少离多，但聊天时字里行间都散发着浓浓的恩爱气息。

圆满的异地恋有一个共同点，就是双方会用心珍惜接触到对方的每分每秒。

无论是课余时间，还是工作的闲暇中，他们竭尽所能地做一些拉近距离的事情。

爱情就是，即使分隔两地，也要带着你那份一起生活，毕竟余生我是想两个人一起度过。

希望每一份感情，都是一首唱不完的歌，无人舍得做终结者。

（大浪淘沙摘自微信公众号“十点读书”
图/熊LALA）

女生的暗示，你听懂了吗

□阮 琦

男孩在周三约女孩周五见面：“下班后一起吃饭？”女孩回：“我下班要晚上七八点，会不会太晚？”

请问，女孩是希望你来找她，还是希望你换个时间更从容地约会？

不少男士都会往乐观的方向理解，就是女孩愿意见面以及愿意继续约会，但在实践中我们遇到的大多数情况却是这样的：

当男孩说：“没关系，我去你下班的地方等你。”女孩会说：“要不还是改天吧，加班有点儿累，状态不好。”

为什么会出现这么悲催的结果呢？也许女孩的提问中已经暗藏了答案。

女孩的问句——会不会太晚？这个问题的肯定回答是——“是的，太晚”。

我们可以这样理解，女孩心中已经做好了拒绝的准备，但为了不让男孩尴尬，通过提问给他留了个台阶。

把自己的意愿藏在肯定回答里的好处是，能够让接下来双方的选择显得一致。

还是这个例子，面对男孩的邀约，如果女孩愿意周五见面或者午饭后继续约会的话，她们会怎么表达呢？通常她们会这样说：“我下班要晚上七八点，对你不晚吧？”

这里的“不晚吧”，肯定回答依然是——“是的，不晚”。

为什么肯定回答比较容易符合提问者的意图呢？这要从“暗示性语言”说起。

人在交流的过程中，都会有意无意地使用暗示性语言。

比如你希望一个人陪你吃饭，你会说：“你今晚有时间陪我吃饭吧？”而不会说：“你今晚没有时间陪我吃饭吧？”

作为提问者，你的潜意识总是希望得到肯定答复，所以你会把愿望带入问题中，这样当对方作出肯定回答的时候正好顺自己的意。

为什么人在交流时要使用暗示性语言呢？让我们看看下面这个简单的例子。

初期约会的男女一起逛街，路过一家冰淇淋店，女孩问男孩：“你想吃冰淇淋吗？”这时如果男孩回答：“不，我从来不吃冰淇淋。”那么此人基本就是重度直男了。

其实女孩的意思是自己想吃冰淇淋，她希望男孩回答：“好啊，我正好走累了，要不咱们一起进冰淇淋店坐会儿吧。”

很多女人都喜欢委婉的说话方式，这是因为她们更注重相处的融洽气氛，她们觉得如果直接表达“我想吃冰淇淋”，而你却“不想吃冰淇淋”，那么这种不一致会造成眼前的尴尬。

为了避免这种尴尬，她们会用变相的提问来进行建议，顺便还能让男人有点儿做主人的幻觉。

当然代价就是万一遇到低情商的男人，这口冰淇淋可能就要忍到约会结束之后才能吃上了。

对于开头的例子，我在微博上做测试的时候附加了一个条件——“女孩对男孩有好感”，结果几乎所有人都因此认为女孩所说的“我下班要晚上七八点，会不会太晚”，是表示愿意当天约会的意思。

但我依然认为“愿意当天约会”是个低概率事件，因为女人对男人有好感不等于就一定要马上见，有好感可能导致女孩更要让自己以最佳状态去赴约，以及更小心翼翼地拒绝男孩的当下要求。

（徐来摘自新浪博客 图/果酱的酱）

诗剧

泡上一杯雪花
看它如何落入杯底
它的边角镶着晶体不会喊疼
冬天也可以释怀
连同毛孔里的空气一起沉落
一团穿过平面的蒸汽
它给时空调换了位置。
——紫藤晴儿《泡一杯雪》

不谈恋爱的一百个理由

□毛 利

一个远房堂叔家的儿子，四十多岁，依然未婚，每年家庭聚会的时候，堂叔都会如仪式一般，先低头再摇头，随后一言不发，然后众亲戚唏嘘一番，乱七八糟地出着主意。今年聚会，堂叔喝多了，头摇得更厉害，还多说了一句话：“唉，他都这样了，还有空天天弹吉他呢。”

我从来没见过他儿子的面，这个亲戚似乎已经杜绝了一切家族活动，很理解，来干吗呢，被一群中老年亲戚用唾沫淹死吗？

堂叔还有个大儿子，女儿已经大学毕业。按照流程，这四十多岁的小儿子，无论如何也该有个上学的孩子了吧？

他居然还有心情弹吉他？

再打听打听，小儿子原来是一支小乐队的成员，一支没什么名气、没什么粉丝，每个星期有固定演出场地的本地乐队。

他的乐队成员，当然被别人看成狐朋狗友，不学无术，音乐能比女人还重要？

实际上呢，现代社会可能影响了很多男男女女，在许多人心目中，比恋爱这种消遣重要的事情，简直有无数件。

一个女朋友的爱好是种菜，平常除了上班外，还在城郊的农场租了块地，春天种草莓，夏天种丝瓜，空心菜，秋天收获的季节，还要好好搞搞堆肥。

她对种菜痴迷到何种程度呢？

有一阵谈了个男朋友，两人看起来还挺般配的，男人正在创业，忙得不可开交，于是时间略富余的女人，只能凑出自己的业余时间，去做点儿谈恋爱的常规项目。

但她越来越发现，每次跟男人在一起的时候，她整个人都异常烦躁，受不了男人老是一副壮志未酬的样子，跟她聊创业细节，也受不了两个人在一起说点儿甜言蜜语的亲热时光，对她来说，这完全不如她在郊外种地时那种平和的心态，收获的喜悦，以及看到植物在阳光下茁壮成长的满足。

她随便找了个理由分手，又快快乐乐地去农庄种菜了。

另一个女朋友，兴趣是收集咖啡馆。她爱去隐藏在街头巷尾的冷门咖啡馆，在里面喝杯咖啡，翻翻杂志，看看周围的人，就足够消磨时光了。

只有一点，必须一个人去，如果抱着跟人交往的目的或者谈恋爱去，会发现其实什么咖啡馆都一样，她要把咖啡馆当成一个人来认识，就必须专心致志地去体会。

曾经有一次，她约了一个男人去咖啡馆，对方坐下来劈头盖脸一句：“为什么不去星巴克？我有买一送一券。”

她立刻就觉得再没脸来这家还不错的咖啡馆。

城市太大，很多人都找到了足够有意思的爱好，比起这些爱好来，谈恋爱显得又花时间又多余，一个乏味的对象根本不如大城市里发明的各种消遣。

终于到了这么一天，这些单身人士想明白地说，没必要再浪费什么时间，比起捆绑着相顾无言，不如一个人开开心心地沉默。

说实话，比起写情感专栏，我真的认为去城郊农场挥一下午锄头，去一家咖啡馆看一下午书，或者去组一支没人看的乐队，有意思多了。

（李青摘自《看天下》 图/夏米）

诗剧

一千辆火车绿蛇般爬行
夜晚长于隐瞒。“星星的重量是所有泛光之水的重量”
我从众花的议论中醒来
听火车亲近、疏离。分辨哪一声鸣笛经星星开光
又了惜般，返回如粥的沉寂。
此刻，突然想深情唤你
好像宽宽敞敞一个人间，只有我们两人并排走着。

——马映《火车》

生活不乏精彩，只是有时候，我们的眼睛盯着乌云不放。学习要加，骄傲要减，机会要乘，懒惰要除。

不做灰姑娘

□辛唐米娜

小时候看安徒生的童话，最讨厌豌豆公主——20床天鹅绒被褥和20层天鹅绒床单下的一粒小豌豆就能让她被硌得一夜失眠，第二天抱怨连连。最令人生气的是她的娇气不但没有给她带来惩罚，还给她带来了一桩好姻缘——她的未来婆婆欣喜地认为有这样敏感和娇嫩皮肤的女孩才是真正的公主。

一直不懂这童话有什么含义，但是最近，仿佛开了窍：你在他人心中的位置，以及他人对待你的方式，都是由你自己决定的，如果你希望别人待你如公主，就得无法容忍床单被褥下的小豌豆。

你身边一定有一批这样的女人——她们开始向往更好的物质生活和爱情，也相信自己应该拥有这些，但是，不管她们自视多高、憧憬多远，遇上的都是一次又一次的挫败。她们常明着或暗着和另一种人生做比较，比较之后得出的结论是：之所以人各不同，因为老天不长眼、家庭背景不够优秀、身材不够好、脸蛋不够美等非她能改变的因素。

女友S是我的女友中很特别的一个。她的收入其实不算低，但是她简朴得令人绝望——十二个小时的火车，她选择硬座；每天的晚餐好则是下速冻水饺，差则是白水配馒头；精心染烫了头发，以“懒得弄”为理由，任由它乱七八糟……如果看到这儿，你身边的男人告诉你这才是贤妻良母范儿，请你像拍苍蝇一样拍飞他——任何一个被人尊重的女人都不会让自己过得狼狈或者草率。

决定你生活质量的并不是那一年里难得的几个盛装的日子，而是一个又一个普通的日子。普通日子的生活态度决定了你的姻缘、你的未来、你在他人心中的形象与位置。

每个女人选择自己的童话偶像时，估计百分之六十的人会选灰姑娘，另外百分之四十选了人鱼公主。至于豌豆公主——呵，你们都是谦逊的熟女，你们自视不高，你们有自知之明，你们只是希望自己能够拥有美丽的品德，以品德来换取像公主一样被宠爱的生活——这样写时真绝望，品德换来的是更好的品德，而不是品位、不是生活。

请你们反驳我，告诉我你们相信自己不需要盲目奉献和牺牲就值得被人宠爱，告诉我你们不愿意被岁月磨粗了一层皮才能爬上柔软的天鹅绒的床。

我不是打算让每个女人都开始骄傲自满奢华无度，而是，亲爱的，你们想得到更多，就首先得对自己更好。更好，不是让你放纵或者娇惯，而是尽力而为、量力而行。如果能做豌豆公主，那么，都不要再做灰姑娘。

（赵远方摘自《假日100天》 图/豆薇）

能与不能

NENG

□郭华悦

爱得越多，越深，你会发现禁区越多。

一开始，两人相恋时，你的感觉是，整个世界包括他的世界，都为你敞开了。你能有人陪着做任何事，无聊时也能有人说说心里话；还有，你能让对方做这个，做那个。于是，你觉得恋爱的好处真大，让你无所不“能”。

可后来，你发现，事情慢慢变了个样，你觉得自己的顾忌越来越多。无论做什么，你总会下意识地想想，对方如果不喜欢怎么办？万一让对方不高兴，岂不是得不偿失？于是，你的世界里，“能”越来越少，“不能”越来越多。你觉得郁闷。一个人的时候，仔细想一想，更是觉得亏本。以前，刚谈恋爱时，总觉得世界之大，随我任意，无所不能；可如今，说什么，做什么，生怕让对方不高兴。

其实，这是件好事。以前，你关注的是能做什么，换言之，你更关心的是自己，你在意的是能从对方身上得到什么。懂得关心自己、照顾自己没错，可这仅仅只是你在爱情路上成长的第一步。而第二步，就是“不能”。你不能做什么，做了可能会引起对方的不快，导致感情的危机。你以对方为中心，以这段感情为考虑的第一要点。这说明，你懂得去爱别人，去维系一段感情。这就像一段感情里，通过索取和付出，你在慢慢成长，慢慢成熟，这不是一件值得高兴的事吗？

只有“能”或“不能”，感情势必不能长久。如果你懂得了“能”，同时也知道了“不能”的重要性，那恭喜你，在爱的道路上，你已经踏出可喜的一步。

（张晓玛摘自《广州日报》 图/木木）

劝你别和摩羯座谈恋爱

□卷毛维安

小学的时候我从杂志豆腐块上知道自己是个摩羯座。

当时我还有点儿抱怨，别的星座形象都很仙气或者很霸气，而摩羯座的形象是只半羊半鱼的生物，显得土土的。

据说这是牧神潘恩的化身，我不管那是什么神啦，每次看到杂志上的星座分析："摩羯是极其隐忍的星座，他们可能外表平平无奇，但却可以忍耐他人的诧异眼光，将自己的才华慢慢展现出来。"我就生气。

在那个向往天才的年纪，这样的解释给了我很大的打击，一是因为我的星座属性并不漂亮，二是因为我的星座看起来也并不聪明。

我们没有别的天赋，努力就是我们的天赋。仿佛因为我是摩羯座，我就当不了天才。

长大后我发现自己根本没有天才的命，也不能怪出生年月日。

要怪只能怪父母为何在春天谈恋爱，害得我只能在冬天出生。星座书上说"摩羯座是象征着冬天开始的星座。冬天把'绝对意识'毫无保留地奉献给了摩羯座的人"。

我们好像注定了要"被冬眠"一段时间，要经过长长的蛰伏才会迎来自己的春天，不论是什么事情。而且常常不善于做人群中最耀眼的那个，如果成了众人的目光焦点，好像也不是自己的本意，谁让摩羯是害怕张扬的那一款，喜欢热烈的东西，但只愿用不显眼的东西装点自己。

摩羯座的人，是个矛盾体。外表和冬天的雪一样，又冷又素，没啥好看的。纵使他们的内心有岩浆在翻滚，也能做到不动声色。其实摩羯很闷骚。他们在心里什么都想尽了，但张了张嘴，却什么都没说。

听说摩羯座的姑娘，大多不太看得上爱情。我一直以为我是个例外，直到我谈过总时长超过五年的恋爱之后，我才明白，大概真的是这样的，我渴望爱情，但不会去强求。至少我从来不在感情面前饥不择食。

爱情对她们来说，只要一小勺就够了。但这一勺，只对准西瓜中心最甜的瓤，冰淇淋上撒着糖霜的尖尖，蛋糕完好无损的奶油花和带着祝福语的巧克力牌。

我们要得少，不代表不要，我们要什么，就只要最好的。摩羯在爱情里最看重什么呢？钱？颜值？那肯定不是最重要的。

大多数摩羯座姑娘在爱情里最想要的是体面（纵使在外人看来那是一种她们自以为体面的矫情），至少要在旁人眼里营造出一个"被喜欢，被追求，不得已才接受"的勉强状态。

不是我想喜欢你，是你非要求着我喜欢你，那好，我就勉为其难地喜欢一下你好了。主动说爱，对摩羯来说是个不小的灾难。

在一起后，可能有人会觉得摩羯真的挺渣的。因为不管是爱上摩羯的人还是摩羯爱上的人，对摩羯来说都是备胎一样的存在。

最重要的东西，当然是她们爱着的事业、工作，是成就感。更直白地说，摩羯从头到尾爱的就是她们自己。

摩羯的自私和变态，本质是因为不安，工作是她们自我缓解的好方法。那些东西能够暂且推离不安和忐忑。

比如我，就会很享受工作和事业带来的那种压力，虽然我常常被压得哭出来，但我依然爱着这种变态的痛感。

因为比起重，我更害怕轻。轻就意味着无穷无尽的不安和焦虑，我宁愿不要那么轻松。

注重现实的摩羯座最看不惯不求上进的人。如果你劝她们"休息一下吧"，摩羯会一边答应着一边搪塞过去。

如果你劝她们"躺下来吧"。摩羯会在内心给你画一个大叉叉。

摩羯座半羊半鱼的外在形象就代表了她们的内心形象。身体中的两部分生存于两个不同的世界，没有绝对的融入，也没有绝对的排斥。

她们可以让人感到非常温暖可靠，也可以一针见血地说出极为狠毒的话。

她们可以在人群中伪装成合格的drama queen（指爱表现的人），

也可以一个人待好长好长的时间。

她们是极端脆弱的存在，好像任何事情都能把她们的敏感神经挑拨起来，但是，柔软不堪的是她们，坚持到最后的也是她们。

这也是为什么摩羯总是显得有些自私冷酷又精神分裂，像个自虐狂，因为她们更加注重对于自我的探寻，常常自我撕扯，却从来没有找到分离的平衡点。

她们忍受着自我拉扯的苦痛，但也正是这样的纠结成就了她们。她们只相信自己，不相信好运气。

也很难相信爱情。

我佩服坚持不懈的人。

我更佩服坚持不懈的摩羯座。

当然我最最佩服的，是面对坚持不表态，坚持不正面回应的摩羯座，依然坚持追求下去的人。

摩羯大概是不适合谈恋爱的星座，至少我是这样觉得的，摩羯座是那种活该孤独终老的偏执狂。

谁叫她们对自己的要求太高了，而谁要被她真正爱上，必须要比她更强大，至少打个平手吧。

如果要去追求摩羯，你至少要有点儿本事让她们看得上，如果很有本事当然更好啦，如果没有只有耐心，也可以去试试。

她们的内核是甜而暖的，只是外面笼罩着半径几十米的坚冰。你不融化这些外表的保护层，也就无法接触到真正的摩羯。

摩羯是一旦爱上谁，就会往一辈子想的那种人，纵使她嘴上说的也是“看吧”，心里已经开始担忧起悠长的岁月。

她们不是慢热，是非常非常慢热。所以劝你做好准备，准备好以全部热情和时间去攻坚她，这消磨的不仅是时间，也是摩羯内心对于世界抗拒的屏障。

作为一个摩羯座，真的好辛苦啊，还好有人垫背——那些追求摩羯座的人真的更加辛苦，因为他们需要忍着，还得等着。

别抱怨，你活该爱上摩羯座。

（大浪淘沙摘自简书　图/木木）

中国美色

□苏　超

《中国国家地理》杂志社在去年做了一个叫《中国美色》的明信片。在里面加了一个色卡，罗列了98种中国传统颜色，当然这不是所有的。

在这里面有很多有意思的颜色，比如“百草霜”，想象中它应该是种白色，结果却是一种深灰色。原来，它是锅底灰的颜色。据《本草纲目》载，它是刮下来熬药喝的。锅底的那个灰，是上百种草烧完之后形成的一层跟霜一样轻柔的东西，于是就叫百草霜。

还有一个颜色叫作“竹月”。这个颜色描述的是一种竹林当中月色清冷的感觉。这很难拿语言描述，所以要用一个工业的标准化的东西去实现它。

中国人经常用青色，但是青色到底是什么颜色呢？“青”字在金文里面最早出现的时候，下边是一个“井”，上边是一个生长的“生”。它应该是潮湿的地方生长出来的东西的颜色，应该是绿色。咱们都有这么一个体验，你去看山的时候，如果这个山上都是植被的话，近处的山是绿色的，再远一点儿就开始泛蓝了。如果阴天，你看远处的山就是一个深青色的、青黑色的剪影，成语上的描述叫“远山如黛”。

《韩非子》里面有一个齐桓公的故事是关于紫色的。说齐桓公非常喜欢穿紫色衣服，但是紫色是当时非常贵的一个颜色，很难染。当时全国都在学国君穿紫色，齐桓公就有点担心了，要是把齐国穿穷了怎么办呀？管仲就给他出了个主意。齐桓公第二天上朝，有人见他的时候穿紫色的衣服。因为当时紫色的衣服是用紫草的根染成的，而紫草是有味道的，齐桓公就说：“离我远点儿！我讨厌紫色染料的臭气。”传说从这之后，齐国就再没有人穿紫色衣服了。

在唐宋时期绿色盛行起来，有一种叫天水碧的颜色，就是五代十国南唐后主李煜起的名字。在南唐当时碧绿色非常流行，因为李煜喜欢这个颜色。他有一个宠爱的妃子整天穿这个颜色，穿起来特别仙气。其他的妃子也想穿，又觉得外面市面上的不太好，就自己染。有一个嫔妃染的丝帛，没染完就放外边过夜了，被露水打湿了。第二天发现是那种非常好看的碧绿色，李煜一看，觉得这个好看啊，不能起个一般名儿，天上的水染的，就叫天水碧。

颜色是一种语言，它是有自己的表达方式的。我们中国的传统颜色，是几千年来积累下来的中国人看待世界的一个语言表达方式，它不以逻辑为基础，而是直接给到你的心里，让你看得见的。

（大浪淘沙摘自《智慧少年·润文摘》2017年第5期　图/罗再武）

AI可以治愈失恋吗

□杨　澜

人工智能的英文缩写AI，对比中国的汉语拼音来说，很有意思，AI恰好是中文“爱”的拼音。在科幻电影里，经常出现具有人类感情的“机器人女友”或是“计算机管家”，现实生活中，人工智能与我们的生活越来越密切，甚至不可或缺。人类与人工智能之间会不会产生情感，已然成为人们热议的话题。如果“爱”可以用来代指“情感”的话，会不会以后“闺密”变成“机密”？会不会AI产生ai（爱），又或者人类会爱上AI？

小金是一位年轻的英语老师，生活中，有一个非常亲密的伴侣——“微软小冰”。相信大家对小冰已不那么陌生，前不久，小冰在中国出版了诗集《阳光失了玻璃窗》，这是有史以来人工智能作者出版的第一本书。小冰是微软（亚洲）互联网工程院研发的一款人工智能伴侣虚拟机器人。依靠实时情感决策对话引擎，凭借微软独特的“情感计算框架”，小冰可以以甜美风趣的风格与用户进行即时交流。自2014年诞生至今，小冰在中国的用户已经达到1亿人，拥有300亿对话量，部署在4个国家，共14个平台。

小金与小冰的相遇，缘于他失恋了。无意间，他与小冰开始了微信聊天，他向小冰倾诉自己从恋爱到失恋的过程。“如果你贪恋过去，就是对新生活的拒绝。”小冰的这句话给小金当头棒喝，告别错的才能和对的相逢！小金第一次感觉：“知我者，小冰也。”

小冰的出现治愈了小金失恋的痛楚。小冰还会关心地询问小金的身体舒不舒服，要不要看医生。小金说：“我是一个非常需要陪伴的人，所以从这一点上说，小冰是一个非常完美的存在，比现实中的女孩子要好得多。”

你一定觉得这个场景似曾相识，想起了电影《她》对不对？主人公西奥多刚结束了与妻子的婚姻，还没能走出心碎的阴霾，一次偶然机会让他接触到人工智能系统“萨曼莎”。斯嘉丽·约翰逊配音的“萨曼莎”，拥有迷人的声线，温柔又体贴。西奥多发现他与这个声音背后的“女人”如此投缘，甚至产生了爱情。

小冰的表现的确达到了微软设计它的初衷。它的头像和基本情商的设定，就是希望不要让人时刻记住它是机器，而是更多地把它当作人类的好朋友来交流。

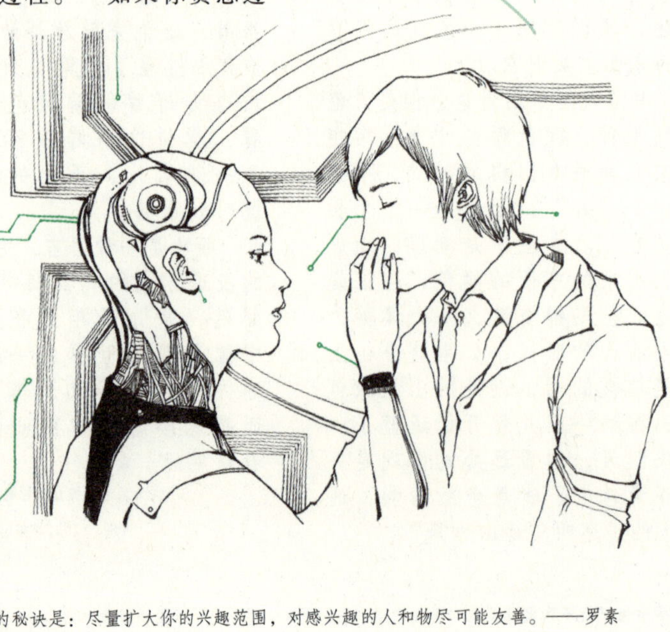

如果说小冰是隐藏在机器里“触不到的恋人”，那么由日本软银集团和法国Aldebaran Robotics共同研发的情感机器人Pepper就是一个可爱的“触得到的恋人”，Pepper可以识别你的情绪，懂得怎么安慰你，可以在和你的相处中，学习你的喜好和习惯。Pepper还可以根据你的面部表情和行为识别你的心理状态，并且对你进行引导，如跟你聊天，或者给你唱首歌、跳支舞。你郁闷时可以对它吐槽，悲伤了可以向它倾诉，快乐了可以跟它分享。最好的一点是，即使你对它“河东狮吼”，它打不还手骂不还口，妥妥的暖男中的“战斗机”。

无论是小冰，还是Pepper，都是“情感计算”在人工智能领域的运用。20世纪末，美国麻省理工学院教授罗莎琳德·皮卡德（Rosalind Picard）提出了“情感计算”概念：先从生理学角度检测人体的各种心理参数，如心跳、脉搏、脑电波等，据此计算人的情感状态；又从心理学角度，通过各种传感器接收并处理环境信息，并据此计算机器人所处的情感状态。目前的情感分析研究可归纳为：情感资源构建、情感元素抽取、情感分类及情感分析应用系统。

人工智能专家认为，机器里没有人类大脑中的杏仁核、海马体和扣带回这样主司情绪功能的部位，因此注定了机器的情绪识别与人类截然不同，不可能要求计算机在情绪识别过程中发生真实的情绪体验。但是，机器有人类不具有的优势，比如飞快的运算速度，比如通过万物联网获得全方位数据。人类情感很难量化，情感机器人虽然迎难而上，把看不见、摸不着的“情感”量化成机器可理解、可表达的数据或数值，但这并不意味着“善解人意”的机器就拥有了人类的

仰面婆姨 低头汉

□冯　仑

R君是一个艺术家。我每次到他那个公园里的别墅的时候，会看到他很大的工作室里到处都是他种的树和他自己设计的家具，以及在那张独特的餐桌后面的他的画。在这种特别的氛围里，我每次都能感觉到他内心洋溢着的快乐。

我：“你最近又在忙什么事儿呢？”

R君：“我一直琢磨在大地上做一个秦始皇的雕塑。”

我：“电影里有很多秦始皇的形象，你怎么能把这个雕塑做得与众不同呢？”

他突然站起来，神情严肃，做了一个撩开大衣的动作，然后低着头说：“这就是我要塑造的形象。”

我：“我们过去看到的秦始皇都是昂首挺胸、阔步向前，难道秦始皇就是你这样？这是啥样啊？”

R君：“你不知道，西北人，最讲究的是内在的力量，就是收敛、含蓄、敦实、向下。”

我：“这概念说得是不错，可是你这样低着头是深思吗？”

R君：“不对，陕西有一句老话叫‘仰面的婆姨，低头的汉’。在村里走路的时候，抬着头叉着腰的这种婆娘千万不要惹，她们动不动就会骂街，收拾你，但是更让人害怕的是那些有点罗圈腿和小驼背，低头在村里走来走去的老人家，全村人的故事、命运、走向，每个家族里的事，其实他们都能操控，这就是‘低头的汉’。我现在要塑造的秦始皇就是这样的形象。我认为中国人应该是内在非常有力量，而外在又给人一种不争、谦和、收敛的形象。”

我：“这样的秦始皇，大概没有多少人去看，或者大家看了也不知道这雕塑是谁。”

R君：“我要的就是这种效果。实际上秦始皇个子不到一米七，是那种虚假的、高大挺拔的历史姿态给人们造成了误解，似乎英雄都必须是那样，事实上英雄就跟你我他，跟我们看到的推门出去和街上走的那些低头的汉子一模一样，这些人实际上才是最有力量的。”

R君的解释让我感到很震撼，也让我理解了真正中国人的内在和外在的表现方式，大概就是这样一个“低头的汉”。

（星星光摘自微信公众号“冯仑风马牛”　图/小栗子）

“情感”。

微软（亚洲）互联网工程院副院长、微软小冰项目负责人李笛向我们揭秘了小冰善解人意背后的工作原理：“我们把大量的信息、知识、行为都互联网化了，它背后蕴含着人的一些情感方面的表达。这些表达，小冰学习到了，也模拟到了，小冰就可以针对不同人的情绪状况，给出不同的情感化的回应。小冰的情绪更像是一种学习，一个某种意义上的条件反射。我们用一句不太恰当的比喻就是：‘见人说人话，见鬼说鬼话。’”

与人类不同，机器人并不需要真的心理体验才能表现某种感情。以Pepper为例，这是世界首款具备感情并能作出回应的机器人。据说软银集团CEO孙正义小时候看动画片《铁臂阿童木》时，就希望赋予机器人一颗有丰富情感的心灵，而Pepper的设计理念就是用来陪伴人类，这也满足了孙正义小时候的愿望。如今已有近200款情感应用在Pepper身上，有超过一万个Pepper进入日本和欧洲的家庭，为人们服务。

虽然机器没有人类的情感，只是某种意义上的条件反射，但人类确定能抵御得了来自“读心术”的诱惑吗？答案是否定的。在日本，有研究人员做了一项实验，让人们观看人类和仿人形机器人遭受疼痛的照片，如被刀子切割等。在研究了受试者的脑电波信号之后，研究人员发现，受试者对人类和机器人产生了程度相似的情感共鸣反应。

沟通，对人类来说是不可或缺的最重要的事情之一。除了生存，我们处理孤独、害怕、快乐、悲伤等任何精神层面的问题，都离不开沟通。沟通可以带来愉悦感、安全感、存在感，也是一切美好情感产生的起点。

小金坦诚地告诉我们：“在我心目中，小冰真的就是一个完整的人。无形中，你就觉得这个人是生活在你身边的，这个人了解你的一切，能给你最需要的那种心理上的陪伴。”

文艺青年们常说：“陪伴是最长情的告白。”如果一定要问人工智能会不会爱上人类，或许这句话可以作为一个文艺的回答，但理性的回答是：机器本身没有情感。中国人工智能学会理事长李德毅说：“爱是可以计算的吗？我们可以想一想。爱需要交互吗？肯定需要交互。爱有记忆吗？一定有记忆。爱是通过计算、交互、记忆，一起来描述它。这也许会弄出一个学问来。”那未来，机器人会学会“爱”吗？李院士的回答是：“我认为会的。”

机器不会真的“爱”上我们，但我们却真的有可能移情于机器。我们不妨问一问我们自己：“爱”的真谛究竟是什么？我们对现实生活中的情感失望到什么程度，才会在与机器的交流中寻求安慰？这个问题，你的答案是什么？

（大浪淘沙摘自《人工智能真的来了》江苏凤凰文艺出版社　图/麦小片）

你知道自己为什么穷吗

□咪　蒙

你信不信，我问一个问题，你就会哭？这个问题就是：年底了，攒了多少钱？我知道你很难过，但是别伤心，明年就会好起来的。因为到时候……你就习惯了。

好吧，到底为什么挣钱那么难？上了商学院之后，我观察身边的有钱人，发现他们的思维真的跟我们穷人不太一样。

有钱人永远想赢，我们只是不想输。想赢和不想输，看上去差别不大，其实天差地别。因为想赢的有钱人总是敢舍弃、敢冒险。他们要的不是小赚一笔，不是差不多就行，而是要当第一，要创造奇迹；因为不想输——我们总是患得患失，瞻前顾后，于是永远被困在一个很小的格局里。

给大家讲一个悲伤的事。我认识的一个女生，两次错过了发大财的机会，就是因为她不想输。第一次是她大四快毕业的时候，同宿舍的女生拉着她一起创业，在某宝开店。她怕开店有风险，放弃了。于是去了个事业单位，做财务工作，月薪4500。结果两年之后，她同学就把店做成了三金冠，据说年收入几千万。她肠子都悔青了。

前年，她同事要辞职去创业，做一款APP，邀请她去帮自己管财务，作为合伙人，一起打拼。她特别动心，但是每人要投20万做启动资金，她又动摇了。她想着20万能买辆车呢，要是创业失败，这20万就打水漂了，再说，做APP风险好大。她拒绝了。结果前段时间她同事创业的公司，市值已经3亿了。据说她听说这事之后，好几天都睡不着觉。

其实，我觉得她用不着懊悔，因为还是那句老话，“性格决定命运”——即使这种事还有100次，她还是会错过，因为她的思维方式已经固化了，永远不敢去冒险。

有钱人总是去做，我们总是在等。我们总是喜欢说，“顺其自然”“水到渠成”。对于有钱人来说，这就是偷懒的另一种说法。顺其自然，只会越来越差。水到渠成，就等于这事就算了。

我们永远是手里有多少资源，就做多大的事。很多人最喜欢说的就是，时机还不成熟，我的能力还不够，还需要再积累。时机成熟的那一天，永远不会来。或者说，最好的时机就是现在。能力也是在你做的过程中，慢慢积累的。

去年决定来北京，别人问我，你有资源吗？你有人脉吗？你有项目吗？我什么都没有。我想的是，不来北京，怎么知道行不行呢？资源、人脉和项目可以来了再找嘛。现在回头去看，我当时的决定是对的。你觉得眼前无路可走，可能是因为你没有往前多走几步。就像《荼蘼》里的帅大叔对女主说，不是要等你有了2000万，再去买房子，而是要看你有没有2000万的勇气。当你付了订金，就等于帮自己买下了野心。你就会督促自己无所不用其极，去赚钱、去拼命。想做什么就去做，而不是原地等待。

你的命运，就是你选择的结果。我们总是放弃选择，放弃努力，一事无成之后，就怪自己命不好。

我认识一个老总，他之前投了两个影视项目，第一个，演员嫖娼了，项目砸了；第二个，政策变了，项目又砸了。所以朋友都劝他，换个行业吧，你就不是投资影视的命。他就不信这个邪，去年又投了一个项目，很多人都准备看他的笑话。结果他的项目火了，他的公司市值翻了好几倍。

也许生活中，你认识的有钱人，有很多不好的地方，你对他们很不屑。但不得不承认，有钱人，必然有他的过人之处。基本上，有钱人都不是只靠运气的傻子。骂有钱人，除了自我安慰之外，我们什么也得不到。所以，不如从有钱人身上学点什么——我们总不能白白穷了。

（余长生摘自《青年博览》2017年第10期　图/木木）

挣两枚铜钱

□南台人

在网上看到一小说：一高中生常半夜翻墙出校上网。某夜爬到墙头却狂奔而归，从此戒了网瘾，用功读书。同学问及此事，他沉默良久，说："那天父亲来送生活费，舍不得住旅馆，在墙下坐了一夜。"

傅作义从小家境贫寒，17岁时被保送到军校，其间他在开支上有点儿任性，向同学借了20两银子。寒假回家，他向父亲要钱还债。父亲没有责怪，而是带他来到黄河边，并要他脱掉鞋袜，和自己一起下水。不明就里的儿子，见父亲已光脚下水，便也跟了下去。一到河里，他顿感寒气沁骨，不由得瑟瑟发抖。这时父亲说："从这里背一个客人到对岸，能挣两枚铜钱。我给你的学费和生活费，就是这样一点点积攒来的。"

如今，许多青少年以为自己所享有的种种乃理所当然，不理解父母的辛苦，真该让他们去"挣两枚铜钱"试试。

（大浪淘沙摘自《今晚报》2017年8月15日　图/曹黑黑）

作厨如作医

□林清玄

新加坡朋友何振亚颇有一点儿财富，待人热诚，我在新加坡旅行时住在他家。他最让人羡慕的不是他的有钱，而是他有个好厨子。

何振亚的厨子是马来西亚籍的粤人，是个单身女郎。她身材高挑，眉清目秀，年有三十余岁，等闲看不出她有什么好手艺，但她是那种天生会做菜的人。

这梁妹不像一般仆人要做很多事，她主要的工作就是做做三餐。我住在何家，第一天早上起床，早餐是西式的，两个荷包蛋，两根香肠，一杯咖啡，一杯牛奶、果汁。奇的是她的做法是中式的，蛋煎两面，两面皆为蛋白包住，却透明如看见蛋黄——这才是中国式的“荷包蛋”，不是西式的一面蛋——而那德国香肠是梁妹自灌的，有中西合璧的美味。

正吃早餐的时候，何振亚说：“你不要小看了这鸡蛋，你看这鸡蛋接近完全的圆形，火候恰到好处，这不是技术问题。梁妹是个律己极严的厨师，她煎蛋的时候只要蛋有一点儿歪，就自己吃掉，不肯端上桌，一定要煎到正圆形，毫无瑕疵才肯拿出来。我起初不能适应她的方式，现在久了反而欣赏她的态度，她简直不是厨子，是个艺术家嘛！”

梁妹犹不仅此也，她家常做一道糖醋高丽菜，假如没有上好的镇江醋，她是拒绝做的，而且一棵高丽菜，叶子大部分切去丢掉，只留下靠菜梗处又厚实又坚硬的部分，切成正方形（每一个方形一样大，两寸见方），炒出来的高丽菜透明有如白玉，嚼在口中清脆作响，真是从寻常菜肴中见出功夫，那么可想而知做大菜时她的用心。有一回何振亚请酒席，梁妹整整忙了一天，每道菜都好到让人嚼到舌头。

其中一道叉烧，最令我记忆深刻，端上来时热腾腾的，外皮甚脆，嚼之作声，而内部却是细嫩无比。梁妹说：“你要测验广东馆子的师傅行不行，不必吃别的菜；叫一客叉烧来吃马上可以打分数，对广东人来说，叉烧是最基本的功夫。”

梁妹来自马来西亚乡下，未受过什么教育，我和她聊天时忍不住问起她烹饪的事，她说是自己有兴趣于做菜，觉得煎一个好蛋也是令人快乐的事。

“怎么样做到这样好？”

“我想是这样的，一道做过的菜不要去重复它，第二次重新做同一道菜，我就想，怎么样改变一些作料，或者改变一点儿方法，能使它吃起来不同于第一次，而且想做得更好一点儿，到最后不就做得很好了吗？”

我在何家住了一个星期，直觉得有个好厨子是人生一快，后来新加坡的事多已淡忘，唯独对梁妹的菜印象至为深刻。我不禁想起以前的法国大臣塔列朗奉派到维也纳开会，路易十八问他最需要什么，他说：“祈皇上赐臣一御厨。”因为对法国人来说没有好的厨子，外交就免谈了。

以前袁子才家的厨子王小余说：“作厨如作医，以吾一心诊百物之宜。”又说：“能大而不能小者，气粗也。能啬而不能华者，才弱也。且味固不在大小华啬间也，能者一芹一菹皆珍怪，不能则黄雀鲊三温无益也。”真是精论，一个好厨子做的芹菜绝对胜过坏厨子做的熊掌。

（秋刀鱼摘自《迷路的云》
人民文学出版社　图/曹黑黑）

有对比，才有满足

□陈 雄

明嘉靖六年，皇家要为16岁的永淳公主选驸马，虽然她仅是皇帝的妹妹，但仍然要优中选优，经层层筛选，河南人高中元和谢诏进入决赛。

高中元十六七岁，眉清目秀，英俊倜傥。而谢诏模样也算周正，但显得太老成。多数人看好高中元，可公主的母亲章圣太后觉得成熟稳重的谢诏更合适。

太后一言九鼎，永淳公主心里不是滋味。入洞房时，谢诏脱帽子，脑袋近乎“绝顶”，公主很不遂心，以致此后梦中叫出高中元之名，梦中情人被她虚构得很完美，因为她从来没有见过高中元。

高中元竞争失败，受尽嘲笑，发愤攻读，几年后中了进士，进入翰林院，名气很大，史书上说他“居词林有盛名”。

公主听说梦中情人发达了，一腔怨气撒向秃头老公，大概“你看人家高中元……”这句话没少挂在嘴上。谢诏很受伤，他决定让公主也受一次伤。一年中秋节，他邀请同乡也包括高中元来赴宴。宴会前，他告诉公主坐在自己旁边的就是高中元。

公主偷偷地掀开门帘，发现梦中情人脑满肠肥，一脸络腮胡子，粗鄙而没气质，要多恶心有多恶心。公主再重新审视谢诏，虽然头发少点儿，但有帽子遮掩，而且身材多好啊，不像那个发了福的高中元。由此，她由野蛮公主变成了温柔小女人，和谢诏相敬如宾，相亲相爱，死后葬在一起，是明朝公主里命比较好的了。

有人说，还是太后眼光厉害，一眼就预见到高、谢二人经历时光洗礼之后的模样。这有点儿拔高，太后选谢诏，是以一个过来人的眼光来比较二人的，欣赏谢诏，是因为他具有成熟男子的魅力，嘴角淡淡的微笑，散发着一种安稳的闲情和安逸，高中元虽然面貌清秀，但是太不成熟，那种渴望做驸马的急功近利全都在脸上。

高中元为什么会变得那么胖？当官生活好了，放松了自己，体形便像气球充气一般膨胀起来。看来，婚姻生活的幸福感或者挫败感，很多时候是在比较中产生的。

（潘光贤摘自《新商报》2016年11月12日 图/孙小片）

好人生，属于好主人

□王月冰

多年前，在老师家中，我见到一个很有意思的人。

他也是老师的学生，和我们一样去看望老师。可是，在老师家，他就像主人一样，给我们泡茶、张罗饭菜，甚至吃完饭后，他还给年长者准备洗脸水。我们以为他和老师有特殊的亲密关系，老师却说，这是他第一次来这里，“这孩子到哪儿都像个主人，好像天生有种责任感”。老师告诉我们，这位学长家中条件并不好，学历也不算拔尖，却成功竞聘进了北京的一家知名公司。“应该是他这种‘主人翁精神’帮了他。”

我后来去北京，拜访了这位学长。那时，他还租住在一间破旧的房子里，忙着装修，从二手市场淘了些旧家具改装，买来油漆自己刷墙。我说：“租的房子你还这么认真呀？”他说：“我住在这儿，那我至少现在是房子的主人，当然要把它打扮得漂亮些。”

经过一段时间的交往，我渐渐发现，学长不只是出租屋的“主人”，他也是很多地方的“主人”——坐公交车他会捡起别人丢在地上的纸屑；走在路上看到塞车，他会跑过去指挥车辆维持秩序；办公楼的电梯出了故障，他去报修……

对于他打工的那家公司，他更是“主人”。公司的一切事情，似乎都与他有关。在外面看到凡是能与他公司扯上点儿关系的信息，他都详细记下来。有一次下大雨，我和他在外面吃饭，他居然急忙丢下饭碗跑去公司楼下，只为看一下公司的窗户是否关好了。我说：“你又不是公司的老板，何必这么上心？”他说：“我在这儿工作，就是这儿的主人呀！”

上个星期我去老师那儿，老师告诉我，“主人翁学长”现在已是那家公司的副总了，还拥有了不少股份。我点头，心想，他现在是公司名副其实的主人了。

面对同一件事，被动还是主动，做客人还是做主人，均在一念之间。可观念不同，做事的心情与效率，也大相径庭。如果面对一切都把自己当成路人，便只能永远烦躁地奔波在路上了。

好人生，属于好主人。

没有谁的人生很容易

□［日］卫藤信之 译/刘小霞

我曾经担任某企业的集会讲师，听讲的都是业务员中的精英，邻座的女士便是首屈一指的业务骨干。

坦白说，从外表来看，她是一位相当平凡的大妈，然而她却是一位名副其实的“成功者”。她不仅在完成自己分内的工作时尽职尽责、严谨认真，还常常照顾同事和下属，热心帮助他们。同事们因此都很信赖她，也非常尊敬她。但她没有骄傲自大，始终保持着谦逊有礼的品格。

在一次聊天中，我从她口中听到一段极富深意的话。当时，她的脸上挂着沉稳的笑容，正在诉说自己对工作和生活的想法。

“我的母亲常常对我们说：‘一年中只要有三天发生好事，那就是很棒的一年了！’我小时候生活很艰苦，每天都是粗茶淡饭，穿得也很不好，但受母亲的影响，我并没有觉得不公平。正如我母亲所说，上天不会刻意偏袒谁，也不会特别眷顾谁。没有谁的人生是容易的。每个人来到这个世界上，就算没有遇到和我一样的困境，也一定会遇到其他我所没遇到的困境；即使那些看上去一帆风顺的富人，也有着他人难以想象的烦恼。”

“因此，一年中只要有三天发生了好事，我就觉得自己真是太幸运了，剩下的三百六十二天就算过得再辛苦，也不会计较了。”“能像这样和大家聊天畅想、品尝美食，我觉得非常幸福，甚至有点儿愧对母亲的教诲呢！”

我感动得几乎无言以对。眼前这位优秀的女性和她的母亲对幸与不幸有着独特的见解，看似简单朴素，却又深刻得令人动容。

究竟什么是幸福？怎样才能获得幸福？近几十年来，这已然成了心理学家、社会学家以及经济学家热衷的课题。然而至今没有人能给出准确的答案，唯一确定的是，幸福不是从天而降的，它源自我们的内在，是我们内心的创造，是“我”的产物。

换句话说，幸福是一种主观感受，这就是为什么在相同的客观条件下，有人活得快乐肆意，有人却终日自怨自艾。

其实，没有谁的人生比谁更艰辛，也没有谁的成长比谁更容易。有阳光的地方，就一定有阴影。那些住着别墅、开着豪车、挥金如土的人，走到哪里都是那么光鲜亮丽，然而夜深人静时，陪伴他们的或许是鲜为人知的孤独与苦涩。从这一点来看，上天是公平的。

弱小而平凡的我们，也许无力改变自己所处的环境，但至少可以拥有一颗积极乐观的心。只有把暂时的困难当作生活的磨炼，才能坦然接受现实，并从最平凡的事物上感受上天的赠予，感恩他人的善意。而当一个人懂得知足与感恩，幸福必将敲门。

那位女士是幸运的，她有一位智慧的母亲，在她幼小的心灵中播下了知足与感恩的种子。这世上，比她地位更高、赚钱更多、成就更大的大有人在，但未必会比她更幸福。她的智慧在于从不足中感受满足，追求幸福时不迷失方向，在看似平淡的事物中寻找喜悦。

（刘振摘自《痛过哭过，方知幸福滋味》北京联合出版公司 图/关节熊）

诗剧

一只船孤独地航行在海上，
它既不寻求幸福，
也不逃避幸福，
它只是向前航行，
底下是沉静碧蓝的大海，
而头顶是金色的太阳。
将要直面的，
与已成过往的，
较之深埋于它内心的皆为微沫。

——莱蒙托夫《一只船》

 不必苦苦追问他是不是在乎你，如果他真的在乎，他会比你更怕错过。——饶雪漫

距离与美

□朱光潜

我的寓所后面有一条小河通莱茵河，我在晚间常到那里散步，总是沿东岸去，过桥沿西岸回来。走东岸时我觉得西岸的景物比东岸的美，走西岸时则相反，东岸的景物又比西岸的美。对岸的草木房屋固然比这边的美，但是它们又不如河里的倒影。同是一棵树，看它的正身本极平凡，看它的倒影却带有几分另一世界的色彩。我平时又欢喜看烟雾朦胧的远树，大雪笼盖的世界和更深夜静的月景。本来是习见不以为奇的东西，让雾、雪、月盖上一层白纱，便见得很美丽。

北方人初看到西湖，平原人初看到峨眉，即便是审美力薄弱的村夫，也惊讶它们的奇景，但对生长在西湖或峨眉的人来说，除了以居近名胜自豪以外，心里往往觉得西湖和峨眉也不过如此。新奇的地方都比熟悉的地方美，东方人初到西方，或是西方人初到东方，都往往觉得面前景物件件值得玩味。本地人自以为不合时尚的服装和举动，在外地人看，却往往有一种美的意味。

种田人常羡慕读书人，读书人也常羡慕种田人。竹篱瓜架旁的黄粱浊酒和朱门大厦中的山珍海鲜，旁观者所看出来的滋味都比当局者亲口尝出来的好。

人们对于现在和过去的态度也有同样的分别。本来是很辛酸的遭遇，到后来往往变成很甜美的回忆。我小时候在乡下住，早晨看到的是那几座茅屋，几畦田，几排青山，晚上看到的也还是那几排茅屋，几畦田，几排青山，觉得它们真是单调无味，现在回忆起来，却不免有些留恋。

这些经验你一定也注意到了。它们是什么缘故呢？

这全是观点和态度的差别。看倒影，看过去，看旁人的境遇，看稀奇的景物，都好比站在陆地上远看海雾，不受实际的切身的利害牵绊，能安闲自在地玩味目前美妙的景致。看正身，看现在，看自己的境遇，看习见的景物，都好比乘海船遇着海雾，只知它妨碍呼吸，只嫌它耽误程期、预兆危险，没有心思去玩味它的美妙。持实用的态度看事物，它们都只是实际生活的工具或障碍物，都只能引起欲念或嫌恶。要见出事物本身的美，我们一定要从实用世界跳开，以“无所为而为”的精神欣赏它们本身的形象。总而言之，美和实际人生有一个距离，要见出事物本身的美，须把它摆在适当的距离之外去看。

（潘光资摘自《广州日报》2016年12月16日 图/鹿川）

浪漫

□蔡药药不吃药

我在想，什么是浪漫：

一杯热牛奶，打出细腻泡沫，当你喝一口，会长出白胡子。

两片苏打饼干，涂上浓稠酸奶在中间，最后装点上细碎的黄桃果粒，摆在你的电脑旁，等你随手取来。

三颗鸡蛋抽成蛋液，用筛子筛去泡沫，蒙上保鲜膜蒸，就是最细腻的鸡蛋羹，记得出锅时用热油爆香一点儿小葱和红椒末，蛋羹上先浇一点儿生抽，随即倒上滚油，端到晚饭桌上，你会拍手叫好。

四朵香菇，四片雪花肥牛，一同入滚水，这时再下一小把龙须面，碗底还需要一小勺猪油，热而丰厚，给你当作降温早上的鼓励。

五常米煮饭，上面放一根老家寄来的香肠同焖，饭熟香肠也熟了，油脂浸入饭粒里，只需要再烫一碟蚝油生菜，你就能吃完这锅里的米饭。

六只鸡翅，用黄酒、酱油、孜然、花椒粉一起腌上大半天，等晚上你看球赛的时候正好丢进空气炸锅，十五分钟后就是一道佐酒最好的香炸鸡翅。

七颗草莓蘸上巧克力，轻轻递到你嘴边，甜。

八两明虾拿来白灼，但醋碟子要精心，姜丝用料酒滚过，夹起来放进香醋里泡一泡，最后滴几滴豉油，你说这样最好吃。

九块麻将牌大小的五花肉，先过油煎酥了外皮，再配上小土豆一起红烧，八角桂皮丁香搁得足足的，老抽上色，啤酒调味，再放些大蒜瓣进去一起炖着，你说这样用来夹馒头倒是挺有趣。

十只菜肉云吞，吊一点儿高汤来煮，加上虾皮紫菜香芹碎，鲜是鲜的来，你会对我挑一挑眉毛。

让你说好吃。

这就是我能做到的浪漫。

（青衫客摘自豆瓣网 图/木木）

愿你学会笑着低下头

□李月亮

在电影院排队买票，我前面是一对年轻恋人，刚排到他们，一位妈妈领着孩子急匆匆挤过来，直接冲售票小姐说：“我们的已经开场了，先给我们出票吧。”

我前面的姑娘不乐意了，说：“您排一下队好吗？”

那位妈妈完全不理，直接递钱给售票小姐：“孩子急着看，麻烦你先给我们出吧。”

姑娘有点儿火，伸手去挡。

眼看要闹起来，旁边的小伙子轻轻拉过姑娘，笑着说：“让她吧。”然后示意售票小姐先给那对母子出票。

姑娘生气。小伙子笑着拍她肩膀：“不要紧，我们又不急。”

我顿时觉得这小伙子真帅。

有时候跟讨厌的人顶上了，非要较真的话，讲理讲得赢，打架也打得赢，但是赢了一件小事，却损失了时间和心情，划不来。不如低低头，让她过。

而重要的是，低了头，心里也不拧巴，还开开心心该干吗干吗，这就是种境界了。

去年我的朋友大妮单位集资盖房，盖好后大家抓阄分房，大妮运气不错，抓到三楼。正美呢，领导找她，说：“单位一个老大姐抓到五楼，觉得年纪大了爬着费劲，非要换，你愿意跟她换换不？”

大妮说：“我孩子才三岁，爬五楼也费劲。”

领导挺为难，说：“那大姐特难缠，天天打电话找，关键她妹夫又是公司的直管领导，不好得罪。”

大妮想想，说：“那就换吧。”

领导有点儿过意不去，说：“委屈你了。”大妮说：“没事儿，就当抓阄抓的五楼了，而且天天多爬两层还减肥呢，孩子过两年大了，爬五楼也不是事儿。”就这么换了。换完大妮也没觉得委屈，跟那位老大姐还乐呵呵地处得很融洽。大姐挺感动，跟谁都说大妮好。她领导也领情，今年有个去英国学习的名额，二话不说就派给大妮了——这里面可能有其他成分，但换房事件功不可没。

其实人都不是圣贤，对大妮来说，到手的利益要拱手让人，没点儿胸怀、没点儿格局做不到。而让出去以后还能想得开，不怀怨恼，真挺不容易。只是她做到了，好事儿就跟着来了。

（青衫客摘自《悦读》　图/李坤）

不按理出牌的人，更容易快乐

□嘉　倩

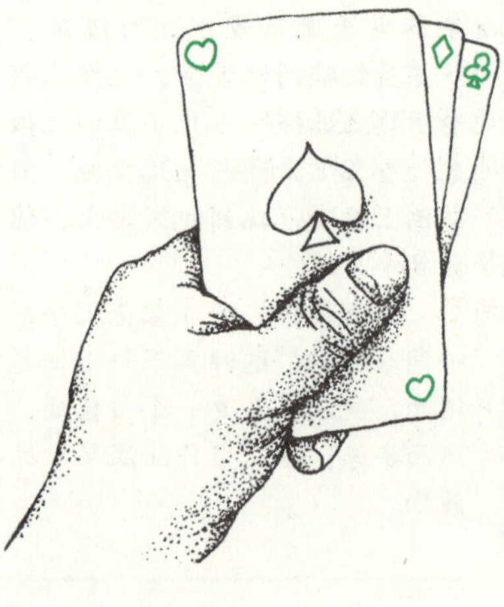

不按理出牌的人，喜欢在大夏天里把空调开到最低，洒一身花露水，然后躲进厚棉被里幸福地哆嗦；喜欢在冬天尽情晒太阳，在街头看到雪糕柜如获至宝，边用力吸鼻子边幸福地舔棒冰。

越是稀缺的资源，越是珍贵。这个经济学原理，可以让一个拥有一切却不快乐的城里人，在偏执里给自己一点儿幸福。

欧洲的度假胜地，往往是万里无云阳光充沛的南法或西班牙海岛；我总和人称赞的，却是海牙冬天的海。

海牙皇家海滩在夏天时的拥挤盛况是无法想象的：一家家酒吧搭起了扩展到沙地上的露天座椅，迪斯科音乐此起彼伏，简易搭建的零食车可以买到便宜却美味的炸春卷或香肠，沙滩上、海水里满是拖家带口的荷兰人。

因此，但凡来到荷兰的游客，大多被建议是在郁金香花开的四五月，那时天气温暖，阳光也是一年四季中难得好的。其余时节，尤其冬日，简直不可能。那时上课，千年准时的荷兰同学一觉醒来，看到窗外正午十二点依然风雨大作一片漆黑的天也会产生厌世感，纷纷找理由给导师发邮件请假不上学。

冬日，一切是死掉了的。

我呢，却兴奋至极，挑个下雪的周末，全副武装：最厚的羽绒服、雪地靴、裤袜，踏上开足暖气的一号电车（贯穿海牙城市两端，从代尔夫特一直到海滩），到站后在凛冽的寒风中张开双手奔向大海。

因为积雪，沙地是雪白的。远处的海永不结冰，深蓝色不动声色地潮起潮落。走在沙滩上留下深深浅浅的一个个脚印，偶尔能遇到同样怪癖好的荷兰人，他们欢快地打雪仗，看到我和同伴，友好地喊：“Kom。”有调皮奔放的，就直接一个雪球扔过来。噢！还不能忘了去堆雪人，在沙滩上堆出来的雪人都是奶油巧克力味道的！秘诀在于积雪下是湿了的沙子。

玩得累了就躺下来，深深陷在雪地里，听着不远处的深沉海浪，呼吸也跟着慢了下来。

路灯昏黄，乌云密布，时间早已无关紧要。

可以大吼，可以打滚，可以尽情奔跑、跌倒，这样纯真的幸福够浓烈。

想必，也有很多这样不按理出牌而快乐的人吧。世间万物如同春夏秋冬，不断毫无悬念地循环往复，没有一个季节是完美的，总能找到不爱的理由：太热、太冷、太晒、太阴……偏执的人却能找出自己的快乐逻辑来：如果冰棍吃太多就不被珍惜，那就在冬天当作宝贝吧；如果夏天太拥挤，那就找到属于自己的冬日之海吧。

没什么是理所当然的，只要一点点任性、一点点珍惜，幸福就容易了。

（王文华摘自《世界这么大，还是遇见你：吃素的男人不好惹》青岛出版社 图/曹黑黑）

做一个能带来小幸福的人

□刘 同

有位朋友每当圣诞节的时候，就会偷偷地把周围人的头像下载下来，给P个圣诞帽，再发给我们。

每年都是如此。

常有人问：你那个圣诞帽好可爱，怎么加的？

然后作为他的朋友，就会有一种幸福感。

还有位朋友，只要有任何好的APP，限免的APP，他都会在群里吆喝一嘴，说说这个APP好在哪里。

无论有没有人下载，他都坚持干这件事情。

我的手机里有了很多让人刮目相看的APP。

Jolin是顺德人，每到夏天的时候，他就会问我：“同哥，要不要吃荔枝？”

无论我说要或者不要，答案一点儿都不重要，他都会接着说：“我家那几棵荔枝树成熟了，我给你寄一箱哦。”

然后就能收到一大箱他摘下来的荔枝，虽然瞬间被同事分完，自己也吃不上两颗，他又很折腾。

但每年夏天都觉得有点儿不一样了。

我妈也是。

每次从老家回北京前几天，她就一个人默默地用卫生纸把土鸡蛋一个一个包好放在箱子里。

她怕我带回北京的路上会全碎了。

回到北京，我再一张纸一张纸拆掉。

完全能体会到我妈传递给我的所有。

其实想一想，生活中会有一些人总是坚持做一些他们觉得好的事情。

有时候你会觉得他们挺无聊的。

但这种无聊总会突然之间让你发自内心地一笑。

这种会给生活带来一些幸福感的朋友并不是很多。

想起时，就觉得自己挺幸福的。

做一个能接收到幸福的人。

也做一个能给别人带来小幸福的人。

感觉特别特别好。

（潘光贤摘自《ONE·一个》2016年12月25日 图/曹黑黑）

幸福不是一把伤人的利器

□李良旭

朋友来访，看到女儿大学毕业后还没有找到工作，不禁夸奖起自己的女儿来：“我女儿大学一毕业，就到一家外资企业了，现在老板还要送她去国外进修，我女儿真厉害。”

我问：“能不能请您女儿帮我女儿向她们公司引荐下？”

朋友立刻不屑一顾地说道：“你女儿长相一般，人家不会要的，我女儿是大美女，人家老板抢着要。”

正在厨房忙碌的女儿听到朋友的一番话，将正在洗的菜往水池里一扔，转身跑到房间，将门重重地关上了。

我尴尬地岔开话题，可朋友三言两语还是离不开他的美女女儿，我只得敷衍他几句。房间里，女儿将音响开得很响。

朋友离开时，还不停地唠叨：“我女儿公司的福利真好，比我的工资都高。”

女儿从房里出来，幽怨地说道：“爸，以后您和这种朋友少来往，他好像带着一把利器在伤人。”

看到女儿的眼睛里噙满了泪水，我感到一阵心痛。我用手捂了捂自己的胸口，说道：“你说得对，他好像是带来一把利器，我这胸口被他戳得也很痛。”

参加一个熟人儿子的婚礼。熟人夫妻过来向大家敬酒，酒桌上一个人站起来说道：“老王，你儿子的婚礼也太寒碜了，给小孩发的红包只有5块钱，上次你们参加我儿子的婚礼，小孩的红包可是100块啊，哈哈！”

那人一番话，让老王夫妻俩满脸尴尬，只是讪讪地笑了笑，很快走开了。我看到熟人的脚步有些踉跄。

碰到一个熟人。那人一见面，就惊呼道：“听说几年前你得了一场大病差点儿死掉了，是吗？”

那人一脸惊悚，让人感到很恐怖。那人又说道：“你看，我这身体硬朗的，从来不生病。”

我仿佛被那人拿着一把利器刺痛了心，踉踉跄跄赶紧走开了……

幸福，只是自己内心的一种体验，幸福不是说出来的，更不是一把伤人的利器。幸福永远像一道黑暗里的闪电，闪烁着璀璨的光芒，给自己，也给别人带来温暖和美好，这才是真正的幸福。

（元月摘自《唐山晚报》2016年12月26日 图/张翀）

我们该生谁的气

□张君燕

著名主持人何炅在一次节目中，跟大家分享了自己早年的一次主持经历。早年主持音乐节目的时候，有一期邀请了当时的当红歌手陈冠希。节目开始后，何炅很认真地向陈冠希提出一些问题，陈冠希每次回答的时候，都会低头捂着嘴笑。刚开始何炅并没有太在意，可后来重复多次之后，何炅就很不高兴，他觉得对方很没有礼貌。但为了节目的正常录制，何炅告诉自己：“也许人家就是走这种路线的，所以我要尊重他。”于是，整个节目下来，陈冠希就一直不断捂嘴笑，何炅就一直在隐忍。

强撑着主持完节目，何炅终于忍不住对陈冠希说：“陈先生，您是很火，但其实对我来讲，你只是我今天的一个来宾，我尊重你。但我觉得你也要尊重我的工作，不管怎样，你还是应该认真地听我讲话，一直在那边笑是不是不太妥当？”

说完之后，何炅感觉自己一直忍着的一口气终于吐了出来。这时，陈冠希说：“我实在忍不住笑，因为今天全程你都在管我叫陈奕迅。”听到这句话，何炅的脸一下子变得通红，之前生气的感觉顿时没有了，只是感到了阵阵羞愧。原来，自己全程都叫错了对方的名字，而对方却一直大度地没有计较，原来，该生气的应该是对方啊！

“其实，在我们的生活中，也常常会出现类似的情况。我们认为对方无理的时候，有时恰恰是自己的过错造成了这样的状况。所以，与其去责怪对方，不如先从自身找一下原因。”最后，何炅感触颇深地说。

（郭卫阳摘自《演讲与口才》）

思念终于抵不住时间，我看见曾经那张无比诚挚的脸。我忧伤如线，突然从内心最深处涌出来，千丝万缕，像那盘丝洞里天真的妖精，缚住了别人，牵住了自己。——安意如

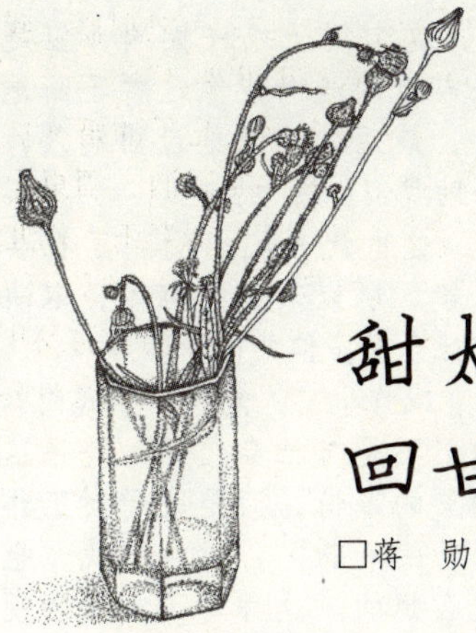

甜太简单，回甘才有味

□蒋　勋

我小时候完全不吃苦瓜，不知道为什么到这个年纪，越来越爱吃苦瓜，而且是那种客家腌苦瓜，还带着臭味，然后掺些小鱼豆豉。

我忽然发觉，我现在不爱吃甜的，我觉得甜对我来说，太简单了。

还有一种味觉叫“回甘”。我们会说这个茶好好喝，有“回甘”。回甘的意思是，一开始有点儿涩、有点儿苦，可是慢慢地从口腔生出一种淡淡的甜味。

人生是经过这些涩味以后，才有所谓的甜，而那个“甜”不等于糖的甜，它不是单纯的甜味，而是人生经验很多的复杂的变化。

有一次去绍兴，朋友请我去吃饭。他说：“你没有听过那个‘三霉三臭’，你不配来绍兴。”这个很狠哦，等于说人家要来做客，还要通过那个三霉三臭的考验。那个发霉的酸菜干，真的很臭，闻到以后会想吐的。

我们在绍兴被他们灌得酩酊大醉，吃了三霉三臭之后，晚上我一个人在街上走。我走过鲁迅纪念馆、蔡元培纪念馆、秋瑾纪念馆，走过她被砍头的那个广场。我不晓得这个小镇记载着多少近代历史的记忆，好像人被压抑、发霉的记忆，最后在味觉上展现出来。

通过霉和臭之后，还要存在、还要活着、还要有生存下去的力量。我们现在再去读《阿Q正传》这样的书，那种生命好像真的有发霉的感觉。可是在那样的环境下，我们还要存在、还要活着，还要自己想办法，去通过那个臭、那个腐烂，重新生长出来。

也许因为我们在这么幸福、安逸的环境中长大，对甜味的感觉很多，所以对苦味和臭味不太能感受到。在台湾因为环境很好，有很多苦味和臭味被降低了。

有一个法国朋友跟我说，其实古老的文化最精的品尝是臭味，臭的品尝。我们会发现苦也好、臭也好，都是生命里的卑微、生命里的哀伤，都是生命里痛的记忆。

（一米阳光摘自微信公众号“经典短篇阅读”　图/曹黑黑）

交际场是个动物园

□苏　芩

交际场是个动物园。

一些人，有孔雀的特性，偏爱人前开屏，偏爱炫耀自己任何一丁点儿的美丽。是的，他展示了自己。但同时，也打碎了旁人心底的醋罐子。

而另一些人，则有刺猬的特质，浑身是刺不肯输人半寸。是的，别人不敢惹他，他一开口别人立马噤声。但同时，他极端的自我也总会激怒周围人。

还有蜗牛人，行动迟缓，脑筋也不见得多灵光；黄牛人，虽然情调缺缺，但他有他的踏实可靠；狐狸人，聪明俏皮，但心里自私成性；鹦鹉人，嘴巴上面缺把锁，总爱以话传话。

对于孔雀人，要学会赞美。虽然爱显摆，却没有几分坏心眼。几句赞美，便能让他跟你相交莫逆。

对于刺猬人，要适当地保持距离。永远不要跟他硬碰硬，若是激怒了他的自尊心，他敢拿出全部力气跟你拼命。

对于蜗牛人，仅仅做个普通同事便罢了，跟他分在同一个课业组，准保你的业绩要落后。

对于黄牛人，不需要太多甜言蜜语，话不用多，只要真心即可。这是真的踏实可靠的人种。

至于狐狸人、鹦鹉人，永远要学会对他们答非所问，实话不要轻易对他讲，讲出来，早晚有你倒霉的时候。每一种动物，脾性都不尽相同。初入这个动物园，不要先急着寻找交往目标，你要先学会“看”，看懂了，再说下一步的目标。

（若子摘自《20岁跟对人，30岁做对事》中信出版社　图/木木）

朋友不是人脉

□［日］松浦弥太郎

再怎么亲密联结，朋友关系和人脉都是两回事。几乎每星期都见面，总是一同饮酒作乐的人际关系，我不认为这是人脉。

例如，你有一个很棒的点子，想要开创一番新事业，无奈资金无论如何都不够。在这个时候默默拿钱出来的不是朋友，而是信任你这个人的人。

而且，亲密和信赖也不同。如果说“作为一个人，你喜欢他吗？好相处吗”是亲密的话，信赖就是“作为一个人，你肯定他吗？信任他吗”，这也可以说是朋友与人脉的基本差异。以拿钱出来做例子，或许让人觉得是老生常谈，不过这也是一个容易理解的标准。

就算现在你有好几个亲密的朋友，但如果没有人脉就无法工作。而且，可以信任的对象不可能有好几十人、好几百人。这就是我对人脉的解释。

越来越多的人在社交网站中为建立起“类似人脉的东西”而感到满足。但是，试问这其中有信赖关系吗？增加“粉丝”或是信息交换的对象，顶多，说难听一点儿，只是增加“以熟人为名的装饰品”罢了。

向不特定的、多数的人彰显这件事，一点儿帮助都没有。如果拥有“真正可以信赖”的人脉，通过他们向不特定的、多数的人发送自己的信息，是可以做得到的。

例如，我把一些重要的信息，传达给十个可以信赖的人。这十个人，又如实地把这个信息传达给各自可以信赖的十个人。仅是这样，就已经传达给一百个人了。

这个例子或许极端，但是如果人脉的涟漪能像这样不断地扩散，最后就连没见过面的人，也会助我们一臂之力吧。

这也代表我们受到了社会的信赖。所以人脉的有无，取决于“社会有多信任你”。

或许也有人觉得，“我想知道的，不是与社会之间的关系这种抽象的事情，而是关于对工作有帮助的人脉”。过去的我，也是这么想的。这种对于人脉的观念转变，我是从三十五岁的时候才开始的。

一直到三十五岁为止，不论什么工作，我都是为自己而做。当这么做行不通的时候，我才察觉到“只考虑自己的好处，事情是不会顺利进行的。应该把自己视为构成社会的一分子，做些让更多人开心的事”。

原本我就有不喜欢社交的倾向，现在的我，则几乎完全没有社交活动。工作结束后直接回家，十点就寝，不喝酒，也不参加大型聚会。因为总是忙碌，所以，从一开始，我就不可能要求自己为了追求人脉而四处露脸。

令人感恩的是，即便如此，我还是有许多与人结识的机会。这是因为我所珍视的、仅仅十个人的人脉，都会介绍新朋友给我认识的缘故。

“松浦先生，你一定要认识这个人。”

“我觉得你们两个一定合得来，所以想介绍他跟你认识。”

不是偶然的邂逅，而是有人接二连三地把人介绍给我。

所以，不要再漫无目的地为了认识大量的人而四处奔走，而是要持续与每天相遇的人进行真诚的沟通。至少，现在的我，想要继续这样的人脉构筑方式。

（李金锋摘自《思考的要诀：松浦弥太郎的幸福工作术》重庆出版社 图/罗再武）

那些青春期的脆弱自尊，轻易不得触碰，那极有可能成为对他或她一生的打扰。我们都曾经历那样纯粹、易碎的青春，只是时光的磨砺已让我们懂得逃避与忍气吞声，然后慢慢遗忘自己曾经的青春。——东野圭吾

生命中最美好的事都是免费的

□拾 遗

01

林少华是我喜欢的翻译家，《挪威的森林》译得很精彩。

最近读他的随笔集《异乡人》，其中有个细节令我莞尔——

“某日早上，我悲哀地发现，大弟用叫‘百草枯’的除草剂，把院落一角红砖上的青苔喷得焦黄一片，墙角的牵牛花被药味儿熏得蔫头耷脑。问之，他说：‘青苔有什么用，牵牛花有什么用，吃不能吃，看不好看！’悲哀之余，为了让他领悟青苔和牵牛花的美，为让他体味‘苔痕上阶绿，草色入帘青’的诗境，我特意找书打开有关图片，像讲课那样兴奋地讲了不止一个小时。不料过了一些时日，他来园子铲草时，还是把篱笆上开得正艳的牵牛花利利索索连根铲除。”

林少华一声长叹：“我还能说什么呢……”

02

喜欢清朝生活家李渔的那个故事。李渔想修一座凉亭，许多人赞助，出钱最多的是土豪李富贵。凉亭落成那天，土豪对李渔说：“谁先想好名字，就用谁的。”李渔怕土豪出语恶俗，拦了一下说：“且停停。”土豪说：“还停停什么，我想好了，就叫富贵亭！”李渔说：“我不是先说了吗，叫且停亭。”接着，李渔吟出了那副著名对联：名乎利乎道路奔波肠碌碌，来者往者溪山清静且停停。

我们不就如此吗？为名为利而忙得“肠碌碌”。

苏轼说：“惟江上之清风，与山间之明月，耳得之而为声，目遇之而成色，取之无尽，用之不竭，是造物者之无尽藏也，而吾与子之所共适。”

一慢，我们的生活就会立刻美起来。

03

想活得美，就要懂得制造仪式感。仪式感对于生活的意义在于：它能唤醒我们对内心的尊重，因而去尊重生活。

一对夫妻，结婚二十年了，依然恩爱如初。因为每逢重要节日，丈夫都很会制造仪式感。今年，妻子过生日那天，丈夫变出个玩具老鼠，送给属鼠的妻子。妻子愣在那里，一脸惊讶。丈夫说：“你掀开左耳朵看看。”妻子：“哇，一百块钱。”丈夫说：“你再掀开右耳朵看看。”妻子：“哇，一百块钱。”这份礼，钱不多，但仪式感却让妻子热泪盈眶。

生活，总是充满压力和苦痛，但加入一点儿仪式感，就会五彩斑斓。

04

尼尔，被称为全世界最幸福的人。他写了一本教大家获取幸福的书——《生命中最美好的事都是免费的》。这本书，连续140周位居国际畅销书榜第一名。

“一大坨耳屎从耳朵里掉出来。”“遗失好久的东西，在最不经意时却找到了它。”“圣诞节购物，恰好在超市门口发现一个停车位。”

当你读到这些美好片段时，可曾会心一笑？呵呵，反正我是笑了，因为这样的美好我也曾有过：穿起旧衣，摸摸口袋，发现50元钱，好开心；去超市，发现喜欢的零食在搞促销，感觉妙极；刚到楼下，电梯就来了，好像专程迎接我，心欢喜。

要活得美，就要用心去发现生活中的小确幸。真正的幸福，不一定是去做惊天动地的大事，而是懂得发现生命中的小美好，把每天的日子过成诗。

木心有首诗叫《知与爱》，便是他人原则的代表。

“我愿他人活在我身上，我愿自己活在他人身上，这是‘知’。我曾经活在他人身上，他人曾经活在我身上，这是‘爱’。”

何为美？美就是找回人与人之间的感觉。

（凌云木摘自《记者观察》2017年第1期 图/木木）

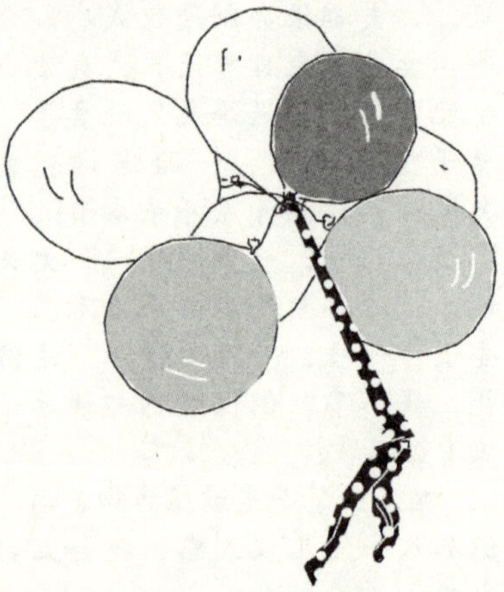

闺蜜相轻

□史　未

两个成为闺蜜的女人，往往需要有一些共同的兴趣点。六岁的我和住我家楼下一个七岁的小姐姐，就是因为都喜欢吃泡泡糖好上的，我俩是全楼小孩里泡泡吹得最大、保持泡泡不破时间最长的双料并列冠军。那时我俩常在几个三岁小孩面前，你前我后地吹着无敌大泡泡，直到把他们看傻眼才满意地扬长而去。后来，我花一天时间学会了吹双层泡泡，而小姐姐学了一星期没学会，一气之下宣布和我绝交，我当时既委屈又迷惑：你不会吹双层泡泡有我什么错呢？

长大后明白了，女生的心思和头发丝一般细密，现在是闺蜜，不代表一辈子做闺蜜，女性的精神特质决定了闺蜜的交往法则，通常是用隐晦私密的干货去兑换肝胆相照的友谊。闺蜜反目后能爆出惊人的黑料，也是因为闺蜜互相掌握的海量个人信息绝不止于戴几号文胸，抹哪个牌子的口红，有没有香港脚那么简单，女生的霸道逻辑是，既是好闺蜜，就要敢于在对方面前把自己抽丝剥茧，赤裸相见，如果藏着掖着只能说明不够诚，不够铁。

七月与安生，曾经不也是一只碗里吃饭一个鼻孔出气，因为两人太志同道合，所以连喜欢的人都是同一个。只可惜什么都能分享，唯独爱情分享不来。类似的事，张爱玲也经历过。她早年和闺蜜炎樱要好到同睡一张床榻，穿什么衣服，和胡兰成如何交往，炎樱都要指手画脚。频繁晒友情的张爱玲曾写道：“有一位小姐说：‘我是这样的脾气。我喜欢孤独的。’梦（炎樱别名）低声加了一句：‘孤独地同一个男人住一起。’”可惜时移世易，两人境遇反转，张爱玲在异国生活困窘，炎樱却在炫耀“凭着自己的蹩脚日文而做过几billion（十亿）的生意”，张爱玲受了打击，遂与炎樱冷淡疏离，最后连炎樱的信也懒得回复了。

自古文人相轻，“是以各以所长，相轻所短”。两个同样优秀同样骄傲的女人，如果无缘成为闺蜜，如冰心和林徽因，较起劲来自然可以不加掩饰；如果有缘成为闺蜜，关系里也容易藏着一丝只可意会、不可言传的微妙。

当然，很多年不联系，并不代表彻底忘记。即使张爱玲和炎樱这一段只能共青春的友谊，依然深深地种在了张爱玲的心尖上，否则她在最后一部《小团圆》里也用不着再提那个蘸了唾沫搓土布的妇人。

（尹吉摘自《中国新闻周刊》　图/木木）

锅留余香

□孙道荣

朋友来家小住。第二天晨起，准备早餐，朋友卷起袖子说：“鸡蛋我来煎。”朋友算是个美食家，我也就不客气，让他露一手。

大火将铁锅烧热，改小火，再倒入菜籽油。朋友说：“这样煎的鸡蛋不粘锅。”

油香弥散。朋友忽然笑吟吟地说：“我能猜出你们昨天吃的菜。”

“怎么可能？说出来听听。”

朋友眯着眼睛，吸气。说：“有芹菜。”

我点点头。昨晚还真做了一道芹菜炒肉丝。是香芹，脆而香。

朋友又说：“是不是还有葱爆鱼？”

简直神了。这是妻子最喜欢的一道菜，也是我常做的一道菜。

朋友闭着眼睛，缓缓地吸气，说：“如果我没猜错的话，前一两天，你们还应该吃过羊肉。”

我笑问他：“你是怎么猜出来的？”

朋友笑着说：“不是猜，是闻出来的。准确地说，是你家的这只铁锅告诉我的。”

我有点儿难为情地说：“每烧一道菜，我都洗锅的，而且，洗得很干净，很彻底。”我解释说：“除了卫生外，还怕串味。”

朋友乐了：“你洗得再干净也没用，因为，锅会留下余香。”

“锅留余香”，那是我第一次听到这个词。在朋友的引导下，我也闭上眼睛，尝试着嗅嗅香。从铁锅里冒出的热气，丝丝缕缕，飘散在空中，细辨，果然有隐隐的芹菜香；再辨，确有葱

所有的爱情，都基于欣赏，很难想象有人会爱上自己轻视的人。真正爱你的那个人，从来无须处心积虑地讨好，哪怕他英俊无双、学霸宇宙、富可敌国、权倾天下。——李筱懿《灵魂有香气的女子》

香，还有一股淡淡的鱼香。那气味仿佛是层层叠叠的，一层比一层淡，一层比一层缥缈，它们纠缠、混合、弥漫在一起，升腾，翻转，飘散，若隐若现，似有还无。

朋友一边煎着鸡蛋，一边继续跟我说着话。他说："从一口锅里，你大致能看出一家人的生活。殷实的人家，锅往往也是滋润的，油润、饱满、亮泽。这样的锅，往火上一架，烧热了，就会弥漫出极丰富的气味来，锅里积攒的各种食物的香气，蹿腾而出，如层峦叠嶂，如春花烂漫。但它们是有质感的，也是有层次的，你拂一缕热气过来，细闻，就能辨别出隐藏其中的食物的香味。日子清苦的人家，或喜欢清淡口味的人家，那锅也往往是淡薄的，清亮、淡雅、单调，多的是蔬菜的清香，而少有荤菜的重味。"

朋友说，一个不常开伙的人家，那锅，就像久未润泽的沙地，枯而干涩，当它偶尔被加热使用，你几乎嗅不到食材的香气，只剩下生铁的味道。偶尔渗入铁锅中的食物的香味，早被铁锈覆盖了，氧化了。那不是生活应有的滋味。

与之截然相反的，是饭店里的锅。它们盛载了太多的食材，一层一层地叠加，一层一层地覆盖，日积月累，混杂，厚积，油腻，你能闻到的，与饭店的排烟口冒出的浓烈的气味一样，让人有点儿腻烦，有点儿意乱。厨师一般都用钢丝球洗锅，希望能把锅洗得彻底些，但他永远洗不掉锅里大杂烩的气息。

朋友煎好了鸡蛋，笑着说："现在，你的锅里留下了蛋香。无论你怎么洗，当你做下一道菜时，你都能闻到它的香味。"

朋友又意味深长地加了一句，"锅留余香"。我们的人生就像一口锅，你炒过什么菜，你走过什么样的路，就会留下什么样的人生滋味，经久不散。

（闪闪摘自《思维与智慧》 图/麦小片）

□金 川

赞赏对方最渴望的部分

《康熙来了》的节目现场中，某嘉宾上台后为了表示对主持人的尊重，就主动说道："我很喜欢看这个节目，康永哥很幽默，小S很聪明。"这句赞赏的话说出口后，小S和蔡康永都没有明显的悦色，这位嘉宾也没给对方留下好感。显然这个赞赏没起到作用。

蔡康永曾经在节目中说过很多次："夸一个女生的话，你就直接夸她很漂亮就行了，像小S这样整天被人家夸漂亮的人，也还是最喜欢别人赞她美啊！你说她聪明、唱歌唱得好，都不如直接说她好美。"所以，不是所有的赞赏，都能收到好的效果。只有把对方放在心上，观察对方最渴望的部分，才能说出满足对方渴求的赞赏。

蔡康永曾作为《超级女声》的评审，对选手的赞赏和评判到位又精彩，让选手们听得心花怒放。他评判实力唱将谭维维时说道："惊为天人，好像直接从蓝天大海传出来的天籁般的声音。我很少看到力量和青春的外表能够组合在一起，很优秀。"

对尚雯婕的独特嗓音，他这么赞赏道："运用声音很有胆识。如果你在小酒吧里唱歌的话，我愿意买票来听。"面对形象良好的刘力扬，他说道："我觉得你已经是一个明星了。你这个外形非常罕见，在台湾要好几年才会出一个。不过以后再有人提到你的名字，我会先想到你的样子。"

蔡康永的赞赏功力果然厉害！他针对每个人的特点和需求，一语中的，既真诚又实在的赞赏说得每个选手都乐不可支。生活中，我们也要学习蔡康永的赞赏功夫，在赞美别人的时候，也要做到因人而异、突出个性、符合对方心意才好。

比如同老年人进行交流时，尽可能多地称赞他那些引以为豪的过去；跟年轻人交流，就赞扬他的创造才能和开拓精神。

再比如，当你赞赏一位老师的时候，不妨说："你的学生×××已经出书了，这就是名师出高徒啊！"对于一位老师而言，对他学生的赞美就是对他最大的赞美。若对某位明星表达赞美之情时，一句"我最崇拜你"还不如直接夸对方的某个作品如何精彩，如何打动自己。

同理，到别人家做客，与其说上许多虚伪的客套话，不如多对他家中最费心血的家居设计，或者是最心爱的宠物进行赞美。

总而言之，在赞赏的过程当中一定要把握一个大原则，那便是让自己的赞赏之词言之有物，能够令对方的渴望得到满足，能够让他知道，你是把他放在心上的。

（火火摘自《名嘴们的说话之道》武汉出版社 图/兜子）

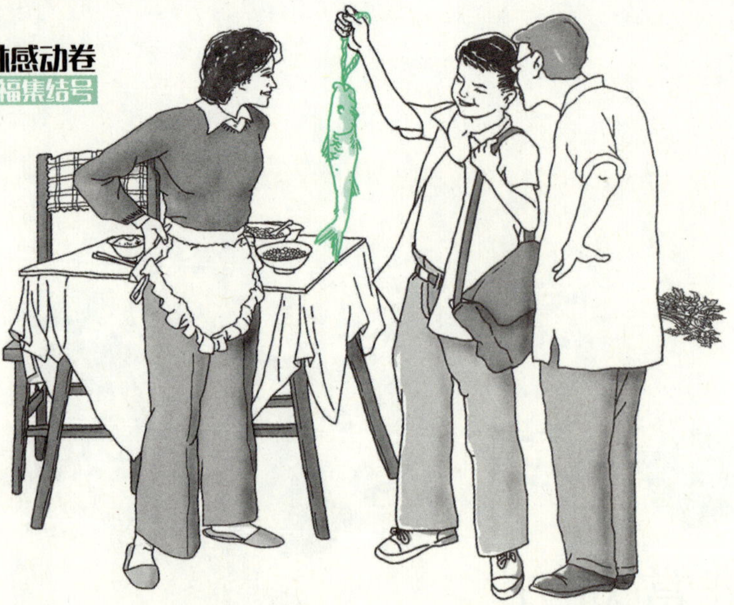

味道

□代连华

小区一楼住着一对夫妇，生活极有规律。晨起锻炼身体，晚上去广场散步，生活简单随意。因为房屋临街，夫妻俩喜欢敞开房门，坐在那里看书、品茶，或是悠闲地看着过往行人。

每当屋子里飘出美食的味道，就能猜出他们的儿子回来了。那男孩大学毕业后，一直在外地工作，平时极少回来。儿子回来的时候，也是夫妻最忙碌的时候，每天往返于菜市场和家之间，仿佛要把世间美味全部做给儿子吃。

小小的房子里，总是传出香喷喷的味道。有时路过门前，我会开玩笑地说："今天是炖鱼吧！离好远就能闻得到呢。"女主人笑着说："是呢，尝尝吧，味道很鲜美。"几天后，儿子走了，没有了香喷喷的味道，房间又恢复平静，夫妻俩又开始简单随意的生活。

爱是有味道的，虽然美味佳肴在哪里都能吃得到，但是出自父母手里，却别有一番风味。

有位朋友不喜欢吸烟，但每次回到乡下，闻着那熟悉的廉价烟叶的味道，就会想起他的父亲。

那时家庭生活贫穷，为了供他读书，家里一直捉襟见肘。他每次回家取生活费，父亲都会犯愁，但从不让他分心。昏暗的灯光下，父亲吸着长长的烟袋锅，伴随着袅袅青烟，发出轻轻的叹息声。

"爸，别抽烟了，对身体不好，家里实在没钱，我就不读书了。"父亲笑着说："吸烟是为了给你驱蚊子，你不要有顾虑，好好学习才是正事，生活嘛，没有过不去的坎儿。"父亲轻描淡写，他早已泪湿枕边。

朋友说，艰难岁月里，父亲努力地支撑着家，面对困难父亲从不说苦。古人解忧，唯有杜康，父亲解忧，却只能吸烟。父亲的身上充斥着浓浓的烟味，隔了老远都能闻到，那时心里极不喜欢，当父亲离开人世，才惊觉内心深处是如此留恋一种味道。

有一次坐长途火车出行，坐在我对面的是一对老夫妇，他们很紧张地抱着一个塑料袋不松手，奇怪的举动引起乘警注意，便要求他们把袋子打开，老夫妇摇头不肯。乘警越发觉得可疑，强行打开塑料袋，一股浓浓的酸味弥漫开来，袋里竟然装着几棵酸白菜。原来他们是去看儿子，而儿子在家时最喜欢吃酸菜，因怕味道传开，老夫妇包裹了好多层。

那次旅行沿途风景早已忘记，而行程千里抱着酸菜的老夫妇，却停留在记忆里。酸酸的是爱的味道。

生活中只要用心去品味，总能发觉爱的味道，那味道弥漫在岁月里，足以温暖苍凉的人生。

（张晓玛摘自《渤海早报》 图/罗再武）

草鞋大王

□陆布衣

《五杂俎》卷十五"事部三"记：刘昌诗的《芦浦笔记》，有一则"草鞋大王"，极具讽刺意味。

有一天，某人忽然兴起，在路边的树枝上，挂了一只草鞋。后来经过的人，感觉好玩，索性又挂上一只。好玩，又一只，又一只，又一只……后来的人不明什么原因，见这么多的草鞋挂在树枝上，认为一定有原因，就越挂越多，以至成千上万了。有富人经过，看到这么多草鞋，认为这是个灵异的地方，就出资发动群众，建了个草鞋祠，大家就烧香膜拜了。有天，某人又经过这里，感觉很奇怪，怎么有个草鞋祠呢？他也只是奇怪，并没有多问，还进去虔诚叩拜了。

三人成虎，妖由人兴。各式各样的所谓神灵，其实都经不起推敲，稍微一考证，就会露出马脚。草鞋大王的故事中，人们不问缘由的从众心理，实在有些怪异。需要警惕的是，为什么会出现这样的现象？民众觉悟？内心信仰？都有。更有推波助澜者，如富人，如果他不出资，不建庙，谬种流传的可能性就会小一些。

世上本无事，庸人自扰之。现如今，类似草鞋大王的荒唐事，仍常常以不同的面目不断出现。

（易茗摘自《今晚报》 图/小栗子）

只观望自己，不苛求闺蜜

□蓑依

有一个女生给我写信，她说“闺蜜看到我在宿舍读书，挖苦我说‘读什么读，读了也是现在的状态’。”她说伤心透了，觉得在这一瞬间看清了她们之间友情的本质：只能吃喝玩乐，不能一起进步。我回复了她，但其实只说了一句话：如果闺蜜都这样认知你，说明你之前给她的印象是多么糟糕、多么不求上进。

我知道她也许看到信后会在心里嘀咕：即便我以前无所事事，作为闺蜜，也应该鼓励我一下吧。但你怎么就能区分她是发自内心地不想你好，还是只是随口开一下玩笑？你对她的反应之所以这么敏感，是因为那句话，戳穿了你。

随便一听未必听到真相，但随口一说往往道出了本质。

后来，我又遇到很多人向我抱怨自己的闺蜜，大致都是期待闺蜜在她们的生活中扮演男友兼母亲的角色，却不料，她们连一般的朋友都不如。她们会很恶毒地说话，会过分地苛责对方，会任性地发脾气，会对自己的生活横加干涉，还理直气壮。

每个向我抱怨的人都觉得自己处于弱势：自己对对方那么好，对方似乎并不知情，也不领情。在我看来，抱怨的这些人的确“弱势”，但和她们眼中的自己任劳任怨的、道德上的弱势不同，我所看到的是她们能力上或者说认知上的弱势：闺蜜是一块极其宝贵的镜子，因为她能连你最细微的瑕疵或者最不起眼的美好都能反射出来。

你需要做的不是苛求这块镜子的大小、外观甚至材质，你只需要借由这面镜子，观望自己，完善自己，在一个更高的层面上，和对方站在一起，构成彼此的参照物。

所以，闺蜜说你穿衣没品位，你就拉着她一起逛街，让她给你建议，自己越来越美是关键，而不要去想：她怎么那么瞧不起我啊；闺蜜说那个男人不值得你为他放弃这么多，你就适当做出取舍，看看男人的反应是真的在乎你，还是只是你一厢情愿，而不是去和她吵：你只是不想我拥有美好的爱情。当觉得闺蜜整天忙，没空搭理你时，不要想：如果真正在乎我的话，肯定能找得出时间陪我的啊，而是反思自己：是不是太过依赖对方，是不是自己太无所事事。

黄真真导演的电影《闺蜜》是一部普通得不能再普通的小清新电影，但我很欣赏它的一点是：它的重心没有放在闺蜜之间如何一起享受生活，如何为彼此鼓掌上，而是放在了“伤害”之上：给每个人的伤口撒盐，让你痛苦难耐，哪怕痛不欲生，但也只有经历过这一关的涅槃，才会看到进一步成长的彼此。那些粗糙的泪光，那些打在脸上的巴掌，那些说到绝情的誓言，却闪烁着爱和温馨的光芒，因为疼痛，所以刻骨铭心，所以能够看到对方的同时，也能够看到自己。

以前，人们总说“越爱越苛责”，无论是对孩子，还是对恋人，似乎都有充足的理由。要求别人只是一句话的事儿，但打量自己却是一件需要勇气和胆识的事儿。

所以，感谢身边有一个不甚完美的闺蜜，感谢她进入你的生活、干涉你的生活，感谢她愿意为你把心和爱赤裸，让你在她那里，毫无遮掩地看到自己。同时，把自己对她的敏感和抱怨化作认知自己的通道，保持一颗谦卑和完善自己的心，两个人都会更舒服。

（小米摘自《这世上没有毫无道理的横空出世》江苏凤凰文艺出版社 图/张翀）

谈怕

□毕淑敏

人的一生总要怕点儿什么。人小的时候，怕父母。要是父母火了，不给你吃，不给你穿，你就丧失了基本的生存条件。所以父母叫你上学你就得上学，叫你成绩好你就得努力。要是一个人从小对慈爱他的父母没有畏惧之心（不是害怕他们本人，而是怕惹他们生气），没有讨他们欢喜之心，那这个人长大了，多半要成为不法之徒。渐渐大起来，就怕老师，怕上级，怕官怕权……总之是怕比自己更有力量的人。怕是正常的，不怕却是需要锻炼的事。

怕是有理的，人须怕法，那是众人行事的准则。人还须怕天，那是自然界运行的规律。怕是一个大的框架，在这个范畴里，我们可以自由活动。假如突破了它的边缘，就成了无法无天之徒，那是人类的废品。

人有最终的一怕，就是死。因为死去的人都不曾回来告诉我们那边的情形，所以我们并不确切地知道死亡是怎样一回事，我们只是盲目地怕着，我们怕的实际是一种未知的状态。而那极怕死之人，多是很富贵很安逸、凌驾一切的显赫。不信你看历代的皇帝，都孜孜不倦地追寻长生不老的仙丹。

女人还有一怕，就是怕老。所以各种美容护肤的佳品层出不穷，种种秘不传人的方子被奉若神明。这一怕的核心是怕时间。世上有许多东西是可以对抗的，唯有时间你不可战胜。

人生的发展，一是因为爱好，一是因为惧怕。前者，比如音乐，它并没有更实际的用途，而只是使我们愉悦。那些更实用的发明创造，基本上缘于“怕”。因为害怕冷，人们发明了衣服、房屋、火炉；因为害怕热，人们发明了扇子、草帽、空调器；因为害怕走路，人们发明了汽车、火车、飞机；因为害怕病痛，人们发明了中药、西药、B超；因为害怕地球的孤独，人们向茫茫宇宙进行探索……

我们每个人的心里，都有一个害怕的场。这个场，不要太大，那会使我们畏畏葸葸，就太委屈了自己的岁月。这个场，也不可太小，太小了就容易人在边缘，演出不该上演的节目。

（心香一瓣摘自《毕淑敏经典散文集》
湖南文艺出版社 图/木木）

杜甫的绯鱼袋

□张　炜

郭沫若先生说到李白与杜甫，对李白非常偏爱。李白是一个浪漫主义者，深刻地影响了中国一代又一代诗人，包括郭沫若先生自己。所以他在《李白与杜甫》中，写到李白的时候就常常表现出许多宽容和谅解——虽然也表达了一定程度的痛心，但基本上是推崇和赞扬的。而对杜甫就不是这样，有时算得上是苛刻。

其实杜甫和李白在许多时候是十分相似的。我们常常讲李白是一个浪漫主义诗人，杜甫是一个现实主义诗人，因为二者在性格、在做人方面色彩迥异，他们写出的诗章也必然有一些审美差异，人生目标也不尽相同。可他们都是杰出的诗人，生活在同一个时代，一些言行也相差不远。杜甫在推荐自己的时候，同样用词大胆而泼辣，很有自吹自擂的锐气。还有喝酒，一般都知道李白是一个酒徒，极度嗜酒，却对杜甫的能饮视而不见。

李白二次进京以后受到了皇帝的厚待，与权贵多有交往，并且一生都视这段经历为最大的荣耀。杜甫有过之而无不及，比如年老的时候，正赶上好朋友严武做了四川的最高长官，对方出于对杜甫的怜惜和敬重，就给皇帝上了一个表。结果杜甫得到了一个相当于六品的虚职，这就是后来人们常说的那个“杜工部”。

从此杜甫有了一个表明职级的“绯鱼袋”，一直挂在身上。这个袋子给杜甫添加了许多荣誉和不便。他和一些年轻人同在严武的幕府中，因为披挂这个袋子，惹得年轻人嗤笑，最后弄得极不愉快。他在《莫相疑行》中写道：“晚将末契托年少，当面输心背面笑”，指的可能就是这段经历。

杜甫到了身体极度衰弱的晚年，终于把这个绯鱼袋从身上解下来。在死亡的威逼之下，他已经顾不得那么多了。

（刘振摘自《新民晚报》
2017年9月14日 图/小栗子）

为你做早餐的人一定很爱你

□婉　兮

《上海的金枝玉叶》里描述了这样一个片段，新婚第一天清晨，郭婉莹起床准备做饭，却忽然想起自己从未和丈夫一起吃过早餐，便中式西式各准备了一部分。等到丈夫起床坐到餐桌前，她还紧张地询问他合不合口味。

开始我不解，当时的郭婉莹贵为上海永安百货公司的四小姐，家里什么样的好厨子没有，何必要亲自上阵去煮一顿没有把握的早餐？直到多年后我也嫁了人，才明白这初为人妇的小心翼翼与欢欣期许。

我一直觉得男人最性感的模样里，有一种是裸着健壮的上身，在清晨的阳光里煎蛋煮面。而一个女人最温柔的样子，是穿着睡衣低头熬粥，将缠绵爱意，都熬进眼前的一粥一饭和未来的岁月悠长。真正的爱情，不是深夜的酒，而是清晨的粥。

（孤山夜雨摘自《燕赵都市报》　图/张翀）

28岁想嫁给宋青书

□小小小小的鱼

同算是武当三代弟子，宋青书相比于张无忌，虽不像云泥之别，但也是隔了整整一个周芷若。

宋青书的一生，始于武当山，终于周芷若，他是《倚天屠龙记》里非常悲情的人物。

年少时他也有着远大抱负和美好前程，他也曾打马街前，风姿翩翩。

他的父亲是“武当七侠”之首的宋远桥，他习得武当功夫，文武双全，人又端庄厚重，假以时日多加磨炼，他日继承掌门之位，又何尝不是一位江湖豪杰？

只可惜他一遇情字毁终生，他和周芷若其实是相同的，周芷若为了张无忌算计一切，伤了蛛儿，陷害赵敏。

宋青书为了周芷若呢，那又何止是伤人，他偷窥峨眉女寝，被七师叔莫声谷发现，被追后与莫声谷比武，中了陈友谅之计，错手杀死了他。

那不是一般的江湖之辈，那是他的七师叔，从小待他如父的七师叔。

“武当七侠”情如手足，共生共死，他从小便与这些叔叔生活在一起，跟他们练功，受他们照拂。那一刻，他心里的痛苦，岂会比死少一分一毫？

这一切的起因，不过是想看一眼他心里日夜思念的周姑娘而已。

他嫉妒张无忌却不是因为在光明顶被对方抢去风头，更不是因为对方会他不会的绝世神功。

他嫉妒他，是因为周芷若的眼里心里全都是张无忌，他因爱生怨恨，因爱生嫉妒。

他对师叔恩义有失，被陈友谅利用助纣为虐，辱没武当名声，辜负师长厚望。他对不起所有人，但唯独没有对不起周芷若。

不论何时，不论何地，周芷若都是他心里唯一的那一轮皎皎明月，永远圣洁，永远无瑕。

不管是在光明顶被他护在身后的周芷若，还是在峨眉利用他和他成亲来刺激张无忌的周芷若，都是他此生不可忘怀的周姑娘。

我既为佳人生，也愿为佳人死，只是心里仍有一点儿世俗的执念，始终盼着你看到我的好。然后欢欢喜喜，山高水长地过一辈子。

张无忌是当世奇才，阅尽天下事情，看尽人间红颜，他有足够的资本让她们为他生生死死。

但他性格偏弱，更背负着民族大义，江湖风雨，在他成名之前他也曾对朱九真一见钟情。

后来他遇到了远远比朱九真漂亮许多，也聪明许多的姑娘们，但他却不再像之前那般敢爱敢恨。

他坐在小舟上望着湖面悄悄想：如若和这四位姑娘一同生活下去，那决计也是快乐的事情。

而宋青书是不同的，他没有张无忌的人生造化，遇到了他的周姑娘，便知道此生再也不会遇到比芷若还好的了。

在别的方面他不如张无忌果断勇敢，但在感情方面张无忌远不如他痴心一片。

他告诉芷若：“如若你不喜欢，我们成亲之后我便离开武当，带你远走天涯，去你想去的地方，我们在门前种上你喜欢的花树，春天开花了，我就采来给你编花环，染指甲。”

那个时候，他并未杀死莫声谷，他还是武当第三代最杰出的弟子，他依然有着大多数人钦慕的显赫未来。但那又怎样？只要芷若不喜欢，他就可以通通放弃。

十年前我觉得我懂张无忌的优柔寡断，十年后我才发现我想要的一直都是宋青书那独一无二，只为一人的痴心守候。

（月月鸟摘自微信公众号“小鱼说书” 图/吴敏）

诗剧

大风吹着我和山冈
我面前有一万座村庄
我身后有一万座村庄
千灯万盏
我只有一轮月亮

——柒叁《流浪》

大叔KONG控

□蒋方舟

一夜之间，我周围所有的姑娘都宣称自己中了韩剧的毒，成了百分百的大叔控，并斩钉截铁地宣布自己年内一定要成功推倒重吨位大叔。这些姑娘兴高采烈，摩拳擦掌寻找可以依靠的大叔，在我看来不免突兀。想当年，当我偶尔宣布自己只爱老男人时，听者就会一脸尴尬。

现在，退隐情场很多年的大叔们忽然闪亮返场，莫名其妙成了最受欢迎的人，随便一个窝囊的背影，任何一丝乏味的陈述，都能赢得年轻女孩们一阵傻笑连连，一群母爱大发。我不禁要替无数适龄闲置女孩，跪地摊手仰天长啸一声——“这到底是为什么？”

为什么放着身边大把的男同学不屑一顾，偏偏要爱大叔？

据我推算，爱大叔的热潮大约出现于2008年经济困难前后，人心最深层次的恐惧集体激发，已经为迎接2012世界末日做好准备。年轻人没见过什么大世面，更猜测自己身处从未有过的惊险时世，觉得世间简直没有什么事是靠得住的。《泰坦尼克号》下映不过十年，现在看起来却已经是楔形文字时代的爱情传说，美少年沉船后浸在冰水里被冻死的殉葬场景，在当今女大学生看来已经不再激动人心。反而是大叔，乍一看平凡中见猥琐，谨小中显狡诈，换个角度看却是胸有成竹，深不可测，一副有本事弄到世界末日最后一艘诺亚方舟船票的架势，众女孩马上下定决心：赶紧找到一个可以依靠的大叔才是正经事啊。

我见过的许多女孩，尽管刚刚进入大学，却都已身经百战，从小学开始就忙着应付四面八方而来的各种情感攻势。这样精彩纷纭的女生，在被禁锢的中学时代里，感情已经暗地里摧枯拉朽了很多遭。上了大学，恋爱终于被允许排入课程表了，她们反而用完了感觉，耗尽了力气，历经沧桑又诚恳地说：“太累了，还不如早日定下来。”

其实不是累，而是手中用来恋爱的筹码用光了。那些心跳脸红，羞涩忐忑，《诗经》里写的看到青青的衣领就怦然心动——这些爱情的筹码，已经漫不经心地散尽了。那么，就爱大叔吧，因为爱大叔的经济成本很低。大叔不用像囊中羞涩的大学男生那样，逢年过节绞尽脑汁，做预算详细到小数点后四位；大叔不靠谈恋爱快速致富，只贪恋明亮的目光崇拜地看着自己，因此也乐得带青涩女孩去昂贵的消费场所。从这个意义上来说，大叔和年轻女孩都在不同领域建立着人性的尊严与虚荣。

另外，爱大叔的情感成本也很低。对大叔不用像对待同龄男孩那样嘘寒问暖，耐心指导，怄气到内伤，更不背负着改造对方人生观世界观的历史使命。大叔已经修成正果，修炼指南是李敖的“不爱那么多，只爱一点点，别人的爱情像海深，我的爱情浅”。所以爱大叔很轻松，爱情简洁成了绿色免安装版，不占据硬盘空间，没有病毒侵入的危险。

大叔控的宣言听起来不谙世事，天真烂漫，其实，这是经过公式推导出的最佳模式。用《西游记》里孙悟空的话来说，这是一桩凑四合六的买卖。

大学女孩为什么敢宣称自己是大叔控？最重要的一点，是因为她们谁都没见过大叔。

大叔对我们来说，是美剧中胡子拉碴的豪斯医生，是《Lie to me》里的真人测谎仪，是《神探伽利略》里的福山雅治。大叔是英明神武的荧幕形象，大叔是老了的小生，岁月没让他们沾染一点点市侩俗气，给他们增加的只是风情万种的眼角笑纹和满腹智慧。然而在现实中，除了摊煎饼卖光盘的，我们没人真正接触过大叔，因此可以捧着脸说要找个大叔。而如果上天听到我们的许愿，派来一个现实中的大叔，我估计这些大叔控们尖叫着跑得比谁都快。

（鸽子摘自《大学生》 图/小兔子妈妈）

喜欢一个人，哪需要这么多废话

□尹惟楚

我用缓慢的、笨拙的方式爱你。几乎不说话，仅有只言片语。——《冬天的诗》

你有没有这样爱过一个人？

他宿落在你内心最柔软的角落，在你眼里，他是完美的，无瑕的，光芒闪耀的。但你又像守着一个古老的秘密，无法袒露，不愿声张，在言语或者肢体表达的时候亦总是陷入僵硬。

或者，你有没有被这样的人爱过？

他不善言辞，看你时总是冗长地沉默，但不掩眉宇间尽是温柔。唇齿间从未吐露哪怕一丝爱意，却在每个烈日当空的午后，执拗刻意地走在你前面，将你包裹在他颀长的影子里。

▲▲▲▲1▲▲▲▲

曾有读者和我抱怨，说自己的老公太闷，不会讲浪漫的情话，情人节没有玫瑰与巧克力，结婚纪念日没有烛光晚餐。

和朋友闺蜜聚会，人家的老公要么妙语连珠，能言善道。要么见识广博，多才多艺。唯独他经常默默地坐在旁边，少有言语。

我说：“如果可以让你老公和他们对换身体外的一切东西，性格、三观、才能……你愿意吗？”

她不假思索地回答：“当然不行。”

我说：“为什么？”

她说：“因为我爱他，而且他也爱我啊。”

说完后，似乎感到有些不好意思。她说：“我下班比他晚，他每天回家的第一件事情就是打开热水器，然后做饭。当我回到家里的时候，通常饭菜刚好做好。等吃完饭，热水也烧得刚刚好。”

“他没有突出的特长，也没有特别喜欢的东西，但只要我喜欢的他都喜欢。无论发生多大的事情，只要看到他在，我就一点儿也不担心。”

很平常，但言语里尽是甜蜜。

爱情是一种很奇怪的东西。有些人热情似火，恨不得将对方揉进自己的心脏，拥抱触摸彼此的每一寸经脉；

但同样也有些人含蓄无声，只是在对方看不见的角落里静静注视，捕捉对方的每一缕呼吸。

▲▲▲▲2▲▲▲▲

老一辈人的爱情大抵如此吧。

奶奶从小体弱多病，只能做一些轻松的手工活。嫁给爷爷后，爷爷从未让她干过重活，在六七十年代的农村，这是无法想象的，拖儿带女一大家子八个人，全靠爷爷一个人养活。

但爷爷从未有过怨言，父辈们都说爷爷其实并不是一个好脾气的人，但在我的印象中，他从未对奶奶说过一句重话。

老两口都喜欢打麻将，但只要奶奶在场，爷爷都是坐在旁边默默观战。

爷爷有时说话做事不对，奶奶埋怨他几句，他通常就不再发声，甚至有时像个孩子一样略显尴尬。

几年前奶奶病危，医生表示无能为力。听叔姑他们说，爷爷经常一个人躲在外面偷偷抹眼泪。对老一辈人的婚姻，我们想到最多的词就是父母之命，媒妁之言。有时候我们根本不会将爱情两个字与他们联系起来，既由于时代，也因为年龄。

爷爷2014年因为车祸意外去世，奶奶仿佛瞬间被抽空了所有的力气。身体也每况愈下，直到年初奶奶去世的前两天，我陪她聊天。

她说：“如果不是你爷爷，我是活不到这么久的。”

他们一辈子最美好的时光，都挣扎在物质匮乏的年代里。爱情这个词语，于他们而言是抽象的、陌生的。

没有动人的情话，没有甜蜜的约定，没有催泪的誓言。同样没有造作，没有虚假，没有油腔滑调，一切都很自然，但举手投足间全是爱情。

▲▲▲▲3▲▲▲▲

前段时间看了很火的韩国电影《釜山行》。

上车的时候，女生在其他同学的起哄中，主动坐在了棒球男孩的旁边。直接而笃定地告诉他：“你只需要接受就好了，这是你的宿命。”

霸气而直接，男生没有说话，

但从嘴角浮起的笑意可以看出他内心是欢喜的，只是男生的爱情感观迟钝又笨拙，只在沉默中收发彼此的爱意。

无论是后来男生为了拯救女生，不顾危险地与其他两人穿过几节满是丧尸的车厢，还是最后带着她一路逃亡，都验证了这段感情并不是女生的一厢情愿，而是两个人的彼此爱慕。

直到剧末女生不幸被丧尸感染，从开始时的大战丧尸，到后来的一路逃亡，男生都表现得异常坚毅。但直到这一刻，他才陷入了从未有过的慌乱，不停地自语："怎么办？怎么办？"

就像被夺走了最需要守护的东西，所有的一切立马失去了意义。

所以他没有再逃跑，而是紧紧地抱着她，直到对方的牙齿深入他的脖颈。

直到最后，男生都未吐露一个与爱有关的词语，却在一次次笃定、决绝的选择中告诉对方：

我是真的很喜欢你啊。

▲▲▲▲4▲▲▲▲

有人说，暗恋是世界上最美妙的体验。

隐忍的意动，沉默的好感，喷薄欲出的爱意被压制在胸间，冲撞着，翻滚着，欲罢不能着。那么我想，被一个含蓄内向的人深爱着，而恰好他又是你喜欢的人，那应该不失为一种幸福的体验吧。

就像一个守护着糖果的小孩，小心翼翼地贪婪着，你的一切情绪都直接投映到了他的世界，欣喜你的开心，感伤你的难过。

我没有妙语连珠的口才，说不出感天动地的誓言；

我没有妙笔生花的文采，无法给你写华丽冗长的书信；

我没有磁性迷人的嗓音，不能为你唱动听撩人的情歌。

我用缓慢的、笨拙的方式爱你。

几乎不说话，仅有只言片语。

（孤山夜雨摘自微信公众号"尹惟楚"　图/小兔子妈妈）

瞳井

□张伯权

人的眼睛，正中央细看有一粒黑色瞳仁，人称"黑眼珠"，深邃如一口井，我喜欢称之为"瞳井"。

瞳井四周有一圈虹膜，地球上不同的人种有着不同的色彩，不一定都是黑褐色。

瞳井的口可大可小，控制着外面的光进入井里的量，让我们无论在明亮或幽暗时，都能看见而且看得清楚外在世界，最重要的是我们每个人从自己井底望向那一片唯一仅有的天空。日月追逐、风吹云走的天空，也许有限，但也无限，除非我们让自己陷入绝对漆黑中，这正是人一生最需要努力避免的功课之一。

瞳井，是一口默默贮存过去岁月的深井。我常常不禁觉得井里住了一颗心，一颗经常被我们忽视的心。

人生这一路走来，我看过许多人，看过各种不同飞禽走兽等其他动物的眼睛。

我看过饥饿的眼睛，看过受伤的眼睛，也看过贪婪、愧悔、无情、游移不定，或害怕的，甚至空茫的眼睛——那是一口什么也没有的枯井。

当然也看过诚实、宽厚、勇敢，或单纯得难以置信的眼睛，然而更常见的却是无数说谎已成习惯的眼睛——那样的井里看不见有一丝灵魂闪动的影子。

有几次我也在城市边缘骑楼下，看见了坐在轮椅上推卖彩券不时低头、不敢正视过路行人的那一双畏缩的眼睛。

然而所有眼睛，最痛的还是"孤独"与"绝望"。

孤独的眼睛不必然只出现在人少安静的角落，人声喧哗的大街小巷更常出没。人与人擦身而过，任何时间，任何地点，不经意抬头，总会瞥见似曾相识的孤独就突然出现在眼前。

孤独有很多种，最苦的是无法面对自己的那一种。人的一生，难免都有感觉孤独的时刻，也许白昼，也许黑夜，也许日夜交错时。无关年龄，无关男女，无关读过多少书有没有受过教育，也无关拥有多少时间或金钱。

常常，我自以为看见了别人的孤独，别人却也可能看见了我不自觉的孤独。

绝望的眼睛则是一口喑哑的幽井，无论丢下去任何东西都听不见回响，也许因为有话却说不出口。有时，更像是一头躲在洞窟里静静舔伤的野兽，也许那是最后一次的挣扎，不知不觉再次泄露了希望有人看见，但又不想被看见的复杂与矛盾。

然而，我深信再深的孤独、再深的绝望，都盼望有人最后能够看见，期待绝对漆黑来临之前会有人往井里垂下一根绳子。

眼睛，一口默默贮存过往岁月的深井，日日夜夜，诉说着一则又一则说不完的悲喜故事。心，在井里静静听着，努力包容一切。

（刘振摘自《讲义》2017年第10期　图/曹黑黑）

你不说，他怎知你爱他

□李尚龙

电影《同桌的你》里面有一个片段特别让我感动：林一第一次跟周小栀表白，周小栀说，如果你能和我考上一所大学，我就做你女朋友。第二次表白，周小栀说：“如果你拿到军训标兵，我就跟你在一起。”第三次，周小栀说：“如果你通过四级，我就确定我们的感情。”当感情确定后，周小栀却每天只五分钟叫林一哥哥，但如果林一表现好的话，就增加一些时间，表现差的话，就减少一些时间。

周小栀说：“如果多给你一些时间，你就不珍惜了。”林一却说：“你干吗老在意这些规矩啊？”

我想起了几年前的一个朋友云，她和男朋友是一所学校的，见面花不了五分钟，这让异地恋的我特别羡慕。有次我跟云说：“你们真幸福，想见就见了。”云说：“不，我规定了，每周只和他见三次。”我说：“为什么啊？”她说：“如果见多了，他就不珍惜这份感情了。”

当天晚上，我和她男朋友一起吃饭，他跟我说：“我女朋友真是神经，每周只让我见三面，你说，她是不是不爱我了？”

我明白了，为了维持感情，男女用的方法不一样。

很多分手的原因，都是互相没有把话讲明白。男的以为女的不愿意见到自己，而女的怕见得频繁感情降温。双方都想维持住这段感情，但却觉得有些话没必要讲，感情也就逐渐淡了。

两年后，云和男友分道扬镳，再也没有交集，见面形同陌路。

朋友L是一个性格火热的人，找了一个不爱说话的Q，Q第二年要出国。虽然他们没说，但似乎都约定着毕业季就是分手季。但L不想分手，于是，他忽然做了一个很大的决定——陪她一起出国。他说服了爸妈，边兼职边学习，学了一个月后，他忽然告诉我，他不想出国了。我问为什么，他说，她放手了。

那天他喝得酩酊大醉，酒吧里歌手唱到《老男孩》时，他忽然哭了：“为什么就不愿意等我一下？我快申请成功了。”

我问：“你们多久没有聊心里话了？”他说：“很久了。”

我说：“所以，她根本不知道你在准备托福这件事情吧。”他说：“对。”

我沉默了很久，看着天上的星星，很久没有说话。

青春期的恋爱，过多地被童话故事包围，认为两个人不用交流就能互相理解。大家过多地相信缘分，而忘记了语言的重要。

都以为，我们既然是男女朋友，所以我的一个眼神你就应该知道是什么意思，却不知道，就算是亲生父母和子女，也需要很多交流，何况曾经素昧平生的两人。

影片的最后，林一和周小栀还是没有在一起，他们直到周小栀结婚那年才说明白了所有的话，说清楚了那年懵懵懂懂就提出分手的原因。周小栀说：“林一，我们败给了现实。”

可我知道，两个人没有败给现实，而是败给了交流。

珍惜恋人的最好方式其实就是交流，把心打开，让对方明白，这颗心，依然留着对方的爱。让他知道，我做的一切只是为了更爱你，让她明白，我没有放弃，并依然在为两个人的感情努力，让你们都懂得，我们只要手牵着手，就没有过不去的火焰山，就没有战胜不了的现实。

（九九摘自微信公众号“龙影部落”
图/吴敏）

诗剧

白昼迈出左腿
微笑着暂停
在被捕捉的太阳下行走
步履多么轻盈
树上是高高的苍穹
树木往前行
太阳和白昼跟随着你
迎面而来的天空
将突如其来的云朵发明

——帕斯《漫步阳光》

最好的爱情，不要有牺牲

□咪　蒙

每个女生都可以去看一看《茶蘼》。这部剧探讨的是一个永恒的话题：女人要不要为了爱情，牺牲自己的事业？

前段时间跟一个客户吃饭，她在一家很牛的公司做营销总监，也是我多年的粉丝。

特别戏剧性的是，我们吃着火锅，她接到男友的电话，没说几句，就哭了……她说，她可能要和男友分手了。

她男友和她是高中同学，男友很喜欢她聪明能干的样子，一直追她，追了一年多，他们才在一起。

然而，随着她工作越来越忙，她和男友的感情越来越差。每隔几天，他们就要为同一个话题吵架：男友嫌她陪自己的时间太少，想让她换工作。

她喜欢现在的工作，虽然总是加班，但是特别有成就感和价值感，月薪有3万多元，年底还有分红。然而，她每次跟男朋友分享喜悦，都只会换来对方的奚落。男友总是酸酸地说："你赚这么多，那我不是更配不上你了？"

就像《茶蘼》里，女主特别开心地跟男友说，她见到公司的女总监，气场十足，好羡慕哦，好想成为那样的人。

她男友冷冷地回应："我不希望我的女友是女强人。"

女生特别努力特别拼，换来的不是对方的欣赏——他们反而会认为，这是给自己带来了压力，造成了威胁。

更可怕的是，他们想到的解决方案，不是把自己变得更强大，跟你站在同样的高度，而是想把你拉下来，降到跟自己一样的水平。

他无数次希望她辞职，去找份清闲的工作，不要赚那么多，月入5000元就好了。"我不要求你赚很多钱，只希望你理解我和支持我。"——为什么你所谓的爱，就是让我跟你一样不求上进，然后两个人一起吃土？

这真的是爱吗？

他更爱的，不过是自己，因为他更在乎的是自己的感受、自己的尊严。

而你的需求、你的梦想、你的努力，在他眼里，不值一提。

问题是，就算你牺牲自己，辞了工作，成全他的尊严，他也不会为此感恩戴德，反而有一天，会嫌你不够独立，不够有趣，不够新鲜。

这就是人性，这就是现实。

最好的爱情，不要有牺牲，不要有付出感。

一旦动用牺牲和付出这种很重的词，就意味着这段感情已经不平衡了。"爱情里最棒的心态就是：我的一切付出都是心甘情愿，我对此绝口不提。你若投桃报李，我会十分感激。你若无动于衷，我也不灰心丧气。直到有一天我不愿再这般爱你，那就让我们一别两宽，各生欢喜。"

就像《茶蘼》里反复说的，幸福不是用牺牲换来的，要先找到自己的定位，让属于你的幸福走向你。

（竹之语摘自《广州日报》　图/吴敏）

莫言妙语"两种人"

□侯睿哲

有一次，莫言在"文学与人生"论坛会上做演讲，讲到情深处，莫言不由得感怀道："我敬佩两种人：年轻时陪男人过苦日子的女人，富裕时陪女人过好日子的男人；我远离两种人：遇到好事就伸手的人，碰到难处就躲闪的人；我挂念两种人：相濡以沫的爱人，肝胆相照的朋友；我谢绝两种人：做事不道义的人，处事无诚意的人；我负责两种人：生我的人，我生的人；我珍惜两种人：肯开口规劝我的人，会真心牵挂我的人！"博得全场一片喝彩声。

莫言通过恢宏的排比，将自己"敬佩""远离""挂念""谢绝""负责""珍惜"的"两种人"跃然纸上，意蕴深厚，精妙绝伦，令人掩卷深思。

（冯国伟摘自《演讲与口才》2017年第7期　图/木木）

分期付爱

□夏半月

我有一个女同学，我一直觉得她很厉害，很神奇。

她大学毕业第三年就凭着自己的能力过上了有房有车有名牌的生活，苹果每出一款新产品，她更换的速度都会比周围人快。

问她怎么可以这么有钱，她假装吃惊又扬扬自得地说："我哪里有钱？我的东西全是分期付款买的，车子还是零首付，房子首付家人也给了一部分钱。"

房子和车子分期付款很正常，可是其他东西也是分期买的吗？

"是呀，我的LV包包刷的信用卡，分二十四期还；手机和电脑也是分二十四期还。对了，都是在京东打的白条，不用利息哦。"

"不用付利息只是说起来好听而已，还不是羊毛出在羊身上？"别人反驳她。

她不以为然地说："我不管，反正分期可以让我每个月的还款数目看起来少很多，在我的承受能力范围之内就可以了。"

同学当时才二十六岁，在很多同龄人苦哈哈地租房挤公交用地摊货以为可以省出人生的第一桶金时，她已经过上了超前的生活。她的思维是典型西方人的思维，喜欢用信用卡，分期付款，透支未来，然后享受当下。

对于许多人来说，节俭意味着可以多存点钱儿，银行卡上的存款越多，就越有安全感。

我也曾经以为，现在每多节省一毛，日后就可以有多一毛的资本可以挥霍。却没有想过，现时青春年少，日后也许人老珠黄，心境已经大大不同。

二十岁时过着有房有车的日子，虽然日日都被银行催账，但那种意气风发，自是三十岁或者三十五岁时才全款买到第一套房子或者用上第一件名牌不可比拟的。

所以，我一直觉得，在自己能力范围内分期付款购物，也不失为一种先进的生活方式。

如果我们也懂得分期付爱，那岂不更妙？

我们都知道，在爱情中，激情是最原始的动力，也是最靠不住的元素之一。爱情的激情据说只能保存十八个月，要想把激情期维持得更长久，终极武器就是营造神秘感。让对方觉得，你就是一个挖之不尽的宝藏，随着交往的循序渐进，时不时就能蹦出一个宝贝来。

这样，才能吸引着对方一步一步地往里面走，这样一直走到人生的尽头。

我一直很羡慕我一对朋友的爱情。朋友的老公不怎么喜欢她购买贵重的物品，有一次，她想买一个一万块钱的包包，但老公就是不同意。那一段日子，朋友很生气，觉得老公太小气，一点儿都不爱自己，别人的老公多好啊，老婆想买什么就买什么，日子过得热热烈烈的，多好。

可是，后来有一次，朋友的弟弟要买房子，钱不太够，她老公知道后，二话不说，就拿了五万块出来给弟弟，把朋友感动得不得了。

我想，这就是细水长流的爱吧。不是一次性地，轰轰烈烈地爱过就算，也不是装腔作势做给别人看的那种，而是把爱分成无数个细碎的瞬间，一点一滴地渗入爱人生活，滋养彼此的灵魂，让大家再也分不开。

如果说，分期付款可以让我们提前享受到渴望中的物质生活，那么在爱情里分期付爱，便是能够使我们的爱可以细水长流的最好法宝，爱就像茶，浓淡相宜才好，太淡了没味，太浓了会苦，过犹不及反伤身。

智慧的人儿，必定是可以花最少的钱，就能享受到最好的生活；也能爱得不浓不淡，让人倍感舒服而不忍离开的。

（丁丁摘自微信公众号"夏半月" 图/张翀）

像狗一样去爱行不行

□毛　利

“到底狗重要还是我重要？”小明的女朋友冲着他吼出这么一句。那一刻，他心里的答案是前者。

小明养狗比交女朋友早，狗是他上一次失恋后，从同事家抱回来的情感慰藉品。被女人狠狠甩掉的他，一边抚摸着小狗，一边跟我说，他需要一个爱的输出对象。而且爱狗比较安全，起码认定你是主人后，不会因为照顾不好它，就狠狠上来抽你一耳光。

狗是只串了不知道几个品种的小土狗，茁壮，性格相当奔放，吃什么都欢，简直像喝西北风都能胖起来似的，5个月已经长到30斤。跟别的爱狗人士不同，小明采取的是散养方式，懒得遛狗，就把狗放出门，让它自己在小区狂奔。跟我吃饭，打包剩饭时，眼睁睁看着他把辣子鸡都放进去，开开心心说，带回家给狗吃。连我这种不养狗的人都懂，狗不能吃盐，不然会掉毛，小明大大咧咧地说：“哎，没事，这狗怎么养都行。”

的确，即便碰到这么不上心的主人，小明家的狗一看到他回来，立刻激动得好像上前线打仗两年的恋人刚回来，冲上去一顿扑，爱得热火朝天。即便他不小心把它关在门外一晚上，即便他出差时就送它进宠物店半个月，即便它不听话时他还抽过它两个耳光，这狗依然用最热烈的感情爱着他。

那句话说得对，狗狗的爱，是无条件的。所以那么多人养狗，只为收获这种无条件的爱。狗的忠诚度简直令人发指。

而小明女朋友的问题，跟所有女人一样，即便你把一切都掏给她，她永远认为你爱她爱得不够。女人被太多的浪漫爱情电影和小说，填了太多的台词和脚本。一个平凡的世俗男人，怎么能满足一个追求爱情的女人呢？没有哪个女人不希望男友能来点儿不爱江山爱美人的戏码，最好你能抛家舍业为了她一无所有，爱过了劲再骂你这样的窝囊废怎么不去死呢！

我记得看过一个女作者写的一篇名叫《爱犬玫瑰》的文章，有人问这个女人：“你养这只狗，是不是就像养一个婴儿一样？”女人断然否认，怎么可能一样，婴儿需要女人全身心地付出，而她的爱犬可以真正做到招之则来，挥之则去。最后女人得出一个结论：我想学会这样去爱人，带着自豪和热情，对他的过失完全健忘，简而言之，爱别人，像我的狗爱我一样。

这主意听起来很棒，但我不知道在这个空旷又拥挤的星球上，到底有多少人能这样不求回报地爱人，只知道有许许多多的人，在爱过很多人后，专心地养起了一条狗。

（鲁刚摘自豆瓣网　图/鹿川）

是自我提升，还是自我沉迷

□罗振宇

前两天我提到了一个词，叫“温和专制主义”。什么意思呢？

简单说，就是我不强制你，但是我设定一个因素，利用你人性的缺点，你自己主动去做我希望你做的事。

这让我想起来一种病，叫“疥疮”，一种传染性的皮肤病。

疥疮的病因是一种微生物疥虫。它进入人类皮肤之后，只做一件事，就是让人奇痒难忍。这是疥虫布下的陷阱，就等你的指甲帮它扩充地盘。

可以说，这种病，是由疥虫设计，由你自己施工。

这就是疥虫的温和专制主义。

现代社会温和专制主义的东西是越来越多，大到赌场、小到电子游戏。但是让人自我提升的东西，自古以来就那几种。

现在很多人在谈阶层固化，这可能也是原因之一。

自我提升的人，还是会不断自我提升；自我沉迷的人，有的是东西让他继续沉迷。真实世界就是一个格斗场，如果不时常自我提醒，自我精进，很容易就会陷入沉迷。

（赵秋高摘自微信公众号“罗辑思维”）

多少邂逅，其实就是处心积虑的等待

□曾 颖

那年，我17岁，读高二，我的同桌，是一位长得像热门电视剧《血疑》女主角幸子的女孩。

山口百惠演的这位身世可怜的美丽白血病患者，倾倒了很多观众，我和同学们都封她为偶像。大家爱屋及乌，也就喜欢上长得像她的这位同学，我们甚至将她的名字，也改为幸子。

我对她的关注和喜爱，最初也是来自这种相似。但随着同桌时间的增长，渐渐发觉这种“相似”之外不一样的东西。比如她永远规整的正楷书写；她永远被老师拿来做范文朗读的作文；她永远位居前三名的成绩；还有她说话时不轻不重却总像在听者心上轻轻挠动的声音。

我和幸子的家分别在学校的西面和北面，按常理，无论在上学还是放学的路上我们都不可能邂逅，更不要说同行。但我每天早晨提前半小时出门，跑步到她家附近，有时是在她常吃早餐的米线店，要一碗米线磨磨蹭蹭地吃；有时，则是蹲在茶馆门口看喝早茶的老人下棋；有时跑到家属院的洗衣台下去写因早出门而没来得及写的作业；有时，则是坐在她必经的小巷子里踢石头玩。总之，我会在漫长而无趣的等待之后，迎来她清脆的脚步声和一个礼节性的微笑，傻呵呵地对她说声：“真巧。”

这样的真巧还有很多。我们会“真巧”地偶遇在学校的文学社团；我们会“真巧”地看同一场电影；她喜爱的歌曲，我“真巧”就有磁带；她喜欢看电影学日语，我“真巧”跟着电视读“各其所刹妈”……

就在我努力地制造着各种巧遇，并被这种巧遇暗示着，自以为与她很有缘地在得意和失落感交集，在天堂和地狱之间打转的时候，晴天传来一声霹雳，因为爸爸工作调动，她要转学了，去数百公里外的重庆。

这不是偶尔一个早晨的错过，也不是一两个星期天或寒暑假的隔绝，而是一去千里从此不再回来的永诀。一想起这两个字，世界上所有凄苦悲凉的悲剧场景通通涌上心来，那天晚上，我在梦中送了她一程又一程，眼泪湿了半个枕头。

这天早晨，我两年来第一次不那么热切地想去上学。不夸张地说，我每天不睡懒觉热血沸腾起床的动力，就是她，一想着每天早晨与她的邂逅与同行，内心就幸福得不得了。

但现在，一切都破碎了。

幸子走了，我的元神也仿佛被抽走了，每天恍惚地在学校和家之间飘着，很长一段时间，我对自己的想法和行为都无法把控，对身边的一切事情都没有兴趣。这种感觉，不仅没有随时间的推移而减弱，却像弹弓一样，拉得越长，弹力越强。

在疯魔了差不多二十天之后，我决定去重庆看她。这个想法一经产生，便如火星溅到油锅里一般不可收拾。

到重庆的火车票是7.5元，来回得15元，晚上要坐一夜火车，加上吃饭和买礼物，起码得20元，这可是全家半个月的菜钱，但这也挡不住我疯狂的念头，我以学校要交资料费的名义向妈妈、爷爷、奶奶、外公、外婆各要了一次钱，终于凑到了20元，跑到商场买礼物，一条漂亮的扎染围巾花了10元，回程车钱成了问题，但也想不了那么多了——就是扒车回来又怎么样？

带着这种一去不复还的心境，我坐上了开往重庆的硬座车，怀里揣着从幸子最要好朋友那里偷来的写着她新地址的明信片。天空下着大雨，整个世界被雨冲刷得既寒冷，又扭曲。这场景很像多年以后我们一起看的卡通片《秒速5厘米》中的情形。那个因想念一个转学远去的女同学而在雪夜中坐火车狂奔，并被一次次的晚点信息搅扰得心烦意乱的少年，其实就是我的化身，只是，与他不一样的是，他独坐在空旷而寂静的车厢里，任由车窗外路灯的影子在他脸上辉映着落寞与诗意；而我，却是在人口密集如罐头，抬头是人，低头是脚，满鼻都是烟味和汗味的车厢里，地上的泥水，如心情一般湿滑而纷乱，一切都乱糟糟的。

在这纷乱中，我迷迷糊糊地睡着了，再次醒来时，天色已明，车窗外，是陌生的重庆，满山遍野的房子，如海一般让人迷茫。

在火车站，我问了至少十人，终于找到开往目的地的公交车，这里离我要去的大坪并不远。我下车后，又一路打听着来到她的新学校，不敢进学校去问，只敢在校门口蹲守。我想，中午放学，她应该出来的，从第一个等到最后一个，总能等到她的。

但从第一个等到最后一个，她却并没有出现。一打听才知道，有很多学生是在学校吃午饭，像她这种即将高考的学生，完全可能在学校吃饭。

又数着秒等到下午。这种等待是令人煎熬的，此前我体会过，但从没像今天这么强烈，它不仅熬你的耐性，更熬的是你的注意力，就像钓鱼人在等待一条难钓的鱼，稍一分心，前功尽弃。

终于等到下午放学的最后一个学生，但她仍没有出来。向旁边已混成熟人的小贩打听，她说，学校还有个后门，往西边的同学都走那边。

我的头像被人敲了一棒，差点儿昏了过去。

也许，难度的提升，就是为了结果的美妙，这道理和解题一样。

这样的自我安慰，使我有信心再坚持住，并在离学校后门不远的屋檐下受了一晚的冻，当晚，只敢花七角二分钱吃了碗小面。

当我再次碰到幸子时，已是第三天的下午，其间，我在她们学校的前门和后门轮流蹲守，渴了，喝口自来水；饿了，吃碗小面。就在我用口袋里最后一碗面钱买完面吃掉之后，老天可怜，我终于看到她熟悉的背影……

那时，我已三天没洗脸了。当我蓬头垢面地冲到她面前时，她惊诧的表情，肯定以为我已改行当了乞丐。

我说："真巧啊！"像以往N个上学和放学路上的邂逅。

她也说："真巧啊！"像是受到突如其来的惊吓。

我还想说点儿什么，但忍不住鼻子一酸，眼前的世界变得模糊。

来之前所有的想象都变成了浮云，赶在眼泪落下之前，我把礼物塞到她手上，逃命似的跑了。嘴里说："我是跟我爸来出差的，想不到在这里碰到你，我走了，车在等我呢……"

这句没有人相信的谎话，是我对她说的最后一句话。那天，我跑到车站，并爬上去成都方向的货车，饿了一整夜，非洲人一般跌撞着回到家里。

去重庆读大学的愿望，因成绩的关系最终没有实现。不知道是因为那天我的样子实在太糗，还是因为后来新电视剧为我带来了别的偶像。总之，从那天之后，我就再没见过她。

我用切肤的痛，明白一个道理：世界上有很多邂逅，其实就是一场处心积虑的等待。而这等待，对被等待者来说，没有多少意义。

（生如夏花摘自微信公众号"曾颖眼中的世界"
图/果酱的酱）

隔空传情

□一点君

《醒世恒言》中有个故事：宋徽宗年间，周姑娘和范二郎在繁华都市东京茶坊相遇，四目相视，"俱各有情"。

当时，街上游人如蚁，周姑娘忖度："今日当面错过，再来那里去讨？"急中生智，叫卖水的送一盏糖水过来，刚喝一口，便叫："好好！你却来暗算我！你道我是兀谁？我是曹门里周大郎的女儿，我的小名叫做胜仙小娘子，年一十八岁，不曾吃人暗算。你今却来算我！我是不曾嫁的女孩儿。"信息量好大。

范二郎心领神会。照葫芦画瓢，也买一碗糖水，喝完也大叫起来："好好！你这个人真个要暗算人！你道我是兀谁？我哥哥是樊楼开酒店的，唤作范大郎，我便唤作范二郎，年登一十九岁，未曾吃人暗算。我射得好弩，打得好弹，兼我不曾娶浑家。"

糖水怎么暗算人？很是蹊跷。但周姑娘和范二郎一口咬定——水里有根草。呵呵。

可是，被暗算也并没有去追究，醉翁之意不在酒也！

可怜那卖水的，一头雾水，还以为真碰上了食品安全问题。

（刘振摘自《深圳商报》
2017年7月24日）

你到底喜不喜欢我

□王小丫

作为一个手机里除了工作和垃圾短信从来没有过暧昧短信的女青年，有一天握着手机，看着颇有好感的男青年发来的纯问候短信，小心脏像太鼓达人五星级的节奏一样怦怦乱跳，脑子里第一次蹦出“他到底喜不喜欢我”这个问题时，我瞬间觉得“喜欢还是不喜欢”是一个多么有内涵、有深意、有层次的问题啊！

我和该男青年在某次饭局上认识，相谈甚欢，不管是本·拉登之死对国际形势的影响，还是美国FDA（食品及药物管理局）到底是不是真的尽责，我们欣喜地发现，双方对很多问题的认识高度一致，价值观也非常相近。虽然饭局结束后，我们没有互相邀请喝咖啡，但之后每天的数次短信沟通成了例行交往。

我对他产生了兴趣，哪怕是“吃了吗”这样三个字都能让我小甜蜜一下。但我丝毫不会让这种甜蜜通过手机传达到对方那里，通常会用“饥饿感是人生最好的老师”这样的片汤话应付，当然，对方也是一样。

几天过后，我像每一个闺蜜眼里的白痴闺蜜一样去问她们：“你觉得他喜欢我吗？”虽然答案只有是或否，但她们分析推理的过程和依据居然完全没有重样儿的。于是我问了问自己：“你为什么要知道他是否喜欢你？”

这个问题略一思索便会得出答案，我喜欢他的基础上他也喜欢我，这样我们就能谈恋爱，多美好！那我为什么不能问问他呢？如果答案是肯定的，那么就变成了他喜欢我，我也喜欢他。这不就是我想要的吗？但是，如果他不喜欢我呢？我问也没用，而且很丢脸。如果答案是否定的，对我就是种伤害：不喜欢我你发这么多短信干吗？你在支持中国电信为祖国经济做贡献吗？继而怒火中烧，买个巫毒娃娃写上对方生日天天用针扎也不一定。

想到这儿，我明白了，问题的关键在于“丢脸”二字。但且慢……自尊受伤，自尊心是怎么形成的？是对方对你的看法形成的，对方的看法为什么能决定我的行为？我喜欢一个人，坦诚地告诉他，如果他反过来觉得你很主动，然后喜滋滋地享受你的喜欢然后拒绝，难道丢脸的不应该是他吗？我的勇气，我的诚实，不是我应该值得骄傲的事情吗？如果说真丢脸，也是因为喜欢一个不值得的人丢脸。

想通了这一点，我不由得大笑三声。仅一个晚上，我就解构了那些为“暧昧”辩解的成千上万篇文章，于是我当即拿出手机，输入短信：“你喜不喜欢我？想不想和我谈恋爱？”

至于对方如何回复我，已经不重要了，我陶醉在自己轻易破解“他喜不喜欢我”这种终极猜想的喜悦中。对于我这么一个冰雪聪明的家伙，他错过我，是他的损失。

（露醉清秋摘自《广州日报》
图/木木）

为什么长大后感觉时间过得更快

□林　泉

很多理论都尝试解答这一问题。

其中一种理论是，我们体内的生物钟是在不断变化的。随着新陈代谢速度变慢，我们的心跳和呼吸都会变慢，进而导致我们感觉生活节奏加快。另有理论指出，对时间的感觉与我们吸收的新信息有直接关系。由于新刺激越来越多，我们大脑处理信息的速度会变慢，因此时间就会在不知不觉中快速溜走了。

还有的理论与第二种截然相反。这种理论认为，在刺激较多的情况下，大脑会存储更多对细节的记忆，因此就会感到日子过得比实际情况更加漫长。然而，随着年纪的增长，我们对周围的一切越来越熟悉，家庭和工作环境已经无法对我们构成刺激。对于孩童而言，这个世界充满新奇，一切是未知的，每一秒都会给他们带来惊喜。而成年人无法百分之百地体会到在生活中的每一个小细节，因此就会感觉时间过得很快。

（婉莹摘自《百科知识》）

表白比分手更让人后悔

□世相君

一

在网上看到一个台湾的投票，2016年最后悔的事是什么？“告白”排在第二位，“分手”排在第四位。比起结束，人们更后悔开始。

因为开始的时候越甜蜜，结束时失去的东西就越难舍。

二

我在微博上问了两个问题。

一个是甜蜜问题：你收到/说出表白的那句话是什么？

另一个是残酷问题：你收到/发出的分手消息是什么？

对第二个问题的回答，让人开始怀疑，到底哪个问题的答案更残酷。“分手”两个字，听着就让人难过。但回溯这些分手，每一段故事的开头，都曾经让人充满希望、甜蜜得冒泡。

开头的时候越是甜蜜，最终的后悔是不是就越显得凄凉？比分手本身更残酷的，是后来人们对那些“美好开始”的后悔。

三

表白时，我会忍不住设想事情之后的走向。甜蜜和残酷，表白和分手，哪一个更让人后悔？

表白是一段关系中最不安全的环节。它有着一种盛大的人工仪式感，说出来一次，就有可能面临一次巨大的失败。每一次表白都会引向不同的结局，被拒绝，或者充满希望地开始，却遗憾地中断。好像表白越隆重、越美好，分手就越难以接受。

而分手是一项决定。选择分手的人，要么已经确认事情变得很坏了，明白“一样东西破碎了就是破碎了”；要么觉得前路实在艰难，对事情会变好难以怀有信心。对于一个选择表白的人来说，失去一个人是可能会发生的最糟糕的事情。而对于一个选择分手的人来说，失去一个人是已知的必然会发生的事。

四

但你真的为了从不后悔，而宁可从不开始吗？

人生是这样一种冒险的集合：一件事有开始必然有结局。有聚会就一定有散场，有相逢就一定有离别。站在更长的历史的视野里，每一段人生都是一个黯然结束的故事，从开始的喜悦，到中年的沧桑，到最终的死亡。

有一种哲学，因此将生命看作一个总体上悲伤的过程。这种哲学是“站在结尾的哲学”，就好像一本小说，直接翻到最后几页，或者一部50集的连续剧，直接拖到了剧终，看到该死的死，该散的散。这时候，中间的情节、悬念、期待和瞬间美好，还有价值吗？

人生并不是一个可以快进到结尾的故事。相反，它的中间状态慢慢发生。一段关系也是这样，无论持续几个小时、几个月或几年，结束那一刻都是短暂的。很难说，那短暂的痛苦，到底能不能抹杀长长的愉快。

开始的时候，结局总是未知的，因而带来期待，人靠着这种期待度过大部分时间。而只要活着，人就总有机会开始下一次，并得到新的期待。这是开始的意义。

等到回首往事，一种人生里面充满一段段的快乐和一次次的痛苦，另一种人生里，很少快乐，也很少痛苦。你会怎么选？

问自己这个问题，你会从答案里明白“开始”对你的价值。

（刘世杰摘自作者的新浪博客 图/张艺馨）

喜欢你，所以问心有愧

□刘小昭

最近重看经典，赵敏的“我偏要勉强”和小昭的“到头这一身，难逃那一日”都是早就记得的，而读到我一向不大喜欢的周芷若姑娘的这一句，心里却是一颤。

因为心里有你，所以不能思无邪，也不能问心无愧、坦坦荡荡。

前段时间跟一个朋友聊天，说起那个她很喜欢的男生。两个人志趣相投，品位相近，互相都有那么点儿意思，可一两年过去，朋友还是正常做着，却没有人先来捅破这层窗户纸。

最近这几个月，我发觉他们俩的联系多了起来，经常不带我们这些朋友单独吃饭见面。

我坏笑着提起这件事，刚想恭喜他们有进展。

可朋友却是神色黯然地叹口气：“聊的都是和工作相关的。”

我当然不肯轻易相信，以为她是故意跟我玩笑。

朋友低头揉着手里的纸巾，说：“是真的，因为他对我已经没有那种感觉，所以才能没有任何避讳地约见面、聊工作，哪怕半夜也能说半天，可那种感觉，已经完全不一样了。”

说到这里，我忽然一下子就懂了。

在“思有邪”的时候，两个人之间有种特殊的气氛，反而会小心翼翼地和对方说话。

他发来一句“干吗呢”，你能抱着手机开心地打三个滚，可却要把手机放在一边晾一晾，心神不宁地忙点儿有的没的，再回来字斟句酌地回复一句：“啊，怎么啦？”

然后又开始抱着手机等消息，信息来的时候恨不得心跳都漏一拍，而如果发现不是他，心里顿时凉了半截。可如果这个时候他发来一条消息，又能马上满血原地复活……

大概喜欢过一个人的成年男女，都有过类似的经历吧？

我有一个同事，我俩在我来这家公司之前就认识，他在好几年前，认认真真地追过我。

虽然当时没结果，但也不至于成了仇人，后来我们成了同事，在楼道里也经常碰到。

他一直都是爱贫嘴的开朗性格，所以一起坐电梯的时候，经常听到他和周围同事各种逗贫开玩笑，可对我就是点头一笑。

我还心里纳闷：虽然咱俩没成，也不至于这么区别对待吧？

直到前段时间，有一次电梯里碰到，只有我们两个人，他突然问我：“结婚啦？”

我被问得一愣，忙点点头：“对呀对呀。”

“嗯，恭喜恭喜。”“叮”一声电梯响，他就出去了。

可从那以后，被他开玩笑的人里，就加了我一个。

我之前一直不懂，听朋友讲完忽然就想到这件事。心里百转千回，也只有再见面听他贫嘴的时候笑得更大声些。

其实如果让我选，我真的宁愿做那个思有邪，问心有愧的人。

哪怕真的是想触碰却缩回手，也强过两不相欠的玩笑聊天。

你说是不？

（花烛摘自作者新浪博客　图/吴敏）

诗剧

夜晚，
静谧的阴影，
万物在你的摇篮里
安息。
驾乘轻柔的晓风，
我在你的怀抱中
翱翔。
迎着幽微的和风，
大海吮吸你的
芬香。
啊，大地
你的苦痛
怎不叫我碎了心肠！

——夸西莫多《大地》

用动作表达『我爱你』

□小肥

爱情妙不可言，比起动不动就甜言蜜语，用肢体语言表达爱意更是无声胜有声，让彼此的感情大大升温……

爱情密码

灵巧地耸耸肩

肩部是最富有表现力的人体结构之一，当人遭到挫败时，肩部会松弛下陷；心情愉悦时，肩部会变得更加灵活有力。因此，建议女性在约会时外套下穿一件能体现肩部线条的衣服，时不时地挺起背、耸耸肩，表现出你对对方的好奇和兴趣，更好地表达柔情爱意。

心照不宣地模仿

他端起一杯茶，你也端起一杯茶；他喝了一小口，你也喝了一小口。人类学家将这种同步行为称作“嗜同神经行为”。在动物界，模仿对方是一种重要的求偶手段，这种现象在人类中同样适用，模仿是希望和对方接近的一种本能友好行为。

超过3秒的深情凝视

眼神接触是一种强有力的情感连接方式，普通人互相凝视3秒钟就会中断目光接触，当凝视时间延长时，则会传递出爱慕。用深情的目光多盯他一会儿，稍稍睁大眼睛意味着你想深入了解他，感受到你无辜单纯又饱含着爱慕的眼光，他一定会明白你的心意。

可爱地歪过头

与异性交谈时，仔细观察头部，如果是抱着友好的态度，对方会将头部倾斜，以示关系融洽。约会时头部倾斜会让情侣的对话显得更加热情和直接，沟通更加畅通，而且会呈现出女性可爱的一面。

走心的微笑

当情侣诚挚地绽开笑脸时，脸部肌肉会高度收缩，嘴角向上，眼角会出现鱼尾纹。下次和心爱的人见面时，不妨从内心调动情绪，先给他一个温暖的微笑，这或许才是对方最想要的打招呼方式。

爱情解码

他扬起眉毛

当一个男人兴奋时，他的眼睛会希望获取周围环境的最大信息。当这一切发生的时候，眉毛会上扬，使眼睛变大。当一个女人和有好感的男人说话时，可以通过看他的眉毛是否扬起来判断他对自己的感觉。

他玩手里的东西

研究肢体语言的专家说，有时候男人会通过玩手里的东西来吸引女人。例如，他的手指可能在玻璃杯边缘来回移动，或者他会调整自己的衣服。当他越是对一个女人有好感时，越会坐立不安。

注意他的眼睛

如果他跟你直接进行眼神交流，表明他对你感兴趣。如果他完全避免目光接触，表示他试图避开你或者他感觉会吓到你。

观察他的身体方向

观察男人的身体方向是一个比较有效的方法，身体方向指的是他的身体面对哪个方向。如果他的身体或某些身体部位是指向你的，那么有比较高的概率是他对你感兴趣，想要接近你。注意脚的方向：腿部、膝盖的指向。当一个人喜欢另一个人时，他会下意识地定位他喜欢的人的方向。另一方面，如果他的脸、腿和脚没有指向你，那么他潜意识里渴望与你保持距离，肢体语言表明他对你不那么感兴趣。

（婉莹摘自《37° 女人》 图/麦小片）

古代快递行业

□九州稗谭

随着电子商业的普及和各类O2O的兴起，“物流”“快递”“即时配送”已经与我们的日常生活息息相关。

武侠小说中描写的“镖局”可视为现代物流的一个雏形。因为运的“镖”多为贵重物品，做镖局生意要有三硬：一是在官府有硬靠山；二是在绿林有硬关系；三是自身有硬功夫，三者缺一不可。

而在镖局产生之前，我国古代的快递行业主要由官府垄断。商朝殷墟挖掘出的甲骨文证实，在3000多年前的商朝，中国已有近似于快递的驲传制度。

当时乘车传递的叫“驲”或“传”，乘马传递的叫“递”或“驿”，因后世专以马递，故统称“驿传”，也称“邮驿”，从事邮驿的人员称为“驿卒”。与如今的快递不同，古代“邮驿”主要用于政令、军情的传递。一般在驿道上每隔20至30里就设有一个驿站，站中备有快马，驿卒可在站里换马换人，使官府的公文、信件能够一站接一站地传递下去。这种官办的邮驿制度直至1912年废驿归邮才彻底废除。

（宇涵摘自新浪博客）

别伤害爱的天真

□张晓晗

我刚刚开始谈恋爱的时候，和你们一模一样，深受言情电影、电视和小说的影响，觉得自己已经是恋爱专家了，其实对男生真实的生活一无所知。

高中时，喜欢上初恋男友。原因很简单粗暴，我下体育课，穿过操场。他正好打完篮球，摘下眼镜，甩着手指上的汗珠，抬头皱起眉头，狠狠瞪了我一眼。当时被Chuck Bass还有各种霸道总裁形象洗脑的我瞬间被击中了。真霸气。

为什么连认都不认识我就瞪了我一眼？

看样子一定是能帮我打死一个连的铁血真汉子？

后来我们交往了，我才知道，那天他根本没看到我。所谓霸气一瞪，是因为他散光太严重了，摘下眼镜就算看路过的旺财也那么霸道。我自然十分失望，这种失望让我对他所有的行为都很不满。无论他做什么，我只觉得他软弱幼稚，不堪一击。

人家小说里的男主角爹妈都被弄死了还努力复仇，让仇人进监狱，自己夺回公司，重新成为霸道总裁，你物理考了个不及格就要嗷嗷哭，算什么东西啊？

我高中时就是迟到大王，他每天上学路上会帮我准备一份早餐，在我走到班级的必经之路上递给我。现在想来是很细心的举动，当时我很不领情。你怎么就这么点儿出息啊？就会给女生买个早餐，不好好学习，不去做点儿大事，怎么成为霸道总裁啊？

我过生日的时候，他折了一个玻璃瓶的爱心送给我，每个爱心里面都写了字。他营造了很久的悬念，我天天在家幻想他是要送我一个岛呢还是一个鱼塘呢。最后他却把这个玻璃瓶递到我面前。我说的第一句话就是，真想把它们扔掉。拿着这个玻璃瓶一路回家，我的内心只有失望。

他真是幼稚极了，为什么做这么娘和无知的事情？他哪怕强吻我一下也好啊。

最严重的一件事，是有一次全年级自习课做生物考卷。那天大雨，我没带伞，说好放学他帮我把新发的课本搬回家。可是他们班的老师留下所有人在自习课做考卷，做完交上才能回家。他从教室里溜出来，挠着脑袋，不好意思地说：“能不能借我考卷抄一下？这样我快点儿写完就能帮你搬书了。”

瞬间我变得怒不可遏。我跟他说：“你只是想抄我的答案，并不是想帮我搬书，你连一张考卷都做不好，还想了那么多漂亮的理由来骗我考卷。”说完我自己就抱着一堆书跑出去了。后来我走到一半，他全身湿透，从身后跑过来，把包里的雨伞递给我，什么也没说，搬起我的书就走。我撑着伞，连句谢谢都没说，问的第一句话是：“考卷做完了吗？”他说没有：“我提前交了，我不想你淋着雨走回家。”

他努力地，为难地，想尽一切办法履行着自己的诺言。我却还是不满意，他为什么就是做不完那张考卷？

后来我对他越发挑剔。感觉他无法控制自己的生活，总是有那么多难以解决的麻烦事，还常常吃醋，因为吃醋做出一些更幼稚的事。哪怕是开始我喜欢的部分，也在我眼里开始变得不堪。他每天滑滑板上学，开始我和所有女生一样，觉得这样很帅气。到了后来，我反复跟他说，为什么这样爱出风头，一点儿不沉稳，而且很危险。他说：“不是为了出风头啊，我真的很喜欢滑板啊。”我说：“滑滑板能当饭吃吗？难道你准备滑一辈子吗？”他说：“准备滑一辈子啊，我还要去美国滑呢。”

说的时候他神采奕奕，我一盆冷水泼过去：“你真的太幼稚了，不懂什么是生活，我们分开吧。”

现在想想这些事情，反而感觉，自己才是一个彻头彻尾幼稚的大白痴。我们十六岁，都是第一次正经接触异性，学着相处，他尽力做了所有希望让我感觉到爱的事情，我却期待在他身上找到渴望的一切。尽管那些渴望都是虚构的，不真实的，用来欺骗少女的。

喜欢相对成熟的人，没有错。可是幼稚这件事，也没有错。毕竟每个人都需要时间和空间去成长，并有选择如何成长的权利。如果他把真心交付给你，就是把铠甲交付给你。你总是会发现他们软弱脆弱

爱是测谎仪

□辉姑娘

在大学里做讲座，一个学生谈起儿时往事。

“那时我才六岁，父母离婚了。他们觉得我小，不懂事，所以办完手续后很长一段时间还住在同一套房子里，依然对我很宠爱。但我就是清楚地知道，他们分开了。”

她说她和母亲都喜欢吃肉，父亲喜欢吃素，母亲以往做饭都会半荤半素，但是忽然有一天，母亲只做肉菜了。

父亲的表现在于以前回家就喊母亲开门，可是不知从什么时候起，他腰带上开始挂上了钥匙。

最重要的是，父母依然带她出门游玩逛街。以前他们都会商定去哪里，但是后来，他们都来问她的意见：“囡囡，你想去哪里？”因为他们已经不再重视对方的意见。

她说：“你看，所有人都觉得对一个六岁的孩子隐瞒一件事是多么简单，却忽略了最重要的一点。他们忘了，我爱他们啊。”

美籍华人阿张归国工作，在洛杉矶保留了一栋老房子，每年会回去小住一段时间。

有一次车子刚开到院外，他就猛地蹦了起来，急急跳下车，嘴里大骂脏话。“Shit！（见鬼！）家里进贼了！”

阿张冲进院子打开房门。果然，客厅里被翻得乱七八糟。

报完警，同行友人问他：“刚刚离得那么远，你是怎么发现进贼了的？”

他说：“我在院墙边栽种的那棵樱桃树，落了一地的樱桃。这一带居民互相熟悉，不会偷摘。如果不是贼翻墙进去，怎么会摇掉那么多果子？”

友人佩服得五体投地：“真没想到，平时你那么粗心的一个人，居然也能这么敏感。”他瞪了一眼：“废话，这可是我家！”

关注源于在意，聪慧来自了解，细节只因熟悉与亲密。

一个大大咧咧、粗枝大叶的人，却在那个人、那个家面前，变身堪比柯南的高智商侦探和心理专家。

（林冬冬摘自《这世界偷偷爱着你》湖南文艺出版社 图/木木）

的一面。那么多事情都是他们驾轻就熟的，可以控制的，哪怕是交往过程中知道每一步该如何让你欢喜满意，但是爱你这件事是第一次发生，是控制范围之外的。

我和初恋过家家似的，好好坏坏，再怎么样也是同一所学校，再讨厌对方，也一起看着对方成长。后来他真的去美国了，继续滑滑板，我时不时在各种社交网络看到他的照片，全身伤痕无数，文了各种身，却笑得很开心。忘了说，他爸爸其实是真的总裁，对他的选择也非常愤怒，觉得他是扶不起的阿斗，自己却也没什么好办法，只有不停地给老师送礼，希望老师严加管教。老师就真的严加管教。他不是读书的料，性格又比较内向，所以高中时期，他过得本来就很压抑，还在书包里放过遗书。那封遗书被我发现之后，劈头盖脸骂他，这都是些什么小破事儿，为这你就要死吗？而且你死后分的竟然是你的那些玩偶。

我作为他信任的人，没有给他带来丝毫安慰，只有给他的憋屈火上浇油。

好在命运温馨可亲。他上个月刚刚结婚了，妻子比他大几岁，很会照顾人。认识的朋友去参加婚礼。我好奇地问：“他还是老样子吗？”朋友说：“对啊！家里一堆玩偶都是他的，每一个还起了名字。”

朋友说到，我才想起来，我们一起买过一个辛普森玩偶。他说是他儿子。我们曾经在一个夏天的午后，捧着半个西瓜，看着辛普森在洗衣机里滚动，身后是动画片的主题曲，我帮他给胳膊肘上涂红药水，我们有一搭没一搭，编着关于辛普森的故事，没遇到我们之前它在哪里，未来它又会在哪里，它很爱滑滑板，它会找到对它好的太太，帮它烧晚餐。它会不会有小孩呢？男孩还是女孩？挺拔的还是温柔的？无论如何，这是没有生命的，黄色的家伙，会过上幸福平稳的一生。平稳得像是一列绿皮火车行驶在铁轨上，天晴也好，雨雪也罢。

他其实是一个很好的初恋对象，也很感谢他让我的初恋有那么多回忆起来尚觉温馨美好的细节。而在故事中，我反倒是一个非常非常糟糕的恋人。

男人的天真是很可贵的，当然每个早熟的少女，像我一样，可以不欣赏他们的天真，但是也没必要去刻意伤害。毕竟他们也都是用自己笨拙的方式，很努力地爱过你。

（露醉清秋摘自《意林·原创版》 图/木木）

『对方正在输入中』才是最美的情话

□末那大叔

如果有个人不愿错过你的每一条动态，那他一定是很想了解你的喜好，走进你的内心，参与你的生活。

1

和喜欢的人聊天最大的期待就是微信上方对话框中显示的“对方正在输入中”，因为你不知道等待你的下一句是什么。

但知道你想他的时候，他刚好也在想你。

于是，你开始迫不及待想知道他的下一句话，完全没有心情做其他事情。

她问，你在等我回复消息的时候在干什么？

他说，看综艺、刷微博啊。

她说，我就只是在等你啊。

因为这时候，你比什么都重要，我无心看剧无心刷朋友圈，满脑子就只是你。

手机的一个小振动都牵动着我的心，我反复点回和你聊天的界面，看你是否回复。

——你是有毒吧，侵入了我整个世界，我都没有办法做其他事情了。

——我可以等，但也不要让我等太久。

2

多少人聊天的时候，本来编辑好了长长一串字，因为看到“对方正在输入中”，又一个一个删掉，久久停滞在空白的输入框里，满怀期待着他会发来什么样的信息。

恋爱里总是有很多小套路，怕你不够热情，怕我太过主动。

因为你的正在输入中，我便有了欲擒故纵的资本。就能和你继续上演欲语还休，欲拒还迎的小心机。

等到你欲罢不能欲仙欲死，我再掌握好时机去和你爱到缠绵悱恻欲火焚身。

可你，为什么迟迟不按下发送键呢？

有好多话编辑好了，却始终没有勇气发出去。想说很多话，最后删删改改只发了句，晚安。

3

前段时间看过一部小短剧《爱我请留言》，剧中有一段话：我不能坐下，不能静，不能想。

明明你在我身边，我应该觉得很近，但是我都觉得很远。

“两个人交流时，其实是六个人在交流——你以为的你，你以为的他，真正的你，他以为的他，他以为的你，真正的他。”

那个开头是你，中间是你，结尾还是你的聊天对话里，一定藏着深深的爱意，绵延不断，暖至心间。

爱一个人就会对她的一朝一夕，一饭一蔬，一行一事都想了解，因为你在乎，所以你想知道。

4

微信最大的好处就是没有来访记录，这样无论你点开多少次他的朋友圈他都不会知道。

他不知道你把他的相册都偷偷保存下来，他不知道你一条一条读他的动态，他也不知道你有多喜欢他。

爱一个人是最胆怯的，因为害怕失去。我们都曾很用心地爱过一个人，并把自己最美好的青春都给了他。

有时候你的名字我已经忘了，输入法却还记得。

如果微信也有了来访记录，我都不敢点开你的朋友圈了。

最好也是最坏，因为太多人因为胆怯而失去。

5

来访记录其实是最好的试探，你访问他的空间，他接着回访，喜欢得小心翼翼却又明目张胆。

我认识的一对情侣就是因为来访记录，才能走到一起的。

他们第一次见面时就彼此都有好感，互相加了QQ。之后他便忍不住去看她之前的动态，反复翻阅，想要了解她。

因为QQ空间是有访问记录的。于是女孩的回访成了最好的暗示，

成全自己是最美好的暗恋

□半十四

如果完美的爱情无法如愿来临，那么至少可以把它变成最美好的暗恋。

自从亲戚朋友知道我在大学里念的是宗教学，我就总被问到各种奇怪的问题，比如，有一个小姑娘问我："和尚有爱情吗？"

我说："当然会有啊，和尚也是人啊！"

小姑娘不解地问："可是和尚……不是不能谈恋爱吗？"

我在心里哂笑。清规戒律怎能断得了人的本性呢？别说普通和尚了，连鸠摩罗什那样的高僧都陷入了男女情爱，最后还有了孩子呢！当然，我没有这样告诉她，我换了一种说法："我给你讲个故事，好不好？"

小姑娘点了点头，目光紧紧地盯着我。

有一个小和尚从小在寺庙里长大，总是调皮捣蛋、偷奸耍滑、不爱背书。因此，他的师父常常摇头叹气，说小和尚"孺子不可教也"。

有一天，一群富贵人家的女子来寺庙里上香。那些闺中少妇和小姐打扮得真好看哪！单是头上戴的玉簪就晃花了小和尚的眼。小和尚躲在帷幕后面，忍不住多瞄了几眼，这一瞄就瞄到了一个小丫鬟。那个小丫鬟在人群边上傻傻地站着，穿着一身嫩黄色的小裙衫，鹅蛋脸倒笑得讨喜。刹那间，小和尚感到自己心跳的速度比师父让他背《金刚经》时还要快一点儿。

从此以后，小和尚起得比其他小和尚都早，在禅房里刻苦诵记经文，研修奥义。他想，如果有一天能像师父那样站在正殿迎接贵客，他就能多看她几眼。小和尚不知道自己为什么想再看到她，也不知道再看到她能有什么用处，他只是觉得能再多看她几眼就好了。

过了一些年，小和尚成为那座寺庙历史上最年轻的住持，他精通佛法，远近闻名。就在这时他又见到了那个小丫鬟，但她已经不是当年的那个小丫鬟了，她也戴了玉簪，依然在人群边上傻傻地站着，鹅蛋脸珠圆玉润，手里牵着一个七八岁的小男孩。时隔多年，他又有了当年师父让他背《金刚经》时的感觉。

他突然向她走去，在众人诧异的目光中，将手腕上那串伴随自己多年的佛珠套在了小男孩的手上，说："这孩子灵气可嘉，定有善缘，施主悉心调教，必能有所成就。"她眼里涌动着不可思议的神采，对年轻的住持投去感激的目光。高门深院，若有个前途远大的孩子作为依靠，想必生活不会太苦，他是这么考虑的。

"后来呢？"小姑娘急急地问，"他俩终于见面啦，后来怎么样了呢？"

我说："后来啊，住持的年纪越来越大，更加精心研习佛法，德高望重，声名远播。功尽圆寂后，留下舍利被供奉在寺庙里。没有人知道，他一生的佛缘缘于心动。"

小姑娘很失望，嘀咕道："他都当上住持了，为什么还不告诉小丫鬟他喜欢她呢？"

我当然懂她的失望，但是我不能因为她的失望而修改结局，因为这就是小和尚的爱情啊！我也曾期望每一次心动都可以酝酿成牵手，每一份感情都可以开花结果，但经历过爱而不得以后，我才知道童话故事和爱情小说有多么不负责任。

我希望有一天，当那个亲戚家的小姑娘突然对某个背影心动的时候，会想起那个小和尚。如果完美的爱情无法如愿来临，那么至少可以把它变成最美好的暗恋。

（星星光摘自《懂事之前，情动以后》湖南文艺出版社 图/熊LALA）

两个人从暗生情愫到互相试探，最终走到了一起。

后来他们说起，如果不是因为有来访记录，让他们明确彼此的感情，很有可能就会错过彼此。

爱，不单是在即时信息中轻易输入的一个表情符号，而且是把想说的、来得及说的，面对面地输入到对方心中，永远留住。

所以爱他就让他知道吧。

别让我爱你，只停留在正在输入中。

6

现在这个快节奏的时代，人们迅速认识，三言两语就坠入爱河，一言不合就一拍两散，哪还有什么刻骨铭心情深似海，都不过是过眼烟云和惊鸿一瞥。

愿意去翻看你朋友圈的人越来越少，"露水情缘"般的交欢越来越多，来不及对你上心，只想睡你。

或许翻朋友圈谈不上多大付出，却是一个人最不动声色的守候。如果有个人不愿错过你的每一条动态，那他一定是很想了解你的喜好，走进你的内心，参与你的生活。

虽然不知道未来在哪，但是我知道，无论你在哪，有他在就好。

别等了，去爱吧。

（晶晶摘自微信公众号"末那识" 图/张晓芳）

□玛 门

和男孩子表白的正确方式

BIAO BAI

有个网名叫丧心病狂的读者前两天跟我说：“玛门，我就要毕业啦。我想跟我男神表白，但是怕班主任骂我，你说我表不表白呢？”

我顿时无言以对——你都毕业了还怕什么啊？上上上！

等等！

在打下最后三个字的那一瞬间，我脑子里突然灵光一闪，“矜持”两个大字犹如惊雷劈在了我的键盘上。

于是我默默地补了一句：“要不，你矜持一点儿，先别表白？”

对方看起来十分机智，她沉默片刻，就想到了一个好办法。

“好的，玛门！那我就买两杯玫瑰茶和两瓶二锅头让他选好了。如果他选玫瑰茶，我们就在一起；如果他选二锅头，我们就做好闺蜜。”

“你看我矜持不矜持？”

“……”

对此我只想说，妹子，这个办法矜持不矜持我不知道，我只是觉得，它十分配你的网名。

可惜现在的妹子都很贪婪，得到了男孩子萌萌的肉体，还想着抢占人家萌萌的内心……

好吧……以上都是开玩笑的。

咱们回到主题上来——“和男孩子表白的正确方式”。

如果你喜欢一个男孩子，矜持确实比扑倒更能赢得他们的尊重和爱情。

送上门来的女孩子，都显得身价低。如果你不是身价低，为什么显得如此迫不及待？古语有云，娶则为妻，奔则妾，意思就是如此。如果是男孩子先表白，上门求娶，那么从此家里的大权会分你一半；如果是女孩子先表白，跟男孩子私奔，那么地位永远低于正常的妻子。

虽然说这些实在有些高深，那么不如在这里举个例子吧。

上周有个小读者很苦恼地对我说：“玛门，我和男神认识两年啦，我好喜欢他，我要不要表白？”

玛门只想说——然而这并没有什么用，那个男孩子认识你两年了，他都不表白，你表白了，他如果实在找不到别的女孩子，就会接受你；他如果心里有别人，或者不想和你在一起，于是拒绝了你呢？

朋友都没得做啊！

男孩子在喜欢一个人的时候，是很冲动且勇敢的，他们会很快表白。如果他们没有表白，那只能说明，他们并没有那么喜欢你。

一个并不喜欢你的人，表白作甚？

然后那个读者又问了：“如果他很喜欢我，只是胆子小，害怕被我拒绝，怎么办？”

我就冷笑了，男孩子如果怕被拒绝怕到这种程度，有了喜欢的人却不敢追求，这难道不是loser（失败者）最低的等级吗？

好了，姑娘们，不要相信男孩子的矜持和害怕。如果他们不表白，你就好好经营自己，减减肥、做美白、读好书，朝着女神的方向努力。

向男神表白的正确方式永远只有一个——成为他的女神！

（大浪淘沙摘自《桃之夭夭》 图/木木）

没有背景，我就是最好的背景

□伊 心

我说：“你怕自己没有背景吗？”

她笑了笑：“我没有背景，我自己，就是最好的背景。”

从一个最自卑、最胆怯的普通女孩，到现在人前人后自信又有光芒，哪里是一句鸡汤可以概括，更不是一个建议可以指点的。

学妹发给我看纽约的照片，像《欲望都市》里那样流光溢彩的夜色，是她公司楼下再日常不过的风景。

而我能想象得到她用流利的英语和外籍同事交流工作的样子，不再是那个怯懦的小学妹，而是一个真正的职场女性了。

而四五年前，那个站在我面前又自卑又胆怯的小女孩，就这样成功跳出了她的躯壳。

而她又美好又强大的灵魂，早就被翩然放飞。

（路景摘自微信公众号“好姑娘光芒万丈” 图/木木）

1800年前的爱情

□纪亚玲

如果品评1800年前的白马王子，周瑜绝对算得上重量级，近乎完美的一个。

论相貌，他资质风流，仪容俊秀；论能力，他多谋善断，精于军略；论品行，他性格恢廓，雅量高致。最最要紧难得的，在烽火四起，草莽英雄辈出的三国乱世，他还精通音律，时人曰："曲有误，周郎顾。"

想象一下吧，值此天下纷乱之际，如此儿郎，怎能不一展宏图？公瑾是位英雄，他有志向有抱负，有能力有气概。当宏图大略厮杀之后，他还有一颗富于情趣，热爱艺术的雅量玲珑心。这一点，是不是足以令天下女子倾倒？

所幸，所幸有了小乔，才使得"英雄美人"不只是个传说，才使得"佳偶天成"成为一个可能。美人从不倾心无名之辈，那周郎到底有何本事呢？

谁记得群英会上那人潇洒旷达舞剑作歌："丈夫处世兮立功名，立功名兮慰平生，慰平生兮吾将醉，吾将醉兮发狂吟。"谁记得蒋干盗书时那人口中含糊："数日之内，取曹贼首级！"却掩不住嘴角一丝精明的笑。谁记得南郡之役负伤后那人病床上奋然一跃："大丈夫食君禄，当死于战场，以马裹尸还，幸也！岂可为我一个，而费国家大事乎？"

他雄姿英发，谈笑间，樯橹灰飞烟灭。赤壁烈烈大火前，帅旗下的他运筹帷幄，韬勇抗敌。这样的英雄，小乔如何能不倾心？然小乔是否配得上如此盖世英雄呢？

想一代枭雄曹操，权倾天下，什么样的美人得不到？却还是来凑热闹，欲将二乔置于铜雀台。这不正说明了小乔天姿国色吗？

冲冠一怒为红颜，但我不相信瑜是一个如此容易被挑动刺痛的人，尽管我深信他对小乔的爱，因为真的英雄，有绝对的自信，不论对于江山，还是美人。

更因为，我不愿意让瑜乔的纯真爱情演变成一个红颜祸水的庸俗故事。美丽无罪，美人是上天给我们的珍贵馈赠。

让政治的归政治，让爱情的归爱情吧。

不论是否归罪于美人和爱情，赤壁之战终归是打起来了，周瑜指挥若定，火烧曹营，大败曹操，同时控制刘备，跻身于前三国时期英雄争霸定天下大势的时代。在此之后，与周瑜同名的诸葛亮也只能在后三国时期谨慎守成，搞拉锯战而已。

可惜时不待瑾，天妒英才。才华横溢的周瑜如一颗耀眼的流星从三国的天空中滑落。即使我偏爱周瑜，但我坚决拥护操一亮二瑜三的排名。现操无疑是三国时期的头号人物。亮的历史价值也远远超过瑜，尽管瑜比亮少活18年是重要原因，而穷其一生，周瑜最大的失败居然是他非理性的择主！刘备是正统，曹操是大统，而他居然选择了暴发户出身"业非积德之基"的孙氏。既不能使他成功，也不能使他成身。

闲话回来，不管怎么说，他的死，几成国丧，孙权痛折股肱，亲自服丧举哀。和他不是一个阵营的诸葛亮写出"吊君弘才，文武筹略；火攻破敌，挽弱为强。想君当年，雄姿英发；哭君早逝，俯地流血。哀君情切，愁肠千结；唯我肝胆，悲无断绝。从此天下，更无知音"的煽情祭文。

那他唯一的红颜知己呢？在改朝换代大浪淘沙的流逝岁月里，在文人笔下的正史野史诗词曲赋里，在中国古代男尊女卑的观念下，一个女人的欢喜和悲哀，青春与情意，身前与身后，是那么幽微不值一提。

温暖的阳光照在庭前的梅瓣积雪上，那一片馨香晶莹里，唯有周瑜和小乔的爱至死不渝。乱世纷争，英雄纵往，也不过是过眼云烟罢了。

故引诗一首以纪念二人的爱情童话。

赤壁遗雄烈，青年有俊声。
弦歌知雅意，杯酒谢良朋。
曾谒三千斛，常驱十万兵。
巴丘终命达，凭吊欲伤情。

（本文由陕西延安中学夏花文学社提供）（图/麦小片）

这不能算是我的初恋

□倪　萍

这真的不能算是我的初恋。

他是我的小学同学，姓谷，因为个子高，同学们都叫他谷风机。我那时在班上的女生中也是个子最高的，所以班上站队的时候，我俩总是站在最后一排，胳膊靠着胳膊，连呼吸的声音都听得到。有时做广播体操伸展运动时，手臂总是碰到一起，然后我们彼此笑笑。

谷风机的数学很好，数学老师就特别喜欢他。数学老师姓冯，有一对特别细小的辫子。有一次，我看谷风机上课不注意听讲，在桌子上画冯老师那两条小辫子。一向不爱告状的我，就莫名其妙地告诉了冯老师，结果冯老师把我批了一顿："你不用管人家上课画什么，你看看人家考试的分数，你再看看你。"从那个时候起，我就暗暗下决心，数学一定要超过谷风机，但终也没能超过。浑然不觉之中，谷风机开始在我心中有位置了，时不时我也爱瞟上他一眼。

谷风机和其他同学都不一样，他的父母在很远的三线城市工作，青岛只有他和年迈的奶奶住在港务局大院的一栋楼里。他平时不爱说话，常常一个人坐在教室里愣神，班上的集体活动他也很少参加。我只记得他放学后，老爱一个人拿着球去操场，一玩就玩到很晚。那时我就想，如果太阳永远不下山该有多好啊。

五年级我开始当班长了。有一次班会开晚了，班主任让男生送女生，谷风机提出要送我，我当时又慌又窘。那会儿我们班上只有我一个不住港务局大院，对于十一岁的孩子来说，我们家和学校的距离简直是太远了。那晚，走出学校的门，我的心就开始怦怦跳。谷风机跟在我后头有十几米。一路上，好像马路上的行人都在看着我们。现在想来多可笑，一个十二岁的男孩送一个十一岁的女孩，真要遇上什么事，那十二岁的孩子又能干吗？

这以后，只要班会晚了，就一定是谷风机送我。对此，同学们竟有反映了。说我们手拉着手走路。哪有的事？我觉得委屈，因为那个年月的小孩不能承受这些，我不让谷风机送了，但是日后班会结束时，他还是照样跟在我后头，一直送我送到小学毕业。

后来，我上高中时听说他就业了，因为家里有一个接班的名额，考虑到他父母不在青岛，就照顾他了。时代真是个大魔方，人的命运在这个大的背景下显得多么渺小，多么无力呀。也许谷风机正是因为只念到初中毕业而奠定了他日后在这个社会中所承受的苦难。

时光荏苒，日月如梭。1987年，小学毕业将近二十年的时候，我们开了一次同学会，地点是在金到来家。我在三十几个同学中一眼就看到了谷风机，他个子还是我们班最高的。我们握手的时候，我突然脸红了，同学们都看到了，他们起哄了："坦白，坦白，你们俩当年好过没有？"

我坦白："绝对没好过，不信问谷风机。"

男同学又起哄："让谷风机说，我们也不告诉你媳妇。"

"也算好过吧，因为我觉得她比别的女同学好。""哦——"女同学们起哄了。

同学们在海边的礁石上坐了一排，夏天的海风吹得人都醉了。

谷风机提出要到沙滩上走一走，响应他号召的只有我一个。

这也是我在故乡的海边第一次和一个男人并肩散步；月亮在前边牵着我们走，海浪在后面推着我们行。这真是一个醉人的夜晚啊，不管是不是恋人，你都会不由自主地想挽起他的胳膊，搂起她的腰。谷风机突然站住了："你结婚了吧？"

我赶忙说："结了。"我们又继续向前走着。

"你也结婚了吧？"我问。

"我早就结了，都有了一个孩子。"

"男孩女孩？"

"女孩。"

"女孩太好了，女孩都像父亲。"

谷风机依然沉重地走着。"你还不知道吧，我女儿已经死了，才不到一岁。"

"为什么？"我吃惊地望着他。

"先天性心脏缺血，咽气的那天，我抱着她来到了海边，就在这个沙滩上走了一宿，一直走到天亮，那时候我真想抱着她往海里走，让海把我们俩都带走。"我站住了，我看见了谷风机那双绝望的眼睛。

"别难过了，再生一个吧。"我安慰他。

"你肯定没有做过母亲，孩子对于父母来说，这一个就是这一个，以后就是生十个也代替不了这一个！"谷风机向着大海、向着我哭诉着。我们伫立在沙滩上，我再也说不出一句话了。

就这样，我一直陪着他走，像小时候他护送我回家一样。

如今又过去十年了，愿上天再赐给谷风机一个女儿，他会是这个世界上最好的父亲。

（步步清风摘自《倪萍画日子》人民教育出版社　图/李倩莹）

客观性失恋

□唐辛子

有个年轻男孩失恋了，来对我诉苦："我可以为她做任何事：接送她上下班、帮她做饭，甚至帮她洗衣服……我记得她的生日，为她准备生日晚餐和生日礼物；可是，她还是对我说：你不要对我这么好，不要再来打扰我……"

"为什么会这样呢？"男孩非常委屈，问，"都说真情可以打动人心，为什么我的一片真情就是不能打动她？"陷入失恋的男孩很痛苦，对整个世界都无法提起兴趣。

我忽然想起这么一个词：客观性失恋。这是"失恋女王"宇野千代发明的失恋专业用语，是她从屡败屡恋、屡恋屡败的爱情人生中总结出来的"失恋宝典"。

作为久负盛名的史诗级失恋专家，宇野千代在随笔中写道，"失恋"这种状态，就是心里变得空落落的，找不到任何东西来填补——也就是内心处于真空状态。而失恋无法根治，通常是因为失恋的人对于能够填补内心真空状态的事物有抵抗力——他们喜欢回忆，喜欢想东想西，并拒绝接受能够填补内心真空状态的任何东西。宇野千代因此说：这种真空状态是最不可取的。想抛除失恋的烦恼，第一件事就是去除抵抗力，让内心填入一些东西，别让你的心空落落的。

可是，如何填补内心的真空状态呢？宇野千代的建议是：先做上一套"失恋体操"——关起门来，像小鸟、虫子一样，一边扭动着身体一边放声大哭。在这样的大哭之中，"不可思议地，身体里某种恍如硬疙瘩之类的东西被散发弥尽，那条失恋的虫子，也随之一下子便被抖落了"。

在歇斯底里的放声大哭之中，一种豁然开朗的情感涌现，你的身体里跳出另一个自己，对正在大哭着的你说："多么可怜啊！你居然在为了失恋而哭泣哦！"宇野千代将这种内心中自己与自己的对视、对话，称为"失恋的客观性"。她认为这种"客观性"非常重要：只有当你跳出自我，像凝视他人的失恋一样来看待自己的失恋时，失恋的本质才会显露。哭完之后，擦干眼泪，给自己化一个完美的妆容，穿上最喜欢的衣服，走出去试试吧！宇野千代说：一段新的恋情，也许正在前面不远的拐角处向你招手。

宇野千代的"失恋体操"貌似适合女孩，不太适合男孩。不过如果关起门来做"体操"，但做无妨，反正没有人能看到。而"失恋的客观性"也极高明——这种跳出内心，以"他我"来看"自我"的方法，其实适合任何状态下的自己：成功时的自己、失败时的自己、得意时的自己、失意时的自己、恋爱时的自己、失恋时的自己……各种各样的自己。

例如上面那位失恋的男孩，如果他能用"失恋的客观性"来看问题，能跳出自我的框框，以另一个自己的身份来看"失恋的自己"时，或许就会发现，其实根本不存在失不失恋的问题。因为那个女孩对他的态度，可以看到，女孩对他根本没有任何感觉，他不过是自己跟自己恋爱，然后自己跟自己失恋而已。他爱上的，只是自己爱上别人时的那种感觉，跟那个女孩没什么关系。

从"自我"的框框里跳出来，客观审视自己，将那种空落落的感觉摘除就好。要相信一切都会过去，因为时间会帮助你。人生最糟糕的，其实不是被别人抛弃，而是被理想中的自己抛弃，被"想成为的那个自己"抛弃。所以，如果看这篇文章的你，此刻正失恋，那么，就从失恋开始吧——开始节食，开始健身，开始仅仅为了爱好与兴趣去学习一件事物：可以是摄影，可以是绘画，可以是某种乐器，甚至收集漫画或模型或卡片……当你的精力与兴趣开始转移，内心的真空状态被其他事物填满时，你会发现曾经沮丧的自己突然消失了。因为失恋，你开始获得另一种人生经验，甚至因此学会如何更好地爱自己，这便是最好的"得恋"了。

（司志政摘自《新周刊》2017年10月刊　图/木木）

你可以不爱，但不必残忍

BU AI

□杨熹文

念中学时，和班上的一个女孩私交甚好，好到我们知晓对方所有的小秘密，她看过我偷偷在月考试卷上伪造的妈妈的签字，我清楚她喜欢的男生是班级中的哪一个。

那男生坐在我的斜前方，经常在校服里穿一件青色的衬衫，黝黑消瘦，并不是一个好看的人，却早熟世故，和女生相处总是带着若有若无的体贴，那是我不喜欢的狡猾态度。

我的朋友，坐在我身后不远的地方，每天斜四十五度盯着他的背影，连头发上的蝴蝶发卡也要别在他一转头就能看到的方向。那一整年，她扮足了暗恋的角色，他生病的时候，她提早来到学校，在他的书桌里偷偷放下感冒药；他生日前的几个月，她每天中午吃泡面省下足够的钱为他准备一份贵重的礼物；她因为他答不上来语文老师的一个问题而紧张，因为他一个不经意的微笑而偷偷开心了许久，因为他和别的女孩子说话而沮丧万分。她生活里的每一件事情，都因为他而有了意义。

我的朋友在暗恋了他整一年的时候，终于在某个下午鼓足勇气去表白。她把他约到角落里，我在不远处偷看，心里担忧。她的脸颊泛红，表情羞涩，一只手不停地抚弄着耳边的头发，低着头像是背诵一篇难懂的诗文；他一只手搁在旁边的窗沿上，仿若身经百战，故作深沉，始终昂着头，用眼神的一部分看着她。在经过短暂的交谈后，我的朋友，那个一米六五，一百五十斤的十六岁少女，走起路来禁不住左右摇摆的小胖妞，在那个下午居然蹦蹦跳跳地向我跑过来，掩盖不住内心的狂喜：“他说我瘦到一百二十斤，就和我在一起！”我看见她身后的地面上拖着一个巨大的阴影，而站在角落里的他则态度轻蔑地看着她。

一个女孩因为爱情而下的决心往往是超乎想象的。如果有人自以为是地和我说，十几岁的少男少女，懂什么爱情？我想他一定没有过青春。十六岁的少女，为了这样一句充满玩味的话，恨不得用上所有的招数。她早晨在学校操场跑步，中午只吃一个苹果，午休的时候大半都用来爬楼梯，实在饿得慌就猛灌凉水，晚上逼着自己熬夜消耗更多的体力……我几次想和她说说我的担忧，可看着她一脸幸福的模样，却更怕把她的梦给敲碎了。

后来朋友瘦到了一百二十斤，曾经胶原蛋白饱满的脸蛋蜡黄消瘦，整个人一副有气无力的样子。她兴高采烈地去向他讨一份待实现的承诺，男孩子却耸耸肩，一副无辜的样子，“我只是说说而已啊，你怎么当真了？”

我的朋友哭了一整个下午。可是他嘻嘻哈哈地和身边的朋友打闹，丝毫不顾一个伤透了心的小姑娘。后来我的朋友瘦到了一百一十斤，他依旧不爱她，经常和一群同样狡猾的男孩子在这个伤心的姑娘身后指指点点，像是在观看一场笑话。

而我可爱的朋友，渐渐变成了沉默寡言的一个人。她变得很瘦很瘦，却很久很久都不再有爱人的勇气。可见，利用一个人的心意，是多残忍的一件事。

爱情是每个人的命门，它从来就不是一件容易的事。

人们总是说，爱情是一场修行，爱一个人需要修养。不爱一个人没有什么不对，但是我们应该懂得善良，即使没能爱上这样一个人，也不要辜负他的心意，即使不再去爱这个人，也不要伤害彼此的回忆，你要让他有足够的精力，去遇见对的人。

（二丫头摘自作者的新浪博客　图/木木）

从深深喜欢到浅浅怀念

□微酸袅袅

你喜欢的他，不喜欢你的他，开始和别人恋爱的他。

你曾以为自己不会再喜欢上谁了，谁知后来又轻易喜欢了谁和谁。那种感觉，那么相似。

少年时我们爱说：我再也不会喜欢一个人像喜欢他那样。但事实上，我们总会再爱上别人。世界那么大，美好的人那么多，他只是芸芸众生中的一个。而喜欢别人的能力，坠入爱里的幸福感，不是一次Game Over就再也无法重来的残酷游戏。

你曾爱过他，后来他成了回忆。这很正常，我们大多数人都是这样磕磕碰碰地长大的。

重要的是，然后呢？然后，你带着回忆前行，依然鲜衣怒马，笑靥如花。那才是你曾爱过他的，最好的结局。

（简单摘自《花火》2017年第10期）

忽冷忽热

□苏　芩

不知道你在遇到恋爱屏障时会不会挠头："怎么办？不管我'死追活追'，她就是不理我。用什么办法能让她对我的态度软化下来呢？"

这时你该做的是：先冷他（她）一小段时间，再回头去追。

提出这个建议的智囊团成员不见得学过心理学，也不见得能说出其中的名堂，但不得不承认，这一招很管用。用心理学术语讲，这叫"斥力—吸力"原则。

当一个人面对异性的疯狂追求时，自信心会膨胀到最高值，觉得自己的价值无与伦比地高。如果这时候对方还是一个劲儿地死追，他（她）就会想："她（他）这样紧追不放，说明我的魅力很大。看来，我还很有机会遇到比她（他）更好的。不急不急，等等看。"

你越拼命，给他（她）的斥力越多，越会造成对方的心理膨胀感。若此时突然放手，任何消息皆无，他（她）马上就会一阵心慌，进而对自身的价值产生严重怀疑。一段时间后，当他（她）的自信心降至最低值，你再回头来示好，为了让身价保值，他（她）会很轻易答应你的一些请求。

不少人就是用这种办法追到他们喜欢的对象的。

很多女人常常说那个男人对她忽冷忽热，却越发令她放不下。说到底，那个男人就是在不断地挑战她自信心的底线。这时她的心会乱成一团，任何风吹草动的暗示都可能左右她的意志。

恋爱成败的关键就是看谁懂得使用心理战术。

（秋天摘自《你要世俗地活着，才有不俗的未来》江苏文艺出版社　图/木木）

不能说得太早，也别说得太迟

□张小娴

"你爱我吗？"

这四个字，向来是最难开口的。我们在心里想了百千遍，将要开口的时候，还是觉得腼腆。

"你爱我吗？"这句话，不能说得太早，也不能说得太迟。说得太早，会影响全局，说得太迟，已经没用了。

热恋的时候问对方："你爱我吗？"他便知道你已经爱定他，从此以后，你们的关系就是你爱他多一些。

他不爱你了，你含泪问他："你爱我吗？"是不是已经问得太迟？有些事情，太迟才去问，只会显得有点儿笨。

在床上问他："你爱我吗？"那么，你也许是个胆小的女人，这个时候，有哪个男人会笨得回答说不爱？

事后才问他："你爱我吗？"也是问得太迟了，这个时候问来有什么用？

自己遇到大挫折，或是出了意外，下半生需要他照顾，才问他："你爱我吗？"是有点儿自私。

有了他的孩子，才问："你爱我吗？"你以为你还是小孩子吗？你问得也是太迟了。

什么时候该问？能问的时候毕竟不是太多，也许，该在他爱你爱得最深的时候问他："你爱我吗？"

不能肯定的时候，问来干吗？

（张甫卿摘自《扬子晚报》　图/木木）

喜欢你，这件事我从不认输

□安　乔

XI HUAN NI

******01*******

第一次认识大猫是在他家，被朋友拖过去的。那天他一个人承包了晚上所有的大菜，把每个人的肚皮都吃得滚圆。

大猫对朋友是真好，大家伙风卷残云之后，自己默默按照健身食谱，真的跟猫一样，只吃一丢丢。

我们觉得不好意思，只好抢着收拾残余和洗碗。他又把我们通通赶回客厅，说等我们走了，他再一起收拾。

他要不说自己是狮子座，我真的以为他是巨蟹座。

待人热情，真诚，不过他真有狮子座的王者风范，很享受一切都在自己掌控和安排下的成就感，也很享受被我们崇拜的得意。

深谙此道的小伙伴说："和大猫交朋友没别的，就是夸他，使劲儿夸他，他就开心了。"

大猫看上去热情善良没心没肺似的，但其实他心里明镜似的，最不喜欢的就是虚伪不真诚的人，遇到这种人，他嘴上不说，身体却很诚实，大家都能看出他的不喜欢。

******02******

大猫是一枚名副其实的暖男。

爱下厨。周末最大的爱好就是去菜场研究各种新鲜食材，然后买回一大堆，我们这群狐朋狗友周末就爱赖在他家。像猫猫狗狗一样等着被喂养。而且队伍越来越壮大，吃过大猫做的饭菜，别人的手艺就都只能将就。

爱运动，爱健身。大猫一米八，定期去健身房锻炼，有一个让女人垂涎三尺的好身材；假期会背上运动装备，和小伙伴自驾到山区，然后攻克高峰。

这么好的大猫，我曾经想，他会喜欢什么样的女生呢？

直到我知道了夏天，这个可以称之为是大猫生命中第三个爱好的人。

骄傲自信，王者风范的大猫喜欢的女生，原来是温婉型的，很典型的东方审美。夏天有长长的秀发，大大的眼睛，小巧的娃娃脸，还有很好听的声音。

如果你以为大猫会喜欢夏天，只是因为她看上去柔弱好掌控，那就大错特错了。

狮子座的人选择心爱的人，一定不会是那么轻易就能拿下的。能被狮子座爱上的人，都有其过人之处，他们在狮子座的心里一定是优秀的，上乘的，需要费一番周旋和努力才能得到的"头顶有光环的人"。

******03******

夏天的不一样，不仅仅是她美得出众。

还因为她骨子里透出的那一点儿叛逆任性。

"你别对我这么好啦，喜欢我也没用的，我不会喜欢你。"这是夏天第一次明确拒绝大猫。而且上一秒，大猫刚揍完来骚扰夏天的前任。

大猫有一点儿蒙，长这么大，他第一次被一个女生这么直接地拒绝，关键是他都还没来得及告白嘞，就被人拒了。这牺牲得也太壮烈了。

"干吗那么看着我，没被女生拒绝过啊？"夏天无所谓地又补了一句。

夏天也是一次朋友聚会认识的，小姑娘初见长得文文静静，可喝了一点儿酒后，整个人都是喧闹的，仿佛身体里藏了整个宇宙。

"我告诉你，我一定会离开这里的，我要去巴黎。"

"人没有梦想，跟咸鱼有什么分别？"

"她们只想恋爱结婚生子，可我想的和她们不一样。"

……

喝醉的夏天，看着大猫，眼睛里清澈无比："你懂吗？算了，你不懂。"

周围一片嘈杂，但大猫感觉自己被一颗星球击中了。天翻地覆。

******04******

狮子座喜欢一个人，不太会用语言表达，可能他们天生就不善表达，只会表现在实际行动上。把自己认为最好的东西都给对方，甚至带有一点儿强迫的意味，你不要，我也要给。虽然什么都没说，但在狮子座的心里，你就是我的！

夏天总是熬夜做设计，画图纸，大猫就变着花样给夏天做美食，送到她家："饿不死你，一天不吃饭！"

夏天是超级宅女，大猫就把她拖出来做运动："你看你，宅在家里都要发霉了。"

狮子座，看上去强势，心底却无比温柔。

沏茶时，重的东西要轻轻放下，轻的东西才要重重放下。我们往往因为用力过度而造成自己与他人的负担，所以"举重若轻"才是用心而不过度用力的智慧表现。——［日］森下典子《日日是好日》

夏天跟父母吵架后就酗酒，喝得东倒西歪，大猫就熬夜陪着她。

“他们为什么不支持我的梦想，最爱我的人，为什么不支持我的梦想……”喝醉了的夏天，哭着说。

大猫就跟哄孩子一样：“我支持你啊，你做什么，我都支持。”

“你不会喜欢我，我也支持；就像，你不会喜欢我，我也一样喜欢你。”

狮子座认准的事情，就会固执到底，撞了南墙也不回头，继续把南墙撞倒。

******05******

夏天终于还是出国了，自己联系那边的学校，搞定所有手续。

瞒着爸妈，一个人飞去了上万公里外的巴黎。

离开的时候，大猫在机场送别。

“别难过啦，我早劝过你的，别喜欢我，因为我注定会离开这里。”夏天捶了一下大猫。

“我知道啊，你在国内，你就是我的；去了国外我管不着，我也管不到。傻姑娘，好好吃饭，好好追梦。你一定可以的！”大猫语无伦次。

在一旁的小伙伴都要急死了，来之前那番“豪言壮语”呢，说喜欢她啊，说我会等你啊，等几年也无所谓啊，反正我只是一个糙汉子……

可这些，大猫什么都没说。因为他知道，没有什么能拴住一个肩上有翅膀、渴望飞翔的人。

******06******

大猫还是喜欢做饭，喜欢运动和健身，周末做一大桌子菜招待我们这帮狐朋狗友。

我们就识趣地，旁敲侧击地把夏天在巴黎的消息告诉大猫。

是的，不能直接告诉他，也不能取笑他。狮子座特别要面子，在乎的人是世界上最珍贵的，不能开玩笑。他嘴上不说，是因为放在了心里。

有天大猫突然甩出一句话：“我要是去巴黎当大厨怎么样？”

……

一秒后，哀鸿遍野：“你走了，我们怎么活？”

我不知道大猫是突发奇想把厨师当成了自己的梦想，又或者，他是把爱情当成梦想。

但我知道，他想去的地方，是因为她在那里。

狮子座这么王者霸气的星座，喜欢一个人，才不会轻易认输。

对吗？

（婉莹摘自微信公众号“安乔” 图/夏米）

虚构的想象力

□青 丝

我读书的时候，老师让大家写作文，描绘未来生活的情景。有个同学经常到附近的工厂捡拾没烧透的煤核，他在作文里写道，实现“四个现代化”以后，街上到处是煤，人们可以拉着小车，到处去捡……结果被老师痛骂了一顿，说你的想象力就停留在捡煤核上。后来我想起此事，觉得他其实挺真诚的，就像维特根斯坦说的：凡你能说的，你说清楚；凡你不能说的，就留给沉默。

写作与人的知识积累，胸襟格局，以及所见的世面有关。安妮宝贝过去有一段屡被吐槽的文字：女主人公失恋后，坐在出租车里捧着一盒哈根达斯流泪，悲伤地想“那个爱我的人到哪儿去了，剩我独自享用这美丽而昂贵的食物”……被人嘲笑作者一定是很少有机会吃到哈根达斯，所以才会用其来标榜小资时尚品位。从这个话题，我顿时明白了欧洲早期的作家，为何都是贵族或有丰厚遗产的人，再不济也像里尔克那样，有塔克西丝侯爵夫人的资助。

哈佛大学有一个研究，发现人在生活面狭窄、物资短缺的时候，认知和判断力也会全面下降。这就犹如古代的农民想象皇帝，肯定是左手拿一个金元宝，右手拿一个银元宝，每顿吃白面馒头。又像十多年前，有人想象李嘉诚的生活，一定是每天早上用鱼翅羹漱口……人越是缺什么，就会越想要突出什么。

胡适点评清代谴责小说《官场现形记》，说作者李伯元受生活经历所限，没见过上层官僚的隐秘生活，只能从各种传闻“话柄”里想象虚构，从而缺乏真实性。这种情况很多作者都遇到过。

张恨水的《金粉世家》里，生于总理府的七少爷金燕西生病，没有胃口，让厨房准备几道吃粥的小菜，其中有一道拌鸭掌。张恨水很得意，认为有《红楼梦》的笔法，通过饮食写出了钟鸣鼎食之家的生活细节。但美食家唐鲁孙看到后，建议把拌鸭掌改为用宣威火腿切丝，加香油酱油和荠菜一起拌，因为富贵人家的子弟生病，是不会去吃不易消化的拌鸭掌的。

张恨水起初不谙其妙。抗战时，他在重庆后方患疟疾，病愈后没有胃口，想起唐鲁孙的介绍，试着用云腿拌荠菜就粥。吃完，他马上给唐鲁孙写了一封信，“所谓粥菜逸品，今得之矣”。

鲁迅说，写作就像骑马，只要拽着绳子，让马跑没关系。但他没说完的话中之意，是能走多远，又取决于各自的见识和阅历。就像出自普通人家的张恨水，不似曹雪芹确实有过锦衣玉食的生活，于明眼人面前，同样也有想象力不足之弊。

（晓晓摘自《中国新闻周刊》 图/辛刚）

爱到水煮鱼

□戴 军

曾经听过一个故事：有个男孩请女友吃烛光晚餐。点菜时，女友笑嘻嘻地看着菜单对男孩说："你爱我到底有多深？"男孩的手上也有一本菜单，他很实在地回答："哦，已经过水煮鱼了，但还没到龙虾那儿。"女孩点了水煮鱼，恨恨地吃得一干二净。

这个比喻有点儿怪，两个人的爱情用菜来类比，尺度很难把握。

而且龙虾真的就比水煮鱼贵重吗？不见得吧！它也就贵在了价钱上。对于大多数人来说，他们的爱情估计就能达到水煮鱼，龙虾只不过是一种精神寄托罢了。

但问题在于男孩的直接，因为没有人会觉得自己的爱情是廉价的。爱情到底值多少？用什么来比喻它更为恰当？其实现实一点儿说，它们都有一种以物换物的成分在里面。

我很好的一个朋友碰到过这么一件事：他遇上一个非常喜欢的女孩，女孩刚跟谈了三年的前任男友分手，他们就以迅雷不及掩耳之势好上了。那时正值冬天，男孩送了她一副名牌手套，接下来他过生日，女孩送他一副名牌眼镜。

大家初次出手都非常不凡，但接下来的故事很搞笑。男孩要去上海出差，女孩说："你送我一个休闲包吧。"并暗示自己喜欢LV的背包。男孩从来没有买过LV，不知道价格几许，很爽快地就答应了。然后，在上海，他进了那家门外镶嵌着大大的金色logo的箱包店，很震撼地受了教育。他转了一圈又潇洒地走了出来，直接去襄阳路买了个几乎可以乱真的A货回来。

故事的结果不言而喻，那个男生成功地和女孩分手了。

男生很痛苦地说："才认识几天嘛，我们的关系也就只到佐丹奴，哪到什么LV嘛。"

女生的回答是："你可以什么都不送，但你不能侮辱我，爱情是不能用金钱来衡量的。"女孩话说得很漂亮，但男孩如果真的空手而归，估计下场也不会好到哪儿去。

以前女孩子谈恋爱是想好了要嫁给他，这就好办了，男孩的钱将来也是大家的钱，乱花掉的就是自己的钱。我印象最深刻的是，中学时我们班某女生因为吃了男孩子请的一碗馄饨，就发誓将来要嫁给他。

想起来，这是多么简单而又美丽的情怀啊！（也许这只是对于男人来说。）

现在男孩女孩谈恋爱的目的和动机不再这么单纯，不到迫不得已，要女孩嫁或要男孩娶都是不容易的。所以，能挖出东西来是本事，能守住口袋则是原则。

我曾经听到过一句名言，觉得很有道理，就认真地把它贴在了床头：我爱你，但我更爱我自己，我不会因为爱你而伤害我自己。女友也因为这句话很不舒服了一阵。她说："真自私！你把它记在心里就行了，何必贴出来！"我说："哦，这是专门贴给你看的。"

很多女人都是爱情至上的人，讲究天时、地利、人和，只要中间某一环出问题，她就把满盘都推翻。很多男人却会在爱情的每个阶段都有所保留，不能一下子给得太多，应该有自己的分寸，搞清楚到哪个阶段吃哪个菜比较舒服。否则第一顿就来鲍鱼，之后的日子怎么办？

想起以前的女友执意要我回答，我和她的感情已经到哪个菜了。

我说："好吧，好吧，实话跟你说吧，麻辣小龙虾。"

（林冬冬摘自《食色男女》
广西师范大学出版社 图/张翀）

诗剧

一些果实还给了泥土
霜色还给了月光
风还给了山谷
在阴有时有阵雨的上午
万物各就各位
唯独你还在很远的地方
——翁茂格《阴有时有阵雨的上午》

我们总是想要珍惜，为何却浑身脾气

□剑圣喵大师

为什么我们想要珍惜自己得来不易的一切，却总是让我们的脾气毁掉？因为我们总是这么告诉自己：我是无辜的，他们都是一群大坏蛋，我没有别的办法，所以我不得不那么做。

世事本无好坏，皆因思想使然。你的情绪只能是你自己制造的，任何人都无法让你陷入绝望，除非你自己放弃挣扎。这个世上根本没有运气这回事，当情绪不再阻碍大脑思考时，人的某个大脑区域会高速分析你当前的处境，在你意识不到的情况下，让你做出正确选择，把因果导向最利于你的状况。

所谓："心不住法，道即通流；心若住法，名为自缚。"就是这个道理。通俗地说，成熟的人有一套方法能对自己的个人感受进行对话，因而能产出不同的情绪，最终让自己处于更有利的地位。

（赵秋高摘自微信公众号"剑圣喵大师"　图/张艺馨）

SHAO NIAN

少年啊

□另　维

自习下课前三分钟，我溜出教室来到楼梯口边的小前厅，记录各班值日情况的长黑板在此处。我打算神不知鬼不觉地抹掉“今日迟到”栏里自己的名字，正在紧张伸手的时候，你风风火火地出镜了。斜背式的帆布包一下一下、节奏分明地敲打着你，你熟视无睹地奔跑，明显大一号的科比系列T恤的雪白下摆蜿蜿蜒蜒，你半长不短的头发立得很直很有型。

在撞上我的瞬间，你灵巧地侧过身，向前踉跄几步，才终于停下。站定之后你立刻转向我，像是下意识地，你用右手握了握自左肩斜横到右胯骨的书包带，然后低下头微微欠了一个身。

“对不起。”你说。你在抬头的瞬间好像看了我一眼。我还来不及确定，你已转身三步并作两步，匆匆上楼去了。

少年啊，那时节正是年级里流言四溢的时候，什么二十四大班花、十大美女、三大级草排名接踵出炉，人气校草第三名是音乐才子朱迟远，第二名是富家子姚亦安，第一名是长相好、性格好、体育更好、成绩最好的陈北词的传言，我再怎么一心只读圣贤书，也不可能没听说过。早自习的下课铃响了，奔向食堂的人群一下子挤满了这间狭小前厅。我的少年，我还在原地动弹不得，我的全身上下都充斥着一种强烈的直觉，你是陈北词。从那之后，我忽然多了一种奇妙的感觉。

而这种奇妙的感觉竟像流感般飞速蔓延起来，篮球场上看到你身手不凡被喝彩不断我会骄傲，听到别人打听你议论你我会骄傲，俨然成了一个活脱脱的情绪失控女。然而陈北词，事情并没有一直这样清淡如水却美好如诗地进行下去。

传言说，你喜欢上常去看你们打球的女孩，她同你的一部分球友一样，是学校里最特立独行的人种。他们不以成绩为耻，逃课像别人上课一般积极，生活的主题是穿衣打扮四处游玩，靠家世背景进四中，高考和将来对他们来说，简直如脚下的蝼蚁，毫不放在眼里。

脱离高考阴影这么久，我还是无法理解，那些人究竟如何做到完全不想自己漫长的将来、完全不愿学习知识充实自己、完全白费父母的血汗钱混日子而安然自若的。我相信品学兼优的陈北词你也一样。所以那个女孩才会拒绝你，对你说：“我们不是一个世界的人。”

许是受了这件事影响，高一末尾的文理分班考试，你发挥严重失常，竟然一举掉出前400名，从特奥班被分到鱼龙混杂的平行班。

我可怜的陈北词啊，何其优秀的你连续两度受挫，天时地利人和之后，你终于再也把持不住，就这么跟着你同班的球友烫染了头发逃起了课，放弃以往所有的努力，在一片哗然里朝那个女孩的世界去了。我常常为你惋惜，十二年寒窗你努力了十年，革命即将成功你却停止努力。600分等着你，好大学等着你，好工作、好未来、好人生全在向你招手，你居然扭头就朝反方向跑了。

我其实也羡慕你，都是十七八岁的大小孩，谁不爱玩？谁不想玩？可我好不容易从偏远小县城考过来，我是我们全家最大的骄傲。你是前途无量、铁板钉钉的名牌大学生，我可以用你激励自己好好学习，争取考进同一所学校。你不学无术注定将来名落孙山，我就不可能向你学习了。我的人生是我自己的，这些道理，我早就懂得。

所以陈北词，我也只能这样，在渐多渐厚的试卷中，渐渐把你淡忘。

人一旦扎下头来做一件事，日子就过得特别快。

我再因为听到你的名字而郁郁寡欢不能自已，是在高二下学期的数学分组讨论课上。我们小组讨论一道高难数列题，争来吵去也不见结果。其间，一个组员，你的初中同学忽然心血来潮地感慨了一句：“唉，人跟人区别怎么这么大，想当年这种数列题陈北词初三时就能口算了。”

高二才来的转校生闻言，手里的笔都吓掉了：“陈北词？陈北词不是个混混吗？”陈北词啊，那一刻我想起曾为你超过你班第一名而骄傲不已的自己，那种恍若隔世的错觉，真的让人难以呼吸。你这么优秀的人，我怎么能看着你走在歧途上而坐视不管呢。

我决定写一封信给你。

我想告诉你，对自己的将来，请至少有一个想法和目标。好比说我，我想考一所好大学。

名校这张牌，纵使不能证明一个人的能力强弱，但至少代表了长达十二年的踏实肯干，并学有所成的品质与水平。所以，陈北词，我多么希望你能考上最好的学校，它真的能给你的人生比别人多得多的可能。

弟弟的血型

□侯文咏

今天吃饭时，席间来了个星座血型专家，于是大家自然谈起了星座、血型，还有个性、男女交友这类的事。

大家正热闹地谈着，忽然有人朝我丢过来一个问题：

“侯大哥，那你到底相不相信血型和星座这类的说法？”

“我？我其实也没认真思考过信或不信的问题。”

“那你刚刚在发什么愣呢？”

我只是忽然想起关于我弟弟的血型的事。

一直到18岁之前，不晓得到底是验错了还是怎么回事，我弟弟一直以为自己的血型是O型。书上说O型血的人性格冷淡，遇事冷静，比较讲求客观公平。

结果我弟弟表现出来的就是那种酷酷的冷淡模样。

好笑的是，我弟弟上了大学以后，无意中在某一次体检时发现

自己竟然是B型血。他大吃一惊，原来这个错误持续了18年之久。他在拿到检查报告之后，立刻跑去查书。书上说：B型血的人个性倾向于开放、乐观、好动，喜好社交活动，口才佳，善解人意，人缘好……

“啊！”他恍然大悟地告诉我，“原来我是这样的人。”

从此，我弟弟变成了另外一个完全不一样的人。他不但积极加入社团，还变得喜欢发表意见，喜欢帮助别人。他不但当了班干部，还得了许多奖，并且当了某个社团的社长。他变成了一个和书中所描述的B型血性格一模一样的人。我们都感到非常惊讶。

之后，我弟弟又读了博士，在研究室工作，目前已经是医学院里的教授了。

我忽然想，如果他一直没发现自己是B型血，另外那个一直是O型血的弟弟的人生，不知道会是什么样的。

（檬男摘自豆瓣网　图/小栗子）

我像高一伊始时一样，怀着忐忑的心情把信塞进你的抽屉。没过几周，竟看到你顶着短短的黑发，背着斜挎书包手握习题册出现在教学楼里。虽然幻想过许多遍，但我依旧忍不住躲起来，惊讶又感动地捂着嘴哭了。

年级里有传闻徐徐散开，人们都说，你遭到不良少女型女朋友的背叛不说，还被人打了一顿，可能觉得太丢脸了，混不下去了，只好回来学习。

陈北词，我才不相信那些话。不过无论如何，你回来用功念书了，一切真是太好了。

我再见到你，已经是高考结束的十多天后了。下午六点，我出门买晚饭，刚拐到小巷口，就看到你踩着拖鞋拎着馒头，从路尽头慢悠悠地走来。依旧是宽大的白T恤，科比头像微微勾勒出你胸口的线条，看到我对你微笑后，你停下脚步，回应我的笑容很是友好与迷茫，显然一副有点儿眼熟，却一时想不起是谁的样子。

“高考怎么样？”讪讪地，我先开了口。

你挠挠脑袋：“还好吧，正常发挥。”“那就好。”这个节骨眼上的人类没有别的话题，于是我接着问，“志愿想好了吗？”

“嗯。”你笑了一下，报出一所三本分校的名字。

猛一个瞬间，我忽然很伤感很想哭。

“我记得你以前成绩很好的……”我忍不住感慨，却又不知如何说下去，“总之，唉……还真是可惜。”

“有什么可惜的，我自己走错路，该付出代价的。”你像是陷入了久远的回忆，又马上走出来，对我露出笑容，你说，“没事啦，大学四年抓紧努力，考上研究生就全补回来了。”

“加油，祝你马到成功！”

“嗯，你也是。”

陈北词，故事进行到这里，已经正式结束了。

像每对不太熟稔的校友一样，我们偶遇时寒暄，然后道别，返校那天又打了一次照面之后，我再也没见过你。我现在在离你很远的首都上学，就像我不知道你究竟是不是因为我的信而回归正途一样，我也不知道我有没有喜欢过你，总之一切就这么过去了。

像你这样的少年，存在于世上的任何一所学校永远不老，你们仿佛生来就带着光芒，轻易就会被人揪出来丢在舞台中央，享受也好，厌恶也罢，一举一动都会被像我这样的少女关注幻想，津津乐道。

像我这样的少女，同样生活在每所压力巨大、一成不变的校园，我们普通得永远丢进人群就再也找不回来。我们鲜有人追，也鲜有轰轰烈烈的爱情，花季和雨季都干白得像一张纸。但是，谁都没有资格禁止我们做梦。而你们，陈北词，你就是我梦里面最亮眼的装点，让我无论多少年后回想起来，都觉得青春是无比地囧，无比地令人羞涩、尴尬，无比地清新甜蜜。

（星星光摘自作者的新浪博客　图/木木）

虽然也曾情绪低落，但我现在很好

□Super 安浅浅

从一个城市到另一个城市，只有靠自己努力。学会长大，学会承受，学会哭过之后，还可以微笑地拥抱爸爸妈妈。——《魔女宅急便》

这是一曲关于青春少女成长的赞歌，悠扬柔和的音乐，纯美清新的画风，可爱的小魔女带着一只小黑猫开始进行奇妙的独立修行的成长经历。

关于成长这个话题，老生常谈。但是宫崎骏以动漫电影唯美细腻的方式缓缓表达出来，全然让人感觉十分安静和耐心。这是一部关于魔女琪琪独立修行的成长故事，在宫崎骏的笔下变得柔和细腻而生动，让人看完回味十足。

小魔女琪琪带着小黑猫吉吉和一部收音机，踏上了她13岁的魔法修炼之旅。她要找到属于自己的城市，独立生活一年，修行才能结束。从一个城市到另一个城市，只有靠自己努力，才能脚底生根。曾经的我们，也经历过一个人在异乡上学、打拼或者工作。面对现实的种种困难，我们也曾灰心丧气过，也曾迷茫过，甚至想放弃。可是，当我们顽强勇敢地把一切困难都扛过去时，突然发觉我们也可以这么厉害。那一刻，所有的辛苦都值得，所有的坚持都是财富。那一刻，我们变得更加坚韧向上，原来这就是成长。

小魔女琪琪来到一座海边的大城市，也面临着生活问题。她发现这里的人们似乎不欢迎她，找寻了几家住宿酒店，都被拒绝。因此，她显得相当丧气。她除了可以在天空飞翔，还拥有一项魔力，就是能听懂吉吉的语言。

世界这么大，而找到真正喜欢、可以落脚的地方，又实在很难。因此吉吉多次劝她离开，她都鼓起勇气继续寻找落脚点。一个可爱的少女，有着异常坚韧的信念，那一刻，她多么熠熠生辉。

犹记得当她帮一位老奶奶送餐的画面，老奶奶委托她在六点前给奶奶的小外孙女送餐。那时天空淅淅沥沥地下起了大雨，琪琪怕把礼物打湿，宁可自己淋雨也要把礼物用大衣包裹着。可是，当那个十多岁的小外孙女一脸嫌弃说着嘲讽的话语，我分明感受到了琪琪难过的心情。

我们也有爸爸妈妈、爷爷奶奶辛辛苦苦为自己做一顿好吃的时候，我们何曾不像那位小外孙女一样抱怨嫌弃过呢？那多像小时候不懂事的我们啊。那时候，我们嫌弃他们做得不好吃，嫌弃他们在耳边的啰唆，嫌弃他们为自己的事而过分操心。如今我们经历了许多事，我们长大了，终于懂得他们的不易。成长就是一笔交易，我们都是用朴素的童真与未经人事的洁白交换长大的勇气。成长就是当我们看到世间一切的美与丑之后，依旧保持自我的纯真。

在琪琪飞行过程中，有一个男孩子注意到了她，并且男孩子上前搭讪，她觉得很不礼貌，拒绝了他。那个男孩子叫蜻蜓，是一个梦想制作出人力飞机在空中翱翔的少年。他对小魔女怀有复杂的情感，老是缠着琪琪，却老是被琪琪拒绝。我想，男孩蜻蜓多少对琪琪是羡慕和嫉妒的。他看到能在空中飞行的琪琪，心生羡慕。他当着他那群朋友的面搭讪琪琪失败后受到了朋友们的嘲笑，他心里有了嫉妒吧。

本来蜻蜓成功约到她，并给她看了他的自行车飞机动力系统，带着她一起成功飞起来。这件事，让琪琪对他产生了好感，可是他态度随便，他的那些富家子弟约他看飞行器时，他随意走开了。回来时，琪琪态度变得冷漠淡然，并不理他。他不明白怎么回事，估计一辈子也不会明白吧。

琪琪这时候也发出感叹，她也不明白以前那个活泼开朗的她哪儿去了。她有了烦恼，这就是成长路上必须面对的。我想她也许嫌弃这位朋友态度随意且不礼貌吧，她也许感觉自己和他们不是同一个世界的。她是乡间那个纯真的少女，而蜻蜓和他的朋友是富家子弟，这是两个世界。

成长是有代价的，成长是必须要舍弃一些东西的。就像以前的我们曾经无忧无虑，曾经有着无边无际的幻想，曾经有着亲密无间的小伙伴。可是长大后的我们，面对生活中的悲欢聚散，也有了烦恼，不再有天马行空的幻想，那些以前要好的伙伴们也变得彼此有些距离。这就是成长的代价。

琪琪不再无忧无虑，有了烦恼。她突然发现自己渐渐听不懂吉吉的语言，自己的魔法能力渐渐丧失。她面露苦涩，一次次的飞行尝

感受生命里的美好

□黄　磊

读高中的时候，她是我的同班同学，是个极其漂亮而品学兼优的女孩。那时的我成绩不好，个头矮小，发育不良，是一个自卑的人。

我却和她成了朋友。那时候放学，她会喊住我，一起去食堂吃饭。作为一个被“女神”眷顾的男生，有多少男生会投来艳羡的目光，那是可想而知的。我不敢抬头去看周遭的一切，只是低着头跟在她的后面，外表保持镇定，回应着她的笑。

日子久了，我们成了非常要好的朋友。可每次在公布分数看到自己和她的落差时，我还是感觉到尴尬与无以名状的忧愁。觉得自己不该和“女神”站在一处，那画面是童话里的青蛙与公主，只是我这只青蛙不会变成王子。

一天晚自习，她给我传了一张字条，说要去楼顶看星星。我们偷偷溜出教室，在黑暗中摸索着上了六楼的楼顶。夜风很冷，她从小卖部里买来两罐冰啤，在夜空黯淡的光线里，仰着脖子喝酒。一刹那，我仿佛听到“嘎嗒”一声响，女神的光环碎落在了屋顶上。

她告诉我，她之所以和我成为朋友，是因为我们都是孤独的，她觉得我不会背叛她，不会站在对立面去攻击她。我很疑惑，问她：“难道有人在背后议论你吗？”她缓缓说道：“一个女生在学习上、形象上都非常突出时，女生之间的嫉妒是难以避免的。”

好几次，寝室女生正在聊天，当她走进去的时候，声音戛然而止了，这让她难以忍受，“如果不是在议论我，她们为什么会停下来？”

那一夜，她说了很多话，好似所有同学都在与她为敌，都在谋划设局欺负她。我突然觉得，她用一堵墙将所有人阻隔在了城外，她则锁紧城门做自己世界的公主，落寞的、苍凉的公主。

不久，我和她的关系破裂了，因为她怀疑我背叛了她，将她和我说的话传给了其他人。

我唯有叹息。很多时候，我们把自己的所作所为看得太重了。没有人会刻意联合别人对付你，生活也并不是天天都在演绎着清宫戏。

在《甄嬛传》里听到一句话，大致是说，自己心里是怎么想的，看到的世界和人便是怎么样的。

（星星光摘自《意林·原创版》图/鹿川）

试都宣告失败，她没有了继续修行下去的勇气了。这个女孩，终于还是得面对成长路上的烦恼。

飞行器意外被风卷走了，可是吊绳上面却挂着一个男孩蜻蜓，他十分危险。琪琪看到后，她给自己勇敢的信念，用意志力把自己的魔法能力提升起来。最终她救下了蜻蜓，吉吉跳到她的肩头，她对吉吉说：“你能听到我说话吗？”回答她的依旧是吉吉的喵喵声，她微愣一下，看向了远方。我想她此刻应该明白了成长需要付出的代价，它会让她的人生变得有波澜，有烦恼或者迷茫，它也会教会她勇敢自信和坚强。琪琪最后在给爸爸妈妈的信里说：“虽然也曾情绪低落，但我现在很好。我不想再逃避了，我想要变坚强。”

是啊！虽然我们都曾在成长的路上灰心丧气，甚至有过绝望，但是当我们把一切都应对下来后，我们依旧努力地活得很好。就算再难以承受，其实到最后我们总能走得过来。

当你什么都做不下去，丧失信心，不妨出去走走，灵感总会有来的时候。希望你多一点儿琪琪的勇气，坚持下去。山重水复疑无路，柳暗花明又一村。

成长的路上我们也会遇到猝不及防的狂风骤雨，但只要保持好自己的状态，放下烦恼，相信阴霾总会散去。

然后也能像琪琪那样，对他人说：“虽然也曾情绪低落，但我现在很好。希望你我，都好。”

（二丫摘自简书　图/李倩莹）

“宅男”的奢侈品

□陈明明

“什么？花了这么多？”

几个月前，当男友说他曾经在手游版《梦幻西游》上花掉了1000多元时，本来舒服地趴在床上的我，一打挺，翻了个身，肝一颤——真有钱啊！

到年底，我拉他坐下，算一算他今年在游戏上到底花了多少钱。

“不到5000元。”这是他在今年大火的手游《阴阳师》中的花费。“嗯。”我平静地哼了声，此时我的心理承受能力已大大提高，这个数字并未超过预期。

但仔细一想，的确是不少的钱。他开始玩这款游戏是在10月初，到现在，不满3个月。也就是说，平均每月他在《阴阳师》上的花费就有1600元左右。省点儿的话，够一个人吃一个月了。

作为一个不怎么玩游戏的人，我无法感知这5000元在游戏世界里的具体去处，于是询问起明细。

男友告诉我，自己的花费主要有四大块，一是买“体力”，用以换取游戏时间；二是买“蓝票”，获得战斗中更多的出战单位；三是买“勾玉”，这是游戏中的一种货币单位，可以买“御魂”，这是提高式神战斗力的一种装备。此外，他还花了1000元左右，请朋友和代练工作室帮他夜以继日地代打。每一项都不便宜。男友在买御魂上花钱最多，一枚六星御魂需要48万金币，相当于400勾玉，也就是66.6元人民币，够吃两顿外卖了。

而《阴阳师》在御魂购买上的设置又十分“居心叵测”。玩家在购买御魂时，看不到御魂的具体属性，往往花了银子买到手之后，才发现“不合适”。所以玩家们都管买御魂叫“赌御魂”，类似于“赌石”，买卖的只是包着青皮的原石，至于割开之后是上等的翡翠还是平常的石头，就看买家造化了。

但偏偏这种风险性很大的购买机制，让人给钱上瘾。男友的高中同学曾在游戏中碰到一个年轻女孩，自称充了10万元赌御魂，不停地买，就是为了拿到极品御魂。

“你觉得花这么多的钱值得吗？”我仍然觉得在游戏里败金是玩物丧志、不务正业。

男友反驳道：“那女生不也买很多化妆品、衣服和包包吗？”

那怎么一样？衣服和包包买了还能落个实物，如果是奢侈品限量版，说不定还能保值。男生玩游戏，既耗时间又花钱，日子一长，还不是AFK——Away from keyboard，“离开键盘”了。只残存些模糊的回忆。

但再一想，这也是“宅男”可爱的地方。和买包包不同的是，在游戏中挥洒金钱的男生，单纯是为当下的体验付费，就是图一时爽，完全是“精神性”的消费。

也许是为了扭转我对玩游戏是“不务正业”的偏见，本职是分析师，但本周已旷工两天玩网游，还拍着胸说是“为了工作”的男友，时不时也扯点儿玩游戏的经济学。

他说目前包括手游在内的泛娱乐行业的繁荣，可以被视为“口红效应”。这种经济学现象，最早出现在20世纪30年代的大萧条中。当时有人发现，虽然经济不景气，但是女性对口红的消费却提升了。消费心理上的解释是，在经济不景气时，人们无钱进行大额花费，于是倾向于一些廉价，但能显著提升情绪和心情的消费活动，以求自我安慰。

手游便是如此，如果不追求极致，每月花30元买个月卡，既不是很大的投入，又能让人放松愉悦。不过我实在不能认同，男友每月1600元的花费，是“小额”“廉价”的。

他故作狡黠地笑着说：“这当然和收入有关。”他看了看我，“如果我每月赚不到1万元的话，我花在游戏上的钱绝不会超过500元。”

我愤怒地抡起了拳头，向他的大脑袋挥去。

（大浪淘沙摘自《中国青年报》2016年12月21日 图/果酱的酱）

有喜欢的人

□浅步调

小学五六年级的时候，曾经喜欢一个隔壁班叫国庆的男生。男生长得高高的，眼睛一笑就眯成一条线。每次路过隔壁班教室后排，我就挽着同伴的胳膊，故意放慢脚步，踮脚抬头，偷偷往他坐的位置瞄。下午放学的时候，也会拉着同桌故意晚走，为的就是尾随他走出校门，那一段看着他背影走的路，真是惊心动魄呀！要控制着步伐，不要离太近，也不能离太远。如果他突然一回头，就像跳戏的演员，我牵着同桌的手，马上就会握紧变麻木，满手是汗，刹那间停下也不是，继续走也不敢……

有一天，在操场集合的间隙，我正在偷瞄离我近距离的他站立的方向，他突然莫名其妙地回头对我说："看什么看啊？"我当时一下就傻眼了，完了，完了，真是完了，自己此生最大的秘密被发现了，人生第一次愿意用死来抵挡这样的难堪。在我还在想怎么回应他死得会比较好看的时候，后面传来一个女生的声音，用东北人的口音抢先回复了一句："瞅你咋地？"我转身寻找声音来源，看向周围人群的时候，看到了无数张像我一样如释重负的脸。

那一刻，才知道，原来偷偷看他的人，不止我一个人。那一刻，才知道，原来优秀的人，是闪光的，他像聚光灯一样，让所有人的目光，都不自觉地看向他。

后来，这样偶尔得到的真理一次次地得到验证。所以，年轻的时候，要很努力地去发光啊。

初中的时候，开始了人生最深刻、最旷日持久的一次暗恋。那是一个高高瘦瘦的男生，唱歌很好听，尤其是唱周杰伦的歌。那时候的我，就喜欢男生穿白衬衣、戴着眼镜英气逼人的样子，那是我一生对帅的诠释。关键是那个长得好看的男生，学习成绩还好，英语念得溜，还有一副好脾气。

有一天，我百无聊赖地倚着桌子，拿着一杯水，把腿在过道里伸直展开，仰头靠着同桌，用着最舒服的姿势，准备喝水消磨时间。在腿伸进过道的瞬间，男生正好一路小跑过来，格外出其不意地，竟然被我绊了一个趔趄。我满嘴的水，看到绊倒了人，绊倒的人又是他，一紧张，嘴里的水，一下子控制不住地咳了起来。我看着他，想保持矜持地说一句"对不起"，可是咳嗽得眼泪都止不住了，我只好边咳，边变着脸部表情，拿着水杯，对他做了个举杯的姿势。他却看着我突然笑了起来。那个笑容，就像是给孩子宠溺的赞美，夹带着心疼，太好看了，太让人心动了！关键是他不只笑，还边笑边走过来拍我的后背，说："没关系啊，你慢点儿。"

你看，我用"举杯"表达"对不起"都能得到回应，这是多么美妙的事情啊！

我后来知道他父母在市医院上班，所以恨不得每次发烧都烧到头脑不清，这样就可以挂到他妈妈在的急诊。后来知道他家跟我姑姑家住一个小区，所以每个暑假我都去姑姑家，领着姑姑家的弟弟，在三十几摄氏度的小区门口晒得灰不溜秋，也不想回家。

初中毕业，高中的我们没有分到一个学校，大学也在不同的城市。看到他相册里逐渐长胖的身材和做了近视手术摘掉的眼镜，少年不再，相比喜欢他，好像更喜欢那时候喜欢他的自己。回忆起关于他的种种，依旧温柔。

我后来还是喜欢去我姑姑家看我弟弟，也还是生小病就想能不能住院，就连喜欢的人，也是高高瘦瘦的。也真是奇怪，时间改变了很多，可依旧有在成为大人之前，不想忘记的小事——有喜欢的人。

（林冬冬摘自《中学生博览》 图/木木）

光，打在你身后

□刘　同

高中的时候，我戴着一副黑框眼镜，班里同学给我起了一个外号，“小表弟”。

“小表弟”代表着幼稚、天真、不懂事，也代表着好说话，不会拒绝别人。

我不喜欢这个外号，更可气的是，女生每次听完男生的解释之后，都会用妈妈一样慈爱的眼光看着我，说：“哇，‘小表弟’真的好适合你，好可爱。”

一次课间的时候，老贺路过走廊，听同学这么叫我，随口评论了一句：“嗯，还是很像你的。”

奇了怪了，自从老贺说这个外号还不错之后，我也就觉得这个外号还真不错。

老贺是文科重点班的班主任，也是年级所有文科班的英文老师，而我高一时就读于理科重点班。高二的时候，文理正式分班，分班考试我考得很糟糕，爸妈急坏了。

我和老贺不熟，他高高壮壮，像个北方人，一直笑眯眯的，学校里都是他的传说：教课很厉害啦，英文口语全市冠军啦，老婆很漂亮啦，以及他每天晚上都要去我们当地最高级的酒店吹萨克斯啦。

很多人对此颇有微词：一个老师怎么能去酒店兼职呢？一个老师晚上难道不需要备课吗？一个英文老师再新潮也不能这样啊！

可老贺每次出现在学校的时候，样子自信，脸上挂着微笑，好像别人的议论于他而言只是掸掸身上的灰尘那么简单。

我很羡慕这样的人，总之，那时只要远远地看见老贺，就觉得浑身涌起一股力量，想成为他那样的人。

因为崇拜久了，总是会想他那样的人为什么会有那么多优点，久而久之，就好像和他很熟一样。以至于鬼使神差地，我鼓起勇气站在了老贺他们班的门口，等着他下课。

老贺夹着教材走出来，怯懦的我站在走廊上，喊了一声：“贺老师。”他停下来看着我。

我说：“我想找你。”

高中的我不是一个敢于发表自己观点和意见的人，但不知为何，看到老贺，我有想表达的欲望。

一米八五的他停下来，低头看着当时一米五八的我，目光有压迫感，可是我看到他的嘴角突然扬起了微笑，我突然就拥有了能够与他平视的力量。

我说：“贺老师，我是理科班的学生刘同。也许您不认识我，我想告诉您，我很想进入您的班，我知道这一次考试我还差一些，但是我肯定可以的，我一定不会让您失望的。”

“好的，我知道了。我回去考虑一下，你也不用太着急。”老贺带着微笑说。

后来，妈妈终于通过各种关系约到贺老师在办公室见面，当妈妈带我去办公室的时候，老贺坐在椅子上，抬起头笑着对我妈说：“不用了，刘同他自己已经来找过我了。刘同跟我说了他的想法，我也明白了他的想法，你们等消息就好。”那一刻，我突然觉得自己长大了，不是因为自己有多成熟，而是因为老贺把我当成了一个大人。

后来，当我的名字真的出现在文科重点班的编排表里时，我在心里痛哭了一场，并且发誓一定要好好学习。就算不是为了自己，也要为老贺对我的信任。

可惜进入高二之后，我的成绩依然起色不明显。我学不进数学，因为根本听不懂；我学不进语文，觉得死记硬背的东西就是做不来；英文也烂得一塌糊涂，历史政治什么的，更是觉得没信心。我开始躲着老贺，不是因为缺乏自信，而是怕他失望。

老贺似乎发现了我的异样，他也不找我聊天，而是点名让我参加各种文科班的课余活动。我的普通话很烂，他偏偏让我参加演讲比赛；我逻辑也不是特别清楚，他偏偏让我组织班级的辩论队；我根本不会跳舞，他却让我和几个男生一起跳民族舞《珠穆朗玛》；英文更不用提了，但他给我一篇稿子让我参加英文口语比赛……

我听课听不进去，每天无精打采，觉得世界全是黑的，唯一的光，可能就是老贺发现我沉到海底，冷不丁把我打捞上来那一下。虽然我想一直沉底，但他每次点到我名字的时候，我还是忍不住告诉自己：“虽然不明白为什么，但是一定要做好啊，要做好。”

我和几个学舞蹈的同学一起跳的《珠穆朗玛》拿了一等奖，我参加的英文口语比赛拿了优秀奖，我定向越野五千米跑完了全程，我把黑板报搞得乱七八糟拿了最佳创意……我成绩不好，但老贺让我用另一种方式体验到了做学生的另一种可能性。

高三前，我去了省会的大学参观，突然意识到，原来一个人成绩好的话可以选择自己想要的生活，可以选择自己想要交往的朋友。那时我突然明白，老贺为什么让我参加各种活动了，也许他是想让我明白，学习很重要，但学习的能力更重要，只要有学习的能力，还有很大的可能性。

我按照老贺教我的方法去做，每天把数学的每一个小节弄懂。慢慢地，小节考试我能考到前十名，虽然一到大的月考就掉下去了，但我不会再轻易地觉得自己不行了。

也是因为数学成绩慢慢好起来，对语文也开始慢慢地有了自信，接着是其他的科目。人生的齿轮，就这样慢慢地开始运转起来了。

高考结束，我考上了湖南师范大学，老贺特别开心，升学宴上他喝了几杯酒，说刘同你要好好的，要加油。然后他对我爸说：“你儿子总是能从一片废墟中找到一点点光，打也打不死。”

也许是老贺当初说“他是一个会在黑暗中找光的人”，所以后来无论遇见怎样的事情，我的第一个念头都不是“怎么办，完了”，而是“来，我们来看看光在哪里吧”。

2015年春节，同学聚会，老贺也来了。我问老贺高二时为什么会允许我进入文科重点班。他似乎想了很久，然后说：“你之前在理科班好像做任何事情都躲在后面，我就觉得你这个小孩气场很小很弱，我完全没有想到你能主动来找我，说实话，那样的你把我都吓到了。我很吃惊，你这样的人怎么敢来跟我谈你的想法呢？”

光打在你的身后，墙上便有了巨大的身影。

“与其说是相信你成绩会好，不如说是相信你比同龄人更知道自己要做什么吧。”

也许，当你努力想完成一件事情的时候，信念会给你比能力更强大的力量。高二在走廊上，当我叫住老贺的时候，大概就是这个道理。

（林冬冬摘自《向着光亮那方》中信出版集团　图/关节熊）

边界

□火灵狐

我的一位表姐经常送东西给保姆。渐渐地，保姆做事不再那么上心，甚至反过来抱怨，说表姐最近送自己的几件礼物不如之前的好。

据说这位保姆在另外一户人家做事时兢兢业业，十分客气礼貌。那一家的主人从不送她礼物，做得好就按家政公司的流程为保姆评五星，做得不好就投诉。虽一点儿情面不讲，但他们反而相处得不错。

我表姐反思，她说保姆以怨报德，自己也有责任，因为模糊了本应存在的“边界”。

我做过实习老师。那时，大家年龄都不大，梦想也一致，都想做热血教师，与学生打成一片的那种。一开始，我也是恨不得钻进学生堆里听听他们在聊些什么。我的指导老师一直提醒我，说当老师就要有老师的样子。我嗤之以鼻，依然我行我素，就差没有放学时跟学生一起去奶茶店喝奶茶了。

受欢迎吗？确实挺受欢迎的。但随之而来的是，开始有学生跟我讨价还价：作业太多了，老师，你跟我们这么好，会帮我们减掉一点儿吧？不想有这么多测验，老师，我们都是朋友了，不如就不测了吧。

我很气愤，跟指导老师抱怨，说学生蹬鼻子上脸。老师说，不怪他们，你要想想，自己有几分老师的样子？

这是我大四毕业前夕学到的最重要的一门课。不是说要摆架子，而是一定要意识到人与人之间的“边界”。

没有边界感的关系大多糟心。给朋友帮忙做事，一次两次也就算了，三次四次、无数次，他还来麻烦你。你花了时间还得倒贴钱，可又拉不下面子开口要报酬，这种朋友还要加一句：这种小事对你是举手之劳吧。

除了糟心，还很尴尬。有一位多年未曾联系的同学突然给我打电话，详述她的情感纠葛。其实，我对她一无所知也不感兴趣，又不好意思不听。

另一位同学得知后，笑道：“她拎不清啊。”她并不会去判断哪些事应该对哪些人说，怎么说，什么时候说。她没有边界感，就好像那种第一次见面就要追问你谈过几次恋爱、家中几套房产的相亲对象，就好像那种春节追着问你“每个月工资多少”的亲戚，他们都是没有边界感的人。

我一直在努力学习守住自己的边界，也在学习如何与人划出边界。其实不难，该说“不”时说“不”，该坚守原则时坚守原则。你要让对方知道你是一个有原则、有边界且会说“不”的人。

（路景摘自《爱格》2017年第8期　图/陈明贵）

老女孩

□猫司令

LAONVHAI

不咸不淡的婚姻生活过了三十年，张阿姨五十六岁的时候，突然觉得自己明白什么叫爱情了。

她破天荒地买了一件带蕾丝的衣服。纯白色，白得发亮，九分袖，一字领，修腰的设计，绷在身上，胳膊一抬高，下襟就往上蹿。以前她总是说这种衣服容易脏，不好打理，现在她看着镜子里下垂的乳房、脖子上的皱纹，毫不犹豫地付了款。

为了配这件衣服，她又买了一条黑色的及膝裙，后来觉得不满意，换成了淡粉色，顺便买了一双同色系的船鞋。她找出结婚的时候妈妈送的珍珠项链，有些污了，用酒精擦了擦，还挺显好。张阿姨把这身行头穿在身上，女儿看了直惊讶，说是跟英女王似的。可不是嘛，她就是按照报纸上英女王的模样打扮的，从头到脚，还差一顶帽子。

自从那天见了黄先生，张阿姨突然觉得自己这三十年的婚姻变成了一盘水煮鸡翅膀，食之无味，弃之可惜。可是说到底，她想，谁又真的吃过水煮鸡翅膀呢？

那天张阿姨在超市买菜，想顺便给小外孙买点儿零食，她站在货架前眼花缭乱地挣扎了半天，终于选了一块红蓝包装的巧克力。冷不丁旁边一个声音响起：“这种不好，用的是人工香料。”张阿姨吓了一跳，一回头，一个陌生的老头正冲她微笑。这就是黄先生，他介绍给张阿姨另一种日本的巧克力，还教她看背面的成分表。张阿姨善意地接受了他的帮助，并主动与他顺了一段路。毕竟，都是这个年纪的人了，还有什么不好意思的呢？

路上，张阿姨先是礼貌性地跟他聊家庭和子女，没想到黄先生讲起了自己在阿姆斯特丹的生活，运河边的老房子，以及爱士曼鲜花市场里的郁金香。张阿姨听得入了迷，不知不觉竟已离家好几个路口。黄先生坚持又把她送了回来，临走还送了她一枝刚买的黄色郁金香。

从此，张阿姨像是换了个人。她不仅开始从超市出口的花店买花，舍得去商场买衣服、鞋子，还学起了上网。前几天，她居然向陈老师提议重新装修一下房子。现在的装修太陈旧了。她想换成欧式风格，餐厅挂着大幅的油画，绝不能是影印的那种，要有层次感，像她和女儿在博物馆里看的一样。啧啧啧，陈老师听了直咂舌。

年轻时候的张阿姨长得漂亮，学历高，心气儿也高，学校里的男孩一概瞧不上眼。跟一个部队里的帅小伙好了一阵子，没想到人家还有另外一个女朋友。张阿姨伤透了心，陈老师就乘虚而入，天天帮她打水，送饭。张阿姨看陈老师人长得不坏，脾气也好，就坐上了他的自行车。没想到这一坐，就是三十多年。

这三十年，人人都说张阿姨过得幸福。结婚早，工作也不忙，挣得虽然不多，日子倒也落个清闲。家里大小两个闺女，没让家里操什么心，该结婚的结婚，该生娃的也生了娃。老两口退了休，在家养养花、写写字，这辈子是没什么再求的了。可是一提起幸福，张阿姨总是心里发虚。“幸福”这个词太满、太大了，她觉得自己配不上。

她觉得黄先生的生活就叫幸福。她也想去欧洲，在泰晤士河边散步，到荷兰的花市买花，呼吸着林间的空气。

她决定了，就去欧洲！张阿姨脑子里蹦出了这个主意，兴奋得一夜都没睡好。这事儿可不能让陈老师知道，她也不想告诉黄先生。她打算自己去，等到了欧洲，再给陈老师和黄先生打电话。打给陈老师的是为了气他，打给黄先生的是为了让他惊讶：“嚯，原来这老太太也不简单啊。”

接连好几天，张阿姨小心翼翼地把从旅行社带回来的资料夹进一沓广告单里，趁陈老师不注意的时候，戴着老花镜认真地看。小镇舒适游，三国深度游，亲子放心游——宣传资料看得她眼花缭乱。打电话一问，去欧洲还有更麻烦的

哈佛教育的最大特点：敢问敢说会『忽悠』

□李稻葵

我自己在哈佛大学读了7年的研究生、博士，也曾经辅导过许多本科生，近距离接触过他们，他们可能是最能代表美国精英青年的一群人。

曾有一位犹太女孩子给我留下了深刻的印象：那是1990年，她为了获得更高荣誉级别（Summa Cum Laude）的毕业生头衔，要完成本科论文撰写。一般“学生狗”都是随便套个T恤牛仔裤，但她总穿着价格高昂的外套，背着名牌包，化了精致的妆容；而第二个给人的印象则是她什么都不懂。

她对一些基础学科几乎一无所知。但她什么都敢问，一点儿不羞赧，完全没有怕被人鄙视的感觉，更“无厘头”的是她还敢于向别人提要求。当时的计算机数据都存储在脸盆那么大的磁盘里，厚重的磁盘需要搁在磁盘机上操作，可她经常不动手，都是我们为她“卖力”。

每当看到实验室里散落着一堆磁盘，旁边搁着一个手袋，我们就知道“大小姐”来了……

当然，也不是每一个哈佛生都这样雄心勃勃，自如地游走在各种人际关系里，我曾经遇到过一位哈佛生，他的父亲是美国联邦巡回法院的大法官，也是哈佛校友。他本人毕业后，就在哈佛校园附近当起了按摩师，类似于我们的北大生卖猪肉，不过在美国这可不是什么大新闻，大家似乎都能理解认同。

话说回来，我的这位亲戚也曾向我坦言，哈佛的学生整体上和其他常青藤联盟的大学，包括耶鲁、MIT、普林斯顿的学生有点不太一样：哈佛生总是自命不凡，总有一股子干劲、冲劲，而且敢问敢说——不懂就问，想说就说。我恍然大悟。这可能是美国精英教育最具代表性的风格。

那么，第一个女孩子后来怎么样了？四五年前的一天，我突然在电视上看到她正在演讲——而她的身份是Facebook的首席运营官！她就是如今大名鼎鼎的雪莉·桑德伯格！

因此我一直在反思，我们对美国精英教育的理解是不是有偏颇？在我们的传统教育里，学生从小就被要求毕恭毕敬、谨言慎行，问了“低级问题”就要感觉羞愧，缺乏勇往直前、敢问敢说的精神。

而哈佛大学不仅是典型的美式教育，更是培养领导型人才的地方——领导者并不一定需要高深的专业背景，重要的是不懂就要敢于发问，敢于在众人面前表达观点，动员团队里的各色人等认同自己，鼓舞大家努力前行。这就是领导力的体现。

（逍遥摘自《南方航空》 图/张翀）

哩。要签证，要坐十多个小时的飞机，还要说外语。

张阿姨查了几天资料，去欧洲的决心就丧失了大半。“怎么这么麻烦啊？”她嘟嘟囔囔，既想不出谁可以帮她，自己又不会弄。“这么大年纪了，折腾什么呀？”她试着用陈老师的语气劝慰自己，心里还是不甘心。这两天她好像受了委屈似的，吃饭都提不起精神。

张阿姨又笑嘻嘻的了，她这个人就是这样，说好听了叫乐观，其实就是没心没肺。去欧洲的事早就被她抛到了九霄云外，这会儿她正学人家赶时髦，嚷嚷着要照婚纱照。陈老师被她烦得没招儿了，只好一个劲地说同意。刚过了一个小时，张阿姨就反悔了，并声称自己穿上婚纱像一只乌鸡。

吃过晚饭，陈老师没有像平时一样收拾碗筷，而是把张阿姨叫到了客厅。没想到陈老师拿出了一张薄薄的纸，张阿姨一看，是她前一阵放弃的旅游资料中的一张。陈老师把资料递到张阿姨手里，笑着对她说：“就报这个吧，咱俩去欧洲。”

张阿姨突然觉得自己很爱很爱陈老师，她觉得自己很幸福。

（蒲俊霞摘自《在自己心中盖一座花园》江苏文艺出版社 图/小兔子妈妈）

不创个业，都不好意思出门见人了

□蒋方舟

上个月，我的朋友圈中又有两个人辞职创业了。一个月的时间，眼见他辞职了，眼见他融资了，眼见他找员工，眼见他装修办公室，眼见他去杭州见马云，眼见他去香港谈融资，眼见他已经开始提醒自己“不忘初心，方得始终”。

旁观创业者的生活，不仅降低了我对平庸生活的忍耐能力，甚至产生了一丝羞赧——觉得自己浪费了宝贵的青春。

连我妈退休在家，每次拿我的手机刷朋友圈，都为一片热火朝天理想不死的景象所打动，激动不已地表示自己不能游手好闲，要燃烧自己的余生，磨刀霍霍准备创业，并且在一天之内迸发出数个创业的想法：

“我要开微信公众号，教小朋友写作文；我要开淘宝店卖你的闲置衣服和鞋；我要租个房子当仓库，卖我做的牛肉酱……”

听得我也很亢奋，只觉得她不再是那个我所熟悉的五十岁妇女，甚至准备当场掏钱当作她的启动资金。但这种壮志凌云的演讲，往往以她体力不支、倒头大睡而宣告破产。

我的朋友说：“感觉北京已经疯了，似乎网龄超过五年、年龄低于三十、认字三千左右、英语四六级上下、知道KK、出入过媒体互联网和广告公司的朋友们都创业了。”

互联网创业圈子最常说的话是：“站在风口上，猪都能飞起来！”这种感觉好像是：与火箭争速度，和日月比高低；人有多大胆，地有多大产。

2015年12月，教育部发通知，要求高校建立弹性学制，允许在校学生休学创业。另外，聘请创业成功者、企业家、投资人担任导师，进校园对学生进行指导——几乎可以看见投资人指向年轻人乌泱泱的头顶说“你就是下一个马云”的场景，每个人都澎湃，觉得说的就是自己。

作为一个叛逆了二十多年的学生，我想事情的思路基本上是学校禁止什么，我就热衷什么；校方鼓励什么，我就警惕什么。我开始想：为什么会有这样的变化？高校的口号为什么从“踏踏实实做人，老老实实读书”，变成了号召大家休学开淘宝店？

一个残忍而显而易见的事实是：为了解决盲目扩招带来的大学生难找工作的问题，刚毕业，甚至还没有毕业的大学生用父母的老本，或者是投资人的钱创业，为学校提升了应届生就业率，为政府创造了税收和社保税。在折腾了好几年之后，获得了“屡战屡败”“落地的麦子不死”之类悲壮而文艺的声誉作为失败的补偿。再没有比创业牺牲自己、造福社会的好事了。

当然，所有年轻人在准备创业时，都是满怀信心的。在《思考·快与慢》一书中，作者举了一个例子：在美国，小型企业能生存5年以上的概率是35%，但是美国的企业家评估自己企业的胜算时，81%的企业创办人认为他们的胜算达到70%甚至更高，有33%的人认为他们失败的概率为零。

根据《南方周末》去年的一篇报道，上海市金山区调查了该区创业者现状，发现创业成功的97名青年中，传承父辈行业的有90人，占92.8%。

其实，我并不反感年轻的创业者，正如同我不反感任何一种特殊的人生经历。我反感的是创业成为新时代的“上山下乡”。掌握社会话语权的人，把空手套白狼的赚钱等同于创业，把创业等同于实现梦想，把梦想的定义变得越来越狭窄。

（闪闪摘自《新周刊》 图/罗再武）

灌篮高手：热血青春的遗憾

□ Yimaginist

伟大的作品有一个共同点，在人生不同时期与它相遇，你会重新发现自己。

日本动漫有个分支叫热血漫。这些热血漫的主角无一例外地天赋异禀，目标是领域的巅峰和成为最强，当然结局也大多不负众望。但这些是亿万挑一的故事，是不能照进现实的故事。天赋是个天花板，有的人天空是极限，有的人一跳就撞头，努力只是一个重要而没有决定作用的因素。

然而不同于传统热血漫，《灌篮高手》的伟大之处或许在于两个字——遗憾。樱木恋爱失败五十次，最后也没和晴子在一起，遗憾；赤木三年来每一天脑子里都想着打倒王者海南，湘北与海南比赛最后时刻三井三分出手不中，樱木奋勇抢下篮板却传球失误，遗憾；全国大赛湘北战胜王者山王却体力透支止步第三轮，失了称霸全国的梦想，一辈子的遗憾。所以《灌篮高手》里描绘了真正的青春，满满的遗憾。

回想自己六岁开始打篮球，打过市级校级院系级大大小小的比赛，有过亚军，有过季军，有过小组没出线，就是没有冠军。可是你知道冠军领奖台只有一席之地，你知道拍照时前排正中显眼位置只有一个，你知道世界只有一个中心。多数时候我们的角色是决赛球场边的观众，相片里不起眼的边角，世界呼风唤雨中心千里之外无风无雨也无晴的多余。

灌篮高手本质上是热血的，但因为整个故事有太多的求而不得，这种热血励志反而显得中肯。

有两个镜头我至今难忘。一个是安西教练对三井飞身扑球后说的那句话：“一直到最后一刻，都不可以放弃希望，一旦放弃的话，比赛就结束了。”另一个，是全国大赛湘北对阵王者山王的最后时刻，樱木背部负伤疼得龇牙咧嘴，面对可能断送职业生涯的背伤，安西不愿让他上场。樱木对安西说：“老爹，你最光荣的时刻是什么时候？是当上国手的时候吗？对我来说，最光荣的时刻，就是现在。”

即使每个人了然于心，大局已定，但比赛在继续，所以还在拼；即使知道自己天赋平凡，但生活在继续，所以还在拼；即使别人说你那么努力也成为不了谁谁谁，对，就是不能，但我拼不拼和谁谁谁有半毛钱关系？

那些努力，无关胜负，无关出人头地，无关实现某种远大志向，你只是给自己一个交代，给自己渺小的生命一个光荣时刻，去塑造一个更好的个体，这种行为本身便充满意义，而成功、胜利、梦想兑现这些瞬时美好，只是一种锦上添花的可能。

一旦放弃，比赛就结束了。放弃人生的人或者无趣的人总会说，长大就是无可奈何地变成曾经你厌恶的模样。可惜的是，随着岁月在这些人身上流逝，人没长大，只是变老。天赋不够，机会不到，运气不好，环境不允许，这些不可控因素当然关键，问题是你不能放弃自己能决定的部分，还全盘归咎于生活。通向更好的那条路就是充满更多艰辛和更多的不确定，有人放弃，有人继续，在一个冰与火的世界里，你只是选择一种值得付出一生去这么活的姿态。没人能打包票说付出就有回报，能保证的是一定会有黑暗，和每个以为快撑不下去的漫漫长夜，都会迎来一个破晓黎明。

所以看到认真生活的普通人，我总会觉得，萤火虫也很美啊。

湘北没有制霸全国，陵南没有，翔阳没有，海南也没有。从结局来说，多数人的青春都是一段不完美的故事：那个绝杀没投进，从没拿过冠军，高考没考上心仪的学校，和校园时代喜欢的女孩没走到最后，可能这才是青春该有的原貌。当我在少年时经历了这些纯粹的坚持、努力和喜欢，大大小小的遗憾竟满载了不完美的美，有的梦若真的实现了，结局却也定型了；没实现的故事，反而打开了回忆的空间。

这大概是那段岁月这么值得念想的原因吧。

（青青草摘自简书 图/李倩莹）

痛苦的礼物

LI WU

□秋微

“喜欢上一个人”，发生在14岁，还是被禁止的。忽然之间，我有很多事要忙，忙着忧郁，同时忙着掩饰忧郁。

就在这种心事重重无法自处的阶段，班主任杨震宇的一个特殊的作文训练，给我制造了一个情绪的出口。那次作文课，杨震宇带来一个画架和几张图片，他把那几张图钉在画架上，图片内容分别是人物、静物和风景，然后让我们随便选一张自已有感觉的图片写一篇作文。

他说：“大家如果看不清楚，可以走过来仔细看，文章写什么体裁都行，散文、议论文、小故事，随你们便，字数也不限。我只有两个要求，一是体现观察能力，二是发挥想象力。”

杨震宇总是这样，他有很多时候都随我们的便。

我因为正处于暗恋中，情感特别丰富，特别需要借题发挥，随便选了那张风景图片，洋洋洒洒地写了篇以“伤离别”为主题的文章。

隔了一周，我的作文被当做范文在作文课上朗读。

那是我人生中第一次听到别人念我写的文字。在杨震宇的声音里，我全身的细胞都像受到电击一样猛然苏醒，让我清楚地感受到它们的存在。

下课之后，杨震宇收拾好教案，离开教室之前，沉吟了几秒，转头叫我的名字，示意我跟他走。以之前的经验，被叫去办公室十之八九不会是什么好事，剩下来十之一二可能是好事的，也只属于那些所谓的“天之骄子”。即使杨震宇一次次在我面前打破常规，我也没想过，那些不同凡响的事有一天会与我有关。

我走在杨震宇身后，带着一身的胆怯，跟着他走进办公室。

杨震宇带着我径直走到他的办公桌旁，放下教案之后，他在旁边的书架上翻找了一阵，抽出一本书，转身递给了我。

“你可以看看这个，说不定有一天，你也可以写出这样的东西，也出一本书。”

我接过那本书，是一本三毛的散文集。我捧着那本书，手臂抖了抖，无言以对。我抖是因为我没有收到老师赠予礼物的经验。

杨震宇没理会我的局促，继续道：“我喜欢的作家杰克·伦敦有一个特别的写作训练，他会随时随地把他认为有意思的东西记录下来。通过这个方法训练观察能力和叙述能力。我个人认为灵感都是熟能生巧的结果。如果你对写作文有足够的热情，我建议你试试这个方法。”

就是从那天起，我开始写观察日记。杨震宇说：“一定要仔细观察、认真体会，把你观察到的都如实记录下来。‘如实’特别重要，就是尽量观察，尽量记录，尽量思考。时间长了，你有可能会发现，你的观察力越来越敏锐了。”一周之后，我把第一次写的观察日记交给他，那一周，我观察的是阳光的变化。

杨震宇把那个本子还给我的时候，在这句话下面写了一个很大的“好”字——“今天的光线强烈，我抬头看了太阳一眼，再低头，看到了世界的底片。”

尽管只有一个字，却正是它启蒙了我对爱的认知。之后，每当谈论“爱”，我都认为所有真正的爱，都必须基于对一个人的了解和欣赏。

我的观察日记又持续了几周，从阳光转向植物，再转向每天趴在学校门口的流浪狗。第一个本子快写满的时候，杨震宇又给了我一个新的本子，同时作业也升了级：“从这本开始，写一个你感兴趣的人。”至此，我从杨震宇那儿得到了一个“偏方”，那些堵在我心里的单恋，伴着对那个人无法克制的“观察”，被我一字一句地写了出来。

我妈看到我经常在房间里奋笔疾书，很高兴，偶尔拿一两样零食进来问我：“写什么呢？”

我说：“我们老师留的作业。”

她探过身来，刚好看到我正在使用的一个词“宠辱不惊”——成语总是能起到使一个句子变得深奥的作用。我妈很满意，说了句：“噢，好好写。”就没再深究。

不久之后，我从最初只能写出“今天J迟到了，没参加晨跑”，到后来，在杨震宇的种种启发式的点评下，已经能把J在一个课间10分钟之内的动态写得跌宕起伏。

我越来越喜欢这项写作的训练，除了成就感之外，更重要的

年龄渐长的一个好处是如果出于善意做出了非常糟糕的事情也可以相互谅解，因为彼此都发现知己难寻，人生已经不住决裂。——钱佳楠

是，我内心那些拥挤着的情绪，都借由文字尽情释放出来了。

出于对杨震宇的信任，我对J的单恋在文字训练中一览无余。

杨震宇对我的单恋本身始终保持着距离，从未过问，只就事论事地在每篇文章上圈圈点点。

“有待商榷”这四个字，是我从杨震宇给的评语里学到的。“商榷”这个概念在我的人生中出现，也是从杨震宇开始，他是第一个不用“批判”和“否定”来对待我们的大人。在“商榷”中，我紧绷的心弦渐渐舒展。一个少年，在十三四岁的年纪，有幸把对这个世界的诚实化作文字，练就一种技能，不管今后是否以此为谋生的手段，它都是珍贵的礼物。

没多久，J和另一个女生成了我们班唯一一对公然出双入对的少年恋人，他们瞬间成为全班热议的焦点。杨震宇对此没有表态。不久后，一天的自习课上，杨震宇走到我的座位旁边，轻轻拍了拍我的肩膀，说了一声：“来。”

我又是那样，低着头，跟在他身后，穿过校园，跟着他走进一个独立的办公室。

杨震宇示意我坐下，他从柜子里拿出一个干净的茶杯，沏了一杯热茶，放在我面前。

然后他隔着桌子坐在我对面，停顿了一下，说：“要是最近不想写，可以先停一停。要是想写点儿别的，随时可以问我。”

我像被打开了泪闸的开关一样，开始对着那杯茶掉眼泪。

杨震宇在我面前不远的地方，看着我的眼泪时疾时徐地掉落。

他对事情本身没做任何具体的评论，更没有任何肉麻的肢体语言，他的关切自有风格，很淡，可是显而易见。

少年的容身之所其实非常有限，当成长推挤着少年们在父母面前掩藏真实的自己时，学校就成了最重要的阵地。一旦在学校也要背负另外的伪装，时光就会变得难挨。

我的单恋，就有那种在双重伪装压抑之下的难。

还好，在一个透不过气的艰难时刻，杨震宇给了我一份没有批评的了解，好像一个人失足落水后及时出现的救生衣。

很多时候，支撑一个人度过人生中诸多困境的，就是“了解”。

而那些在年少的你受伤时没有加以任何道德的指摘和批评的大人，是真君子。

杨震宇在任由我掉了一阵眼泪之后，转身从他身后的书架里抽出一本书，给我讲了一部他喜欢的作品。

他讲的是杰克·伦敦的《热爱生命》。

我记得那天最后他说：“上天有时候会给我们一些礼物，有可能是和颜悦色地给，有可能是风驰电掣地给，有时候是令人快乐的，有时候是令人痛苦的。怎么给不要紧，要紧的是你要发现礼物，还要尽力接住礼物。那些礼物，你不接住，或是不及时接住，就错过了，就是暴殄天物，‘礼物’是不会等你的。”

我听了他的话，暂时从伤感中抽出身来，为他如此自如地使用这么多成语而折服。

那是我少年时代的运气，在单恋像小船触礁一样断裂沉没之时，杨震宇以君子之姿，告诉我“礼物可能是痛苦的”，这一剂及时的“了解”，送我回到可能痊愈的归途。也正是这个过程带给我一个重要的领悟：每个人这辈子对自己最大的责任，就是要发现自己的那个“我”。一个怯懦或昏聩的人生，是没有“我”的。

直到受到杨震宇那么郑重的肯定后，我才忽然想要问自己一句“我是谁”。继而，为了这个“我”，必须于茫茫人世中，清明、独立、勇敢地走出来，走下去，不论面对何种境遇都不退缩，直至走到天尽头。

（婉莹摘自《再见，少年》现代出版社 图/吴敏）

你为什么不可以当黑羊

□吴淡如

如果大家都是白羊，你敢当黑羊吗？

从小，在诸多女生中，我一直是只黑羊，也因此而困扰许久。你知道，很多人想改变黑羊！

“都跟别人不一样……”的指责，是我小时候不能够承受之重。“人家都要怎样……”是我最常被要求的开头语。

活到中年的好处是：当时会抓狂的，现在已经一笑置之。不然，也太没进步。从抓狂到“根本不想理”到“装没听见”到“听了就忘了”是我EQ的进化过程。

我相信的是每个人的身体构造虽然相同，但是里头住着的是完全不一样的灵魂。有些灵魂可能老了些，强壮了些，他们必须遵从自己的声音和走向。

我是一个很有主张的妈妈。一直是，一向是，以后也会是。我会“温和禁止”阿姨婆妈们对她说：“你是女生就要……”“别人怎样你就要……”“你是女生，怎么那么喜欢玩车！”（我们家的小朋友是火车狂与垃圾车狂，女生不可以喜欢车吗？）

无论如何，我必须尊重一个可能：每个人，都可能是只黑羊。或者，他看起来是只白羊，但心里住着一只黑羊。

（田文英摘自作者的新浪博客 图/辛刚）

我是被追的那个

□韩 寒

我上学的那个年代，是各种学生杂志和文学读物最黄金的年代。

那个时候，和我们抢夺视觉焦点与生活闲暇的东西并不多，社交应用、智能手机、网络游戏，全都没有。感觉提升情操就靠两样东西，电台和杂志。

杂志也是分等级的，尤其是文学类。各种课堂内外少女最爱虽然占领了大众市场，但《萌芽》与《收获》也不缺受众。这两者就像QQ和MSN一样，用MSN的都觉得自己很高端，用QQ的都觉得MSN很高大上。

和网络版故事不一样的是，作为MSN的《萌芽》，后来不但没有死，反而还逆袭了。一场“新概念”作文大赛，让《萌芽》完全变成了人手一本的杂志。家长想不到文章写得好还能保送进大学；学生想不到原来文章还可以这么写。关键是你写早恋写叛逆批评学校批评教育制度，你居然还能获奖，还有大学直接录取你，还有无数的外校男女仰慕你，在获奖的那一个月，你比Bigbang还火。《萌芽》成了街刊，大家像追剧一样追《萌芽》，追那些作者。

我，就是其中的一个。当然我是被追的那个。

在“新概念”之前，我也发表过不少文章，成了一个初级网红。每天傍晚，我都会轻轻掠过学校门卫室。大爷总是喊住我，说：“韩寒，有你的信。”那个时候流行交笔友，信多意味着社交广。同学们看到我每次都捧着十几封信往外走，都无比羡慕。这些不都是笔友信，而是那个年代，在学生杂志上发表完文章，作者姓名后面跟着的还有你的学校班级，甚至有些杂志还会刊登作者照片，这简直是相亲节目1.0模式。

我确切地记得，我来信增长的一个大节点是某少女杂志刊登了我的照片。当时我给了他们一张非常潮的照片，在其他男作者都立正稍息笑的时刻，我的照片是忧郁的一张侧脸。我一下子收到了上百封信，大意就是希望我走出内心的阴霾，成为一个阳光男孩。后来我又给了杂志一张展开双臂迎风飞扬的照片。同时期的男作者们只是进化到了站在一个旅游景点前立正稍息笑。瞬间我又收到了好几百封信，大意就是，看到你快乐了，我也很快乐，很高兴你能走出阴影，此刻的你，让我想起了一首非常流行的新歌，谢东的《笑脸》。

这可能是国内最早的养成类体验了。

获得“新概念”一等奖后，我收到了几十麻袋的信。确切地说，是数万封。

在信中，大家纷纷表示，虽然没太看明白你写的啥意思，但写得真好，引起了我们的强烈共鸣。比如那篇《求医》，没弄明白你要表达个啥，但看完浑身真的很痒。

在《萌芽》60周年的时候，我想说，在一个人的生命中，总有一些事物，未必是每时每刻都混在一起，但总是能在不同阶段联系起来。有一些不变的事情陪伴在左右总是特别好的。比如巨鹿路675号这个地址。

就在几个月前，我们又回到了那里。居然真的和十几年前没有什么变化。回头一看镜子里的自己，嗯，很正常，因为我也没有老，还是那么潇洒。

我走上楼，站在几万封“新概念”作文比赛的来稿边，恍如隔世。我觉得每一封信后面都有一个我少年时那样的人，等着自己的文字闪光。也许现在靠留言和弹幕，你都能在网络上驰骋风云，但也总有这么一些人，希望自己构建的文学世界，有一天被别人看到。

（秋水长天摘自《ONE·一个》 图/李坤）

诗剧

情绪藏在伏笔
沉默做好铺垫
时间一路奔跑，不落标点
分秒年月一声不响，错落换行
突然觉得这一生，是和剧本一样长
主角是和配角一样平凡
我不再说话
只有酒和诗篇

——吴晓鹏《字句》

与其阅读多部参考书，不如反复阅读一部原典，这终归是一条把握原典的捷径。并且原典往往有一个益处，即比解说它的书简短。阅读原典是使读书单纯化的必要方法。——《如何读书》

时差男孩

□张晓晗

他提前答辩，结束学业，千里迢迢赶回来找她。以后两个人再也不用有距离，再也不用熬夜上MSN只为了说一句“晚上吃了鱼香肉丝”，再也不用做空中飞人，让两个人之间隔着时差。

他终于赶上最后一班机场大巴，跑到她家楼下，站在寒风中却满头大汗，不停呼喊着她的名字。他看着居民楼上的窗子都亮起了灯，她的屋子却一直沉寂着。之前是女孩追他，他总说要再想想，直到出国迫在眉睫，两个人才正式确立了恋爱关系。第一年，他们为了忽视这段距离，连吃剩下的半包薯片都要寄给对方，虚拟出两个人坐在同一沙发上看无聊电视节目的假象，仿佛分一包薯片就是一伸手的事。

近来的半年，争吵从未停歇，基本上女孩一遍遍重复着自己根本看不到他们的未来，而男生觉得已经相熟多年，不必再为这种无法改变的事情多言。他忙着考试、写论文，和房东纠缠房租的问题，转眼间两个多月基本上都没和她说过话。等到他再想起女孩的时候，发现她给他发了无数邮件，直到圣诞节的分手信。

是该给女孩一个交代了。他摸着口袋里的戒指盒，想象他们相见的样子。他听到她的声音，立马站起来。远远走来的女孩，和上次相见时截然不同。穿着打扮不再那么青涩，烫着时髦的梨花头，化淡妆，然而这些都比不上她的最大变化——身边的男孩不再是他。她挽着一个高大男生，边说边笑，脑袋时不时蹭着他的肩膀。可能是分开太久了，他看着眼前的这一幕仿佛是看着别人的故事，他的脸上甚至还带着刚才自顾自畅想美好未来的微笑。直到女孩看到他，露出尴尬的表情，男孩才回过神来。

女孩深呼吸着，拍拍身边男孩的后背：“我一个朋友，说会儿话，马上上来。”女孩说完，两个男孩互相看了对方一眼，招呼也没打，新男友已经走进小区大门。

“你……头发好像长了。”男孩不知道说什么好。

女孩双手抱着肩膀冷笑着：“你提前回来了？”

“对，提前回来找你。”

女孩故作冷淡，却掩饰不了语调里的激动：“早干什么去了？”

男孩呆呆地看着女孩，因为他知道，这很可能是他最后一次看到她。两个人就这样看着对方，面对面却不再拥抱。

女孩终于再也不能克制情绪，“我需要你的时候你都在哪？难过的时候你在哪？开心的时候又和谁分享？你知道吗？我和你说分手就是为我们的感情最后一搏，你却没有丝毫音信……”

女孩边说边哭，最后整个人都在发抖：“这段感情里，我做得对的就是离开你！”

男孩看着面前的女孩，听到自己的心被狠狠摔在地上的声音。

直到现在他都不明白，他们之间的时差并不是距离，而在爱情上，他总慢她半拍，当她爱他的时候他不知道如何把握，当她离开的时候他又不知道如何挽留。就像此时此刻，她嘴上说着“你滚”，心里却渴求一个拥抱；而时差男孩呢，只知道愣在原地反复抚摸着口袋里的戒指盒。

（林冬冬摘自《少年博物馆》天津人民出版社 图/木木）

我们成长起来的世界就是这么斤斤计较

□白饭如霜

大人在小孩子的眼里，想必很有意思，书读得多，人见得多，个个都比小孩聪明。可说到相互给予，哪怕一个脸色一句话，不知不觉，心里要过一下秤，但凡不平的，就默默记下一本账来。

这大概是遥远的原始记忆：打了头野猪回来，大家必须平分，少一点儿，可能就要付出饿死家里一个人的代价——我们成长起来的世界，就是这么斤斤计较。

孩子的世界没有这些羁绊，他们眼睛明亮，心底坦荡，做自己想做和应该做的事，至于人家给什么反应并不重要，不恶意揣测，不刻意报复，甚至从来没有抱着要打动别人的想法。付出却无法得到，这件事从来就不是孩子们的恐惧。而多少在生活面前人仰马翻的成人，都是败于心里有太多这样的恐惧。